U0685009

中华经典名著

全本全注全译丛书

于天池 孙通海等◎译注

聊斋志异 三

中華書局

卷七

罗祖

【题解】

就故事本身而言，是对于“放下屠刀，立地成佛”大俗话的解读。“异史氏曰”则对于当时求神拜佛的人进行了讽刺，认为圣贤和佛祖本没有根本的区别，都是要首先改恶从善，如果恶性不改，既成不了圣贤，也成不了佛祖。

这个故事与卷五的《钱流》都是沂水县贡生刘宗玉向蒲松龄讲的，沂水县属沂州府，可见蒲松龄故事创作的人脉圈子很广，并不限于淄川一地的朋友。

罗祖，即墨人也[①]，少贫。总族中应出一丁戍北边[②]，即以罗往。罗居边数年，生一子。驻防守备雅厚遇之[③]。会守备迁陕西参将[④]，欲携与俱去。罗乃托妻子于其友李某者，遂西。自此三年不得反。适参将欲致书北塞[⑤]，罗乃自陈，请以便道省妻子[⑥]。参将从之。

【注释】

①即墨：县名。位于山东半岛西南部，明清时属莱州府，今属山东青岛管辖。

②总族：合族，全族。总，合。一丁：丁壮一人。成年人能任赋役者称丁。明清以年满16岁为丁。

③守备：清为五品武官，隶属于参将、游击之下。雅：甚。

④参将：清绿营正三品武官，位次于副将，掌理本营军务。

⑤北塞：北部要塞。

⑥省：探视，看望。

【译文】

罗祖是即墨人，小时家庭贫穷。家族中应出一名壮丁戍守北部边塞，就派罗祖前去服役。罗祖在边疆戍守了数年，妻子生了一个儿子。驻防的守备大人对他十分器重。恰值守备升为陕西参将，想带罗祖和他一起去。于是罗祖把妻儿托付给一位李姓朋友照顾，就往陕西去了。此后过了三年，也没有机会回家。恰巧参将要派人送信到北部边塞，罗祖请求派他去，顺便看望一下妻子和儿子，参将同意了。

罗至家，妻子无恙，良慰。然床下有男子遗舄[①]，心疑之。既而诣李申谢。李致酒殷勤，妻又道李恩义，罗感激不胜。明日，谓妻曰："我往致主命，暮不能归，勿伺也[②]。"出门跨马去。匿身近处，更定却归[③]。闻妻与李卧语，大怒，破扉。二人惧，膝行乞死。罗抽刃出，已复韬之曰[④]："我始以汝为人也，今如此，杀之污吾刀耳！与汝约：妻子而受之[⑤]，籍名亦而充之[⑥]，马匹器械具在。我逝矣。"遂去。乡人共闻于官。官笞李，李以实告。而事无验见，莫可质凭[⑦]，远近搜罗，则绝匿名迹。官疑其因奸致杀，益械李及妻。逾年，并桎梏以死⑧,乃驿送其子归即墨⑨。

【注释】

①遗舄(xì):遗落的鞋。舄,鞋。

②勿伺:不要等候。

③更定:打更之后。初更为晚上7点至9点。

④韬之:将刀收入鞘中。韬,藏刀于刀鞘中。

⑤而:你。

⑥籍名:军籍中之姓名。

⑦质凭:对质凭据。

⑧桎(zhì)梏(gù):手铐和脚镣。

⑨驿送:由驿站转送。驿,此指驿站,负责投递公文、转运官物及供来往官员休息的机构。自隋迄清,皆属兵部。

【译文】

罗祖到家,看到妻儿平安无恙,感到很欣慰。然而在床下发现了一双男人的鞋子,心中产生了怀疑。接着他去拜访李姓朋友,表达他的谢意。李姓朋友买来酒殷勤地招待他,妻子也讲了不少李姓朋友的深恩厚义,罗祖不胜感激。第二天,他对妻子说:"我要替参将去送信,晚上回不来,不要等我。"说完,出门骑上马走了。罗祖在附近躲藏起来,天黑后返回家中。这时听到妻子和李姓朋友躺在床上说话,心中大怒,踹开门冲入屋内。那俩人吓得跪在地上,爬行叩头,请求饶命。罗祖愤怒地抽出刀来,接着又把刀插入鞘内,说:"最初我还把你当人看待,现在你这样,杀了你会弄脏我的刀!我告诉你:从今以后我的妻子和儿子就都是你的了,我的军役也由你来服,马匹武器都在这里。我走了。"说完扬长而去。乡邻们把此事报告了官府。官府把姓李的抓起来拷打,姓李的把全部实情都讲了出来。但事情没人看见,也没有凭据,派人远近四处搜查了一遍,也找不到罗祖的踪迹。官府怀疑罗祖已被奸夫杀死,就把姓李的和罗祖的妻子一起关押起来。过了一年，俩人都死在狱中，官府派人把罗祖的儿子送回了即墨。

后石匣营有樵人入山①，见一道人坐洞中，未尝求食。众以为异，赍粮供之。或有识者，盖即罗也。馈遗满洞，罗终不食，意似厌嚣②，以故来者渐寡。积数年，洞外蓬蒿成林。或潜窥之，则坐处不曾少移。又久之，见其出游山上，就之已杳，往瞰洞中③，则衣上尘蒙如故。益奇之。更数日而往，则玉柱下垂④，坐化已久⑤。土人为之建庙，每三月间，香楮相属于道⑥。其子往，人皆呼以小罗祖，香税悉归之。今其后人，犹岁一往，收税金焉。

【注释】

①樵人：打柴的人。

②嚣：喧嚣，喧哗。

③瞰：看，窥视。

④玉柱：佛道两教称人死后下垂的鼻涕，认为是成道的象征。元末明初陶宗仪《辍耕录·嗓》："王（和卿）忽坐逝，而鼻垂双涕尺馀，人皆叹骇。关（汉卿）来吊唁，询其由，或对云：'此释家所谓坐化也。'复问鼻悬何物？又对云：'此玉筯也。'"

⑤坐化：佛教称和尚结趺端坐而死。

⑥香楮（chǔ）：祭供先人用的香和纸钱。

【译文】

后来，石匣营村有个打柴人上山打柴，看到一道人坐在山洞中，从没见他吃过东西。众人感到很奇怪，就带上粮食送到洞中。有人认出了这个道士，原来就是罗祖。人们送来的食品摆满了山洞，罗祖最终也没吃，还表现出厌烦喧嚣的情绪，因此来看他的人渐渐减少。过了数年，山洞外的蓬蒿长得如小树林一样茂盛。有人偷偷窥视，罗祖仍坐在原处一动没动。又过了好久，有人看到他出来在山上行走，近前去看，杳不见人；再往洞中窥视，罗祖仍坐在原处，衣服上的尘土也原封不动。人们更加感到奇怪。过了几天再去看，罗祖已玉柱下垂，坐化成仙很久了。当地人为他建了一座庙，每逢三月，前来烧香的人络绎不绝。他的儿子也来烧香，人们称他为小罗祖，把香火钱都送给了他。现在罗祖的后代每年仍到庙里来一次，收取香火钱。

沂水刘宗玉向予言之甚详①。予笑曰："今世诸檀越②，不求为圣贤，但望成佛祖。请遍告之：若要立地成佛③，须放下刀子去。"

【注释】

①沂水：县名。位于山东东南部，因沂河过境而命名。

②檀越：施主。梵语音译。佛教徒称向寺庙及僧侣施舍财物的人为施主。

③立地成佛：佛教禅宗（南宗）认为人人皆有佛性，积恶之人转念为善，便可成佛。宋普济《五灯会元·绍兴府东山觉禅师》："广额正是个杀人不眨眼底汉，飏下屠刀，立地成佛。"屠刀，在佛教看来并非单指暴力行为，也包括一切恶念、烦恼、执着、妄想。

【译文】

沂水人刘宗玉向我详细地讲述了这件事。我笑着说："现在那些信佛的人，不想成为圣人贤人，只希望成为神仙。请告诉这些人：若要立地成佛，必须放下手中的屠刀。"

刘姓

【题解】

篇中刘姓、苗某、李翠石均实有其人，载于《淄川县志·义厚传》。故事除去幽冥之事为虚构外，也为当时时事，是《聊斋志异》故事创作的一种类型。因为基本是实事，故事情节和人物相对简率，但在农村的社会生活中颇具典型性——豪强地主、懦弱农民、诚笃乡绅，无论是强占田产，还是岁末饥荒，卖妻苟活，都反映了明清之际的社会现实。

蒲松龄在《循良政要》中提出“剪土豪”之说，“乡村城市之中，往往有撞厓、土棍，恃其膂力之强，或依其党羽之众，或仗其衙门之熟，以此武断乡曲，淫诈公行。误撄其锋，挞楚立至。操杖登门，势如虎狼。此一方之大害也，犹苗中之蟊贼也。白取财物而人不敢言，侵占田宅而人不敢问，若不尽法处之，则一方不得安其生”。《刘姓》就是为这个观点张目。

邑刘姓，虎而冠者也[①]。后去淄居沂[②]，习气不除，乡人咸畏恶之。有田数亩，与苗某连垅[③]。苗勤，田畔多种桃。桃初实，子往攀摘。刘怒驱之，指为已有。子啼而告诸父。父方骇怪，刘已诟骂在门，且言将讼。苗笑慰之，怒不解，忿而去。

【注释】

①虎而冠者：凶暴似虎之人。《史记·齐悼惠王世家》：“齐王母家驷钧，恶戾，虎而冠者也。”《集释》引张晏云：“言钧恶戾，如虎而着冠。”

②淄：淄川。今属山东淄博，位于山东中部。

③连垅：土地相连。垅，田埂，土埂。

【译文】

淄川有个姓刘的人，简直如同老虎披上了人皮，为人十分凶恶。后来离开淄川搬到沂水县去居住，恶习仍然不改，乡里人对他既恨又怕。刘家有数亩地，与姓苗人家的土地连垄。苗家的人很勤俭，在田边种了不少桃树。桃子刚熟时，苗家的儿子上树摘桃。姓刘的看见大怒，恶狠狠地将苗家的儿子赶走，并说桃树是自己的。苗家的儿子哭着将此事告诉了父亲。姓苗的听后感到很惊诧，正在这时，姓刘的已经骂上门来，还声言要到衙门去告状。姓苗的赶快笑着抚慰他，但姓刘的仍怒气不消，忿恨而去。

时有同邑李翠石作典商于沂[①]，刘持状入城[②]，适与之遇。以同乡故相熟，问："作何干？"刘以告。李笑曰："子声望众所共知。我素识苗，甚平善，何敢占骗？将毋反言之也？"乃碎其词纸，曳入肆，将与调停。刘恨恨不已，窃肆中笔，复造状，藏怀中，期以必告。未几，苗至，细陈所以，因哀李为之解免，言："我农人，半世不见官长。但得罢讼，数株桃，何敢执为己有？"李呼刘出，告以退让之意。刘又指天画地，叱骂不休。苗惟和色卑词，无敢少辨。

【注释】

①李翠石：名永康，字翠石，淄川人。《淄川县志·义厚传》载："乡有恶豪某姓者，与苗姓相连。苗种桃数株。苗子饲桃；某怒，以为攘己物也，将讼诸官。康见之，碎其词，力为排解，某犹怒不已；会以阴谴悔悟，乃德康焉。唐太史《龙泉桥记》、蒲明经《聊斋志异》可按也。"典商：开当铺的商人。典，典当，抵押。

②状：状词，状纸。

【译文】

当时，姓刘的一位老乡李翠石正在沂水县开当铺，姓刘的拿着状纸进城，恰巧碰上了李翠石。因为是同乡的缘故，二人很熟，李翠石便问："干什么去啊？"姓刘的把要打官司的事告诉了他。李翠石笑着说："你老先生的名声是人所共知的。我早就认识姓苗的那个人，他为人很和善，哪敢占骗你的桃树？恐怕你说的是反话吧？"于是，把姓刘的状纸撕碎，把他拉进铺子里，准备给他们调停调停。姓刘的仍忿恨不已，暗中拿铺子的笔又写了一张状纸，藏在怀里，非要去告状不可。不久，姓苗的来了，把事情的经过详细地告诉了李翠石，并央求李翠石给说合说合，别让姓刘的去告状，姓苗的说："我是个庄稼人，活了半辈子没见过官长。只要不打官司，几棵桃树怎敢非得据为己有呢？"李翠石把姓刘的叫出来，告诉他姓苗的表示退让，要把桃树让给他。姓刘的又指天画地骂不绝口。姓苗的只是一个劲儿地和颜悦色说好话，不敢辩驳一句。

既罢，逾四五日，见其村中人，传刘已死，李为惊叹。异日他适，见杖而来者①，俨然刘也。比至，殷殷问讯，且请顾临。李逡巡问曰："日前忽闻凶讣，一何妄也？"刘不答，但挽入村，至其家，罗浆酒焉。乃言："前日之传非妄也。曩出门，见二人来，捉见官府。问何事，但言不知。自思出入衙门数十年，非怯见官长者，亦不为怖。从去，至公廨②，见南面者有怒容③，曰：'汝即某耶？罪恶贯盈④，不自悛悔⑤，又以他人之物，占为己有。此等横暴，合置铛鼎⑥！'一人稽簿曰⑦：'此人有一善，合不死。'南面者阅簿，其色稍霁⑧，便云：'暂送他去。'数十人齐声呵逐。余曰：'因何事勾我来？又因何事遣我去？还祈明示。'吏持簿下，指一条示之，上记：

崇祯十三年[9]，用钱三百，救一人夫妇完聚。吏曰：'非此，则今日命当绝，宜堕畜生道[10]。'骇极，乃从二人出。二人索贿，怒告曰：'不知刘某出入公门二十年，耑勒人财者[11]，何得向老虎讨肉吃耶！'二人乃不复言。送至村，拱手曰：'此役不曾啖得一掬水。'二人既去，入门遂苏，时气绝已隔日矣。"

【注释】

①杖而来：拄杖而来。

②公廨(xiè)：官府，衙门。

③南面者：此指坐于正座上的官员。

④罪恶贯盈：犹言罪大恶极，坏事做尽。《书·泰誓》："商罪贯盈，天命诛之。"贯盈，罪恶满盈。贯，罪恶。

⑤悛(quān)悔：改悔。

⑥合置铛(chēng)鼎：应当受到烹刑。合，应该。铛鼎，古代一种有足的大锅。此指冥间烹刑所用的烹器。

⑦稽簿：核查文书。稽，核查。

⑧霁(jì)：雨雪停止，云散放晴。这里是怒气消失，脸色平和的意思。

⑨崇祯十三年：1640 年。

⑩堕畜生道：据佛教六道轮回的说法(或称"五趣")，生前作恶，死后便堕入畜生道。即托生为畜生。

⑪耑(zhuān)：同"专"。

【译文】

事后，过了四五天，李翠石碰见村中人，说姓刘的已经死去，李翠石吃惊地叹息了一番。有一天，李翠石出门到别处去，看见道上走来一个拄拐杖的人，原来就是姓刘的。等走到跟前，姓刘的热情地向他问好，并请他到家中去坐。李翠石吞吞吐吐地问："前些日子忽然听到你的凶信，怎么能这样瞎传啊？”姓刘的没有答话，只是拉着他进村，到家摆上酒宴招待他。才说：“前些日子的传言不是假的。前几天我出门的时候，遇见了两个人，要把我抓到官府去。我问他们因为什么事，他们说不知道。我想自己出入衙门数十年，也不是怕见官的人，也没害怕。我跟他们去了衙门，见面朝南坐的官长面带怒容，说：‘你就是那个姓刘的吗？你恶贯满盈，不知悔改，又把别人的东西占为己有。像你这样蛮横凶暴，真该下油锅！’一个人查过簿子说：‘这个人曾干过一善事，还不该死。’那位官长看过簿子，脸色缓和了一些，就说：‘暂时送他回去吧。’数十人大声呵斥撵我走。我说：‘因为什么事把我抓来，又为什么事放我回去？还请明示。’一名小吏拿着簿子走下来，指着上面的一条给我看，簿子上写着：崇祯十三年，用三百钱，帮一对夫妇团聚。那小吏说：‘不是这件事，你今日就没命了，要转生为畜生的。’听到这话，我害怕极了，就赶快跟着抓我的那两个人出来了。那两人向我索要贿赂，我生气地说：‘你们不知道我刘某人在衙门出入了二十多年，是专门勒索别人钱财的，你们怎么敢向老虎讨肉吃！’二人这才不吱声了。送我到村里，朝我拱拱手说：‘这趟差事连一杯水也没有喝上。’二人走后，我进门就苏醒过来，原来我已气绝两天了。”

李闻而异之，因诘其善行颠末①。初，崇祯十三年，岁大凶②，人相食。刘时在淄，为主捕隶③。适见男女哭甚哀，问之。答云：“夫妇聚裁年馀④，今岁荒，不能两全，故悲耳。”少时，油肆前复见之⑤，似有所争。近诘之。肆主马姓者便云：“伊夫妇饿将死，日向我讨麻酱以为活⑥。今又欲卖妇于我。我家中已买十馀口矣。此何要紧？贱则售之，否则已耳。如此可笑，生来缠人⑦！”男子因言：“今粟贵如珠⑧，自度非得三百数，不足供逃亡之费⑨。本欲两生，若卖妻而不免于死，何取焉？非敢言直⑩，但求作阴骘行之耳⑪。”刘怜之，便问马出几何。马言：“今日妇口，止直百许耳。”刘请勿短其数，且愿助以半价之资。马执不可。刘少负气，便谓男子：“彼鄙琐不足道，我请如数相赠。若能逃荒，又全夫妇，不更佳耶？”遂发囊与之。夫妻泣拜而去。刘述此事，李大加奖叹。

【注释】

①颠末：始末。

②岁大凶：谓当年遭受严重的自然灾害。《淄川县志》：“是年（崇祯十三年庚辰）大饥，人相食。”蒲松龄《降辰哭母》：“因言庚辰年，岁事如饥荒。”岁，农业收成。

③主捕隶：旧时州县官署中捕役的班头。

④裁：通“才”。

⑤油肆：油店。

⑥麻酱：指芝麻榨油后的残渣。

⑦生来：方言。犹言硬来，硬是。

⑧粟贵如珠：粮食比珍珠还值钱。珠，珍珠。

⑨逃亡：逃生离去。

⑩直：价钱。

⑪阴骘（zhì）：原指默默安定下民的意思，转指阴德。《书·洪范》：“惟天阴骘下民。”

【译文】

李翠石听了很奇怪，便问他干那件好事的始末。当初，是崇祯十三年，那年是大灾年，甚至出现了人吃人的事。那时，姓刘的还在淄川，在县衙当捕头。一次看见一男一女哭得特别伤心，就上前去问。对方回答说：“我们是一对夫妻，结婚才一年多，今年闹饥荒，夫妻不能两全，所以悲伤。”过了一会儿，在油坊门口又碰上了那两口子，好像在争论什么。姓刘的上前询问。油坊马掌柜说：“这对夫妇快要饿死了，日日向我讨麻酱度日。现在又要把老婆卖给我。我家里已经买了十几口人了。哪还急着买人？价钱便宜我就买，否则就不买。哪有这般可笑的，一个劲儿地来缠人。”男子听后就说：“眼下粮食贵如珍珠，算来没有三百文钱，不够我逃荒的费用。我卖掉妻子是想两个人都能活下来，如果卖了妻子我还是不免一死，我何必选择这条路呢？不是我敢于和您讨价还价，权当您做好事积阴德吧！”姓刘的很可怜那对夫妻，便问马掌柜愿出什么价钱。马掌柜说：“如今一名妇女，顶多值一百个钱吧。”姓刘的请他不要少于三百，自己愿意帮助出一半的钱。马掌柜坚决不同意。姓刘的当时年轻气盛，便对那男子说：“这个掌柜的太小气，不必和他讲了，我送给你们三百文钱。如果能一起逃荒，夫妻又不拆散，不是更好吗？”于是从兜里掏出三百文钱给了那夫妻。夫妻二人流着泪磕头拜谢，然后走了。姓刘的讲完了这件事，李翠石对他大加赞叹。

刘自此前行顿改，今七旬犹健。去年，李诣周村①，遇刘与人争，众围劝不能解。李笑呼曰：“汝又欲讼桃树耶？”刘芒然改容②，呐呐敛手而退③。

【注释】

①周村：地名。今属山东淄博管辖。

②芒然：恍然有所思的样子。

③呐呐：犹唯唯。连声答应。

【译文】

自此以后，姓刘的将以前的恶行都改了，现在他年已七十，身体仍很结实。去年，李翠石到周村去，正好碰上姓刘的与人争执，众人围着劝解也不行。李翠石笑着大声招呼说:“你又想为桃树的事告状吗?”姓刘的一听,恍然有所思,改变了态度,垂下手,连声答应着离开了。

异史氏曰:李翠石兄弟,皆称素封[1]。然翠石又醇谨[2],喜为善,未尝以富自豪,抑然诚笃君子也。观其解纷劝善[3],其生平可知矣。古云:“为富不仁[4]。”吾不知翠石先仁而后富者耶?抑先富而后仁者耶?

【注释】

①素封:无官爵封邑而饶有资财的人家。《史记·货殖列传》:“今有无秩禄之奉,爵邑之入,而乐与之比者,命曰‘素封’。”张守节《正义》:“言不仕之人自有园田收养之给,其利抵于封君,故曰‘素封’也。”

②醇谨:朴厚而言行谨慎。

③解纷:排解纠纷。

④为富不仁:谓致富与行仁相互排斥,二者不能并行。《孟子·滕文公》:“阳虎曰:‘为富不仁矣,为仁不富矣。’”

【译文】

异史氏说:李翠石兄弟,都是没有官位的富人。然而李翠石为人更为厚道谨慎,喜欢做善事,不以自己富有而称霸乡里,真是位诚实恭谨的君子。看他调解纠纷劝人行善,他一生的作为就可想而知了。古语说:“为富不仁。”我不知道李翠石是先有了仁义的品行而后致富的?还是先致富而后行仁义的?

邵女

【题解】

这是一篇讨论家庭伦理的小说。蒲松龄认为"女子狡妒,其天性然也",在家庭中应该贯彻"妻之于夫,犹子之于父,庶之于嫡也"的原则,以丈夫为中心,妻子同意丈夫纳妾,而妾"以命自安,以分自守"。观念陈腐落后,但其中人物性格鲜活,语言跳脱生动,像金氏的悍泼刻毒,邵女的隐忍而工于心计,特别是贾媪为柴廷宾说媒的一段,媒婆的巧舌如簧,察言观色,邵女母亲渐渐心动,终于答应婚事,小说写得如闻如见,跃然纸上。

柴廷宾,太平人[①]。妻金氏,不育,又奇妒。柴百金买妾,金暴遇之[②],经岁而死。柴忿出,独宿数月,不践闺闼[③]。

【注释】

①太平:明清府名。位于长江下游南岸,辖境相当今安徽马鞍山及芜湖等地。

②暴遇之:残暴地虐待她。

③闺闼(tà):女人卧室。

【译文】

柴廷宾是太平府人。妻子金氏,不会生育,又特别嫉妒。柴廷宾用一百两银子买了一个妾,金氏残忍地虐待她,过了一年,妾就死了。柴廷宾气愤地离开金氏,独自住了几个月,不进金氏的房门。

一日,柴初度[①],金卑词庄礼,为丈夫寿。柴不忍拒,始通言笑。金设筵内寝,招柴,柴辞以醉。金华妆自诣柴所,曰："妾竭诚终日，君即醉，请一盏而别。"柴乃入，酌酒话言。妻从容曰："前日误杀婢子，今甚悔之。何便仇忌，遂无结发情耶[②]？后请纳金钗十二[③]，妾不汝瑕疵也[④]。"柴益喜，烛尽见跋[⑤]，遂止宿焉。由此敬爱如初。金便呼媒媪来，嘱为物色佳媵[⑥]，而阴使迁延勿报，己则故督促之。

【注释】

①初度：生日。战国屈原《离骚》："皇览揆余初度兮，肇锡余以嘉名。"

②结发情：夫妻恩爱之情。结发，成婚。古礼。成婚之夕，男左女右共髻束发，故称。此兼指原配夫妻。汉苏武《诗四首》："结发为夫妻，恩爱两不疑。"

③纳金钗十二：谓娶众多姬妾。

④不汝瑕疵：谓不把纳妾看作你的过失。瑕，玉上的斑点。疵，病。喻缺点或过失。

⑤烛尽见跋：谓蜡烛燃尽。跋，火炬或蜡烛燃尽残馀的部分。《礼记·曲礼》："烛不见跋。"

⑥佳媵（yìng）：漂亮的姬妾。媵，妾。

【译文】

一天，正是柴廷宾的生日，金氏说着赔礼道歉的话，恭恭敬敬地行礼，给丈夫拜寿。柴廷宾不忍心拒绝，夫妻二人这才和好。金氏在卧房摆设酒席，请丈夫进来吃酒，柴廷宾说自己已喝醉了，推辞不去。金氏打扮得漂漂亮亮亲自到柴廷宾独宿的地方，说："我诚心诚意地等了你一整天，即使你喝醉了，也请再喝一杯再走吧！"柴廷宾进入内室，与金氏聊天饮酒。金氏从容和缓地说："前些日子误杀了那个丫头，如今特别后悔。你何必就因此记仇，连结发夫妻的情分都没有了呢？今后请多纳几个妾，我再也不说一句闲话了。”柴廷宾更高兴了，眼见蜡烛燃尽了，就留在内室睡了。从此以后，夫妻敬爱如初。金氏将媒婆喊来，嘱托她为丈夫物色美貌女子，但暗中又让媒婆拖延不办，她自己则假装督促催问。

如是年馀。柴不能待，遍嘱戚好为之购致，得林氏之养女。金一见，喜形于色，饮食共之，脂泽花钏，任其所取。然林固燕产[①]，不习女红[②]，绣履之外，须人而成[③]。金曰：“我家素勤俭，非似王侯家，买作画图看者。”于是授美锦，使学制[④]，若严师诲弟子。初犹呵骂，继而鞭楚。柴痛切于心，不能为地[⑤]。而金之怜爱林，尤倍于昔，往往自为妆束，匀铅黄焉[⑥]。但履跟稍有折痕，则以铁杖击双弯[⑦]；发少乱，则批两颊。林不堪其虐，自经死。柴悲惨心目，颇致怨怼[⑧]。妻怒曰：“我代汝教娘子，有何罪过？”柴始悟其奸，因复反目[⑨]，永绝琴瑟之好[⑩]。阴于别业修房闼[⑪]，思购丽人而别居之。

【注释】

①燕产：燕地人。燕，古地名。指今河北北部一带地区。

②女红(gōng)：旧谓妇女从事的纺织、刺绣、缝纫等。

③须人而成：依靠别人来完成。须，依靠。

④学制：学习制作。

⑤不能为地：没有办法改变其受虐待的命运。

⑥匀铅黄：谓为其化妆。铅黄，铅粉和雌黄。此泛指面部化妆品。

⑦双弯：指女性双脚。旧时妇女裹足，使双足弯小，故称。

⑧怨怼(duì)：怨恨，不满。怼，怨恨。

⑨反目：翻脸，不合。

⑩琴瑟：喻夫妻关系。《诗·周南·关雎》："窈窕淑女，琴瑟友之。"

⑪别业：即别墅。

【译文】

这样过了一年多，柴廷宾等得不耐烦了，遍托亲朋好友帮助物色购买，终于得到了林家的养女。金氏见到林女，表现出非常喜欢的样子，两个人吃喝都在一起，金氏的脂粉首饰，让林女任意挑选使用。但林女是燕地人，不会做针线活，除了绣鞋以外，其他针线活都需别人给做。金氏说："我们家向来勤俭，不像王侯之家，买来女人当画儿看。"于是拿来绸缎，让林女学做衣服，就如同严师教诲弟子一样。最初只是呵斥责骂，接着就开始鞭打。柴廷宾看到这种情形，痛彻于心，也想不出解救的办法。然而金氏对林女较前更加倍地疼爱，往往亲自给她梳妆打扮，搽胭脂扑粉。但鞋跟稍有一点儿皱折，就用铁棍打她的双脚；头发稍乱，就抽她耳光。林女受不了虐待，上吊而死。柴廷宾痛心惨目，对金氏很怨恨。金氏发怒说："我替你调教娘子，有什么罪过？"这时柴廷宾才看透了金氏的奸计，因此二人又翻了脸，断绝了夫妻之间的来往。柴廷宾暗中让人在别墅里装修好房子，想买个漂亮女子单独居住。

荏苒半载，未得其人。偶会友人之葬，见二八女郎，光艳溢目，停睇神驰。女怪其狂顾，秋波斜转之。询诸人，知为邵氏。邵贫士，止此女，少聪慧，教之读，过目能了①，尤喜读内经及冰鉴书②。父爱溺之，有议婚者，辄令自择，而贫富皆少所可，故十七岁犹未字也。柴得其端末③，知不可图，然心低徊之④。又冀其家贫，或可利动。谋之数媪，无敢媒者，遂亦灰心，无所复望。

【注释】

①了：明白，清楚。

②内经：据《汉书·艺文志》所载，医经有三部，即《黄帝内经》、《扁鹊内经》、《白氏内经》，今仅存《黄帝内经》。此处泛指医书。冰鉴书：指相面之书。冰鉴，原指盛冰容器。《周礼·天官·凌人》："祭祀供冰鉴。"后转义以冰为鉴，谓能鉴别人物。

③端末：原委，始末。

④心低徊之：谓心中留恋难舍。低徊，徘徊。

【译文】

不觉又过了半年，也没找到理想的佳人。一次偶然参加朋友的葬礼，看到一位十六七岁的女郎，容貌光艳夺目，柴廷宾眼不错珠地盯着看，看得出了神。女郎见他这样傻呆呆地看着自己，感到很奇怪，就不由地斜转眼光瞟了他一下。柴廷宾向人询问，知道这女郎姓邵。女郎的父亲是个贫穷的读书人，只有这么一个女儿，自幼就很聪明，教她读书，过目不忘，尤其喜欢读医书和相术一类的书。父亲很溺爱她，有人来提婚，就让她自己做主选择，但是无论贫家富家，都没有她看中的，所以到十七岁还未许配。柴廷宾了解到这些情况，知道没办法得到女郎，但内心里却仍想着这件事。又想她家贫穷，也许可以用钱打动。找了几个媒婆去商议，没有人敢去做媒，柴廷宾也就灰了心，不敢再有奢望。

忽有贾媪者，以货珠过柴。柴告所愿，赂以重金，曰："止求一通诚意，其成与否，所勿责也。万一可图，千金不惜。"媪利其有，诺之。登门，故与邵妻絮语①。睹女，惊赞曰："好个美姑姑！假到昭阳院，赵家姊妹何足数得②！"又问："婿家阿谁？"邵妻答："尚未。"媪言："若个娘子，何愁无王侯作贵客也！"邵妻叹曰："王侯家所不敢望，只要个读书种子[3]，便是佳耳。我家小孽冤，翻复遴选[4]，十无一当，不解是何意向。”媪曰：“夫人勿须烦怨。恁个丽人，不知前身修何福泽，才能消受得！昨一大笑事，柴家郎君云：于某家茔边[5]，望见颜色，愿以千金为聘。此非饿鸱作天鹅想耶[6]？早被老身诃斥去矣！”邵妻微笑不答。媪曰：“便是秀才家，难与较计。若在别个，失尺而得丈，宜若可为矣。”邵妻复笑不言。媪抚掌曰：“果尔，则为老身计亦左矣[7]。日蒙夫人爱，登堂便促膝赐浆酒。若得千金，出车马，入楼阁，老身再到门，则阍者呵叱及之矣[8]。”邵妻沉吟良久，起而去，与夫语；移时，唤其女；又移时，三人并出。邵妻笑曰：“婢子奇特，多少良匹悉不就，闻为贱媵则就之。但恐为儒林笑也[9]！”媪曰：“倘入门，得一小哥子，大夫人便如何耶！”言已，告以别居之谋。邵益喜，唤女曰：“试同贾姥言之。此汝自主张，勿后悔，致怼父母。”女觍然曰[10]：“父母安享厚奉，则养女有济矣[11]。况自顾命薄，若得嘉耦[12]，必减寿数，少受折磨，未必非福。前见柴郎亦福相，子孙必有兴者。”媪大喜，奔告。

【注释】

①絮语：絮絮叨叨说话，话家常。

②昭阳院：即昭阳殿，汉代宫殿名。汉成帝时以美貌著称的妃子赵飞燕及其妹合德所居处。此处泛指皇宫内苑。赵家姊妹：指赵飞燕及其妹合德。何足数得：算得什么，不值得提。

③读书种子：书香门第，能够诗书传家。

④遴选：审慎择选。

⑤茔：坟地。

⑥饿鸱(chī)作天鹅想:意即饥饿的鸱枭想吃天鹅肉。鸱,鸱枭,俗称"猫头鹰"。

⑦计左:计议失当,不恰当的谋划。

⑧阍(hūn)者:守门人。

⑨儒林:儒者之群。此言读书人的圈子。

⑩觍(tiǎn)然:羞怯的样子。

⑪济:指望,依靠。

⑫嘉耦:好对象。耦,配偶。

【译文】

忽然有个贾婆,因为卖珠子来找柴廷宾。柴廷宾把想娶邵女的想法告诉了她,并送给贾婆很多钱,说:"只求你把我的诚意转达一下,事成不成,都不会怪你。万一有希望,花费千金,在所不惜。"贾婆图他有钱,就答应了。贾婆来到邵家,故意与邵妻絮絮叨叨拉家常。看到了邵女,装作吃惊的样子赞叹说:"好个漂亮姑娘!假如选到了昭阳院,那赵飞燕姊妹还能数得着吗!"又问:"婆家是谁啊?"邵妻回答说:"还没有婆家。"贾婆说:"这么美貌的娘子,何愁没有王侯做女婿啊!"邵妻叹息着说:"嫁给王侯家不敢奢望,只要是个读书种子,也就很好了。我家这个小冤家,翻来覆去挑选,十个也没一个能选上的,不知道她是怎么想的。"贾婆说:"夫人不要烦恼。这么漂亮的姑娘,不知前生修下什么福泽的男人,才能够娶到她啊!昨天碰到一个大为可笑的事,姓柴的那位先生说:在某家的坟地边上,曾看到你家小姐,愿意出千金为聘礼。这不是饿昏了的猫头鹰想吃天鹅肉吗?早被我老婆子训斥一顿不敢再说了!"邵妻听了微笑着没有答话。贾婆又说:"只是在咱们秀才家,此事难以核计。若是别的人家,丢一尺而得一丈,这事真可以考虑。"邵妻听了还是笑笑没有说话。贾婆又拍着手说:"这事如果真的成了,对我老婆子来说也是不合算的。我经常受到夫人的厚爱,一进屋就陪着说话,斟茶倒酒。如果得到千金聘礼,出门骑马坐车,回来楼房绣阁,我老婆子再登门时，看门人就会呵斥我了。”邵妻听了这些话，沉吟了好一会儿，就起身进里屋去，同她丈夫说话去了；过了一会儿，又把女儿叫过去；又过了一阵子，三人一起出来了。邵妻笑着说：“这丫头真奇怪，多少不错的人都看不上，听说给人做妾倒愿意去。恐怕要被读书人耻笑啊！”贾婆说：“如果进门以后生个儿子，那大夫人便没奈何了！”说完，又告诉了柴廷宾打算与大老婆分开居住的打算。邵妻听了更加高兴，把女儿叫过来说：“你自己和贾姥姥说说。这事是你自己主张的，不要后悔，以致埋怨父母。”邵女不好意思地说：“父母安稳幸福地颐养天年，养个闺女就算有依靠了。何况我看自己命薄，如果找个高贵人家，必然要减寿，稍微受点儿折磨，未必不是福气。上次看见柴郎也是个福相，子孙必然有兴旺发达的。”贾婆听了这番话非常高兴，赶快连颠带跑地去报告柴廷宾。

柴喜出非望，即置千金，备舆马，娶女于别业，家人无敢言者。女谓柴曰：“君之计，所谓燕巢于幕[①]，不谋朝夕者也。塞口防舌，以冀不漏，何可得乎？请不如早归，犹速发而祸小。”柴虑摧残，女曰：“天下无不可化之人。我苟无过，怒何由起？”柴曰：“不然。此非常之悍，不可情理动者。”女曰：“身为贱婢，摧折亦自分耳。不然，买日为活，何可长也？”柴以为是，终踌躕而不敢决。一日，柴他往。女青衣而出[②]，命苍头控老牝马[③]，一妪携襆从之[④]，竟诣嫡所，伏地而陈。妻始而怒，既念其自首可原，又见容饰兼卑，气亦稍平。乃命婢子出锦衣衣之，曰：“彼薄幸人播恶于众[⑤]，使我横被口语[⑥]。其实皆男子不义，诸婢无行，有以激之。汝试念背妻而立家室，此岂复是人矣？”女曰：“细察渠似稍悔之[⑦]，但不肯下气耳。谚云：‘大者不伏小。’以礼论：妻之于夫，犹子之于父，庶之于嫡也。夫人若肯假以词色，则积怨可以尽捐。”妻云：“彼自不来，我何与焉？”即命婢媪为之除舍。心虽不乐，亦暂安之。

【注释】

①燕巢于幕：喻处境危险。南朝梁丘迟《与陈伯之书》：“夫以慕容超之强……方当系颈蛮邸，悬首藁街，而将军鱼游于沸鼎之中，燕巢于飞幕之上，不亦惑乎！”飞幕，飞动摇荡的帐幕。

②女青衣而出：谓邵女穿着丫环的衣服出来。青衣，汉代以后为卑贱者的服装。

③苍头：指仆人。苍，青色。汉时仆隶以青色巾包头，因称。牝(pìn)：母，鸟兽的雌性。

④襆(fú)：包袱。

⑤薄幸人：轻薄寡情的人。

⑥横被口语：枉遭非议。横，枉。口语，指众口非议。

⑦渠：他。

【译文】

柴廷宾听到这消息喜出望外，立即备足了千金，套上车马，把邵女娶到别墅来，仆人们人也不敢告诉金氏。邵女对柴廷宾说：“你的这个办法，就如同燕子把巢筑在布帘上，不考虑会朝不保夕啊。让别人都不说话，希望事情不泄漏出去，这可能吗？请你不如早点儿带我回家，事情早点儿挑明，祸还小一些。”柴廷宾担心邵女会受到摧残，邵女说：“天下没有不可教化的人。如果我没有过错，她又怎能发怒呢？”柴廷宾说：“不是你讲的这样。她这人非常凶悍，不是用情理所能打动的。”邵女说：“我本来就是地位卑贱的小妾，受折磨也是应该的。不然的话，花钱买日子过，怎么能够长久呢？”柴廷宾觉得她说得很对，但始终拿不定主意，不敢下决心回去。一天，柴廷宾有事外出。邵女换上丫环穿的青衣出门，让仆人赶着匹老马，一个老仆妇拿着行李跟随，一直来到金氏的住所，跪在地上讲了事情的经过。金氏开始很生气，继而觉得邵女主动上门自首可以原谅，又见她衣着朴素，态度谦卑，气也渐渐平息了一些。就让丫环拿绸缎衣服让邵女穿上，说："那个无情无义的人在众人面前说我坏话，让我背上了恶名。其实全都是男人不义，那几个丫头没有德性，激我发怒。你想一想，背着妻子又另立家室的人，这还算个人吗？"邵女说："我仔细观察，他好像也有些后悔，只是不肯低声下气认错罢了。俗话说：'大者不伏小。'以礼来论：妻子对丈夫来说就如同儿子对父亲，妾对妻一样。夫人如果肯对他体贴宽容一些，积怨就可以完全消除了。"金氏说："他自己不来，我怎么办呢？"就让丫环仆妇们为邵女布置房间。心里虽然不高兴，暂时没有发怒。

柴闻女归，惊惕不已[①]，窃意羊入虎群，狼藉已不堪矣。疾奔而至，见家中寂然，心始稳贴。女迎门而劝，令诣嫡所，柴有难色。女泣下，柴意少纳。女往见妻曰："郎适归，自惭无以见夫人，乞夫人往一姗笑之也[②]。"妻不肯行。女曰："妾已言：夫之于妻，犹嫡之于庶。孟光举案[③]，而人不以为谄[④]，何哉？分在则然耳[⑤]。"妻乃从之。见柴曰："汝狡兔三窟[⑥]，何归为？"柴俛不对。女肘之，柴始强颜笑。妻色稍霁，将返。女推柴从之，又嘱庖人备酌。自是夫妻复和。女早起青衣往朝，盥已，授帨[⑦]，执婢礼甚恭。柴入其室，苦辞之，十馀夕始肯一纳。妻亦心贤之，然自愧弗如，积惭成忌。但女奉侍谨，无可蹈瑕[⑧]，或薄施诃谴[⑨]，女惟顺受。

【注释】

①惊惕(tì):惊惧,警惕。

②姗笑:嘲笑。姗,讥讽。

③孟光举案:谓妻子敬事丈夫。《后汉书·梁鸿传》载,梁鸿家贫,洁身不仕,与妻孟光避居吴地,"依大家皋伯通,居庑下,为人赁舂。每归,妻为具食,不敢于鸿前仰视,举案齐眉"。

④谄:谄媚,讨好。

⑤分在则然:名分所在即应如此。分,名分,规范。

⑥狡兔三窟:藏身之处很多。《战国策·齐策》:"狡兔有三窟,仅得免其死耳。今君有一窟,未得高枕而卧也。"狡,狡猾。窟,洞穴。

⑦授帨(shuì):送上面巾拭手。帨,佩巾。古时妇女用以擦拭不洁。

⑧无可蹈瑕:无机会寻隙施暴。

⑨诃谴:批评责骂。

【译文】

柴廷宾听说邵女回家了,既吃惊又忧惧,暗想这如同羊入虎群,可能邵女早就给摧残得不成样子了。急忙奔回家中,见家里安安静静,心才安定下来。邵女出门相迎,劝他到金氏屋中去,柴廷宾面有难色。邵女流下眼泪,他才稍微有些听进去。邵女又去见金氏,说:"郎君刚才回来了,自觉无脸面来见夫人,请夫人过去给他个笑脸吧。"金氏不肯去。邵女说:"我已经说过:丈夫对于妻子,就如同妻对于妾。孟光对丈夫举案齐眉,而人们不以为是谄媚,为什么呢?是因为按名分应该这样做。"金氏这才听从了。见到柴廷宾,金氏说:"你是狡兔三窟啊,还回来干什么?"柴廷宾低头不语。邵女用胳膊肘碰了他一下,柴廷宾才勉强笑了一笑。金氏的脸色平和了,要回内室去。邵女推柴廷宾让他跟着一起去,又嘱咐厨子准备酒菜。从此夫妻又和好了。邵女每天早晨穿着丫环的服装向金氏夫妻问安,侍候他们梳洗,如同丫环一样,很是恭敬。柴廷宾进入邵女的房间,邵女苦苦地劝他走,十多天才肯留他住一晚。

金氏也认为邵女很贤惠，但觉得自己比不上邵女，渐渐地从惭愧变成了忌恨。因邵女侍奉得非常周到，找不到她的毛病，有时训斥几句，邵女都逆来顺受。

一夜，夫妇少有反唇，晓妆犹含盛怒。女捧镜，镜堕，破之。妻益恚[①]，握发裂眦[②]。女惧，长跪哀免。怒不解，鞭之至数十。柴不能忍，盛气奔入，曳女出。妻呶呶逐击之[③]。柴怒，夺鞭反扑，面肤绽裂，始退。由此夫妻若仇。柴禁女无往，女弗听，早起，膝行伺幕外。妻搥床怒骂[④]，叱去不听前。日夜切齿，将伺柴出而后泄愤于女。柴知之，谢绝人事，杜门不通吊庆[⑤]。妻无如何，惟日挞婢媪以寄其恨，下人皆不可堪。自夫妻绝好，女亦莫敢当夕，柴于是孤眠。妻闻之，意亦稍安。

【注释】

①恚(huì)：愤怒。

②握发裂眦(zì)：手握头发，瞪着眼睛。裂眦，眼眶瞪裂，极言愤怒时眼球暴出时的情状。眦，眼眶。

③呶呶(náo)：唠叨不止。

④搥(chuí)：敲击。

⑤吊庆：指日常应酬。吊，吊丧。庆，庆典。

【译文】

一天夜里，金氏与柴廷宾有点儿小争吵，第二天早晨梳洗的时候仍然怒气不消。邵女为她捧着镜子，不小心镜子掉在地上，打碎了。金氏更加生气，握着头发，眼睛瞪得很大。邵女很害怕，直挺挺地跪在地上，哀求金氏饶恕。金氏怒气不消，抽打邵女数十鞭。柴廷宾忍不下去，怒冲冲地奔进屋里，把邵女拉出来。金氏唠叨着在后面追赶。柴廷宾大怒，夺过鞭子抽打金氏，金氏脸上和身上都被抽破了，才退了回去。从此夫妻二人如仇人一般。柴廷宾让邵女不要再到金氏屋里去，邵女不听，早晨起来，跪地前行，等候在金氏的帐外。金氏搥着床怒骂，不让邵女前来。金氏日夜咬牙切齿，想等柴廷宾出去再拿邵女出气。柴廷宾知道金氏的想法，谢绝交往，闭门不出。金氏无可奈何，只好每天鞭打其他的丫环仆妇，来发泄愤怒，下人们都受不了她的虐待。自从夫妻反目，邵女也不敢和柴廷宾住在一起，柴廷宾只好孤眠。金氏知道了，心情稍为安定。

有大婢素狡黠，偶与柴语，妻疑其私，暴之尤苦。婢辄于无人处，疾首怨骂[①]。一夕，轮婢直宿，女嘱柴，禁无往，曰："婢面有杀机，叵测也[②]。"柴如其言，招之来，诈问："何作？"婢惊惧无所措词。柴益疑，检其衣，得利刃焉。婢无言，惟伏地乞死。柴欲挞之。女止之曰："恐夫人所闻，此婢必无生理。彼罪固不赦，然不如鬻之[③]，既全其生，我亦得直焉[④]。"柴然之。会有买妾者，急货之。妻以其不谋故，罪柴，益迁怒女，诟骂益毒。柴忿顾女曰："皆汝自取。前此杀却，乌有今日[⑤]。"言已而走。妻怪其言，遍诘左右，并无知者，问女，女亦不言。心益闷怒，捉裾浪骂[⑥]。柴乃返，以实告。妻大惊，向女温语，而心转恨其言之不早。柴以为嫌隙尽释，不复作防。适远出，妻乃召女而数之曰："杀主者罪不赦，汝纵之何心？"女造次不能以词自达[⑦]。妻烧赤铁烙女面，欲毁其容。婢媪皆为之不平。每号痛一声，则家人皆哭，愿代受死。妻乃不烙，以针刺胁二十馀下[⑧]，始挥之去。柴归，见面创，大怒，欲往寻之。女捉襟曰："妾明知火坑而故蹈之。当嫁君时，岂以君家为天堂耶？亦自顾薄命，聊以泄造化之怒耳[9]。安心忍受，尚有满时；若再触焉，是坎已填而复掘之也[10]。"遂以药糁患处[11]，数日寻愈。忽揽镜，喜曰："君今日宜为妾贺，彼烙断我晦纹矣！"朝夕事嫡，一如往日。

【注释】

①疾首：谓怨恨之甚。《诗·小雅·小弁》："心之忧矣，疢如疾首。"

②叵(pǒ)测：不可测，难以预料。叵，不可。

③鬻(yù)：卖。

④得直：得到报酬。直，工钱，报酬。

⑤乌有：怎么会有。乌，何。

⑥捉裾浪骂：扯着衣服大骂。裾，衣襟。

⑦造次：匆忙，仓促。

⑧胁：从腋下到肋骨尽处。

⑨造化：命运，上天。指自然的创造化育。

⑩坎：低洼之处。

⑪糁(sǎn)：谷类的小渣。这里指代涂抹药粉末。

【译文】

有一个年纪稍大颇狡黠的丫环，偶尔和柴廷宾说了句话，金氏怀疑她与柴廷宾有私情，打得格外凶。丫环经常在没人的地方，恶狠狠地咒骂。一天晚上，轮到这个丫环伺候金氏睡觉，邵女嘱咐柴廷宾不要让这个丫环去，说："这个丫环面有杀气，居心难测。"柴廷宾听了邵女的话，把丫环叫来，诈问说："你想干什么？"丫环惊吓得无言对答。柴廷宾更加怀疑，搜她衣服，发现了一把锋利的刀子。丫环无话可说，只是伏在地上求死。柴廷宾要打她。邵女制止说："恐怕夫人会听到，这样这个丫环就没命了。她的罪过固然不可饶恕,然而不如卖掉她,既保住了她的性命,我们还能得到身价钱。”柴廷宾同意了。正巧有人要买妾,急忙把她卖了。金氏因为这事没和她商量,怪罪柴廷宾,越加迁怒邵女,骂得更凶了。柴廷宾生气地看着邵女说:“都是你自己招来的。前些日子她要被人杀了,哪会弄到今天这个样子。”说完转身走了。金氏觉得这话很奇怪,问遍了身边的人,没有一个人知道,问邵女,邵女也不说。金氏更加闷得发怒,扯着衣襟大骂。这时柴廷宾又返回来,把实情告诉了她。金氏大吃一惊,对邵女说话时也温和多了,然而内心又恨她不早点儿对自己说。柴廷宾以为二人前嫌已释,就不再提防。恰巧柴廷宾有事出远门,金氏就叫来邵女数落说:“杀主人的,罪不能赦,你把她放走了,是何居心?”邵女仓促之间找不到合适的话来回答。金氏烧红了烙铁烙邵女的脸,想毁坏她的容貌。家中丫环仆妇都为邵女感到不平。邵女每哀号一声,仆人们都哭起来,说愿意代她去死。这时金氏才不烙了,用针扎她的肋下二十多次,才挥手让她走了。柴廷宾回来,看到邵女脸上的烧伤,大怒,要去找金氏。邵女拉着他的衣襟说:“我明知这是个火坑,却故意往里跳的。我嫁你的时候,难道认为你家是天堂吗?我也是看自己命薄,因此来让上天发泄怒气罢了。安心忍受,还有尽头;如果再去触犯,是把填平的土坑又掘开啊。”于是将伤口涂上药,过了几天就好了。有一天照镜子,忽然高兴地说:“夫君今天应当向我道贺,她把我脸上那道晦气的纹路烙断了。”此后邵女仍一如既往,早晚侍奉金氏。

金前见众哭,自知身同独夫,略有愧悔之萌[①],时时呼女共事,词色平善。月馀,忽病逆[②],害饮食。柴恨其不死,略不顾问。数日,腹胀如鼓,日夜寝困[③]。女侍伺不遑眠食[④],金益德之。女以医理自陈,金自觉畴昔过惨,疑其怨报,故谢之[5]。金为人持家严整，婢仆悉就约束，自病后，皆散诞无操作者[6]。柴躬自纪理[7]，劬劳甚苦[8]，而家中米盐，不食自尽。由是慨然兴中馈之思[9]，聘医药之。金对人辄自言为“气蛊”[10]，以故医脉之，无不指为气郁者。凡易数医，卒罔效，亦滨危矣。又将烹药，女进曰：“此等药，百裹无益，只增剧耳。”金不信。女暗撮别剂易之。药下，食顷三遗[11]，病若失。遂益笑女言妄，呻而呼之曰：“女华陀[12]，今如何也！”女及群婢皆笑。金问故，始实告之。泣曰：“妾日受子之覆载而不知也[13]！今而后，请惟家政，听子而行。”

【注释】

①略有愧悔之萌：稍微萌发了愧悔之意。萌，萌芽。

②病逆：中医指气血不和，胃气不顺等病症。

③寖(jìn)困：痛苦，难受。

④不遑：来不及。遑，闲暇。

⑤谢：婉言拒绝。

⑥散诞：散漫放诞。

⑦躬自纪理：亲自经营管理。

⑧劬(qú)劳：辛苦，劳累。

⑨兴中馈之思：产生了对妻子的思念。中馈，古时指妇女在家主持饮食之事。《易·家人》：“无攸遂，在中馈。”此处代指妻室。

⑩气蛊：亦称“气臌”。中医认为由怒气郁结而致腹部肿胀的一种疾病。

⑪食顷三遗：一顿饭的工夫，大便三次。遗，遗矢，大便。《史记·廉颇蔺相如列传》：“赵使还报王曰：廉将军虽老，尚善饭，然与臣坐，顷之三遗矢矣。”

⑫华陀：应作“华佗”，汉末名医。沛国谯（今安徽亳州）人，精于方药、针灸及外科手术，首创麻沸散及五禽戏。

⑬覆载：谓天覆地载的大恩。《礼记·中庸》：“天之所覆，地之所载，日月所照，霜露所队，凡有血气者，莫不尊亲。”

【译文】

金氏见她烙邵女时，众人都哭，知道自己已成为孤家寡人，略有愧悔之意，经常叫着邵女和她一起做事，言辞和态度都比较和善。过了一个多月，金氏忽然得了胃气不顺的病，吃不下东西。柴廷宾恨不得她早点儿死，所以也不来看视照顾。过了几天，金氏腹胀如鼓，日夜难眠。邵女悉心侍候，顾不上吃饭睡觉，金氏更加感动。邵女讲了一些医治此病的办法，金氏内心觉得过去对待邵女太残忍刻薄，疑心邵女会报复，谢绝了她提的医治办法。金氏为人持家都很严厉有方，丫环仆人都听从她的管束，自从她病了以后，众人都懒懒散散不好好干活。柴廷宾亲自出来操持家务，十分辛苦，而家中的米盐，没吃就没有了。由此想到妻子原先管家的不易，于是请医生为金氏看病。金氏对人们说自己患的是“气蛊”病，因此医生诊脉时，都说是气郁造成的。换了几个医生，都没有效果，生命处于垂危之中。又熬药时，邵女对金氏说：“这样的药，吃一百剂也不顶用，只会增加病情。”金氏不信。邵女暗中换了别的方药。金氏吃下药，一顿饭工夫拉了三次肚子，病就好了。金氏更加笑话邵女的话不对，假作呻吟状喊邵女说：“女华佗，现在怎么样啊！”邵女和丫环们都笑起来。金氏问笑什么，邵女才如实说了。金氏流着泪说：“我今天受到你这样的大恩大德，却还不知道！从今以后，家中的事，全都由你做主吧。”

无何，病痊，柴整设为贺。女捧壶侍侧，金自起夺壶，曳与连臂，爱异常情。更阑，女托故离席，金遣二婢曳还之，强与连榻。自此，事必商，食必偕，姊妹无其和也。无何，女产一男。产后多病，金亲调视，若奉老母。后金患心痗[①]，痛起，则面目皆青，但欲觅死。女急市银针数枚，比至，则气息濒尽，按穴刺之，画然痛止[②]。十馀日复发，复刺，过六七日又发。虽应手奏效，不至大苦，然心常惴惴，恐其复萌。夜梦至一处，似庙宇，殿中鬼神皆动。神问："汝金氏耶？汝罪过多端，寿数合尽。念汝改悔，故仅降灾，以示微谴。前杀两姬，此其宿报[③]。至邵氏何罪而惨毒如此？鞭打之刑，已有柴生代报，可以相准[④]；所欠一烙二十三针，今三次，止偿零数，便望病根除耶？明日又当作矣！"醒而大惧，犹冀为妖梦之诬。食后果病，其痛倍切。女至，刺之，随手而瘥[⑤]。疑曰："技止此矣，病本何以不拔[⑥]？请再灼之。此非烂烧不可，但恐夫人不能忍受。"金忆梦中语，以故无难色。然呻吟忍受之际，默思欠此十九针，不知作何变症，不如一朝受尽，庶免后苦。炷尽，求女再针。女笑曰："针岂可以泛常施用耶？"金曰："不必论穴，但烦十九刺。"女笑不可。金请益坚，起跪榻上，女终不忍。实以梦告，女乃约略经络，刺之如数。自此平复，果不复病。弥自忏悔[⑦]，临下亦无戾色[⑧]。

【注释】

①心痗（mèi）：心病。《诗·卫风·伯兮》："愿言思伯，使我心痗。"朱熹注："痗，病也。"

②画然：忽然。

③宿报：前世作恶的报应。

④相准：相抵。准，折算，抵偿。

⑤瘥（chài）：病愈。

⑥病本:病根。

⑦弥自:更加。

⑧临下亦无戾色:对待下人也没有凶恶的脸色。下,下人。戾色,粗声恶气。

【译文】

不久,金氏的病全好了,柴廷宾设宴为她贺喜。邵女捧着酒壶站在旁边侍候,金氏起来夺过酒壶,拉着她和自己坐在一起,异常地友爱。夜深了,邵女借故离席,金氏让两个丫环把她拉回来,非让她和自己住在一起。从此后,有事一起商量,吃饭在一个桌上,比亲姐妹还要亲密。不久,邵女生了一个男孩。邵女产后经常生病,金氏亲自调养护理,如同照顾自己的母亲一样。后来,金氏得了心口疼病,疼起来,脸色都变青了,简直不想再活下去。邵女急忙去买了几枚银针,买回来,金氏已近气绝,邵女赶快依穴位扎针,疼痛立刻止住了。过了十几天,金氏又犯病了,邵女又为她针灸,过了六七天病又复发。虽然手到病除,不至于有大的痛苦,但金氏心中常常惴惴不安,惟恐犯病。一天夜里,金氏在梦中来到一个地方,好像是庙宇,殿中的鬼神都会动。神问:“你就是金氏吗?你的罪过太多,寿数也到头了。念你能够悔改,所以只降点儿灾难,以示谴责。以前你杀的那两个妾,这是她们命中注定的报应。至于邵氏,她有什么罪过,而要受到如此惨毒的对待呢?你鞭打她的刑罚,已有柴廷宾替她报了,可以抵消了;你欠她的一烙铁和二十三针,至今才还报了三针,只是个零头,这样就指望消除病根吗?明天又该犯病了!”金氏梦醒之后非常害怕,但还侥幸地希望那噩梦不会成为现实。吃完饭后果然又发病了,而且加倍地疼痛。邵女来,用针一刺,病立即好了。邵女疑惑不解地说:“我的技能就这些了,病根怎么除不去呢?请让我再用艾灸灸。这个病非得烧烂了不成,只怕夫人不能忍受。”金氏回忆梦中神说的话,因此面无难色。然而在呻吟着忍受痛苦的时候,心中默想,还欠下的十九针,不知会变出什么病症来,不如这一次把痛苦受尽，以免将来再受。艾柱烧完了，金氏请求邵女再施针灸。邵女笑着说："针灸怎可随便乱用呢？"金氏说："不必按穴位，只麻烦你再扎十九针。"邵女笑着说不能这样做。金氏坚决请求，起床跪着哀求，邵女还是不忍心。金氏把梦中的事以实相告，邵女才按着穴位扎了十九针。从此以后，金氏的病就好了，果然不再复发。她更加深自忏悔，对仆人也不再恶声严气了。

子名曰俊，秀惠绝伦。女每曰："此子翰苑相也[①]。"八岁有神童之目，十五岁，以进士授翰林。是时柴夫妇年四十，如夫人三十有二三耳[②]。舆马归宁[③]，乡里荣之。邵翁自鬻女后，家暴富，而士林羞与为伍[④]，至是，始有通往来者。

【注释】

①翰苑相：有跻身翰林院的骨相。翰苑，指翰林院，所属职官统称翰林，其长官为掌院学士，以大臣充任。在明清时代翰林例由进士出身者担任。相，骨相。按照所谓冰鉴之术的说法，人的命运可从其形貌测相出来。

②如夫人：妾的别称。指邵女。

③归宁：男子归省父母。

④士林：犹前文"儒林"。指儒者，读书人。

【译文】

邵女生的儿子名叫柴俊，聪明绝顶。邵女常说："这个孩子有当翰林的相貌。"八岁时被人看作神童，十五岁考中进士，授予翰林的官职。这时，柴廷宾夫妇年纪四十岁，邵女只有三十二三岁。柴俊衣锦还乡，乡亲们都感到荣耀。邵女的父亲自从卖了闺女，家中暴富，但读书人都羞于和他为伍，到这时，才有人和他往来。

异史氏曰：女子狡妒，其天性然也。而为妾媵者，又复炫美弄机，以增其怒。呜呼！祸所由来矣。若以命自安，以分自守，百折而不移其志，此岂梃刃所能加乎[①]？乃至于再拯其死，而始有悔悟之萌。呜呼！岂人也哉！如数以偿，而不增之息，亦造物之恕矣[②]。顾以仁术作恶报，不亦傎乎[③]！每见愚夫妇抱疴终日[④]，即招无知之巫，任其刺肌灼肤而不敢呻，心尝怪之，至此始悟。

【注释】

①梃(tǐng)刃：棍棒与刀。

②恕：宽恕。

③傎(diān)：同“颠”。颠倒，错乱。

④疴(kē)：病。

【译文】

异史氏说：女子狡黠嫉妒，这是她们的天性。而那些做妾的，又要炫耀她们的美色和机智，来增加正妻的愤怒。唉！灾祸就是由此产生的啊。如果做妾的能够安于自己的命运，守住自己的本分，受到任何挫折也不改变态度，难道棒打刀割的刑罚还能加在身上吗？至于像金氏这样，妾挽救了她的生命，她才开始有悔悟的表现。唉！这种人还算个人嘛！上天只是按照她的罪行如数惩罚了，而没有增加利息多加责罚，这已经是上天对她的宽恕了。看看那些对别人的仁爱而报之以恶的人，不是太颠倒是非了吗！常常看到一些愚蠢的夫妇整天生病，就找那些无知的巫医来医治，任凭他针刺火烧也不敢呻吟，心中感到很奇怪，听了金氏的事，才明白是怎么回事了。

闽人有纳妾者[①]，夕入妻房，不敢便去，伪解屦作登榻状。妻曰："去休！勿作态！"夫尚徘徊，妻正色曰："我非似他家妒忌者，何必尔尔[②]。"夫乃去。妻独卧，辗转不得寐，遂起，往伏门外潜听之。但闻妾声隐约，不甚了了，惟"郎罢"二字，略可辨识。郎罢，闽人呼父也。妻听逾刻，痰厥而踣[③]，首触扉作声。夫惊起，启户，尸倒入。呼妾火之，则其妻也。急扶灌之。目略开，即呻曰："谁家郎罢被汝呼！"妒情可哂。

【注释】

①闽：福建的简称。

②尔尔：这样。

③痰厥：中医病症名。指因痰盛气闭而引起四肢厥冷，甚至昏厥的病症。踣(bó)：跌倒。

【译文】

有个福建人娶了个妾，他晚上到妻子的房中去，不敢马上就离开，装作脱鞋上床的样子。妻子说："快去吧！别装模作样了！"丈夫还装作犹豫的样子，妻子脸色庄重地说："我不是那种爱嫉妒的人，你何必做出这个样子呢。"这样丈夫才走了。妻子独卧房中，辗转反侧，无法入眠，于是就起床，到妾的房门外偷听。只隐约能听到妾的声音，但听不清楚，只有"郎罢"二字，约略可分辨出来。郎罢是福建人对父亲的称呼。妻子听了一刻多钟，一口痰涌上来，憋得昏倒在地，头撞到门上发出了响声。丈夫惊慌地起来，打开门，一个人僵尸般地倒进屋里。赶快喊妾拿灯，一照，原来是妻子。急忙扶起来给灌了几口水。妻子刚略微睁开眼，就呻吟着说："谁家的郎罢让你叫啊！"其嫉妒之情真是好笑。

巩仙

【题解】

本篇有两条故事线索，其一发生在巩道人与鲁王之间，其二发生在巩道人与尚秀才之间，而以前者为主。

巩道人的幻术，可以称作是“袖里乾坤”——所有幻术都是从袖里发生出来的。袖子也是弥缝情节的黏合剂，不仅演绎出奇奇怪怪的各种幻术情节，而且巩道人仙去之后，所遗袖子还可以治难产。结末，尚秀才的儿子“名之秀生，秀者袖也”，尚秀才用巩道人留下的袖子救了鲁王的爱妃母子，鲁王与尚秀才相识，送还了尚秀才所爱的歌姬。所以，虽然本篇写巩道人的幻术散漫丰富，却一线贯穿而不显散碎。袖里乾坤寄托着蒲松龄的浪漫想象，也寄托着如《桃花源记》般的政治向往：“中有天地，有日月，可以娶妻生子，而又无催科之苦，人事之烦，则袖中虮虱，何殊桃源鸡犬哉！”

巩道人，无名字，亦不知何里人[①]。尝求见鲁王[②]，阍人不为通[③]。有中贵人出[④]，揖求之。中贵见其鄙陋，逐去之。已而复来，中贵怒，且逐且扑。至无人处，道人笑出黄金二百两，烦逐者覆中贵：“为言我亦不要见王，但闻后苑花木楼台，极人间佳胜，若能导我一游，生平足矣。”又以白金赂逐者。其人喜，反命[⑤]。中贵亦喜，引道人自后宰门入[⑥]，诸景俱历[⑦]。又从登楼上。中贵方凭窗，道人一推，但觉身堕楼外，有细葛绷腰[⑧]，悬于空际，下视则高深晕目，葛隐隐作断声。惧极，大号。无何，数监至[⑨]，骇极。见其去地绝远，登楼共视，则葛端系棂上[⑩]，欲解援之，则葛细不堪用力。遍索道人已杳矣。束手无计，奏之鲁王。王诣视[11]，大奇之。命楼下藉茅铺絮，将因而断之。甫毕，葛崩然自绝，去地乃不咫耳[12]。相与失笑。

【注释】

①何里：什么地方。里，故乡。

②鲁王：明太祖朱元璋第十子朱檀封鲁王，洪武十八年（1385）就藩兖州，二十二年（1389）薨，谥曰荒。见《明史·宗室十五王·太祖诸子》。

③通：传报。

④中贵人：宫中的宦官。

⑤反命：复命，回报。

⑥后宰门：此指鲁王府的小门或后门。后宰，是古代专管王室衣食供给的机构。

⑦历：游历。

⑧葛：一种藤本植物。绷：捆束，缠绕。

⑨监：内监，太监。

⑩棂：窗棂，窗上的格子。

⑪诣视：犹临视，亲去看视。

⑫不咫（zhǐ）：不到一尺远。咫，古代长度单位，周制8寸，合市尺6寸2分2厘。

【译文】

巩道人，没有名字，也不知是哪里人。有一次，他到鲁王府求见鲁王，门人不给通报。这时，一个太监从里面出来，巩道人向太监作揖，求他通报。太监见他粗俗浅薄，就把他赶走了。不一会儿，巩道人又来了，太监发了怒，叫人对他边赶边打。走到一个没人的地方，巩道人笑着拿出二百两黄金，请追打他的人告诉那位太监："对他说我也不是要见王爷，只是听说王府后花园的花木楼台，是人间少有的景物，如果能领着我去看一看，今生的愿望就满足了。"又拿出银子送给追打的人。这人很高兴，回去把这话就告诉了太监。太监也很高兴，就领着巩道人从王府后门进了花园，各种景物全都看到了。又领着他上了楼。太监刚走到窗前，巩道人一推，太监就觉得身子坠到了楼外，有一根细葛藤绷住了腰，身子悬在半空中，往下一看，离地很远，头晕目眩，葛藤还发出了要断的声音。太监害怕极了，大声喊叫起来。不一会儿，来了好几个太监，都吓得要命。见他离地太远，就赶快登上楼去看，只见葛藤的一端系在窗棂上，想解开葛藤把人救下来，但葛藤太细，不敢用力。到处寻找巩道人，已不知去向。众人束手无策，只好报告了鲁王。鲁王来到一看，也感到很奇怪。下令在楼下铺上茅草和棉絮，然后再把葛藤弄断。刚把茅草和棉絮铺好，葛藤"嘣"的一声自己断了，太监掉在地上，原来离地面不过一尺。人们相视大笑。

王命访道士所在。闻馆于尚秀才家[①]，往问之，则出游未复。既，遇于途，遂引见王。王赐宴坐，便请作剧[②]。道士曰："臣草野之夫，无他庸能。既承优宠，敢献女乐为大王寿[③]。"遂探袖中出美人，置地上，向王稽拜已。道士命扮瑶池宴本[④]，祝王万年。女子吊场数语[⑤]。道士又出一人，自白"王母"[⑥]。少间，董双成、许飞琼……一切仙姬[⑦]，次第俱出。末有织女来谒[⑧]，献天衣一袭[⑨]，金彩绚烂，光映一室。王意其伪，索观之。道士急言："不可！"王不听，卒观之，果无缝之衣[⑩]，非人工所能制也。道士不乐曰："臣竭诚以奉大王，暂而假诸天孙，今为浊气所染，何以还故主乎？"王又意歌者必仙姬，思欲留其一二，细视之，则皆宫中乐妓耳。转疑此曲，非所夙谙[11]，问之，果茫然不自知。道士以衣置火烧之，然后纳诸袖中，再搜之，则已无矣。王于是深重道士，留居府内。道士曰："野人之性，视宫殿如藩笼，不如秀才家得自由也。"每至中夜，必还其所，时而坚留，亦遂宿止，辄于筵间颠倒四时花木为戏。王问曰："闻仙人亦不能忘情，果否？"对曰："或仙人然耳。臣非仙人，故心如枯木矣。"一夜，宿府中，王遣少妓往试之。入其室，数呼不应，烛之，则瞑坐榻上。摇之，目一闪即复合，再摇之，齁声作矣[12]。推之，则遂手而倒，酣卧如雷，弹其额，逆指作铁釜声。返以白王。王使刺以针，针弗入。推之，重不可摇，加十馀人举掷床下，若千斤石堕地者。旦而窥之，仍眠地上。醒而笑曰："一场恶睡，堕床下不觉耶！"后女子辈每于其坐卧时，按之为戏，初按犹软，再按则铁石矣。

【注释】

①馆：寓居，暂住。

②作剧：此指表演幻术。

③女乐（yuè）：歌舞伎。寿：祝人长寿。

④瑶池宴本：明代有《蟠桃会》、《八仙庆寿》等传奇，演瑶池蟠桃结实后，西王母大开寿宴，诸仙参加瑶池宴会，为西王母祝寿。此处巩道人借此剧为鲁王祝寿。瑶池，古代传说中昆仑山上的池名，西王母所居之地。《穆天子传》："乙丑，天子觞西王母于瑶池之上。"本，剧本。

⑤吊场：戏曲术语。一出戏的结尾，其他演员都已下场，留下一二人念下场诗；或一出戏中一个场面结束，由某一个演员说几句说

白，转到另一个场面。

⑥王母：即西王母。

⑦董双成、许飞琼：都是神话传说中西王母的侍女。见《汉武帝内传》。

⑧织女：星名。此指神话人物。传说她长年织造云锦，故称。《汉书·天文志》："织女，天女孙也。"故也称"天孙"。

⑨一袭：一件。

⑩无缝之衣：指神仙之衣。宋《太平广记》引《灵怪录》，谓太原郭翰暑月卧庭中，见有少女自空而下，视其衣，无缝。翰问故，女答曰："天衣，本非针线为也。"

⑪夙(sù)谙(ān)：平素所知道的。

⑫齁(hōu)：熟睡时的鼻息声。

【译文】

鲁王下令查访巩道人住在什么地方。听说住在尚秀才家中，派人询问，巩道人出游还没回来。随后，差人在回府的途中遇到了巩道人，就领着他来见鲁王。鲁王设下酒宴，请巩道人入座，并请他变戏法。巩道人说："我本是草野之民，没有什么能耐。既然承蒙王爷优待宠爱，我就斗胆献上一台戏为大王祝寿吧。"于是从袖中掏出一个美女，放在地上，美女向鲁王磕头。巩道人命她演瑶池宴，祝福鲁王万寿无疆。美女念了几句开场白。巩道人又从袖中掏出一个女子，女子自称"王母娘娘"。一小会儿，董双成、许飞琼……许多仙女，一个个地出来。最后织女出来了，献上一件天衣，金光灿烂，光辉照映全室。鲁王怀疑是假的，要拿过来看。巩道人急忙说："不可以。"鲁王不听，最后还是要过来看了，果然是无缝的天衣，不是人工能够缝制出来的。巩道人不高兴地说："我竭尽诚心侍奉大王，暂时从织女那儿借来天衣，现在被浊气污染了，怎么还给主人呀？"鲁王又以为那些唱歌演戏的女子必定是仙女，想留下一二人在身边，但仔细一看，原来都是自己宫中的乐妓。又怀疑她们演唱的曲子不是原来就会的，一问，果然茫然无知。巩道人把天衣放在火上烧了一烧，然后放在衣袖内，再一看他的袖内，天衣已经没有了。鲁王因此特别器重巩道人，让他住在府内。巩道人说："我这山野人的性情，看这宫殿就如同笼子一样，不如住在秀才家自由。"每当半夜时分，必定回到秀才家中，有时鲁王坚决挽留他，也就住下来，总是在筵席上变出不当时令的花木作为游戏。鲁王问："听说仙人也不能忘记男女之情，是吗？"巩道人回答说："也许仙人是那样吧。臣不是仙人，所以心如枯木一样。"一天夜里，巩道人住在王府，鲁王派了一名年轻的歌妓去试探他。歌妓进入巩道人住的屋子，喊了几声也没人答应，点上灯一看，只见巩道人闭目坐在床上。用手摇一摇，巩道人睁一下眼又闭上了，再摇，则打起了鼾声。用手一推，随手而倒，躺在床上鼾声如雷，弹弹他的额头，发出像敲击铁锅一样的声音。歌妓回去报告了鲁王。鲁王让人用针去扎，针扎不进。用手去推，重得不可摇动，让十多个人把巩道人抬起来扔到床下，好像千斤巨石落地一般。天亮去看，巩道人仍睡在地上。醒后笑着说："好一场恶睡，掉到床下都不知道啊！"后来一些女子每当巩道人坐着或躺着时，就按他来开玩笑，初按时他的身体还是软的，再按就如同铁石一样硬了。

道士舍秀才家，恒中夜不归[①]。尚锁其户，及旦启扉，道士已卧室中。初，尚与曲妓惠哥善[②]，矢志嫁娶。惠雅善歌，弦索倾一时[③]。鲁王闻其名，召入供奉，遂绝情好。每系念之，苦无由通。一夕，问道士："见惠哥否？"答言："诸姬皆见，但不知其惠哥为谁。"尚述其貌，道其年，道士乃忆之。尚求转寄一语，道士笑曰："我世外人，不能为君塞鸿[④]。"尚哀之不已。道士展其袖曰："必欲一见，请入此。"尚窥之，中大如屋，伏身入，则光明洞彻，宽若厅堂，几案床榻，无物不有，居其内，殊无闷苦。道士入府，与王对弈。望惠哥至，阳以袍袖拂尘[⑤]，惠哥已纳袖中，而他人不之睹也。尚方独坐凝想时，忽有美人自檐间堕，视之，惠哥也。两相惊喜，绸缪臻至。尚曰："今日奇缘，不可不志。请与卿联之[⑥]。"书壁上曰："侯门似海久无踪[⑦]。"惠续云："谁识萧郎今又逢[⑧]。"尚曰："袖里乾坤真个大[⑨]。"惠曰："离人思妇尽包容。"书甫毕，忽有五人入，八角冠，淡红衣，认之，都与无素[⑩]。默然不言，捉惠哥去。尚惊骇，不知所由。道士既归，呼之出，问其情事，隐讳不以尽言。道士微笑，解衣反袂示之[⑪]。尚审视，隐隐有字迹，细裁如虮[⑫]，盖即所题句也。

【注释】

①恒：经常，总是。

②曲妓：乐妓。

③弦索倾一时：谓演奏技艺超群出众。弦索，指演奏弦乐，如弹奏琵琶或筝。倾，胜过，超越。

④塞鸿：唐传奇薛调《无双传》中人物。作品写王仙客与无双自幼相爱，后来无双因家败被收为宫女。王仙客的仆人塞鸿曾多方设法，使得王仙客会见无双，并为无双传书于王仙客。

⑤阳：装作。

⑥联之：指联句成诗。联句为旧时作诗方式之一。一般是一人出上句，续者对成一联，再出上句，轮流相继，缀成一诗。

⑦侯门似海：王公贵族的门庭像大海那样深邃。唐范摅《云溪友议·襄阳杰》：唐代诗人崔郊与其姑母的侍婢相恋，后婢被卖于连帅。寒食日崔郊与她相遇，赠诗云："公子王孙逐后尘，绿珠垂泪滴罗巾。侯门一入深如海，从此萧郎是路人。"

⑧萧郎：旧时诗词中习用语，女子对所爱恋的男子的称呼。

⑨乾坤：犹言天地。指空间。

⑩无素：平日没有交往。

⑪反袂(mèi)：把衣袖翻过来。

⑫虮(jǐ)：虱子的卵。

【译文】

巩道人住在尚秀才家，经常到半夜还不回来。尚秀才就锁上了门，到早晨打开门时，巩道人已经睡在卧室内了。当初，尚秀才与一名卖唱的女子惠哥相好，二人发誓要结为夫妇。惠哥歌唱得很好，乐器也弹奏得超群出众。鲁王听到她的名声，把她召入王府来侍奉自己，于是和尚秀才无缘相见了。尚秀才经常想念她，苦于没人通个消息。一天晚上，尚秀才问巩道人："你见到惠哥没有？"巩道人说："王府的歌姬我都见到了，只是不知道哪个是惠哥。"尚秀才描述了她的容貌，说了她的年龄，巩道人就想起来了。尚秀才求巩道人转告一句，巩道人笑着说："我是世外之人，不能为你鸿雁传书。"尚秀才不停地哀求。巩道人把袖子展开说："你一定要见惠哥，请进袖里来吧。"尚秀才往袖里一看，里面像屋子那样大，伏下身进去，里边明亮宽绰，像厅堂一样，桌椅床凳，样样俱全，住在里边，一点儿也不憋闷烦恼。巩道人进了王府，和鲁王下棋。看到惠哥来了，装作用袍袖拂尘，袖子一挥，惠哥已进入了袖中，周围的人什么也没有看到。尚秀才正独坐沉思时，忽然看到一位美人从房檐上掉下来，一看，原来是惠哥。两人万分惊喜，亲热备至。尚秀才说："今日这段奇缘，不能不记下来。咱俩合作一首诗吧。"尚秀才提笔在墙上写道："侯门似海久无踪。"惠哥续写："谁识萧郎今又逢。"尚秀才又写："袖里乾坤真个大。"惠哥续写："离人思妇尽包容。"刚书写完毕，忽然进来五个人，戴着八角冠，穿着淡红衣，仔细一看，都不认识。五人一语不发，把惠哥抓走了。尚秀才又惊又怕，不知是怎么回事。巩道人回到尚秀才家后，叫尚秀才从袖中出来，问他会见惠哥的事情，尚秀才隐瞒了一些事，没有全部讲出来。巩道人微笑着，把道袍脱下来，翻过袖子让尚秀才看。尚秀才仔细一看，隐隐约约有字迹，像虮子般大小，原来是他们题写的诗句。

后十数日，又求一入。前后凡三入。惠哥谓尚曰："腹中震动，妾甚忧之，常以紧帛束腰际。府中耳目较多。倘一朝临蓐[①]，何处可容儿啼？烦与巩仙谋，见妾三叉腰时[②]，便一拯救。"尚诺之。归见道士，伏地不起。道士曳之曰："所言，予已了了[③]，但请勿忧。君宗祧赖此一线[④]，何敢不竭绵薄[⑤]？但自此不必复入。我所以报君者，原不在情私也。"后数月，道士自外入，笑曰："携得公子至矣。可速把襁褓来！"尚妻最贤，年近三十，数胎而存一子，适生女，盈月而殇[⑥]。闻尚言，惊喜自出。道士探袖出婴儿，酣然若寐，脐梗犹未断也。尚妻接抱，始呱呱而泣。道士解衣曰："产血溅衣，道家最忌，今为君故，二十年故物，一旦弃之。"尚为易衣。道士嘱曰："旧物勿弃却，烧钱许[⑦]，可疗难产，堕死胎。"尚从其言。

【注释】

①临蓐：临产。蓐，草垫子。

②三叉（chá）腰：腰围三叉。指腰围粗大。叉，拇指与中指伸开，两指端之间距。

③了了：知晓。

④宗祧（tiāo）：后继，宗嗣。

⑤绵薄：微力，微劳。尽力的谦称。

⑥殇：夭折。

⑦钱许：1钱多重。钱，市制重量单位，1两的1/10。

【译文】

又过了十几天，尚秀才又请求进入袖中和惠哥相见。前后共见了三次。惠哥对尚秀才说："我腹中的胎儿已经在动了，我很忧愁，经常用带子束住腰。王府中耳目众多，一旦临产，哪里容得下孩儿的哭声呢？快和巩仙人商量一下，见我的腰有三叉那么粗的时候，请他救一救我。"尚秀才答应了。回家见到巩道人，尚秀才跪地行礼不起。巩道人把他拉起来说："你们所说的话，我已经知道了，请你们不要发愁。你家传宗接代就靠这个孩子了，我怎敢不竭尽全力呢？但从此以后你就不要进去了。我所以报答你的，原本不在儿女私情上。"过了几个月，巩道人从外边回来，笑着说："我把公子给带来了。赶快把包孩子的小被子拿来！"尚秀才的妻子非常贤惠，年龄已近三十，生了几个孩子，只活下来一个儿子。这时刚生了一个女儿，出了满月就死了。听尚秀才说有个儿子，惊喜地从屋内出来。巩道人从袖中抱出婴儿，孩子还酣然而睡，脐带还没有断呢。尚妻把孩子接过来，孩子才"呱呱"地哭起来。巩道人把道袍解下来说："产血溅在衣服上，是道家最忌讳的，今天我为了你，穿了二十年的道袍只好抛弃了。"尚秀才为他换了一件衣服。巩道人嘱咐说："旧道袍不要扔，烧一钱灰吃了，可以治疗难产，堕下死胎。"尚秀才听从他的话把道袍收藏起来。

居之又久，忽告尚曰："所藏旧衲[①]，当留少许自用，我死后亦勿忘也。"尚谓其言不祥。道士不言而去，入见王曰："臣欲死！"王惊问之，曰："此有定数，亦复何言。"王不信，强留之，手谈一局[②]，急起，王又止之。请就外舍，从之。道士趋卧，视之已死。王具棺木以礼葬之。尚临哭尽哀[③]，始悟曩言盖先告之也[④]。遗衲用催生，应如响[⑤]，求者踵接于门。始犹以污袖与之，既而翦领衿，罔不效。及闻所嘱，疑妻必有产厄[⑥]，断血布如掌，珍藏之。

【注释】

①旧衲：此指为产血溅污的道服。衲，僧衣。

②手谈：下围棋。古人称下围棋为坐隐或手谈。南朝宋刘义庆《世说新语·巧艺》："王中郎以围棋是坐隐，支公以围棋为手谈。"

③临哭：临坟哭吊。

④曩（nǎng）：旧，从前。

⑤应如响：如声响相应。喻极为灵验。

⑥产厄：分娩之灾。

【译文】

巩道人在尚秀才家又住了很久，忽然告诉尚秀才说："你收藏的道袍，要留一点儿自己用，我死后也不要忘记这件事。"尚秀才认为巩道人的话不吉利。巩道人没再说什么就走了，去王府对鲁王说："臣要死了！"鲁王吃惊地问怎么回事，巩道人说："这是有定数的，也没什么可说的了。"鲁王不相信，坚留他，二人刚下了一盘棋，巩道人急忙站起来要走，鲁王又不让他走。巩道人请求到外面的屋子去，鲁王答应了。巩道人跑到屋里就躺下了，一看，已经死了。鲁王为他备下棺木，以礼安葬。尚秀才到坟前痛哭，十分哀伤，这时才醒悟巩道人原来的话是预先告诉他的。巩道人留下的道袍用来催生，十分灵验，来尚家求药的人一个接一个。开始时尚秀才把沾了血的袖子给人，后来剪下衣襟、领子，照样有效。尚秀才听了巩道人的嘱咐，怀疑妻子将来会有难产，就剪下手掌大的一块沾血的道袍，珍藏起来。

会鲁王有爱妃，临盆三日不下[①]，医穷于术。或有以尚生告者，立召入，一剂而产。王大喜，赠白金、彩缎良厚，尚悉辞不受。王问所欲，曰："臣不敢言。"再请之，顿首曰："如推天惠[②]，但赐旧妓惠哥足矣。"王召之来，问其年，曰："妾十八入府，今十四年矣。"王以其齿加长，命遍呼群妓，任尚自择，尚一无所好。王笑曰："痴哉书生！十年前订婚嫁耶？"尚以实对。乃盛备舆马，仍以所辞彩缎，为惠哥作妆，送之出。惠所生子，名之秀生，秀者袖也，是时年十一矣。日念仙人之恩，清明则上其墓[③]。

【注释】

①临盆：临产。

②推天惠：施予恩惠，推恩。天惠，上天的恩赐。此指鲁王的恩赐。

③上其墓：祭扫其坟。

【译文】

恰遇鲁王的爱妃生孩子，三天也没有生下来，医生也束手无策了。有人把尚秀才的事报告了鲁王，鲁王立即把尚秀才召来，爱妃只吃了一次袍灰，孩子就生下来了。鲁王大喜，赠给尚秀才许多白银和彩缎，尚秀才一概推辞不要。鲁王问他想要什么，尚秀才说："臣不敢说。"鲁王一再催他讲出来，他才跪地磕头说："如果王爷开恩，把以前的歌妓惠哥赐给我，我就心满意足了。"鲁王把惠哥叫来，问她的年龄，惠哥说："妾十八岁时入府，至今已十四年了。"鲁王觉得她年岁大了，就把所有的歌女都叫来，任凭尚秀才自己挑选，尚秀才一个都不喜欢。鲁王笑着说："真是个呆头呆脑的书生啊！难道十年前你们订下婚约了吗？"尚秀才把实情告诉了鲁王。鲁王隆重地为他准备了车马，仍把他推辞不要的白银、彩缎送给他，作为惠哥的嫁妆，送他们回家。惠哥所生的儿子，名叫秀生，也就是袖生的意思，这时他已经十一岁了。尚秀才经常想起巩道人的恩情，清明就去上坟扫墓。

有久客川中者[①]，逢道人于途，出书一卷曰："此府中物，来时仓猝，未暇璧返[②]，烦寄去。"客归，闻道人已死，不敢达王，尚代奏之。王展视，果道士所借。疑之，发其冢，空棺耳。后尚子少殇，赖秀生承继，益服巩之先知云。

【注释】

①川中：指四川。

②璧返：归还借用之物的敬辞。

【译文】

有一位长时间住在四川的客人，在道上遇到了巩道人，巩道人拿出一卷书来，说："这是鲁王府内的东西，我来四川时比较仓猝，没有时间归还，就烦劳你捎回去吧。"客人回来，听说巩道人已死，不敢把此事报告鲁王，尚秀才替他禀奏上去。鲁王打开一看，果然是道人借去的书。他们对巩道人的死产生了怀疑，打开巩道人的坟墓，一看棺材是空的。后来，尚秀才的大儿子很年轻就死了，幸亏有秀生承继，因此更加佩服巩道人有未卜先知之明。

异史氏曰：袖里乾坤，古人之寓言耳，岂真有之耶？抑何其奇也！中有天地，有日月，可以娶妻生子，而又无催科之苦[①]，人事之烦，则袖中虮虱，何殊桃源鸡犬哉[②]！设容人常住，老于是乡可耳。

【注释】

①催科：催租。科，法规刑律。租税有法令科条，故称科。

②桃源：指陶渊明在《桃花源诗并记》中所描写的不受人间政治人事困扰的世外仙境。

【译文】

异史氏说：袖里乾坤，是古人的寓言罢了，难道真有这样的事吗？这是何等奇怪的事情呀！袖中有天地，有日月，还可以在里边娶妻生子，而且没有交税服役的苦恼，没有人事纠纷的烦恼，那么袖子里的虮子、虱子就如同桃花源中的鸡犬了！如果容许人在里边长住，在那里住到死也是可以的啊。

二商

【题解】

小说通过两个兄弟贫富的变化，说明手足之情的重要。中国封建社会是一个以男性血缘为纽带的宗法社会，强调血缘联系，《诗·棠棣》说："常棣之华，鄂不韡韡。凡今之人，莫如兄弟。死丧之威，兄弟孔怀。原隰裒矣，兄弟求矣。脊令在原，兄弟急难。每有良朋，况也永叹。兄弟阋于墙，外御其务。每有良朋，烝也无戎。"在儒家看来，妻子实际属于外姓，于是才有《三国演义》中"兄弟如手足，妻子如衣服，衣服破，尚可缝，手足断，安可续"的话。

阅读本篇有两点需要注意。其一是，蒲松龄并不是说妻子的话完全不能听，而是不可全听，是"不甚遵阃教"，有着分寸感。其二是，大商的妻子和二商的妻子在维护小家庭利益，漠视手足情谊上是一致的，只是一前一后，一明一暗，二商妻子的"阃教"不太明显，且二商占据着主动，容易忽视罢了。

莒人商姓者[①]，兄富而弟贫，邻垣而居[②]。康熙间，岁大凶，弟朝夕不自给。一日，日向午，尚未举火，枵腹蹀躞[③]，无以为计。妻令往告兄，商曰："无益。脱兄怜我贫也[④]，当早有以处此矣。"妻固强之，商便使其子往。少顷，空手而返。商曰："何如哉！"妻详问阿伯云何。子曰："伯踌躇目视伯母，伯母告我曰：'兄弟析居[⑤]，有饭各食，谁复能相顾也。'"夫妻无言，暂以残盎败榻[⑥]，少易糠粃而生。

【注释】

①莒：古邑名。位于山东东南部，在今山东莒县。

②邻垣而居：隔着墙住着的邻居。垣，墙。

③枵（xiāo）腹蹀（dié）躞：饿着肚子来回徘徊。枵，空。蹀躞，小步徘徊。

④脱：假使，万一。

⑤析居：分家。析，分。

⑥残盎：指无用的坛坛罐罐。盎，一种腹大口小的盛器。败榻：破床。指破烂家具。

【译文】

莒县有姓商的兄弟，哥哥家里富足，弟弟贫穷，两家隔墙而居。康熙年间，发生了大灾荒，弟弟家穷得连饭也吃不上。一天，已快到中午了，商老二家还没有做饭，饿得走来晃去，也没有办法。妻子让他去向哥哥求告，商老二说："没用。假如哥哥可怜咱们穷苦，早就给咱们想办法了。"妻子坚持让他去，他便让儿子去了。不一会儿，儿子空着手回来了。商老二说："怎么样！"妻子又详细问儿子伯父都说了些什么话。儿子说："伯父犹犹豫豫，眼睛直看着伯母，伯母对我说：'兄弟已经分家，有饭各人吃各人的，谁还顾得了谁啊。'"商老二夫妻听了这话默默不语，暂时用家中的破烂家具换了点儿糠秕来吃。

里中三四恶少，窥大商饶足[1]，夜逾垣入。夫妻惊寤[2]，鸣盥器而号。邻人共嫉之，无援者。不得已，疾呼二商。商闻嫂鸣，欲趋救。妻止之，大声对嫂曰："兄弟析居，有祸各受，谁复能相顾也！"俄，盗破扉，执大商及妇，炮烙之[3]，呼声綦惨[4]。二商曰："彼固无情，焉有坐视兄死而不救者！"率子越垣，大声疾呼。二商父子故武勇，人所畏惧，又恐惊致他援，盗乃去。视兄嫂，两股焦灼，扶榻上，招集婢仆，乃归。

【注释】

①饶足：富足。

②惊寤：惊醒。

③炮烙：殷代的一种酷刑。此指用烧红的铁器炙烙。

④綦（qí）：极，很。

【译文】

村里有三四个恶棍，看到商老大有钱，夜里翻墙进了院子。商老大夫妻从梦中惊醒，赶快敲着盆子大声呼喊。邻居们都嫉妒他们，没有来救援的。不得已，他们只好赶忙去喊商老二。商老二听到嫂子呼救，就想去救他们。他的妻子拦住他不让他去，大声对嫂子说："兄弟已经分家，有祸各人承受，谁还顾得了谁啊！"不一会儿，强盗打破了商老大的家门，把商老大和他妻子捆起来，用烧红的烙铁来烙他们，商老大两口子的叫声十分悲惨。商老二说："他们固然无情，但也不能坐视哥哥死而不救啊！"于是领着儿子跳过墙去，大声疾呼。商老二父子本来就勇敢有力气，人们有所畏惧，盗贼又怕引来别人援救，就都跑了。商老二一看兄嫂，两条腿都被烙焦了，他把兄嫂扶到床上，把丫环仆人都叫回来,然后才回家。

大商虽被创,而金帛无所亡失,谓妻曰:“今所遗留,悉出弟赐,宜分给之。”妻曰:“汝有好兄弟,不受此苦矣!”商乃不言。二商家绝食[①],谓兄必有以报,久之,寂不闻。妇不能待,使子捉囊往从贷[②],得斗粟而返。妇怒其少,欲反之,二商止之。逾两月,贫馁愈不可支[③]。二商曰:“今无术可以谋生,不如鬻宅于兄。兄恐我他去,或不受券而恤焉[④],未可知。纵或不然,得十馀金,亦可存活。”妻以为然,遣子操券诣大商。大商告之妇,且曰:“弟即不仁,我手足也。彼去则我孤立,不如反其券而周之。”妻曰:“不然。彼言去,挟我也,果尔,则适堕其谋。世间无兄弟者,便都死却耶!我高葺墙垣[⑤],亦足自固。不如受其券,从所适,亦可以广吾宅。”计定,令二商押署券尾[⑥],付直而去。二商于是徙居邻村。

【注释】

①绝食:断炊。

②贷:借贷。

③馁(něi):饥饿。

④不受券:不接受宅契。指不忍心买其住宅。券,契约。

⑤葺(qì):原指用茅草覆盖房子,后泛指修理房屋。

⑥押署券尾:在卖契上签字画押。券尾,指卖契的末下端。

【译文】

商老大虽然受了伤,但财产没有什么损失,他对妻子说:“现在留下的这些财产,全靠弟弟才保留下来,应该分给他一些。”妻子说:“你要有个好兄弟，也不至于受这个苦了！”商老大也就不说话了。商老二家没粮食吃了，心想这次哥哥必定会有报答，过了好久，也没有动静。商老二的妻子等不得，叫儿子提着口袋去商老大家借粮，儿子拿回来一斗小米。商老二的妻子嫌少，气得要送回去，被商老二制止了。过了两个月，商老二一家饿得受不了了。商老二说：“现在没有别的办法谋生，不如把房子卖给哥哥。哥哥怕我离他远去，或许不要咱的房契而能帮助点儿也未可知。即使不这样，我们能得十几两银子，也可以活下去。”妻子觉得很有道理，就让儿子带着房契去见商老大。商老大把这事告诉了妻子，并且说：“弟弟即使不好，也是我的亲手足。他走了我们就孤立了，不如把房契还给他，周济他一些钱财。”他的妻子说：“你说得不对。他说要走，实际是威胁我们，如果按你说的办，恰恰中了他的计。世上没有兄弟的人，便都死了不成！我们把墙修得高高的，足以自卫。不如留下他的房契，任凭他到别处去，还可以扩大我们的住宅。”商量定了，让商老二在房契上画了押，给了房钱，就让他们走了。商老二于是搬到了邻村。

乡中不逞之徒[①]，闻二商去，又攻之。复执大商，搒楚并兼[②]，梏毒惨至[③]，所有金赀，悉以赎命。盗临去，开廪呼村中贫者[④]，恣所取，顷刻都尽。次日，二商始闻，及奔视，则兄已昏愦不能语，开目见弟，但以手抓床席而已。少顷遂死。二商忿诉邑宰。盗首逃窜，莫可缉获。盗粟者百馀人，皆里中贫民，州守亦莫如何[⑤]。大商遗幼子，才五岁，家既贫，往往自投叔所，数日不归，送之归，则啼不止。二商妇颇不加青眼[⑥]。二商曰：“渠父不义，其子何罪？”因市蒸饼数枚，自送之。过数日，又避妻子，阴负斗粟于嫂，使养儿。如此以为常。又数年，大商卖其田宅，母得直，足自给，二商乃不复至。

【注释】

①不逞之徒:犯法为非的人。

②搒楚:拷打。

③梏毒:用毒刑折磨。毒,伤害。

④廪(lǐn):米仓。

⑤州守:知州,州的主管官员。莫如何:无可奈何。

⑥不加青眼:翻白眼,不喜爱。青眼,与白眼相对。指喜爱,欣赏。据《晋书·阮籍传》,阮籍能作"青白眼":两眼正视,露出虹膜,则为青眼,以看他尊敬的人;两眼斜视,露出眼白,则为白眼,以看他不喜欢的人。

【译文】

原来村中的那些不法之徒,听说商老二搬走了,又闯进商老大家。他们把商老大捆起来,又抽又打,用了各种刑罚,十分悲惨,家中所有的钱财都给了他们用来赎命。强盗临走时,打开粮仓,呼喊村中的穷人任意来拿,顷刻之间,粮食就被拿光了。第二天,商老二才听说了这件事,跑去一看,哥哥已神志不清,不能说话,睁开眼看了看弟弟,只是用手抓了抓床席。不一会儿就死了。商老二愤怒地到县衙告状。为首的强盗已经逃窜,无法捉拿。抢米的老百姓有百馀人,都是村里的贫民,官府也无可奈何。商老大留下的儿子才五岁,家里已经穷了,孩子常常自己跑到叔叔家,住上几天都不愿回去,要送他走,他就啼哭不止。商老二的妻子也没有好脸色。商老二说:"他父亲不义,儿子有什么罪?"就买了几个蒸饼,亲自把孩子送回去。过了几天,又避开妻子,暗中背了一斗米送给嫂子,让她抚养儿子。这样做,已成了常事。又过了几年,商老大家把田地房屋都卖了,商老大的妻子得了钱,足以自给,商老二才不到商老大家去。

后岁大饥，道殣相望[①]，二商食指益繁，不能他顾。侄年十五，荏弱不能操业[②]，使携篮从兄货胡饼[③]。一夜，梦兄至，颜色惨戚曰："余惑于妇言，遂失手足之义。弟不念前嫌，增我汗羞。所卖故宅，今尚空闲，宜僦居之[④]。屋后蓬颗下[⑤]，藏有窖金，发之，可以小阜[⑥]。使丑儿相从，长舌妇余甚恨之，勿顾也。"既醒，异之。以重直啖第主[⑦]，始得就，果发得五百金。从此弃贱业，使兄弟设肆廛间[⑧]。侄颇慧，记算无讹，又诚悫[⑨]，凡出入，一锱铢必告[⑩]。二商益爱之。一日，泣为母请粟[⑪]。商妻欲勿与，二商念其孝，按月廪给之[⑫]。数年家益富。大商妇病死，二商亦老，乃析侄，家赀割半与之。

【注释】

①道殣(jìn)相望：路上饿死的人，到处可见。《左传·昭公二年》："宫室兹侈，道殣相望。"殣，饿死。

②荏(rěn)弱：柔弱，体弱。操业：干活。

③胡饼：芝麻烧饼。胡，胡麻，即芝麻，相传张骞从西域传入，故称。

④僦(jiù)：租赁。

⑤蓬颗：长有蓬草的土块。

⑥阜：盛，多。这里是富裕的意思。

⑦重直：重金。啖：以利益诱人。

⑧设肆廛(chán)间：在街市上开个店铺。廛，商业区。

⑨悫(què)：忠厚。

⑩出入：支出与收入。锱铢：锱和铢都是古代微小重量单位。这里指极少量的钱财。

⑪请粟：乞粮。请，乞求。

⑫廪给：泛指衣食等生活资料。

【译文】

后来有一年又闹灾荒，路上经常能看到饿死的人，商老二家人口也多了，顾不上照顾别人。商老大的儿子十五岁了，身体很弱，干不了营生，就让他提个篮子跟着叔叔家的哥哥卖芝麻烧饼。一天夜里，商老二梦见哥哥来了，面容凄惨地对他说："我误听了你嫂子的话，以致失去了兄弟情义。弟弟你不计前嫌，真让我羞愧。卖掉的那座老房子，现在还空闲着，你赶快去租来住进去。屋后的草棵子下，藏有一些钱，挖出来，可以小富。让我那不成器的儿子跟随你吧，那个长舌妇我很恨她，就不要管她了。"商老二醒后，感到很奇怪。他出了高价向房主租房，才住进了老房子，果然挖出了五百两银子。从此以后，不再让儿子和侄儿卖烧饼，让他们兄弟在街上开了一间店铺。侄儿很聪明，记账算钱都不出差错，又诚实谨慎，凡是银钱出入，一文钱也向叔叔禀告。商老二更加喜欢这个侄儿。有一天，侄儿哭着请求叔叔给他母亲一点儿米。商老二的妻子不想给，商老二看侄儿孝顺，就按月给嫂嫂一些钱粮。过了几年，商老二家更加富裕。商老大的妻子病死了，商老二也老了，就和侄儿分家另过，把一半家产给了侄儿。

异史氏曰：闻大商一介不轻取与①，亦狷洁自好者也②。然妇言是听，愦愦不置一辞③，恝情骨肉④，卒以吝死⑤。呜呼！亦何怪哉！二商以贫始，以素封终。为人何所长？但不甚遵阃教耳⑥。呜呼！一行不同，而人品遂异。

【注释】

①一介：谓轻微。

②狷(juàn)洁自好：耿直守分，洁身自好。狷，耿直。

③愦愦：昏聩的样子。

④恝(jiá)情骨肉：对骨肉兄弟漠不关心。恝，冷漠，无动于衷。

⑤吝：吝啬。

⑥遵阃(kǔn)教：听老婆话。阃，阃闱，妇女所居的内室。借指妇人、妻子。

【译文】

异史氏说：听说商老大一文钱也不轻易收取或送人，也是一个洁身自好的人。但他一味听从老婆的话，糊里糊涂不说话，对骨肉兄弟冷淡无情，最后因吝啬而死。唉！这有什么可奇怪的呢！商老二开始贫穷，后来终于富贵。他为人有什么长处呢？只是不一味听从老婆的话罢了。唉！行为不同，而人品高低就不一样了。

沂水秀才

【题解】

故事如同民俗中小孩周岁时抓周测试兴趣，仅百馀字，从“二美人入，含笑不言”，到“美人取巾，握手笑出”，写得轻松飘逸，风姿绰然，而秀才的俗不可耐跃然纸上。

虽然故事以读书人为中心，沿袭了唐人笔记中的体例，却也见出当时的民俗风情。比如“作满洲调”，指语言中夹杂满语，大概当日很时髦，如同《阿Q正传》中的假洋鬼子说洋泾浜英语那样引人反感。

沂水某秀才，课业山中[①]。夜有二美人入，含笑不言，各以长袖拂榻，相将坐[②]，衣耎无声[③]。少间，一美人起，以白绫巾展几上，上有草书三四行，亦未尝审其何词。一美人置白金一铤[④]，可三四两许，秀才掇内袖中[⑤]。美人取巾，握手笑出，曰：“俗不可耐！”秀才扪金[⑥]，则乌有矣[⑦]。丽人在坐，投以芳泽[8]，置不顾，而金是取，是乞儿相也，尚可耐哉！狐子可儿[9]，雅态可想。

【注释】

①课业：学业，学习。

②相将：相随，相伴。

③耎（ruǎn）：同“软”。

④铤（dìng）：量词。用于金银及墨。

⑤掇（duó）内袖中：拾取放入袖中。内，“纳”的古字。

⑥扪：抚摸。

⑦乌有：无有。

⑧芳泽：本指妇女润发的香油。汉刘熙《释名·释首饰》：“香泽者，人发恒枯悴，以此濡泽之也。”此指美人手迹，即题字的白绫巾。

⑨可儿：可爱的人。南朝宋刘义庆《世说新语·赏誉》：“桓温行经王敦墓边过，望之云：‘可儿！可儿！’”

【译文】

沂水某秀才在山中读书。夜里来了两个美女，含笑不言，各自用长袖拂了拂床，一起坐下来，衣料柔软，没有一点儿声音。一会儿，一个美女站起来，把一块白绫子铺在桌子上，绫子上有三四行草书，秀才也没细看写的是什么字。另一个美女放在案上一块银子，大约有三四两重，秀才把银子收入袖中。美女把白绫子收起来，两人拉着手笑着出去了，临走说了句：“俗不可耐！”秀才摸摸袖中的银子，已经没有了。美女在座，送来美好的东西，秀才弃而不顾，见到银子立即收起，这是乞儿的行径啊，怎让人忍受呢！狐仙这可爱的人儿，文雅的神态可以想见。

友人言此，并思不可耐事，附志之：对酸俗客[1]；市井人作文语[②]；富贵态状；秀才装名士；旁观谄态；信口谎言不倦；揖坐苦让上下[③]；歪诗文强人观听；财奴哭穷；醉人歪缠；作满洲调[④]；体气若逼人语[⑤]；市井恶谑[⑥]；任憨儿登筵抓肴果；假人馀威装模样；歪科甲谈诗文[⑦]；语次频称贵戚[⑧]。

【注释】

①酸俗：迂腐庸俗。

②市井人：指商人。市井，古称进行买卖的街市。文语：文雅的话。

③揖坐苦让上下：在座次上苦苦地互相逊让。

④作满洲调：谓汉人模仿满洲人的腔调说官话。

⑤体气若逼人语：谓身有狐臭，却死死地挨近人说话。体气，此处指狐臭。

⑥恶谑（xuè）：开恶意的玩笑。

⑦歪科甲：指无才侥进的陋劣文人。歪，不正。科甲，指科甲出身的人。

⑧语次：谈话之间。

【译文】

友人说到这件事，我又想到一些让人不能忍受的事，附记下来：面对又穷酸又俗气的客人；大老粗硬说文绉绉的话；做出富贵的样子；秀才装扮成名士做派；旁观别人谄媚的样子；不知疲倦地信口说谎；在座次上苦苦地互相逊让；勉强别人观听他那半通不通的诗文；财主哭穷；醉汉歪缠；汉人作满人腔调；身有狐臭挨近人说话；市井人开恶意的玩笑；听任小孩子在筵席上抓东西吃；狐假虎威装模作样；无才侥进的陋劣文人评论诗文；一说话就声称自己有富贵的亲戚。

梅女

【题解】

本篇以鬼事穿插其中，以人鬼相恋为主要情节，而用意则在批判和警诫贪官。篇中的典史只是接受了小偷的三百文钱的贿赂，便污蔑良家少女不贞，以致梅女不堪羞辱自杀，使得蒲松龄愤怒地在故事中安排他“夺嘉耦，入青楼，卒用暴死”。

依据后面的附录：“贝丘典史最贪诈，民咸怨之。忽其妻被狡者诱与偕亡”云云，《梅女》中的典史，大概即是以淄川县的典史作为原型编撰的，具有极为现实的批判色彩。贝丘是刘宋时代淄川县的名称，只有极为熟悉舆地故典的人才会明白蒲松龄的所指。

虽然故事的政治批判色彩极强，但由于穿插着极为细腻的人情民俗细节，其中温柔多情的梅女，与封云亭玩交线之戏，为封云亭按摩，与浙娼爱卿三人做打马游戏，以及梅女果断地与封云亭离开娘家，娓娓叙来，人情味十足。而在本篇的高潮中，梅女与老妪巧遇贪腐的典史，两人声色俱厉，交相痛斥，情节诡异，慷慨激烈。这些描写使得本篇有血有肉，有政治指向而又远离了图解和概念的弊端。

封云亭，太行人①。偶至郡②，昼卧寓屋。时年少丧偶，岑寂之下③，颇有所思。凝视间，见墙上有女子影，依稀如画，念必意想所致。而久之不动，亦不灭，异之。起视转真，再近之，俨然少女，容蹙舌伸④，索环秀领。惊顾未已，冉冉欲下。知为缢鬼，然以白昼壮胆，不大畏怯，语曰：“娘子如有奇冤，小生可以极力⑤。”影居然下，曰：“萍水之人⑥，何敢遽以重务浼君子⑦？但泉下槁骸，舌不得缩，索不得除，求断屋梁而焚之，恩同山岳矣。”诺之，遂灭。呼主人来，问所见。

主人言："此十年前梅氏故宅，夜有小偷入室，为梅所执，送诣典史[⑧]。典史受盗钱三百，诬其女与通，将拘审验。女闻自经。后梅夫妻相继卒，宅归于余。客往往见怪异，而无术可以靖之[⑨]。"封以鬼言告主人。计毁舍易楹[⑩]，费不赀[⑪]，故难之，封乃协力助作。

【注释】

①太行(háng)：山名。在山西高原与河北平原之间。这里指太行山地区。

②郡：郡城，郡治所在地。此处指作者所在的济南府。

③岑寂：冷清，寂寞。

④蹙(cù)：皱，紧缩。

⑤极力：尽力，竭力。

⑥萍水之人：偶然相遇的人。浮萍随水，漂泊无定，因此用以比喻偶然相遇。唐王勃《滕王阁序》："萍水相逢，尽是他乡之客。"

⑦遽(jù)：仓促，迅速。浼(meǐ)：恳托。

⑧典史：为县令的佐杂官，掌管缉捕、稽查监狱。如无县丞、主簿，则典史兼领其职。

⑨靖：平息。

⑩楹：楹柱。

⑪费不赀：费用太多。不赀，不可计量。

【译文】

封云亭是太行人。他偶然来到郡城，白天在寓所内休息。封云亭当时正年少丧妻，孤单寂寞，不觉情思绵绵，意有所思。他正对着墙壁出神，发现墙上有个女子身影，依稀好像一张画，他以为是自己思虑过度而产生的幻觉。可是过了好一会儿，那影子不动，也不灭，封云亭感到很奇怪。他站起来看，女子的形象更清楚了，再走近一看，俨然是个少女，愁眉苦脸，伸着舌头，秀美的脖颈上还套着一条绳索。封云亭吃惊地看着，那女子好像要从墙上走下来。他知道这是个吊死鬼，但因为大白天胆壮，不太害怕，就对女子说："小娘子如果有奇冤，我可以尽力帮助你。"墙上的人影居然走下来，说："我和您萍水相逢，怎敢冒然以大事麻烦您呢？但我九泉下的尸骸，舌头缩不回去，脖子上的绳索拿不下来，求您把这屋梁弄断烧掉，对我就恩重如山了。"封云亭答应了她，那女子立刻不见了。封云亭把房主叫来，告诉他见到的事，并问是怎么回事。主人说："这座房子十年前是梅家的住宅，夜里有小偷入室，被梅家抓住了，送到县衙由典史处理。典史收受了小偷三百钱的贿赂，诬陷梅家的女儿和小偷通奸，还要传到公堂上审问。梅家姑娘听到后上吊而死。后来梅氏夫妇相继去世，这座宅子就归了我。客人往往能看到一些怪异的事情，但没法消除。"封云亭把鬼的话告诉了主人。他们商议拆房换梁，由于费用太多，有些为难，封云亭就出钱出力帮助改建。

既就而复居之。梅女夜至，展谢已，喜气充溢，姿态嫣然。封爱悦之，欲与为欢。瞒然而惭曰[①]："阴惨之气，非但不为君利，若此之为，则生前之垢[②]，西江不可濯矣[③]。会合有时，今日尚未。"问："何时？"但笑不言。封问："饮乎？"答曰："不饮。"封曰："对佳人，闷眼相看，亦复何味？"女曰："妾生平戏技，惟谙打马[④]。但两人寥落，夜深又苦无局[⑤]。今长夜莫遣，聊与君为交线之戏[⑥]。"封从之。促膝戟指[⑦]，翻变良久，封迷乱不知所从，女辄口道而颐指之[⑧]，愈出愈幻，不穷于术。封笑曰："此闺房之绝技也。"女曰："此妾自悟，但有双线，即可成文[⑨]，人自不之察耳。"更阑颇怠，强使就寝，曰："我阴人不寐，请自休。妾少解按摩之术，愿尽技能，以侑清梦[10]。”封从其请。女叠掌为之轻按，自顶及踵皆遍[11]，手所经，骨若醉。既而握指细擂，如以团絮相触状，体畅舒不可言。擂至腰，口目皆慵；至股，则沉沉睡去矣。及醒，日已向午，觉骨节轻和，殊于往日。心益爱慕，绕屋而呼之，并无响应。

【注释】

①瞒然：惭愧貌。《庄子·天地》：“子贡瞒然惭，俯而不对。”

②生前之垢：指典史诬陷之辱。垢，污，耻辱。

③西江：西来之江。指长江。濯：洗涤。

④打马：双陆游戏。双陆棋子称马，故其游戏也称打马。是古时流行的类似棋类的博戏。宋李清照《打马图经·打马赋》：“打马爰兴，樗蒱遂废。实小道之上流，乃深闺之雅戏。”

⑤局：棋盘。

⑥交线之戏：俗称翻线。一人架线于双手手指，线股对称成双；另一人接过，翻成另一花样；如此轮换翻弄，花样变化不尽。

⑦戟指：双手食指和拇指伸直，如戟形，用以架线。

⑧口道：口中讲说。颐指：颔示指点。颐，下颔。

⑨文：文采，纹理。指翻线的花样。

⑩侑：助。清梦：犹言雅梦。对别人睡眠的敬称。

⑪踵：脚后跟。

【译文】

改建后封云亭还住在这间屋里。梅女夜里又来了，道谢完毕，脸上充满了喜气，姿态妩媚。封云亭十分喜爱梅女，想与她同床共枕。梅女惭愧地说：“如果现在和你结合在一起，不仅我身上的阴惨之气对你不利，而且这种行为，会使我生前遭受的污辱，倾尽西江之水也洗不清了。

你我结合有期，现在还不到时候。”封云亭问：“什么时候？”梅女笑而不答。封云亭又问：“喝酒吗？”梅女说：“不喝。”封云亭说：“面对佳人，闷眼相看，还有什么趣味呀？”梅女说：“我一生对于游戏，只会玩‘打马’。但两个人玩太没意思，夜深又难以找到棋盘。现在漫漫长夜无可消遣，我就和你玩翻线的游戏吧。”封云亭听从了梅女的话。二人促膝而坐，翘起手指翻起线来，翻了好久，翻出很多花样，封云亭迷惑了，不知如何翻，梅女一边讲一边用下巴颏指示，愈变愈奇，花样不断。封云亭笑着说：“这是闺房的绝技啊。”梅女说：“这是我自己悟出来的，只要有两根线，就可变出各种花样，人们只是没有仔细钻研罢了。”夜深了，二人都很疲倦，封云亭非要梅女一起就寝，梅女说：“我们阴间人不睡觉，请你自己睡吧。我稍会一点儿按摩术，愿尽我的本事，帮你进入梦乡。”封云亭同意了她的请求。梅女两手相叠，轻轻给他按摩，从头顶到脚跟都按摩遍了，手所经过的地方，舒服得骨头像酥了一样。接着梅女又握拳轻轻地捶，好像挨着棉花团一样，浑身舒畅得难以形容。捶到腰部时，封云亭眼也懒得睁，嘴也懒得张；捶到大腿时，就沉沉睡着了。封云亭一觉醒来，天已快到晌午，只觉得浑身骨节轻松，和往日大不相同。他心中对梅女更加爱慕，绕着屋子喊她，没有人答应。

日夕，女始至。封曰：“卿居何所，使我呼欲遍？”曰：“鬼无常所，要在地下。”问：“地下有隙，可容身乎？”曰：“鬼不见地，犹鱼不见水也。”封握腕曰：“使卿而活，当破产购致之。”女笑曰：“无须破产。”戏至半夜，封苦逼之。女曰：“君勿缠我。有浙娼爱卿者，新寓北邻，颇极风致。明夕，招与俱来，聊以自代，若何？”封允之。次夕，果与一少妇同至，年近三十已来，眉目流转，隐含荡意。三人狎坐，打马为戏。局终，女起曰：“嘉会方殷[①]，我且去。”封欲挽之，飘然已逝。两人登榻，于飞甚乐[②]。诘其家世，则含糊不以尽道，但曰："郎如爱妾，当以指弹北壁，微呼曰壶卢子，即至。三呼不应，可知不暇[③]，勿更招也。"天晓，入北壁隙中而去。次日，女来。封问爱卿，女曰："被高公子招去侑酒，以故不得来。"因而翦烛共话[④]。女每欲有所言，吻已启而辄止。固诘之，终不肯言，欷歔而已。封强与作戏，四漏始去[⑤]。自此二女频来，笑声常彻宵旦，因而城社悉闻[⑥]。

【注释】

①嘉会方殷：欢会正盛。

②于飞：比翼而飞。以喻男女欢会，两情相得。《诗·大雅·卷阿》："凤凰于飞，翙翙其羽，亦集爰止。"

③暇：空闲，闲暇。

④剪烛共话：灯下闲谈。剪烛，剪去烛花，使烛光明亮。

⑤四漏：四更。凌晨1点至3点。

⑥城社：犹言全城。社，里社。

【译文】

太阳落山时，梅女才来。封云亭说："你住在什么地方，让我到处呼喊？"梅女说："鬼没有固定的住处，大多都在地下。"封云亭问："难道地下有缝隙可以容身吗？"梅女说："鬼看不到地，就和鱼儿看不到水一样。"封云亭握着梅女的手腕说："假如你能复活，我就是倾家荡产也要把你娶来。"梅女笑着说："不需要倾家荡产。"两人说笑到半夜，封云亭苦求梅女和他同寝。梅女说："你不要缠我。有个浙江的妓女叫爱卿的，刚住到我的北边，很有风韵。明天晚上，让她和我一起来，让她替我陪你，怎么样？"封云亭答应了。第二天晚上，果然有一位少妇和梅女一同来，少妇约有三十岁左右，眉目流转，隐含着一种轻佻的神气。三人亲热地坐在一起，玩起了打马的游戏。一局终了，梅女站起来说："美好的相会正在兴头上，我暂且先回去了。"封云亭想要挽留，梅女飘然已逝。封云亭和爱卿上床就寝，男欢女爱，竭尽欢乐。封云亭问爱卿的家世，她含含糊糊不肯说明，只是说："郎君如果喜欢我，只要用手指弹弹北墙，小声呼唤'壶卢子'，我立刻就到。喊三次我还没来，就是我没空暇，就不要再呼唤我了。"天亮时，爱卿由北墙的缝隙里走了。第二天，梅女来了。封云亭打听爱卿，梅女说："被高公子叫去陪酒了，因此不能来。"两人就在灯下说话。梅女总好像要说什么话，嘴已经张开要讲，却又停止了。封云亭再三追问，梅女始终不肯说，只是低声地叹息不已。封云亭尽力与她玩笑嬉戏，四更过后，梅女才离去。从此以后，梅女和爱卿经常到封云亭的住处来，欢笑之声通宵达旦，因而城里的人都知道了这件事。

典史某，亦浙之世族[①]，嫡室以私仆被黜[②]。继娶顾氏，深相爱好，期月殀殂[③]，心甚悼之。闻封有灵鬼，欲以问冥世之缘，遂跨马造封[④]。封初不肯承，某力求不已。封设筵与坐，诺为招鬼妓。日及曛[⑤]，叩壁而呼，三声未已，爱卿即入。举头见客，色变欲走，封以身横阻之。某审视，大怒，投以巨碗，溘然而灭[⑥]。封大惊，不解其故，方将致诘。俄暗室中一老妪出，大骂曰："贪鄙贼！坏我家钱树子[⑦]！三十贯索要偿也[⑧]！"以杖击某，中颅。某抱首而哀曰："此顾氏，我妻也。少年而殒，方切哀痛，不图为鬼不贞。于姥乎何与？"妪怒曰："汝本浙江一无赖贼，买得条乌角带[⑨]，鼻骨倒竖矣[⑩]！汝居官有何黑白？袖有三百钱，便而翁也！神怒人怨，死期已迫，汝父母代哀冥司，愿以爱媳入青楼，代汝偿贪债，不知耶？"言已又击。某宛转哀鸣。方惊诧无从救解，旋见梅女自房中出，张目吐舌，颜色变异，近以长簪刺其耳。封惊极，以身障客，女愤不已。封劝曰："某即有罪，倘死于寓所，则咎在小生。请少存投鼠之忌[11]。"女乃曳妪曰："暂假馀息[12]，为我顾封郎也。"某张皇鼠窜而去。至署[13]，患脑痛，中夜遂毙。

【注释】

①浙：浙江。

②私仆：与仆人私通。黜：此指休弃。

③期(jī)月：满一月。殀(yǎo)殂：早死。

④造：登门拜访。

⑤曛(xūn)：落日的馀光，天昏黑。

⑥溘(kè)然：忽然。

⑦钱树子：摇钱树。传说中的一种宝树，摇摇它就会落下金钱来。

⑧索要：须要。

⑨买得条乌角带：意谓花钱买了个小小的官职。乌角带，用乌角圆板四片，镶以银边为饰的腰带，明代最低级官员的腰饰。

⑩鼻骨倒竖：谓其仰面朝天，傲气十足。

⑪投鼠之忌：以物投掷老鼠，应顾忌到砸坏老鼠所盘踞的器物。《汉书·贾谊传》："欲投鼠而忌器。"

⑫暂假馀息：暂且留他一命。假，贷，宽容。馀息，残存的气息。

⑬署：官署。

【译文】

衙门中有位典史，也是浙江的名门望族，他的妻子和仆人私通被他休回了娘家。又娶了顾氏为妻，两人感情很好，不料刚过了一个月顾氏就死了，典史很怀念她。听说封云亭家中有灵鬼，想问问自己能否和顾氏再结冥世之缘，于是骑马来拜访封云亭。开始时封云亭不想管他的事，但典史不停地请求。封云亭就摆下酒席让他入座，答应把鬼妓召来。黄昏时，封云亭叩了叩北墙呼唤，还没呼到三声，爱卿就进来了。爱卿抬头看到典史，脸色立刻变了，转身要走，封云亭连忙用身体把她挡住。典史仔细一看，大怒，拿起一个大碗向爱卿砸去，爱卿一下子就不见了。封云亭大吃一惊，不知是什么缘故，就想要询问。这时从暗室中走出一个老太太，大骂典史说："你这个贪婪卑鄙的贼！坏了我家的摇钱树！你要出三十贯钱赔偿我！"老太太用手中的拐杖向典史打去，正打在典史的头上。典史抱头痛苦地说："这女人是顾氏，是我的妻子。年纪很轻就死了，我正悲痛得不得了，没想到她成了鬼而不贞节。这事和您老有什么关系呀？"老太太怒冲冲地说："你本是浙江一个无赖贼，买了一个小官当，你就美得鼻孔朝天了！你当官分什么是非黑白？袖子里有三百文钱就是你老子！你弄得神怒人怨，死期眼看到了，你父母代你向阎王爷求情，愿意把他们心爱的媳妇送入青楼，替你偿还那些贪心债，你难道不知道吗？"说完又用拐杖打起来。典史痛得哀号。封云亭正惊诧万分而又无法解救之时，看到梅女从房中出来了，她瞪着眼，吐着舌头，脸色变得怕人，走近典史，用长簪子扎他的耳朵。封云亭十分吃惊，就用身子挡住了典史，梅女愤恨不已。封云亭劝她说："他即使有罪，如果死在我的寓所内，就要归罪于我了。投鼠忌器，请为我想一想吧。"梅女这才拉开老太太说："暂时留他一条命，为了我，不要连累封郎。"这时典史仓皇抱头鼠窜而去。跑回衙门，因头痛难忍，半夜就死了。

次夜，女出笑曰："痛快！恶气出矣！"问："何仇怨？"女曰："曩已言之：受贿诬奸，衔恨已久。每欲浼君，一为昭雪，自愧无纤毫之德，故将言而辄止。适闻纷拏[①]，窃以伺听，不意其仇人也。"封讶曰："此即诬卿者耶？"曰："彼典史于此，十有八年，妾冤殁十六寒暑矣。"问："妪为谁？"曰："老娼也。"又问爱卿，曰："卧病耳。"因冁然曰[②]："妾昔谓会合有期，今真不远矣。君尝愿破家相赎，犹记否？"封曰："今日犹此心也。"女曰："实告君：妾殁日，已投生延安展孝廉家。徒以大怨未伸，故迁延于是。请以新帛作鬼囊，俾妾得附君以往，就展氏求婚，计必允谐。"封虑势分悬殊[③]，恐将不遂。女曰："但去无忧。"封从其言。女嘱曰："途中慎勿相唤。待合卺之夕，以囊挂新人首，急呼曰：'勿忘勿忘！'"封诺之。才启囊，女跳身已入。

【注释】

①纷拏（ná）：纷乱，犹言纷攘。

②冁（chǎn）然：微笑的样子。

③势分：家势与身份。

【译文】

第二天夜里，梅女出来笑着说："真痛快！这口恶气可出了！"封云亭问："你和他有什么仇怨？"梅女说："从前我和你说过，官府接受贿赂诬陷我有奸情，我含恨很久了。我常想求你，帮我洗冤昭雪，但又自愧对你无丝毫好处，所以欲言又止。正巧听到你屋中的吵闹声，暗中偷听窥视，不想正是我的仇人。"封云亭惊讶地说："这就是诬陷你的那个人啊？"梅女说："他在这里当典史，已经十八年了，我含冤而死也已十六个寒暑了。"封云亭又问："那老太太是谁？"梅女说："是个老妓女。"封云亭又问爱卿怎么样了，梅女说："生病了。"梅女嫣然一笑说："我以前曾说咱俩会合有期，现在真的不远了。你曾说愿倾家荡产来娶我，还记得吗？"封云亭说："今天我还是这个心思啊。"梅女说："实话对你说吧：我死的那天，已投生到延安展孝廉家。只因怨仇未报，所以拖延到今天还在这里。请你用新绸子做个装鬼的口袋，使我能跟随你一起走，你到展家求婚，肯定一说就会答应。”封云亭担心自己和展孝廉家地位悬殊，恐怕不会成功。梅女说：“放心去吧，不要担忧。”封云亭听从了她的话。梅女嘱咐说：“在路上千万不要呼唤我。等到新婚之夜，你把这个装我鬼魂的袋子挂在新娘子的头上，急呼：‘勿忘勿忘！’”封云亭记下了。他刚打开袋子，梅女就跳了进去。

携至延安，访之，果有展孝廉，生一女，貌极端好，但病痴，又常以舌出唇外，类犬喘日[①]。年十六岁，无问名者[②]。父母忧念成痗[③]。封到门投刺[④]，具通族阀。既退，托媒。展喜，赘封于家。女痴绝，不知为礼，使两婢扶曳归室。群婢既去，女解衿露乳，对封憨笑。封覆囊呼之，女停眸审顾，似有疑思。封笑曰：“卿不识小生耶？”举之囊而示之。女乃悟，急掩衿，喜共燕笑[⑤]。诘旦，封入谒岳。展慰之曰：“痴女无知，既承青眷[⑥]，君倘有意，家中慧婢不乏，仆不靳相赠[⑦]。”封力辨其不痴，展疑之。无何，女至，举止皆佳，因大惊异。女但掩口微笑。展细诘之，女进退而惭于言[⑧]，封为略述梗概。展大喜，爱悦逾于平时。使子大成与婿同学，供给丰备。年馀，大成渐厌薄之[⑨]，因而郎舅不相能[⑩]，厮仆亦刻疵其短[⑪]。展惑于浸润[⑫]，礼稍懈。女觉之，谓封曰：“岳家不可久居，凡久居者，尽阘茸也[⑬]。及今未大决裂，宜速归。”封然之，告展。展欲留女，女不可。父兄尽怒，不给舆马。女自出妆赀贳马归[⑭]。后展招令归宁，女固辞不往。后封举孝廉，始通庆好。

【注释】

①类犬喘日：像狗在烈日下伸舌散热喘息。

②问名：古代婚礼程序之一。男家具书，请媒人到女家问女子的姓名和出生年月。女家复书，具告。男家据此占卜婚姻凶吉。这里谓作媒，提亲。

③痗(mèi)：因忧成病。

④投刺：递上名刺。刺，名片。

⑤燕笑：指闺房谈笑。

⑥青眷：示好眷顾。青，青眼，喜爱。

⑦靳：吝惜。

⑧进退：犹豫为难的样子。

⑨厌薄：嫌憎鄙视。

⑩郎舅：男子与其妻兄弟的合称。不相能：不相容。

⑪刻疵其短：刻薄地诽谤他的短处。疵，指责，批评。

⑫浸润：日积月累的谮言，如水浸润。《论语·颜渊》："浸润之谮，肤受之愬。"

⑬阘(tà)茸：指地位卑微或人品卑下猥琐。《汉书·司马迁传》："为埽除之隶，在阘茸之中。"

⑭贳(shì)：租借。

【译文】

封云亭携带着口袋来到延安，一打听，果然有个展孝廉，他生有一个女儿，容貌非常美丽，但得了痴呆病，又常常把舌头伸在唇外，就像暑天狗热得喘气一样。已经十六岁了，没有人来提亲。父母愁得都得了病。封云亭到展家门口递上了名片，见面后介绍了自己的家世。回来后，就请媒人去提亲。展孝廉很高兴，就招赘封云亭为女婿。展女痴呆病很严重，不知礼节，展家就让两个丫环把她扶入新房。丫环走后，展女解衣露乳，对着封云亭傻笑。封云亭把装着梅女鬼魂的口袋蒙在展女头上，喊着“勿忘勿忘”，展女注目细看封云亭，好像在思索什么。封云亭笑着说：“你不认识我了吗？”举起口袋让她看了看。展女于是明白过来，赶快掩上衣襟，两人高兴地谈笑起来。第二天早晨，封云亭去拜见岳父。展孝廉安慰他说：“我那个傻女儿什么也不懂，既然承蒙你看得上她，你如果有意，家中有不少聪慧的丫环，我会毫不吝惜地送给你。”封云亭极力辩白展女不痴呆，展孝廉感到很疑惑。不一会儿，展女来了，举止都很得体，展孝廉大为惊奇。展女只是掩着口微笑。展孝廉仔细盘问，展女犹犹豫豫，羞于开口，封云亭便把事情的大概叙述了一遍。展孝廉听了非常高兴，对女儿更加疼爱。他让儿子展大成与女婿一起读书，一切供给都很丰盛。过了一年多，展大成对封云亭渐渐有点儿厌烦，郎舅二人越来越不和，仆人们也对封云亭吹毛求疵说长道短。展孝廉听了别人的谗言，对封云亭也不如以前好了。展女觉察了，就对封云亭说：“岳父家不可久住，凡是长住在岳父家的，都会地位卑微让人瞧不起。趁现在还没撕破脸皮，应该赶快回家。”封云亭感到展女说得很对，就告诉展孝廉要带展女回家。展孝廉想把女儿留下来，女儿不同意。展氏父子大为恼怒，不给预备车马。展女拿出自己的嫁妆雇了车马回去。后来展孝廉又捎信让女儿回娘家，展女坚决不回去。后来封云亭中了举人，两家才又有了来往。

异史氏曰：官卑者愈贪，其常情然乎？三百诬奸，夜气之牿亡尽矣①。夺嘉耦，入青楼，卒用暴死②。吁！可畏哉！

【注释】

①夜气之牿(gù)亡尽矣：意谓良心丧尽。《孟子·告子》：“平旦之气其好恶与人相近也者几希，则其旦昼之所为，有牿亡之矣。牿之反复，则其夜气不足以存。夜气不足以存，则其违禽兽不远矣。”夜气，儒家谓晚上静思所产生的良知善念。梏亡，指因受物

欲束缚而失去善念，参阅《孟子》赵岐注。牿，束缚。

②卒：终于。用：因而。

【译文】

异史氏说：官位越低的人越贪婪，难道真是人之常情吗？那个典史为了三百钱而诬陷别人通奸，良心已丧尽了。上天夺去了他美丽的妻子，又让他美丽的妻子在阴间成了妓女，而典史自己也因祸暴死。唉！这样的报应也实在可怕呀！

康熙甲子[①]，贝丘典史最贪诈[②]，民咸怨之。忽其妻被狡者诱与偕亡。或代悬招状云[③]："某官因自己不慎，走失夫人一名。身无馀物，止有红绫七尺，包裹元宝一枚，翘边细纹，并无阙坏[④]。"亦风流之小报也[⑤]。

【注释】

①康熙甲子：康熙二十三年，即1684年。

②贝丘：古地名。即淄川。淄川本汉般阳县，刘宋改为贝丘县，隋改贝丘为淄川县。见明郭子章《山东郡县释名》及《山东通志》。蒲松龄《赠酒人》诗有"白坠声名满贝丘"句称赞其友丘行素，可见贝丘即淄川。此处用贝丘这个偏僻故旧的地名意在隐晦其纪实性质。

③招状：寻人告示。

④阙坏：残缺。

⑤报：这里指果报，惩罚。

【译文】

康熙甲子年间，贝丘的典史最为贪婪狡诈，老百姓都非常怨恨他。忽然他的妻子被骗子拐骗走了。有人代他贴了一张寻人启事："某官因自己不慎，走失夫人一名。身上没有带什么东西，只有红绫七尺，包裹着元宝一枚，翘边细纹，并无缺损之处。”也算是对风流之人的小惩罚吧。

郭秀才

【题解】

郭秀才山中迷路，邂逅十馀人，共赏明月，畅谈饮酒，做游戏，献杂技，续订中秋之约，最后十馀人为郭秀才指点归途，经历可谓神奇。由于郭秀才胆小，中秋没有赴约，留下了遗憾。但故事正由于有缺憾，给人留下不尽的馀味。

故事精彩之处是由口技和叠罗汉两个杂技节目构成的，估计是蒲松龄积累的素材。假如单独记叙，不过是讲述杂技的技巧而已。杂以故事叙述，增加了故事的神奇和趣味，赋予了杂技以情节生命，使作品充满瑰异浪漫的色彩。

东粤士人郭某①，暮自友人归，入山迷路，窜榛莽中②。更许，闻山头笑语，急趋之。见十馀人，藉地饮③。望见郭，哄然曰：“坐中正欠一客，大佳，大佳！”郭既坐，见诸客半儒巾④，便请指迷⑤。一人笑曰：“君真酸腐！舍此明月不赏，何求道路？”即飞一觥来⑥。郭饮之，芳香射鼻，一引遂尽⑦。又一人持壶倾注。郭故善饮，又复奔驰吻燥⑧，一举十觞。众人大赞曰：“豪哉！真吾友也！”

【注释】

①东粤：地区名。即今广东。

②榛(zhēn)莽：丛杂的草木。

③藉地饮：坐在地上饮酒。

④半儒巾：一半是秀才。儒巾，古时儒生所戴的一种头巾。明代通称方巾，是生员也即秀才的巾饰。

⑤指迷：指点使不迷途。即请其指明前行的方向、道路。

⑥飞一觥(gōng)：递过来一杯酒。觥，古代酒器，腹椭圆，上有提梁，底有圈足，兽头形盖，亦有整个酒器作兽形的，并附有小勺。这里指酒杯。

⑦一引遂尽：端起酒杯就喝干了。引，持，举杯。

⑧吻燥：口渴。

【译文】

广东有个姓郭的读书人，傍晚从朋友家归来，在山里迷了路，走进了树丛中。到一更天的时候，听到山头有笑声，急忙跑过去。看见有十几个人，坐在地上喝酒。他们看见郭秀才，吵吵嚷嚷地说："我们这儿正缺少一个客人，太好了，太好了！"郭秀才坐下以后，见这些客人一半都戴着秀才帽子，便请他们给指指路。一个人笑着说："你真酸腐！舍弃这样的明月不赏，还求人指什么路？"说着递过一杯酒来。郭秀才一喝，觉得芳香扑鼻，一口气就喝干了。另一个人拿来酒壶又给他斟满。郭秀才本来就喜欢饮酒，又因为在山中奔走，口干舌燥，一连喝了十大杯。众人大为称赞说："好酒量啊！真是我们的朋友啊！"

郭放达喜谑，能学禽语，无不酷肖。离坐起溲[①]，窃作燕子鸣。众疑曰："半夜何得此耶？"又效杜鹃，众益疑。郭坐，但笑不言。方纷议间，郭回首为鹦鹉鸣曰："郭秀才醉矣，送他归也！"众惊听，寂不复闻。少顷，又作之。既而悟其为郭，始大笑。皆撮口从学，无一能者。一人曰："可惜青娘子未至。”又一人曰：“中秋还集于此，郭先生不可不来。”郭敬诺。一人起曰：“客有绝技，我等亦献踏肩之戏，若何？”于是哗然并起。前一人挺身矗立，即有一人飞登肩上，亦矗立，累至四人，高不可登，继至者，攀肩踏臂，如缘梯状[②]：十馀人，顷刻都尽，望之可接霄汉。方惊顾间，挺然倒地，化为修道一线[③]。

【注释】

①溲(sōu)：小解。

②缘：攀缘。

③修道：长长的道路。

【译文】

郭秀才为人不拘礼法，又喜欢开玩笑，能学鸟叫，学得惟妙惟肖。他起身去小便，暗中学燕子叫。众人听到叫声疑惑地说：“半夜怎么会有燕子叫呢？”郭秀才又模仿杜鹃的声音，众人更加疑惑。郭秀才坐下以后，只是笑而不言。大家正纷纷议论时，郭秀才扭过头去学鹦鹉声说：“郭秀才醉了，送他回家吧！”众人听到吃了一惊，再听又没有声音了。过了一会儿，郭秀才又学了一次。这时大家才明白是郭秀才学的鸟叫，一齐哈哈大笑起来。大家都撮着口跟郭秀才学鸟叫，没有一个学得像的。一个人说：“可惜青娘子没有来。”另一个人说：“中秋节我们还在这里聚会，郭先生不能不来。”郭秀才郑重地答应了。这时，有一个人站起来说：“客人有这样的绝技，我们也献上一个叠罗汉，怎么样？”于是，人们连说带笑地站起来。便有一个人走上前挺身站立，立即有一个人飞快地登到他的肩上，也站直了，连续上了四个人，叠得很高，别人不能再一下子登上去了，后边的人攀着肩膀，踏着胳膊，好像登梯子一样：十多个人很快全都上去了，看上去高可接天。郭秀才正惊讶地观看着，这十几个人突然直挺挺地倒在地上，变成了一条长长的道路。

郭骇立良久，遵道得归[①]。翼日，腹大痛，溺绿色，似铜青，着物能染，亦无溺气，三日乃已。往验故处，则肴骨狼藉，四围丛莽，并无道路。至中秋，郭欲赴约，朋友谏止之。设斗胆再往一会青娘子，必更有异。惜乎其见之摇也[②]！

【注释】

①遵道：沿着这条道路。遵，循，沿。

②见：识见，胆识。摇：动摇，不坚定。

【译文】

郭秀才吃惊地站立了很长时间，才顺着这条道回了家。第二天，肚子疼得厉害，尿全是绿色，像铜锈似的，碰到的东西都染成了绿色，也没有尿臊气，三天才没有绿尿。到他们共同喝酒的地方去看，只见剩骨头剩菜扔了满地，四周围全是杂草树木，根本没有道路。中秋节到了，郭秀才想去赴约，朋友把他劝住了。假如他大着胆子再去，会一会青娘子，必然会有更稀奇的事情。可惜他的主意动摇了！

死僧

【题解】

蒲松龄对于货币的认识有着浓厚的商人意识，在《聊斋志异》中从不同的方面加以表达。他在《宫梦弼》中反对窖藏，称：“若窖金而以为富，则大帑数千万，何不可指为我有哉？愚已！”在《刘夫人》和《酒友》篇中强调货币只有在流通中才能增值不竭。在《钱流》篇干脆以故事的形式阐述货币流通的本性。本篇则通过一个“俭啬封殖”的财奴和尚的可悲，从佛教“一文将不去，惟有业随身”的角度，阐述货币的遗世独立的特征。

某道士，云游日暮[①]，投止野寺[②]。见僧房扃闭[③]，遂藉蒲团[④]，趺坐廊下[⑤]。夜既静，闻启阖声[⑥]。旋见一僧来，浑身血污，目中若不见道士，道士亦若不见之。僧直入殿，登佛座，抱佛头而笑，久之乃去。及明，视室，门扃如故。怪之，入村道所见。众如寺，发扃验之，则僧杀死在地，室中席箧掀腾[⑦]，知为盗劫。疑鬼笑有因，共验佛首，见脑后有微痕，刓之[⑧]，内藏三十馀金。遂用以葬之。

【注释】

①云游：行踪无定。往往指代僧道四处漫游。唐李公佐《谢小娥传》：“（谢小娥）爰自入道……后数日，告我归牛头山，扁舟泛淮，云游南国，不复再遇。”

②野寺：犹言荒寺。

③扃(jiōng)闭：关闭。扃，从外面关门的机关，如栓、钩等。

④蒲团：僧人用以坐禅及跪拜的一种蒲编圆垫。

⑤趺(fū)坐：盘腿打坐。

⑥启阖(hé)：开门。阖，门扇。

⑦箧(qiè)：箱子一类的器具。

⑧刓(wán)：剜，用利刃抠出。

【译文】

有个道士，各处云游，一天傍晚在郊外一座寺庙借宿。只见僧房的门锁着，他就找来一个蒲团，在廊下打坐。夜深人静，道士听到开门的声音。旋即看到一个和尚走进来，浑身是血，好像没有看见道士，道士也装作没看见他。和尚一直走进殿内，登上佛座，抱着佛头而笑，过了好久才离去。天亮了，道士看看僧房，门照旧锁着。他感到很奇怪，到村里把见到的情况说了。村里人赶快到寺里来，打开锁一看，和尚被杀死在地上，屋里的箱子席子都被掀得乱七八糟，知道是被盗贼抢劫了。人们又怀疑鬼笑还有什么缘故，共同去查看佛像头，只见脑后有细微的痕迹，挖开一看，里边藏着三十多两银子。于是，就用这笔钱把和尚安葬了。

异史氏曰：谚有之：“财连于命。”不虚哉！夫人俭啬封殖[①]，以予所不知谁何之人，亦已痴矣，况僧并不知谁何之人而无之哉！生不肯享，死犹顾而笑之，财奴之可叹如此。佛云：“一文将不去，惟有业随身[②]。”其僧之谓夫！

【注释】

①封殖：聚敛财货。殖，生利息。

②业：佛教名词。罪业，恶因。

【译文】

异史氏说：谚语说：“财和命相连。”这话真是不假啊！有人俭朴吝啬，拼命攒钱，却不知道留给什么样的人，也是太傻了，何况和尚连那个不知道的什么样的人也没有呀！活着的时候不肯享受，死后还看着那些钱笑，守财奴让人可叹到了这种地步。佛说：“死后一文钱带不走，只有罪孽随身带。”说的不就是这个僧人吗！

阿英

【题解】

这篇写的是人类与鸟的情感故事。虽然也有着人与鸟的浪漫的婚嫁描写，却更多表现的是鸟类的报恩守信，兄嫂对于弟弟和弟媳的人伦之情，重在刻画甘玉及其妻子与秦吉了和阿英之间的情缘。故事的前半部分写甘玉救秦吉了，为弟弟甘珏寻找配偶，后半部分写嫂嫂与甘珏妻子——鹦鹉幻化的阿英——之间深厚的情谊。甘珏与阿英的婚嫁虽然曲折浪漫，却并不很重要，甚至只是贯穿故事的情节，这在《聊斋志异》的浪漫婚恋故事中比较特殊。

甘珏与阿英的婚恋最后以悲剧结束，原因是阿英不愿意被以异类猜疑。引人注意的是，故事以秦吉了遭遇暴行开端，以阿英也横遭暴虐结束。中间穿插着甘玉家乡庐陵“土寇为乱，近村里落，半为丘墟”。“一夜，噪声四起，举家不知所谋。俄闻门外人马鸣动，纷纷俱去。既明，始知村中焚掠殆尽，盗纵群队穷搜，凡伏匿岩穴者，悉被杀掳”。当甘玉从东粤返回时，“途遇寇，主仆弃马，各以金束腰间，潜身丛棘中”。使得作品始终处于动荡颠簸的氛围之中，充满了伤时乱离的情感。

甘玉，字璧人，庐陵人[①]。父母早丧。遗弟珏，字双璧，始五岁，从兄鞠养[②]。玉性友爱，抚弟如子。后珏渐长，丰姿秀出[③]，又惠能文。玉益爱之，每曰：“吾弟表表[④]，不可以无良匹。”然简拔过刻[⑤]，姻卒不就。适读书匡山僧寺[⑥]，夜初就枕，闻窗外有女子声。窥之，见三四女郎席地坐，数婢陈肴酒，皆殊色也。一女曰：“秦娘子，阿英何不来？”下座者曰：“昨自函谷来[⑦]，被恶人伤右臂，不能同游，方用恨恨[⑧]。”一女曰：“前宵一梦大恶，今犹汗悸。”下座者摇手曰：“莫道莫道！今宵姊妹欢会，言之吓人不快。”女笑曰：“婢子何胆怯尔尔[⑨]！便有虎狼衔去耶？若要勿言，须歌一曲，为娘行侑酒[⑩]。”女低吟曰：

闲阶桃花取次开[⑪]，昨日踏青小约未应乖[⑫]。

付嘱东邻女伴少待莫相催，着得凤头鞋子即当来。

吟罢，一座无不叹赏。

【注释】

①庐陵：郡名。治所在今江西吉安。

②鞠养：抚养。

③秀出：秀美出众。《国语·齐语》："秀出于众者。"

④表表：卓异，不同寻常。

⑤简拔：选择，挑选。简，选。刻：苛刻，严格。

⑥匡山：位于长江中游北岸湖北黄冈浦城，又名"匡山斗"、"天斗山"。因山形似匡庐而名。是中国古代教育和宗教的中心之一。

⑦函谷：振函谷关。在河南灵宝西南，关城在谷中。

⑧方用恨恨：正因此而感到非常遗憾。恨恨，非常遗憾。

⑨尔尔：表示轻视，不过如此。

⑩娘行(háng)：女性复数的自称之词。娘，妇女的通称，多指青年妇女。

⑪取次：随意，任意。

⑫踏青：春日郊游。小约：小小的约会。乖：违背。此指爽约。

【译文】

甘玉，字璧人，是庐陵人。父母早丧。留下一个弟弟叫甘珏，字双璧，当时只有五岁，由哥哥抚养。甘玉对弟弟特别友爱，如同对自己的孩子一样。后来甘珏渐渐长大成人，秀美出众，又聪明会写文章。甘玉更加喜爱弟弟，经常说："我弟人才出众，不能不找个好媳妇。"然而挑选得太厉害了，一直也未能成婚。当甘玉在匡山僧寺读书时，有一天晚上刚刚躺下，就听到窗外有女子说话的声音。偷偷一看，看到三四个女子席地而坐，有几个丫环在端酒上菜，长得都非常漂亮。一个女子说："秦娘子，阿英为何不来？"坐在下座的女子说："昨天从函谷关来，被恶人伤了右臂，不能和大家一起游玩，正因此感到遗憾呢。”另一个女子说：“昨天晚上我做了一个噩梦，现在想起来还吓得直流汗。”在下座的女子摇着手说：“不要说了，不要说了！今宵我们姊妹欢乐地会聚在一起，说那些可怕的事情叫人不愉快。”那个女子说：“这丫头怎么这样胆小！难道会有虎狼把你叼走？要想不让我们说，必须唱首歌，为姊妹们喝酒助兴。”女子低声唱道：

闲阶桃花取次开，昨日踏青小约未应乖。

付嘱东邻女伴少待莫相催，着得凤头鞋子即当来。

唱完，满座的人都大加赞叹。

谈笑间，忽一伟丈夫岸然自外入[①]，鹘睛荧荧[②]，其貌狞丑。众啼曰：“妖至矣！”仓卒哄然，殆如鸟散。惟歌者婀娜不前[③]，被执哀啼，强与支撑[④]。丈夫吼怒，龁手断指[⑤]，就便嚼食，女郎踣地若死。玉怜恻不可复忍，乃急袖剑拔关出[⑥]，挥之，中股，股落，负痛逃去。扶女入室，面如尘土，血淋衿袖，验其手，则右拇断矣。裂帛代裹之。女始呻曰：“拯命之德，将何以报？”玉自初窥时，心已隐为弟谋，因告以意。女曰：“狼疾之人[⑦]，不能操箕帚矣[⑧]。当别为贤仲图之[⑨]。”诘其姓氏，答言：“秦氏。”玉乃展衾，俾暂休养，自乃襆被他所。晓而视之，则床已空，意其自归。而访察近村，殊少此姓；广托戚朋，并无确耗[⑩]。归与弟言，悔恨若失。

【注释】

①岸然：伟岸傲慢的样子。

②鹘睛：鹰样的眼睛。鹘，隼属动物，猛禽。荧荧：炯炯有神。

③婀娜：体态柔弱的样子。这里指行走摇曳不稳。

④支撑：抗拒。

⑤龁(hé)：咬。

⑥关：门闩。

⑦狼疾之人：此处指肢体残缺之人。《孟子·告子》："养其一指而失其肩背而不知也，则为狼疾人也。"狼疾，赵岐注读为"狼藉"。

⑧操箕帚：操持家务。

⑨贤仲：犹言令弟。仲，老二。

⑩确耗：准确的消息。耗，信息。

【译文】

正谈笑间，忽然一个高个子男人从外边伟岸傲慢地走进来，鹰隼一样的眼珠子还直冒光，那模样又丑又可怕。女子们哭喊着说："妖怪来了！"仓猝间如鸟兽散。只有唱歌的女子行走摇曳不稳，没能跑走，被那怪人抓住，哀哭着，拼命挣扎。那怪人发怒吼叫，咬断了女子的手指，便嚼着吃了，女子倒地昏死过去。甘玉怜惜这个女子，心中怒不可忍，急忙抽出宝剑打开门出去，宝剑一挥，砍在怪人的大腿上，怪人的大腿掉了下来，忍痛逃走。甘玉将女子扶进屋内，只见她面如尘土，鲜血染红了衣袖，一看她的手，右手拇指已断。甘玉撕块布替她裹上。这时女子呻吟着说："救命的大恩，将怎样报答呢？"甘玉刚看到这个女子时，心中已想替弟弟撮合，因此把自己的想法告诉了女子。女子说："我一个肢体残缺之人，已经不能操持家务了。我会另替你弟弟物色一个。"甘玉问她的姓氏，她回答说："姓秦。"甘玉替她铺好被子，让她暂时在这里休养，自己拿着被子到别处去了。天亮过来一看，床已空了，心想女子自己回家去了。但访察附近的村子，很少有姓秦的；广托亲戚朋友，也无确切消息。回家与弟弟谈起这事，十分懊悔，如同失去了什么一样。

珏一日偶游涂野①，遇一二八女郎，姿致娟娟②，顾之微笑，似将有言。因以秋波四顾而后问曰："君甘家二郎否？"

曰："然。"曰："君家尊曾与妾有婚姻之约[3]，何今日欲背前盟，另订秦家？"珏云："小生幼孤[4]，夙好都不曾闻[5]，请言族阀，归当问兄。"女曰："无须细道，但得一言，妾当自至。"珏以未禀兄命为辞。女笑曰："呆郎君！遂如此怕哥子耶？妾陆氏，居东山望村。三日内，当候玉音[6]。"乃别而去。

【注释】

①涂野：犹言旷野。涂，道路。

②姿致：风姿情态。娟娟：美好的样子。

③君家尊：令尊。指甘珏的父亲。

④孤：幼年无父。有时也指失去父母。

⑤夙好：旧时亲友。

⑥玉音：回信。玉，尊敬对方之辞。

【译文】

有一天，甘珏偶然到郊外去游玩，遇到一位十五六的女子，十分美丽，看着甘珏微笑，好像有什么话要说。接着用水汪汪的大眼睛向四周看了看，问道："您是甘家的二郎吗？"甘珏说："是的。"女子说："您的父亲曾与我有约，聘我做您的妻子，为何今日想要背弃前约，另和秦家订婚？"甘珏说："我从小失去了父母，旧时亲友从未听说过，请说说你家的姓氏，我回去问问哥哥。"女子说："不须细说，只要您愿意，我就会来您家。"甘珏以还未禀告哥哥推辞。女子笑着说："傻郎君！竟这样怕哥哥吗？我姓陆，住在东山望村。三日内，等候您的佳音。"说完告别离去。

珏归，述诸兄嫂。兄曰："此大谬语！父殁时，我二十馀岁，倘有是说，那得不闻？"又以其独行旷野，遂与男儿交语，愈益鄙之。因问其貌。珏红彻面颈，不出一言。嫂笑曰："想是佳人。"玉曰："童子何辨妍媸[①]？纵美，必不及秦，待秦氏不谐，图之未晚。"珏默而退。逾数日，玉在途，见一女子，零涕前行。垂鞭按辔而微睨之，人世殆无其匹[②]。使仆诘焉。答曰："我旧许甘家二郎，因家贫远徙，遂绝耗问。近方归，复闻郎家二三其德[③]，背弃前盟。往问伯伯甘璧人[④]，焉置妾也？"玉惊喜曰："甘璧人，即我是也。先人曩约，实所不知。去家不远，请即归谋。"乃下骑授辔，步御以归[⑤]。女自言："小字阿英。家无昆季[⑥]，惟外姊秦氏同居[⑦]。"始悟丽者即其人也。玉欲告诸其家，女固止之。窃喜弟得佳妇，然恐其佻达招议[⑧]。久之，女殊矜庄[⑨]，又娇婉善言。母事嫂，嫂亦雅爱慕之。

【注释】

①妍：美。媸：丑。

②匹：匹敌。

③二三其德：三心二意。《诗·卫风·氓》："士也罔极，二三其德。"

④伯伯：大伯子，夫兄。

⑤步御：步行御马。御，牵马。

⑥昆季：弟兄。长者为昆，幼者为季。

⑦外姊：表姐。

⑧佻达：轻浮，不庄重。招议：引起物议。

⑨矜庄：端庄。

【译文】

甘珏回到家中，把此事告诉了兄嫂。哥哥说："她说的都是谎话！

父亲去世时，我二十多岁了，如果有这样的事，我怎么没听说？”又因为这女子独自在旷野行走，又和男人随便交谈，更加鄙视她。又问女子的容貌。甘珏面红到脖颈，不说一句话。嫂嫂笑着说：“想必是个美貌女子。”甘玉说：“小孩子怎会辨别美丑？纵然美丽，也比不上秦氏，等秦氏的事不成，再考虑这个也不晚。”甘珏没说话回到自己房里去了。过了几天，甘玉在路上看到一位女子，边哭边向前走。他勒住缰绳瞄了一眼，看到女子美丽非凡，简直人世无双。甘玉让仆人过去询问。女子回答说：“我曾经许配给甘家二郎，后因家贫搬到远处，就断绝了音信。最近我回来，听到郎家三心二意，要背弃婚约。我要前去问问大哥甘璧人，将我怎么办呢？”甘玉听后惊喜地说：“我就是甘璧人啊。老人从前订下的婚约，我实在不知道。这儿离家不远，请回家商量吧。”说着下了马，让女子骑上，他赶着马一起回家。女子自我介绍说：“我的小名叫阿英。没有其他兄弟姐妹，只有表姐秦氏和我住在一起。”这时甘玉才明白，上次弟弟遇到的美丽女子就是她。甘玉想将婚姻之事告知阿英的家庭，阿英竭力阻止。甘玉心中暗喜弟弟得到这样一个好媳妇，但又担心阿英为人轻佻，招人议论。时间久了，发现阿英举止非常庄重，又有少女的娇媚，还善于言谈。对待嫂嫂如同对母亲一样尊敬，嫂嫂也特别喜欢她。

值中秋，夫妻方狎宴，嫂招之。珏意怅惘。女遣招者先行，约以继至，而端坐笑言，良久殊无去志。珏恐嫂待久，故连促之。女但笑，卒不复去。质旦，晨妆甫竟，嫂自来抚问：“夜来相对，何尔怏怏[①]？”女微哂之。珏觉有异，质对参差[②]。嫂大骇：“苟非妖物，何得有分身术？”玉亦惧，隔帘而告之曰[③]：“家世积德，曾无怨雠。如其妖也，请速行，幸勿杀吾弟！”女觍然曰：“妾本非人，只以阿翁夙盟，故秦家姊以此劝驾[④]。自分不能育男女，尝欲辞去，所以恋恋者，为兄嫂待我不薄耳。今既见疑，请从此诀[⑤]。”转眼化为鹦鹉，翩然逝矣。初，甘翁在时，蓄一鹦鹉甚慧，尝自投饵[⑥]。时珏四五岁，问：“饲鸟何为？”父戏曰：“将以为汝妇。”间鹦鹉乏食，则呼珏云：“不将饵去，饿煞媳妇矣！”家人亦皆以此为戏。后断锁亡去。始悟旧约云即此也。然珏明知非人，而思之不置。嫂悬情尤切，旦夕啜泣。玉悔之而无如何。

【注释】

①怏怏(yàng)：抑郁不乐的样子。

②质对参差(cēn cī)：质询对不上，相互说话不一致。参差，不齐。喻破绽。

③隔帘：在帘外，隔着帘子。封建礼俗男女有别，故甘玉在弟妇室外，隔帘相告。

④劝驾：劝人任职或做某事。《汉书·高帝纪》：“其有意称明德者，必身劝，为之驾。”颜师古注引文颖曰：“有贤者，郡守身自往劝勉，令至京师，驾车遣之。”此指劝促阿英去甘家完婚。

⑤诀：诀别，较长时间的相别或永别。

⑥投饵：喂食。投，送。

【译文】

中秋节那天，甘珏夫妻亲密地在一起宴饮，嫂嫂派人请阿英过去。甘珏不愿让妻子离开。阿英让叫她的人先走，说自己随后就来，但仍坐着谈笑，好长时间也没有去的意思。甘珏恐怕嫂嫂等的时候太久，因此连连催促阿英快去。阿英只是笑笑，最终也没去。第二天早上，阿英刚梳洗完毕，嫂嫂走过来关心地问：“昨天夜里咱们在一起，为何显得闷闷不乐呢？”阿英没有说什么，只是微微一笑。甘珏觉得有些异常，再三询问，发现双方讲的情况不一致。嫂嫂大为惊骇，说："如果不是妖怪，怎么会有分身术呢？"甘玉也很害怕，隔着门帘对阿英说："我家世世代代都行善积德，没有和人积下怨仇。如果你是妖怪，请赶快走吧，请不要害我的弟弟！"阿英不好意思地说："我本来不是人，只因为公爹给订了婚约，故此秦家姐姐也劝我来成亲。自知不能生男育女，曾经想离开，所以恋恋不走，是因为兄嫂待我不薄。现在既然对我有了怀疑，请从此分手吧。"转眼变成一只鹦鹉，翩翩飞走了。当初，甘父在世时，家中养的一只鹦鹉很聪明，甘父经常亲自喂食。当时甘珏只有四五岁，问道："养鸟干什么呀？"父亲逗他说："给你做媳妇啊。"有时鹦鹉没有食了，就喊甘珏去喂，说："再不去喂，饿死你的媳妇了！"家里人也用这些话和甘珏玩笑。后来锁链断了，鹦鹉飞走了。这时才知道阿英所说的婚约就是这件事。甘珏明知阿英不是人，但无时无刻不在思念她。嫂嫂对阿英更加想念，日夜哭泣。甘玉很后悔，但也无可奈何。

后二年，为弟聘姜氏女，意终不自得。有表兄为粤司李①，玉往省之，久不归。适土寇为乱，近村里落，半为丘墟。珏大惧，率家人避山谷。山上男女颇杂，都不知其谁何。忽闻女子小语，绝类英。嫂促珏近验之，果英。珏喜极，捉臂不释。女乃谓同行者曰："姊且去，我望嫂嫂来。"既至，嫂望见悲哽。女慰劝再三，又谓："此非乐土②。"因劝令归。众惧寇至，女固言："不妨。"乃相将俱归。女撮土拦户③，嘱安居勿出，坐数语，反身欲去。嫂急握其腕，又令两婢捉左右足，女不得已，止焉。然不甚归私室，珏订之三四，始为之一往。

【注释】

①粤：广东、广西地区，古为百粤之地，故名。司李：即司理。各州

主管狱讼之官，明代也称推官为司理。

②乐土：安乐的地方。《诗·魏风·硕鼠》："逝将去女，适彼乐土。乐土乐土，爰得我所。"

③户：门。

【译文】

过了两年，甘玉为弟弟娶了一位姓姜的姑娘，然而甘珏还是感到郁郁不乐。甘玉有个表兄在广东做司理的官，甘玉去那里探望，去了很长时间没有回来。这时，正赶上闹土匪，附近的村庄大多成了废墟。甘珏十分害怕，也率领全家人逃到山谷里。山谷中避难的男男女女很多，互相都不认识。忽然听到女子小声说话，声音特别像阿英。嫂嫂催促甘珏到跟前看一看，果然是阿英。甘珏高兴极了，抓住阿英的胳膊不放。阿英对她的同伴说："姐姐先去，我看看嫂嫂就来。"来到嫂嫂面前，嫂嫂看见便伤心地哽噎哭泣。阿英再三劝慰，又说："这里也不是安全的地方。"劝他们回家去。众人害怕强盗再来，阿英肯定地说："不会有事。"于是大家一起回去了。阿英撮了一些土挡住大门，嘱咐众人好好住着不要出去，又坐下嘱咐了几遍，转身要走。嫂嫂急忙握住她的手腕，又让两个丫环抓住她的两只脚，阿英不得已，只好留下。然而不常回到卧室中，甘珏约她三四次，她才去一次。

嫂每谓新妇不能当叔意①，女遂早起为姜理妆，梳竟，细匀铅黄，人视之，艳增数倍。如此三日，居然丽人。嫂奇之，因言："我又无子。欲购一妾，姑未遑暇。不知婢辈可涂泽否？"女曰："无人不可转移，但质美者易为力耳。"遂遍相诸婢，惟一黑丑者，有宜男相。乃唤与洗濯，已而以浓粉杂药末涂之。如是三日，面赤渐黄；四七日，脂泽沁入肌理，居然可观。日惟闭门作笑，并不计及兵火。一夜，噪声四起，举家不知所谋。俄闻门外人马鸣动，纷纷俱去。既明，始知村中焚掠殆尽，盗纵群队穷搜，凡伏匿岩穴者，悉被杀掳。遂益德女，目之以神。女忽谓嫂曰："妾此来，徒以嫂义难忘，聊分离乱之忧。阿伯行至，妾在此，如谚所云，非李非桃[2]，可笑人也。我姑去，当乘间一相望耳。"嫂问："行人无恙乎？"曰："近中有大难。此无与他人事，秦家姊受恩奢，意必报之，固当无妨。"嫂挽之过宿，未明已去。

【注释】

①叔：丈夫的弟弟。《尔雅·释亲》："夫之弟为叔。"

②非李非桃：犹言不伦不类。谓处境尴尬。

【译文】

嫂嫂常同她说甘珏对新娶的姜氏感到不满意，于是阿英早晨起来就为姜氏梳妆打扮，梳好头，仔细为她涂脂抹粉，人们一看，姜氏比以前漂亮了好几倍。这样经阿英打扮了三天，居然变成了美人。嫂嫂感到很奇怪，就说："我没有生儿子。想给你大哥买个妾，还没来得及。不知在丫环中能否选一个能打扮漂亮点儿的？"阿英说："没有不能改变的人，但原本长相好的容易改变罢了。"于是把丫环们都看了一遍，只有一名长得又黑又丑的，有宜男相。就喊来让她洗了洗，接着用浓粉杂和各种药末给她涂在脸上。这样涂了三天，丫环的面孔逐渐由黑变黄；又从第四天涂到第七天，脂粉沁入肌肤里面，居然好看了。全家人每天只是关了门说笑，并不再想兵荒马乱的事。一天夜里，忽听外面骚乱声四起，全家不知如何是好。不一会儿听到门外人喊马嘶，接着纷纷远去了。天亮以后，才知村里几乎被烧抢光，强盗又分成小股到处搜查，凡是躲藏在山谷中的人，不是被杀就是被掳。于是全家人更加感激阿英，把她看成了神人。阿英忽然对嫂嫂说："我这次来，只是因为难忘嫂嫂的情义，帮你分担一些离乱中的忧愁。大哥就要回来了，我在这里，就如同谚语所说，非李非桃，成了一个可笑的人。我姑且回去，以后有空就来看望嫂嫂。”嫂嫂问：“你大哥在路上不会有事吧？”阿英说：“在路上有大难。但和其他人没有关系，秦家姐姐受过哥哥大恩，一定会报答的，所以不会有什么事。”嫂嫂挽留阿英再住一宿，天还没亮她就走了。

玉自东粤归，闻乱，兼程进[①]。途遇寇，主仆弃马，各以金束腰间，潜身丛棘中。一秦吉了[②]，飞集棘上，展翼覆之。视其足，缺一指，心异之。俄而群盗四合，绕莽殆遍，似寻之。二人气不敢息。盗既散，鸟始翔去。既归，各道所见，始知秦吉了即所救丽者也。

【注释】

①兼程：以加倍速度赶路。

②秦吉了：鸟名。又名“八哥”、“了哥”。能学人言，类似鹦鹉，因产于秦中，故名。

【译文】

甘玉从广东回来时，听到家乡兵荒马乱，便日夜兼程往家赶。路上遇到土匪，主仆扔下马，把银子缠在腰上，躲藏在荆棘丛中。一只秦吉了飞落在荆棘上，展翅遮住他们主仆二人。甘玉一看鸟足，缺一个脚趾，心中很奇怪。接着强盗从四面围了上来，绕着荆棘丛搜查，好像在寻找他们。二人连气也不敢出。强盗散去后，秦吉了才飞走。甘玉回到家中，和家中人各自叙述了双方的遭遇，才知道秦吉了就是甘玉曾经救过的美丽少女。

后值玉他出不归，英必暮至，计玉将归而早出。珏或会于嫂所，间邀之，则诺而不赴。一夕，玉他往，珏意英必至，潜伏候之。未几，英果来，暴起，要遮而归于室[①]。女曰："妾与君情缘已尽，强合之，恐为造物所忌[②]。少留有馀，时作一面之会，如何？"珏不听，卒与狎。天明，诣嫂。嫂怪之。女笑云："中途为强寇所劫，劳嫂悬望矣。"数语趋出。居无何，有巨狸衔鸜鹆经寝门过。嫂骇绝，固疑是英。时方沐[③]，辍洗急号，群起噪击，始得之。左翼沾血，奄存馀息[④]。抱置膝头，抚摩良久，始渐醒，自以喙理其翼[⑤]。少选，飞绕室中，呼曰："嫂嫂，别矣！吾怨珏也！"振翼遂去，不复来。

【注释】

①要遮：拦截。

②造物：创造万物者。指上天。

③沐(mù)：洗头发。

④奄：气息微弱的样子。

⑤喙(huì)：嘴。

【译文】

以后凡遇到甘玉外出不回家时，阿英晚上必来，估计甘玉将要回来，就早早走了。甘珏有时在嫂嫂屋里遇到阿英，乘机请她到自己屋里去，阿英答应了却不去。一天夜里，甘玉又到别处去了，甘珏估计阿英一定会来，就躲藏起来等候。不一会儿，阿英果然来了，甘珏突然走出来，拦住阿英把她拉到自己的卧室。阿英说："我和您的情缘已经尽了，勉强再结合在一起，恐怕上天会怪罪。如果稍留馀地，不时还能见上一面，怎么样？"甘珏不听，最终还是住在了一起。天亮时，去见嫂嫂。嫂嫂奇怪夜间怎么不来。阿英笑着说："中途被强盗劫走了，让嫂嫂惦念了。"说了几句话就急忙走了。不多一会，有一只大猫叼着一只鸜鹆经过嫂嫂房门口。嫂嫂吓得要命，暗想肯定是阿英。当时正在洗发，急忙停止，大声呼叫，家里人一起连喊带打，才夺回了鹦鹉。只见鹦鹉的左翼沾着血，只存一点儿气息。嫂嫂把它放在膝上，抚摸了好久，鹦鹉才苏醒过来，用嘴梳理着翅膀。过了一会儿，在屋内飞了一圈，呼叫道："嫂嫂，别了！我怨恨甘珏呀！"说完鼓起双翅飞走了，再也没有回来。

橘树

【题解】

本篇是由橘树的传闻引发的感慨。"异史氏曰"中语显然是从《世说新语》中"物犹如此，人何以堪"化出的，不过《世说新语》是由柳树变迁之大，感慨人生易老，青春不再；而蒲松龄则是由橘树对于刘公之女的知己知情的感应，联想到人对于知己知情的渴望和反应，其强烈程度一定会远远超过橘树。

陕西刘公，为兴化令①。有道士来献盆树，视之，则小橘细裁如指，摈弗受②。刘有幼女，时六七岁，适值初度。道士云："此不足供大人清玩③，聊祝女公子福寿耳。"乃受之。女一见，不胜爱悦，寘诸闺闼④，朝夕护之唯恐伤。刘任满，橘盈把矣。是年初结实。简装将行，以橘重赘，谋弃之。女抱树娇啼。家人绐之曰⑤："暂去，且将复来。"女信之，涕始止。又恐为大力者负之而去⑥，立视家人，移栽墀下⑦，乃行。

【注释】

①兴化令：兴化县令。兴化，位于江苏中部，明清时属扬州府高邮州管辖。

②摈弗受：拒绝不接受。摈，排斥。

③清玩：称对方玩赏的敬辞。清，清雅。

④寘（zhì）：放置。

⑤绐（dài）：欺哄，骗。

⑥大力者：力气大的人。

⑦墀（chí）下：台阶下。墀，台阶上的空地。亦指台阶。

【译文】

陕西的刘公，曾任兴化县令。有一位道士送来一棵盆栽的树，一看，是一棵细如手指的橘树，推辞不要。刘公有个小女儿，当时只有六七岁，正赶上过生日。道士说："这个不配供大人欣赏，聊为女公子祝寿吧。"刘公这才收下。女孩子一见，非常喜欢，放在闺房内，早晚精心护理，唯恐小树受到伤害。刘公任职期满时，橘树已长到一把粗了。这年第一次结果。刘公将整理行装离任，因橘树沉重累赘，打算扔下。女孩儿抱着橘树哭了起来。家人骗她说："我们只是暂时离开，不久还要回来。"女孩儿相信了，才停止了啼哭。又恐怕橘树被有力气的人给扛走，看着家里人把树栽在台阶下，全家才离开。

女归，受庄氏聘。庄丙戌登进士[①]，释褐为兴化令[②]，夫人大喜。窃意十馀年橘不复存，及至，则橘已十围，实累累以千计。问之故役，皆云："刘公去后，橘甚茂而不实，此其初结也。"更奇之。庄任三年，繁实不懈。第四年，憔悴无少华[③]。夫人曰："君任此不久矣。"至秋，果解任。

【注释】

①丙戌：康熙四十五年，即1706年。

②释褐：脱去布衣，换上官服。为入仕的雅称。汉扬雄《解嘲》："夫

上世之士，或解缚而相，或释褐而傅。”

③华：花。

【译文】

女孩儿回到家乡，后来聘为庄家的媳妇。庄家姑爷在丙戌年中了进士，被授予兴化县令，夫人大喜。心想已过去了十几年，橘树大概已不存在了，到了兴化，橘树已长成合抱的大树了，树上果实累累，大约有千数个。询问当年的衙役，他们都说：“刘公走后，树长得很茂盛但不结果，这是第一次结果。”大家更是感到奇怪。庄知县在兴化任职三年，橘树年年果实累累。到第四年，树木憔悴没有开花。庄夫人对庄知县说：“你在此当官的时间不会太长了。”到秋天，果然卸任了。

异史氏曰：橘其有夙缘于女与[①]？何遇之巧也！其实也似感恩[②]，其不华也似伤离。物犹如此，而况于人乎？

【注释】

①夙缘：前世的因缘。

②实：果实。

【译文】

异史氏说：橘树难道和刘女有夙缘吗？事情为什么这么巧！橘树结果好像是在感恩，不开花好像在伤感离别。草木都如此，何况人呢？

赤字

【题解】

天上出现了字，在中国古代属于谶纬异象。本篇妙在天上字在可解不可解之间，于是也就成为客观记叙。估计是蒲松龄所记录的素材。

清王渔洋《池北偶谈·谈异七》抄录了本文，只是在后面加上“移时始散，沂莒间皆见之”。由于加上了发现的地点和形态变化，显然严密了些。

顺治乙未冬夜[①]，天上赤字如火。其文云：“白苕代靖否复议朝冶驰。”

【注释】

①顺治乙未：顺治十二年，即1655年。

【译文】

顺治十二年的一个冬夜，天上出现了几个火红的字。这几个字是：“白苕代靖否复议朝冶驰。”

牛成章

【题解】

本篇故事耸异，情节恐怖，写的是死去的父亲惩治弃儿再嫁的妻子，具有明显的警告劝诫意味。

从观念上说，蒲松龄站在儒家的立场上是肯定寡妇守节的，他写寡妇守节受到上天的褒奖，如《土偶》。从实际生活考虑上说，蒲松龄也并不保守僵化，对于寡妇再嫁采取相当宽容的态度，如《金生色》。但本篇中的郑氏之所以被放在了道德的对立面加以谴责，不是因为再嫁，而是因为“货产入囊，改醮而去。遗两孤，难以存济”，违背了作为人母的基本道德。所以小说在开端颇为细腻地介绍牛成章及孩子的岁数。

牛成章，江西之布商也。娶郑氏，生子女各一。牛三十三岁病死。子名忠，时方十二，女八九岁而已。母不能贞[①]，货产入囊，改醮而去[②]。遗两孤，难以存济。有牛从嫂[③]，年已六衮[④]，贫寡无归，送与居处。

【注释】

①不能贞：不能守节寡居。

②改醮(jiào)：改嫁。

③从嫂：叔伯嫂。

④六衮(zhì)：60岁。衮，通“秩”。10年为1衮。

【译文】

牛成章是江西的布商。娶妻郑氏，生了一子一女。他在三十三岁时生病死了。他的儿子名叫牛忠，当时才十二岁，女儿只有八九岁。郑氏不能守寡，把财产都据为己有，改嫁走了。丢下两个孤儿，难以生存。牛成章有个叔伯嫂子，已经六十岁了，贫穷守寡，无依无靠，就与两个孩子一起生活。

数年，妪死，家益替[①]。而忠渐长，思继父业而苦无赀。妹适毛姓，毛富贾也。女哀婿假数十金付兄。兄从人适金陵[②]，途中遇寇，资斧尽丧[③]，飘荡不能归。偶趋典肆[④]，见主肆者绝类其父，出而潜察之，姓字皆符，骇异不谕其故[⑤]。惟日流连其傍，以窥意旨，而其人亦略不顾问。如此三日，觇其言笑举止[⑥]，真父无讹[⑦]。即又不敢拜识，乃自陈于群小[⑧]，求以同乡之故，进身为佣。立券已[⑨]，主人视其里居、姓氏，似有所动，问所从来。忠泣诉父名。主人怅然若失，久之，问：“而母无恙乎？”忠又不敢谓父死，婉应曰：“我父六年前,经商不返,母醮而去。幸有伯母抚育,不然,葬沟渎久矣。”主人惨然曰:“我即是汝父也。”于是握手悲哀。又导入参其后母[10]。后母姬,年三十馀,无出,得忠喜,设宴寝门。牛终欷歔不乐,即欲一归故里。妻虑肆中乏人,故止之。牛乃率子纪理肆务,居之三月,乃以诸籍委子[11],取装西归。

【注释】

①家益替:家业更加衰败。替,衰败。

②适金陵:往金陵去。金陵,今江苏南京。

③资斧:盘缠,旅费。《易·旅》:“旅于处,得其资斧。”

④典肆:典押衣物的商店,即当铺。

⑤不谕:不明白。

⑥觇(chān):偷窥,侦察。

⑦讹:误。

⑧自陈于群小:向其仆人们自我介绍。群小,此指仆人。

⑨立券:签订契约文书。

⑩参:拜见。

⑪籍:账册。

【译文】

过了几年,嫂嫂死了,家中更穷愁潦倒。这时牛忠渐渐长大,想继承父业而苦于没有本钱。妹妹嫁给了毛家,毛家是个富商。妹妹哀求丈夫借给哥哥数十两银子。牛忠和别人一起到南京去,路上遇到强盗,钱全部被抢走,漂泊异乡不能回家。一天,牛忠偶然来到一家当铺,见掌柜长得很像自己的父亲,出来后暗中打听,姓名也和父亲相同,他心中非常惊诧,不知是什么缘故。他每天在当铺周围转悠,暗中观察掌柜对他有没有反应,而掌柜却不闻不问。这样过了三天,看掌柜的言谈举止，真的就是自己的父亲。牛忠不敢去相认，于是向当铺的佣人们自我介绍，求那掌柜看在同乡的分上，让他到当铺当个佣人。立完契约，掌柜看他的原籍、姓名，似乎有所触动，就问他从哪里来。牛忠哭着诉说了父亲的名字。那掌柜听后怅然若失，过了好一会儿，问："你的母亲好吗？"牛忠又不敢说父亲已死，婉转地回答说："我父亲六年前外出经商没有回家，母亲改嫁走了。幸亏有伯母抚育，不然，早就葬身沟壑了。"那掌柜悲伤地说："我就是你的父亲呀。"说着握着他的手很是悲哀。又带他进去拜见了后母。后母姬氏，三十多岁，没生儿女，见到牛忠很高兴，在内室摆酒宴招待他。牛成章一直郁郁寡欢，很想回一趟故乡。姬氏担心店里无人照看，阻止他回去。牛成章就领着儿子一起经营当铺，过了三个月，把当铺交给儿子经营，他收拾好行装回乡去了。

既别，忠实以父死告母。姬乃大惊，言："彼负贩于此，曩所与交好者，留作当商，娶我已六年矣。何言死耶？"忠又细述之。相与疑念，不喻其由。逾一昼夜，而牛已返。携一妇人，头如蓬葆①，忠视之，则其所生母也。牛摘耳顿骂②："何弃吾儿！"妇慑伏不敢少动。牛以口龁其项。妇呼忠曰："儿救吾！儿救吾！"忠大不忍，横身蔽鬲其间③。牛犹忿怒，妇已不见。众大惊，相哗以鬼。旋视牛，颜色惨变，委衣于地，化为黑气，亦寻灭矣。母子骇叹，举衣冠而瘗之④。忠席父业⑤，富有万金。后归家问之，则嫁母于是日死，一家皆见牛成章云。

【注释】

①头如蓬葆：犹言头发如乱草。《汉书·燕王旦传》："当此之时头如蓬葆，勤苦至矣。"颜师古注："草丛生曰葆。"蓬，蓬草。

②摘耳：揪着耳朵。顿骂：顿足骂。

③蔽鬲：遮挡。鬲，隔。

④瘗（yì）：埋葬。

⑤席：因，凭借。犹言继承。

【译文】

分别以后，牛忠把父亲已死的实情告诉了后母。姬氏听了大吃一惊，说："你父亲到这里做买卖，从前和他交情很好的人，挽留他做当铺生意，他娶我已经六年了。怎么说他已经死了呢？"牛忠又把详情说了一遍。两个人都疑虑重重，不明白其中的缘由。过了一天一夜，牛成章回来了。他带来了一个妇人，头发像乱草，牛忠一看，原来是自己的母亲。牛成章揪着女人的耳朵顿脚大骂："为什么抛弃我儿子！"女人吓得伏在地上不敢动。牛成章用嘴咬她的脖子。女人喊叫牛忠："儿子救救我！儿子救救我！"牛忠于心不忍，横身隔在父母之间。牛成章仍然愤恨不已，这时女人已不见了。众人大惊，大嚷见到鬼了。再看看牛成章，面色变得很难看，衣服落在地上，他化作一团黑气，很快也不见了。牛忠和后母又惊又叹，把牛成章的衣帽收拾起来埋了。牛忠继承了父亲的生意，赚了万贯家财。后来回故乡一问，改了嫁的母亲正是那天死的，全家人都看见了牛成章。

青娥

【题解】

本篇虽以青娥命篇，青娥也有一些性格的闪光之处，比如她"温良寡默"，发现霍桓进入自己绣榻"不言亦不怒"，嫁给霍桓后，"入门，乃以镵掷地曰：'此寇盗物，可将去！'"日常"闭门寂坐，不甚留心家务"，但性格更加鲜活夺目的是男主人公霍桓。小说写他由于"聪惠绝人"，"十一岁，以神童入泮"。母亲过于爱惜，禁不令出庭户，于是"年十三，尚不能辨叔伯甥舅”。他在得到道人给的小镵后，穴墙进入青娥的闺房，睡在了青娥的绣榻上，被发现“目灼灼如流星，似亦不大畏惧，但觍然不作一语”。“众指为贼，恐呵之。始出涕曰：‘我非贼，实以爱娘子故，愿以近芳泽耳”。后来，老丈人扣留青娥不让与他同归，他便“腰中出镵，凿石攻进，且攻且骂”。大概这是中国文学作品中第一次描写有禀赋，不与社会接触的特殊少年的性情，而这种精彩的描写源于长期从事教育工作的蒲松龄的观察。

本篇的后半部分，似乎写得有些草率突兀，颇引起訾议，《聊斋志异》评论家冯镇峦认为：“予少读此，即议此段文有漏笔。谓仲仙从何处生出？前父母俱杳，赴葬未还，又未伏一笔，岂匡九与青娥忽又同到顺天，夫妇生子命名仲仙耶？前处未伏，此处便为蛇足，添设无情致矣。文有藏笔，此非其例，即云事本非真，亦须捏合有理。”

霍桓，字匡九，晋人也①。父官县尉②，早卒。遗生最幼，聪惠绝人。十一岁，以神童入泮③。而母过于爱惜，禁不令出庭户，年十三，尚不能辨叔伯甥舅焉。同里有武评事者④，好道，入山不返。有女青娥，年十四，美异常伦⑤。幼时窃读父书，慕何仙姑之为人⑥。父既隐，立志不嫁，母无奈之。一日，生于门外瞥见之。童子虽无知，只觉爱之极，而不能言，直告母，使委禽焉⑦。母知其不可，故难之，生郁郁不自得。母恐拂儿意，遂托往来者致意武，果不谐。生行思坐筹，无以为计。

【注释】

①晋：山西的简称。

②县尉：掌管一县刑狱缉捕的官员。

③以神童入泮(pàn):指幼龄考中秀才。唐宋时科举考试特设有童子科,应试者称应神童试。唐制10岁以下,宋制15岁以下,可应试。明代童生试,则不论年龄大小。霍桓11岁入泮,故称之为神童。

④评事:官名。掌管评审刑狱。汉置廷尉平,隋以后设评事。明清分设左右评事,均隶属于大理寺。

⑤常伦:一般,常类。

⑥何仙姑:道教八仙之一。相传为唐广东增城女子,住云母溪,十四五岁时食云母粉而成仙。另一说,为吕洞宾所超度的赵仙姑。赵仙姑名何,或以手持荷花谐音为何姓。

⑦委禽:下聘礼。此指通媒求婚。禽,指雁,古代订婚纳采用雁。

【译文】

霍桓,字匡九,是山西人。父亲曾任县尉,早就去世了。霍桓是最小的儿子,聪明过人。十一岁时,就考中秀才进入县学读书,称为神童。母亲对他过分地爱怜,禁止他走出家门,十三岁了还分辨不清叔叔、伯伯、外甥、舅舅的关系。同乡有个武评事,喜欢道术,进山修炼不再回家。他有个女儿青娥,十四岁了,异常美丽。青娥小时偷偷地读父亲的道书,向往何仙姑的为人。父亲隐居深山后,青娥立志不出嫁,她母亲也无可奈何。一天,霍桓在门外偶然看见了青娥。尽管年少无知,还是觉得非常喜欢青娥,只是说不出来,回家后,把心思直接告诉了母亲,让她托媒人去提亲。霍母知道这是不可能的,因此很为难,霍桓心中闷闷不乐。霍母怕拂了儿子的心意,便托和武家有往来的人试着提一提,果然不成。霍桓无论干什么,都在想着这件事,但也没想出好办法。

会有一道士在门,手握小镵[①],长裁尺许。生借阅一过,问:"将何用?"答云:"此劚药之具[②],物虽微,坚石可入。"生未深信。道士即以斫墙上石,应手落如腐。生大异之,把玩不释于手。道士笑曰："公子爱之，即以奉赠。"生大喜，酬之以钱，不受而去。持归，历试砖石，略无隔阂。顿念穴墙则美人可见[③]，而不知其非法也。

【注释】

①镵(chán)：装有长柄、用以掘土采药的铁铲。也叫"长镵"。

②斸(zhú)：锄，掘。

③穴墙：在墙上掘洞。穴，挖洞。

【译文】

有一天，正巧有位道士来到门前，手里握着一把小铲子，才一尺多长。霍桓借过小铲子看了看，问："这铲子做什么用？"道士回答说："这是挖药用的工具，东西虽小，但可挖动坚硬的石头。"霍桓不相信。道士就用铲子挖砍墙上的石头，那石头如腐烂了一样，应手而落。霍桓感到很惊奇，玩弄着小铲子爱不释手。道士笑着说："公子既然喜爱，那就送给你吧。"霍桓听了大喜，拿出钱来酬谢，道士不要，走了。霍桓把铲子拿回家，用它在砖头、石块上试了几次，都很容易就铲掉。他突然想，如果用铲子把墙铲个洞，就可以见到青娥了，却不知道这样做是非法的。

更定，逾垣而出，直至武第，凡穴两重垣，始达中庭[①]。见小厢中[②]，尚有灯火，伏窥之，则青娥卸晚妆矣。少顷，烛灭，寂无声。穿墉入[③]，女已熟眠。轻解双履，悄然登榻，又恐女郎惊觉，必遭诃逐，遂潜伏绣褶之侧，略闻香息，心愿窃慰。而半夜经营，疲殆颇甚，少一合眸，不觉睡去。女醒，闻鼻气休休，开目，见穴隙亮入。大骇，急起，暗中拔关轻出，敲窗唤家人妇，共爇火操杖以往。见一总角书生[④]，酣眠绣榻，细审，识为霍生。推之始觉，遽起，目灼灼如流星，似亦不大畏惧，但觍然不作一语。众指为贼，恐呵之。始出涕曰："我非贼，实以爱娘子故，愿以近芳泽耳[⑤]。"众又疑穴数重垣，非童子所能者。生出镵以言其异。共试之，骇绝，讶为神授。将共告诸夫人，女俛首沉思，意似不以为可。众窥知女意，因曰："此子声名门第，殊不辱玷。不如纵之使去，俾复求媒焉。诘旦，假盗以告夫人，如何也？"女不答。众乃促生行。生索镵。共笑曰："骙儿童[⑥]！犹不忘凶器耶？"生觑枕边，有凤钗一股，阴纳袖中。已为婢子所窥，急白之。女不言亦不怒。一媪拍颈曰："莫道他骙若小[⑦]，意念乖绝也[⑧]！"乃曳之，仍自窦中出。

【注释】

①中庭：正院。

②厢：厢房。正房两侧的房屋。

③墉（yōng）：墙壁。

④总角：古代男女未成年前，束发为两结，形如角，故称。

⑤芳泽：化妆用的香脂。此处借指美女的容颜。

⑥骙（ái）：呆傻。

⑦若小：这小孩。

⑧乖绝：机灵极了。

【译文】

打更以后，霍桓跳墙离了家，一直来到武家门外，打通了两道墙壁，才到达正院。见小厢房里还有灯光，便伏下身子窥视，只见青娥正在卸晚妆。一小会儿，灯灭了，静得没一点儿声音。霍桓穿墙进入屋内，青娥已经睡着了。霍桓轻轻地脱了鞋，悄悄地上了床，恐怕惊醒青娥，会遭到辱骂驱逐，于是蹑手蹑脚地躺在青娥的被子边，微微闻到青娥身上的香气，心愿也算满足了。但因忙碌了半夜，已十分疲倦，刚一合眼，不觉睡着了。青娥醒来，听到有呼吸的声音，睁眼一看，从墙洞透进了亮光。青娥大吃一惊，急忙起来，暗中拔开门栓，轻轻地出了屋门，敲窗户叫醒了仆妇，手执灯火、棍棒一起来到青娥屋内。只见一个梳着两只抓髻的少年在青娥的床上酣睡，仔细一看，认得是霍桓。推推他，他才醒来，一骨碌坐起来，两只眼灼灼有神，看看这个，看看那个，似乎不怎么害怕，但也有些不好意思，不说一句话。众人骂他是贼，大声地呵斥他。他才哭着说："我不是贼，实在是因为喜爱小姐，愿意亲近亲近她。"众人又怀疑凿通了好几道墙，不是小孩子能干的。霍桓拿出小铲子说明它的神异。人们当场试验，惊奇万分，认为是神仙赐给的。众人想将此事报告夫人，青娥低头沉思，好像不同意。众人看出了青娥的心意，于是说："这孩子的人品才学和门第，一点儿也不辱没我家。不如放他回去，让他请个媒人再来求婚。天亮后，向老夫人撒个谎，说有贼来了，怎么样？"青娥没有回答。众人催促霍桓快走。霍桓索要铲子。众人笑道："傻小子！还不忘拿走凶器呀？"霍桓偷看枕边有一只凤钗，暗中收入袖中。这事已被一个小丫环看见，急忙告诉了青娥。青娥不说话也不生气。一个老仆妇拍着霍桓的脖子说："别说他是个傻小子，他心里可精透了。"就拽着他，仍从墙洞出去了。

既归，不敢实告母，但嘱母复媒致之。母不忍显拒，惟遍托媒氏，急为别觅良姻。青娥知之，中情皇急，阴使腹心者风示媪。媪悦，托媒往。会小婢漏泄前事，武夫人辱之，不胜恚愤。媒至，益触其怒，以杖画地[1]，骂生并及其母。媒惧，窜归，具述其状。生母亦怒曰："不肖儿所为，我都梦梦[2]。何遂以无礼相加！当交股时[3]，何不将荡儿淫女一并杀却？”由是见其亲属，辄便披诉④。女闻，愧欲死。武夫人大悔，而不能禁之使勿言也。女阴使人婉致生母，且矢之以不他⑤，其词悲切。母感之，乃不复言，而论亲之谋，亦遂辍矣。

【注释】

①以杖画地：以手杖指画或叩击地面表示愤怒。

②梦梦：犹懵懵，昏昧不明，一无所知。

③股：大腿。

④披诉：公开宣扬。披，披露。

⑤矢之以不他：誓不他嫁。《诗·鄘风·柏舟》：“之死矢靡它。”矢，发誓。

【译文】

霍桓回到家，不敢把实情告诉母亲，只是请求母亲再托媒人去武家提亲。霍母不忍心直接拒绝，只好遍托媒人，抓紧给霍桓另觅佳偶。青娥知道后，心中非常焦急，暗中派个心腹之人给霍母透话。霍母很高兴，立刻托媒人去提亲。这时武家的一个小丫环泄露了那天夜里发生的事，武夫人感到受了污辱，十分恼怒。媒人来到，更触发了武夫人的怒气，她用拐杖点着地，大骂霍桓并连及其母。媒人吓得赶快逃回来，叙述了当时的情况。霍母也生气了，说：“这个不争气的儿子干的事，我一点儿都不知道。但为何要这样无礼谩骂！当他们睡在一起时，为何不将这荡儿淫女一齐杀掉？”从此以后，见到武家的亲戚，便把这事诉说一遍。青娥听说后，羞愧得要死。武夫人也特别懊悔，可也无法禁止霍母不让她说。青娥暗中派人委婉地向霍母说明事情原委，并且发誓不嫁他人，言语甚为悲哀恳切。霍母感动了，再也不乱讲了，但提亲的事，也搁置不谈了。

会秦中欧公宰是邑①，见生文，深器之②，时召入内署，极意优宠。一日，问生："婚乎？"答言："未。"细诘之，对曰："夙与故武评事女小有盟约，后以微嫌③，遂致中寝④。"问："犹愿之否？"生觍然不言。公笑曰："我当为子成之。"即委县尉、教谕⑤，纳币于武⑥。夫人喜，婚乃定。逾岁，娶归。女入门，乃以镵掷地曰："此寇盗物，可将去！"生笑曰："勿忘媒妁。"珍佩之恒不去身。

【注释】

①秦中：古地区名。指今陕西中部平原地区。因春秋战国时属秦国而得名。宰是邑：任这个县的县令。宰，主管，主持。

②器：器重。

③嫌：嫌隙，怨恨。

④中寝：半道而废。

⑤教谕：为县教职，负责县学的管理及课业。

⑥纳币：古代婚姻制度六礼中第四礼。是男方向女方送聘礼。又称"纳征"。《仪礼·士昏礼》："纳征，玄纁束帛俪皮。"注："征，成也，使者纳币，以成昏礼。"

【译文】

这时正遇上陕西欧公来这里当县令，看到霍桓的文章，很器重霍桓，不时将他召进衙署，极其优待宠信。一天，欧公问霍桓："成亲了吗？"霍桓回答说："还没有。"欧公又仔细询问其中的缘由，霍桓回答说："从前与前武评事的女儿订下婚约，后来由于有些小误会，所以耽搁了。"欧公又问："还愿意吗？"霍桓不好意思回答。欧公笑着说："我当为你们成全这件事。"就委派县尉、教谕，到武家送聘礼。武夫人很高兴，婚事就定了。过了一年，把青娥娶进了门。青娥进门后，就把小铲子扔在地上说："这是做贼用的东西，你拿走吧！"霍桓笑着说："不要忘了媒人。"一刻不离地珍藏在身上。

女为人温良寡默[①]，一日三朝其母[②]，馀惟闭门寂坐，不甚留心家务。母或以吊庆他往，则事事经纪，罔不井井。年馀，生一子孟仙，一切委之乳保[③]，似亦不甚顾惜。又四五年，忽谓生曰："欢爱之缘，于兹八载。今离长会短，可将奈何！"生惊问之，即已默默，盛妆拜母，返身入室。追而诘之，则仰眠榻上而气绝矣。母子痛悼，购良材而葬之[④]。

【注释】

①温良寡默：温厚善良，沉默寡言。

②朝：朝拜，问安。

③乳保：乳娘、保姆。

④良材：好的棺木。

【译文】

青娥为人温柔善良，沉默寡言，一天除了早中晚三次问候婆婆外，其馀时间闭门静坐，也不怎么留心家事。婆婆如果因婚丧之事到亲朋家去，青娥事事都管，每件事都处理得井井有条。过了一年多，生了个儿子取名孟仙，照料孩子的事全都交给乳母佣人，好像对孩子也不特别疼爱。又过了四五年，忽然对霍桓说："我们恩爱的缘分，至今已经八载。现在离别的日子长，相见的日子短，可怎么办呢！"霍桓吃惊地询问怎么回事，青娥又沉默不言了，她仔细地打扮一番，拜见了婆婆，回到了自己房中。霍桓追进屋去盘问，只见她仰卧在床上已经气绝。霍氏母子万分悲痛，买了一口好棺材把青娥埋葬了。

母已衰迈，每每抱子思母，如摧肺肝，由是遘病[1]，遂惫不起。逆害饮食[2]，但思鱼羹，而近地则无，百里外始可购致。时厮骑皆被差遣，生性纯孝，急不可待，怀赀独往，昼夜无停趾。返至山中，日已沉冥，两足跛踦[3]，步不能咫[4]。后一叟至，问曰："足得毋泡乎[5]？"生唯唯。叟便曳坐路隅，敲石取火，以纸裹药末，熏生两足讫。试使行，不惟痛止，兼益矫健。感极申谢。叟问："何事汲汲[6]？"答以母病，因历道所由。叟问："何不另娶？"答云："未得佳者。"叟遥指山村曰："此处有一佳人，倘能从我去，仆当为君作伐。"生辞以母病待鱼，姑不遑暇[7]。叟乃拱手，约以异日入村，但问老王，乃别而去。生归，烹鱼献母。母略进，数日寻瘳[8]。乃命仆马往寻叟。

【注释】

①遘(gòu)病：患病。遘，遭遇。

②逆害饮食：不思饮食。

③跛踦：行步不稳。汉焦赣《易林·泰之复》："跛踦相随，日暮牛罢，陵迟后旅，失利亡雌。"

④步不能咫：一步挪不了多远。

⑤泡：磨伤起泡。

⑥汲汲：急忙。

⑦姑不遑暇：暂且没有时间。遑暇，空闲。

⑧瘳(chōu)：病愈。

【译文】

霍母年迈体衰，每当抱起孙子就想起了儿媳，悲伤得肝胆俱碎，因此得了病，卧床不起。她不想吃东西，只想喝点儿鱼汤，可是附近没有鱼，非得到百里之外才能买到。而当时仆人和马都被差遣出去了，霍桓天性孝顺，急不可待，带着钱独自上路，昼夜不停地赶路。返回时，走到山中，日已西沉，他两脚一瘸一拐，一步也迈不出多远。后来过来一个老头，问道："脚上大概打泡了吧？"霍桓连连答应。老头便拉他坐在路边，敲石取火，用纸裹上药末，点着熏霍桓的两脚。熏完，让他试着走走，不但不疼了，步履更加矫健了。霍桓再三表示感谢。老头问："什么事这样急不可待？"霍桓说因为母亲的病，并把始末缘由说了一遍。老头问："为什么不再娶一个呢？"霍桓回答说："没有找到合适的。"老头遥指着山村说："这里有一个好姑娘，如果能跟我去，我当给你做媒。"霍桓说母亲生病等着吃鱼，暂时没有时间。老头向他拱拱手，约他以后来山村，只打听老王就行，说完告别而去。霍桓回到家中，做好鱼给母亲吃。母亲稍吃了一些，过了几天病就好了。霍桓于是带着仆人骑着马去寻找老头。

至旧处，迷村所在。周章逾时[①]，夕暾渐坠[②]。山谷甚杂，又不可以极望，乃与仆分上山头，以瞻里落，而山径崎岖，苦不可复骑，跋履而上[③]，昧色笼烟矣[④]。蹀躞四望[⑤]，更无村落。方将下山，而归路已迷，心中燥火如烧。荒窜间，冥堕绝壁。幸数尺下有一线荒台，坠卧其上，阔仅容身，下视黑不见底，惧极不敢少动。又幸崖边皆生小树，约体如栏。移时，见足傍有小洞口，心窃喜，以背着石，螬行而入[⑥]。意稍稳，冀天明可以呼救。少顷，深处有光如星点。渐近之，约三四里许，忽睹廊舍，并无釭烛[⑦]，而光明若昼。一丽人自房中出，视之，则青娥也。见生，惊曰："郎何能来？"生不暇陈，抱袪呜恻[⑧]。女劝止之。问母及儿，生悉述苦况，女亦惨然。生曰："卿死年馀，此得无冥间耶？"女曰："非也，此乃仙府。曩时非死，所瘗，一竹杖耳。郎今来，仙缘有分也。"因导令朝父，则一修髯丈夫[9]，坐堂上，生趋拜。女白："霍郎来。"翁惊起，握手略道平素[10]，曰："婿来大好，分当留此。"生辞以母望，不能久留。翁曰："我亦知之。但迟三数日，即亦何伤。"乃饵以肴酒，即令婢设榻于西堂，施锦裀焉[11]。生既退，约女同榻寝。女却之曰："此何处，可容狎亵？"生捉臂不舍。窗外婢子笑声嗤然，女益惭。方争拒间，翁入，叱曰："俗骨污吾洞府！宜即去！"生素负气，愧不能忍，作色曰："儿女之情，人所不免，长者何当伺我[12]？无难即去，但令女须便将随。"翁无辞，招女随之，启后户送之，赚生离门，父子阖扉去。回首峭壁巉岩，无少隙缝，只影茕茕[13]，罔所归适。视天上斜月高揭[14]，星斗已稀。怅怅良久，悲已而恨，面壁叫号，迄无应者。愤极，腰中出镵，凿石攻进，且攻且骂。瞬息洞入三四尺许，隐隐闻人语曰："孽障哉[15]！"生奋力凿益急。忽洞底豁开二扉，推娥出曰："可去，可去！"壁即复合。女怨曰："既爱我为妇，岂有待丈人如此者？是何处老道士，授汝凶器，将人缠混欲死！"生得女，意愿已慰，不复置辨，但忧路险难归。女折两枝，各跨其一，即化为马，行且驶，俄顷至家。时失生已七日矣。

【注释】

①周章：周折。

②夕暾（tūn）：犹言夕阳。暾，初升的太阳。此指阳光。汉刘向《九叹·远游》："日暾暾其西舍兮，阳焱焱而复顾。"

③跋履：步行。跋，跋涉。

④昧色笼烟：暮色苍茫。笼烟，烟雾笼罩。

⑤蹀躞(dié xiè)：小步走的样子。

⑥螬(cáo)行：如蛴螬一样用背滚行。螬，蛴螬。金龟子的幼虫。

⑦釭(gāng)烛：灯，烛。

⑧袪(qū)：袖口。

⑨修髯：长髯。髯，两颊上的胡须。

⑩道平素：谈说家常。平素，指往日的事情。晋陶潜《咏二疏》："促席延故老，挥觞道平素。"

⑪裀：通"茵"。垫子，褥子。

⑫伺我：窥测我的隐私。伺，偷窥。

⑬茕茕(qióng)：孤独的样子。

⑭揭：悬。

⑮孽障：坏东西。骂人话。

【译文】

霍桓来到与老头分手的地方，找不到要去的村庄了。他徘徊寻找了好一会儿，夕阳渐渐西下了。山谷地势复杂，又看不到远处，于是与仆人分头上山，想找个村落，但山路崎岖，不能骑马，只好徒步行走，这时已是暮气笼罩。霍桓小步走着，四处张望，也找不到村落。刚要下山，又迷了路，心中烦躁得像火烧一样。正在荒草间找路，昏暗中从峭壁上掉了下来。幸好在峭壁数尺下面有一块突出的石台，就掉在了石台上，石台仅能容身，往下一看，深不见底，霍桓害怕极了，一点儿也不敢动。又庆幸的是崖边都长有小树，挡着身体，如同栏杆似的。过了一阵子，霍桓发现脚边有个小洞口，心中暗喜，用背靠着石壁，像蛴螬一样挪进了洞内。这时心里才稳定下来，盼望天亮可以呼救。不一会儿，发现洞的深处有点点亮光。霍桓一步步向亮处走去，约走了三四里，忽然看到房舍，没有灯烛，却亮堂堂地如同白天一样。一个漂亮的女子从房里走出来，霍桓一看，原来是青娥。青娥见了霍桓，吃惊地说："郎君怎么能来到这里？"霍桓没顾上说话，一把抱住青娥的衣袖伤心呜咽。青娥劝他止住哭泣。问起婆婆和儿子，霍桓把家中艰难的情况说了，青娥心中也很难过。霍桓问："你死了一年多了，这里大概是阴间吧？"青娥说："这不是阴间，而是仙府。以前我没有死，所埋的只是一根竹杖罢了。郎君今天来了，也是有仙缘啊。"说完带着他去见父亲，只见一位长胡子老头坐在屋里，霍桓赶快上前拜见。青娥说："霍郎来了。"老头吃惊地站起来，握着霍桓的手略加寒暄，说："女婿来太好了，应当留在这里。"霍桓说母亲在家盼望，不能久留。老头说："这我也知道。但晚回去三四天，有什么关系。"于是摆上酒菜招待霍桓，又让丫环在西屋铺床，放上锦缎被褥。霍桓吃完饭回到屋里，约青娥与他同床睡。青娥拒绝说："这里是什么地方，怎么容许这种轻慢的行为？"霍桓抓住青娥的手臂不放。窗外丫环们"嗤嗤"地笑，青娥更加羞愧。两人正推拉时，老头进来了，斥责说："你这个凡夫俗子玷污了我的洞府！快走！"霍桓一向自尊心很强，羞愧难忍，也变了脸色说："儿女之情，人所不免，当长辈的怎能偷窥监视？你让我离开也不难，但要让你的女儿同我一起走。"老头无辞可答，招呼女儿跟着，打开后门送他出去，等把霍桓骗出了门，父女俩把门一关就回去了。霍桓回头一看，只见巉岩峭壁，连个缝隙也没有，只有自己孤孤单单，不知该往何处去。看看天空，斜月高悬，星星也稀稀落落。霍桓惆怅了很久，由悲转恨，对着峭壁大声呼叫，也没人回答。他愤怒极了，从腰中掏出小铲子，砍凿着石壁向前推进，一边凿一边骂。不一会儿打进去三四尺，隐隐听到有人在说："孽障呀！"霍桓更加奋力地凿起来。忽然洞底开了两扇门，老头把青娥推出来说："去吧！去吧！"峭壁又合上了。青娥抱怨说："既然爱我娶我为妻，怎能这样对待老丈人呢？是哪里的老道士，给了你这件凶器，把人缠得要死！"霍桓得到了青娥，已心满意足，也不再分辩，只是发愁路途险难无法回家。青娥折了两根树枝，每人骑上一枝，树枝立即变成了马，连走带跑，一会儿就到了家。这时霍桓已经走失七天了。

初，生之与仆相失也，觅之不得，归而告母。母遣人穷搜山谷，并无踪绪[①]。正忧惶无所，闻子自归，欢喜承迎。举首见妇，几骇绝。生略述之，母益忻慰。女以形迹诡异，虑骇物听，求即播迁[②]，母从之。异郡有别业，刻期徙往，人莫之知。偕居十八年，生一女，适同邑李氏。后母寿终。女谓生曰："吾家茅田中，有雉菢八卵[③]，其地可葬。汝父子扶榇归窆[④]。儿已成立，宜即留守庐墓[⑤]，无庸复来。"生从其言，葬后自返。月馀，孟仙往省之，而父母俱杳。问之老奴，则云："赴葬未还。"心知其异，浩叹而已。

【注释】

①踪绪：踪迹线索。

②播迁：搬家，变更住所。

③菢（bào）：孵。

④榇（chèn）：棺材。窆（biǎn）：下葬。

⑤守庐墓：服丧期间，在先人墓旁搭盖草庐，守护坟墓。

【译文】

当初，霍桓与仆人失散后，仆人找不到霍桓，就回家告诉了霍母。霍母派人到山中四处搜寻，没有一点儿踪迹。正忧愁焦急的时候，听说儿子自己回来了，高兴地走出迎接。抬头看见了青娥，差点吓死。霍桓把经过情形略述了一遍，霍母听了更加高兴。青娥因自己形迹诡异，怕别人知道了奇怪，请求搬家，霍母同意了。正好在别郡还有一处住宅，选个日子就搬走了，人们也不知道。他们一起又共同生活了十八年，生了一个女儿，嫁给了同县的李家。后来霍母去世了。青娥对霍桓说："我们家的茅田里，有一只野鸡生了八个蛋，这块地可安葬母亲。你们父子可扶灵回去安葬。儿子已长大成人，应该留在那儿守墓，就不要回来了。"霍桓听从了妻子的话，安葬完母亲就独自返回了。过了一个多月，儿子孟仙回来探望父母，父母都没在家。问老仆人，则说："去安葬老夫人还没有回来。"孟仙心知事情奇异，只能长叹罢了。

孟仙文名甚噪，而困于场屋[①]，四旬不售[②]。后以拔贡入北闱[③]，遇同号生[④]，年可十七八，神采俊逸，爱之。视其卷，注顺天廪生霍仲仙[⑤]。瞪目大骇，因自道姓名。仲仙亦异之，便问乡贯，孟悉告之。仲仙喜曰："弟赴都时，父嘱文场中如逢山右霍姓者[⑥]，吾族也，宜与款接[⑦]，今果然矣。顾何以名字相同如此？"孟仙因诘高、曾，并严、慈姓讳[⑧]，已而惊曰："是我父母也！"仲仙疑年齿之不类，孟仙曰："我父母皆仙人，何可以貌信其年岁乎？"因述往迹，仲仙始信。场后不暇休息，命驾同归。才到门，家人迎告，是夜失太翁及夫人所在。两人大惊。仲仙入而询诸妇，妇言："昨夕尚共杯酒，母谓：'汝夫妇少不更事[⑨]。明日大哥来，吾无虑矣。'早旦入室，则阒无人矣[⑩]。"兄弟闻之，顿足悲哀。仲仙犹欲追觅，孟仙以为无益，乃止。是科仲领乡荐[⑪]。以晋中祖墓所在，从兄而归。犹冀父母尚在人间，随在探访，而终无踪迹矣。

【注释】

①困于场屋：指没有考中。场屋，考场。

②四旬:40岁。

③以拔贡入北闱:以拔贡的资格,参加在顺天府(今北京)举行的乡试。拔贡,科举时代选拔贡入国子监的生员之一种。清初每六年一次,由各省学政考选品学兼优的生员,保送入京,称为拔贡生。北闱:清代在顺天府举行的乡试。

④同号生:考场中同一号舍的考生。乡试的贡院内分若干巷舍,并按《千字文》编号。每一号巷舍有几十间小房,每个考生占用一间,在其中考试。

⑤廪(lǐn)生:即廪膳生员。资历最优的秀才,每月可从儒学领到米粮的津贴。

⑥山右:山西旧时别称。因位于太行山之右,故称。

⑦款接:深交,热情交往。

⑧高、曾:高祖和曾祖。严、慈:父亲和母亲。姓讳:姓名。

⑨更事:经历世事。

⑩阒(qù):寂静。

⑪领乡荐:乡试考中,中举。

【译文】

孟仙文章写得好,很有名气,但是科考却不顺利,到四十岁也没考中。后来以拔贡的身份参加顺天府的乡试,遇到同一号舍的考生,大约有十七八岁,神采俊逸,孟仙很喜欢他。看他的试卷,注明顺天府廪生霍仲仙。孟仙惊奇地睁大了眼睛,向他讲了自己的姓名。霍仲仙也感到很奇怪,就问孟仙是什么地方人,孟仙都告诉了他。仲仙高兴地说:“小弟进京时,父亲嘱咐如果在考场遇到山西姓霍的,是一家子,应热情相待,现在果然如此。然而为什么我俩的名字这样相同呢?”孟仙就询问仲仙高祖父、曾祖父、父、母的姓名,听后吃惊地说:“这是我的父母啊!”仲仙怀疑年龄不符,孟仙说:“我们的父母都是仙人,怎能从他们的容貌来判断年龄呢?”于是叙述了以前的事情,仲仙才相信了。考完顾不上休息,兄弟二人一起坐车回家。刚到家门口，仆人迎上前禀告，说昨夜不知老爷和夫人到哪里去了。两人大吃一惊。仲仙进屋去询问妻子，妻子说："昨天晚上还在一起吃酒，母亲说：'你们夫妇年纪轻没经历过什么事。明天大哥来了，我就放心了。'早晨进母亲屋里一看，已经没有人了。"兄弟二人听说，伤心得跺脚。仲仙还打算去追寻，孟仙认为那只是徒劳无益，才没去寻找。这次考试，仲仙中了举人。因为祖先的坟墓都在山西，就跟着哥哥回山西了。他们还是希望父母仍在人间，所以随处探访，但始终打探不到踪迹。

异史氏曰：钻穴眠榻，其意则痴；凿壁骂翁，其行则狂。仙人之撮合之者，惟欲以长生报其孝耳。然既混迹人间，狎生子女，则居而终焉，亦何不可？乃三十年而屡弃其子，抑独何哉？异已！

【译文】

异史氏说：钻墙入室，睡卧小姐身旁，这人也太痴情了；凿开墙壁骂老岳父，行为也太狂放了。仙人将他们撮合为夫妇，只为了让他们长生不老来表彰他们的孝行。既然已经混迹在人间，结婚生子，就永远住在那里，又有什么不可以的呢？但三十年当中几次抛弃自己的孩子，这又是为了什么呢？太奇怪了！

镜听

【题解】

《镜听》被公认为中国古代小小说的典范。小小说不仅字数少，情节简明，尤其要有画龙点睛之笔，前面有铺垫，中间有细节，结末有包袱。其细节包袱要传神,有戏剧性。在这方面,《镜听》提供了范式。其中“次妇力掷饼杖而起,曰:‘侬也凉凉去!’”非常给力,把次妇长期郁闷于胸的不满释放了出来。

《镜听》虽是小小说,却能以小见大,把科举时代的世事人情刻画得淋漓尽致。

益都郑氏兄弟[①],皆文学士[②]。大郑早知名,父母尝过爱之[③],又因子并及其妇。二郑落拓[④],不甚为父母所欢,遂恶次妇,至不齿礼。冷暖相形,颇存芥蒂[⑤]。次妇每谓二郑:“等男子耳,何遂不能为妻子争气?”遂摈弗与同宿。于是二郑感愤,勤心锐思[⑥],亦遂知名。父母稍稍优顾之,然终杀于兄[⑦]。次妇望夫綦切[⑧],是岁大比[⑨],窃于除夜以镜听卜[⑩]。有二人初起,相推为戏,云:“汝也凉凉去!”妇归,凶吉不可解,亦置之。闱后[⑪],兄弟皆归。时暑气犹盛,两妇在厨下炊饭饷耕[⑫],其热正苦。忽有报骑登门[⑬],报大郑捷[⑭]。母入厨唤大妇曰:“大男中式矣[⑮]! 汝可凉凉去。”次妇忿恻[⑯],泣且炊。俄又有报二郑捷者,次妇力掷饼杖而起[⑰],曰:“侬也凉凉去[⑱]!”此时中情所激[⑲],不觉出之于口,既而思之,始知镜听之验也。

【注释】

①益都:位于山东中部,即今山东青州,隶属于潍坊。

②文学士:读书而有文才的人。

③过爱:过分地爱溺。

④落拓:豪放不拘小节,穷困。此处指科举不顺利。

⑤芥蒂：细小的梗塞物。后比喻心里的不满或不快。

⑥勤心锐思：竭尽心思。指勤奋苦读。勤，劳。锐，锐敏。

⑦杀：衰减，不如。

⑧綦切：迫切。

⑨大比：明清时特指乡试。

⑩以镜听卜：用镜听之术来占卜。镜听，也称“听镜”、“镜卜”。在除夕或岁首的夜里抱着镜子偷听路人的无意之言，以此来占卜吉凶祸福。镜听的具体步骤，各地大同小异。清秦嘉谟《月令萃编》：“元旦之夕，洒扫置香灯于灶门，注水满铛，置勺于水，虔礼拜祝。拨勺使旋，随柄所指之方，抱镜出门，密听人言，第一句便是卜者之兆。”

⑪闱后：考试之后。

⑫饷耕：给种地的人送饭。饷，送饭。

⑬报骑(jì)：报马。科举时代，骑着快马报告考中喜讯的人。

⑭捷：胜利。此指中举。

⑮中式：科举考试合格。《明史·选举志》：“三年大比，以诸生试之直省，曰乡试。中式者为举人。”

⑯忿恻：既气愤又伤心。

⑰饼杖：擀饼杖。

⑱侬(nóng)：我。

⑲中情所激：内心感情的激发。

【译文】

益都有郑氏兄弟俩，都是善写文章的读书人。老大早就出了名，父母特别喜欢他，因此对他的妻子也格外的好。弟弟没什么名气，父母不是特别喜欢他，因此连他的妻子也看不上眼，乃至非常轻视。两个媳妇因受到不同的对待，彼此也产生了矛盾。二媳妇每每对丈夫说：“都是男子汉，你为何不能为妻子争口气？”于是赌气不让丈夫与她睡在一起。

老二受到刺激，开始奋发图强，努力钻研，也出了名。父母对他也逐渐喜爱了，但还不如哥哥。二媳妇望夫成名心切，这年正赶上科考，就偷偷地在除夕夜出门捧着镜子以听街人偶语来占卜。这时有两个人刚刚起床，互相推着开玩笑，说："你也凉快凉快去吧！"二媳妇回去后，弄不清这句话象征着吉还是凶，也就不再想了。科考过后，兄弟二人都回来了。当时天气很热，两个媳妇在厨房做饭，准备送给在田里干活的人，两人热得要命。忽然有骑马报喜的人来到门口，报告老大考中了。郑母来到厨房喊大媳妇："老大考中了！你可以凉快凉快去了。"二媳妇又气又难过，一边哭泣一边做饭。不一会儿，又有人来报告老二也考中了，二媳妇用力把擀面杖一扔，抬起身就走，口中说道："我也凉快凉快去！"这时由于内心情绪激动，不知不觉说出了这句话，后来一想，才知道用镜子占卜的事应验了。

异史氏曰：贫穷则父母不子[①]，有以也哉[②]！庭帏之中[③]，固非愤激之地。然二郑妇激发男儿，亦与怨望无赖者殊不同科[④]。投杖而起，真千古之快事也！

【注释】

①父母不子：父母不拿儿子当儿子。

②以：故，原因。

③庭帏之中：指家庭内部。庭帏，内舍，一般指父母居处。南朝梁萧统《文选》收录晋束晳《补亡诗》："眷恋庭闱，心不遑安。"李善注："庭闱，亲之所居。"

④殊不同科：绝不能相提并论。科，品类，类别。

【译文】

异史氏说：人贫穷了，父母也不把儿子当儿子看待，是有原因的啊！

家庭内部,固然不是闹意气的地方。然而郑老二的妻子激励自己的丈夫,与那些怨天尤人无理取闹的人大不相同。她投杖而起的情景,也真是千古以来的痛快事啊!

牛瘯

【题解】

本篇是关于牛的疾病的寓言故事,告诫人要有公益心,在瘟疫发生的时候不要有私心。蒲松龄在《药祟书》序中说:"疾病,人之所时有也,山村之中,不惟无处可以问医,并无钱可以市药。思集偏方,以备乡邻之急,志之不已,又取《本草纲目》缮写之,不取长方,不录贵药,检方后立遣村童,可以携取。"对待人的疾病蒲松龄的主张如此,当然对待牲畜的疾病的态度也是这样。本篇让我们看到明清时代农村兽医的相关民俗,其中关于"六畜瘟神"的固然无稽,而从六畜瘟神的耳朵中飞出牛瘯也可能不完全是蒲松龄个人的浪漫想象,而是当日关于牛病的民间传闻。

陈华封,蒙山人①,以盛暑烦热,枕籍野树下②。忽一人奔波而来,首着围领③,疾趋树阴,据石而坐④,挥扇不停,汗下如流沈⑤。陈起座,笑曰:"若除围领,不扇可凉。"客曰:"脱之易,再着难也。"就与倾谈,颇极蕴藉⑥。既而曰:"此时无他想,但得冰浸良酝⑦,一道冷芳⑧,度下十二重楼⑨,暑气可消一半。"陈笑曰:"此愿易遂,仆当为君偿之。"因握手曰:"寒舍伊迩⑩,请即迂步⑪。"客笑而从之。

【注释】

①蒙山：位于山东沂蒙山区腹地，费县、平邑和蒙阴三地交界处。

②枕(zhěn)籍：设枕铺席。

③围领：围脖，围巾。

④据石：倚靠着石头。三会本作“掬石”，此处采用青本。

⑤沈：汁。

⑥蕴藉：温文尔雅。

⑦酤：酒。

⑧冷芳：冷香，清冷香气。

⑨十二重(chóng)楼：中医指人咽喉管之十二节。《金丹诸真元奥》：“问曰：‘何谓十二重楼？’答曰：‘人之咽喉管有十二节，是也。’”

⑩寒舍伊迩：我家就在附近。寒舍，谦指自己的居处。伊，语助词。迩，近。《诗·邶风·谷风》：“不远伊迩，薄送我畿。”

⑪迂步：犹言枉步。迂，劳神或枉屈尊长之敬词。

【译文】

陈华封是蒙山人，因盛夏暑热难耐，在村外大树下躺着乘凉。忽然跑过来一个人，头上裹着围巾，快步跑到树阴下，倚靠石头坐下，不停地搧着扇子，汗如雨下。陈华封坐起来，笑着对来人说：“如果取下围巾，不搧扇子也可以凉快了。”客人说：“拿下来容易，再围上就难了。”陈华封与他聊天，客人谈吐温文尔雅。过了一会儿，客人说：“此时没有别的可想，只要有冰镇的美酒，一口饮下，又凉又香，从嗓子直流到肚里，暑气可消去一半。”陈华封笑着说：“这个愿望容易满足，我可以使您如愿以偿。”他握着客人的手说：“寒舍很近，就请劳驾前往吧。”客人笑着跟他去了。

至家，出藏酒于石洞，其凉震齿。客大悦，一举十觥。日已就暮，天忽雨，于是张灯于室，客乃解除领巾，相与磅礴[①]。语次，见客脑后，时漏灯光，疑之。无何，客酩酊[②]，眠榻上。陈移灯窃窥之，见耳后有巨穴，盏大；数道厚膜，间鬲如棂；棂外耎革垂蔽，中似空空。骇极，潜抽髻簪，拨膜觇之，有一物，状类小牛，随手飞出，破窗而去。益骇，不敢复拨。方欲转步，而客已醒，惊曰："子窥见吾隐矣！放牛癀出，将为奈何？"陈拜诘其故。客曰："今已若此，尚复何讳。实相告：我六畜瘟神耳。适所纵者牛癀[③]，恐百里内牛无种矣。"陈故以养牛为业，闻之大恐，拜求术解。客曰："余且不免于罪，其何术之能解？惟苦参散最效[④]，其广传此方，勿存私念可也。"言已，谢别出门。又掬土堆壁龛中[⑤]，曰："每用一合亦效[⑥]。"拱不复见[⑦]。

【注释】

①相与磅礴：彼此不拘形迹两腿张开坐着。磅礴，伸开两腿而坐，表示不拘形迹。《庄子·田子方》："宋元君将画图，众史皆至……有一史后至者，儃儃然不趋，受揖不立，因之舍。公使人视之，则解衣槃礴，裸。君曰：'可矣，是真画者也。'"

②酩酊：大醉。

③牛癀（huáng）：牛瘟。癀，疸病。

④苦参散：用苦参制作的方药。散，中医称药末。

⑤掬：双手捧起。

⑥一合（gě）：容量单位。10合为1升。

⑦拱：拱手致礼。

【译文】

到了家，陈华封拿出贮藏在石洞里的美酒，凉得冰牙。客人非常高兴，一气喝了十大杯。这时天已黑了，天上忽然下起雨来，于是在屋里点上灯，客人解下了围巾，两人不拘形迹地伸腿坐着。说话的时候，看到客人的脑后不时漏出灯光，陈华封感到很奇怪。不一会儿，客人酩酊大醉，在床上睡着了。陈华封端着灯到客人脑后偷看，只见耳朵后面有个大洞，有杯口那样大；里面有几道厚膜，间隔像窗棂；棂外一块软皮遮掩着，里面好像是空的。陈华封惊异极了，暗中拔下头髻上的簪子，拨开软膜往里看，有一个东西，形状像小牛，随着手飞了出来，穿破窗纸飞走了。陈华封更加诧异，不敢再拨了。他刚要转身，客人已经醒了，吃惊地说："你看到我的秘密了！把牛癀放出去，这可怎么办啊?"陈华封连忙施礼，问是怎么回事。客人说："现在已经到了这个地步，还有什么可隐瞒的。实话告诉你吧：我是六畜的瘟神啊。刚才放出去的是牛癀，恐怕百里之内的牛都要死绝了。"陈华封本来就以养牛为业，听了以后非常害怕，赶忙下拜求客人想个解除灾害的办法。客人说："我也免不掉被治罪，有什么办法可以解除呢？只有苦参散最有效，你能广传此方，不存私心就可以了。"说完，道谢出门。又捧了一捧土放在壁龛内，说："每次用一点儿也有效。"拱拱手就不见了。

居无何，牛果病，瘟疫大作。陈欲专利，秘其方，不肯传。惟传其弟，弟试之神验。而陈自剉啖牛[①]，殊罔所效，有牛两百蹄躈[②]，倒毙殆尽，遗老牝牛四五头，亦逡巡就死[③]。中心懊恼，无所用力。忽忆龛中掬土，念未必效，姑妄投之。经夜，牛乃尽起。始悟药之不灵，乃神罚其私也。后数年，牝牛繁育，渐复其故。

【注释】

①剉(cuò)：切割。言将苦参切碎成末。

②两百蹄躈(qiào)：40头牛。蹄躈，亦作"蹏噭"。古时用以计算牲

畜的头数。蹴,肛门。蹄窍5,即算1头牲畜。《史记·货殖列传》:“马蹄蹴千,牛千足,羊彘千双,僮手指千。”《汉书·货殖传》引此文作“马蹏噭千”,颜师古注:“噭,口也。蹄与口共千,则为马二百也。”噭,借为“蹴”。

③逡巡:顷刻,刹那。

【译文】

过了不久,牛果然生了病,瘟疫流行。陈华封只想个人得利,将药方的事保密,不肯外传。只传给了他弟弟,弟弟试试,果然灵验。而陈华封自己把苦参剉成末喂牛,一点儿效果也没有,他有四十头牛,几乎死光,只剩下老母牛四五头,眼看也要死掉了。他心里懊恼,不知如何是好。忽然想到壁龛上的土,心想也不见得有效,姑且试试。过了一夜,牛全好了。他这才明白药之所以不灵验,是神仙惩罚他自私自利。后来过了几年,母牛繁殖,牛群又逐渐恢复到原来的数量。

金姑夫

【题解】

本篇是记录会稽梅姑祠逸闻的。本来梅姑之所以被敬祀,是因为“未嫁而夫早死,遂矢志不醮”,是贞洁的典范。没想到忽然改弦易张,改嫁上虞金生。这在封建社会是不可思议的事情,所以蒲松龄感慨地说:“不嫁而守,不可谓不贞矣。为鬼数百年,而始易其操,抑何其无耻也!”但《聊斋志异》批评家冯镇峦认为此篇并非简单地记录逸闻,而是影射明末变节人士的。他说:“宋之王朴、范质,元之赵孟𫖯,明之危素,明季之钱谦益,皆梅姑类也。”

会稽有梅姑祠①。神故马姓,族居东莞②,未嫁而夫早死，遂矢志不醮[3]，三旬而卒。族人祠之[4]，谓之梅姑。丙申[5]，上虞金生赴试经此[6]，入庙徘徊，颇涉冥想。至夜，梦青衣来[7]，传梅姑命招之。从去。入祠，梅姑立候檐下，笑曰："蒙君宠顾，实切依恋。不嫌陋拙，愿以身为姬侍。"金唯唯。梅姑送之曰："君且去。设座成，当相迓耳[8]。"醒而恶之。是夜，居人梦梅姑曰："上虞金生，今为吾婿，宜塑其像。"诘旦，村人语梦悉同。族长恐玷其贞，以故不从。未几，一家俱病。大惧，为肖像于左。既成，金生告妻子曰："梅姑迎我矣。"衣冠而死。妻痛恨，诣祠指女像秽骂，又升座批颊数四，乃去。今马氏呼为金姑夫。

【注释】

①会稽：古地名。因绍兴会稽山得名，清代绍兴府治所，即今浙江绍兴。

②东莞：古地名。一说指广东东莞，位于珠江口东岸，是广东历史文化名城。一说指今山东沂水。汉曾在该地置东莞县，因称。

③不醮：不改嫁。

④祠之：建庙纪念她。祠，供奉祖宗、鬼神或有功德的人的房屋。

⑤丙申：当指顺治十三年，即1656年。

⑥上虞：县名。地处浙江绍兴东部，清代属浙江绍兴府。

⑦青衣：汉以后多为地位低下者所穿。此指丫环。

⑧相迓（yà）：相迎。

【译文】

会稽有个梅姑祠。祠里供奉的神女原来姓马，家住东莞，没过门未婚夫就死了，于是她立誓不再嫁人，三十岁时去世。同族的人修了祠庙纪念她，称她为梅姑。顺治十三年，上虞人金生赶考经过此地，进入庙中参观浏览，有些想入非非。到夜里，梦见来了一个丫环，告诉他梅姑请他去。他跟着丫环走了。进入祠庙，梅姑站着等候在屋檐下，笑着对他说："承蒙先生眷顾，我确实依恋。如不嫌我拙陋，我愿以身相许，做您的侍姬。"金生连声答应。梅姑送他走时说："先生暂时先离开。等座位建好了，就迎接您来。"金生梦醒后，心里很厌恶。当天夜里，当地人梦见梅姑说："上虞的金生，现在是我的夫婿，你们应该给他塑个像。"第二天早晨，村里人说起来，都做了同样的梦。族长担心玷污了梅姑的贞洁，因此没有听从。不久，全家都生了病。族长很害怕，就在梅姑像的左边塑了一尊像。像塑好后，金生告诉妻子说："梅姑来接我了。"穿好衣服便死了。金生的妻子痛恨梅姑，来到祠庙，指着梅姑像骂了好多不堪入耳的话，又登上神座打了梅姑好一顿嘴巴，这才离去。至今马家的人还称金生为金姑夫。

异史氏曰：不嫁而守①，不可谓不贞矣。为鬼数百年，而始易其操，抑何其无耻也？大抵贞魂烈魄，未必即依于土偶②，其庙貌有灵，惊世而骇俗者，皆鬼狐凭之耳③。

【注释】

①守：守贞，守节。多指女子不嫁二夫。

②依：依附，凭借。

③凭：假借。

【译文】

异史氏说：为未婚夫守节不嫁，不可谓不贞节。当了数百年的鬼，忽然又改变节操，这是何等的无耻呢？大体说来，贞魂烈魄，未必会依附于泥塑的偶像上，这座庙好像有些灵验，出了这样惊世骇俗的事，都是鬼狐在作怪罢了。

梓潼令

【题解】

本篇与卷六《魁星》可谓互相映照，梦中都有民俗中的吉兆出现，一个灵验，一个不灵验，却都反映了科举时代士人“梦想亦幻”的心理。

常进士大忠①，太原人②，候选在都③。前一夜，梦文昌投刺④。拔签，得梓潼令⑤，奇之。后丁艰归⑥，服阕候补⑦，又梦如前。默思岂复任梓潼乎？已而果然。

【注释】

①常进士大忠：据《山西通志·太原府》记载：“常大忠，字二河，交城人，顺治壬辰(1652)进士。铨梓潼知县，补潜山县，履亩清丈，计亩编里，俾里役无盈缩。建三立书院，买学田，创库楼，立眺台。擢保定府同知，郡有杨忠愍祠，朔望必往拜。重修旌忠祠，建忠烈祠，祀甲申尽节诸臣。无何疾作，闻完县大祲，亟出囊中二百金赈之。不三日卒，榇不能归。众镈之乃获启行。潜山、保定人胥怀之。”

②太原：府名。明清时代治所在阳曲县，即今山西太原。

③候选在都：在京都等候吏部选用。清制，内自郎中、外自道员以下的官吏，凡初由考试或捐纳出身，及原官因故(丁忧、罣误等)开缺依例起复者，都须赴吏部听候选用，称候选。参见《清会典·吏部》。

④文昌：指梓潼帝君，道教所奉主宰功名、禄位之神。相传姓张名亚子(或恶子)，居蜀七曲山。《明史·礼志》记载张“仕晋战没，人为立庙”。唐宋屡加封号。元仁宗延佑三年(1316)加封为辅元开化文昌司禄宏仁帝君。宋元道士假托其名，称玉皇大帝命

其掌管文昌府和人间禄籍，称其为梓潼帝君。刺：名片。

⑤梓潼：县名。清初属保宁府，即今四川梓潼。

⑥丁艰：旧时指遭父母之丧。又称“丁忧”。父死称丁外艰，母死称丁内艰。丁艰须在家守丧3年，在官者要辞官家居，期满，再赴吏部候选补官。

⑦服阕：守丧期满除服。阕，终了。

【译文】

进士常大忠，是太原人，在京城等候任命官职。任命前天夜里，梦见梓潼帝君来拜访他。第二天，拿到任职令，果然是任梓潼县令，他感到很奇怪。后来为父守丧，离职回家，服孝期满后在京等候任命，又梦见梓潼帝君来访。他暗想，难道还是出任梓潼县令吗？不久任命下来，果然仍为梓潼县令。

鬼津

【题解】

自六朝志怪小说以来，在中国文言小说中，虽然不乏表现恐怖趣味的小说，或者出于宗教劝诫，或者出于道德警告，或者只是单纯宣扬恐怖，但都限于外在的笼统的感受。像《鬼津》这样集恐惧、厌恶、憋闷、恶心等多种感受于一身的细腻逼真描写，虽然没有什么社会意义，在文学技巧上却无疑显示着进步和探索。

李某昼卧，见一妇人自墙中出，蓬首如筐①，发垂蔽面，至床前，始以手自分，露面出，肥黑绝丑。某大惧，欲奔。妇猝然登床，力抱其首，便与接唇，以舌度津，冷如冰块，浸浸入喉②。欲不咽而气不得息，咽之稠黏塞喉。才一呼吸，而口中又满，气急复咽之。如此良久，气闭不可复忍。闻门外有人行声，妇始释手去。由此腹胀喘满，数十日不食。或教以参芦汤探吐之[③]，吐出物如卵清[④]，病乃瘥。

【注释】

①蓬首如筐：披头散发，像只乱草筐。蓬首，头发散乱之状。蓬，飞蓬。草名。《诗·卫风·伯兮》："自伯之东，首如飞蓬。"

②浸浸：渐渍。

③参芦汤：中药方剂。别名"人参芦汤"。处方人参芦半两。方出元朱震亨《格致馀论》，名见《本草纲目》。

④卵清：蛋白。

【译文】

李某白天睡觉，看见一个女人从墙里出来，头像个装着乱草的筐，头发垂下来遮住了脸，她来到床前，才用手把头发分开，露出脸来，又肥又黑丑陋之极。李某非常害怕，想跑。女人突然上了床，用力抱着他的头，就与他接吻，并用舌头把津液度入他的口中，津液冷如冰块，一点儿一点儿进入喉咙内。想不咽下去，但喘不过气来，咽下去又稠又粘塞住喉咙。刚一呼吸，口中又满了，一喘气又咽了下去。这样过了好长时间，憋得他再也不能忍受。这时听到门外有人走路的声音，女人才松开手走了。从此以后，李某腹胀得喘不过气来，数十天不能吃东西。有人告诉他喝点参芦汤试试看能否吐出来，结果吐出了像鸡蛋清一样的东西，病才好了。

仙人岛

【题解】

《聊斋志异》中有一部分作品展现了蒲松龄的文学观念，带有游戏性质，消遣性质。他说："嘉宾宴会，把盏吟思，胜地忽逢，拈髭相对"，"约以宴集之馀晷，作寄兴之生涯。"(《郢中诗社序》)"学坡仙拨闷，妄谈故鬼，清公上座，杜撰新禅。薄抹清风，细批明月，犹恨古人占我先"(《聊斋词集·沁园春》)。这种游戏笔墨，有的以讲故事的形式出现，有的借故事展现自己的文章，本篇则在故事中借芳云和绿云姊妹之口调侃当日所谓名士的自负，对于流行的诗歌，考试的八股文，圣贤的经典，予以嬉笑怒骂，调侃评论，在解构其严肃性之后令人轻松解颐，展现了蒲松龄高度的才华睿智。小说有三个场次，重心在仙人岛，仙人岛中的重心则在谈诗论文。纵谈诗文之外，像仙人浪漫的飞天，闺阁中的戏谑隐喻，山东草编工艺的高超，描写也都有可观之处。

王勉，字黾斋，灵山人①。有才思，屡冠文场②，心气颇高，善诮骂③，多所凌折④。偶遇一道士，视之曰："子相极贵，然被'轻薄孽'折除几尽矣⑤。以子智慧，若反身修道，尚可登仙籍。"王嗤曰："福泽诚不可知，然世上岂有仙人！"道士曰："子何见之卑？无他求，即我便是仙耳。"王乃益笑其诬。道士曰："我何足异。能从我去，真仙数十，可立见之。"问："在何处？"曰："咫尺耳。"遂以杖夹股间，即以一头授生，令如己状，嘱合眼，呵曰："起！"觉杖粗如五斗囊，凌空翕飞⑥，潜扪之，鳞甲齿齿焉⑦。骇惧，不敢复动。移时，又呵曰："止！"即抽杖去，落巨宅中，重楼延阁⑧，类帝王居。有台高丈馀，台上殿十一楹，弘丽无比。道士曳客上，即命童子设筵招宾。殿上列数十筵，铺张炫目。道士易盛服以伺⑨。

【注释】

①灵山：指山东灵山卫。明置。今属青岛黄岛管辖。

②屡冠文场：在科举考试中屡次名列第一。文场，科举考场。

③诮（qiào）骂：挖苦戏辱。

④凌折：欺侮伤害。

⑤孽：罪业。折除：犹减损。几：近。

⑥翕（xī）飞：飞腾。《说文解字》："翕，起也。"段玉裁注："翕从合者，鸟将起必敛翼也。"

⑦齿齿：排列如齿，有次序的样子。

⑧延阁：绵延的阁道。南朝梁萧统《文选》收录左思《魏都赋》："驰道周屈于果下，延阁胤宇以经营。"张载注："三台与法殿，皆阁道相通，直行为经，周行为营。"

⑨易：改，换。盛服：礼服。伺：伺候，等待。

【译文】

王勉，字黾斋，灵山人。他才思敏捷，考试时屡考第一，又心高气傲，善于说俏皮话，很多人都被他讽刺挖苦过。偶然遇到一位道士，道士看了看王勉，说："您的相貌极为尊贵，然而被您挖苦别人造的孽折损尽了。以您的智慧，如果改变念头来修道，还可能成为仙人。"王勉嗤之以鼻说："福泽诚然是不可知的，但是世上哪有仙人！"道士说："您的见识为何这样短浅啊？不必到别处去找，我就是仙人。"王勉更笑话他在说假话了。道士说："我有什么神异的。如果您能跟我去，可以立刻见数十位真正的仙人。"王勉问："在什么地方？"道士说："近在咫尺。"道士于是把手杖夹在两腿之间，另一头递给王勉，让他也像自己这样骑上，嘱咐他闭上眼，喊一声："起！"王勉感到手杖粗得如同装着五斗米的袋子，凌空飞起来，偷偷一摸，上面鳞甲片片。王勉心中惊异害怕，不敢再动。过了一段时间，道士又喊了一声："止！"把手杖抽出去，他们就落在一所大宅中，只见重楼延阁，像帝王的宫殿一样。有个台子有一丈多高，台上的大殿有十一根大柱子，弘丽无比。道士拽着王勉上了殿台，让童子准备筵席招待客人。殿上设置了数十桌筵席，铺张得让人眼花缭乱。道士换上华贵的衣服等待着。

少顷，诸客自空中来，所骑或龙，或虎，或鸾凤，不一类，又各携乐器。有女子，有丈夫，有赤其两足。中独一丽者，跨彩凤，宫样妆束，有侍儿代抱乐具，长五尺以来，非琴非瑟，不知其名。酒既行，珍肴杂错，入口甘芳，并异常馐[1]。王默然寂坐，惟目注丽者，然心爱其人，而又欲闻其乐，窃恐其终不一弹。酒阑，一叟倡言曰："蒙崔真人雅召，今日可云盛会，自宜尽欢。请以器之同者[2]，共队为曲[3]。"于是各合配旅[4]。丝竹之声，响彻云汉。独有跨凤者，乐伎无偶[5]。群声既歇，侍儿始启绣囊，横陈几上。女乃舒玉腕，如搊筝状[6]，其亮数倍于琴[7]，烈足开胸[8]，柔可荡魄。弹半炊许[9]，合殿寂然，无有欬者。既阕[10]，铿尔一声[11]，如击清磬[12]。共赞曰："云和夫人绝技哉[13]！"大众皆起告别，鹤唳龙吟[14]，一时并散。

【注释】

①馐(xiū)：精美的食品。

②器：乐器。

③共队为曲：合为一组奏曲。队，部列。

④各合配旅：各自以乐器为伍，配合有序。旅，次序。《仪礼·燕礼》："宾以旅酬于西阶上。"注："旅，序也。"

⑤伎：指才智，才能。

⑥如搊(chōu)筝状：像是用手拨弄筝的样子。搊，用手拨弄筝或琵琶等弦乐器。

⑦亮：响亮，音响。琴：古琴。

⑧开胸：心胸开阔。

⑨半炊许：约有煮半顿饭的工夫。

⑩既阕(què)：一曲奏完。阕，乐终。因谓一曲为一阕。

⑪铿(kēng)尔：象声词，弦乐器停奏时馀音。《论语·先进》："鼓瑟希，铿尔，舍瑟而作。"

⑫磬(qìng)：古代打击乐器。

⑬云和夫人：作者杜撰的善琴的仙女名。云和，山名。出产琴材。《周礼·春官·大司乐》："孤竹之管，云和之琴瑟。"

⑭唳(lì)：鸟类高亢的叫声。

【译文】

一会儿，客人们从空中来了，有的骑着龙，有的骑着虎，有的骑着鸾凤，各不相同，每人还携带着乐器。有女的，有男的，还有光着脚的。客人中有一个漂亮女子，骑着五彩凤凰，作宫中打扮，有侍女帮她抱着乐器，这乐器有五尺多长，不是琴也不是瑟，不知叫什么名。开始饮酒了，各种山珍海味一样样摆上来，吃到嘴里异常香甜，同一般的菜肴大不一样。王勉默默地静坐着，只是不停地看着那漂亮的女子，心里很喜欢她，又想听她演奏乐器，暗中又怕她不演奏。酒喝得差不多了，一个老头提议："承蒙崔真人把我们召来，今天可以说是个盛会了，自然应当尽情欢乐。请拿着相同乐器的，共同演奏一曲。"于是各自组合相配，演奏起来。丝竹之声响彻云霄。只有骑凤凰的女子，没有人的乐器能和她的相配。大家演奏完毕，拿乐器的侍女解开装乐器的绣囊，把乐器横放在几上。女子轻舒玉腕开始演奏，手法像弹筝，乐音比琴音响亮数倍，响亮得足以使人心胸开旷，柔和得使人销魂荡魄。弹了半顿饭工夫，整个殿内寂静无声，连咳嗽声都没有。弹完一曲，铿锵一声，如同击磬。大家齐声称赞说："真是云和夫人的绝技呀！"大家都起身告别，鹤鸣龙吟，一会儿都走了。

道士设宝榻锦衾，备王寝处。王初睹丽人，心情已动，闻乐之后，涉想尤劳。念己才调[①]，自合芥拾青紫[②]，富贵后何求弗得。顷刻百绪，乱如蓬麻。道士似已知之，谓曰："子前身与我同学，后缘意念不坚，遂坠尘网。仆不自他于君[③]，实欲拔出恶浊，不料迷晦已深，梦梦不可提悟[④]。今当送君行。未必无复见之期，然作天仙须再劫矣[⑤]。"遂指阶下长石，令闭目坐，坚嘱无视。已，乃以鞭驱石。石飞起，风声灌耳，不知所行几许。忽念下方景界，未审何似，隐将两眸微开一线，则见大海茫茫，浑无边际。大惧，即复合，而身已随石俱堕，砰然一声，汩没若鸥[⑥]。幸夙近海，略谙泅浮。闻人鼓掌曰："美哉跌乎！"

【注释】

①才调：才气。一般指文才。

②芥拾青紫：谋取高官如同从地上拾取芥草一样轻易。芥，小草。青紫，汉三公（丞相、太尉、御史大夫）官印上的绶带。《汉书·夏侯胜传》："经术苟明，其取青紫如俯拾地芥耳。"

③不自他：犹言不自外。

④提悟：明白，醒悟。

⑤再劫：遭两次劫数。劫，梵语音译，劫波的略称，意为极为久远的时节。佛教对劫的说法不一。古印度传说世界经历若干万年毁灭一次，重新再开始，这样一个周期叫做一劫。

⑥汩（gǔ）没若鸥：像海鸥沉潜水中。汩没，沉没。

【译文】

道士铺设床榻锦被，供王勉睡觉。王勉刚看到那美丽女子时，爱心已萌，听到她演奏后，思慕之情更加热烈。又想到凭自己的才能，获取高官如同拾取芥草,富贵后什么不可得到。顷刻之间,思绪万端,乱如蓬麻。道士好像已知道他心中的想法,对他说:"您前世与我是同学,后来因为意志不坚定,才坠入尘世。我不把您看作外人,实在是想从污泥中把您拔出来,不料您误入迷途太深,糊里糊涂不能醒悟。现在就送您走吧。我们未必没有再见面的日子,但是想做天仙得遭两次劫难。"于是指着台阶下的长石,让他闭目坐在石上,一再嘱咐他不要睁眼。说完,就用鞭子驱赶石头。石头飞了起来,风声灌耳,不知道飞行了多远。王勉忽然想到不知下面的景物是什么样的,暗中微微将眼睁开一条缝,只见大海茫茫,无边无际。他十分害怕,赶快闭上眼睛,这时身体已和石头一齐从空中掉下来,"噗通"一声,像海鸥潜入水中一样沉没了。多亏自小在海边长大,略会游泳。这时听到有人鼓掌说:"跌得美呀!"

危殆方急,一女子援登舟上,且曰:"吉利,吉利,秀才'中湿'矣[①]!"视之,年可十六七,颜色艳丽。王出水寒慄,求火燎之。女子言:"从我至家,当为处置。苟适意,勿相忘。"王曰:"是何言哉!我中原才子[②],偶遭狼狈,过此图以身报,何但不忘!"女子以棹催艇[③],疾如风雨,俄已近岸。于舱中携所采莲花一握,导与俱去。半里许入村,见朱户南开,进历数重门,女子先驰入。少间,一丈夫出,是四十许人,揖王升阶[④],命侍者取冠袍袜履,为王更衣。既,询邦族,王曰:"某非相欺,才名略可听闻。崔真人切切眷恋,招升天阙[⑤]。自分功名反掌,以故不愿栖隐。"丈夫起敬曰:"此名仙人岛,远绝人世。文若,姓桓,世居幽僻,何幸得近名流。"因而殷勤置酒。又从容而言曰:"仆有二女,长者芳云,年十六矣,只今未遭良匹。欲以奉侍高人,如何?"王意必采莲人，离席称谢。桓命于邻党中[⑥]，招二三齿德来[⑦]。顾左右，立唤女郎。

【注释】

①中湿：为"中式"的谐音。此处为讥讽之语。

②中原：指我国中部地区。

③棹(zhào)：船桨。

④阶：台阶。

⑤天阙：天宫。

⑥邻党：乡党。古代以12500户为1乡，500家(或云250家)为党。后泛指邻里。

⑦齿德：年长而有德者。齿，年齿，年龄。《汉书·武帝纪》："古之立教，乡里以齿，朝廷以爵，扶世导民，莫善于德。"

【译文】

正在危险之际，一位女子把他救到船上，并且说："吉利，吉利，秀才'中湿'了！"王勉一看，女子大约十六七岁，容貌美丽。王勉出水以后冷得直打寒战，请求烤烤火。女子说："跟我一起到家里去，我为你设法。如果满意了，可不要忘记我啊。"王勉说："你这说的什么话啊！我是中原的才子，偶然碰到这样的狼狈处境，逃过此难我会以身相报，何止是不忘呢！"女子握桨划船，快如风雨，不一会儿已靠近岸边。女子从船舱中取出一把所采的莲花，领着王勉离船上岸。走了半里多地，进了一个村子，看见一户人家朱漆的大门朝南开着，进去以后走过了几道门，女子先进去了。一小会儿，一个男子走出来，大约四十多岁，向王勉作揖，请他走上台阶进入屋内，让侍者取来衣帽鞋袜，为他换上。换完以后，询问他的家族姓氏，王勉说："实不相瞒，我的名气人们也是知道的。崔真人对我很是眷恋，招我到仙境去。我自认为取得功名易如反掌，所以不愿隐居。"男子站起来恭敬地说："这里叫仙人岛，远离人世。我名叫文若，姓桓，世代居住在这幽僻的地方，今天有幸见到名流。”于是殷勤地摆上酒菜。又从容地说：“我有两个女儿，大的叫芳云，今年十六岁了，只是至今没有遇到佳偶。我想让她侍奉您这位高雅的人，怎么样啊？”王勉心想，一定是那美丽的采莲女子，连忙起身道谢。桓文若吩咐从邻居中请来了几位德高望重的老人。又让人立即把女儿叫来。

无何，异香浓射，美姝十馀辈，拥芳云出，光艳明媚，若芙蕖之映朝日。拜已，即坐。群姝列侍，则采莲人亦在焉。酒数行，一垂髫女自内出，仅十馀龄，而姿态秀曼，笑依芳云肘下，秋波流动。桓曰：“女子不在闺中，出作何务？”乃顾客曰：“此绿云，即仆幼女。颇惠，能记典坟矣①。”因令对客吟诗。遂诵《竹枝词》三章②，娇婉可听。便令傍姊隅坐。桓因谓：“王郎天才，宿构必富③，可使鄙人得闻教乎？”王即慨然诵近体一作④，顾盼自雄⑤。中二句云：

一身剩有须眉在⑥，小饮能令块磊消⑦。

【注释】

①典坟：五典三坟的简称。泛指古代文籍。《左传·昭公十二年》：“是能读三坟、五典、八索、九丘。”

②《竹枝词》：仿民歌《竹枝》而写的一种诗体。《竹枝》，原四川巴渝一带的民歌。

③宿构：谓预先构思。此指旧作。

④近体：近体诗。我国古代诗歌体裁之一，也称“今体诗”或“格律诗”。诗的形式有五言和七言律诗、绝句、排律之分。除排律句数不拘外，诗的句数、字数、平仄、对仗、用韵等，都有严格要求。

⑤顾盼自雄：左顾右盼，自以为是英雄豪杰。顾盼，形容得意忘形。

⑥须眉：胡须和眉毛。指男子。

⑦块磊：心中的郁结不平。

【译文】

一会儿，异香扑鼻，十几个美女簇拥着芳云出来了，光艳明媚，如盛开的荷花映着朝阳。行礼毕，就坐下来。那些美女站在她的旁边，那采莲的女子也在其中。几杯酒过后，一个小姑娘从屋里走出来，仅有十来岁，姿容神态秀丽可爱，笑着靠在芳云的身旁，双眼左顾右盼。桓文若看着说："女孩子不呆在自己房内，出来做什么？"又对客人说："这是绿云，是我的小女儿。挺聪明，能背诵各种古书。"就让她为客人朗诵诗。于是绿云朗诵了三首《竹枝词》，声音婉转动听。朗诵完毕，又让她挨着姐姐坐下。桓文若接着对王勉说："王郎是个天才，作品一定很多，能让我领教领教吗？"王勉慨然答应，立即朗诵了一首近体诗，朗诵完，左顾右盼，洋洋得意。诗中有两句是：

一身剩有须眉在，小饮能令块磊消。

邻叟再三诵之。芳云低告曰："上句是孙行者离火云洞[①]，下句是猪八戒过子母河也[②]。"一座抚掌。桓请其他。王述《水鸟》诗云："潴头鸣格磔[③]……"忽忘下句。甫一沉吟，芳云向妹呫呫耳语[④]，遂掩口而笑。绿云告父曰："渠为姊夫续下句矣。云：'狗腚响弸巴[⑤]。'"合席粲然，王有惭色。桓顾芳云，怒之以目，王色稍定。

【注释】

①孙行者离火云洞：指《西游记》第41回孙悟空在号山村枯松涧火云洞被红孩儿妖火所烧事。影射"一身剩有须眉在"。

②猪八戒过子母河：指《西游记》第53回中猪八戒过西梁女儿国子

母河，饮了河水，成了胎气，腹中长了血团肉块，后来吃了一口落胎泉里的水，才消了胎气。以此调侃“小饮能令块磊消”。

③潴(zhū)头鸣格磔(gē zhé)：此处以谐音调谑王勉的诗不通。潴头，谐“猪头”。指王勉。潴，水停积处。指陂塘。格磔，是鹧鸪鸟叫声。唐钱起《江行无题》：“祇知秦塞远，格磔鹧鸪啼。”

④咕咕(chè)：低声细语。

⑤狗腚响硼(péng)巴：与“潴(猪)头鸣格磔”相对，意谓放狗屁。腚，山东方言。屁股。硼巴，象声词。

【译文】

邻居老头再三吟诵。芳云低声告诉他说：“上句说的是孙行者离开火云洞，下句说的是猪八戒渡过子母河。”在座的人听了都拍手大笑。桓文若又请王勉再朗诵一些别的作品。王勉又朗读《水鸟》诗：“潴头鸣格磔……”念完这句，忽然忘了下句。刚一沉吟，芳云向妹妹悄声耳语，说完掩口而笑。绿云对父亲说：“姐姐为姐夫续了下句。就是：‘狗腚响硼巴。’”满座的人听了哗然大笑，王勉有些惭愧。桓文若发怒地瞪了芳云一眼，王勉神色才镇定了一些。

桓复请其文艺[①]。王意世外人必不知八股业，乃炫其冠军之作，题为孝哉闵子骞二句[②]，破云[③]：“圣人赞大贤之孝……”绿云顾父曰：“圣人无字门人者[④]，‘孝哉……’一句，即是人言。”王闻之，意兴索然。桓笑曰：“童子何知！不在此，只论文耳。”王乃复诵。每数句，姊妹必相耳语，似是月旦之词[⑤]，但嚅嗫不可辨。王诵至佳处，兼述文宗评语[⑥]，有云：“字字痛切。”绿云告父曰：“姊云：‘宜删“切”字。’”众都不解。桓恐其语嫚[⑦]，不敢研诘[⑧]。王诵毕，又述总评，有云：“羯鼓一挝[⑨]，则万花齐落[⑩]。”芳云又掩口语妹，两人皆笑不可仰。绿云又告曰:“姊云:‘羯鼓当是四挝。”’众又不解。绿云启口欲言,芳云忍笑诃之曰[11]:“婢子敢言,打煞矣!”众大疑,互有猜论。绿云不能忍,乃曰:“去‘切’字,言‘痛’则‘不通’。鼓四挝,其声云‘不通又不通’也。”众大笑。桓怒诃之,因而自起泛卮[12],谢过不遑。王初以才名自诩,目中实无千古,至此神气沮丧,徒有汗淫。桓谀而慰之曰:“适有一言,请席中属对焉[13]:‘王子身边,无有一点不似玉。’”众未措想,绿云应声曰:“黾翁头上,再着半夕即成龟。”芳云失笑,呵手扭胁肉数四[14]。绿云解脱而走,回顾曰:“何预汝事!汝骂之频频,不以为非,宁他人一句,便不许耶?”桓咄之,始笑而去。邻叟辞别。诸婢导夫妻入内寝,灯烛屏榻,陈设精备。又视洞房中,牙签满架[15],靡书不有。略致问难,响应无穷[16]。

【注释】

①文艺:撰述和写作方面的学问。《大戴礼记·文王官人》:“有隐于知理者,有隐于文艺者。”此指八股文。

②孝哉闵子骞二句:指《论语·先进》中“孝哉闵子骞!人不间于其父母昆弟之言”两句。闵子骞,名损,字子骞,春秋末期鲁国人。孔子高徒,在孔门中以德行与颜回并称,为七十二贤人之一。他为人所称道,主要是他的孝,是历史上二十四孝子之一。

③破:破题。八股文程式之一。起首两句必须概括剖析全题,因称。

④字:人的别名,亦称“表字”。

⑤月旦:品评,评论。《后汉书·许劭传》:“初,劭与靖俱有高名,好共覈论乡党人物,每月辄更其品题,故汝南俗有‘月旦评’焉。”

⑥文宗：文章大家。清代誉指省级学官提督学政。

⑦语嫚(màn)：言辞轻慢。

⑧研诘：仔细询问，盘问。

⑨羯鼓：古羯族乐器。腰部细，两面用公羊皮做鼓皮。据唐南卓《羯鼓录》记载，其“如漆桶，山桑为之，下以小牙床承之。击用两杖……杖用黄檀、狗骨、花楸。……棬用钢铁，铁当精炼，棬须至匀。”古时，龟兹、高昌、疏勒、天竺等地的居民都使用羯鼓。挝(zhuā)：敲击。

⑩万花齐落：喻文采缤纷。

⑪诃(hē)：呵斥。

⑫泛卮(zhì)：把酒杯翻过来。意谓干杯。卮，圆形酒器。《史记·吕后本纪》：“太后乃恐，自起泛孝惠卮。”

⑬属(zhǔ)对：联对。

⑭数四：再三再四，多次。

⑮牙签：象牙制作的图书标签，因以指书函。

⑯响应：回答，应答。

【译文】

桓文若又请教王勉的文章。王勉心想，这些隐居的人必然不知道八股文，就炫耀他考第一的那篇八股文，题目是“孝哉闵子骞”两句，破题是：“圣人赞大贤之孝……”绿云望着父亲说：“圣人不会用字来称呼弟子，‘孝哉……’一句，就是别人的话。”王勉听了，兴奋劲儿一下子没有了。桓文若笑着说：“小孩子懂个什么！文章好坏不在这里，只看文章本身如何。”王勉又接着往下背诵。每念几句，姐妹俩必定耳语一番，好像是评论之词，只是嘀嘀咕咕听不清楚。王勉背诵到得意之处，还把考官的评语也叙述一番，有的评语说：“字字痛切。”绿云告诉父亲说：“姐姐说：‘应删去“切”字。’”众人都不知是什么意思。桓文若怕这句话有轻视王勉的意思，不敢深问。王勉诵读完，又叙述考官的总评，有“羯鼓一挝，则万花齐落”的话。芳云又掩口对妹妹耳语，两人笑得前仰后合。绿云又告诉父亲说：“姐姐说：‘羯鼓应当是四挝。’”众人又不明白是什么意思。绿云开口要说，芳云忍住笑呵斥说：“鬼丫头敢说，打死你！”众人更加疑惑，互相猜测。绿云忍不住了，才说：“去掉‘切’字，说‘痛’就是‘不通’。鼓敲四挝，那声音就是‘不通又不通’呀。”众人听了大笑。桓文若生气地训斥了两姐妹，又亲自站起来敬酒，赶忙赔礼道歉。王勉开始时还自认为才高名声大，把古往今来的人都不放在眼里，到这里，神气沮丧，只有汗颜而已。桓文若讨好地安慰说：“正好有一句话，请在座的对个对子：‘王子身边，无有一点不似玉。’”众人还未想好，绿云应声说：“黾翁头上，再着半夕即成龟。”芳云忍不住笑出声来，连连呵手胳肢绿云。绿云赶快逃开了，回头说道：“关你什么事！你骂个没完没了，就没事，怎么别人说一句，就不许了？”桓文若呵斥了几句，她们才笑着走了。邻居老头也告辞回去了。丫环们引导着王勉和芳云夫妻二人走进卧室，灯烛、屏风、床榻等，陈设精美完备。又看到洞房内，满架书籍，几乎无书不有。略微提个难题，芳云对答如流。

王至此，始觉望洋堪羞[①]。女唤“明珰”，则采莲者趋应，由是始识其名。屡受诮辱，自恐不见重于闺闼，幸芳云语言虽虐，而房帏之内，犹相爱好。王安居无事，辄复吟哦。女曰：“妾有良言，不知肯嘉纳否？”问：“何言？”曰：“从此不作诗，亦藏拙之一道也。”王大惭，遂绝笔。久之，与明珰渐狎。告芳云曰：“明珰与小生有拯命之德，愿少假以辞色[②]。”芳云乃即许之。每作房中之戏，招与共事，两情益笃，时色授而手语之[③]。芳云微觉，责词重叠，王惟喋喋[④]，强自解免。一夕对酌，王以为寂，劝招明珰，芳云不许。王曰：“卿无书不读，何不记‘独乐乐’数语[⑤]？”芳云曰：“我言君不通，今益验矣。句读尚不知耶⑥？‘独要，乃乐于人要；问乐，孰要乎？曰：不。’”一笑而罢。

【注释】

①望洋堪羞：以自己没见过世面为羞。望洋，仰视的样子。《庄子·秋水》：“（河伯）顺流而东行，至于北海，东面而视，不见水端。于是焉何伯始旋其面目，望洋向若而叹曰：‘野语有之，曰：闻道百以为莫己若者，我之谓也。’”

②少假以辞色：稍微给以好言语、好脸色。意谓另眼相待。宋司马光《资治通鉴》：“上（唐太宗）神采英毅，群臣进见者，皆失举措。上知之，每见人奏事，必假以辞色，冀闻规谏。”

③色授而手语：谓眉目传情，手势示意。

④喋喋：唠唠叨叨，说个不了。

⑤“独乐乐”数语：《孟子·梁惠王》原文为：“（孟子）曰：‘独乐乐，与人乐乐，孰乐？’曰：‘不若与人。’”芳云故意将文句断错，读错。

⑥句读：亦称“句逗”。文辞语意已尽处为句，行文中用圈（句）来表示；语意未尽而须停顿处为读，行文中用点（读）来表示。

【译文】

王勉到此时，才觉得自己见识鄙陋，有了望洋兴叹的羞愧。芳云喊“明珰”，那采莲的女子答应着快步走进来，这时才知道了她的名字。王勉屡次受人讥笑，担心芳云看不起自己，幸而芳云说话虽然刻薄，而在闺房之内，夫妻之间还是十分恩爱。王勉安居无事，经常还吟吟诗。芳云说：“我有句良言，不知你肯不肯听从？”王勉问：“什么话？”芳云说：“从此不再作诗，也是藏拙的一种方法。”王勉十分惭愧，再也不写诗了。时间长了，王勉和明珰渐渐好上了。王勉告诉芳云说：“明珰对我有救命之恩，望你对她能好一些。”芳云当即就答应了。每当夫妻二人在房中嬉戏时，都把明珰叫来一起玩，这样王勉和明珰的感情更加深了，不时地用眉目传情，用手势说话。芳云略有觉察，责备了他几次，王勉只是支支吾吾，极力为自己辩解。一天晚上，夫妻二人对坐饮酒，王勉觉得不热闹，劝把明珰叫来，芳云不许。王勉说："你无书不读，怎不记得'独乐乐'这几句话？"芳云说："我说你不通，现在更证实我说对了。你连断句都不知道吗？应该这样断：'独要，乃乐于人要；问乐，孰要乎？曰：不。'"说完一笑。

适芳云姊妹赴邻女之约，王得间，急引明珰，绸缪备至。当晚，觉小腹微痛，痛已，而前阴尽肿[①]。大惧，以告芳云，云笑曰："必明珰之恩报矣！"王不敢隐，实供之。芳云曰："自作之殃，实无可以方略[②]，既非痛痒，听之可矣。"数日不瘳，忧闷寡欢。芳云知其意，亦不问讯，但凝视之，秋水盈盈[③]，朗若曙星。王曰："卿所谓'胸中正，则眸子瞭焉'[④]。"芳云笑曰："卿所谓'胸中不正，则瞭子眸焉'[⑤]。"盖"没有"之"没"，俗读似"眸"，故以此戏之也。王失笑，哀求方剂。曰："君不听良言，前此未必不疑妾为妒意，不知此婢原不可近。曩实相爱，而君若东风之吹马耳[⑥]，故唾弃不相怜。无已，为若治之。然医师必审患处。"乃探衣而咒曰："'黄鸟黄鸟，无止于楚[⑦]！'"王不觉大笑，笑已而瘳。

【注释】

①前阴：前边的生殖器。

②无可以方略：没有解决的办法。方略，办法。

③秋水：喻眼波。盈盈：水清澈的样子。

④胸中正，则眸（móu）子瞭（liǎo）焉：心术端正，则眼光是明亮的。

《孟子·离娄》:“存乎人者,莫良于眸子。眸子不能掩其恶。胸中正,则眸子瞭焉;胸中不正,则眸子眊焉。听其言也,观其眸子,人焉廋哉?”朱熹《集注》:“眸子,瞳子也。”瞭,眼珠明亮。

⑤瞭子:山东方言。男性生殖器的谐音。

⑥若东风之吹马耳:如同风过马耳,漠然无所动于心。吹,亦作“射”。唐李白《答王十二寒夜独酌有怀》:“世人闻此皆掉头,有如东风射马耳。”

⑦黄鸟黄鸟,无止于楚:由《诗·秦风·黄鸟》“交交黄鸟,止于楚”和《诗·小雅·黄鸟》“黄鸟黄鸟,无集于桑”等句子凑泊调侃。黄鸟,喻指男子生殖器。楚,树名。即牡荆。此借为“痛楚”之“楚”。

【译文】

正巧芳云姐妹应邻居女伴的邀请去玩,王勉乘机找来明珰,二人亲热备至。当晚,感到小腹稍有点儿疼痛,疼痛过后,生殖器肿了。王勉很害怕,告诉了芳云,芳云笑着说:“这肯定是报答明珰之恩的结果吧!”王勉不敢隐瞒,把实情讲了出来。芳云说:“自己找来的祸殃,实在无法可治,既然不痛不痒,听之任之就行了。”好几天病也不好,王勉忧闷寡欢。芳云知道他的想法,也不询问,只是凝视着他,两只眼睛如秋水般明澈,如晨星般晶亮。王勉说:“你这个样子正像书中说的‘胸中正,则眸子瞭焉’。”芳云笑着说:“你这个样子,是‘胸中不正,则瞭子眸焉’。”原来“没有”的“没”,一般读为“眸”,她故意以此戏弄王勉。王勉听了也不由得失声笑了,哀求芳云想办法治一治。芳云说:“你不听良言,这以前未必不怀疑我嫉妒,却不知这个丫头本来是不可靠近的。我原本是因为相爱,而你却把我的话当做东风吹马耳一样,所以我才故意唾弃你,不可怜你。没办法,还是给你治治。但医生必须查看患处。”于是把手伸进王勉的衣服里面,口中念叨着:“黄鸟黄鸟,无止于楚!”王勉不觉大笑起来,笑完,病就好了。

逾数月，王以亲老子幼，每切怀忆。以意告女。女曰：“归即不难，但会合无日耳。”王涕下交颐，哀与同归。女筹思再三，始许之。桓翁张筵祖饯[①]，绿云提篮入，曰：“姊姊远别，莫可持赠。恐至海南，无以为家，夙夜代营宫室，勿嫌草创[②]。”芳云拜而受之。近而审谛[③]，则用细草制为楼阁，大如橼[④]，小如橘，约二十馀座，每座梁栋榱题[⑤]，历历可数，其中供帐床榻[⑥]，类麻粒焉。王儿戏视之，而心窃叹其工。芳云曰：“实与君言：我等皆是地仙[⑦]。因有夙分[⑧]，遂得陪从。本不欲践红尘[⑨]，徒以君有老父，故不忍违。待父天年，须复还也。”王敬诺。桓乃问：“陆耶？舟耶？”王以风涛险，愿陆。出则车马已候于门。谢别而迈，行踪骛驶[⑩]。俄至海岸，王心虑其无途。芳云出素练一疋，望南抛去，化为长堤，其阔盈丈。瞬息驰过，堤亦渐收。至一处，潮水所经，四望辽邈[⑪]。芳云止勿行，下车取篮中草具，偕明珰数辈，布置如法，转眼化为巨第。并入解装[⑫]，则与岛中居无稍差殊，洞房内几榻宛然。时已昏暮，因止宿焉。早旦，命王迎养[⑬]。

【注释】

①祖饯：设宴送行。

②草创：粗糙简略。

③审谛：仔细观看。

④橼(yuán)：枸(jǔ)橼。木名。

⑤榱(cuī)题：屋檐的椽子头，即出檐。

⑥供帐：谓供具张设。也作“供张”。

⑦地仙：道教称住在人间的仙人。东晋葛洪《抱朴子·论仙》：“按

《仙经》云：上士举形升虚，谓之天仙；中士游于名山，谓之地仙；下士先死后蜕，谓之尸解。”

⑧夙分：宗教认为前世的缘分。

⑨红尘：原指闹市中的飞尘，繁华的都市生活。佛道则指称人世间。

⑩骛（wù）驶：急驰。骛，疾。驶，马行迅速。

⑪辽邈：旷远。

⑫解装：放下行囊。装，行装。

⑬迎养：迎父母供养。养，供养，事奉。

【译文】

过了几个月，王勉因为家中父母年老，孩子幼小，心中十分思念。他把心意告诉了芳云。芳云说：“你回去不难，只是我们再见可不知何日了。”王勉听了流下泪来，哀求芳云和他一起回家。芳云踌躇再三，才同意了。桓文若摆酒宴为王勉夫妇饯行，绿云提着篮子进来，说：“姐姐远别，没有什么可赠送的。恐怕到海南以后没有房屋居住，我日夜不停为你们营造了一座宫室，别嫌粗陋。”芳云施礼后接受了。王勉走近细看，则是用细草编制的楼阁，大的如香橼，小的像橘子，约有二十多座，每座都有大梁出檐，历历可数，里面的供具张设的床榻，像芝麻粒一样。王勉把这些只看作是小孩子的玩具，但心中却感叹做得精巧。芳云说：“实话对你说吧：我们都是地仙。因为与你有前世的缘分，所以才陪你一起去。我本来不想到人世间去，只因为你有老父，所以不忍心违背你的心意。等父亲百年之后，还须回来。”王勉恭敬地答应了。桓文若问：“走陆路？还是乘船？”王勉因坐船风浪危险，愿走陆路。出了门车马已等候在门外了。王勉谢过了桓文若就上路了，车像飞一样奔驰。不一会儿就到了海边，王勉担心没有道路。芳云拿出一匹白绸子，向南抛去，变成了一道长堤，有一丈多宽。眨眼之间从堤上驶过，堤也渐渐没了。到了一个地方，潮水从这里经过，四望辽阔无际。芳云让停下来别走，下车取出篮子里草编的宫室，和明珰等丫环一一布置，转眼之间变为高大的宅第。大家一起进去，解下行装，跟岛上的房屋没有一点儿差别，洞房内的床榻几案等也和原来一样。这时天已黑了，就住在这里。第二天，让王勉去家中接老人、孩子。

王命骑趋诣故里，至则居宅已属他姓。问之里人，始知母及妻皆已物故[①]，惟老父尚存。子善博，田产并尽，祖孙莫可栖止，暂僦居于西村[②]。王初归时，尚有功名之念，不恝于怀[③]。及闻此况，沉痛大悲，自念富贵纵可携取，与空花何异[④]？驱马至西村，见父衣服滓敝[⑤]，衰老堪怜。相见，各哭失声。问不肖子[⑥]，则出赌未归。王乃载父而还。芳云朝拜已毕，燂汤请浴[⑦]，进以锦裳，寝以香舍。又遥致故老与谈讌[⑧]，享奉过于世家。子一日寻至其处，王绝之，不听入，但予以廿金，使人传语曰："可持此买妇，以图生业。再来，则鞭打立毙矣！"子泣而去。

【注释】

①物故：谓死亡。

②僦(jiù)居：租屋而居。

③不恝(jiá)于怀：犹言不释于怀。

④空花：虚幻之花。花，也作"华"。

⑤滓敝：肮脏破旧。

⑥不肖子：品行不好，没有出息的儿子。

⑦燂(tán)汤：烧热水。燂，烧热。

⑧故老：年高有见识的人。晋陶潜《咏二疏》："促席延故老，挥觞道平素。"谈讌：谈心宴饮。讌，同"宴"。

【译文】

王勉让车子直奔老家，到了一看，房子已换了主人。向村里人打听，才知道母亲和妻子都已去世，只有老父亲还在。儿子好赌博，把家产全输光了，祖孙二人无处可住，暂时借住在西村。王勉刚到家时，还有参加科考当官的念头，缠在心头总也放不下。等到家中看到这种情况，心中非常悲痛，心想富贵纵然能够得到，与虚幻的花朵有什么两样？赶着车马到了西村，见父亲衣服褴褛，衰老得让人可怜。父子相见，一齐失声痛哭。王勉问起他那不成器的儿子，原来赌钱还没回来。王勉就把父亲接回来了。芳云拜见了公公，施礼之后，准备了热水请父亲沐浴，拿来了锦缎衣服，让老人睡在香喷喷的屋里。又请来一些年高有见识人与老父一起聊天宴饮，老人的享受超过了世家大族。一天，王勉的儿子也找到这里来了，王勉拒绝见他，不让他进门，只给了他二十两银子，让人传话说："拿这些钱买个媳妇，找个过日子的办法。如果再来，就用鞭子打死你！"儿子哭泣着走了。

王自归，不甚与人通礼，然故人偶至，必延接盘桓，㧑抑过于平日①。独有黄子介，夙与同门学，亦名士之坎坷者，王留之甚久，时与祕语，赂遗甚厚。居三四年，王翁卒，王万钱卜兆②，营葬尽礼。时子已娶妇，妇束男子严，子赌亦少间矣。是日临丧，始得拜识姑嫜③。芳云一见，许其能家，赐三百金为田产之费。翼日，黄及子同往省视，则舍宇全渺，不知所在。

【注释】

①㧑(huī)抑：谦逊。

②卜兆：卜坟兆。即以占卜择定墓地。

③姑嫜：公婆。

【译文】

王勉回家以后，不大与人来往，但是有老朋友来了，必定热情接待，谦虚的态度超过了平日。特别有个叫黄子介的，早先与王勉同学，也是个名士而遭遇坎坷，王勉留他住的时间很长，不时还和他密谈，赠送的礼物也很丰厚。过了三四年，王勉的父亲死了，王勉花了许多钱选了块好坟地，依礼把父亲安葬了。这时儿子已经娶了媳妇，儿媳对儿子管束很严，儿子也很少赌博了。到父亲下葬这天，才让儿媳拜见了公公婆婆。芳云看到儿媳，称赞她能管好家，送给她三百两银子作为购买田产的费用。第二天，黄子介和儿子同来看望，可房舍全不见了，不知到哪儿去了。

异史氏曰：佳丽所在，人且于地狱中求之，况享受无穷乎？地仙许携姝丽，恐帝阙下虚无人矣。轻薄减其禄籍[①]，理固宜然，岂仙人遂不之忌哉？彼妇之口，抑何其虐也[②]！

【注释】

①禄籍：登记禄位的簿册。此指福禄名位。

②虐：刻薄。《诗·卫风·淇奥》："宽兮绰兮，猗重较兮；善戏谑兮，不为虐兮。"

【译文】

异史氏说：凡有美丽女子的地方，即使是地狱中，也有人去追求，何况还能长寿呢？地仙如果允许将美人带去，恐怕帝都之下就空虚无人了。王勉因为为人轻薄而没有得到禄位，按理说是应该的，难道仙人就不在乎他的轻薄吗？他夫人的那张嘴，是何等的刻薄啊！

阎罗薨

【题解】

故事是历史旧账。按照蒲松龄的年代推算，误调之事应该发生在明末倭寇之乱之时。故事表述的意思大概是“只以误调镇师，遂不免阴罚，为人上者，不可不慎”。带有浓厚的劝诫意味。

《聊斋志异》故事中的判官、阎罗往往以活人承担。之所以如此，是为了增加故事的可信性，可叙述性。如卷三《李伯言》、《阎罗》、卷四《酆都御史》、卷六《阎罗》等都是。本篇中的阎罗在审案后死去，估计一方面是因为叙述的需要，一方面也给人留下了遐想，是不是因为魏经历接受嘱托，答应“上下其手”，违背了“阴曹之法，非若阳世懵懵”的缘故呢？

巡抚某公父[①]，先为南服总督[②]，殂谢已久[③]。公一夜梦父来，颜色惨栗[④]，告曰：“我生平无多孽愆[⑤]，只有镇师一旅[⑥]，不应调而误调之，途逢海寇，全军尽覆。今讼于阎君，刑狱酷毒，实可畏凛[⑦]。阎罗非他，明日有经历解粮至[⑧]，魏姓者是也。当代哀之，勿忘！”醒而异之，意未深信。既寐，又梦父让之曰[⑨]：“父罹厄难[⑩]，尚弗镂心[⑪]，犹妖梦置之耶？”公大异之。

【注释】

①巡抚：官名。明洪熙元年(1425)始设巡抚专职。清为省级地方政府长官，总揽全省军事、吏政、刑狱、民政等，职权甚重。

②南服：南方。古代王畿以外地区分为五服，因此称南方为南服。

③殂(cú)谢：死亡。

④惨栗：极度悲痛。

⑤孽愆(qiān):罪过,大错。

⑥镇师一旅:所属镇的军队500人。镇,明清时军队的编制单位。旅,军队编制单位,500人为旅。

⑦畏凛:畏惧,害怕。

⑧经历:官名。金代枢密院、都元帅府皆置经历,元明因之。掌出纳、移文等事。解:押解。

⑨让:责备。

⑩罹厄难:遭受危难。罹,遭遇。

⑪尚弗镂心:还不铭记于心。镂心,刻在心上。

【译文】

某巡抚的父亲,先前在南方当过总督,已经死去很久了。一天夜里巡抚梦见父亲来了,面容凄凄惨惨,告诉他说:“我一辈子没有太多的罪孽,只有镇守边防的一支军队,不应该调动而错误地调了,在行军途中遇到了海盗,结果全军覆没。现在兵士们告到阎王那里,那儿刑罚酷烈狠毒,实在让人害怕。阎王不是别人,明日有位经历押解粮食到此,姓魏的就是。你代我求求他,千万不要忘记!”巡抚醒后感到很奇怪,但还不太信这个梦。睡着后,又梦见父亲责备说:“父亲遭到危难,你不放在心上,还以为是怪梦而置之脑后吗?”巡抚更加感到奇怪。

明日,留心审阅,果有魏经历,转运初至,即刻传入,使两人捺坐①,而后起拜,如朝参礼②。拜已,长跽涟洏而告以故③。魏不自任④,公伏地不起。魏乃云:“然,其有之⑤。但阴曹之法,非若阳世懵懵⑥,可以上下其手⑦,即恐不能为力。”公哀之益切,魏不得已,诺之。公又求其速理⑧。魏筹回虑无静所⑨,公请为粪除宾廨⑩,许之,公乃起。又求一往窥听,魏不可。强之再四,嘱曰:“去即勿声。且冥刑虽惨,与世不同，暂置若死，其实非死。如有所见，无庸骇怪⑪。”

【注释】

①捺(nà)坐：强按于座。捺，使劲摁。

②如朝参礼：如同上朝参见皇帝的礼节。朝参，官吏上朝参见皇帝。

③长跽涟洏(ér)：直挺挺地跪着，两眼垂泪。长跽，上身挺直而跪。涟洏，垂泪的样子。

④任：承担，担当。

⑤其有之：大概有这件事。

⑥懵懵(měng)：昏暗不明。

⑦上下其手：玩弄手法，串通作弊。《左传・襄公二十六年》载：“遂侵郑。五月，至于城麇。郑皇颉戍之。出与楚师战，败，穿封戌囚皇颉。公子围与之争之。正于伯州犁。伯州犁曰：‘请问于囚。’乃立囚。伯州犁曰：‘所争，君子也，其何不知！’上其手，曰：‘夫子为王子围，寡君之贵介弟也。’下其手，曰：‘此子为穿封戌，方城外之县尹也。谁获子？’囚曰：‘颉遇王子弱焉。’”

⑧理：审理。

⑨筹回：筹思，反复思虑。

⑩粪除宾廨：清扫接待宾客的公廨。粪除，扫除。宾廨，公务招待所。

⑪无庸：不用。

【译文】

第二天，巡抚留心审阅文件，果然有个魏经历，转运粮食刚到，巡抚立刻请他进来，让两个人拉他坐下，然后就向他行礼磕头，如同朝见皇帝一般。参拜完毕，直挺挺地跪在那里涕泪交加地诉说了梦中的事。魏经历不承认自己是阎王，巡抚趴在地上不起来。魏经历才说：“是的，大概有这么回事。但阴曹地府的事，不像阳世这样糊里糊涂，可以上下其手徇私舞弊，恐怕我无能为力。”巡抚哀求得更恳切了，魏经历不得已，只好答应。巡抚又请求赶快审理。魏经历担心没有清静的地方，巡抚请求把衙门接待客人的房子打扫干净以供使用，魏经历同意了，巡抚这才站起身来。巡抚又要求让他过去偷着听听看看，魏经历不许可。巡抚再三强求，魏经历嘱咐说：“去了不要出声。阴间的刑罚虽然残酷，但和人世不同，上刑时好像死了，其实并没死。如果看到什么，不要大惊小怪。”

至夜，潜伏廨侧，见阶下囚人，断头折臂者，纷杂无数。墀中置火铛油镬[①]，数人炽薪其下[②]。俄见魏冠带出，升座，气象威猛，迥与曩殊[③]。群鬼一时都伏，齐鸣冤苦。魏曰：“汝等命戕于寇[④]，冤自有主，何得妄告官长？”众鬼哗言曰：“例不应调，乃被妄檄前来[⑤]，遂遭凶害，谁贻之冤[⑥]？”魏又曲为解脱，众鬼嗥冤[⑦]，其声汹动。魏乃唤鬼役：“可将某官赴油鼎，略入一煤[⑧]，于理亦当。”察其意，似欲借此以泄众忿。即有牛首阿旁[⑨]，执公父至，即以利叉刺入油鼎。公见之，中心惨怛[⑩]，痛不可忍，不觉失声一号，庭中寂然，万形俱灭矣。公叹咤而归。及明，视魏，则已死于廨中。

【注释】

①火铛油镬：烹刑刑具。铛、镬，烹器。即下文所云“油鼎”。

②炽薪：点燃柴草。薪，柴火。

③迥与曩殊：与日间所见大不相同。曩，曩昔，过去，往日。

④戕（qiāng）：戕害，杀死。

⑤妄檄：错误命令。檄，传递军令的公文。

⑥贻（yí）：给予。

⑦嗥：嚎叫。

⑧一煠(zhá)：食物放入油或汤中，一沸而出称煠。

⑨牛首阿旁：均为民间传说中地狱中恶鬼，负责逮捕审讯的衙役。

⑩惨怛(dá)：痛苦，伤痛。

【译文】

到夜间，巡抚潜伏在官厅的旁边，看见阶下的犯人，断头折臂的，纷纷攘攘数不清。台阶上放着油锅，几个人在锅下烧柴禾。不一会儿看到魏经历穿着官服出来了，升堂入座，气象威猛，和原来看到的样子大不一样。群鬼一下子都跪在地上，齐声喊冤叫苦。魏经历说："你们都死在海寇手里，冤有头债有主，为何妄告官长？"众鬼纷纷说道："按规定我们这支队伍不应该调动，结果被错误的军令调去，才遭到杀害，这冤死是谁造成的呢？"魏经历又想出各种理由为巡抚的父亲开脱，众鬼大声喊冤，喊声喧杂纷扰。魏经历叫来鬼卒说："可将那个官送到油锅里，略微进去炸一炸，按理也应当。"观察他的意思，是想借此来平息一下众鬼的怨愤。即时就有鬼卒走上来，抓来巡抚的父亲，用锋利的叉子挑着放入油锅。巡抚看到这个情景，心中难过害怕，痛苦难以忍受，不觉失声哀叫了一声，这时院中立刻静寂了，种种景象都不见了。巡抚惊叹而归。到天明，一看魏经历，已经死在官舍内。

松江张禹定言之[①]。以非佳名，故讳其人。

【注释】

①松江：县名。位于上海西南部。

【译文】

这件事是松江张禹定讲的。因为这事名声不佳，所以就不写当事人的姓名了。

颠道人

【题解】

摆谱讲身份，并不只是表现在出行一个方面，衣食住行往往都有。摆什么？讲什么？要么张扬的是富，要么张扬的是贵，总之，张扬的是高人一等。由于出行影响面更为广泛，众目所瞩，且与周围的自然环境不协调，往往更成为文人讽刺的目标，所谓“张盖游山，厌气浃于骨髓”，即是从审美的角度批判的。

颠道人[①]，不知姓名，寓蒙山寺[②]。歌哭不常[③]，人莫之测，或见其煮石为饭者。会重阳，有邑贵载酒登临[④]，舆盖而往[⑤]。宴毕过寺，甫及门，则道士赤足着破衲，自张黄盖，作警跸声而出[⑥]，意近玩弄。邑贵乃惭怒，挥仆辈逐骂之。道人笑而却走，逐急弃盖。共毁裂之，片片化为鹰隼，四散群飞。众始骇，盖柄转成巨蟒，赤鳞耀目，众哗欲奔。有同游者止之曰：“此不过翳眼之幻术耳[⑦]，乌能噬人！”遂操刃直前。蟒张吻怒逆，吞客咽之。众骇，拥贵人急奔，息于三里之外。使数人逡巡往探，渐入寺，则人蟒俱无。方将返报，闻老槐内喘急如驴，骇甚。初不敢前，潜踪移近之，见树朽中空，有窍如盘[⑧]。试一攀窥，则斗蟒者倒植其中，而孔大仅容两手，无术可以出之。急以刀劈树，比树开而人已死。逾时少苏，舁归[⑨]。道士不知所之矣。

【注释】

①颠：疯癫。

②蒙山：古称东蒙、东山，位于山东中南部。

③不常：不正常。

④邑贵：本县中有权势的人。登临：登山临水。指登游蒙山。

⑤舆盖：坐轿张伞。盖，贵官出行时作为仪仗用的大伞。

⑥作警跸(bì)声：发出喝道的声音。警跸，古时皇帝出入经过的地方严加戒备，鸣鞭吆喝，驱散行人。警，警戒。跸，清道，禁止通行。

⑦翳(yì)眼之幻术：迷惑他人视觉的幻术。俗称障眼法。翳，遮蔽。

⑧窍：窟窿，孔洞。

⑨舁(yú)：抬。

【译文】

有个颠道人，不知他叫什么，住在蒙山寺中。他时歌时哭，很不正常，人们也不知道是怎么回事，有人见他煮石头当饭吃。正值九月九日重阳节，城中一位有钱有势的人带着酒登高望远，坐车打伞气派烜赫地到蒙山来。宴饮完毕路过蒙山寺，刚到寺门，就看到道人赤着脚穿着破道袍，自己打着一把黄伞，口中念着戒严的号令从寺里走出来，意思好像在戏弄登山的人。这位有钱有势的人又羞又怒，命令仆人们赶逐谩骂道人。道人边笑边退，追急了就扔掉黄伞。仆人们上去撕坏了黄伞，碎片变成了老鹰，四散飞走了。众人看了很是诧异，发现伞柄又变成了巨蟒，红色的鳞片耀人眼目，众人乱叫着要逃跑。这时一起来游玩的一个人让大家止步说："这不过是障眼法，怎能吃人呢！"说着拿起刀迎上前去。蟒张开大口发怒地迎上去，一口把那人吞下去咽了。众人大惊，急忙簇拥着贵人跑，跑出三里地之外才敢停下来。派几个人回去探访，他们犹犹豫豫地蹭到了寺内，那里人、蟒都没有了。刚要返回去报告，听到老槐树内有毛驴似的喘息声，惊异极了。开始时不敢上前，后来偷偷地挪近，看到槐树干中间是空的，有盘子大一个孔。试着攀上树一看，只见和蟒搏斗的那个人头朝下栽在里面，而树洞大小只容得下两只手，没办法把那人弄出来。急忙用刀劈树，等树劈开了，那人已经昏死过去。过了一会儿，那人才慢慢苏醒，人们把他抬了回去。道人却不知到哪儿去了。

异史氏曰：张盖游山，厌气浃于骨髓①。仙人游戏三昧②，一何可笑！予乡殷生文屏，毕司农之妹夫也③，为人玩世不恭。章丘有周生者④，以寒贱起家，出必驾肩而行⑤。亦与司农有瓜葛之旧⑥。值太夫人寿⑦，殷料其必来，先候于道，着猪皮靴，公服持手本⑧。俟周舆至，鞠躬道左，唱曰："淄川生员，接章丘生员！"周惭，下舆，略致数语而别。少间，同聚于司农之堂，冠裳满座⑨，视其服色⑩，无不窃笑，殷傲睨自若⑪。既而筵终出门，各命舆马。殷亦大声呼："殷老爷独龙车何在？"有二健仆，横扁杖于前⑫，腾身跨之。致声拜谢，飞驰而去。殷亦仙人之亚也⑬。

【注释】

①厌气：令人憎恶的俗气。浃：浸透。

②游戏三昧：佛家谓自在无碍，而常不失定意。也指深通某事而以游戏出之，或得趣于某事。三昧，梵文音译，谓屏除杂念，心不散乱，专注一境。《大智度论》："何等为三昧？善心一处住不动，是名三昧。"晋慧远《念佛三昧诗集序》："夫三昧者何？专思、寂想之谓也。"

③毕司农：毕自严，明代万历进士，官至户部尚书。司农：户部尚书的别称。

④章丘：县名。位于山东济南东部。

⑤驾肩：坐轿。

⑥瓜葛之旧:辗转相连的远亲。

⑦太夫人:此处尊称毕母。

⑧着猪皮靴,公服持手本:足穿带毛猪皮靴,身穿生员服,手持拜见名帖。据孟森《跋〈聊斋志异·颠道人〉》考证,明代功令,教坊妓者之夫,绿巾绿带,着带毛猪皮靴;老病不准乘舆马,跨一木,令人肩之;脱籍三代,准其捐考。此处殷生所为皆为嘲讽章丘周生的恶作剧。

⑨冠裳:衣冠。官吏士绅的代称。

⑩服色:穿戴,服饰。

⑪傲睨自若:傲慢睥睨,态度自然。

⑫扁杖:扁担。即殷生谑称的"独龙车"。

⑬亚:流亚,次一等。

【译文】

异史氏说:张着伞游山,俗气已深入骨髓。仙人对这贵人的戏弄,又多么可笑!我家乡的秀才殷文屏,是毕司农的妹夫,为人玩世不恭。章丘有个周秀才,出身寒贱,外出必坐轿。他与毕司农有些关系。有一次恰值毕司农母亲的生日,殷秀才估计周秀才必定会来,先在路上等候,他脚穿猪皮靴,身穿生员服,手持名帖。等周秀才的轿子一到,他就在道旁鞠躬,大声报告说:"淄川生员迎接章丘生员!"周秀才很惭愧,下轿后,和殷秀才寒暄了几句就告别了。一会儿,大家都在毕司农的客厅里聚会,满座客人都是华服高冠,一看殷秀才的装束,大家都偷偷发笑,但殷秀才傲然自若。到了席散出门的时候,客人们都招呼车轿。殷秀才也大声呼道:"殷老爷的独龙车何在?"马上有两名健壮的仆人,抬着一根扁担横放在殷秀才面前,殷秀才腾身跨上去。说了声拜谢,就飞驰而去。殷生也是仙人一类的人啊。

胡四娘

【题解】

本篇与《镜听》一样，同是写科举下的人情冷暖。《镜听》是小小说，短小精干，写家庭，仅选取次妇一人最典型的情节做特写便戛然而止。本篇是短篇小说，写的是家族，人物众多，浓彩重抹，如评论家冯镇峦所说："此篇写炎凉世态，浅薄人情，写到十分，令人啼笑不得。"如果打个比喻，《镜听》是小品，《胡四娘》则是戏剧。《镜听》最精彩的情节是"次妇力掷饼杖而起，曰：'侬也凉凉去！'"《胡四娘》最精彩的段落是"申贺者，捉坐者，寒暄者，喧杂满屋。耳有听，听四娘；目有视，视四娘；口有道，道四娘也。而四娘凝重如故。众见其靡所短长，稍就安帖，于是争把盏酌四娘"。场面显然比《镜听》更加开阔，可谓写尽人间丑态。

小说最后为了突出程孝思和胡四娘不忘亲情，写其"凡遇乡党厄急，罔不极力"，施手救援身负人命官司的二郎，情节是作者作为正面行为加以褒扬的。但它显然与社会的公正相左，与蒲松龄的司法吏治理想相左，反映了中国传统文化中人情大于法理的劣根性，即使蒲松龄也不例外。

程孝思，剑南人[①]，少惠能文。父母俱早丧，家赤贫，无衣食业，求佣为胡银台司笔札[②]。胡公试使文，大悦之，曰："此不长贫，可妻也。"银台有三子四女，皆褓中论亲于大家，止有少女四娘，孽出[③]，母早亡，笄年未字[④]，遂赘程[⑤]。或非笑之，以为惛耄之乱命[⑥]，而公弗之顾也。除馆馆生[⑦]，供备丰隆。群公子鄙不与同食，仆婢咸揶揄焉。生默默不较短长，研读甚苦。众从旁厌讥之，程读弗辍；群又以鸣钲锽聒其侧[⑧]，程携卷去，读于闺中。

【注释】

①剑南:唐初改益州为剑南道,治所在成都府,辖境相当今四川大部,云南澜沧江、哀牢山以东及贵州北端、甘肃文县一带。

②银台:宋时有银台司,掌管天下奏状案牍,因司署设在银台门内,故名。明清时期的通政司职位和银台司相当,所以也称通政司为银台。司笔札:从事文字工作。

③孽出:庶出,妾所生。

④笄(jī)年未字:年已及笄,尚未许人。笄,指女子15岁成年。字,旧时称女子嫁人。

⑤赘程:招程孝思为赘婿。旧时男子就婚于女家叫入赘。

⑥惛髦:年老神志不清。乱命:本指病危昏迷时所留下的遗命,后泛指荒谬无理的命令。

⑦除馆馆生:整理馆舍,让程生居住。除,打扫。馆,招待宾客的房舍。后馆动词。

⑧鸣钲(zhēng):犹言敲锣打钟。钲,古打击乐器,形似钟,有长柄可执,口向上。镗聒:嘡嘡地吵闹。镗,钟鼓声。聒,嘈杂。

【译文】

程孝思是剑南人,从小就聪明,会写文章。父母早就去世了,家中十分贫穷,没有赖以谋生的办法,他请求做通政司胡公的文书。胡公让他写了篇文章,看后很高兴,说:"这个人不会永远受穷,可以把女儿嫁给他。"胡公有三子四女,都是在幼小时就与有权势的人家定了亲,只有小女儿四娘,是小老婆生的,母亲死得早,到十五六岁还没定亲,于是招程孝思为入赘女婿。有人讥笑胡公,认为他老糊涂了才作了这样的决定,但胡公对此不予理睬。他收拾了一间书房让程孝思住,还供给他丰盛的日用物品。胡家公子都看不起程孝思,不愿与他同桌吃饭,男女仆人们也都嘲弄他。程孝思默默不语,也不计较短长,只是刻苦读书。众人在旁边挖苦讥笑,他读书不停;众人又敲钲打鼓地扰乱他,他就拿着书本离开，到卧室中去读。

初，四娘之未字也，有神巫知人贵贱，遍观之，都无谀词，惟四娘至，乃曰："此真贵人也！"及赘程，诸姊妹皆呼之"贵人"以嘲笑之，而四娘端重寡言，若罔闻之。渐至婢媪，亦率相呼。四娘有婢名桂儿，意颇不平，大言曰："何知吾家郎君，便不作贵官耶？"二姊闻而嗤之曰："程郎如作贵官，当抉我眸子去[①]！"桂儿怒而言曰："到尔时，恐不舍得眸子也！"二姊婢春香曰："二娘食言，我以两睛代之。"桂儿益恚，击掌为誓曰："管教两丁盲也[②]！"二姊忿其语侵[③]，立批之[④]。桂儿号哗。夫人闻知，即亦无所可否，但微哂焉。桂儿噪诉四娘，四娘方绩[⑤]，不怒亦不言，绩自若。会公初度，诸婿皆至，寿仪充庭[⑥]。大妇嘲四娘曰："汝家祝仪何物？"二妇曰："两肩荷一口！"四娘坦然，殊无惭怍。人见其事事类痴，愈益狎之[⑦]。独有公爱妾李氏，三姊所自出也，恒礼重四娘[⑧]，往往相顾恤[⑨]。每谓三娘曰："四娘内慧外朴[⑩]，聪明浑而不露[⑪]，诸婢子皆在其包罗中而不自知。况程郎昼夜攻苦，夫岂久为人下者？汝勿效尤[⑫]，宜善之，他日好相见也。"故三娘每归宁，辄加意相欢。

【注释】

①抉：挖掉。眸子：眼珠。

②两丁：两个。指春香及二姊两人。

③侵：侵犯。

④批：手击，打耳光。

⑤绩：捻麻线。

⑥寿仪：祝寿的礼物。

⑦狎：轻侮。

⑧恒：常，总是。礼重：敬重，以礼相待。

⑨顾恤：照顾体恤。

⑩内慧外朴：内心聪明而外表朴钝。

⑪浑而不露：浑厚不露锋芒。

⑫效尤：学人坏样。效，仿效。尤，过错。

【译文】

当初，四娘还没定亲时，有个神巫能预知人的贵贱，遍观胡家人，没有一句奉承话，只有看到四娘时，才说："这是真正的贵人啊！"等程孝思入赘以后，四娘的姐姐都嘲笑地称呼她"贵人"，但四娘端重寡言，对这些嘲笑置若罔闻。渐渐地丫环仆妇们也都喊她"贵人"。四娘有个小丫环名叫桂儿，对此很感不平，大声说："怎知我们姑老爷就不能做大官呢？"二姐听到这话，嗤之以鼻地说："程姑爷如果当了大官，你把我的眼珠子挖去！"桂儿气呼呼地说："到那时，恐怕您就舍不得眼珠子了！"二姐的丫环春香说："如果二小姐食言，就用我的两个眼珠子代替。"桂儿听了更加生气，和春香击掌立誓说："准叫你们变成瞎子！"二姐气她冒犯了自己，立刻打了桂儿两个嘴巴。桂儿大哭大嚎起来。胡夫人听到了，也没说什么话，只是微笑了一下。桂儿吵吵嚷嚷地将这事告诉了四娘，四娘正在纺线，没生气也没说话，照旧纺线。在胡公生日这天，几个女婿都来了，献上的寿礼摆满了庭院。大嫂嘲笑四娘说："你家带的寿礼是什么啊？"二嫂说："两个肩上扛个嘴！"四娘听了，坦然处之，没有一点儿惭愧的表现。人们看到四娘遇到任何事情都是这个态度，好像傻子，就更加戏弄她了。只有胡公的爱妾李氏，是三小姐的母亲，一直对四娘以礼相待，往往照顾体恤。她经常对三小姐说："四娘内心聪慧，外表朴实，聪明浑然不露，这些人都在她的包罗之下，她们自己还不知道。

何况程姑爷昼夜苦读，难道是久为人下的人吗？你不要跟她们学，要善待四娘，将来也好相见。”因此三小姐每次回娘家，都特意对四娘表示友好。

是年，程以公力得入邑庠①。明年，学使科试士②，而公适薨③，程缞哀如子④，未得与试。既离苫块⑤，四娘赠以金，使趋入“遗才”籍⑥，嘱曰：“曩久居，所不被呵逐者，徒以有老父在，今万分不可矣！倘能吐气，庶回时尚有家耳。”临别，李氏、三娘赂遗优厚⑦。程入闱，砥志研思⑧，以求必售。无何，放榜，竟被黜。愿乖气结⑨，难于旋里，幸囊资小泰⑩，携卷入都。时妻党多任京秩⑪，恐见诮讪，乃易旧名，诡托里居，求潜身于大人之门。东海李兰台见而器之⑫，收诸幕中，资以膏火⑬，为之纳贡⑭，使应顺天举⑮。连战皆捷⑯，授庶吉士⑰。自乃实言其故。李公假千金，先使纪纲赴剑南，为之治第。时胡大郎以父亡空匮，货其沃墅，因购焉。既成，然后贷舆马往迎四娘。

【注释】

①入邑庠：进县学。即考中秀才。

②学使：提学使，学政。科试：也称“科考”。清代每届乡试前，各省学政巡回举行考试，选拔优秀生员参加乡试。

③薨（hōng）：死。周代诸侯死，叫薨；唐代三品以上官员死，也称薨。后来则用以恭维有地位的官员。

④缞（cuī）哀如子：穿着重孝服，哀痛哭泣，如同亲生儿子。缞，最重的丧服，用粗麻布制成，披于胸前。

⑤既离苫(shān)块:代指居丧期满。苫块,寝苫枕块的略语。苫,草苫。块,土块。古礼,居父母丧时,以草苫为席,以土块为枕。

⑥入"遗才"籍:清代科举制度,生员因故未参加科试者,在科考完毕后可集中在省城举行一次补考。这种考试叫录科,也称"遗才试"。考试合格者册送参加乡试。这种名册称遗才籍。

⑦赂遗(wèi):赠送财物。

⑧砥志研思:刻苦励志,用心研思。砥和研,都是细致琢磨的意思。

⑨愿乖气结:愿望没有实现,心气郁结。

⑩小泰:比较充足。泰,侈,丰足。

⑪妻党:妻方的家族。任京秩:做京官。秩,官吏的职位或品级。

⑫东海:县名。今属江苏连云港。兰台:御史。东汉时称御史台为兰台寺,后世因以兰台作为御史的代称。器:器重,看重。

⑬膏火:灯油。代指学习费用。

⑭纳贡:明清时代,准许向政府捐资以取得国子监监生的资格。由普通身份纳捐的监生称例监,由生员纳捐的称纳贡。纳贡者有资格参加乡试。

⑮应顺天举:参加顺天府乡试。

⑯连战皆捷:指顺利通过会试和殿试,中了举人,又中了进士。

⑰庶吉士:中国明清两朝时翰林院内的短期职位。从通过科举考试中进士的人当中选择有潜质者担任,为皇帝近臣,负责起草诏书,有为皇帝讲解经籍等责,是明内阁辅臣的重要来源之一。

【译文】

这年,程孝思凭借胡公帮助进入了县学。第二年,学使举行科考,这时胡公去世了,程孝思如儿子一样守孝,没有参加考试。孝满以后,四娘给了他一些银子,让他参加录科考试,以便进入"遗才"的名册,四娘嘱咐说:"以前长久住在这里,所以没被撵出去,只是因为老父亲还健在,现在是万分不可能了!倘若你能考中,回来时大概还会有个家。"临别，李氏和三小姐赠给他很多银钱。程孝思进了考场，对考卷细心思考研究，以求考中。不久放榜，竟然榜上无名。程孝思愿望没能实现，心中郁闷，难以回家，好在钱还不少，就带着书箱子来到京城。当时妻子家的亲戚好多在京城当官，他怕被这些人讥笑，就改了名字，假说了一个籍贯，托人在大官家中找点儿事谋生。东海的李御史见到程孝思后对他很是器重，把他留在府中当幕僚，供给学习费用，还为他捐了个贡生，让他参加顺天府考试。程孝思连考连中，被授予庶吉士的官职。这时他才把自己的真实情况讲出来。李御史借给他一千两银子，派仆人到剑南去，给他购置宅第。当时胡家的大儿子因父亲死后家中经济困难，出卖一所很好的田宅，仆人就替程孝思买下了。房屋安排好后，就派车马去接四娘。

先是，程擢第后[①]，有邮报者[②]，举宅皆恶闻之，又审其名字不符，叱去之。适三郎完婚，戚眷登堂为馔[③]，姊妹诸姑咸在，独四娘不见招于兄嫂。忽一人驰入，呈程寄四娘函信，兄弟发视，相顾失色。筵中诸眷客始请见四娘。姊妹惴惴，惟恐四娘衔恨不至。无何，翩然竟来[④]。申贺者，捉坐者，寒暄者，喧杂满屋。耳有听，听四娘；目有视，视四娘；口有道，道四娘也。而四娘凝重如故[⑤]。众见其靡所短长[⑥]，稍就安帖，于是争把盏酌四娘。方宴笑间，门外啼号甚急。群致怪问。俄见春香奔入，面血沾染。共诘之，哭不能对。二娘诃之，始泣曰："桂儿逼索眼睛，非解脱，几抉去矣！"二娘大惭，汗粉交下。四娘漠然[⑦]，合座寂无一语，各始告别。四娘盛妆，独拜李夫人及三姊，出门登车而去。众始知买墅者即程也。四娘初至墅，什物多阙[⑧]。夫人及诸郎各以婢仆器具相赠遗，四娘一无所受，唯李夫人赠一婢，受之。

【注释】

①擢(zhuó)第：考中。

②邮报：传送喜信。邮，寄递。

③为餪(nuǎn)：设宴于喜庆事前。

④翩然：轻盈潇洒的样子。

⑤凝重：庄重。

⑥靡所短长：无所计较。靡，无。

⑦漠然：淡漠，若无其事。

⑧阙：缺乏，稀少。

【译文】

在此之前，程孝思科考登第以后，喜报到了家中，胡家的人都不愿听到这个消息，又发觉喜报上的名字不符合，把报喜的人呵斥走了。这时正赶上胡家三郎结婚，亲戚们都来吃喜酒，众姊妹都在，只有四娘没有受到兄嫂邀请。忽然一个人骑马跑来，送上程孝思写给四娘的一封信，兄弟们打开信一看，都傻了眼。这时酒筵上的女眷们才来请四娘相见。姊妹们都惴惴不安，惟恐四娘恼怒不来。不一会儿，四娘竟翩然而至。这些人有的向四娘道喜，有的拉着四娘入座，有的过来说客气话，满屋子闹闹嚷嚷。耳朵听着的是四娘，眼睛看着的是四娘，口中说的还是四娘。但四娘端庄凝重一如以往。众人见她并没有说短道长，这才安下心来，争着给四娘斟酒。正在谈笑饮酒时，门外突然传来了哭喊声。大家都奇怪地询问。不一会儿，只见春香跑了进来，满脸是血。大家一起追问，春香哭着说不出话来。二小姐大声呵斥她，她才哭着说："桂儿逼着要挖我的眼珠子，不是我挣脱了，几乎被她抠去了！"二小姐特别羞愧，汗把脸上搽的粉都冲下来了。四娘若无其事，满座中静悄悄没一个人说话，客人也开始告别离去。四娘身着盛装，只与李氏夫人和三姐行礼告别，然后出门上车走了。这时人们才知道买宅院的人就是程孝思。四娘刚到新买的宅院，日常用的家什缺少，老夫人及哥哥各以丫环、仆人和各种器具相赠，四娘一概不接受，只有李夫人送来的一个小丫环她留下了。

居无何，程假归展墓①，车马扈从如云。诣岳家，礼公柩②，次参李夫人。诸郎衣冠既竟③，已升舆矣④。胡公殁，群公子日竞赀财，柩弗顾。数年，灵寝漏败⑤，渐将以华屋作山丘矣⑥。程睹之悲，竟不谋于诸郎，刻期营葬，事事尽礼。殡日⑦，冠盖相属⑧，里中咸嘉叹焉。

【注释】

①展墓：扫墓。

②柩：灵柩，装有尸体的棺木。

③衣冠既竟：穿戴完毕。指换上冠服，准备出迎。

④升舆：上轿。升，登上。

⑤灵寝：寄放灵柩的内堂。古时往往停柩屋内，择吉待葬。

⑥以华屋作山丘：意谓临时寄放灵柩的内堂，将要毁败成为埋葬灵柩的荒丘。华屋，华丽房屋，活人所居的地方。山丘，埋葬死人的地方。三国魏曹植《箜篌引》：“生存华屋处，零落归山丘。”

⑦殡日：出殡的时候。殡，把灵柩送到墓地。

⑧冠盖相属：吊唁的官员在道路上一个接一个。冠盖，官员的冠服和车盖。相属，连续不断。

【译文】

过了不久，程孝思请假回家扫墓，车马随从如云。到了岳父家，先去拜岳父的灵柩，然后参拜李夫人。胡家弟兄们穿好礼服来见他，他已经坐上车走了。胡公死后，胡家的几个公子天天争家产，不管父亲的灵柩。过了几年，停放棺木的房屋就漏雨了，渐渐地变成了掩埋棺木的坟丘。程孝思看到这情景，心中很悲伤，他没有和胡家公子们商量，选个日子把棺木下葬了，事事依礼而行。下葬这天，很多有地位的人都来送葬，家乡的人都赞叹不已。

程十馀年历秩清显[①]，凡遇乡党厄急[②]，罔不极力。二郎适以人命被逮，直指巡方者[③]，为程同谱[④]，风规甚烈[⑤]。大郎浼妇翁王观察函致之[⑥]，殊无裁答[⑦]，益惧。欲往求妹，而自觉无颜，乃持李夫人手书往。至都，不敢遽进，觑程入朝，而后诣之。冀四娘念手足之义，而忘睚眦之嫌[⑧]。阍人既通，即有旧媪出，导入厅事，具酒馔，亦颇草草。食毕，四娘出，颜温霁[⑨]，问："大哥人事大忙，万里何暇枉顾？"大郎五体投地[⑩]，泣述所来。四娘扶而笑曰："大哥好男子，此何大事，直复尔尔[⑪]？妹子一女流，几曾见呜呜向人？"大郎乃出李夫人书。四娘曰："诸兄家娘子，都是天人[⑫]，各求父兄，即可了矣，何至奔波到此？"大郎无词，但顾哀之。四娘作色曰："我以为跋涉来省妹子，乃以大讼求贵人耶[⑬]！"拂袖径入。大郎惭愤而出。归家详述，大小无不诟詈[⑭]，李夫人亦谓其忍。逾数日，二郎释放宁家，众大喜，方笑四娘之徒取怨谤也。俄而四娘遣价候李夫人[⑮]。唤入，仆陈金币，言："夫人为二舅事，遣发甚急，未遑字覆[⑯]。聊寄微仪[⑰]，以代函信。"众始知二郎之归，乃程力也。后三娘家渐贫，程施报逾于常格。又以李夫人无子，迎养若母焉。

【注释】

①历秩清显:历任清贵显要的官职。清显,指官位显贵、政事不繁。

②乡党:指乡里街坊。厄急:急难。

③直指:官名。汉时设直指使,衣绣衣,出巡地方,有权诛杀不法官员,审判大狱,又称"绣衣直指"。巡方:巡视地方。

④同谱:同宗。谱,记述宗族世系的谱牒。又,同时进士及第者称同兰谱。

⑤风规甚烈:执法甚严。风规,风教法规。烈,刚正。

⑥观察:观察使。

⑦裁答:裁笺作复。指回信。

⑧睚眦(yá zì)之嫌:小的怨仇。睚眦,怒目而视。借指微小的怨恨。嫌,仇怨。

⑨温霁:喻脸色温和。

⑩五体投地:双膝、双肘及头额着地。本是佛教最敬重的礼节,这里指伏地磕头。

⑪直复尔尔:值得这样。

⑫天人:天上的人。语含讥讽。

⑬以大讼求贵人:因为吃了大官司而求助于贵人。当初胡家曾以"贵人"嘲笑四娘。

⑭詈(lì):骂,责备。

⑮价(jiè):旧时称送信、传话的仆人。

⑯未遑字覆:来不及写回信。

⑰微仪:薄礼。仪,礼物。

【译文】

程孝思当了十多年清廉显要的官,凡是乡邻们遇到困难,没有不竭力帮助的。胡家老二这时因牵连人命的事被逮捕了,主管这个案件的官,是和程孝思同榜考中的,执法甚严。胡家老大央求其岳父王观察写信求情，没有回信，胡家更加害怕。想去求四妹，又自觉没脸开口，于是拿着李夫人的亲笔信去了。到了京城，不敢贸然进家，暗中看着程孝思上朝去了，才来求见妹妹。希望四娘看在手足情分上，忘记以前的睚眦小怨。门人通报以后，就有从前的老女仆出来，把他领到大厅内，准备了酒饭，也不过是简单的饭菜。吃完饭，四娘出来了，面色温和地问："大哥那么多事情要忙，怎么有空万里来看我啊？"胡老大匍匐在地，哭着述说了来意。四娘将他扶起来笑着说："大哥是个好男子，这是什么大事，值得这个样子？妹子只是个女流之辈，什么时候看见我呜呜对人哭过？"胡老大这才拿出李夫人的信。四娘说："各位哥哥的夫人都是了不起的人物，各个去找找她们的娘家，就可以了，何必大老远跑到这里来？"胡老大无言对答，只是一再哀求。四娘变了脸色，说道："我以为你跋山涉水是来看望妹妹，原来是为了一场官司来求'贵人'的啊！"说完一甩袖子进里屋去了。胡老大又羞又怒地走了。回家详细说了见到四娘的情况，一家大小无不骂四娘无情，李夫人也认为四娘心太硬了。过了几天，胡老二被释放回了家，大家都很高兴，讥笑四娘不会做人情白白遭人怨恨辱骂。不久四娘派仆人来问候李夫人。家里把仆人叫进来，仆人呈上了金币，说："我家夫人为了二舅爷的事，让我尽快来，没来得及写信。只是带来少许银钱，聊表问候。"众人这才知道，胡老二平安归来，原来靠的是程孝思的努力。后来，三小姐家逐渐穷了，程孝思对她的报答超出了常规。又因为李夫人没有儿子，他们把她接到家中赡养，如同对待母亲一样。

僧术

【题解】

俗话说"舍不得孩子，套不住狼"。凡事都要付出一定的代价或成本，舍不得成本，自然难以收获预期的结果。黄生由于舍不得钱，和尚预定的贿嘱计划于是大打折扣，仅仅"以副榜准贡"。小说讽刺鄙吝小气之人难以成大器。不过作者选择的事例却是科举选拔，而且以和尚作法贿赂阴冥中主持的官员演绎故事，"岂冥中亦开捐纳之科耶？"讽刺影射之意不言而喻。

黄生，故家子①，才情颇赡②，夙志高骞③。村外兰若，有居僧某，素与分深④。既而僧云游，去十馀年复归。见黄，叹曰："谓君腾达已久，今尚白纻耶⑤？想福命固薄耳。请为君贿冥中主者⑥。能置十千否？"答言："不能。"僧曰："请勉办其半，馀当代假之。三日为约。"黄诺之，竭力典质如数⑦。

【注释】

①故家子：有地位的人家的后代。故家，世家大族，世代仕宦之家。《孟子·公孙丑》："纣之去武丁，未久也。其故家遗俗，流风善政，犹有存者。"焦循《正义》："故家，勋旧世家。"

②才情颇赡：很有才华。赡，富足，富。

③夙志高骞(qiān)：一向存有大志。高骞，高举，高飞。喻指飞黄腾达。骞，飞。

④分(fèn)：情分。

⑤尚白纻(zhù)：还穿着白衣，还是平民。白纻，古代士人未获得功名时所穿的服装。

⑥冥中主者：阴世主持福禄之神。冥中，冥冥之中。指阴间。

⑦典质：典当抵押。

【译文】

黄生原是大户人家的儿子，很有才学，平素志向高远。村外有座寺庙，居住着一位和尚，一向与黄生交情很深。后来和尚外出云游，去了十多年才回来。看到黄生，感叹说："我还以为你早就飞黄腾达了，你现在还是个普通百姓啊？想来你的福分太薄了。请让我替你去给阴间主管福禄的神送点儿礼。你能筹备一万钱吗？"黄生回答说："不能。"和尚说："请尽力预备五千钱，其馀的我帮你借借。三日内准备好。"黄生答应了，又当又借地尽力凑足了钱数。

三日，僧果以五千来付黄。黄家旧有汲水井，深不竭，云通河海。僧命束置井边，戒曰[①]："约我到寺，即推堕井中。候半炊时，有一钱泛起，当拜之。"乃去。黄不解何术，转念效否未定，而十千可惜，乃匿其九，而以一千投之。少间，巨泡突起，铿然而破，即有一钱浮出，大如车轮。黄大骇。既拜，又取四千投焉。落下，击触有声，为大钱所隔，不得沉。日暮，僧至，谯让之曰[②]："胡不尽投？"黄云："已尽投矣。"僧曰："冥中使者止将一千去[③]，何乃妄言？"黄实告之。僧叹曰："鄙吝者必非大器。此子之命合以明经终[④]，不然，甲科立致矣[⑤]。"黄大悔，求再禳之[⑥]，僧固辞而去。黄视井中钱犹浮，以绠钓上[⑦]，大钱乃沉。是岁，黄以副榜准贡[⑧]，卒如僧言。

【注释】

①戒：告，叮咛。

②谯(qiào)让：责备。

③将：持，拿。

④合以明经终：该当以贡生终老。明经，明清时代对贡生的敬称。

⑤甲科：明清时代特指进士。汉时课士有甲、乙、丙三科。《汉书·儒林传》："平帝时……岁课甲科四十人为郎中，乙科二十人为太子舍人，丙科二十人补文学掌故。"唐明经有甲、乙、丙、丁四科，

进士有甲、乙二科。明清则通称进士为甲科，举人为乙科。

⑥禳（ráng）：古代消灾除邪的祭祀。

⑦绠（gěng）：绳。

⑧副榜准贡：即副贡。副榜，科举时代会试或乡试取士，除正榜外另取若干名，列为副榜。明嘉中有乡试副榜，名在副榜者准作贡生，称副贡。

【译文】

第三天，和尚果然拿来五千钱交给黄生。黄家原有一口吃水的井，很深，井水从不枯竭，有人说这口井通着江海。和尚让黄生把钱捆好放在井沿上，告诫说："估计我回到庙里，就把钱推到井里。过半顿饭工夫，有一个钱漂上来，你就磕头拜谢。"说完就走了。黄生不知这是什么法术，又想到有没有效验还不肯定，把一万钱扔到井里太可惜了，就藏起了九千，只把一千钱投入井内。不一会儿，井里冒起大泡，"嘣"的一声水泡破了，就有一个钱浮了上来，有车轮那样大。黄生大惊。拜完，又取出四千钱投下去。落下以后，发出碰撞的声音，被大钱挡住了，沉不下去。天黑了，和尚来了，责备他说："为什么不全扔进去？"黄生说："已经全都投进去了。"和尚说："阴间的使者只拿到了一千钱，你怎么说谎？"黄生把实情告诉了和尚。和尚叹息着说："吝啬鬼绝对成不了大器。你命中注定只能当个贡生了，不然的话，进士都能取得啊。"黄生特别后悔，请求和尚再次作法，和尚坚决拒绝，然后走了。黄生看到扔到井中的钱还浮着，用绳子把这些钱钓上来，大钱才沉下去。这年，黄生考了个副贡生，结果与和尚说的一样。

异史氏曰：岂冥中亦开捐纳之科耶？十千而得一第[①]，直亦廉矣[②]。然一千准贡，犹昂贵耳。明经不第，何值一钱！

【注释】

①一第：一次及第。此处指甲科进士及第。

②直：价值，代价。

【译文】

异史氏说：难道阴间也有捐纳之科吗？用一万钱可以得一个进士，也太便宜了。然而一千钱才给一个副贡生，又太昂贵了。可贡生如果考不中进士，一文钱也不值呀！

禄数

【题解】

本篇讲的是因果报应故事。认为人的寿命是一个常数，可以用吃多少粮食作为核算寿命长短的计量方法。此常数经常为不道德的事情所折损，某显者因横行不法而“食甚多而旋饥”，最终“未及周岁，死矣”。

某显者多为不道[①]，夫人每以果报劝谏之[②]，殊不听信。适有方士[③]，能知人禄数[④]，诣之。方士熟视曰：“君再食米二十石、面四十石，天禄乃终。”归语夫人。计一人终年仅食面二石，尚有二十馀年天禄，岂不善所能绝耶？横如故[⑤]。逾年，忽病“除中[⑥]”，食甚多而旋饥，一昼夜十馀餐。未及周岁，死矣。

【注释】

①显者：权贵，位居通显之人。

②果报：因果报应。

③方士：古代指求仙、炼丹，自称能长生不死的人。此处指能相面的术士。

④禄数：官运，命运。禄，古代官吏的俸给。

⑤横：横行不法。

⑥除中：中医病名。病人在饮食上的回光返照现象。汉张仲景《伤寒论·辨厥阴病脉证并治法》："当不能食，今反能食者，恐为'除中'。"或认为指消渴疾，即糖尿病的多食病症。

【译文】

某大官做了许多不法的事情，他的夫人经常用因果报应的道理来规劝他，可他就是不相信。恰巧有个算命先生，能知道人的官运，某大官就去见算命先生。算命先生看了他好一会儿，才说："大人再能吃米二十石，面四十石，寿禄就终结了。"大官回去告诉了夫人。算了一下，一人一年只能吃面二石，还有二十多年的寿禄，做坏事怎么会折人的寿禄呢？依旧横行不法。过了一年，忽然得了糖尿病，吃得很多，但一会儿又饿了，一昼夜要吃十几顿饭。不到一年就死了。

柳生

【题解】

本篇写相面术之奇。故事由两条线索构成。柳生根据周生的面相，指引他依靠婚姻获得巨资；结识朋友，逃脱厄难。何垠称此篇"不求月老系此妇，无从得巨金。系此妇不令交傅，又不能脱于厄。辗转相引，要知柳生苦心"。

柳生对周生的人生起到了举足轻重的作用。蒲松龄如此设计，固然是情节的需要，也颇有所寄托——那就是他也渴望有识之士如同柳生那样，发现拔擢他于贫贱之中。然而蒲松龄并没有遇到这样的人，所以他在"异史氏曰"中说："培塿无松柏，此鄙人之论耳。妇人女子犹失之，况以相天下士哉！”

周生，顺天宦裔也[①]，与柳生善。柳得异人之传，精袁许之术[②]。尝谓周曰：“子功名无分，万钟之赀[③]，尚可以人谋。然尊阃薄相[④]，恐不能佐君成业。”未几，妇果亡。家室萧条，不可聊赖。因诣柳，将以卜姻[⑤]。入客舍，坐良久，柳归内不出。呼之再三，始出，曰：“我日为君物色佳偶，今始得之。适在内作小术，求月老系赤绳耳[⑥]。”周喜问之，答曰：“甫有一人携囊出，遇之否？”曰：“遇之，褴褛若丐。”曰：“此君岳翁，宜敬礼之。”周曰：“缘相交好，遂谋隐密，何相戏之甚也！仆即式微[⑦]，犹是世裔，何至下昏于市侩[⑧]？”柳曰：“不然。犁牛尚有子[⑨]，何害？”周问：“曾见其女耶？”答曰：“未也。我素与无旧，姓名亦问讯知之。”周笑曰：“尚未知犁牛，何知其子？”柳曰：“我以数信之[⑩]。其人凶而贱，然当生厚福之女。但强合之必有大厄，容复禳之。”周既归，未肯以其言为信，诸方觅之，迄无一成。

【注释】

①宦裔：官宦人家的后代。

②袁许之术：指相人之术。袁许，泛指相术家。袁，指袁天罡，唐初天文学家、星象学家、预测家，益州成都（今四川成都）人。隋时为盐官令，入唐为火山令。著有《六壬课》、《五行相书》、《推背图》、《袁天罡称骨歌》等。新旧《唐书》有传。许，指许负，汉初河内温（今河南温县）人，善相术，被汉高祖封为雌亭侯。根据《怀庆府志》记载，许负著有《德器歌》、《五官杂论》、《听声相行》等。

事迹见《史记·绛侯周勃世家》。

③万钟之赀：极言资财之多。钟，古代容量单位。4 升为豆，4 豆为区（瓯），4 区为釜，10 釜为钟。《左传·昭公三年》："釜十则钟。"杜预注："（钟）六斛四斗。"赀，财，资产。

④尊阃（kǔn）：称别人的夫人的敬辞，犹言尊夫人。阃，指闺门，妇女所居处。薄相：面相浮薄，不祥。

⑤卜姻：占卜婚姻之事。

⑥月老系赤绳：唐李复言《续幽怪录·定婚店》载，杜陵书生韦固夜经宋城，遇一老人倚囊向月，翻检一书。称书为"天下之婚牍"，用囊中赤绳以系夫妻之足，虽仇家异域，绳一系则皆谐合。后因以月老、月下老或月下老人指代主管男女婚姻之神。

⑦式微：谓家世衰微。《诗·邶风·式微》："式微式微，胡不归。"原指天将黄昏，后泛指事物由兴盛而衰落。

⑧下昏于市侩（kuài）：谓降低身份与商人的女儿成亲。昏，结婚，后多作"婚"。市侩，市井之徒。此泛指商贩。

⑨犁牛尚有子：意为出身并不重要，以合用为标准。《论语·雍也》："子谓仲弓，曰：'犁牛之子骍且角。虽欲勿用，山川其舍诸？'"注："犁，杂文；骍，赤也。"孔子这句话的意思是说，耕牛所生之子如果够得上作牺牲的条件，山川之神也一定会享用，不会拒绝。

⑩数：命数，运数。

【译文】

周生是顺天府官宦人家的后裔，和柳生是好朋友。柳生得到异人的传授，精通相面之术。柳生曾对周生说："你命中不能当官，要想发财致富，还可以想想办法。但你的夫人是个薄命相，恐怕不能帮你创立家业。"不久，周生的夫人果然死了。从此家中萧条冷落，无依无靠。周生于是去找柳生，想让他给算算婚姻的事。进了柳生住的地方，坐了好长时间，柳生进了里屋不出来。叫了很多次，他才出来，对周生说："我每天都在替你物色好配偶，今天才找到。刚才在屋内作个小法术，请求月下老人给你们系上红绳。"周生高兴地问找了个什么的样人，柳生说："刚才有个人拿着口袋出去，你遇见了吗？"周生说："遇见了，穿得破破烂烂像个乞丐。"柳生说："这是你未来的岳父，你应该礼貌地对待他。"周生说："因为咱俩交情很好，才把婚姻这样隐秘的事和你商量，为什么要这样戏弄我！我即使再倒霉，还是世家大族的后代，何至于和低贱的市井小民去联姻呢？"柳生说："不是这样。杂毛牛也会生出纯毛仔，低贱的父亲也会有高贵的儿子，这有什么妨害？"周生又问："你曾见过他的女儿吗？"柳生回答："没有见过。我素来和他没有交往，姓名还是刚问过才知道。"周生笑着说："你连杂毛牛都不知道，怎能知道牛仔？"柳生说："我是依照命中的定数相信的。这个人凶恶又下贱，但命中注定要生个有福气的女儿。然而勉强结合必有大难，容我再作法求求。"周生回家以后，不肯把柳生的话当真，到各处请人说媒，一直没有成功。

一日，柳生忽至，曰："有一客，我已代折简矣[①]。"问："为谁？"曰："且勿问，宜速作黍[②]。"周不喻其故，如命治具。俄客至，盖傅姓营卒也。心内不合，阳浮道与之[③]，而柳生承应甚恭。少间，酒肴既陈，杂恶草具进[④]。柳起告客："公子向慕已久，每托某代访，曩夕始得晤。又闻不日远征，立刻相邀，可谓仓卒主人矣[⑤]。"饮间，傅忧马病，不可骑，柳亦俛首为之筹思。既而客去，柳让周曰："千金不能买此友，何乃视之漠漠？"借马骑归，因假周命，登门持赠傅。周既知，稍稍不快，已无如何。过岁，将如江西[⑥]，投臬司幕[⑦]。诣柳问卜，柳言："大吉！"周笑曰："我意无他，但薄有所猎[⑧]，当购佳妇，几幸前言之不验也，能否？"柳云："并如君愿。"及至江西，值大寇叛乱，三年不得归。后稍平，选日遵路[⑨]，中途为土寇所掠，同难七八人，皆劫其金赀，释令去，惟周被掳至巢。盗首诘其家世，因曰："我有息女[⑩]，欲奉箕帚，当即无辞。"周不答。盗怒，立命枭斩。周惧，思不如暂从其请，因从容而弃之[⑪]。遂告曰："小生所以踟蹰者，以文弱不能从戎，恐益为丈人累耳。如使夫妇得相将俱去，恩莫厚焉。"盗曰："我方忧女子累人，此何不可从也。"引入内，妆女出见，年可十八九，盖天人也。当夕合卺，深过所望。细审姓氏，乃知其父，即当年荷囊人也。因述柳言，为之感叹。

【注释】

①代折简：谓代为邀请。折简，书信。此指请帖。

②作黍：备办酒饭。《论语·微子》："杀鸡为黍而食之。"

③阳浮道与之：表面上虚于应付。

④恶草具：粗劣的饮食。《史记·陈丞相世家》："(刘邦)为太牢具，举进。见楚使，即佯惊曰：'吾以为亚父使，乃项王使。'复持去，更以恶草具进楚使。"

⑤仓卒(cù)主人：仓猝之间做主人。意谓不及措办美食。仓卒，亦作"仓猝"。

⑥如：去。

⑦投臬(niè)司幕：投奔按察使，做幕僚。臬司，明清时代提刑按察使司的别称。也借称廉访使或按察使。

⑧薄有所猎：稍微得到一些钱财。猎，求取。

⑨选日：择日，挑选吉日。遵路：循路而行。遵，循，沿着。

⑩息女：亲生女。

⑪因从容而弃之：待事过之后，再找机会丢弃她。

【译文】

一天，柳生忽然来了，说："有一位客人，我已替你下请帖邀请来了。"周生问："是谁？"柳生说："暂且不要问，请快做饭。"周生不明白什么原因，按柳生的吩咐准备饭。不一会儿客人来了，原来是姓傅的兵卒。周生内心不高兴，表面虚与应付，但柳生对这名兵卒却十分恭敬。过了一会儿，摆上了酒菜，里面夹杂着一些粗劣的食物。柳生站起来对姓傅的说："周公子仰慕您已经很久了，每每托我代为访求，几天前才得以见面。又听说您不久就要远征，所以立刻相邀，可以说是仓猝之间做了东道主。"饮酒中间，姓傅的担忧他的马生了病，不能再骑了，柳生也低着头替他想办法。不久客人走了，柳生责备周生说："即使用千金也不能买来这样的朋友，你为什么这样轻视他？"说完借周生的马骑着回家，而且假托是周生的意思，到姓傅的家中把马送给了他。周生知道后，心中有点儿不痛快，但也无可奈何了。过了年，周生要到江西去，投奔按察使衙门去当幕僚。行前找柳生占卜吉凶，柳生说："大吉！"周生笑着说："我没有更多的打算，只想有点儿收入，能娶一个好媳妇，希望你以前说的话不应验，能吗？"柳生说："都能如愿。"到了江西，正遇上强盗叛乱，三年回不了家。后来稍稍太平，就择日上路，中途又被土匪抓住，一起遭难的有七八个人，钱财都被抢走了，土匪把别人都放了，只把周生带回了匪巢。匪首盘问了周生的家世，于是说："我有个亲生女儿，想许配给你当媳妇，不要推辞。"周生不说话。匪首发怒了，立即下令要将他砍头。周生害怕了，心想，不如暂时答应他，以后再慢慢想法把她丢弃。于是对匪首说："小生所以犹豫，是因为自己是个文弱书生，不能跟着队伍打仗，恐怕增加岳父大人的累赘。如果能让我们夫妇一块儿离开，那恩情就无比了。"匪首说："我正担忧女孩子拖累人，这有什么不能答应呢。"把周生带到内室，让女儿打扮好了出来相见，只见女孩子有十七八岁，长得像天仙一样美丽。当天晚上二人成了亲，找到这样的女子超过了周生的愿望。仔细问了姓氏，才知道她的父亲就是自己当年遇到的拿着口袋的人。于是周生又讲述了柳生的话，两人感叹了一番。

过三四日，将送之行，忽大军掩至[1]，全家皆就执缚。有将官三员监视，已将妇翁斩讫，寻次及周[2]。周自分已无生理[3]，一员审视曰："此非周某耶？"盖傅卒已以军功授副将军矣。谓僚曰："此吾乡世家名士，安得为贼。"解其缚，问所从来。周诡曰："适从江皋娶妇而归，不意途陷盗窟。幸蒙拯救，德戴二天[4]！但室人离散，求借洪威，更赐瓦全[5]。"傅命列诸俘，令其自认，得之。饷以酒食，助以资斧，曰："曩受解骖之惠[6]，旦夕不忘。但抢攘间不遑修礼[7]，请以马二匹、金五十两，助君北旋[8]。"又遣二骑持信矢护送之[9]。途中，女告周曰："痴父不听忠告，母氏死之。知有今日久矣，所以偷生旦暮者，以少时曾为相者所许，冀他日能收亲骨耳。某所窖藏巨金，可以发赎父骨，馀者携归，尚足谋生产。"嘱骑者候于路，两人至旧处，庐舍已烬[10]，于灰火中，取佩刀掘尺许，果得金，尽装入橐[11]，乃返。以百金赂骑者，使瘗翁尸，又引拜母冢，始行。至直隶界[12]，厚赐骑者而去。周久不归，家人谓其已死，恣意侵冒[13]，粟帛器具，荡无存者。及闻主人归，大惧，哄然尽逃，只有一妪，一婢，一老奴在焉。周以出死得生，不复追问。及访柳，则不知所适矣。女持家逾于男子，择醇笃者授以赀本[14]，而均其息。每诸商会计于檐下[15]，女垂帘听之，盘中误下一珠[16]，辄指其讹。内外无敢欺。数年，夥商盈百[17]，家数十巨万矣。乃遣人移亲骨，厚葬之。

【注释】

①掩：乘人不备而袭击或捉拿。

②寻次：按照次序。

③自分：自料。

④德戴二天：感恩戴德，形同再生。二天，《后汉书·苏章传》载，苏章为冀州刺史巡视属下时，发现老友清河太守有奸弊，在惩办之前请其叙旧，太守自以为章庇护他，因“喜曰：‘人皆有一天，我独有二天。’”后习以二天作为感恩之词。

⑤瓦全：喻苟且偷生。《北齐书·元景安传》：“大丈夫宁可玉碎，不能瓦全。”

⑥解骖（cān）之惠：指周生赠马救其困急之事。《史记·管晏列传》载：春秋齐越石父有贤名，系狱时，晏子解其左骖从狱中赎出，并延为上客。骖，一车三马或四马中的旁马。

⑦抢攘：纷乱貌。

⑧北旋：北归。旋，回归。

⑨信矢：军中作为信物的令箭。

⑩烬：烧成灰。

⑪橐（tuó）：口袋。

⑫直隶：清置行政区，辖境略相当于今北京、天津、河北大部和河南、山东的小部地区。

⑬侵冒：侵犯占夺。冒，冒人名分，而己享其利。

⑭醇笃者：朴厚忠实的人。

⑮会计：核算。

⑯盘：算盘。

⑰夥（huǒ）商：合伙人。

【译文】

过了三四天，将要为他们送行，忽然官军围上来，全家都被抓住了。

有三名军官监视，已将妻子的父亲砍头，接着轮到了周生。周生自料已无活命的可能，这时一名军官仔细打量了他一会儿说："你不是周生吗?"原来姓傅的兵卒因立了军功已升为副将军了。他对同僚说："这人是我们家乡出身世家的名士，怎么会当土匪。"替他松了绑，问他从什么地方来。周生撒谎说："刚从江西按察使衙门娶亲回家，不想途中陷入盗窟。幸蒙搭救，使我获得了第二次生命！但是妻子离散了，请借助您的威望，使我们苟且偷生。"傅将军下令将俘虏带上来，让周生自己寻找，周生找到了妻子。傅将军请他们吃了饭，还资助了路费，说："从前受过您赠马的恩惠，日夜不忘。但战乱期间不能讲究礼节，请让我用战马二匹、银子五十两，帮助您北上还乡。"又派了两个骑兵带着令箭护送。途中，妻子告诉周生说："我那固执的父亲不听忠告，母亲为此死了。早就知道会有今日的下场，所以一天天苟且偷生，是因为小时候相面的人曾说我，有望他日能收葬父亲的尸骨。有个地窖里埋藏着很多金银，可以取出来赎父亲的尸骨，其馀的带回家去，还足以维持生计。"周生嘱咐护送他们的骑兵在路上等着，夫妻二人回到原来住的地方，房屋已被烧毁，在灰火下用刀挖掘了一尺多深，果然发现了金银，全部装入口袋，又沿原路返回。夫妻二人用一百两银子贿赂护送的骑兵，让他们帮助掩埋了其父的尸首，周妻又领着周生到母亲坟上行了礼，才开始走上返家的路。到了直隶地界，又重金谢了护送的骑兵，让他们返回去了。周生很久没有回家，家中仆人以为他已经死了，任意侵吞他的财物，粮食、布匹、器具，全都没有了。仆人听到主人回来，十分害怕，全都逃走了，只有一个老仆妇、一个丫环和一个老仆人还在。周生因为自己是死里逃生的人，就不再追究。去拜访柳生，也不知柳生到哪儿去了。妻子操持家事胜过男人，她挑选忠厚老实的人，交给他资本让他去做生意，挣来的钱对半分。每当周生和众商人在房檐下算账时，妻子都在帘子后听着，一个算盘珠子拨错了，她都能够指出来。里里外外，没有人敢欺骗。过了数年，与他家合伙经商的人超过了百人，他的家产达到了数十万。于是派人为父母迁坟,以厚礼安葬。

异史氏曰:月老可以贿嘱,无怪媒妁之同于牙侩矣[①]。乃盗也有是女耶?培塿无松柏[②],此鄙人之论耳。妇人女子犹失之,况以相天下士哉!

【注释】

①牙侩:牙人,中介,在集市上为买卖双方说合成交,从中赚取佣金的经纪人。

②培(pǒu)塿(lǒu)无松柏:谓小土堆上长不出像样的树。《左传·襄公二十四年》:"大叔曰:'不然,部娄无松柏。'""培塿"本作"部娄",小土丘。

【译文】

异史氏说:月下老人可以贿赂收买,那么人们把媒婆和市上的牙侩看成同样的人就没有什么可奇怪的了。盗贼也会有这样的女儿吗?小丘长不出松柏,这是无见识者的论调罢了。对妇人、女孩子都看不清她们的命运,何况来相天下的士人呢!

冤狱

【题解】

在这个案件里,朱生开不当的玩笑,理应被当做嫌疑人之一,接受询问调查。在这个方面,邑令没有过错。他的过错在于主观、粗心,尤其是刑讯逼供。

刑讯逼供是古今中外一切冤案的渊薮。在西方,由于人权思想较发达,法律规定疑案从无的无罪推定,弊端较少。在中国古代,人权思想不发达，有着有罪推定的传统，所以刑讯逼供一直盛行，所谓“人是贱虫，不打不招”。在此篇故事里，蒲松龄对于邑令的昏庸武断非常愤恨，对于朱生和邻人之妻受到无端酷刑充满同情。他在“异史氏曰”中还特别提出不应在审案过程中牵连过多闲杂人。他说：“深愿为官者，每投到时，略一审诘，当逐逐之，不当逐芟之。不过一濡毫、一动腕之间耳，便保全多少身家，培养多少元气。”相同的议论，蒲松龄在《循良政要》“禁牵连”中也三致其词。蒲松龄的议论义正词严，苦口婆心，确实对于清代的诉讼不良现象鞭辟入里，冯镇峦对此予以极高的评价，说：“此书所以历久不废者，以间存此等议论撑持于中故也。”

朱生，阳谷人①，少年佻达②，喜诙谑。因丧偶，往求媒媪。遇其邻人之妻，睨之美，戏谓媪曰：“适睹尊邻，雅少丽③，若为我求凰④，渠可也。”媪亦戏曰：“请杀其男子，我为若图之⑥。”朱笑曰：“诺。”更月馀，邻人出讨负⑦，被杀于野。邑令拘邻保⑧，血肤取实⑨，究无端绪⑩，惟媒媪述相谑之词，以此疑朱。捕至，百口不承。令又疑邻妇与私，搒掠之⑪，五毒参至⑫。妇不能堪，诬伏。又讯朱，朱曰：“细嫩不任苦刑，所言皆妄。既是冤死，而又加以不节之名，纵鬼神无知，予心何忍乎？我实供之可矣：欲杀夫而娶其妇，皆我之为，妇实不知之也。”问：“何凭？”答言：“血衣可证。”及使人搜诸其家，竟不可得。又掠之，死而复苏者再。朱乃云：“此母不忍出证据死我耳，待自取之。”因押归告母曰：“予我衣，死也；即不予，亦死也。均之死，故迟也不如其速也。”母泣，入室移时⑬，取衣出，付之。令审其迹确，拟斩。再驳再审⑭，无异词。

【注释】

①阳谷:县名。位于山东西部。清代属兖州府,今属聊城。

②佻达:轻薄,轻浮。

③雅少丽:十分年轻貌美。雅,颇,甚。

④求凰:男子求偶。汉司马相如《琴歌》:"凤兮凤兮归故乡,遨游四海求其凰。"相传司马相如以此向卓文君求爱。

⑥若:你。

⑦讨负:讨债。负,欠债。

⑧邻保:邻里。保,旧时户籍编制单位。历代不同。《隋书·食货志》:"制人五家为保。"《资治通鉴·唐高祖武德七年》:"百户为里,五里为乡,四乡为邻,四邻为保。"《宋史·兵志》:"十家为一保。"《清史稿·食货志》:"州县城乡十户立一牌长,十牌立一甲长,十甲立一保长。"

⑨血肤取实:通过拷打刑讯,令其供出实情。血肤,打得皮破血流。

⑩端绪:线索。

⑪搒掠:笞击,拷打。

⑫五毒参至:极言施刑惨烈。五毒,五种酷刑,所指不一。此泛指各种酷刑。《后汉书·隗嚣传》:"(王莽)冤系无辜,妄族众庶。行炮烙之刑,除顺时之法,灌以醇醯,裂以五毒。"参,杂。

⑬移时:一会,经历一段时间。

⑭驳:驳勘。指上司驳回复查。《宋史·刑法志》:"景定之年,乃下诏曰:比诏诸提刑司,取翻异驳勘之狱,从轻断决。"

【译文】

朱生是阳谷县人,年少轻浮,爱开玩笑。因妻子去世,去找媒婆提亲。路上遇到媒婆邻居的妻子,一看很美,他就对媒婆开玩笑说:"刚才看到你的贵邻居,实在是年轻貌美,你如果给我做媒,这个人就可以了。"媒婆也开玩笑说:"请杀了她的丈夫,我就给你想办法。"朱生笑着说:“好吧。”过了一个多月,媒婆的邻人出门去讨债,被人杀死在野外。县官把被害人的邻居都抓起来,打得皮开肉绽逼取口供,但始终没有头绪,只有媒婆说出了和朱生开玩笑的话,因此怀疑朱生是杀人凶手。把朱生抓到县衙,朱生百口不承认。县官又怀疑被害人的妻子与朱生私通,又对她用刑,各种刑罚都用遍了。被害人的妻子不堪忍受,只好违心招认。又审讯朱生,朱生说:“女人细皮嫩肉经受不住酷刑,她所招认的都是假的。她既受冤而死,又加上不贞节的罪名,纵然鬼神无知,我又于心何忍呢?我从实招来就是了:我想杀死她的丈夫娶她为妻子,这些都是我干的,这个女人实在不知真情。”县官问:“有什么凭证?”朱生说:“有血衣可证。”县官派人到他家搜查,竟找不到血衣。又拷打他,打得死去活来好几次。朱生才说:“这是我母亲不忍心拿出证据让我送死啊,可以让我自己去取。”于是押着朱生回家,朱生对母亲说:“给我血衣,是死;不给,我也是死。结果是一样的,迟一天不如早一天。”母亲哭了,进屋好一会儿,取出血衣,交了出来。县官审查确实是血衣,判决朱生斩刑。又再三覆审,朱生还是原来的那些供词。

经年馀,决有日矣[①]。令方虑囚[②],忽一人直上公堂,努目视令而大骂曰[③]:“如此愦愦[④],何足临民[⑤]!”隶役数十辈,将共执之。其人振臂一挥,颓然并仆。令惧,欲逃。其人大言曰[⑥]:“我关帝前周将军也[⑦]!昏官若动,即便诛却!”令战惧悚听。其人曰:“杀人者乃宫标也,于朱某何与?”言已,倒地,气若绝。少顷而醒,面无人色。及问其人,则宫标也。搒之,尽服其罪。盖宫素不逞,知其讨负而归,意腰橐必富,及杀之,竟无所得。闻朱诬服,窃自幸。是日身入公门,殊不自知。令问朱血衣所自来,朱亦不知之。唤其母鞫之[⑧],则割臂所染。验其左臂,刀痕犹未平也。令亦愕然。后以此被参揭免官[⑨]，罚赎羁留而死[⑩]。年馀，邻母欲嫁其妇，妇感朱义，遂嫁之。

【注释】

①决有日：离处以死刑的日子不远了。

②虑囚：审查核实囚犯的罪状。虑，通“录”。《汉书·隽不疑传》：“录囚徒还。”颜师古注：“省录之，知其情状有冤滞与不(否)也。今云虑囚，本录声之去者耳。”

③努目：犹怒目。

④愦愦(kuì)：昏愦，糊涂。

⑤临民：治民。《国语·楚语》：“夫神以精明临民者也。”

⑥大言：大声说。

⑦关帝前周将军：即周仓。传说为汉末蜀将关羽的亲信。旧时关帝庙中往往塑其像，持大刀立于关羽之后。

⑧鞫(jū)：审。

⑨参揭：弹劾，揭发。

⑩罚赎羁留而死：罚其以金自赎，并在被羁留期间死去。

【译文】

过了一年多，离行刑的日子不远了。县令正准备审查核实囚犯的罪状，忽然有一个人径直走上公堂，瞪着县令大骂说：“像你这样的昏官，怎能治理百姓！”数十名衙役拥上来，想抓这个人。这人振臂一挥，衙役全都摔倒了。县官害怕了，要逃。那人大声说：“我是关老爷跟前的周将军！昏官敢动一动，我就马上把你杀掉！”县令战战兢兢地听着。那人说：“杀人的乃是宫标，与朱生有什么关系？”说完，倒在地上，好像没气了。过了一会儿醒了，面无人色。问他是什么人，原来正是宫标。一拷打，全部招认了他的罪行。原来宫标平素就是个不法之徒，知道媒婆的邻居讨债归来，心想他身上必然带着许多钱，等杀了人以后，竟然一无所得。听说朱生被屈打成招，暗自庆幸。这天他来到公堂上，自己也不知道是怎么回事。县令问朱生血衣是怎么来的，朱生也不知道。叫来朱母一问，才知道是朱母割伤自己的胳膊染上的血。看了看她的左胳膊，刀痕还没有长好。县令对此也很惊愕。后来县令因此事被参奏免了官，罚他交纳金钱赎罪，并在被羁留期间死了。过了一年多，媒婆邻居的母亲想叫媳妇改嫁，媳妇感激朱生的义气，就嫁给了朱生。

异史氏曰：讼狱乃居官之首务，培阴骘，灭天理[①]，皆在于此，不可不慎也。躁急污暴[②]，固乖天和[③]；淹滞因循[④]，亦伤民命。一人兴讼，则数农违时[⑤]；一案既成，则十家荡产，岂故之细哉[⑥]！余尝谓为官者，不滥受词讼，即是盛德。且非重大之情，不必羁候[⑦]；若无疑难之事，何用徘徊？即或邻里愚民，山村豪气，偶因鹅鸭之争[⑧]，致起雀角之忿[⑨]，此不过借官宰之一言，以为平定而已，无用全人，只须两造[⑩]，笞杖立加，葛藤悉断[⑪]。所谓神明之宰非耶？每见今之听讼者矣，一票既出，若故忘之。摄牒者入手未盈[⑫]，不令消见官之票；承刑者润笔不饱[⑬]，不肯悬听审之牌。蒙蔽因循，动经岁月，不及登长吏之庭[⑭]，而皮骨已将尽矣！而俨然而民上也者，偃息在床[⑮]，漠若无事。宁知水火狱中[⑯]，有无数冤魂，伸颈延息，以望拔救耶！然在奸民之凶顽，固无足惜；而在良民之株累[⑰]，亦复何堪？况且无辜之干连[⑱]，往往奸民少而良民多，而良民之受害，且更倍于奸民。何以故？奸民难虐，而良民易欺也。皂隶之所殴骂，胥徒之所需索[⑲]，皆相良者而施之暴。自入公门，如蹈汤火。早结一日之案，则早安一日之生，有何大事，而顾奄奄堂上若死人，似恐溪壑之不遽饱[20]，而故假之以岁时也者[21]！虽非酷暴，而其实厥罪维均矣[22]。尝见一词之中[23]，其急要不可少者，不过三数人，其馀皆无辜之赤子，妄被罗织者也[24]。或平昔以睚眦开嫌，或当前以怀璧致罪[25]，故兴讼者以其全力谋正案[26]，而以其馀毒复小仇。带一名于纸尾[27]，遂成附骨之疽[28]；受万罪于公门，竟属切肤之痛。人跪亦跪，状若乌集[29]；人出亦出，还同猱系[30]。而究之官问不及[31]，吏诘不至，其实一无所用，只足以破产倾家，饱蠹役之贪囊[32]，鬻子典妻，泄小人之私愤而已。深愿为官者，每投到时[33]，略一审诘，当逐逐之，不当逐芟之[34]。不过一濡毫、一动腕之间耳，便保全多少身家，培养多少元气[35]。从政者曾不一念及于此，又何必桁杨刀锯能杀人哉[36]！

【注释】

①天理：本然之性，自然的法则。犹言天道。《庄子·天运》："夫至乐者，先应之以人事，顺之以天理，行之以五德，应之以自然，然后调理四时，太和万物。"

②污暴：贪暴。言贪求贿赂而滥施刑罪。

③天和：自然和顺之理。

④淹滞：拖延不办。因循：不事进取，态度消极。

⑤违时：违背农时，错过耕种和收割的季节。《孟子·梁惠王》："不违农时，谷不可胜食也。"

⑥故之细：小事。故，事。细，小。

⑦羁候：羁留候审。

⑧鹅鸭之争：犹言鸡毛蒜皮。指邻里因小事发生争执。

⑨雀角之忿：喻指诉讼。雀角，喻忿争。《诗·召南·行露》："谁谓雀无角，何以穿我屋？谁谓女无家？何以速我狱？"

⑩两造：指争讼双方，即原告和被告。《书·吕刑》："两造具备，师听五辞。"传："两谓囚、证；造，至也。"

⑪葛藤悉断：谓将讼诉纠葛全都剖断分明。葛和藤，均为缠树蔓生植物，因喻事务纠缠不已。此喻民事诉讼纠纷。

⑫摄牒者：指奉命捕系犯人的人。

⑬承刑者：指主办文案的官吏，即刀笔吏。润笔：旧时给予写字绘画者的报酬。此指文吏从诉讼中敲诈钱财。

⑭长吏：地位较高的县级官吏。此泛指听讼的主管长官。

⑮息偃在床：卧在床上养息。《诗·小雅·北山》："或燕燕居息，或尽瘁事国；或息偃在床，或不已于行。"

⑯水火：水深火热。

⑰株累：因受牵连而致罪。株，株连。

⑱干连：犹牵连。干，关涉。

⑲胥徒：古代官府中的小吏及奔走服役的人。此泛指官府衙役。

⑳溪壑之不遽饱：喻指贪欲不能很快填满。溪壑，沟壑。《战国策·赵策》："虽少，愿及未填沟壑而托之。"

㉑岁时：时日，时间。

㉒厥罪维均：谓拖延时日以勒索诉讼者与刑罚酷暴之罪没有什么两样。厥，其。维，助词。均，等。

㉓词：讼词，状子。

㉔罗织：捏造罪名，陷害无辜。宋王溥《唐会要·酷吏》："时周兴、来俊臣相次受制，推究大狱……共为罗织，以陷良善。又造《罗织经》一卷，其意旨皆网罗前人，织成反状。海内震惊，道路以目。"

㉕以怀璧致罪：因遭到嫉恨而获罪。怀璧，指有才或富有。《左传·桓公十年》："虞叔有玉，虞公求旃。弗献。既而悔之，曰：'周谚有之："匹夫无罪，怀璧其罪。"吾焉用此，其以贾害也？'乃

献之。”

㉖正案：主要的案子。

㉗纸：状纸，状子。

㉘附骨之疽（jū）：骨上生的恶疮。喻难以割除。

㉙乌集：如群鸦集于一处，黑压压一片。

㉚猱（náo）系：如同拴着猱。猱，猴属。

㉛究：探究，追究。

㉜蠹役：害民的吏役。蠹，蠹虫，蛀蚀器物的虫子。

㉝投到时：指案中有关人员到公堂之时。投，投案。

㉞芟（shān）：清除。此处指处理，即留审必要的当事者。

㉟元气：人的精神，生命力的本原。此指社会元气，正能量。

㊱桁（háng）杨刀锯：均指刑具。桁杨，加在犯人颈上或脚上的大型刑具。刀锯，《国语·鲁语》：“大刑用甲兵，其次用斧钺，中刑用刀锯。”韦昭注：“割劓用刀，断截用锯。”

【译文】

异史氏说：审理案件是当官的首要任务，积阴德，丧天良，都在这件事上，不可不慎重。性情急躁，贪污凶暴，固然与天理不符；拖拉敷衍，态度消极，也会伤害人命。一个人告状，就会连带几个农民耽误农时；一个案子审判，就会牵连十家荡产，难道是小事吗！我曾对当官的人说，不要胡乱接受诉状，这就是积了大德。如果不是重大的案情，不必将人拘禁起来等候判决；若是没有疑难的事情，何须犹豫不决？即使有邻里间无知小民，或山村中爱闹事的村民，偶尔因小事发生争论，以致引起诉讼，这不过是借官长的一句话，为他们评定一下而已，不必全部人员到庭，只需原告被告两方传到，板子、鞭子立刻加身，他们之间纠缠不清的矛盾立刻就能解决。所说的料事如神的长官不就是这样的吗？我经常看到现今的办案官员，传票一发出去，好像就忘记了。奉命捕拿犯人的人收的贿赂还不丰厚，就不撤销见官的传票；刀笔吏得到的好处不足，就不肯悬挂听审的牌子。如此蒙蔽拖拉，动不动就成年累月，不等登上审判庭，油水已被榨干了！但那些俨然高居于民上的父母官，却悠然高卧在床，漠然无事。怎知水深火热的牢狱中，有无数的冤魂，伸着脖子苟延残喘，等待搭救呢！当然对待那些凶顽的刁民，是没什么可怜惜的；但是善良的百姓受到牵连，他们怎能忍受呢？何况受到无辜牵连的，往往是奸民少而良民多，而良民受到的伤害，比奸民受到的伤害加倍酷烈。为什么呢？因为奸民难以凌虐，而良民则易于欺压。衙役们殴打辱骂，官差们伸手勒索，都看他们是良民而敢于对他们施以暴行。这些良民一进官府大门，如同进入火海。早一天结案，就早一天安生，有什么大事，能看着公堂上那些奄奄一息待审的人却不理不睬，好像惟恐深山沟样的贪欲不能很快填满，而故意拖延时日！这种做法虽然还说不上残酷暴烈，而所造的罪孽是一样的。我曾经看到一份案卷，其中急需审问的要犯，不过三四个人，其馀都是无辜的老百姓，都是被无辜陷害的。这些人也许是因往日一些细微的矛盾而产生仇怨，或因目前有些钱财被人嫉恨而获罪，所以告状的人用全力来谋求主案的解决，顺便歹毒地报小仇。如果名字被写在状纸的末尾，就如同患了深入骨髓的毒疽；在衙门受尽各种罪，竟成了切肤之痛。人家跪，自己跟着跪，就好像群乌集在一处；人家出来，自己也出来，如同拴在一起的猿猴。而审问官问不到他，小吏也问不到他，其实对断案一无所用，却足以让他倾家破产，让衙役中饱贪囊，典妻卖子，让小人泄泄私愤而已。我深愿那些为官的人，每当一个人犯投案时，略一审问，该放的就放，不该放的就处罚。这样做，只不过是用笔蘸蘸墨、动动手腕的事，却保全了多少人的身家性命，培养了多少正气。执政官员从来没有考虑过这个问题，其实哪里只有绳索刀锯能够杀人害人呢！

鬼令

【题解】

酒令是饮酒时的一种助兴游戏，有古今雅俗之别。文人聚会饮酒时，往往以才学相较，或吟诗，或对联，或猜谜，或以文字为游戏。本篇写了五个以文字游戏为令的有趣酒令，大概都是出自于蒲松龄的创作。尤为难得的是，这些酒令不仅新奇，有趣，而且被编织成故事，与主人公“展先生洒脱有名士风”的性情相联系，从而展现了蒲松龄文字戏谑和编织故事的双重才分。

教谕展先生[①]，洒脱有名士风。然酒狂，不持仪节，每醉归，辄驰马殿阶[②]。阶上多古柏。一日，纵马入，触树头裂，自言：“子路怒我无礼[③]，击脑破矣！”中夜遂卒。邑中某乙者，负贩其乡，夜宿古刹。更静人稀，忽见四五人携酒入饮，展亦在焉。酒数行，或以字为令曰[④]：“田字不透风，十字在当中。十字推上去，古字赢一钟。”一人曰：“回字不透风，口字在当中。口字推上去，吕字赢一钟。”一人曰：“囹字不透风，令字在当中。令字推上去，含字赢一钟。”又一人曰：“困字不透风，木字在当中。木字推上去，杏字赢一钟。”末至展，凝思不得。众笑曰：“既不能令，须当受命[⑤]。”飞一觥来。展云：“我得之矣：曰字不透风，一字在当中。”众又笑曰：“推作何物？”展吸尽曰：“一字推上去，一口一大钟！”相与大笑，未几出门去。某不知展死，窃疑其罢官归也。及归问之，则展死已久，始悟所遇者鬼耳。

【注释】

①展先生：展玠，莱阳人。据《莱阳县志·选举志·贡举》："（顺治）丁亥贡，授阳信训导，升淄川教谕。"又据《淄川县志·官师志·儒学教谕》记载："展玠，莱阳人，卒于官。"

②殿阶：此指县学文庙殿阶。

③子路：姓仲名由，字子路，孔子弟子。

④令：酒令。是酒席上的一种助兴游戏，一般是指席间推举一人为令官，馀者听令轮流说诗词、联语或其他类似游戏，违令或输者罚饮。

⑤受命：按令受罚。

【译文】

教官展先生为人洒脱，有名士风度。但一喝醉了酒，就不讲究礼节了，每当喝醉酒归来，就骑马在县学文庙殿前的台阶上奔驰。台阶上有很多古柏树。有一天，他纵马跑入树间，头撞在树上碰破了，自言自语地说："子路怪我无礼，打破我的脑袋了！"当天半夜就死了。县里某人，做买卖来到展先生的家乡，夜间住在古庙中。更深人静时，忽然看到四五个人带着酒进庙里来喝，展先生也在其中。酒过数巡以后，有人用字行起酒令来，他说："田字不透风，十字在当中。十字推上去，古字赢一钟。"另一个人说："回字不透风，口字在当中。口字推上去，吕字赢一钟。"还有一个人说："囹字不透风，令字在当中。令字推上去，含字赢一钟。"又有一个人说："困字不透风，木字在当中。木字推上去，杏字赢一钟。"最后轮到展先生，凝思许久也想不出来。众人笑着说："既然说不出酒令，就该受罚。"送来一大杯酒。展先生说："我想出来了：曰字不透风，一字在当中。"众人又笑着说："推上去是什么字？"展先生喝完最后一口酒说："一字推上去，一口一大钟！"大家都笑了起来，不久出门走了。某人不知展先生已死，还以为他是被罢官回到了家乡。等他回到县里一问，才知道展先生已经死去很久了，这才醒悟所看到的是鬼。

甄后

【题解】

本篇故事捏合仙凡的婚恋离合，情节一般，人物也比较平庸，但诠释了蒲松龄对于三国曹魏时期人物事迹的评判。所涉人物有甄后、刘桢、曹操、曹丕、曹植、铜雀伎。故事则编排有甄后与曹丕、刘桢之间的感情纠葛，曹操临死分香卖履而念念不忘诸姬妾，集中表达了蒲松龄对于历史人物曹操的厌恶痛恨。关于曹操，除去卷三《阎罗》、卷十《曹操冢》和本篇外，《聊斋俚曲》中的《快曲》也予以涉及。在《读史》一诗中，他解释了厌恶痛恨曹操的原因："汉后刁篡窃，遂如出一手。九锡求速加，让表成已久。自加还自让，情态一何丑。僭号或三世，族诛累百口。当时不自哀，千载令人呕！"本篇是用小说的形式表达"当时不自哀，千载令人呕"的历史感受。

洛城刘仲堪[①]，少钝而淫于典籍[②]，恒杜门攻苦[③]，不与世通。一日方读，忽闻异香满室，少间，佩声甚繁[④]。惊顾之，有美人入，簪珥光采[⑤]，从者皆宫妆[⑥]。刘惊伏地下，美人扶之曰："子何前倨而后恭也[⑦]？"刘益惶恐曰："何处天仙，未曾拜识。前此几时有侮？"美人笑曰："相别几何，遂尔懵懵[⑧]！危坐磨砖者[⑨]，非子耶？"乃展锦荐[⑩]，设瑶浆，捉坐对饮，与论古今事，博洽非常。刘茫茫不知所对。美人曰："我止赴瑶池一回宴耳，子历几生，聪明顿尽矣！"遂命侍者以汤沃水晶膏进之。刘受饮讫，忽觉心神澄彻。既而曛黑，从者尽去，息烛解襦，曲尽欢好。未曙，诸姬已复集。美人起，妆容如故，鬓发修整，不再理也。刘依依苦诘姓字[⑪]，答曰："告郎不妨，恐益君疑耳。妾，甄氏[12]；君，公幹后身[13]。当日以妾故罹罪，心实不忍，今日之会，亦聊以报情痴也。”问：“魏文安在[14]？”曰：“丕，不过贼父之庸子耳。妾偶从游嬉富贵者数载，过即不复置念。彼曩以阿瞒故[15]，久滞幽冥，今未闻知。反是陈思为帝典籍[16]，时一见之。”旋见龙舆止于庭中[17]，乃以玉脂合赠刘，作别登车，云推而去。

【注释】

①洛城：即今河南洛阳。唐李白《春夜洛城闻笛》：“谁家玉笛暗飞声，散入春风满洛城。”

②淫：沉浸，沉湎。

③杜门：谓闭门不出。

④佩声：玉饰环佩的声音。

⑤簪珥：泛指首饰。簪，插定发髻的长针。珥，耳饰。

⑥宫妆：宫人打扮。

⑦前倨而后恭：之前傲慢，后来恭敬。《史记·苏秦列传》：“苏秦笑谓其嫂曰：‘何前倨而后恭也。’”

⑧遂尔懵懵：就这样糊涂起来。尔，如此。

⑨危坐磨砖者：据南朝宋刘义庆《世说新语·言语》刘孝标注引《文士传》载：“桢性辩捷，所问应声而答。坐平视甄夫人，配输作部，使磨石。武帝（指曹操）至尚方观作者，见桢匡坐正色磨石。武帝问曰：‘石何如？’桢因得喻己自理，跪而对曰：‘石出荆山悬岩之颠，外有五色之章，内含卞氏之珍。磨之不加莹，雕之不增文，禀气坚贞，受之自然。顾其理枉屈纡绕而不得申。’帝顾左右大笑，即日赦之。”

⑩锦荐：锦绣坐垫。

⑪依依：依恋，缠绵。

⑫甄氏：中山无极(今河北无极)人，建安中为袁绍中子熙妻，曹操平冀州，改嫁曹丕。丕称帝后，于黄初二年(221)赐死。明帝(曹睿)立，追尊为文昭皇后。

⑬公幹：刘桢。据南朝宋刘义庆《世说新语·言语》刘孝标注引《典略》云："刘桢字公幹，东平宁阳人。建安十六年，世子(指曹丕)为五官中郎将，妙选文学，使桢随侍太子。酒酣坐欢，乃使夫人甄氏出拜，坐上客多伏，而桢独平视。他日公(曹操)闻，乃收桢，减死输作部。"

⑭魏文：魏文帝曹丕。

⑮阿瞒：曹操小字。

⑯陈思：指曹植。魏明帝太和六年(232)封陈王，卒谥思。帝：此指神话传说中的玉帝，即上帝。典籍：掌管文籍。

⑰龙舆：帝后所乘之车。《后汉书·乘舆志》："龙首衔轭，鸾雀立衡。"一说，龙驾的车。

【译文】

洛阳人刘仲堪，从小愚钝，但特别喜爱读书，经常闭门苦读，不与人交往。一天，正在读书，忽然闻到满屋充满了奇异的香味，一会儿，又听到玉佩等首饰相碰的声音。刘仲堪吃惊地一看，有一个美人进来了，簪子、耳环发出闪闪的光彩，跟随她的人也都是宫中的装束。刘仲堪赶快匍匐在地上，那个美人上前扶他起来说："你怎么从前那么倨傲而现在如此恭敬呢？"刘仲堪更加惶恐，说："您是何处的天仙，一向未曾拜识。以前什么时候对您有过不恭啊？"美人笑着说："相别才多少时间呀，你就这么糊里糊涂了！直挺挺坐着磨砖的，不就是你吗？"于是铺好了锦绣的被褥，摆上了美酒，拉着刘仲堪对饮，和他谈论古今的事情，知识异常广博。刘仲堪茫然不知如何对答。美人说："我只到瑶池赴过一次宴，你经历了几世，聪明劲儿全都没有了！"就让侍者炖水晶膏给刘仲堪喝。刘仲堪喝完以后，忽然觉得心神清澈。不久天就黑了，跟随的人都走了，只剩下他们二人，熄了灯解衣睡觉，欢愉非常。天还没亮，宫女们又来了。美人起了床，装束打扮和昨天一样，头发一丝不乱，不用重新梳妆。刘仲堪依依不舍，苦苦追问她的姓名，美人回答说："告诉郎君也不妨，只恐怕更增添你的怀疑罢了。我就是甄氏，你是刘公幹的后身。当年因为我使你获罪，我实在于心不忍，今天的相会，也是为了报答你的痴情。"刘仲堪问："魏文帝在哪儿呢？"甄氏说："曹丕，不过是他那贼父的庸子罢了。我不过偶然和这些富贵的人们游戏了几年，过后就不再挂怀了。曹丕前些时因曹操的缘故，长久滞留阴间，现在的情况就不知道了。反而是陈思王曹植给上帝管理文书，不时还能见到。"接着刘仲堪看到一辆龙车停在院中，甄氏赠给他一个玉脂盒就登车告别，驾云而去。

刘自是文思大进。然追念美人，凝思若痴，历数月，渐近羸殆[①]。母不知其故，忧之。家一老妪，忽谓刘曰："郎君意颇有所思否？"刘以言隐中情[②]，告之。妪曰："郎试作尺一书[③]，我能邮致之。"刘惊喜曰："子有异术，向日昧于物色[④]。果能之，不敢忘也。"乃折柬为函，付妪便去。半夜而返曰："幸不误事。初至门，门者以我为妖，欲加缚絷。我遂出郎君书，乃将去。少顷唤入，夫人亦欷歔，自言不能复会，便欲裁答。我言：'郎君羸惫，非一字所能瘳。'夫人沉思久，乃释笔云：'烦先报刘郎：当即送一佳妇去。'濒行，又嘱：'适所言，乃百年计，但无泄，便可永久矣。'"刘喜伺之。

【注释】

①羸殆：消瘦不堪。

②言隐中情：所言暗合自己的心思。

③尺一书：书信。尺一，古代简牍的长度。

④向日：从前。昧于物色：未曾访求。昧，不明。物色，访求。

【译文】

刘仲堪自此以后写文章的才能大为长进。然而成天想念美人，凝思沉想像傻了一样，几个月以后，身体渐渐瘦弱。他母亲不知道原因，很忧愁。家中有个老女仆，忽然对刘仲堪说：“少爷心中在想念什么人吗？”刘仲堪因为她说中了自己的心思，就把事情告诉了她。老女仆说：“少爷不妨试着写封信，我能给你送去。”刘仲堪又惊又喜，说：“你有神术，过去没有发现。果真能办到，我决不会忘记你。”于是写了封信折叠好，交给老女仆立即去送。到了半夜，老女仆回来了，说：“幸好没有误事。刚到门口时，守门的以为我是妖精，要把我捆绑起来。于是我拿出少爷的信，他就把信拿进去了。不一会儿喊我进去，夫人也不停地叹息，说不能再相会了，要写回信。我说：‘少爷瘦弱不堪，不是写封信就能治好的。’夫人沉思了好久，才放下笔说：‘麻烦你先回去告诉刘郎：马上给他送去一个好媳妇。’我临走时，夫人又嘱咐我说：‘刚才我说的话是为了以后长远打算，只要不泄露出去，就可以永久在一起了。’”刘仲堪高兴地等待着。

明日，果一老姥率女郎，诣母所，容色绝世。自言陈氏，女其所出[①]，名司香，愿求作妇。母爱之，议聘[②]，更不索赀，坐待成礼而去。惟刘心知其异，阴问女：“系夫人何人？”答云：“妾铜雀故妓也[③]。”刘疑为鬼，女曰：“非也。妾与夫人，俱隶仙籍，偶以罪过谪人间。夫人已复旧位，妾谪限未满，夫人请之天曹[④]，暂使给役，去留皆在夫人，故得长侍床箦耳[⑤]。”一日，有瞽媪牵黄犬丐食其家，拍板俚歌[⑥]。女出窥，立未定，犬断索咋女[7]。女骇走，罗衿断。刘急以杖击犬。犬犹怒龁断幅，顷刻碎如麻。瞽媪捉领毛，缚以去。刘入视女，惊颜未定，曰："卿仙人，何乃畏犬？"女曰："君自不知，犬乃老瞒所化[8]，盖怒妾不守分香戒也[9]。"刘欲买犬杖毙。女不可，曰："上帝所罚，何得擅诛？"居二年，见者皆惊其艳，而审所从来，殊恍惚，于是共疑为妖。母诘刘，刘亦微道其异。母大惧，戒使绝之，刘不听。母阴觅术士来，作法于庭。方规地为坛[10]，女惨然曰："本期白首，今老母见疑，分义绝矣[11]。要我去，亦复非难，但恐非禁呪所能遣耳[12]！"乃束薪爇火，抛阶下，瞬息烟蔽房屋，对面相失，有声震如雷。既而烟灭，见术士七窍流血死矣。入室，女已渺。呼妪问之，妪亦不知所去。刘始告母："妪盖狐也。"

【注释】

①女其所出：此女为其所生。

②议聘：商议聘礼。

③铜雀故妓：指曹操的姬妾。铜雀，台名。建安十五年(210)曹操建，其故址在今河北临漳西南。操临终，令其姬妾居此台上，为其守节。南朝梁萧统《文选》收录陆机《吊魏武帝文序》引曹操《遗令》云："吾婕妤妓人，皆着铜爵台，于堂上施八尺床，繐帐，朝晡上脯糒之属。月朝十五，辄向帐作妓。汝等时时登铜雀台，望吾西陵墓田。"

④天曹：道家所称天上的官府。

⑤长侍床箦(zé)：长期做你的侍妾。箦，床上的竹席。

⑥俚歌：唱俚俗之歌。

⑦咋(zé)：咬。

⑧老瞒：曹操。

⑨分香戒：即守节之戒。曹操《遗令》有云："馀香可分与诸夫人，诸舍中无所为，学作履组卖也。"

⑩规地为坛：划地筑坛。规，规划。坛，高出地面的土台。此指法坛。

⑪分义：夫妻的缘分情义。

⑫禁呪(zhòu)：亦作"禁咒"。相传以真气、符咒等治病邪、克异物、禳灾害的一种法术。

【译文】

第二天，果然有个老太太带着一位姑娘来到刘仲堪母亲的屋里，姑娘的容貌美丽无双。老太太自我介绍说，姓陈，姑娘是她的女儿，名叫司香，想许配给刘家做媳妇。刘母很喜爱这个姑娘，就商量聘礼，老太太什么也不要，一直坐等举行了婚礼才走。只有刘仲堪知道其中的奥秘，他暗中问司香："你是夫人的什么人？"司香回答说："我是铜雀台的歌妓。"刘仲堪怀疑她是鬼，司香说："我不是鬼。我和夫人都名列仙籍，偶然因犯了过错贬谪到人间。夫人已恢复了仙位，我因期限未满，夫人请求过天神，暂时让我服侍夫人，我的去留都由夫人决定，所以能长期在您身边服侍您。"一天，有个瞎老太婆牵着一只黄狗到刘家乞讨，打着竹板，唱着市井俚曲。司香出来看，还未站稳，黄狗挣断了绳索来咬。司香受惊逃跑，衣襟被狗咬断。刘仲堪急忙用棍子打狗。狗还大怒，乱咬扯下的衣襟，衣襟顷刻间成了碎片。瞎老太婆抓住狗脖子上的毛，用绳子把狗拴住，牵上走了。刘仲堪进屋去看司香，司香仍惊魂未定，刘仲堪问："你是仙人，怎么怕狗呢？"司香说："你不知道，这只狗是曹操变的，他大概恨我没有遵守当年守节的遗令吧。"刘仲堪想把黄狗买来打死。司香不同意，说："上帝惩罚他变成狗，怎么能擅自杀死呢？"过了二年，见到司香的人都惊叹她容貌美丽，打听她从何处来，说得又恍恍惚惚，于是都怀疑她是妖怪。刘母追问刘仲堪，刘仲堪也稍微透露了一些司香的来历。刘母非常害怕，告诫儿子要和司香断绝关系，刘仲堪不听。刘母暗中找来个术士，在院子里施展法术。刚在地上规划好神坛，司香面容凄惨地说："本希望白头偕老，现在受到婆母怀疑，我们的缘分断绝了。要我走，也不是难事，但恐怕不是咒语就能打发走的！"于是拿起柴草点上火，扔到台阶下，瞬息之间，浓烟遮蔽了房屋，对面看不见人，有声音像震雷。接着烟灭了，只见术士七窍流血死了。刘仲堪进屋一看，司香已无踪影。招呼老女仆来问，老女仆也不知去向。刘仲堪告诉母亲说："老女仆可能是狐精。"

异史氏曰：始于袁，终于曹，而后注意于公幹①，仙人不应若是。然平心而论，奸瞒之篡子②，何必有贞妇哉？犬睹故妓，应大悟分香卖履之痴，固犹然妒之耶？呜呼！奸雄不暇自哀，而后人哀之已③！

【注释】

①注意：犹属意，留意。谓情意归向。

②奸瞒之篡子：指曹操的儿子曹丕。曹操专擅朝政，曹丕则代汉自立为帝。从封建正统观念看来，曹操为奸臣，曹丕则为篡位。

③不暇自哀，而后人哀之：化用唐杜牧《阿房宫赋》"秦人不暇自哀，而后人哀之；后人哀之而不鉴之，亦使后人而复哀后人也"之句。不暇，没有时间，顾不上。

【译文】

异史氏说：最初嫁到袁家，最终嫁给曹家，而后来又留情于刘公幹，仙人不应该这样。但平心而论，奸雄曹操那篡夺汉朝江山的儿子，何必有贞节的夫人呢？曹操变成的黄狗看到铜雀台上的旧歌妓，应该使他对自己让夫人姬妾守节之痴有所醒悟，但他怎么还是妒意不消啊？唉！奸雄无暇哀怜自己，而后人却在哀怜他啊！

宦娘

【题解】

这篇写的是音乐爱好者之间的浪漫故事。蒲松龄是一个多才艺的作家。从他能写俚曲、戏剧,强调"词宜音调清,白宜声色像,止有一分曲,借尔十分唱";批评当今世人:"韵不必操缦安弦也,饶有馀致则为韵";在《家政内编》中对于古琴的鉴赏如数家珍来看,他在音乐方面有着很高的修养,以音乐家的浪漫故事为创作题材并非偶然。

本篇虽然写温如春与良工终成眷属的故事,但背后撮合的,也是作品中主要人物的却是同样爱好音乐的宦娘。宦娘因为自身是鬼,无法和温如春结合,便暗中成全温如春和良工的婚事。追求良工的刘公子座下遗落的女舄,良工抄写的被父亲发现而又辗转被温如春评点的《惜馀春》词,温如春家的菊花化为绿色,都出于宦娘的苦心经营设计。虽然宦娘只是在开头和结尾撇然一现,却含蕴真情,楚楚动人,给人留下深刻印象。《惜馀春》词曲折缠绵,如泣如诉,虽然是宦娘为撮合良工所写,而情见乎词,也把自身的伤心薄命,渴望爱情,淋漓尽致地表达出来。在结构上,这篇小说也颇有特色,温如春追求宦娘失败后,似乎宦娘的线索中断了;而在写温如春与良工的情缘中却屡屡出现意外和巧合,埋下了伏笔;到故事的结末才又回归到宦娘身上,原来之前的意外和巧合都是宦娘的安排。冯镇峦称故事"串插离合,极见工妙,一部绝妙传奇"。

温如春,秦之世家也。少癖嗜琴①,虽逆旅未尝暂舍②。客晋,经由古寺,系马门外,暂憩止。入则有布衲道人,趺坐廊间,筇杖倚壁③,花布囊琴。温触所好,因问:"亦善此也?"道人云:"顾不能工④,愿就善者学之耳。"遂脱囊授温,视之,纹理佳妙，略一勾拨[5]，清越异常。喜为抚一短曲。道人微笑，似未许可[6]。温乃竭尽所长。道人哂曰："亦佳，亦佳！但未足为贫道师也。"温以其言夸，转请之。道人接置膝上，裁拨动，觉和风自来，又顷之，百鸟群集，庭树为满。温惊极，拜请受业。道人三复之[7]，温侧耳倾心，稍稍会其节奏。道人试使弹，点正疏节[8]，曰："此尘间已无对矣。"温由是精心刻画[9]，遂称绝技。

【注释】

①癖嗜：嗜之成癖，极端爱好。

②逆旅：旅店。《左传·僖公二年》："今虢为不道，保于逆旅。"杜预注："逆旅，客舍也。"

③筇(qióng)杖：竹杖。筇竹可做杖，因称杖为筇。

④顾不能工：只是不能精通。顾，但是，只是。工，擅长，精于。

⑤勾拨：拨动。勾与拨都是弹琴的指法。

⑥许可：称许认可。

⑦三复之：重复演奏三遍。

⑧点正疏节：指点纠正不合节奏之处。

⑨刻画：细致描摹。

【译文】

温如春出身于陕西的世家大族。他从小喜爱弹琴，即使外出住在旅馆中也不忘带琴。一次到山西去，经过一座古寺，他把马拴在门外，暂时到寺中休息。进入寺内，看到一位穿着粗布道袍的道人在廊下打坐，一根竹手杖靠在墙边，还有一个花布口袋装着一张琴。这触动了温如春的嗜好，因此问道："你也善于弹琴吗？"道人说："弹得不太好，想找个弹得好的学一学。"于是解开花布口袋把琴递给温如春，温如春一看，琴的纹理特别好，略微拨一下琴弦，发出的声音清越异常。温如春高兴地弹了一支短曲。道人微笑了一下，好像并不赞许。温如春于是把他的琴技全部使出来弹了一曲。道人笑着说："还好，还好！但还不足以当贫道的老师。"温如春觉得他的话有些夸张，就送过琴请道人弹一曲。道人接过琴放在膝上，刚一拨动琴弦，就觉得和煦的风微微吹来，过了一会儿，百鸟成群飞来，院中的树上都落满了。温如春惊异万分，忙拜道人为师，向他请教琴技。道人教了他三遍，温如春全神贯注，侧耳倾听，稍稍领会了琴曲的节奏。道人让他试着弹弹，指点纠正不合节奏之处，说："你现在的琴技，在人世间已没有对手了。"温如春从此更加精心琢磨，练成了绝技。

后归程，离家数十里，日已暮，暴雨莫可投止。路傍有小村，趋之。不遑审择，见一门，匆匆遽入。登其堂，阒无人。俄一女郎出，年十七八，貌类神仙，举首见客，惊而走入。温时未耦，系情殊深。俄一老妪出问客，温道姓名，兼求寄宿。妪言："宿当不妨，但少床榻，不嫌屈体，便可藉藁[①]。"少旋，以烛来，展草铺地，意良殷。问其姓氏，答云赵姓。又问："女郎何人？"曰："此宦娘，老身之犹子也[②]。"温曰："不揣寒陋，欲求援系[③]，如何？"妪颦蹙曰[④]："此即不敢应命。"温诘其故，但云难言，怅然遂罢。妪既去，温视藉草腐湿，不堪卧处，因危坐鼓琴，以消永夜。雨既歇，冒雨遂归。

【注释】

①藉藁（gǎo）：用草铺地代床。藉，垫。藁，稻、麦等的秆。

②犹子：侄子或侄女。《礼记·檀弓》："丧服，兄弟之子，犹子也，盖引而进之也。"

③援系：攀附。《国语·晋语》：“董叔将娶于范氏，叔向曰：‘范氏富，盍已乎？’曰：‘欲为系援焉。’”

④颦蹙：皱眉皱额，为难或忧愁的样子。

【译文】

后来在归途中，离家还有数十里，天黑下来，又下起了暴雨，无处投宿。温如春见路旁有个小村，赶快跑过去。顾不上仔细选择，看到一个门，就匆匆忙忙进去了。进屋后，静悄悄没有人。一会儿，一个姑娘走出来，大约有十七八岁，长得貌似天仙。姑娘抬头看见客人，吃了一惊，转身回去了。温如春当时尚未成亲，对姑娘一见钟情。过了一会儿，出来一位老太太，问客人来意，温如春说了自己的姓名，并请求借宿。老太太说：“借宿可以，但是缺少床铺，如不嫌委屈，可铺些草睡。”不一小会儿，老太太拿了蜡烛来，又把草铺在地上，态度很热情。温如春问她的姓氏，她回答说姓赵。温如春又问：“那姑娘是谁？”老太太说：“她是宦娘，是我的侄女。”温如春说：“我也不怕自己寒酸浅陋，想和您家结亲，怎么样啊？”老太太皱着眉说：“这件事不敢答应。”温如春追问是何缘故，老太太说难以说明，温如春怅然若失，只好作罢。老太太走后，温如春一看铺的草又湿又烂，不能垫着睡，只好端坐弹琴，来消磨这个长夜。雨停后，温如春就冒着淋雨的可能赶快回家了。

邑有林下部郎葛公[①]，喜文士。温偶诣之，受命弹琴。帘内隐约有眷客窥听[②]，忽风动帘开，见一及笄人，丽绝一世。盖公有一女，小字良工，善词赋，有艳名。温心动，归与母言，媒通之，而葛以温势式微[③]，不许。然女自闻琴以后，心窃倾慕，每冀再聆雅奏[④]，而温以姻事不谐，志乖意沮[⑤]，绝迹于葛氏之门矣。

【注释】

①林下部郎：退隐家居的部郎。林下，犹言田野，退隐之处。部郎，封建朝廷各部郎中或员外郎之类的高级部员。

②眷客：女眷。

③势：家势。

④聆：听。

⑤志乖意沮：志愿没有顺遂，心情沮丧。乖，违。沮，失意，懊丧。

【译文】

县城有位退职的部郎葛公，喜欢结交文人雅士。温如春偶然去拜访他，应主人之请弹琴。这时门帘内隐约有女眷在偷听，忽然风吹开了帘子，看到一位十六七岁的少女，美丽无比。原来葛公有个女儿，小名叫良工，善于填词作赋，长得美丽出了名。温如春心里产生了爱慕之情，回家告诉了母亲，请媒人去提亲，而葛公因温家家势衰微，没有答应。但是良工自从听到琴声以后，心中也暗暗爱上了温如春，每每盼望再听到他那优美的琴声，但温如春因求亲不成，心情沮丧，再也不登葛家门了。

一日，女于园中，拾得旧笺一折，上书《惜馀春》[①]，词云：

因恨成痴，转思作想，日日为情颠倒。海棠带醉，杨柳伤春，同是一般怀抱。甚得新愁旧愁，划尽还生[②]，便如青草。自别离，只在奈何天里[③]，度将昏晓。今日个，蹙损春山[④]，望穿秋水，道弃已拚弃了[⑤]！芳衾妒梦，玉漏惊魂，要睡何能睡好？漫说长宵似年；侬视一年，比更犹少：过三更已是三年，更有何人不老！

女吟咏数四，心悦好之。怀归，出锦笺，庄书一通[⑥]，置案间。逾时索之不可得，窃意为风飘去。适葛经闺门过，拾之，谓良工作，恶其词荡[7]，火之而未忍言，欲急醮之。临邑刘方伯之公子[8]，适来问名，心善之，而犹欲一睹其人。公子盛服而至，仪容秀美。葛大悦，款延优渥[9]。既而告别，坐下遗女舄一钩。心顿恶其儇薄[10]，因呼媒而告以故。公子亟辨其诬，葛弗听，卒绝之。

【注释】

①《惜馀春》：词牌名。蒲松龄此词亦收入《聊斋词集》，题为《惜馀春慢·春怨》，词句稍有不同。

②刬（chǎn）：铲，削除。

③奈何天：无可排遣的意思。宋晏几道《鹧鸪天》："欢尽夜，别经年，别多欢少奈何天。"

④春山：比喻美人的眉毛。

⑤道：料想。

⑥庄书一通：端端正正地书写了一遍。

⑦词荡：词意放荡。荡，淫荡。

⑧临邑：县名。清属济南府。今属德州。方伯：古时一方诸侯之长称方伯。明清时也是布政使的别称，谓其为一方之长。

⑨款延：热诚接待。优渥：优厚，盛情。

⑩儇（xuān）薄：轻浮，不正派。

【译文】

一天，良工在花园里捡到一张旧信笺，上面写着一首《惜馀春》的词，词云：

因恨成痴，转思作想，日日为情颠倒。海棠带醉，杨柳伤春，同是一般怀抱。甚得新愁旧愁，刬尽还生，便如青草。自别离，只在奈何天里，度将昏晓。今日个，蹙损春山，望穿秋水，道弃已拚弃了！芳衾妒梦，玉漏惊魂，要睡何能睡好？漫说长宵似年；侬视一年，比更犹少：过三更已是三年，更有何人不老！

良工吟诵了好几遍，很喜欢这首词。她揣着信笺回到屋里，拿出印花信笺，工工整整地抄写了一遍，放在书桌上。过了一阵儿去找，没有找到，以为被风吹走了。正巧葛公经过女儿闺房门口，捡到了，还以为是良工作的词，嫌恶词句轻浮，烧掉了而不忍心责备女儿，急于给她找个婆家。临邑刘布政使的儿子正巧来求亲，葛公觉得这门亲事不错，但还想看看刘公子本人。刘公子身着盛装来了，仪态面容端雅清秀。葛公十分高兴，盛情款待。刘公子坐了一会儿就告别了，座位下丢下一只女人鞋子。葛公顿时厌恶刘公子的轻薄，叫来媒人告诉了这件事。刘公子极力辩白这事和他无关，葛公不听，这件婚事就告吹了。

先是，葛有绿菊种，吝不传，良工以植闺中。温庭菊忽有一二株化为绿，同人闻之，辄造庐观赏，温亦宝之。凌晨趋视，于畦畔得笺写《惜馀春》词，反覆披读，不知其所自至。以“春”为己名，益惑之，即案头细加丹黄[①]，评语亵嫚[②]。适葛闻温菊变绿，讶之，躬诣其斋，见词便取展读。温以其评亵，夺而挼莎之[③]。葛仅读一两句，盖即闺门所拾者也，大疑，并绿菊之种，亦猜良工所赠。归告夫人，使逼诘良工。良工涕欲死，而事无验见，莫有取实。夫人恐其迹益彰，计不如以女归温。葛然之，遥致温，温喜极。是日招客为绿菊之宴，焚香弹琴，良夜方罢[④]。既归寝，斋童闻琴自作声，初以为僚仆之戏也[⑤]，既知其非人，始白温。温自诣之，果不妄。其声梗涩[⑥]，似将效己而未能者。爇火暴入，杳无所见。温携琴去，则终夜寂然。因意为狐，固知其愿拜门墙也者[⑦]，遂每夕为奏一曲，而设弦任操若师[8]，夜夜潜伏听之。至六七夜，居然成曲，雅足听闻。

【注释】

①丹黄：红色和黄色，古时批校书籍所用的两种颜色。

②亵嫚：不庄重，下流。

③挼莎(ruó suō)：用手揉搓。

④良夜：深夜。

⑤僚仆：同主之仆。僚，同在一起。

⑥梗涩：生硬而不流畅。梗，阻碍。

⑦拜门墙：拜于门下为弟子。门墙，师门。《论语·子张》："夫子之墙数仞，不得其门而入，不见宗庙之美，百官之富。"

⑧设弦任操：放置琴听任演奏。

【译文】

原先，葛家有一种绿色的菊花，秘不外传，良工把绿菊养在自己的闺房里。温如春院中的菊花忽然有一二株变为绿菊花，朋友们听说都到他家来观赏，温如春也很珍惜这种绿菊。凌晨时跑到院中去看，在花畦旁边捡到写着《惜馀春》词的信笺，他反复阅读，不知信笺从何处来的。因为"春"字是自己的名字，更加疑惑，放在书桌上逐字逐句细加评点，评语有些轻薄。正巧葛公听说温家的菊花变绿了，很惊讶，亲自来到温如春的书斋，看到了这首词，就拿过来看。温如春觉得评语太轻薄了，一把夺过来揉成一团。葛公仅看到一两句，原来就是在女儿房门口捡到的那首词，他十分疑惑，连绿菊的品种，也怀疑是良工赠送的。回去将此事告诉了夫人，让夫人逼问良工。良工听后哭着要寻死，而事情又没人看见，不能证实。夫人恐怕这事被外人知道，心想不如把女儿嫁给温如春。葛公也觉得这个主意很好，就给温如春透了个信，温如春高兴极了。当天就请来客人举行绿菊之宴，在宴会上温如春焚香弹琴，直到深夜才结束。就寝后，书童听到琴自己发出声音来，最初还以为是其他仆人弹着玩儿的，后来发现无人弹奏，才告诉了温如春。温如春亲自来听，果然不假。琴声梗涩，好像在模仿自己的弹法但还没有学好。他点着灯猛地冲进屋中，什么也没有看到。温如春把琴带走，直到天亮也没发出声音。温如春因此猜想这是狐狸，是想拜他为师学艺的，于是每天晚上为它演奏一曲，并放着琴，任它去弹，像老师一样，夜夜都潜伏着偷听琴声。到第六七夜时，弹出的曲调，足以让人聆听。

温既亲迎①，各述曩词②，始知缔好之由，而终不知所由来。良工闻琴鸣之异，往听之，曰："此非狐也，调凄楚，有鬼声。"温未深信。良工因言其家有古镜，可鉴魑魅③。翊日，遣人取至，伺琴声既作，握镜遽入，火之，果有女子在，仓皇室隅，莫能复隐。细审之，赵氏之宦娘也。大骇，穷诘之。泫然曰④："代作蹇修⑤，不为无德，何相逼之甚也？"温请去镜，约勿避，诺之。乃囊镜⑥。女遥坐曰："妾太守之女，死百年矣。少喜琴筝，筝已颇能谙之，独此技未有嫡传⑦，重泉犹以为憾⑧。惠顾时，得聆雅奏，倾心向往。又恨以异物不能奉裳衣⑨，阴为君胹合佳偶⑩，以报眷顾之情，刘公子之女舄，《惜馀春》之俚词，皆妾为之也。酬师者不可谓不劳矣。"夫妻咸拜谢之。宦娘曰："君之业，妾思过半矣⑪，但未尽其神理。请为妾再鼓之。"温如其请，又曲陈其法⑫。宦娘大悦曰："妾已尽得之矣！"乃起辞欲去。良工故善筝，闻其所长，愿一披聆⑬。宦娘不辞，其调其谱，并非尘世所能。良工击节，转请受业。女命笔为绘谱十八章，又起告别。夫妻挽之良苦，宦娘凄然曰："君琴瑟之好，自相知音，薄命人乌有此福。如有缘,再世可相聚耳。”因以一卷授温曰:“此妾小像。如不忘媒妁,当悬之卧室,快意时,焚香一炷,对鼓一曲,则儿身受之矣。”出门遂没。

【注释】

①亲迎:古代婚礼六礼之一。新婿亲至女家迎新娘入室,行交拜合卺之礼。

②曩词:以往的情由故事。

③鉴:照见。魑(chī)魅:传说中的鬼魅。

④泫然:流泪。

⑤蹇修:媒人的代称。传说蹇修是伏羲的臣子。战国屈原《离骚》:“解佩纕以结言兮,吾令蹇修以为理。”意思是说派蹇修为媒以通辞理。

⑥囊镜:把镜子放进袋子。

⑦嫡传:指正宗乐师的传授。嫡,正宗,正统。

⑧重(chóng)泉:犹言九泉。旧指死者所归。

⑨异物:指死亡的人。奉裳衣:伺候生活起居。指成为妻子。

⑩胹(ér)合:撮合。

⑪思过半矣:意谓大部分已能领悟。《易·系辞》:“知者观其彖辞,则思过半矣。”

⑫曲陈:详尽细致地述说。曲,详尽。

⑬披聆:诚心聆听。

【译文】

温如春结婚后,夫妻二人都说起了往事,这才知道结成夫妻的缘由,但不知那首词是从哪里来的。良工听说琴不弹自鸣的怪事,就去听琴,说:“这不是狐狸,音调凄楚,有鬼声。”温如春不太相信。良工说她家有古镜，可以照出妖怪。第二天，派人去取，等到琴声响起，拿着古镜马上进屋，点灯一看，果然有个女子在屋里，慌慌张张躲到墙角，再不能隐藏。仔细一看，是赵家的宦娘。温如春大吃一惊，不停地追问。宦娘流着泪说："为你们做媒，不能说对你们没有恩德吧，为什么这么苦苦地逼迫我呢？"温如春让把古镜拿开，与宦娘约好不要躲走，宦娘答应了。于是把古镜收了起来。宦娘远远地坐着说："我是知府的女儿，死了已经一百年了。从小喜欢弹奏琴和筝，筝已经比较熟练了，只有弹琴没有得到真传，在九泉之下也深感遗憾。您光临我家时，得以聆听您美好的琴声，对您倾心向往。又很遗憾身为鬼魂，不能侍奉在您身旁，暗中为您撮合理想的配偶，来报答您对我的眷恋之情，刘公子座下的女鞋，《惜馀春》那首俗词，都是我干的呀。我对老师的报答不可谓不辛苦。"温如春夫妻听了这番话，一齐向宦娘拜谢。宦娘说："您的琴技，我已经学到一多半了，但是没有学透神理。请再为我弹弹。"温如春按她的请求弹奏起来，还详细地讲解弹奏的方法。宦娘非常高兴地说："我已经完全学到了！"于是起身要走。良工本来善于弹筝，听说宦娘也善于弹筝，想叫宦娘弹奏一曲。宦娘也不推辞，她弹的曲调和乐谱，都是人世间没有的。良工打着节拍欣赏，又转而要求向宦娘学习。宦娘让人拿笔来为良工写了十八章乐谱，又要起身告别。温如春夫妇苦苦挽留，宦娘凄然地说："你们夫妻感情那么好，彼此又是知音，我这个薄命人哪有这个福气。如果有缘分，来世再相聚吧。"说着拿出一个卷轴交给温如春说："这是我的小像。如果不忘媒人，请把它挂在卧室，高兴时点上一炷香，对着像弹上一曲，就如同我亲身领受了。"说罢，出门就不见了。

阿绣

【题解】

《阿绣》篇与《宦娘》篇都是写帮助所爱的人成就婚姻的故事。不同的是，《宦娘》写的是音乐，主人公互为知己。《阿绣》写的是容貌，真假阿绣同为美容学习者。宦娘是鬼，假阿绣是狐。宦娘对于温如春情深，强调知己之情，认为学习音乐需要高人指导。假阿绣只是“了夙分”，情浅，强调在造型艺术的学习中“神似”更重要更难得。

小说对于阿绣之美的描写给人的印象极深。一开始写刘子固见一女子“姣丽无双”，从此痴迷。接着写仆人对于真假阿绣进行了比较，认为假阿绣“面色过白，两颊少瘦，笑处无微涡，不如阿绣美”。再接着写刘子固的母亲见到阿绣“容光焕发”，抚掌曰：“无怪痴儿魂梦不置也！”最后写假阿绣服膺阿绣之美，是因为两人原为狐狸姐妹，同样模拟西王母，而真阿绣“一月神似”，假阿绣“学三月而后成，然终不及妹”。

小说捻出“神似”这一观念，认为远较“皮相”的形似更珍贵，更难得。虽然在小说中“神似”专指相貌的气质风韵，属于女子的容颜之美的范畴，但与中国传统绘画中一直强调的“神韵”相通，反映了蒲松龄一贯的审美立场。

海州刘子固[①]，十五岁时，至盖省其舅[②]。见杂货肆中一女子，姣丽无双，心爱好之。潜至其肆，托言买扇。女子便呼父。父出，刘意沮，故折阅之而退[③]。遥睹其父他往，又诣之。女将觅父，刘止之曰：“无须，但言其价，我不靳直耳[④]。”女如言，故昂之[⑤]。刘不忍争，脱贯径去[⑥]。明日复往，又如之。行数武[⑦]，女追呼曰：“返来！适伪言耳，价奢过当[⑧]。”因以半价返之。刘益感其诚，蹈隙辄往[⑨]，由是日熟。女问：“郎居何所？”以实对。转诘之，自言姚氏。临行，所市物，女以纸代裹完好，已而以舌舐黏之。刘怀归不敢复动，恐乱其舌痕也。积半月，为仆所窥，阴与舅力要之归。意惓惓不自得[⑩]。以所市香帕脂粉等类，密置一箧，无人时，辄阖户自捡一过，触类凝思。

【注释】

①海州：清属江苏淮安府，今属江苏连云港。一说指辽宁的海州卫，治所在今辽宁海城。

②盖：古地名。在今山东沂水西北。一说在辽宁的盖平，今属辽宁盖县。

③折阅：压低售价。阅，通“脱”。损减。《荀子·修身》：“良贾不为折阅不市。”

④不靳直：不计较价钱。靳，吝惜。

⑤故昂之：故意提高价格。昂，高。

⑥脱贯：从钱串上取下钱来。意谓当即付钱。贯，古时穿钱的绳索。

⑦武：步。

⑧奢：昂贵。过当：超过合理价格。

⑨蹈隙：趁空。指乘其父不在之时。

⑩惓惓(quán)：恳切，眷念不忘。

【译文】

海州人刘子固，十五岁时，到盖县去探望舅舅。见一个杂货店里有一位姑娘，娇艳无比，心里很爱慕。他悄悄来到店里，假装要买扇子。姑娘便喊她的父亲。其父出来了，刘子固很扫兴，故意压低价钱，没买就走了。远远看着姑娘的父亲到别处去了，就又来到店中。姑娘要去找父亲，刘子固拦住说：“不必去找，你只管说个价钱，我不会计较价钱的。”姑娘依他说的，故意抬高价钱。刘子固不忍心与姑娘讨价还价，当即付了钱就走了。第二天刘子固又去了，又像昨天那样。他刚离开店几步，姑娘追着喊道：“回来！刚才我说的不是真话，价钱要得太高了。”于是把钱退还了一半。刘子固被姑娘的诚实所感动，乘她父亲不在就到杂货店去，因此二人一天天熟悉了。姑娘问：“你住在什么地方啊？”

刘子固以实相告。又反问姑娘的姓氏，姑娘说姓姚。刘子固离开店时，他买的东西，姑娘都用纸替他包好，然后用舌头舐舐黏好。刘子固把纸包拿回家后不敢打开，惟恐弄乱了姑娘的舌痕。过了半个多月，刘子固的行踪被仆人发现了，暗中告诉了刘子固的舅舅，逼着刘子固回家。刘子固对姑娘眷念不忘。他把买来的手帕脂粉等东西秘密地放在一个小竹箱里，没人时，就关起门来翻看一遍，触物凝想。

次年，复至盖，装甫解，即趋女所，至则肆宇阖焉，失望而返。犹意偶出未返，早又诣之，阖如故。问诸邻，始知姚原广宁人①，以贸易无重息②，故暂归去，又不审何时可复来。神志乖丧③。居数日，怏怏而归。母为议婚，屡梗之④，母怪且怒。仆私以曩事告母，母益防闲之⑤，盖之途由是绝。刘忽忽遂减眠食⑥。母忧思无计，念不如从其志。于是刻日办装，使如盖，转寄语舅，媒合之。舅即承命诣姚。逾时而返，谓刘曰："事不谐矣！阿绣已字广宁人。"刘低头丧气，心灰绝望。既归，捧箧啜泣，而徘徊顾念，冀天下有似之者。

【注释】

①广宁：位于广东中西部，明清属肇庆府，现属肇庆。一说指辽宁北镇。

②重息：大利。

③乖丧：沮丧。

④梗：阻拦，拒绝。

⑤防闲：防范禁止。

⑥忽忽：失意的样子。

【译文】

第二年，他又来到盖县，刚放下行李，就急忙奔向姑娘的杂货店，到了一看，店门紧闭，只好失望而回。心想可能姚家的人偶尔出门还未回来，第二天又早早去了，门仍然紧紧关着。向邻居一问，才知姚家原来是广宁县人，因做这买卖赚钱不多，所以暂时回去了，何时回来就不清楚了。刘子固听了这些，情绪低落，魂不守舍。住了几天，就怏怏不乐地回家了。母亲让人给他提亲，每次他都反对，母亲又奇怪又生气。仆人私下里把盖县的事告诉了刘母，母亲对他看管得更严了，盖县也去不成了。刘子固每天闷闷不乐，觉也睡不着，饭也吃不下。刘母愁得没有办法，心想不如满足儿子的心愿。于是选好日子，整理行装，让他到盖县去，转告舅舅，让舅舅请媒人去提亲。舅舅按照刘母的嘱托请媒人到姚家去了。过了一些时候回来了，对刘子固说："事情不成了！阿绣已许给广宁人了。"刘子固听了低头丧气，心灰望绝。回到家以后，捧着装东西的小箱子啜泣，且思且想，希望天下能有一个长得像阿绣的姑娘。

适媒来，艳称复州黄氏女[①]。刘恐不确，命驾至复。入西门，见北向一家，两扉半开，内一女郎，怪似阿绣，再属目之，且行且盼而入[②]，真是无讹[③]。刘大动，因僦其东邻居，细诘知为李氏。反复凝念：天下宁有如此相似者耶？居数日，莫可夤缘[④]，惟日眈眈伺候其门[⑤]，以冀女或复出。一日，日方西，女果出。忽见刘，即返身走，以手指其后，又复掌及额，乃入。刘喜极，但不能解。凝思移时，信步诣舍后，见荒园寥廓[⑥]，西有短垣，略可及肩。豁然顿悟，遂蹲伏露草中。久之，有人自墙上露其首，小语曰："来乎？"刘诺而起。细视，真阿绣也。因大恸[⑦]，涕堕如绠[⑧]。女隔堵探身，以巾拭其泪，深慰之。刘曰："百计不遂，自谓今生已矣，何期复有今夕？顾卿何以至此？”曰：“李氏，妾表叔也。”刘请逾垣。女曰：“君先归，遣从人他宿，妾当自至。”刘如言，坐伺之。少间，女悄然入，妆饰不甚炫丽，袍袴犹昔。刘挽坐，备道艰苦，因问：“卿已字，何未醮也？”女曰：“言妾受聘者妄也。家君以道里赊远⑨，不愿附公子婚，此或托舅氏诡词⑩，以绝君望耳。”既就枕席，宛转万态，款接之欢，不可言喻。四更遽起，过墙而去。刘自是不复措意黄氏矣⑪。旅居忘返，经月不归。

【注释】

①艳称：极力夸赞。艳，艳羡，羡慕。复州：北周初置，以复池湖为名，辖境相当于今湖北仙桃、天门、监利等地。一说，辽置，治所在今辽宁瓦房店西北。

②盼：看。

③讹：误，错。

④夤(yín)缘：攀附，借故与之亲近。

⑤眈眈：注目察看。

⑥寥廓：静寂，广阔。

⑦恫(tōng)：悲痛。

⑧涕堕如绠：泪落如雨。绠，井绳。

⑨赊远：遥远。

⑩诡词：假话。

⑪措意：属意。

【译文】

正好有媒人来，极力夸赞复州黄家的女儿长得漂亮。刘子固怕媒人的话不真实，自己坐车到复州去看。进了县城西门，见向北的一户人家，两扇门半开着，院内有个姑娘，特别像阿绣，再定睛细看，那姑娘也边走边回头看，进屋去了，真的是阿绣。刘子固心中激动不已，便在这家的东邻租了屋子住下来，仔细打听，知道这家姓李。刘子固翻来覆去地想：天下难道有长得这样相似的人吗？住了几天，找不到亲近的机会，只好每天盯着她家的大门张望，希望那姑娘会走出门来。一天，太阳刚偏西，姑娘果然出来了。忽然看到刘子固，马上返身往回走，用手指指后面，又把手掌放在额上，就进去了。刘子固高兴极了，但不明白姑娘动作的意思。沉思了好半天，信步来到屋后，见一个长满荒草的空阔园子，西边有道短墙，约有肩高。他心中豁然明白了，就蹲伏在草丛中。过了好一会儿，有人从墙上露出头来，小声问："来了吗？"刘子固答应着站起来。仔细一看，真是阿绣。他痛苦万分，泪落如雨。姑娘隔墙探过身来，用手帕给他擦泪，不停地安慰他。刘子固说："想尽了办法也不能如愿，还以为今生见不到了，怎想到还有今天啊？但是你怎么到这儿来的呢？"姑娘说："李家是我的表叔。"刘子固请她跳过墙来。姑娘说："你先回去，让仆人们到别处去睡，我会去找你。"刘子固按照她说的，回去坐着等候。一小会儿，姑娘悄悄进来了，穿着打扮不太华丽，仍然穿着昔日的裤褂。刘子固拉着她的手坐下，仔细说了寻找她的艰辛，接着问道："你已许配人家了，为何还没过门？"姑娘说："说我受聘那是假话。我父亲因两家距离远，不愿意答应你的亲事，这或许是托你舅舅说个假话，来打消你的念头罢了。"说着两人上床休息，情意绵绵，极尽欢娱，非言语能够形容。到四更天，姑娘马上起床，翻墙回去。刘子固从此不再留意黄家的女儿。他住在这里忘了回家，一个月也没有回去。

一夜，仆起饲马，见室中灯犹明，窥之，见阿绣，大骇。顾不敢言主人，旦起，访市肆，始返而诘刘曰："夜与还往者，何人也？"刘初讳之。仆曰："此第岑寂，鬼狐之薮[①]，公子宜自爱。彼姚家女郎，何为而至此？"刘始觍然曰："西邻是其表叔，有何疑沮[②]？”仆言：“我已访之审，东邻止一孤媪，西家一子尚幼，别无密戚。所遇当是鬼魅，不然，焉有数年之衣，尚未易者？且其面色过白，两颊少瘦，笑处无微涡[③]，不如阿绣美。”刘反覆思，乃大惧曰：“然且奈何？”仆谋伺其来，操兵入共击之。至暮，女至，谓刘曰：“知君见疑，然妾亦无他，不过了夙分耳。”言未已，仆排闼入。女呵之曰：“可弃兵[④]！速具酒来，当与若主别。”仆便自投[⑤]，若或夺焉。刘益恐，强设酒馔。女谈笑如常，举手向刘曰：“悉君心事，方将图效绵薄[⑥]，何竟伏戎[⑦]？妾虽非阿绣，颇自谓不亚，君视之犹昔否耶？”刘毛发俱竖，噤不语。女听漏三下，把盏一呷[⑧]，起立曰：“我且去，待花烛后，再与新妇较优劣也。”转身遂杳。

【注释】

①薮：人或物聚集之地。

②疑沮：疑问，怀疑。

③涡：酒窝。

④兵：兵器，武器。

⑤自投：自动放下兵器。

⑥绵薄：薄弱的能力。谦辞。

⑦伏戎：武装埋伏。戎，兵戎。

⑧呷：小口喝。

【译文】

一天夜里，仆人起来喂马，见刘子固屋中灯亮着，偷偷一看，看到了阿绣，大吃一惊。他没敢和主人讲，早晨起来，到街上查问了一番，才回来问刘子固：“夜里和您在一起的是什么人呀？”刘子固最初还不愿说。仆人说：“这座房子很冷清，正是鬼狐藏身的地方，公子要自己珍重。那姚家的姑娘，怎么会到这里来呢？”刘子固这才不好意思地说：“西边的这家是她的表叔，有什么可怀疑的？”仆人说：“我已经打听清楚了，东邻只有一个孤老婆子，西边这家有个儿子还小，再没有亲近的亲戚。你所遇到的一定是鬼魅，不然的话，为什么数年前穿的衣裳，至今还未更换？况且她的面色太白，两颊有点儿瘦，笑时也没有酒窝，不如阿绣漂亮。”刘子固思来想去，十分害怕，说：“那该怎么办啊？”仆人出主意，看到女子再来时，拿着武器一起进来打她。到了晚上，那姑娘来了，对刘子固说：“知道你产生了怀疑，但我也没有别的意思，不过了却以前的缘分罢了。”话未说完，仆人推开门闯进来。女子呵斥说：“把武器扔掉！快拿酒来，这就与你家主人告别。”仆人立即扔下武器，好像有人从他手中夺去一样。刘子固更加害怕，勉强摆好酒菜。姑娘谈笑如平常一样，举手指着刘子固说：“我知道了你的心事，正想着如何尽力帮助你，为何设下伏兵？我虽然不是阿绣，自认为不比她差，你看看是不是往日的阿绣？”刘子固吓得头发都竖立起来，说不出一句话。姑娘听见打三更了，把杯中的酒喝了一口，站起来说：“我暂时离开，等你洞房花烛夜时，再同新媳妇比比谁美。”一转身就不见了。

刘信狐言，径如盖。怨舅之诳己也，不舍其家[①]，寓近姚氏，托媒自通，啖以重赂。姚妻乃言：“小郎为觅婿广宁[②]，若翁以是故去[③]，就否未可知。须旋日，方可计校。”刘闻之，彷徨无以自主，惟坚守以伺其归。逾十馀日，忽闻兵警[④]，犹疑讹传，久之，信益急，乃趣装行。中途遇乱，主仆相失，为侦者所掠[⑤]。以刘文弱，疏其防，盗马亡去。至海州界，见一女子，蓬鬓垢耳，出履蹉跌，不可堪。刘驰过之，女遽呼曰：“马上人非刘郎乎？”刘停鞭审顾，则阿绣也。心仍讶其为狐，曰：“汝真阿绣耶？”女问：“何为出此言？”刘述所遇。女曰：

“妾真阿绣也。父携妾自广宁归，遇兵被俘，授马屡堕。忽一女子，握腕趣遁[⑥]，荒窜军中，亦无诘者[⑦]。女子健步若飞隼[⑧]，苦不能从，百步而屦屡褪焉[⑨]。久之，闻号嘶渐远，乃释手曰：‘别矣！前皆坦途，可缓行，爱汝者将至，宜与同归。’”刘知其狐，感之。因述其留盖之故。女言其叔为择婿于方氏，未委禽而乱适作。刘始知舅言非妄。携女马上，叠骑归。入门则老母无恙，大喜。系马入，具道所以。母亦喜，为之盥濯，竟妆，容光焕发。母抚掌曰：“无怪痴儿魂梦不置也！”遂设裀褥，使从己宿。又遣人赴盖，寓书于姚[⑩]。不数日，姚夫妇俱至，卜吉成礼乃去[⑪]。

【注释】

①舍：住。

②小郎：旧时妇女称丈夫的弟弟为小郎。

③若翁：乃父。指阿绣的父亲。

④兵警：发生战事。

⑤侦者：前哨，侦查者。

⑥趣(cù)遁：催促快逃。趣，催促。

⑦诘者：询问的人。诘，问。

⑧隼(sǔn)：鹰。

⑨屦(jù)：麻、葛制作的鞋。也泛指鞋。

⑩寓书：寄信。

⑪卜吉成礼：选定吉日举行婚礼。

【译文】

刘子固相信狐怪的话，径直来到盖县。他怨恨舅舅欺骗自己，没住舅舅家，住在姚家附近，自己托媒人去提亲，给了丰厚的礼金。阿绣的母亲说:“我家小叔在广宁给找了个女婿,她爹因此到广宁去了,亲事能不能成还不知道。须等些日子,才可商量。”刘子固听后,惶惶不安,六神无主,只好耐心等待他们归来。过了十多天,忽然听说发生了战事,开始还以为是谣传,时间久了,消息更紧急了,于是赶紧收拾行装回家。在途中遇到战乱,主仆失散了,刘子固被巡逻的抓住了。因为他长得文弱,看守得不严,他乘机偷了匹马逃走了。到了海州地界,看见一个姑娘,蓬头垢面,一瘸一拐地走着,已经走不动了。刘子固骑马从姑娘身边驰过,姑娘突然喊道:“马上的人莫非是刘郎吗?”刘子固勒住马仔细一看,原来是阿绣。心里仍然怀疑这是狐魅,说:“你真的是阿绣吗?”姑娘说:“怎么说出这样的话啊?”刘子固叙述了自己遇到的事情。姑娘说:“我是真的阿绣啊。父亲带我从广宁回来,遇到兵被抓住了,给我一匹马骑,我总是从马上掉下来。忽然有一个姑娘,拉着我的手催我逃跑,我们在军队里东跑西窜,也没有人盘问。那姑娘健步如飞,我苦于跟不上她,跑了百十来步鞋子掉了好几次。过了好长时间,人喊马叫声渐渐远了,姑娘才放开手说:‘我们在此分别吧!前面都是平坦大道,可以慢点走了,爱你的人就要来了,你可以和他一起回去。’”刘子固知道那姑娘就是狐魅,心中很感激。他又把自己在盖县逗留的原因说了说。阿绣说她叔叔给她找了个女婿姓方,还没下聘礼就遇到了战乱。刘子固这才知道舅舅并没有欺骗他。他把阿绣抱上马,两人骑着马一起回去了。进门看到母亲身体很好,非常高兴。他们把马拴好,进屋,把事情的经过都讲了。母亲也很高兴,给阿绣洗漱梳妆,打扮完了,容光焕发。母亲拍着手说:“难怪这个傻小子梦魂里也放不下哩!”于是铺好被褥,让阿绣跟自己一起睡。又派人到盖县去,送信给姚家。不几天,姚氏夫妇都来了,选了个吉日举行了婚礼才回去。

刘出藏箧,封识俨然[①]。有粉一函,启之,化为赤土。刘异之。女掩口曰:“数年之盗,今始发觉矣。尔日见郎任妾包裹，更不及审真伪，故以此相戏耳。”方嬉笑间，一人搴帘入曰：“快意如此，当谢蹇修否？”刘视之，又一阿绣也。急呼母，母及家人悉集；无有能辨识者。刘回眸亦迷，注目移时，始揖而谢之。女子索镜自照，赧然趋出[2]，寻之已杳。夫妇感其义，为位于室而祀之[3]。

【注释】

①封识（zhì）俨然：封裹的标记依然清晰。封识，封缄并加以标记。

②赧（nǎn）然：脸红，难为情的样子。

③位：牌位。

【译文】

刘子固拿出他藏东西的小箱子，纸包还原封没动。有一包粉，打开一看，变成了红土。刘子固很奇怪。阿绣捂着嘴笑着说：“几年前的赃物，现在才发现。那时我见你任凭我包裹，也不看东西真假，所以包上红土开个玩笑。”夫妻二人正在说笑时，一个人掀开帘子进来说：“这样快活，不应当谢谢媒人吗？”刘子固一看，又是一个阿绣。急忙喊母亲，母亲及家里人都来了；没有人能分清谁是真的阿绣。刘子固一转眼也迷惑了，专心看了半天，才向假阿绣作揖道谢。假阿绣要过镜子一照，羞愧地跑了出去，再寻找也杳无踪影。刘子固夫妇感激她的恩义，在屋内设下牌位祭祀。

一夕，刘醉归，室暗无人，方自挑灯，而阿绣至。刘挽问：“何之？”笑曰：“醉臭熏人，使人不耐！如此盘诘，谁作桑中逃耶[1]？”刘笑捧其颊。女曰：“郎视妾与狐姊孰胜？”刘曰：“卿过之，然皮相者不辨也[2]。”已而合扉相狎。俄有叩门者，女起笑曰：“君亦皮相者也。”刘不解，趋启门，则阿绣入，大愕，始悟适与语者狐也。暗中又闻笑声。夫妻望空而祷，祈求现像。狐曰："我不愿见阿绣。"问："何不另化一貌？"曰："我不能。"问："何故不能？"曰："阿绣，吾妹也，前世不幸夭殂。生时，与余从母至天宫，见西王母，心窃爱慕，归则刻意效之。妹子较我慧，一月神似，我学三月而后成，然终不及妹。今已隔世，自谓过之，不意犹昔耳[3]。我感汝两人诚意，故时复一至，今去矣。"遂不复言。

【注释】

①作桑中逃：指外出幽会。《诗·鄘风·桑中》："期我乎桑中。"后因以桑中之约指男女幽会。

②皮相者：只看外表的人。汉韩婴《韩诗外传》："吴延陵季子游于齐，见遗金，呼牧者取之。牧者曰：'……吾有君不君，有友不友，当暑衣裘，君疑取金者乎？'延陵子知其为贤者，请问姓字，牧者曰：'子乃皮相之士也，何足语姓字哉！'遂去。"

③犹昔耳：仍如往昔。

【译文】

一天夜里，刘子固喝醉回屋，屋内黑暗无人，自己刚要点灯，阿绣就来了。刘子固挽着她的手问："到哪儿去了？"阿绣笑着说："酒气熏人，真叫人受不了！如此盘问，难道我跟别人幽会去了吗？"刘子固笑着捧着阿绣的脸颊。阿绣说："你看我和狐狸姐姐比谁更漂亮？"刘子固说："你比她漂亮，但只看外表也分辨不出。"说完关上门亲热起来。不一会儿有人敲门，阿绣起来笑着说："你也是个只看外表的人啊。"刘子固不明白她话中的意思，赶快去开门，阿绣进来了，刘子固大为惊讶，这时才明白刚才和他说话的是狐狸。在黑暗中又听到笑声。夫妻二人望空行礼祷告，请求现现形。狐狸说："我不愿见阿绣。"刘子固说："为什么不另外变一个模样?"狐狸说:"我不能。"又问:"为什么不能?"狐狸说:"阿绣是我的妹妹,前世不幸夭亡。活着时,我们跟着母亲到天宫,看到西王母,心中暗自倾慕,回来后就刻意效仿。妹妹比我聪明,学了一个月就神似了,我学三个月才学成,但还是不如妹妹。如今已经隔世,我满以为已超过妹妹,没想到还和从前一样。我被你们二人的诚意所感动,因此有时前来,现在我走了。"于是不再说话。

自此三五日辄一来,一切疑难悉决之。值阿绣归宁,来常数日不去,家人皆惧避之。每有亡失,则华妆端坐,插玳瑁簪长数寸[①],朝家人而庄语之[②]:"所窃物,夜当送至某所,不然,头痛大作,悔无及!"天明,果于某所获之。三年后,绝不复来。偶失金帛,阿绣效其装,吓家人,亦屡效焉。

【注释】

①玳瑁(dài mào):爬行动物,形似龟。甲壳黄褐色,可做装饰品。

②朝(cháo)家人:召集家中仆人丫环。朝,会集,召集。庄:严肃,庄重。

【译文】

从此以后,她过三五天就来,凡遇到疑难的事都能帮助解决。遇到阿绣回娘家的时候,她就常常住几天都不走,家里人都害怕躲开。每逢家中丢了东西,狐狸就身着盛装端坐,头上插着数寸长的玳瑁簪子,召集家中仆人丫环严肃地说:"你们所偷的东西,夜里要送到某处,不然要头痛难忍,后悔也来不及。"天亮时,果然在某处找到了丢失的东西。三年之后,狐狸再不来了。偶然丢了贵重东西,阿绣仿效狐狸的装束,吓唬仆人丫环,也屡屡有效。

杨疤眼

【题解】

两个狐狸的对话所表现的人情世故，以气色判断吉凶休咎，完全与人类无异，只是因为小人“长二尺已来”，而且“踽踽行涧底”，所以夜伏的猎人推测它们不是人类，而“夜获一狐”，果然证实了猎人的判断。

百馀字的小说，写得既简洁又生动，既平易又诡异。

一猎人，夜伏山中，见一小人，长二尺已来，踽踽行涧底[①]。少间，又一人来，高亦如之。适相值，交问何之[②]。前者曰：“我将往望杨疤眼。前见其气色晦黯，多罹不吉[③]。”后人曰：“我亦为此，汝言不谬。”猎者知其非人，厉声大叱，二人并无有矣。夜获一狐，左目上有瘢痕，大如钱。

【注释】

①踽踽(jǔ)：孤独无依的样子。

②交问：互相问。

③罹：遭遇。

【译文】

一位猎人，夜里埋伏在山中，看见一个小矮人，有二尺多高，在山涧底孤独地行走。一会儿，又来了一个人，高矮和他差不多。两人相遇了，互相问讯到哪里去。前一个小矮人说：“我要去看望杨疤眼，前些天见他气色不好，多半要碰到不吉利的事。”后来的那个人说：“我也为了这事，你说得不错。”猎人知道他们不是人类，厉声大喊，两个小矮人就不见了。当天夜里猎人捕获一只狐狸，狐狸的左眼上有块儿疤痕，像铜钱那么大。

小翠

【题解】

这篇写的是狐狸报恩的故事。由于王御史幼年时曾经无意中保护过避雷劫的狐狸，狐狸便把女儿小翠嫁给王御史的傻儿子。小翠不仅以恶作剧的方式巧妙地让王御史避免了政敌的陷害，去除了隐患，而且治好了王御史儿子的傻病，帮助王家延续了子嗣。

按照惯常的报恩故事，从正面入手，小说很容易流入平庸。本篇以常人意想不到的恶作剧展开情节，写小翠与王御史的傻儿子一起胡闹，踢蹋蹴，演戏剧，假扮大官在居住的里巷招摇，后来竟然穿上皇帝的"衮衣旒冕"戏弄政敌，虽然出人意料，却歪打正着，有惊无险，具有强烈的喜剧效果。本篇的调笑戏谑虽然出于故事的需要，也从另一个方面展示了蒲松龄的丰富的戏剧想象力和一贯的诙谐健朗的性情。小说中小翠和王元丰闺房的嬉戏有些过分，却贴近生活，极其生动。尤其小翠和王元丰踢蹋蹴误中王御史脸的一段，写王御史怒，"投之以石"，"以告夫人"。夫人"呼女诟骂。女倚几弄带，不惧，亦不言。夫人无奈之，因杖其子。元丰大号，女始色变，屈膝乞宥。夫人怒顿解，释杖去。女笑拉公子入室，代扑衣上尘，拭眼泪，摩挲杖痕，饵以枣栗，公子乃收涕以忻"。将各种家庭关系写得细致入微，合理入情。小说最后写王御史由于小翠失手打碎玉瓶，"交口呵骂"，致使小翠离去，虽然可以看做是情节故事的需要，却也反映了人世间的某些现象，所以蒲松龄在"异史氏曰"中感慨地说："一狐也，以无心之德，而犹思所报，而身受再造之福者，顾失声于破甑，何其鄙哉！"

王太常[①]，越人[②]。总角时[③]，昼卧榻上，忽阴晦，巨霆暴作[④]，一物大于猫，来伏身下，展转不离。移时晴霁，物即径出。视之,非猫,始怖,隔房呼兄。兄闻喜曰:“弟必大贵,此狐来避雷霆劫也。”后果少年登进士,以县令入为侍御⑤。生一子名元丰,绝痴,十六岁不能知牝牡⑥,因而乡党无与为婚。王忧之。适有妇人率少女登门,自请为妇。视其女,嫣然展笑,真仙品也。喜问姓名,自言虞氏,女小翠,年二八矣。与议聘金,曰:“是从我糠覈不得饱⑦,一旦置身广厦,役婢仆,厌膏粱⑧,彼意适,我愿慰矣,岂卖菜也而索直乎!”夫人大悦,优厚之。妇即命女拜王及夫人,嘱曰:“此尔翁姑⑨,奉侍宜谨。我大忙,且去,三数日当复来。”王命仆马送之,妇言:“里巷不远,无烦多事。”遂出门去。小翠殊不悲恋,便即奁中翻取花样⑩。夫人亦爱乐之。

【注释】

①太常:官名。汉为九卿之一,掌管宫廷祭祀礼乐文化教育等事,历代太常职掌基本与汉代相同。

②越:指长江和钱塘江(浙江)之间的近海地区。古越国建都于会稽(今浙江绍兴),春秋末年越国灭吴,向北扩展,疆域有江苏南部、江西东部、浙江北部等地区。

③总角:童年,未成年。古代未成年人将头发分作左右两半,在头顶各扎成一个结,形如两个羊角,故称。

④巨霆:迅雷。

⑤入为侍御:调入朝廷为御史。清代称御史为侍御。

⑥牝牡:雌雄。鸟兽雌性叫牝,雄性叫牡。

⑦糠覈(hé):粗粝的饭食。糠,稻、麦、谷子等的子实所脱落的壳或皮。覈,米麦舂馀的粗屑。

⑧厌:饱食。膏粱:肥脂与细粮。指美食。

⑨翁姑：公婆。

⑩奁(lián)：闺中盛放什物的箱匣。

【译文】

太常寺的王侍御史是越地人。他小的时候，有一天白天躺在床上，忽然天气阴沉，天空雷声大作，一个比猫大一些的动物，跑来趴在他的身下，总不离开他的身体。过了一会儿天晴了，这个动物才出来。他一看，不是猫，这才感到害怕，隔着墙叫他哥哥。哥哥听了此事高兴地说："弟弟将来必定能当大官，这是狐狸来躲避雷击的劫难啊。"后来果然很年轻就考中了进士，当了县令又调入朝廷当了御史。王御史生了个儿子，取名元丰，特别傻，十六岁了还不分男女，因而没有人家愿意和他家结亲。王御史很发愁。碰巧有个妇人领着一位少女来到王家，主动请求和他家结亲。王御史看了看少女，少女嫣然一笑，真像仙女一样。他高兴地问这妇人姓什么，妇人自言姓虞，女儿小翠，十六岁了。王御史和她商量要多少聘金，虞氏说："这孩子跟着我吃糠都吃不饱，一旦来到您家，住上高楼大厦，使唤丫环仆人，饱食细粮肥肉，她满意了，我就放心了，难道能像卖菜那样讲价钱吗！"王御史的夫人也很高兴，热情地招待她们。虞氏就让小翠给王御史和夫人叩头行礼，嘱咐说："这是你的公公、婆婆，要小心侍奉。我太忙了，先回去，过三五天再来。"王御史命仆人备马送她，虞氏说："家离这里不远，不必麻烦了。"于是出门走了。小翠见妈妈走了一点儿也不悲伤留恋，就在梳妆匣中翻取绣花样子。王夫人也挺喜欢她。

数日，妇不至。以居里问女，女亦憨然不能言其道路。遂治别院，使夫妇成礼。诸戚闻拾得贫家儿作新妇，共笑姗之。见女，皆惊，群议始息。女又甚慧，能窥翁姑喜怒。王公夫妇，宠惜过于常情，然惕惕焉惟恐其憎子痴[①]，而女殊欢笑，不为嫌。第善谑[2]，刺布作圆[3]，蹋蹴为笑[4]。着小皮靴，蹴去数十步，绐公子奔拾之，公子及婢恒流汗相属。一日，王偶过，圆訇然来[5]，直中面目。女与婢俱敛迹去[6]，公子犹踊跃奔逐之。王怒，投之以石，始伏而啼。王以告夫人，夫人往责女，女俛首微笑，以手刓床。既退，憨跳如故，以脂粉涂公子作花面如鬼。夫人见之，怒甚，呼女诟骂。女倚几弄带，不惧，亦不言。夫人无奈之，因杖其子[7]。元丰大号，女始色变，屈膝乞宥[8]。夫人怒顿解，释杖去。女笑拉公子入室，代扑衣上尘，拭眼泪，摩挲杖痕，饵以枣栗，公子乃收涕以忻[9]。女阖庭户，复装公子作霸王[10]，作沙漠人[11]，己乃艳服，束细腰，婆娑作帐下舞[12]，或髻插雉尾，拨琵琶[13]，丁丁缕缕然[14]，喧笑一室，日以为常。王公以子痴，不忍过责妇，即微闻焉，亦若置之。

【注释】

①惕惕：担心，忧虑。

②第：但。善谑(xuè)：善于戏耍玩笑。

③刺布作圆：缝布作球。刺，缝制。圆，球。

④蹋蹴：踢。蹋蹴，亦作"踏鞠"、"蹋踘"。宋程大昌《演繁露·鞠》："古今物制固多不同，以其类而求之于古，即《霍去病传》谓为穿城踏鞠者，其几于气毬也矣。其文曰：'去病贵不省事，在塞外，卒乏粮，或不能自振，而去病尚穿城踏鞠也。'师古曰：'鞠以皮为之，实之以毛，踏鞠而戏也。'"

⑤訇(hōng)然：形容踢球的声音。

⑥敛迹：隐藏，藏身。

⑦杖：棒打。

⑧乞宥：求饶。宥，原谅。

⑨忻(xīn)：欣喜。

⑩作霸王：指扮演秦末西楚霸王项羽。

⑪作沙漠人：指扮演发兵索取昭君的匈奴呼韩邪单于。

⑫婆娑作帐下舞：指扮演虞姬。婆娑，盘旋舞动的样子。

⑬髻插雉尾，拨琵琶：指扮演王昭君出塞和亲的故事。

⑭丁丁(zhēng)：形容声音响亮。缕缕：形容声细而连续。

【译文】

过了几天，小翠妈妈也没来。问小翠家在哪里，她也傻乎乎地说不清道路。于是收拾了另外一所房子，为小两口举行婚礼。亲戚们听说他家拣了个穷人家的女儿做媳妇，都笑话他们。等他们见到小翠，都惊叹她的美貌，不再说闲话了。小翠很聪明，会看公婆脸色行事。王御史夫妇宠爱儿媳超过了常情，然而心中还是惴惴不安，恐怕小翠嫌弃傻儿子，但是小翠每天都乐呵呵的，一点儿也不嫌弃。但是小翠喜欢逗元丰玩，她用布缝了一个球，踢球逗元丰笑。她穿着小皮靴，把球踢出去几十步远，让元丰跑过去捡，累得元丰和丫环们大汗淋漓。一天，王御史偶然经过儿子房前，球突然飞过来，正打在他的脸上。小翠和丫环们都吓得躲走了，只有元丰还奔跳着去追这个布球。王御史大怒，捡起石块向儿子投去，这时元丰才趴在地上哭起来。王御史把这事告诉了夫人，夫人去责备小翠，小翠只是低着头微笑，用手指抠着床。夫人走后，小翠依然憨态可掬地蹦蹦跳跳，把脂粉涂在元丰的脸上，涂成了花鬼脸。夫人看见了，更加生气，把小翠喊来大骂。小翠靠在几案边玩弄着衣服上的带子，不害怕也不说话。夫人无可奈何，就只好拿起棍子打元丰。元丰大哭，小翠这才吓得变了脸色，跪在地上求饶。夫人怒气顿消，扔下棍子走了。小翠笑着拉着元丰进屋，给他拍去衣服上的尘土，擦干眼泪，按揉棍子打痛的地方，拿枣和栗子给他吃，元丰才不再涕哭而露出了笑容。小翠关上院门，一会把元丰打扮成霸王，一会又打扮成沙漠人，而自己穿上艳丽的服装，把腰束得细细的，在帐下翩翩起舞，扮虞姬；又在发髻上插上野鸡尾，扮王昭君弹着琵琶，“叮叮咚咚”地响，引起满屋欢声笑语，几乎每天都是这样。王御史因为儿子呆痴不忍过分责备儿媳，即使听说了这些事，也不再过问。

同巷有王给谏者①，相隔十馀户，然素不相能②。时值三年大计吏③，忌公握河南道篆④，思中伤之⑤。公知其谋，忧虑无所为计。一夕，早寝，女冠带，饰冢宰状⑥，翦素丝作浓髭⑦，又以青衣饰两婢为虞候⑧，窃跨厩马而出⑨，戏云：“将谒王先生。”驰至给谏之门，即又鞭挞从人，大言曰：“我谒侍御王，宁谒给谏王耶！”回辔而归⑩。比至家门，门者误以为真，奔白王公。公急起承迎，方知为子妇之戏。怒甚，谓夫人曰：“人方蹈我之瑕⑪，反以闺阁之丑登门而告之，余祸不远矣！”夫人怒，奔女室，诟让之⑫。女惟憨笑，并不一置词。挞之，不忍；出之⑬，则无家。夫妻懊怨，终夜不寝。时冢宰某公赫甚，其仪采服从，与女伪装无少殊别，王给谏亦误为真。屡侦公门，中夜而客未出，疑冢宰与公有阴谋。次日早朝，见而问曰：“夜相公至君家耶？”公疑其相讥，惭颜唯唯⑭，不甚响答。给谏愈疑，谋遂寝⑮，由此益交欢公。公探知其情，窃喜，而阴嘱夫人，劝女改行，女笑应之。

【注释】

①给谏：官名。唐宋时给事中及谏议大夫的合称。清代用作六科给事中的别称。

②素不相能：向来不相容。

③三年大计吏：明清时，每三年对官吏举行一次考绩。对外官的考绩称大计，对京官的考绩称京察。

④握河南道篆：做河南道监察御史。篆，官印。明代都察院下设十三道监察御史，给予印篆，分区负责考察该地区刑名吏治情况。《明史·职官志》谓“都察院衙门分属河南道，独专诸内外考察”。故王给谏嫉妒而欲中伤王侍御史。

⑤中伤：诬陷或恶意造谣毁坏别人的名誉。

⑥冢宰：官名。即太宰。西周置，位次三公，为六卿之首。《书》：“冢宰掌邦治，统百官，均四海。”明代以内阁大学士为相，中叶后多兼吏部尚书，故也称吏部尚书为冢宰。

⑦素丝：白色生丝。浓髭(zī)：密集的胡须。

⑧虞候：此处指侍卫、随员。

⑨厩(jiù)马：指家中的马匹。厩，马棚。

⑩回辔：回马。

⑪蹈我之瑕：寻找我的过错。

⑫诟让：责骂。让，责备。

⑬出：休弃。

⑭唯唯：恭敬地应答声。

⑮寝：停止，中止。

【译文】

和王御史同巷住着一位王给谏，与他家相隔着十几户人家，但两家人向来不和。这时正当朝廷三年一次考核官吏，王给谏忌妒王御史掌管河南道的监察大权，想中伤他。王御史得知王给谏的阴谋，心中很发愁，想不出对付的办法。一天晚上，王御史睡得很早，小翠穿上了官服，打扮成宰相的样子，剪了一些白丝粘在下巴上当成胡须，又让两个丫环穿上黑色衣服打扮成随从，偷偷骑上马厩里的马出去了，开玩笑说：“我要去拜访王大人。”骑马跑到王给谏门口，就用鞭子抽打两个随从，大声说：“我要去拜访侍御史王大人，哪里是拜访王给谏大人呀！”调转马头就回来了。到了家门口，守门人还误以为真的宰相来了，赶快跑去报告王御史。王御史急忙从床上起来，出门迎接，一看原来是儿媳妇在闹着玩。王御史气坏了，对夫人说：“人家正在找我的毛病，反而把家中的丑事登门去告诉人家，我的祸事不远了。”夫人也特别生气，跑到儿媳屋里，把小翠大骂一通。小翠只是憨笑，一句话也不分辩。夫人想打她吧，又不忍心；休了吧，她又没有家。王御史夫妇二人懊恼抱怨，一夜也没有睡着。当时，那位宰相正是显赫的时候，他的仪容、服饰、随从，和小翠伪装的没什么分别，王给谏也误以为真是宰相来了。他多次派人到王御史门前探听，直到半夜也没见客人出来，怀疑宰相和王御史在暗中商量什么事情。第二天早晨上朝，见到王御史就问：“昨夜宰相到您府上来了吗？”王御史以为他是故意讽刺，不好意思地应答了两声，声音也不大。王给谏愈发怀疑，就打消了中伤王御史的念头，从此还主动和王御史往来结交。王御史知道了真情，暗暗高兴，私下嘱咐夫人，劝儿媳改一改以往的行为，小翠笑着答应了。

逾岁，首相免①，适有以私函致公者，误投给谏。给谏大喜，先托善公者往假万金，公拒之。给谏自诣公所。公觅巾袍②，并不可得，给谏伺候久，怒公慢，愤将行。忽见公子衮衣旒冕③，有女子自门内推之以出，大骇。已而笑抚之，脱其服冕而去。公急出，则客去远。闻其故，惊颜如土，大哭曰：“此祸水也④！指日赤吾族矣⑤！”与夫人操杖往，女已知之，阖扉任其诟厉。公怒，斧其门。女在内含笑而告之曰：“翁无烦怒！有新妇在，刀锯斧钺，妇自受之，必不令贻害双亲。翁若此，是欲杀妇以灭口耶？”公乃止。给谏归，果抗疏揭王不轨[⑥]，衮冕作据。上惊验之，其旒冕乃粱秸心所制，袍则败布黄袱也。上怒其诬。又召元丰至，见其憨状可掬，笑曰："此可以作天子耶？"乃下之法司[⑦]。给谏又讼公家有妖人，法司严诘臧获[⑧]，并言无他，惟颠妇痴儿，日事戏笑，邻里亦无异词。案乃定，以给谏充云南军[⑨]。王由是奇女。又以母久不至，意其非人，使夫人探诘之，女但笑不言。再复穷问，则掩口曰："儿玉皇女，母不知耶？"

【注释】

①首相：指上文所说的冢宰。

②巾袍：冠服，礼服。

③衮（gǔn）衣旒（liú）冕：此指穿戴帝王冠服。衮衣，皇帝所穿的衮龙袍。旒冕，前后悬垂玉串的皇冠。

④祸水：制造祸害灾难的女性。汉伶玄《飞燕外传》载，汉成帝宠赵飞燕的妹妹合德，披香博士淖方成唾曰："此祸水也，灭火必矣。"照五行家的说法，汉朝得火德而兴，因而说赵合德祸害汉室，如同水之灭火。后因称败坏国家的女性为祸水。

⑤指日：不日，为期不远。赤族：全家族被杀。

⑥抗疏：上疏直陈。不轨：越出常轨，不守法度。《左传·隐公五年》："不轨不物，谓之乱政。"

⑦下之法司：把王给谏交付法司审理。明清时代，以刑部、都察院、大理寺为三法司，负责审理重大案件。

⑧臧获：奴婢。《荀子·王霸》："如是，则虽臧获不肯与天子易势业。"注："臧获，奴婢也。《方言》谓荆淮海岱之间，骂奴曰臧，骂婢为获。……或曰，取货谓之臧，擒得谓获。皆谓有罪为奴婢者。"

⑨充云南军：充军到云南。充军，宋元创设，明正式入律，开始主要

是出于卫所兵制充实军士的需要，后来成为重刑苦役制度，罚犯人到边远地区从事强迫性的屯种或充实军伍，是轻于死刑、重于流刑的一种刑罚，类似现在的劳改，作为死刑代用刑“刑莫惨于此”。

【译文】

过了一年，宰相被免了官，他有一封私人信件要交给王御史，但被误送给了王给谏。王给谏高兴万分，先托一位和王御史关系好的人到王御史家中借一万两银子，王御史拒绝了。王给谏便亲自来到王御史家。王御史找礼服，好穿着去迎接，可是找不着，王给谏等候时间长了，生气王御史的怠慢，就要转身回去。忽然看到元丰穿着龙袍，戴着皇冠，被一个女子从门内推了出来，他吓了一跳。接着便笑着抚摸，脱下他的龙袍、皇冠拿走了。王御史急忙出来，但客人已经走远了。他听到刚才发生的事，吓得面如土色，大哭着说：“这是祸水啊！我们全家被杀头为期不远了啊！”王御史和夫人一起拿棍子到儿子这边来，小翠已知他们要来，关上屋门任凭他们大骂。王御史气极了，拿来斧头砍他们的屋门。小翠在屋里含笑对公婆说：“公公不要发怒！有儿媳在，刀锯斧砍，由儿媳来承当，决不会连累双亲。公公这样做，是想杀死儿媳来灭口吗?”王御史这才住了手。王给谏回家后，果然向皇帝上了奏章，揭发王御史图谋不轨，并说有龙袍、皇冠为证。皇帝吃了一惊，一查罪证，皇冠原来是高粱秆做的，龙袍是一个破黄布包袱皮。皇帝对王给谏的诬告非常生气。又宣元丰上殿，一看他傻乎乎的样子，笑着说：“这个样子还能当天子吗?”就把王给谏交给法司去审问。王给谏又告发王御史家中有妖人，法司严厉讯问王御史家的仆人丫环，都说没有其事，只有一个疯媳妇和一个傻儿子，成天嬉笑玩耍，邻居也没说出其他情况。案子审定了，王给谏被判充军云南。王御史从此感到小翠不是一般的女子。又因她的母亲一直没来，猜想她不是人类，让夫人去盘问小翠，小翠只是笑，不说一句话。再一追问，小翠则捂着嘴说：“孩儿是玉皇大帝的女儿，婆婆不知道吗？”

无何，公擢京卿[①]。五十馀，每患无孙。女居三年，夜夜与公子异寝，似未尝有所私。夫人舁榻去，嘱公子与妇同寝。过数日，公子告母曰：“借榻去，悍不还！小翠夜夜以足股加腹上，喘气不得，又惯掐人股里。”婢妪无不粲然[②]。夫人呵拍令去。一日，女浴于室，公子见之，欲与偕，女笑止之，谕使姑待。既出，乃更泻热汤于瓮，解其袍袴，与婢扶入之。公子觉蒸闷，大呼欲出。女不听，以衾蒙之。少时无声，启视，已绝[③]。女坦笑不惊[④]，曳置床上，拭体干洁，加复被焉。夫人闻之，哭而入，骂曰：“狂婢何杀吾儿！”女輾然曰：“如此痴儿，不如勿有。”夫人益恚，以首触女，婢辈争曳劝之。方纷噪间，一婢告曰：“公子呻矣！”辍涕抚之，则气息休休[⑤]，而大汗浸淫[⑥]，沾浃裀褥[⑦]。食顷，汗已，忽开目四顾，遍视家人，似不相识，曰：“我今回忆往昔，都如梦寐，何也？”夫人以其言语不痴，大异之。携参其父，屡试之，果不痴。大喜，如获异宝。至晚，还榻故处，更设衾枕以觇之。公子入室，尽遣婢去。早窥之，则榻虚设。自此痴颠皆不复作，而琴瑟静好，如形影焉[⑧]。

【注释】

①擢（zhuó）：提升。京卿：清代对三品或四品京官的尊称，或称“京堂”。这里指从侍御擢升为太常寺卿。

②粲然：大笑。

③绝：气绝。

④坦：坦然，无负担。

⑤休休：喘粗气。

⑥浸淫：渗渍。

⑦沾浃：湿透。

⑧如形影焉：如影随形，亲密相伴。

【译文】

不久，王御史升为太常寺卿。五十多岁了，时常为没有孙子发愁。小翠来王家三年了，夜夜和元丰分开睡，好像没有发生过关系。夫人让人抬走了元丰的床，嘱咐元丰和小翠同睡。过了几天，元丰告诉母亲说："借走床，怎么还不还！小翠夜夜把腿放在我的肚子上，压得我喘不上气来，还老掐我的大腿。"丫环仆妇听了无不大笑。夫人呵斥拍打着他，让他走了。一天，小翠在屋里洗澡，元丰见了，要和她一起洗，小翠笑着制止他，让他先等一会儿。小翠洗完以后，又在洗澡的盆里添了热水，把元丰的衣服裤子脱掉，同丫环一起把元丰扶入盆里。元丰觉得又闷又热，大声叫着要出来。小翠不让，用被子把盆蒙上。不一会儿，没声音了，打开一看，元丰已经没气了。小翠坦然地笑着，一点儿也不惊慌，把元丰拖到床上，擦干身上的水，又用被子盖上。夫人听说这事，哭着来了，骂道："疯丫头为什么杀我的儿子！"小翠微微笑着说："这样的傻儿子，不如没有。"夫人更生气了，用头去撞小翠，丫环们又劝又拉。正在吵闹时，一个丫环来报告说："公子哼哼了。"夫人停止哭泣，抚摸儿子，只见他气喘吁吁，浑身大汗淋漓，沾湿了被褥。过了一顿饭工夫，元丰汗止了，忽然睁开眼环顾四周，把家中人都看了一遍，好像不认识似的，说："我现在回忆以往的事，好像做梦，这是怎么回事呀？"夫人看他说的不再像傻话，特别惊异。领着他去见父亲，多次试验，果然不傻了。全家大喜，如获至宝一般。到了晚上，夫人把床又放回原来的地方，还放好被褥枕头来观察他。元丰进了内室以后，把丫环们都打发走了。早晨一看，那张床空在那儿，如同虚设。从此以后，儿子媳妇的疯病傻病全没有了，小两口感情特别好，形影不离。

年馀，公为给谏之党奏劾免官，小有罣误[①]。旧有广西中丞所赠玉瓶[②]，价累千金，将出以贿当路。女爱而把玩之，失手堕碎，惭而自投。公夫妇方以免官不快，闻之，怒，交口呵骂。女奋而出，谓公子曰："我在汝家，所保全者不止一瓶，何遂不少存面目？实与君言：我非人也，以母遭雷霆之劫，深受而翁庇翼，又以我两人有五年夙分，故以我来报曩恩、了夙愿耳。身受唾骂，擢发不足以数，所以不即行者，五年之爱未盈，今何可以暂止乎！"盛气而出，追之已杳。公爽然自失[③]，而悔无及矣。公子入室，睹其剩粉遗钩[④]，恸哭欲死，寝食不甘，日就羸悴[⑤]。公大忧，急为胶续以解之[⑥]，而公子不乐。惟求良工画翠小像，日夜浇祷其下[⑦]，几二年。

【注释】

①罣(guà)误：因过失或被别人牵连而受到处分或损害。

②中丞：巡抚的别称。明清时，巡抚兼带副都御史衔，相当于前代的御史中丞，故称。

③爽然：茫然。自失：内心空虚。

④钩：鞋。

⑤羸悴：瘦弱憔悴。

⑥胶续：指续娶。旧时以琴瑟比喻夫妇和美，因此俗谓丧妻为断弦，再娶曰续弦。

⑦浇祷：酹酒祭祷。

【译文】

过了一年多，王御史因受到王给谏同党的弹劾被免了官，还受到了小处分。家中原有广西中丞赠送的一只玉瓶，价值千金，准备送给当权的大官。小翠很喜爱这只玉瓶，捧在手中欣赏，失手掉在地上摔碎了，心中很愧疚，赶快告诉了公婆。公婆正因为丢了官心中不快，听到此事大怒，二人交口大骂。小翠气得跑出来了，回去对元丰说："我在你家，保全你家不止一个玉瓶，为什么就不给我多少留点儿面子？实话对你说吧：我不是人类，因为我母亲遭到雷击的劫难，得到你父亲的庇护，又因为我们两人有五年的缘分，所以我来你家报答以前的恩情，完成我们的夙愿。我受到的斥骂，比头发还要多，我所以不离你而去，是因为五年的恩爱还未期满，现在我怎能再呆下去呢！"小翠赌气出门，元丰去追，已不见踪影。王御史心中若有所失，后悔也来不及了。元丰回到屋内，看到小翠用过的粉，穿过的鞋，痛哭欲死，寝不能眠，食不甘味，一天比一天消瘦。王御史非常忧虑，急着想为儿子续娶一房妻室，以解除元丰的烦恼，但元丰不愿意。他只请技艺高超的画家画了一幅小翠的像，日夜在像前祭祀祷告，这样的生活持续了近二年。

偶以故自他里归。明月已皎，村外有公家亭园，骑马墙外过，闻笑语声，停辔，使厩卒捉鞚[①]，登鞍一望，则二女郎游戏其中，云月昏蒙，不甚可辨。但闻一翠衣者曰："婢子当逐出门！"一红衣者曰："汝在吾家园亭，反逐阿谁？"翠衣人曰："婢子不羞！不能作妇，被人驱遣，犹冒认物产也？"红衣者曰："索胜老大婢无主顾者[②]！"听其音，酷类小翠，疾呼之。翠衣人去曰："姑不与若争，汝汉子来矣。"既而红衣人来，果小翠。喜极。女令登垣，承接而下之，曰："二年不见，骨瘦一把矣！"公子握手泣下，具道相思。女言："妾亦知之，但无颜复见家人。今与大姊游戏，又相邂逅，足知前因不可逃也。"请与同归，不可；请止园中，许之。公子遣仆奔白夫人。

夫人惊起，驾肩舆而往，启钥入亭，女即趋下迎拜。夫人捉臂流涕，力白前过，几不自容，曰："若不少记榛梗[③]，请偕归，慰我迟暮[④]。"女峻辞不可[⑤]。夫人虑野亭荒寂，谋以多人服役。女曰："我诸人悉不愿见，惟前两婢朝夕相从，不能无眷注耳，外惟一老仆应门，馀都无所复须。"夫人悉如其言。托公子养疴园中[⑥]，日供食用而已。

【注释】

①厩卒：马夫。捉：抓住。鞚(kòng)：有嚼口的马笼头。

②索胜：总还胜过。

③榛梗：原意指草木丛生。此处喻琐事引起的隔阂，前嫌。

④迟暮：晚年。迟，晚。

⑤峻辞不可：严词拒绝。

⑥疴(kē)：病。

【译文】

一天，元丰偶然从别处回来。这时天空明月皎洁，村外有王御史家的一座亭园，元丰骑马从墙外路过，听到里面有笑语声，他勒住马，让马夫拉住缰绳，站在马鞍上向里张望，只见两位女子在里边游戏，因月亮被云彩遮住，看不太清楚。只听穿绿衣服的女子说："应该把你这丫头赶出门去！"一个红衣女子说："你在我家的亭园里，反而撵谁啊？"绿衣女子说："丫头不知害羞！没有当好媳妇，被人赶了出来，还要冒认是自家的产业吗？"红衣女子又说："那也比你老大个丫头还没有婆家的强！"元丰听说话的声音酷似小翠，急忙呼叫。绿衣女子一边离去一边说："先不和你争了，你的汉子来了。"不一会儿，红衣女子来了，果然是小翠。元丰高兴极了。小翠让他登上墙头，然后把他接下来，说："两年不见，你瘦成一把骨头了。"元丰拉着小翠的手不由流下泪来，详述了相思之情。小翠说:“我也知道,但我无颜见家中的人。今天与大姐游戏,又和你相遇,足见我们的缘分是天定的。”元丰请求小翠一起回家,小翠不答应;请求在园中住下,小翠同意了。元丰让仆人赶快跑回去报告夫人。夫人吃惊地站起来,坐上轿子就到花园来,开锁进入园中,小翠赶快跑过来迎接,下拜行礼。夫人抓住她的胳膊,流着泪说以前都是自己的过错,几乎无地自容,夫人说:“如果你能稍微不再记恨前嫌,请和我一起回去,对我的晚年也是个安慰。”小翠坚决不回去。夫人考虑村外的园子荒凉冷清,想多派几个人来服侍。小翠说:“别的人我都不愿见,只有以前在我身边的两个丫环朝夕服侍我,我忘不了她们,另外再来一个老仆人看看门,其他的都不需要了。”夫人全照小翠的话做了。对别人只说元丰在园中养病,每天供给一些吃用的东西。

女每劝公子别婚,公子不从。后年馀,女眉目音声,渐与曩异,出像质之①,迥若两人。大怪之。女曰:“视妾今日,何如畴昔美?”公子曰:“今日美则美,然较昔则似不如。”女曰:“意妾老矣!”公子曰:“二十馀岁,何得速老。”女笑而焚图,救之已烬。一日,谓公子曰:“昔在家时,阿翁谓妾抵死不作茧②。今亲老君孤,妾实不能产,恐误君宗嗣。请娶妇于家,旦晚侍奉翁姑,君往来于两间,亦无所不便。”公子然之,纳币于锺太史之家③。吉期将近,女为新人制衣履,赍送母所。及新人入门,则言貌举止,与小翠无毫发之异,大奇之。往至园亭,则女亦不知所在。问婢,婢出红巾曰:“娘子暂归宁,留此贻公子。”展巾,则结玉玦一枚④,心知其不返,遂携婢俱归。虽顷刻不忘小翠,幸而对新人如觌旧好焉⑤。始悟锺氏之姻,女预知之,故先化其貌,以慰他日之思云。

【注释】

①质：对照质证。

②抵死：到老死，终究。不作茧：以蚕不作茧喻妇女不育。

③太史：古史官。明清时，因修史之事归于翰林院，因称翰林为太史。

④玉玦：玉饰，形为环而有缺口。古时常用以赠人表示决绝。《荀子·大略》："绝人以玦，反绝以环。"

⑤觌（dí）：见。

【译文】

小翠经常劝元丰另娶一个媳妇，元丰不同意。过了一年多，小翠的声音容貌渐渐变得和原来不一样了，拿出原来的画像一对比，简直判若两人。元丰很奇怪。小翠说："看看现在的我，比以前漂亮吗？"元丰说："现在还是很漂亮，然而比以前好像不如。"小翠说："我想我是老了！"元丰说："二十多岁，怎么就老得那么快。"小翠笑着烧毁了画像，元丰来抢救，已经晚了。一天，小翠对元丰说："从前在家的时候，老爸说我至死也不能生儿育女。现在公婆已经年老，只你一个儿子，我确实不能生育，恐怕耽误你家传宗接代。请你在家娶个媳妇，早晚侍奉公婆，你可以在我和她那里两边往来，也没什么不便。"元丰觉得小翠讲得也有道理，就和锺太史的女儿定了亲。婚期将近，小翠为新媳妇做新衣新鞋，让人送到婆婆那里。等新娘子过了门，相貌言谈举止，都和小翠分毫不差，元丰大为惊奇。到亭园去看，小翠已不知去向。问丫环，丫环拿出一块红手帕说："娘子暂时回娘家去了，留下这个给公子。"展开手帕一看，里面有玉玦一块，元丰知道小翠不会回来了，于是带着丫环回到家中。元丰虽然一刻也不能忘记小翠，幸而看着新媳妇就如同看到小翠一样。元丰这时才明白和锺家结亲，小翠预先就知道，所以才先变成锺家姑娘的容貌，以此来慰藉以后的相思之情。

异史氏曰：一狐也，以无心之德，而犹思所报，而身受再造之福者[①]，顾失声于破甑[②]，何其鄙哉！月缺重圆[③]，从容而去，始知仙人之情，亦更深于流俗也！

【注释】

①再造：再生。

②失声于破甑（zèng）：东汉孟敏荷甑而行，甑堕地破裂，孟敏不顾而去，认为“甑已破矣，视之何益”。见《后汉书·郭泰传》。这里反用其意，批评王御史因小事忘大德，竟然因已碎的玉瓶，诟骂对王家有再造之恩的小翠。失声，不自禁地出声。甑，古代炊器。

③月缺重圆：指小翠负气离开王家，后在亭园又与元丰重新团圆。

【译文】

异氏史说：一个狐狸，对于王家无意之中施于的恩德，还想着报答；而王家受到小翠再生之福，却因为打破一个花瓶而失声痛骂，品格是何等低下啊！和元丰分手而又破镜重圆，找好替身又从容离去，以此可知仙人的情义，比世俗之人更加深厚啊！

金和尚

【题解】

本篇可与卷二的《金世成》对读。《聊斋志异》中的道士多幻魔异术而和尚多贪婪不法，可能与蒲松龄的见闻经历有关。本篇中的金和尚“生平不奉一经，持一咒，迹不履寺院，室中亦未尝蓄铙鼓，此等物，门人辈弗及见，并弗及闻”，却过着骄奢淫逸的生活，完全是一方黑社会的恶霸代表。据王渔洋《分甘馀话》、青柯亭本《聊斋志异》本篇后面的鲍廷博的附记及《五莲山志》等文献，金和尚实有其人，“一时服御华侈，声势煊赫，诚有如聊斋所云者”。而且“尝以柳泉此传未尽得实，付梓后，欲别为小纪以正之”。其实，虽然本篇类传记，但作为文学作品，也不必事事拘泥，毕竟文学的真实与历史的真实有着区别。

金和尚[①]，诸城人[②]。父无赖，以数百钱鬻子五莲山寺[③]。少顽钝，不能肄清业[④]，牧猪赴市，若佣保。后本师死[⑤]，稍有遗金，卷怀离寺[⑥]，作负贩去。饮羊、登垄[⑦]，计最工。数年暴富，买田宅于水坡里，弟子繁有徒，食指日千计[⑧]，遶里膏田千百亩。里中起第数十处，皆僧，无人[⑨]，即有，亦贫无业，携妻子，僦屋佃田者也。每一门内，四缭连屋[⑩]，皆此辈列而居。僧舍其中，前有厅事[⑪]，梁楹节棁[⑫]，绘金碧，射人眼，堂上几屏，晶光可鉴。又其后为内寝，朱帘绣幙[⑬]，兰麝香充溢喷人，螺钿雕檀为床[⑭]，床上锦茵褥，褶叠厚尺有咫，壁上美人山水诸名迹，悬黏几无隙处。一声长呼，门外数十人，轰应如雷。细缨革靴者[⑮]，皆乌集鹄立[⑯]，受命皆掩口语，侧耳以听。客仓卒至，十馀筵可咄嗟办[⑰]，肥醴蒸薰[⑱]，纷纷狼籍如雾霈[⑲]。但不敢公然蓄歌妓，而狡童十数辈[⑳]，皆慧黠能媚人，皂纱缠头[㉑]，唱艳曲，听睹亦颇不恶。金若一出，前后数十骑，腰弓矢相摩戛[㉒]。奴辈呼之皆以“爷”；即邑人之若民[㉓]，或“祖”之，“伯”、“叔”之，不以“师[㉔]”，不以“上人[㉕]”，不以禅号也[㉖]。其徒出，稍稍杀于金[㉗]，而风鬟云辔[㉘]，亦略与贵公子等。

【注释】

①金和尚：相关文献记载略异。王渔洋《分甘馀话》：“国初有一僧

姓金,自京师来青之诸城,自云是旗人金中丞之族,公然与冠盖交往。诸城九仙山古刹常住腴田数千亩,据而有之,益置膏腴,起甲第。徒众数百人,或居寺中,或以自随。居别墅,鲜衣怒马,歌儿舞女,虽豪家仕族不及也。有金举人者,自吴中来,父事之,愿为之子。此僧以势利横行闾里者几三十年乃死,中分其资产,半予僧徒,半予假子。有往吊者,举人斩衰稽颡,如俗家礼。余为祭酒日,举人方肄业太学,亦能文之士,而甘为妖髡假子,忘其本生,大可怪也。"李象先等编《五莲山志·诸师本传》:"和尚姓金,名彻,字泰雨,原籍为辽阳。明末在山东诸城五莲山寺出家。"鲍廷博《金和尚附记》:"和尚盖绍兴某县人……后其侄显达……因出资令有司创建刹宇,且为营别业云。"

②诸城:县名。地处山东泰沂山脉与胶潍平原交界处,明清时代属青州府,现为潍坊辖诸城。

③五莲山寺:即护国万寿光明寺,位于山东五莲山大悲峰下,始建于明万历三十年(1602),是山东四大禅寺之一(其他三座是长清灵岩寺、青州法庆寺、诸城侔云寺)。是一座由皇帝敕赐寺名,内库拨款,太监亲临监工的御建寺院。

④清业:指诵经、打坐等活动。

⑤本师:此处指剃度、授戒的师父。

⑥卷怀:收藏,据为己有。

⑦饮羊:谓羊贩以水饮羊,增其重量以骗取高利,类似于现在的注水。《孔子家语·相鲁》:"鲁之贩羊有沈犹氏者,常朝饮其羊,以诈市人。"登垄:垄断而登之。指操纵、把持集市,以牟取高利。《孟子·公孙丑》:"古之为市也……有贱丈夫焉,必求垄断而登之,以左右望,而罔市利。"

⑧食指日千计:每天吃饭有百馀人。

⑨无人:没有僧众之外的人。人,指俗家人。

⑩缭(liáo):缠绕,边。

⑪厅事:指处理家务的处所。

⑫梁楹节棁(zhuó):即屋梁、楹柱、柱端斗拱、梁上短柱。

⑬幙:同“幕”。

⑭螺钿:用螺壳、玳瑁等磨薄后刻花鸟人物等形象,镶嵌于雕镂器物之上,称为螺钿。

⑮细缨革靴者:指穿戴整齐的仆人。细缨,冠的系带。革靴,皮制长筒靴。

⑯乌集鹄(hú)立:群集恭立。鹄立,谓似鹄之延颈而立。鹄,即天鹅。

⑰可咄嗟(duō jiè)办:可以立即办好。咄嗟,霎时,谓时间短暂。

⑱醴(lǐ):甜酒。

⑲雾霈:热气蒸腾的样子。

⑳狡童:美貌的少年。《诗·郑风·狡童》:“彼狡童兮,不与我言兮。”

㉑皂:黑。

㉒摩戛:碰撞。戛,击。

㉓若民:普通百姓。

㉔师:法师,禅师。对和尚或道士的尊称。

㉕上人:佛教称具备德智善行的人。《摩诃般若经》:“何名上人?佛言若菩萨一心行阿耨菩提心不散乱,是名上人。”

㉖禅号:法号,修禅者的称号。

㉗杀:减。

㉘风鬃云辔:极言扈从之盛,车马如风会云集。风鬃,犹言风驰电掣的马。鬃,马鬃毛。指代马。云辔,指扈从前后的众多骑卒、仆役。辔,马缰绳。引申为骑卒。

【译文】

金和尚是山东诸城人。父亲是个无赖,几百个大钱把他卖到五莲山寺。金和尚小时顽皮愚钝,不会诵经念佛,只干些放猪和上街买东西的杂活，就如同雇工佣人一样。后来他的师傅死了，留下了一点儿钱，他就带着这些钱离开了五莲山寺，去做买卖。这人弄虚作假，投机倒把，最有心计。几年就发了大财，在水坡里买了房屋土地，有很多徒弟，每天吃饭的有百十多人，围绕水坡里的良田有上千亩。在里中盖起了数十处宅院，住的都是和尚，没有普通百姓，即使有也是贫苦无业之民，带着妻子儿女，租屋种田的。每一座门内，四周屋子相连，都住着这些人。金和尚的房屋在中间，前有厅堂，雕梁画栋，金碧辉煌，耀人眼目，堂上的桌案屏风，锃光明亮，可以照人。后面是卧室，绣花的门帘和帐子，气味芳香扑鼻，檀木雕花的大床上镶着用螺壳玳瑁磨刻的花鸟人物，床上铺着锦缎褥子，有一尺多厚，墙上挂着名家画的美人山水画，几乎挂满了墙壁。一声招呼，门外有数十人，应答的声音犹如打雷。戴着小帽穿着皮靴的人都排成队恭敬地站立着，伺候时都掩着嘴说话侧着耳朵倾听。如果有客人突然而至，不大工夫就可摆出十几桌筵席，各种做法的佳肴，纷纷端上桌来，热气腾腾的。但是不敢公开留养歌妓，而是有十几个漂亮少年，都聪明伶俐，讨人喜欢，用黑纱缠头，唱着色情的歌曲，听着看着都还不错。金和尚一出来，前呼后拥跟着数十个骑马的人，他们腰上挂的弓箭相碰叮当作响。这些奴仆们都管金和尚叫爷，县里的百姓，有的呼他为祖，有的呼他为伯、叔，不叫师父和上人，不叫和尚的法名。他的徒弟出行，威风劲儿比金和尚稍差些，但也是扈从拥促，也和贵族公子差不多。

金又广结纳[①]，即千里外呼吸亦可通[②]，以此挟方面短长[③]，偶气触之[④]，辄惕自惧。而其为人，鄙不文[⑤]，顶趾无雅骨[⑥]。生平不奉一经，持一咒，迹不履寺院，室中亦未尝蓄铙鼓[⑦]，此等物，门人辈弗及见，并弗及闻。凡僦屋者，妇女浮丽如京都，脂泽金粉，皆取给于僧，僧亦不之靳，以故里中不田而农者以百数。时而恶佃决僧首瘗床下[8]，亦不甚穷诘，但逐去之，其积习然也。金又买异姓儿，私子之[9]，延儒师，教帖括业[10]。儿聪慧能文，因令入邑庠，旋援例作太学生[11]。未几，赴北闱，领乡荐。由是金之名以“太公”噪。向之“爷”之者“太”之[12]，膝席者皆垂手执儿孙礼[13]。

【注释】

①广结纳：多方联络结交。

②呼吸亦可通：喻一体化，联络有亲，信息畅通。

③挟：挟持，控制。方面：一个方面的军政事务。因指独当一面的地方官，如总督、巡抚等。短长：偏义，指短处。

④气触：冒犯。

⑤不文：此处指不才或没有文采。

⑥顶趾无雅骨：浑身无一点文雅气息。顶趾，从头到脚。

⑦未尝蓄铙(náo)鼓：未置办法事之具。即谓从来未曾作法事。铙鼓，僧人用于作法事的两种乐器。铙，铙钹，亦称“铜钹”。铜制，形如圆盘，两只相碰擦以发声。

⑧佃：佃户。决：割断。

⑨私子之：私下里当儿子。据乾隆《诸城县志·列传》载金和尚所买异姓儿“金奇玉，本姓朱，江南昆山巨姓。十馀龄遭家变，出亡至县，无所依，五莲山僧金姓养为子，从姓金氏。僧延名师教之，仍以昆山籍举顺天乡试，知黾池县。博学工诗，居城西黑龙沟侧，与县诗人相唱和，集号龙溪。德州卢抱孙见曾曾刊《山左诗钞》，以奇玉为县侨寓，当矣！新城王阮亭士祯《池北偶谈》深诋之，盖未详其本末云”。

⑩帖(tiě)括：泛指科举应试文章。

⑪援例：指援引捐纳之例。太学生：国子监监生的别称。

⑫向之"爷"之者"太"之：即从前称"爷"现在称"太爷"。指恭敬升格。

⑬膝席：跪于席。《史记·魏其武安侯列传》："饮酒酣，武安起为寿，坐皆避席伏。已魏其侯为寿，独故人避席耳，馀半膝席。"裴骃《集解》引如淳曰："以膝跪席上也。"此处指原来平辈交往应酬者。

【译文】

金和尚又广为结纳各方人士，即使千里之外，也联络有亲，仗着这些挟制官府，有人偶尔冒犯了他，都恐惧万分。但金和尚的为人，粗鄙不通文字，从头顶到脚跟没有一点儿文雅的地方。一辈子没念过一本经，没念过一句咒，从不到寺院中去，屋里也不摆设金铙皮鼓这些佛家法器，他的徒弟更没有见过也没有听说过这些东西。凡是租住他的房屋的，妇女打扮得漂漂亮亮如同京城妇女一样，擦脸的脂粉，都由金和尚出钱供给，他也毫不吝啬，因此村中不种田的农民有一百多人。有时有些佃户中的恶人把僧人杀了，将脑袋埋在床下，金和尚也不太追究，只是把这人赶走而已，他们历来的习俗就是这样。金和尚又买了一个异姓孩子，私下当做自己的儿子，为他请了老师，教他学习八股文。这孩子很聪明会写文章，因此又让他考上秀才进了县学，很快又按照惯例捐纳当上了监生。不久应试，中了举。从此金和尚又被称为"金太公"，名声更大了。以前称他为"爷"的改称"太爷"，过去向他行平辈礼的现在都恭恭敬敬地行儿孙礼。

无何，太公僧薨。孝廉缞绖卧苫块[①]，北面称孤[②]；诸门人释杖满床榻[③]；而灵帏后嘤嘤细泣，惟孝廉夫人一而已。士大夫妇咸华妆来，搴帏吊唁，冠盖舆马塞道路。殡日，棚阁云连[④]，旛幢翳日[⑤]。殉葬刍灵[⑥]，饰以金帛，舆盖仪仗数十事，马千匹，美人百袂[⑦]，皆如生。方弼、方相[⑧]，以纸壳制巨人，皂帕金铠，空中而横以木架，纳活人内负之行。设机转动，须眉飞舞；目光铄闪，如将叱咤。观者惊怪，或小儿女遥望之，辄啼走。冥宅壮丽如宫阙，楼阁房廊连垣数十亩，千门万户，入者迷不可出。祭品象物[⑨]，多难指名。会葬者盖相摩[⑩]，上自方面，皆伛偻入[⑪]，起拜如朝仪[⑫]，下至贡监簿史[⑬]，则手据地以叩，不敢劳公子，劳诸师叔也。当是时，倾国瞻仰[⑭]，男女喘汗属于道，携妇襁儿[⑮]，呼兄觅妹者，声鼎沸。杂以鼓乐喧豗[⑯]，百戏鞺鞳[⑰]，人语都不可闻。观者自肩以下皆隐不见，惟万顶攒动而已。有孕妇痛急欲产，诸女伴张裙为幄[⑱]，罗守之，但闻儿啼，不暇问雌雄，断幅绷怀中[⑲]，或扶之，或曳之，蹩躠以去[⑳]。奇观哉！葬后，以金所遗赀产，瓜分而二之：子一，门人一。孝廉得半，而居第之南。之北、之西东，尽缁党[㉑]，然皆兄弟叙，痛痒犹相关云。

【注释】

①绖（dié）：旧时用麻做的丧带，系在腰或头上。在头上为首绖，在腰为腰绖。

②北面称孤：跪于灵前，自称孤子。北面，面北而拜。

③杖：苴（jū）杖。古代居父丧所用的竹杖，俗称哭丧棒。《礼记·丧服小记》："苴杖，竹也；削杖，桐也。"《礼记·问丧》："或问曰：杖者何也？曰：竹、桐一也。故为父苴杖，苴杖，竹也。为母削杖，削杖，桐也。"

④棚阁：指搭架的丧棚。云连：极言其多。

⑤旛幢（fān chuáng）：指用于丧仪的旌旗。翳日：遮天蔽日。翳，

遮蔽。

⑥刍灵：用茅草扎成的人马，古时殉葬用品。《礼记·檀弓》："涂车刍灵，自古有之，明器之道也。"郑玄注："刍灵，束茅为人马，谓之灵者，神之类。"

⑦袂：衣袖。指代刍灵美人数量。

⑧方弼、方相：都是古代驱疫避邪的神像。《周礼·夏官·方相氏》："方相氏掌：蒙熊皮，黄金四目，玄衣朱裳，执戈扬盾，帅百隶而时难，以索室驱疫。大丧，先柩。及墓，入圹，以戈击四隅，驱方良。"原只有方相，《封神演义》又加上方弼，称方弼、方相为兄弟两人。殡葬时用纸、竹等糊扎成高大狰狞的形象作为开路神。

⑨象物：又称"相生"。指模拟物品。

⑩盖相摩：车盖相碰撞，拥挤。

⑪伛偻：腰背弯曲。引申为曲身，表示恭敬。《庄子·列御寇》："一命而伛，再命而偻，三命而俯。"

⑫起拜如朝仪：谓礼节如同朝见君主一样。

⑬贡监：明制，生员入监读书者，谓之贡监。簿史：指主管文书记事的小吏。簿，主簿。史，府吏。泛指府县主管文书、财赋的杂职吏员。

⑭倾国：全国。这里指全城。

⑮褓儿：背负哺乳幼童。褓，襁褓。

⑯喧豗(huī)：嘈杂的响声。

⑰百戏鞺鞳(tāng tà)：散乐杂技的锣鼓喧闹。百戏，古散乐杂技等民间表演艺术的泛称。鞺鞳，锣鼓声。

⑱幄：帷幕。

⑲断幅：扯块布。幅，布的宽度。绷：束，包扎。

⑳蹩躠(xiè)：谓歪歪倒倒，如跛行一般。蹩，跛不能行。躠，行不正。

㉑尽缁党：全是和尚。缁，黑色。僧服色尚黑，因以指僧人。

【译文】

不久，金太公和尚死了。金举人披麻戴孝跪在灵前，口称孤儿；众门人的哭丧棒摆满了床榻；在灵幃后面小声哭泣的，只有举人夫人一个人而已。士大夫的夫人们都穿着盛装前来吊唁，车马轿子把道路都堵塞了。出殡那天，高大的灵棚一个接着一个，招魂灵幡遮住了日光。殉葬的纸人纸马等都用金帛装饰，车马仪仗有数十件，纸马千匹，纸人百个，全都像活的一样。方弼、方相开道巨人，外面是纸制的壳，再戴上黑帽子，穿上金铠甲，里边是空的，横架一个木架，活人钻到里面扛着架子行走。纸人内部还设有转动机关，连着脸上的胡子眉毛都在动，目光一闪一闪的，如要喊叫一样。围观的人都很惊奇，有的小孩子远远看到，就吓得哭着跑了。阴宅也修建得很壮丽，像宫殿一样，楼阁房廊连接着，占地数十亩，里面千门万户，进去就会迷路，连出来都很困难。祭品供品很多，都难以叫出名称。送葬的人摩肩接踵，上自官长，都低头弯腰进来，叩头下拜，如上朝一样，下至衙门的小吏，都趴在地上叩头前行，不敢有劳金公子和各位师叔。那时候，全城的人都来瞻仰，男男女女汗流浃背往来于道上，有的领着老婆背着孩子，有的呼兄喊妹，人声鼎沸。再加上鼓乐喧天，上演各种戏剧的敲锣打鼓，人们的说话声都听不到了。看热闹的人从肩膀以下都看不见，只见万头攒动而已。还有个孕妇肚子疼了要生产，女伴们只好围成一圈张开裙子来遮挡，守候着，只听见婴儿啼哭，没工夫问是男是女，扯下一块裙子把孩子包上抱在怀中，有的扶着产妇，有的拽着，一扭一拐地回家去了。真是奇观啊！下葬以后，把金和尚留下的资产分为两份，他的儿子得一份，众门人得一份。金举人分得了一半，居住在住宅的南面，而北、东、西面，全是和尚，都以兄弟相称，仍然痛痒相关，互相照应。

异史氏曰：此一派也，两宗未有①，六祖无传②，可谓独辟法门者矣[③]。抑闻之:五蕴皆空[④],六尘不染[⑤],是谓'和尚';口中说法,座上参禅,是谓'和样'[⑥];鞋香楚地,笠重吴天[⑦],是谓'和撞'[⑧];鼓钲锽聒,笙管敖曹[⑨],是谓'和唱'[⑩];狗苟钻缘,蝇营淫赌[⑪],是谓'和幛'[⑫]。金也者,'尚'耶?'样'耶?'撞'耶?'唱'耶?抑地狱之'幛'耶?

【注释】

①两宗:中国佛教禅宗自南朝宋末菩提达摩五传后,因北方神秀的渐悟说与南方慧能的顿悟说主张不同,衍变为南北两宗。

②六祖:禅宗自达摩至慧能,衣钵共传六世:即达摩、慧可、僧璨、道信、弘忍、慧能,为禅宗六祖。

③独辟:单独开辟。法门:佛教指修行者入道的门径。

④五蕴:也称"五阴"、"五众"。佛教指色(形相)、受(情欲)、想(意念)、行(行为)、识(心灵)。《般若波罗蜜多心经》:"照见五蕴皆空。度一切苦厄。"

⑤六尘:佛教指色、声、香、味、触、法。认为六尘与六根(眼、耳、鼻、舌、身、意)相连接而产生种种嗜欲,导致种种烦恼,因又称之为"六欲"、"六入"、"六处"、"六境"、"六贼"。

⑥和样:和尚的样子。指能装点佛教的门面。

⑦鞋香楚地,笠重吴天:指僧人履地戴天,云游四方,寻师问道。笠,斗笠。楚地、吴天,言其奔走不同的地方。

⑧和撞:和尚的本分,当一天和尚撞一天钟。

⑨笙管:指代管乐。敖曹:喧闹。

⑩和唱:和尚的音乐。指和尚作法事。

⑪狗苟:苟且无耻。钻缘:钻营拉关系。蝇营:像苍蝇一样飞来飞去。唐韩愈《送穷文》:"朝悔其行,暮已复然,蝇营狗苟,驱

去复还。”

⑫和幛:和尚包藏祸心的招牌。幛,上面题有词句的整幅绸布,用作庆贺或吊唁的礼物。这里的“和样”、“和撞”、“和唱”、“和幛”与“和尚”叠韵,都是从“和尚”一词衍化出来的讥讽之词。

【译文】

异史氏说:这是单独的一派,禅宗的南北两宗都没有这派,六祖也没有传授给他们衣钵,可以说是独辟法门。我听说过,五蕴皆空,六尘不染,称作“和尚”;口中说法,座上参禅,叫作“和样”;脚踏楚地,头顶吴天,四处云游,称作“和撞”;锣鼓喧天,笙管喧闹,称作“和唱”;狗苟蝇营,厚颜无耻,吃喝嫖赌,称作“和幛”。金和尚这个人,是“尚”呢?“样”呢?“撞”呢?“唱”呢?或者是地狱中的“幛”呢?

龙戏蛛

【题解】

元代戏剧《窦娥冤》有一首“滚绣球”的唱词,说:“有日月朝暮悬,有鬼神掌着生死权。天地也!只合把清浊分辨,可怎生糊突了盗跖、颜渊!为善的受贫穷更命短,造恶的享富贵又寿延。天地也!做得个怕硬欺软,却元来也这般顺水推船!地也,你不分好歹何为地!天也,你错勘贤愚枉做天!”蒲松龄的这篇小说表达的正是这个意思。但能够不能够说蒲松龄不迷信,不相信因果报应呢?恐怕也不能够,只能说蒲松龄思想比较复杂,有时信,有时又不信,并未形成体系贯彻到底而已。

徐公为齐东令[①],署中有楼,用藏肴饵,往往被物窃食,狼籍于地。家人屡受谯责[②],因伏伺之,见一蜘蛛,大如斗,骇走白公[③]。公以为异,日遣婢辈投饵焉。蛛益驯,饥辄出依人,饱而后去。积年馀,公偶阅案牍,蛛忽来伏几上。疑其饥,方呼家人取饵,旋见两蛇夹蛛卧,细裁如箸④,蛛爪踡腹缩,若不胜惧。转瞬间,蛇暴长,粗于卵。大骇,欲走。巨霆大作,阖家震毙。移时,公苏,夫人及婢仆击死者七人。公病月馀,寻卒。公为人廉正爱民,柩发之日⑤,民敛钱以送,哭声满野。

【注释】

①齐东:旧县城名。故址在今山东邹平境内,清属济南府管辖。

②谯(qiào)责:谴责,责问。

③白:禀告。

④箸:筷子。

⑤柩发:出殡。柩,棺柩。

【译文】

徐公任齐东县令,他的衙门里有座楼,用来贮藏佳肴美食,往往被偷吃,洒得满地都是。仆人因此屡次受到责罚,于是埋伏起来察看,看到一个蜘蛛,有斗那么大,仆人吓得赶快跑去报告徐公。徐公觉得这事很奇异,每天派丫环给蜘蛛送吃的。蜘蛛更加温驯了,饿了就出来找人要吃的,吃饱了就回去。过了一年多,徐公偶然批阅文件,蜘蛛忽然来了,趴在桌子上。徐公以为它饿了,正要叫仆人给它拿食物,只见两条蛇卧在蜘蛛的两边,粗细像筷子,蜘蛛把爪子蜷起来缩在肚子下,好像非常害怕。转眼间,蛇暴长,有鸡蛋那么粗。徐公惊异极了,要跑开。这时雷声大作,全家都被震死了。过了一段时间,徐公又苏醒了,夫人和丫环仆人被雷击死的共有七人。徐公病了一个多月,不久也死了。徐公为人廉正爱民,下葬那天,百姓们出钱给他送葬,哭声满野。

异史氏曰：龙戏蛛，每意是里巷之讹言耳[①]，乃真有之乎[②]？闻雷霆之击，必于凶人[③]，奈何以循良之吏，罹此惨毒？天公之愦愦，不已多乎[④]！

【注释】

①讹：错讹，谣言。

②乃：竟。

③凶人：恶人，坏人。

④已：太，过。

【译文】

异史氏说：龙戏蛛，每以为是里巷流传的谣言，还真有这样的事吗？听说雷要打人，必打那些坏人，怎么这样廉正爱民的好官却遭到这样的惨祸呢？天公昏聩的地方，也太多了吧？

商妇

【题解】

《聊斋志异》有不少抓替死鬼的故事，比较优秀的作品有《王六郎》、《水莽草》等，在《水莽草》中，蒲松龄还借祝生之口，表达了他对于这一民俗传说的伦理道德所持的明确态度。在本篇中，蒲松龄对于抓替死鬼传说的本身提出了怀疑。而在《梅女》、《缢鬼》等篇中，虽然同为缢鬼，并没有抓替死鬼的情节。所以，民俗传闻是一回事，利用民俗传闻编织故事是另一回事，辨别民俗传闻的真伪和进行道德判断则更是另一回事。不能简单地认为利用民俗传闻编织故事就一定意味着蒲松龄肯定并相信这些民俗传闻。

天津商人某，将贾远方，从富人贷赀数百。为偷儿所窥，及夕，预匿室中以俟其归。而商以是日良，负赀竟发。偷儿伏久，但闻商人妇转侧床上，似不成眠。既而壁上一小门开，一室尽亮。门内有女子出，容齿少好[①]，手引长带一条，近榻授妇，妇以手却之。女固授之，妇乃受带，起悬梁上，引颈自缢。女遂去，壁扉亦阖。偷儿大惊，拔关遁去。既明，家人见妇死，质诸官[②]。官拘邻人而锻炼之[③]，诬服成狱，不日就决[④]。偷儿愤其冤，自首于堂，告以是夜所见。鞫之情真，邻人遂免。问其里人，言宅之故主曾有少妇经死，年齿容貌，与盗言悉符，固知是其鬼也。俗传暴死者必求代替，其然欤?

【注释】

①容齿少好：年轻漂亮。

②质诸官：告之于官，请予审理。

③锻炼：罗织罪名，严刑逼供。《后汉书·章彪传》："忠孝之人，持心近厚；锻炼之吏，持心近薄。"注："《苍颉篇》曰：'锻，椎也。'锻炼犹成熟也。言深文之吏，入人之罪，犹工冶陶铸锻炼，使之成熟也。"

④决：处决，执行死刑。

【译文】

天津卫有个商人，要出远门做买卖，从一个富人那里借了几百两银子作本钱。被小偷看见了，到了晚上，小偷预先藏在他屋里等他回来。但商人因为那天是个好日子，拿到钱就出发了。小偷藏了很长时间，只听商人的妻子在床上翻来覆去，像是难以入睡。一会儿，墙上忽然开了个小门，整个屋里通亮。门里出来个年轻漂亮的女子，手拉一条带子，走近床边递给商人妻子，商人妻用手推开。年轻女子固执地再递给她，她就接过去，起了床，将带子拴在梁上，伸进脖子，上吊了。年轻女子也就走了，墙上小门也关上了。小偷大惊，推开门逃了。天亮后，家里仆人见主妇吊死，报了案。官府捉商人邻居去，严刑拷打，邻居忍受不了折磨，只得承认杀了人，几天后就要被处决了。小偷为邻居的冤枉不平，到官府自首，说了那夜亲眼见到的事实。经过审讯确认他说的是真的，邻居便免了罪。官府向其他邻人调查，都说那宅子的旧主人家里曾经有年轻媳妇吊死过，年龄、相貌跟小偷说的完全符合，因而知道那是年轻媳妇的鬼魂。俗话说暴死的人必然找人做替身，真是这样吗？

阎罗宴

【题解】

《聊斋志异》中以阎罗为题的作品不少，除本篇外，尚有卷三的《阎罗》、卷五《阎王》、卷六《阎罗》、卷七《阎罗薨》，都比较简短，不过借阎罗之名赏善罚淫。本篇则写贫穷的邵生由于恭谨孝顺，得到了阎罗的回报。

静海邵生[①]，家贫。值母初度，备牲酒祀于庭[②]，拜已而起，则案上肴馔皆空。甚骇，以情告母。母疑其困乏不能为寿，故诡言之。邵默然无以自白。无何，学使案临[③]，苦无资斧，薄贷而往[④]。途遇一人，伏候道左，邀请甚殷。从去。见殿阁楼台，弥亘街路[⑤]。既入，一王者坐殿上，邵伏拜。王者霁颜命坐，即赐宴饮，因曰："前过华居[⑥]，厮仆辈道路饥渴[⑦]，有叨盛馔。"邵愕然不解。王者曰："我忤官王也[⑧]。不记尊堂设帨之辰乎[⑨]？"筵终，出白镪一裹[⑩]，曰："豚蹄之扰，聊以相报。”受之而出，则宫殿人物，一时都渺，惟有大树数章[11]，萧然道侧。视所赠，则真金，秤之得五两。考终，止耗其半[12]，犹怀归以奉母焉。

【注释】

①静海：县名。位于天津西南部。

②牲：供祭祀用的家畜，一般用牛、羊、猪之头，贫家或用猪蹄代替。

③案临：科试，学政莅临查考。

④薄贷：稍稍借了点钱。

⑤弥亘街路：远接街路。弥亘，连成一片，远远相接。街路，临街之路。

⑥华居：称人居室的敬辞。

⑦厮仆：奴仆。

⑧忤官王：民间传说十殿阎罗之一，司秤罪人罪之轻重。忤或作“伍”。

⑨尊堂设帨(shuì)之辰：母亲的寿辰。尊堂，对人父母的敬称。设帨之辰，女子生日。《礼记·内则》：“子生，男子设弧于门左，女子设帨于门右。”

⑩白镪(qiǎng)一裹：一包白银。

⑪章：大树曰章。犹株。

⑫耗：损耗。

【译文】

静海有一个姓邵的书生，家里很穷。在母亲生日那天，他在庭院里准备了供品做寿，磕了头起来，桌上的供品却全没有了。邵生大惊，就去告诉母亲。母亲怀疑他因为家里穷买不起供品，故意诓她。邵生无法为自己辩白，只好默默不语。不久，学使来到静海考核，邵生苦于没有路费，借了一点点钱去应试。在路上遇到一个人，恭敬地等候在道路边，殷勤地邀请邵生去。邵生跟着他去了。只见殿阁楼台相连，占满了街的两边。进去以后，一个君王模样的人坐在殿上，邵生跪下叩头。君王和颜悦色地让他坐下，立即摆下酒宴，并说："前不久经过贵府，仆人们路途饥渴，打扰你吃了一顿美餐。"邵生愕然，不解其故。君王说："我是十殿阎王啊。你不记得为你母亲过生日备酒肉祭祀的事了吗？"酒宴过后，阎王拿出一包银子，说："吃了你的供品，就以此相报吧。"邵生接过银子走出门来，则宫殿、人物全都不见了，只有几棵大树，稀稀落落地挺立在路边。看看所赠的银子，则是真的，称了称有五两重。考试完毕，只花掉了一半银子，还能够把其馀的带回家去孝敬母亲。

役鬼

【题解】

在以鬼为题材的中国古典文言小说中，或者展现鬼的恐怖，隐藏着对于生命的敬畏；或者表现鬼的人情，体现着对于情感的依恋；但极少有幽默和诙谐的情调，这需要作者对于生命的超脱、智慧，也需要洒脱的性情和调笑的本领。蒲松龄显然具备这一切。本篇虽然短小，在《聊斋志异》写鬼的题材中却别具一格。写长脚王、大头李这样怪异的鬼卒在路上为杨医前驱，也可能在情节上受到了昆剧《钟馗嫁妹》的启发。

山西杨医，善针灸之术，又能役鬼。一出门，则捉骡操鞭者，皆鬼物也。尝夜自他归，与友人同行。途中见二人来，修伟异常[①]，友人大骇。杨便问："何人？"答云："长脚王、大头李，敬迓主人[②]。"杨曰："为我前驱[③]。"二人旋踵而行[④]，蹇缓则立候之[⑤]，若奴隶然。

【注释】

①修伟:高大。

②敬迓:敬迎。

③为我前驱:为我在前开路。《诗·卫风·伯兮》:"伯也执殳,为王前驱。"

④旋踵:转身。《商君书·画策》:"是以三军之众,从令如流,死而不旋踵。"

⑤蹇缓:行走缓慢。蹇,行动迟缓。

【译文】

山西的杨医生,擅长针灸,又能使唤鬼。一出门,拉骡子赶牲口的全都是鬼。一天夜里,他从外地回来,与朋友同行。途中看见两个人走过来,长得非常高大,朋友大惊。杨医生便问:"什么人?"那两个人回答:"长脚王、大头李,敬迎主人。"杨医生说:"给我在前边开路。"二人转身就在前边走,杨医生他们走得慢了,他们就停下来等候,就像奴仆一样。

细柳

【题解】

继母现象是古今中外很重要的社会生活问题,也是蒲松龄很关心并在《聊斋志异》中加以表现的题材。大概是因为丑恶的继母虽然好写,但容易落入俗套的缘故,卷五《黎氏》写成了寓言,蒲松龄用"再娶者,皆引狼入室耳"概括。本篇则是正面写继母生活,写细柳贤德,在她的耐心教育下,两个孩子都长大成才,最后一富一贵。引人注目的是,本篇的切入点不在于继母在生活中如何对待前房子女,如何摆平自己的孩子和前房孩子的冷暖公平,而是突出作为母亲如何进行儿童教育,如何通过生活本身的磨难历练，启发两个孩子改正错误，正确对待人生道路的选择，同时因材施教，一个孩子适宜读书，便让他走科举仕途的道路，另一个孩子适宜经商，便让他走发家致富的道路。无论是细柳对于孩子教育的老练隐忍，还是认为“四民各有本业”，坦然让孩子走经商之路，都体现了教育家和有着商人家庭背景的蒲松龄的思想。

细柳虽然有着相面的异禀，本篇却无鬼狐，无仙佛，只是真实地反映农村的家庭生活和教育经历。从作者赞美细柳“眉细、腰细、凌波细，且喜心思更细”，是真善美的化身，到描写细柳完成了持家、相夫、教子的全过程看，细柳体现了蒲松龄对于妇女的审美理想，而其描写细柳“心思更细”，则具体而微，伏笔绵长，令人赞叹。

细柳娘，中都之士人女也①。或以其腰嫖嫋可爱②，戏呼之细柳云。柳少慧，解文字，喜读相人书③。而生平简默④，未尝言人臧否⑤，但有问名者，必求一亲窥其人。阅人甚多，俱未可，而年十九矣。父母怒之曰：“天下迄无良匹，汝将以丫角老耶⑥？”女曰：“我实欲以人胜天，顾久而不就，亦吾命也。今而后，请惟父母之命是听。”

【注释】

①中都：古邑名。一说春秋鲁地，在今山东汶上。《史记·孔子世家》：“定公以孔子为中都宰。”一说春秋晋地，在今河南沁阳东北。即《左传》昭公二年晋侯执陈无宇处。一说春秋晋地，后属赵，在今山西平遥西南。《史记·秦本纪》：“伐取赵中都、西阳。”士人：读书人。

②嫖(piào)嫋：轻捷嫋娜。嫖，轻捷的样子。

③相(xiàng)人书：讲述相术之书。相人，观察人的形貌以预测命运

吉凶。

④简默：沉默少言。

⑤臧否（pǐ）：善恶，得失。

⑥以丫角老：谓终身做姑娘。丫角，丫髻。小孩的发式。

【译文】

细柳姑娘是中都一个读书人家的女儿。有的人因为她的腰很细，身材窈窕可爱，开玩笑似地喊她细柳。细柳从小就很聪明，识文断字，爱读相面的书。但为人沉默寡言，从不说人长短，但是凡有登门求婚的，一定要亲自偷看一下求婚的人。看过的人很多，都没有看中，年龄已经十九了。父母生气地说："天下至今也没有配得上你的，你准备当一个老姑娘吗？"细柳说："我实在想由自己做主而不信天由命，但是这么长时间也没找到合适的，这也是我的命。从今以后，听凭父母做主吧。"

时有高生者，世家名士，闻细柳之名，委禽焉。既醮，夫妇甚得。生前室遗孤，小字长福，时五岁，女抚养周至。女或归宁，福辄号啼从之，呵遣所不能止。年馀，女产一子，名之长怙[1]。生问名字之义，答言："无他，但望其长依膝下耳。"女于女红疏略，常不留意，而于亩之东南[2]，税之多寡，按籍而问，惟恐不详。久之，谓生曰："家中事请置勿顾，待妾自为之，不知可当家否？"生如言，半载而家无废事，生亦贤之。

【注释】

①怙：依靠。特指依靠父亲。《诗·小雅·蓼莪》："无父何怙，无母何恃。"

②亩之东南：谓田亩耕作之事。《诗·小雅·信南山》："我疆我理，

南东其亩。”朱熹《集传》:“于是为之疆理,而顺其地势水势之所宜,或南其亩,或东其亩也。”亩,田垄,田埂。

【译文】

当时有位姓高的书生,也是世家大族子弟,听到细柳的名声后,就送来了聘礼求亲。成亲以后,夫妻十分恩爱。高生的前妻死后留下一个儿子,小名叫长福,当时五岁,细柳抚养照顾得很周到。细柳有时回娘家,长福就大哭着要一起去,呵叱他也不行。过了一年多,细柳生了一个儿子,取名叫长怙。高生问长怙的含义,细柳说:“没别的意思,只希望他永远在咱们身边罢了。”细柳不擅长针线活,也不留心去学,但对于田地的位置,租税的多少,都按账本查问,惟恐知道得不详细。时间长了,她对高生说:“家中的事情请你别管了,就交给我管吧,不知我能不能当好这个家?”高生按她说的办了,半年之中,家里的事没有一样耽误,高生认为细柳很能干。

一日,生赴邻村饮酒,适有追逋赋者①,打门而谇②。遣奴慰之,弗去,乃趣僮召生归。隶既去,生笑曰:“细柳,今始知慧女不若痴男耶?”女闻之,俯首而哭。生惊挽而劝之,女终不乐。生不忍以家政累之,仍欲自任,女又不肯。晨兴夜寐,经纪弥勤。每先一年,即储来岁之赋,以故终岁未尝见催租者一至其门,又以此法计衣食,由此用度益纾③。于是生乃大喜,尝戏之曰:“细柳何细哉?眉细、腰细、凌波细④,且喜心思更细。”女对曰:“高郎诚高矣!品高、志高、文字高,但愿寿数尤高。”村中有货美材者⑤,女不惜重直致之,价不能足,又多方乞贷于戚里。生以其不急之物,固止之,卒弗听。蓄之年馀,富室有丧者,以倍赀赎诸其门⑥。生因利而谋诸女,女不可。问其故,不语;再问之,荧荧欲涕。心异之,然不忍重拂焉,乃罢。

【注释】

①追逋(bū)赋者:追讨拖欠赋税者。逋,拖欠。

②打门而谇(suì):敲门叫骂。谇,责备,叫骂。

③益纾:越发宽裕。纾,宽裕,缓和。

④凌波细:脚细小。凌波,原指女子轻盈步态。三国魏曹植《洛神赋》:"凌波微步,罗袜生尘。"

⑤美材:优质棺木。

⑥以倍赀赎诸其门:以比原价多一倍的价钱到其家买取。赎,用钱物或其他代价换回人身或抵押品。

【译文】

有一天,高生到邻村去吃酒,恰巧有催讨租税的人来了,一边敲门一边骂。细柳让仆人好言劝慰,他们也不走,只好赶快派书童把高生叫回来。催租的人走后,高生笑着说:"细柳,今天才知道聪明的女人也不如傻男人吧?"细柳听后,就低着头哭了。高生吓得连忙拉着手劝她,细柳仍是闷闷不乐。高生不忍心让家务事劳累细柳,仍想自己主持,细柳不肯。细柳仍每天早起晚睡,勤勉经营。每每在头一年就把第二年的租税准备好,因此一年到头没见催租的人登过门,又用这个办法来计划衣食花费,因此用度更宽松了。于是高生特别高兴,曾经和细柳开玩笑说:"细柳何细哉?眉细、腰细、凌波细,且喜心思更细。"细柳回答说:"高郎诚高矣!品高、志高、文字高,但愿寿数尤高。"村里有人卖一口很好的棺材,细柳不惜用高价来买,钱不够,又多方向亲戚邻居借钱。高生认为这不是急需的东西,一再不让她买,细柳始终也不听。棺材存了一年多,有一家富户家中死了人,要拿比原价高出一倍的价钱来买这口棺材。高生因有利可图就和细柳商量,细柳不卖。问为什么,细柳也不说;再追问,细柳眼泪汪汪就要哭了。高生感到很奇怪,但也不忍心太违背细柳的意思，就没卖。

又逾岁，生年二十有五，女禁不令远游，归稍晚，僮仆招请者，相属于道。于是同人咸戏谤之。一日，生如友人饮，觉体不快而归，至中途堕马，遂卒。时方溽暑①，幸衣衾皆所夙备。里中始共服细娘智。

【注释】

①溽暑：盛夏，潮湿闷热。

【译文】

又过了一年，高生二十五岁了，细柳不让他出远门，他回家稍晚一些，仆人一个接一个地出去找他。于是朋友们都取笑他。一天，高生到朋友家去吃酒，觉得身体不舒服就回家，中途从马上跌下来，就死了。当时正是大热天，幸亏衣服被褥棺材等东西都早有准备。邻居们这才佩服细柳聪明。

福年十岁，始学为文。父既殁①，娇惰不肯读，辄亡去从牧儿遨②。谯诃不改，继以夏楚③，而顽冥如故④。母无奈之，因呼而谕之曰："既不愿读，亦复何能相强？但贫家无冗人⑤，可更若衣⑥，便与僮仆共操作，不然，鞭挞勿悔！"于是衣以败絮，使牧豕⑦，归则自掇陶器⑧，与诸仆啖饭粥。数日，苦之，泣跪庭下，愿仍读。母返身向壁，置不闻。不得已，执鞭啜泣而出。残秋向尽，桁无衣⑨，足无履，冷雨沾濡，缩头如丐。里人见而怜之，纳继室者，皆引细娘为戒，啧有烦言⑩。女亦稍稍闻之，而漠不为意。福不堪其苦，弃豕逃去，女亦任之，殊不追问。

【注释】

①殁(mò)：死(未及寿终而死)。

②遨(áo)：游，玩耍。

③夏(jiǎ)楚：古代学校两种体罚越礼犯规者的用具。后亦泛指体罚学童的工具。夏，亦作"槚"，槚木。楚，荆条。《礼记·学记》："夏楚二物，收其威也。"

④顽冥：愚钝而不改悔。

⑤冗人：闲散之人。

⑥更：换。

⑦豕：猪。

⑧掇：拿，捧。

⑨桁(hàng)：衣架。

⑩啧有烦言：形容议论纷纷，抱怨责备。《左传·定公四年》："会同难，啧有烦言，莫之治也。"此处指邻里对细娘有许多非议。

【译文】

长福十岁时，开始学习做文章。父亲死了以后，他既娇又懒，不肯读书，经常跑出去和放牛羊的孩子玩耍。骂他他也不改，后来打他，他依然顽皮不听话。细柳无可奈何，把他叫来告诉他说："既然你不愿读书，又怎能强迫你呢？但贫困的人家不能养闲人，你可以把衣服换下来，和仆人们一块儿去干活，不然的话，用鞭子抽你，你可不要后悔！"于是给长福穿上破衣服，让他去放猪，回来之后让他自己拿个粗碗，和仆人们一块儿吃饭喝粥。过了几天，长福觉得这样很苦，就哭着跪在院里，说仍愿意读书。细柳转身面向墙壁，不听他说话。长福没办法，只好拿着放猪的鞭子哭着走了。秋天快过去了，长福身上没有衣服，脚上没有鞋子，冷雨打在他身上，他缩着头如同乞丐一般。邻里们看见后都很可怜他，娶后老婆的，都指着细柳，说要引以为戒，说了很多闲话。细柳也稍稍听到了一些，但毫不在意。长福受不了苦，扔下猪逃走了，细柳也听之任之，不去追问。

积数月，乞食无所，憔悴自归。不敢遽入，哀求邻媪往白母。女曰："若能受百杖，可来见，不然，早复去。"福闻之，骤入，痛哭愿受杖。母问："今知改悔乎？"曰："悔矣。"曰："既知悔，无须挞楚①，可安分牧豕，再犯不宥！"福大哭曰："愿受百杖，请复读。"女不听，邻妪怂恿之②，始纳焉。濯发授衣，令与弟怙同师。勤身锐虑，大异往昔，三年游泮③。中丞杨公，见其文而器之④，月给常廪⑤，以助灯火⑥。怙最钝，读数年不能记姓名，母令弃卷而农。怙游闲，惮于作苦，母怒曰："四民各有本业⑦，既不能读，又不能耕，宁不沟瘠死耶⑧？"立杖之。由是率奴辈耕作，一朝晏起⑨，则诟骂从之，而衣服饮食，母辄以美者归兄。怙虽不敢言，而心窃不能平。农工既毕，母出赀使学负贩。怙淫赌，入手丧败，诡托盗贼运数，以欺其母。母觉之，杖责濒死。福长跪哀乞，愿以身代，怒始解。自是一出门，母辄探察之。怙行稍敛，而非其心之所得已也。

【注释】

①挞楚：挨打挨鞭子，即上文的"夏楚"。

②怂恿（sǒng yǒng）：从旁劝说鼓动。

③游泮：进县学，成为秀才。

④器：器重。

⑤月给常廪:每月给以定量的资助。

⑥灯火:照明。指代教育经费。

⑦四民:古代对平民职业的基本分工,指士、农、工、商,但其次序历代有所不同。

⑧沟瘠死:谓辗转沟壑饥饿而死。《荀子·荣辱》:"今夫偷生浅知之属……是其所以不免于冻饿,操瓢囊为沟壑中瘠者也。"瘠,饿死。

⑨晏:晚。

【译文】

过了几个月,长福无处去讨饭,憔悴地自己回来了。他不敢立刻回家,哀求邻居老太太告诉细柳。细柳说:"他如果能挨一百棍子,可以来见我,不然的话,就早点儿离开。"长福一听这话,立即跑回家,痛哭着说,愿意挨棍子。细柳问:"今天知道后悔了吗?"长福说:"后悔了。"细柳说:"既然后悔了,就不需要打了,你要安分守己地在家放猪,再犯就不饶了!"长福大哭着说:"甘愿挨一百棍子,请让我还去读书吧。"细柳不答应,邻居老太太一个劲儿地劝说,才答应了。细柳让长福洗了澡,给他换了衣服,让他与弟弟长怙一起跟老师读书。长福从此勤奋读书,与以往大不相同,三年后考中了秀才。杨中丞看到他的文章很赏识,每月发给他廪银,资助他读书。长怙很笨,读了几年书还不会写姓名,细柳让他弃学务农。他却游手好闲,害怕劳苦,细柳发怒说:"士农工商各有本身的职业,你既不能读书又不能种田,哪有不饿死在道旁沟壑的呢?"立刻打了一顿。从此,让他领着奴仆们种地,只要有一天起得晚了,细柳立刻就将他痛骂一顿,而衣服饮食,母亲把好的都给了哥哥。长怙虽然不敢说,但心中暗暗不平。农活干完了,母亲出钱让长怙学做买卖。长怙又嫖又赌,钱到手就光,还撒谎说被强盗偷了,或怨运气不好,来欺骗母亲。细柳发觉了,几乎把他打死。长福直直地跪着哀求,愿替弟弟挨打,细柳的怒气才消。从此以后,只要他一出门,细柳就派人去探察。长怙的行为稍微有些收敛,但这不是他内心所愿意的。

一日，请母，将从诸贾入洛[①]。实借远游，以快所欲，而中心惕惕，惟恐不遂所请。母闻之，殊无疑虑，即出碎金三十两，为之具装[②]，末又以铤金一枚付之，曰："此乃祖宦囊之遗[③]，不可用去，聊以压装，备急可耳。且汝初学跋涉[④]，亦不敢望重息，只此三十金得无亏负足矣。"临行又嘱之。怙诺而出，欣欣意自得。至洛，谢绝客侣，宿名娼李姬之家。凡十馀夕，散金渐尽。自以巨金在橐，初不意空匮在虑，及取而斫之，则伪金耳。大骇，失色。李媪见其状，冷语侵客。怙心不自安，然囊空无所向往，犹冀姬念夙好，不即绝之。俄有二人握索入，骤絷项领。惊惧不知所为，哀问其故，则姬已窃伪金去首公庭矣[⑤]。至官，不能置辞，梏掠几死[⑥]。收狱中，又无资斧，大为狱吏所虐，乞食于囚，苟延馀息。

【注释】

①洛：洛阳。

②具装：准备行装。具，备办。

③宦囊：指当官时所积财物。

④跋涉：跋山涉水。指游历。

⑤首：出头告发。

⑥梏掠：刑讯。掠，拷打。

【译文】

一天，长怙向母亲请求，想跟商人们到洛阳去。实际是想借此出门远游，以便随心所欲地欢乐，但心中惴惴不安，惟恐母亲不答应。细柳听后，一点儿没有怀疑，立即拿出三十两零碎银子，并为他准备行装，最后又交给他一整锭银子，说："这是你爷爷当官时留下的，不要花掉，可压在箱底，以备急需。况且你初次出门学做买卖，也不敢希望获得厚利，只要这三十两银子不赔进去就行了。"临行前又一再嘱咐。长怙连声答应，离家上路，心满意足，洋洋自得。到了洛阳，长怙没有与同去的商人来往，而是住到了有名的妓女李姬家中。住了十几个晚上，零碎银子渐渐花光了。他自以为还有一大锭银子在行李内，开始并不忧虑会没钱花，到取来凿开一看，原来是假的。长怙大惊失色。李家老鸨看到这种情况，冷言冷语地讽刺他。长怙心里很不安，但是囊内空空无处可去，还希望李姬能念旧情，不立即撵他出去。不久，有两个人拿着绳子闯了进来，立即把他捆绑起来。长怙又惊又惧不知因为什么，低声下气地问是什么缘故，原来是李姬已将假银偷走并去报告了官府。到了官府，长怙无法辩白，几乎被拷打致死。后来收入牢内，没有银子打点，深受狱卒虐待，只好向其他囚犯乞食，苟延残喘。

初，怙之行也，母谓福曰："记取廿日后，当遣汝之洛。我事烦，恐忽忘之。"福请所谓，黯然欲悲，不敢复请而退。过二十日而问之，叹曰："汝弟今日之浮荡，犹汝昔日之废学也。我不冒恶名，汝何以有今日？人皆谓我忍[①]，但泪浮枕簟[②]，而人不知耳！"因泣下。福侍立敬听，不敢研诘。泣已，乃曰："汝弟荡心不死，故授之伪金以挫折之，今度已在缧绁中矣[③]。中丞待汝厚，汝往求焉，可以脱其死难，而生其愧悔也。"福立刻而发，比入洛，则弟被逮三日矣。即狱中而望之，怙奄然面目如鬼[④]，见兄涕不可仰，福亦哭。时福为中丞所宠异，故遐迩皆知其名[⑤]。邑宰知为怙兄，急释之。怙至家，犹恐母怒，膝行而前。母顾曰："汝愿遂耶？"怙零涕不敢复作声，福亦同跪，母始叱之起。由是痛自悔，家中诸务，经理维勤，即偶惰，母亦不呵问之。凡数月，并不与言商贾，意欲自请而不敢，以意告兄。母闻而喜，并力质贷而付之⑥，半载而息倍焉。

【注释】

①忍：狠心。

②簟(diàn)：竹席。

③缧绁(léi xiè)：捆绑犯人的绳索。借指监狱。

④奄然：气息微弱的样子。

⑤遐迩：远近。

⑥并力：多方努力。

【译文】

当初，长怙要出行时，细柳对长福说："记住二十天以后，要打发你到洛阳去。我事情多，恐怕忘了。"长福问母亲说这话是为了什么，细柳黯然神伤，长福不敢再问，就退了出来。过了二十天，长福去问母亲，细柳叹着气说："你弟弟现在这样轻浮放荡，就和你当年逃学是一个样。我如果不冒恶名，你哪能有今天？人们都说我狠心，但是我每天泪湿枕席，人们是不知道的啊！"说着掉下泪来。长福侍立敬听，不敢追问。细柳哭完了，才说："你弟弟游荡之心不死，所以给了他假银子叫他遭受挫折，想来现在他已经关在监狱里了。杨中丞对你很好，你去求求他，可以把你弟弟从死难中救出来，使他愧悔。"长福立刻出发，到了洛阳，弟弟已被捕三天了。他马上到狱中去探望，长怙气息微弱面目如鬼，见了哥哥哭得抬不起头来，长福也哭了。当时长福受到杨中丞的宠信，所以远近都知道他的名字。县令知道他是长怙的哥哥后，急忙释放了长怙。长怙到了家，怕母亲发怒，跪着来到母亲面前。母亲看了他一眼说："你的愿望达到了吧?”长怙流着泪不敢出声,长福也一同跪下,母亲这才呵叱一声叫他们起来。从此以后,长怙痛改前非,家中的各种事情,都勤勤恳恳地去做,即使偶尔有些怠惰,细柳也不再斥责追问。过了几个月,细柳也不和他谈做买卖的事,他想向母亲请求仍去做买卖,但是不敢,只好把这想法告诉哥哥。细柳听说后很高兴,并尽力借款交给他,半年获利一倍。

是年,福秋捷[①],又三年登第[②];弟货殖累巨万矣。邑有客洛者,窥见太夫人,年四旬,犹若三十许人,而衣妆朴素,类常家云。

【注释】

①秋捷:秋闱告捷,考中举人。明清时代的乡试例行在秋天举行。

②登第:登进士第,中进士。

【译文】

这一年,长福中了举,又过了三年,考中了进士;长怙经商也赚了数万。县里有到洛阳去的人,说见到长福家老太太,年纪四十了,还像三十多岁的人,而衣着朴素,和普通人一样。

异史氏曰:《黑心符》出[①],芦花变生[②],古与今如一丘之貉[③],良可哀也!或有避其谤者,又每矫枉过正,至坐视儿女之放纵而不一置问,其视虐遇者几何哉?独是日挞所生,而人不以为暴;施之异腹儿,则指摘从之矣。夫细柳固非独忍于前子也,然使所出贤,亦何能出此心以自白于天下?而乃不引嫌[④],不辞谤,卒使二子一贵一富,表表于世。此无论闺阃⑤，当亦丈夫之铮铮者矣⑥！

【注释】

①《黑心符》：书名。唐代莱州长史于义方撰，一卷。书内论述续娶继室之害，以劝诫子孙。

②芦花变生：春秋时候，闵子骞为人极孝，丧母后，父亲娶了继母。继母虐待闵子骞，闵子骞却并不告知父亲，避免影响父母间关系。冬天，继母用棉絮给自己的孩子做棉衣，而给他的棉衣填的是芦花。一日，闵子骞驾马车送父亲外出，因寒冷饥饿无法驭车，马车滑入路旁沟内。父亲呵斥鞭打他，结果抽破衣服露出了芦花。父亲醒悟，想休掉妻子。闵子骞长跪于父亲面前，为继母求情："母在一子寒，母去三子单。"父亲便不再休妻，继母也痛改前非。孔子赞曰："孝哉闵子骞！人不间于其父母昆弟之言。"

③一丘之貉（hé）：一个土山里的貉。比喻同是丑类，没有差别。貉，兽名。外形似狐。

④不引嫌：不避嫌疑。引嫌，为防嫌而回避。

⑤无论闺阃：不要说妇女。闺阃，内室。代指妇女。

⑥铮铮者：佼佼者，优秀杰出的人物。《后汉书·刘盆子传》："徐宣等叩头曰：'……今日得降，犹去虎口归慈母，诚欢诚喜，无所恨也。'帝（刘秀）曰：'卿所谓铁中铮铮，傭中佼佼者也。'"

【译文】

异史氏说：专记继母恶行的《黑心符》这本书一出来，后娘用芦花给前房儿子做棉衣的事就流传开了，继母的可恶，古今相同，真让人伤心啊！有的继母为了避免别人诽谤，往往又做出矫枉过正的事，以致坐视儿女放纵也不去管教，这种人和虐待儿女的继母又有什么区别呢？每日打自己亲生的孩子，人们不认为凶暴；而要打前妻生的孩子，指责的话就有了。那细柳并非只对前妻的儿子狠心,然而如果她所生的儿子贤能的话,又怎能使自己的好心被天下人了解呢?但是她不怕嫌疑,不辞诽谤,最终让两个儿子一个当了官,一个发了财,特立于世。这不只在女子中,在男人当中也是位佼佼者啊!

卷八

画马

【题解】

元代著名书画家赵孟頫非常喜欢画马，他在所画《人骑图卷》的题识中说："画固难，识画尤难。吾好画马，盖得之于天，故颇尽其能事。若此图，自谓不愧唐人。世有识者，许渠巨眼。"又题："吾自小年便爱画马，尔来得见韩幹真迹三卷，乃始得其意云。"流传下来的赵孟頫的画也以马的题材为多。现存主要有：《人马图卷》（纽约大都会博物馆藏）、《人骑图卷》、《秋郊饮马图卷》、《浴马图卷》（均为北京故宫博物院藏）、《调良图卷》（台北故宫博物院藏）。2006年西泠印社拍卖的《滚尘马图》成为当日古代作品的"标王"。由于赵孟頫画的马栩栩如生，有关赵孟頫画马的传说也就多了起来，明代文学家、书法家王稺登便说："赵孟頫尝据床学马状，管夫人自牖中窥之，正见一匹马。"1760年的秋天，也就是乾隆二十五年，乾隆皇帝阅览《浴马图卷》时想到了赵孟頫据床学马的故事，在上面题诗道："碧波澄澈朗见底，十四飞龙浴其里。奚官无事出上兰，骊黄牝牡凭区观。集贤画马身即马，牖中窥之无真假。"本篇大概是依据赵孟頫所画的马成为真马的民间传说改写的。不过，蒲松龄的生花妙笔和赵孟頫的惟妙惟肖的马画也真是珠联璧合，读后令人遐想不已。

临清崔生[①]，家窭贫[②]，围垣不修[③]。每晨起，辄见一马卧露草间，黑质白章[④]，惟尾毛不整，似火燎断者[⑤]。逐去，夜又复来，不知所自。崔有好友，官于晋[⑥]，欲往就之，苦无健步[⑦]，遂捉马施勒乘去[⑧]。嘱属家人曰[⑨]："倘有寻马者，当如晋以告。"

【注释】

①临清：县名。位于山东的西部，即今山东临清。

②窭(jù)贫：贫陋，贫困。

③围垣：围墙，围绕住宅的垣墙。

④黑质白章：黑皮毛，白花纹。质，指马体。章，花纹。

⑤燎：烧。

⑥晋：山西的简称。

⑦健步：指可供骑乘的大牲口如马、骡之类。步，代步，坐骑。

⑧勒：套在牲畜上带帽子的笼头。

⑨嘱属：叮嘱，嘱咐。

【译文】

临清人崔生，家境贫寒，院子围墙坏了也没能力修。每天早晨起来，就看见一匹马卧在沾满露水的草丛间，这马黑底白花，只是尾毛不整齐，好像被火烧断的。崔生把马赶走，它夜里又回来了，不知是从哪里来的。崔生有位好朋友，在山西当官，崔生要去找这个朋友，苦于没有车马，就抓住马加上鞍子缰绳要骑它到山西去。临走前嘱咐家人说："如果有人来找马，你们就到山西告诉我。"

既就途，马骛驶[①]，瞬息百里。夜不甚啖刍豆[②]，意其病。次日紧衔不令驰[③]，而马蹄嘶喷沫，健怒如昨。复纵之，午已达晋。时骑入市廛[④]，观者无不称叹。晋王闻之，以重直购之[⑤]。崔恐为失者所寻，不敢售。居半年，无耗[⑥]，遂以八百金货于晋邸，乃自市健骡以归。

【注释】

①骛(wù)驶：急驰，奔驰。

②啖(dàn)：同“啗”。吃。刍豆：犹言草料。刍，草。

③紧衔：拉紧马嚼子。衔，衔于马口、制驭马之行止的铁链，即马嚼子。

④市廛(chán)：街市，市场。

⑤重直：高价。

⑥无耗：无音讯，无消息。

【译文】

上路以后，马就奔驰起来，瞬息之间就走了一百多里。夜里马也不怎么吃草料，崔生以为马生病了。第二天他拉紧了缰绳不让马快跑，而马奋蹄喷沫，嘶叫不已，和昨天一样健壮。崔生放开缰绳，中午就到了山西。当时他骑着马上了大街，看到马的人无不称赞。晋王听说了这匹马，就要出高价购买。崔生恐怕失主来寻找，不敢出售。过了半年，家中也没有失主找马的消息，于是崔生就以八百两银子的价钱把马卖给了晋王府，他又买了一匹健壮的骡子骑着回去了。

后王以急务，遣校尉骑赴临清[①]。马逸[②]，追至崔之东邻，入门，不见，索诸主人。主曾姓，实莫之睹。及入室，见壁间挂子昂画马一帧[③]，内一匹毛色浑似，尾处为香炷所烧，始知马,画妖也。校尉难复王命,因讼曾。时崔得马赀,居积盈万,自愿以直贷曾,付校尉去。曾甚德之,不知崔即当年之售主也。

【注释】

①校尉:武官名。秦汉为中级武官,隋唐后为没有固定职事的武散官,明清以卫士为校尉。明之锦衣卫的校尉同差役。清除散官外,实职不用校尉名,仅为习称。

②马逸:马受惊狂奔。

③子昂:赵孟頫,字子昂,号松雪道人、水精宫道人,吴兴(今浙江湖州)人,元代著名书画家、文学家。其画人物、山水、花鸟草虫无不精湛,而马尤精,今存世画迹有《秋郊饮马》等。

【译文】

后来晋王因为紧急事务,派一名校尉骑着马赶赴临清。马跑了,校尉追到崔生东边的邻居家,进了门,马就不见了,于是向这家主人索要。主人姓曾,说实在没有看见有马。进到屋里,看到他家墙上挂着一幅赵子昂画的马,其中一匹马的毛色和丢失的马很相似,马尾处被香火烧了,这才知道,这马原来是画妖。校尉难以向晋王交待,就告发了曾家。这时崔生得到卖马的钱以后,以此为资本发了财,积聚了上万两银子,自愿借给曾家钱,赔偿了马钱,校尉才回去了。曾家十分感谢崔生,不知崔生就是当年的卖马人。

局诈

【题解】

本篇由三个故事组成。前两个写官场上的故事,龌龊低俗,上当的官员都是由于企图巴结夤缘而受骗。一个被假冒的公主骗了,一个被假冒的天子骗了,虽然简单荒诞,却由于上当者的心思都在荣华富贵上,所以当冤大头纯属咎由自取。后一个故事是骗琴,却属于文人韵事,非内行办不到。故事也写得风雅旖旎,尽情尽理。

在中国古代的局诈故事中,前一类在官场和商场上史不绝书,直到今日也颇多案例。其传播的目的多在于揭露社会的丑陋。后一类虽然罕见,但如萧翼赚兰亭、假名士骗郑板桥字画的故事也多为世人所津津乐道,传播的目的不在于揭露,而在于欣赏局诈本身的巧妙有趣。

某御史家人①,偶立市间,有一人衣冠华好,近与攀谈。渐问主人姓字、官阀②,家人并告之。其人自言:“王姓,贵主家之内使也③。”语渐款洽,因曰:“宦途险恶,显者皆附贵戚之门,尊主人所托何人也?”答曰:“无之。”王曰:“此所谓惜小费而忘大祸者也。”家人曰:“何托而可?”王曰:“公主待人以礼,能覆翼人④。某侍郎系仆阶进⑤。倘不惜千金贽⑥,见公主当亦不难。”家人喜,问其居止。便指其门户曰:“日同巷不知耶?”家人归告侍御。侍御喜,即张盛筵,使家人往邀王,王欣然来。筵间道公主情性及起居琐事甚悉,且言:“非同巷之谊,即赐百金赏,不肯效牛马⑦。”御史益佩戴之。临别订约,王曰:“公但备物,仆乘间言之,旦晚当有报命。”

【注释】

①御史:官名。明清指监察御史别称侍御,隶都察院。

②官阀:官阶门第。

③贵主:尊贵的公主。内使:内监。即太监。

④覆翼:荫庇,保护。

⑤侍郎：官名。明清时为中央六部的副长官。系：是。仆：自我谦称。阶进：利用台阶使之进。即通过关系打通门路。

⑥贽(zhì)：礼物，见面礼。

⑦效牛马：效牛马之劳。即为之奔走的意思。

【译文】

某御史的一个仆人，偶然在街市上闲站，有个衣帽华美的人走近与他攀谈。聊一会儿就问他主人的姓名、官职，仆人都告诉了这个人。这个人自我介绍说："我姓王，是某公主家的内监。"两人越谈越亲密，姓王的说："官场上风险很多，当大官的都要依附于皇亲国戚门下，不知您的主人依附的是哪位贵戚？"仆人说："没有。"姓王的说："这就是所说的爱惜小钱而忘掉大祸。"仆人问："可以托附谁呢？"姓王的说："我家公主以礼待人，又能庇护人。某位侍郎就是通过我走公主的门路升官的。如果不惜用千金作为见面礼，见见公主也不是难事。"仆人很高兴，问姓王的住在哪里。姓王的指着一个门说："成天住在一个巷内还不知道吗？"仆人回家将此事告诉了御史。御史很高兴，准备了丰盛的筵席，让仆人去邀请姓王的，姓王的欣然赴席。筵席间谈起公主的性情和起居琐事，说得很详细，并且说："若不是看在同巷邻居的情分上，就是给我一百两银子，我也不帮这个忙。"御史对他更加感谢佩服。临别订约，姓王的说："你只管准备好礼物，我找个机会替你进言，早晚会给你送信儿。"

越数日始至，骑骏马甚都[①]，谓侍御曰："可速治装行。公主事大烦，投谒者踵相接[②]，自晨及夕，不得一间。今得少隙，宜急往，误则相见无期矣。"侍御乃出兼金重币[③]，从之去。曲折十馀里，始至公主第，下骑祗候[④]。王先持贽入，久之，出，宣言："公主召某御史。"即有数人接递传呼。侍御伛偻而入[⑤]，见高堂上坐丽人，姿貌如仙，服饰炳耀[⑥]，侍姬皆着锦绣,罗列成行。侍御伏谒尽礼。传命赐坐檐下,金碗进茗。主略致温旨,侍御肃而退。自内传赐缎靴、貂帽。

【注释】

①都:美。

②踵相接:脚连着脚。踵,脚后跟。

③兼金:精金,好金。《孟子·公孙丑》:"王馈兼金一百。"赵岐注:"兼金,好金也,其价倍于常者,故谓之兼金。"重币:重金,很多金钱。

④祗(zhī)候:犹恭候,敬候。

⑤伛偻:弯腰,恭敬的样子。

⑥炳耀:光彩照人。

【译文】

过了好几天,姓王的才来,骑着高头大马很是漂亮,对御史说:"赶快准备好行装跟我走。公主的事情太多,求见的人一个接一个,从早到晚,没有间断。这会儿稍有空闲,应赶快去,这次耽误了,再想见就不知什么时候了。"御史带着大量金银,跟着姓王的去了。曲曲折折走了十多里,才到了公主的府邸,便下马等候。姓王的拿着礼物先进去了,过了好久,才出来高声喊道:"公主召见某某御史。"接着有几个人传递着呼喊。御史弯着腰恭敬地进去,看见高堂上坐着一位美丽的女人,貌如仙女,服装首饰光彩照人,两旁的侍女都穿着锦绣服装,排列成行。御史跪拜行礼。公主传下旨意,让御史坐在檐下,用金碗送上香茶。公主略微说了几句劝勉的话,御史就恭敬地退了出来。又从堂内传出公主赏赐的缎靴、貂帽。

既归,深德王[①],持刺谒谢[②],则门阖无人,疑其侍主未归。三日三诣,终不复见。使人询诸贵主之门,则高扉扃锢[③]。访之居人，并言："此间曾无贵主。前有数人僦屋而居[④]，今去已三日矣。"使反命，主仆丧气而已。

【注释】

①德：感激。

②刺：名片。

③扃(jiōng)锢：关闭，上了锁。

④僦(jiù)屋：租住，赁屋。

【译文】

御史回家后，非常感谢姓王的，就带着名片去拜访他，可是大门关着没人答应，御史以为他到公主府中还没回来。三天去了三次，都没有见到。派人到公主府去询问，只见大门紧锁。问了问邻里，都说："这里从来没有什么公主。前几天有几个人租这所房子住过，如今已走了三天了。"这人回去报告了情况，主仆二人只有垂头丧气而已。

副将军某[①]，负赀入都，将图握篆[②]，苦无阶。一日，有裘马者谒之[③]，自言："内兄为天子近侍[④]。"茶已，请间云[⑤]："目下有某处将军缺，倘不吝重金，仆嘱内兄游扬圣主之前[⑥]，此任可致，大力者不能夺也。"某疑其妄，其人曰："此无须踟蹰[⑦]。某不过欲抽小数于内兄，于将军锱铢无所望[⑧]。言定如干数，署券为信，待召见后，方求实给。不效，则汝金尚在，谁从怀中而攫之耶[⑨]？"某乃喜，诺之。次日，复来引某去，见其内兄，云姓田，煊赫如侯家。某参谒，殊傲睨，不甚为礼。其人持券向某曰："适与内兄议，率非万金不可[⑩]，请即署尾[⑪]。"某从之。田曰："人心叵测，事后虑有翻覆。"其人笑曰:"兄虑之过矣。既能予之,宁不能夺之耶?且朝中将相,有愿纳交而不可得者,将军前程方远,应不丧心至此⑫。"某亦力矢而去。其人送之,曰:"三日即覆公命。"

【注释】

①副将军:清代武官名。位在将军之下,参将之上,从二品。

②将图握篆:准备谋取将军之职。握篆,掌印之官。即正职官员。

③裘马者:衣裘乘马者。意为有身份地位的人。裘马,谓衣饰、坐骑华贵。《论语·公冶长》:"子路曰:愿车马,衣轻裘,与朋友共,敝之而无憾。"

④内兄:妻子的兄长。

⑤请间(jiàn):请求避人私下交谈。间,间语,私语。《史记·魏公子列传》:"公子再拜,因问,侯生乃屏人间语。"

⑥游扬:宣扬,传扬。《史记·季布栾布列传》:"仆游扬足下之名于天下,顾不重邪?何足下拒仆之深也!"

⑦踟蹰(chí chú):犹豫。

⑧锱铢:古代重量微小的单位。

⑨攫:夺。

⑩率:大约,大概。

⑪署尾:在文件末尾签署。指签名画押。

⑫丧心:丧心病狂,心理反常。《左传·昭公二十五年》:"哀乐而乐哀,皆丧心也。"

【译文】

某位副将军,带着不少钱来到京城,想升任正职,苦于没有门路。一天,有个穿皮袍骑大马的人来拜访他,自己介绍说:"我的内兄是皇上的贴身侍卫。"喝完茶,让副将军身边的人退出去,对副将军说:"眼下某处的将军位空缺，如果你不惜重金，我可以嘱咐内兄在皇上面前替你说说话，这个职位就可到手，有势力的人也夺不走。”副将军怀疑他说的不是实话，这个人说：“对这事你不要拿不定主意。我不过想从内兄那里抽取几个小钱，在你这里我是分文不取的。咱们说好数目，立下文书作为凭证，待皇上召见以后，再把钱交来。如果不成，那你的钱还在，谁能从你怀中把钱抢走呢？”副将军很高兴，答应下来。第二天，这人又来了，带着副将军去见其内兄，内兄说是姓田，家里富丽堂皇像王侯家一样。副将军参见时，姓田的非常傲慢，不予回礼。这人拿着文书对副将军说：“刚才我和内兄商议，算起来非一万两银子不可，请在文书上签名画押吧。”副将军听从了。姓田的说：“人心叵测，事后怕他反悔。”这人笑着说：“兄长的疑虑也太多了。既然能给他这个官，难道不能夺去吗？况且朝中的将相，有愿交钱来换取这个官职的还得不到呢，将军这个官前程远大，按说他不应丧失良心到这个程度。”副将军也发誓说一定守信用，就回去了。这人出来送他，说：“三天就给你回信儿。”

逾两日，日方西，数人吼奔而入[①]，曰：“圣上坐待矣！”某惊甚，疾趋入朝[②]。见天子坐殿上，爪牙森立[③]。某拜舞已，上命赐坐，慰问殷勤。顾左右曰：“闻某武烈非常，今见之，真将军才也！”因曰：“某处险要地，今以委卿，勿负朕意，侯封有日耳。”某拜恩出。即有前日裘马者从至客邸，依券兑付而去。于是高枕待绶[④]，日夸荣于亲友。过数日，探访之，则前缺已有人矣。大怒，忿争于兵部之堂[⑤]，曰：“某承帝简[⑥]，何得授之他人？”司马怪之[⑦]。及述宠遇，半如梦境。司马怒，执下廷尉[⑧]。始供其引见者之姓名，则朝中并无此人。又耗万金，始得革职而去。异哉！武弁虽骇[⑨]，岂朝门亦可假耶[⑩]？疑其中有幻术存焉，所谓“大盗不操矛弧”者也[⑪]。

【注释】

①吼奔：边嚷边跑。

②趋：小步急行。

③爪牙：指守卫宫廷的武士。

④绶：印绶。指官印。

⑤兵部：隋唐以后，中央六部之一，掌全国武官选用、兵籍、军械、军令之政，长官为兵部尚书。

⑥简：选拔。

⑦司马：古官名。西周始置，与司徒、司空并称“三有司”，掌握军政和军赋。后世用作兵部尚书的别称。

⑧执下廷尉：拘系起来，下廷尉狱。廷尉，官名，亦官署名。秦汉时廷尉为九卿之一，掌刑狱。明清指大理寺卿。

⑨武弁（biàn）：武官。騃（ái）：痴，呆。

⑩朝门：朝廷。

⑪大盗不操矛弧：谓善于偷盗的人并不手持武器。矛弧，武器。矛，长矛。弧，木弓。

【译文】

过了两天，太阳西落时，几个人呼喊着跑进副将军的住处，说：“皇上正等着见你呢！”副将军非常吃惊，赶快连跑带颠地上朝。见皇上坐在殿上，四周侍卫林立。副将军跪拜完毕，皇上下令赐坐，殷勤地勉励他。环顾左右的人说：“听说这位将军勇武异常，今天见了，真是将军之才啊！”接着说：“某处地势险要，现在就交给你去守卫，不要辜负朕对你的信任，封侯之日不会远的。”副将军向皇上谢了恩就出来了。前几天那个穿皮袍骑大马的人当即跟他一起到了旅馆，依照文书给了那人一万两银子，那人就走了。副将军高枕无忧，等待朝廷的任命，每天以此向亲朋夸耀。过了几天，他一打听，原先许给他的将军空缺已经有人补上了。副将军大怒，气愤地到兵部大堂去质问，说：“我已得到皇帝的任命,为什么又将这个官职授给了别人?”兵部尚书感到很奇怪。听副将军叙述皇上对他的恩宠,如同说梦话。尚书大怒,立即把副将军抓起来交付廷尉审讯。这时他才供出引见他的那个人的姓名,可是朝中并没有这么个人。结果副将军又多耗费了万两白银,最后被革职释放。奇怪啊!武夫虽然呆傻,朝廷宫殿还能做假吗?也许这里有幻术作怪,正所谓“大盗用不着刀枪弓箭”啊。

嘉祥李生[1],善琴。偶适东郊,见工人掘土得古琴[2],遂以贱直得之[3]。拭之有异光,安弦而操,清烈非常。喜极,若获拱璧[4],贮以锦囊,藏之密室,虽至戚不以示也[5]。

【注释】

①嘉祥:县名。位于山东西南部。清初属山东兖州府济宁州,今为山东济宁管辖。

②工人:旧时称从事劳役的人。

③贱直:便宜的价钱。

④拱璧:古代一种大型玉璧,用于祭祀。因其须双手拱执,故名。《左传·襄公二十八年》:“与我其拱璧,吾献其柩。”孔颖达疏:“拱,谓合两手也,此璧两手拱抱之,故为大璧。”后用以喻极其珍贵之物。

⑤示:出示,看。

【译文】

嘉祥县的李生,善于弹琴。有一天偶然到县城东郊去,看见工人挖土时挖出了一架古琴,他就用很便宜的价钱买了回来。擦去琴上的尘土,琴身放出了奇异的光彩,装好弦一弹,琴声清烈异常。李生高兴极了,如获至宝,用锦囊把琴装起来,藏到密室,即使是至亲好友也不让看见。

邑丞程氏[①]，新莅任，投刺谒李。李故寡交游，以其先施故[②]，报之。过数日，又招饮，固请乃往。程为人风雅绝伦，议论潇洒，李悦焉。越日，折柬酬之，欢笑益洽。从此月夕花晨，未尝不相共也。年馀，偶于丞廨中[③]，见绣囊裹琴置几上，李便展玩。程问："亦谙此否[④]？"李曰："生平最好。"程讶曰："知交非一日，绝技胡不一闻？"拨炉爇沉香[⑤]，请为小奏。李敬如教。程曰："大高手！愿献薄技，勿笑小巫也[⑥]。"遂鼓《御风曲》[⑦]，其声泠泠[⑧]，有绝世出尘之意[⑨]。李更倾倒[⑩]，愿师事之。

【注释】

①邑丞：县丞。县令的副手。

②施：致礼致敬。《礼记·曲礼》："其次务施报，礼尚往来。"

③廨（xiè）：官署。旧时官吏办公处所的统称。

④谙：熟稔，通晓。

⑤爇（ruò）：烧。

⑥小巫：对大巫而言。巫，巫师。宋《太平御览》引《庄子》："小巫见大巫，拔茅而弃，此其所以终身弗如。"

⑦《御风曲》：疑为蒲松龄杜撰的琴曲。御风，乘风而行。《庄子·列御寇》："夫列子御风而行，泠然善也。"

⑧泠泠（líng）：形容音调清脆悦耳。

⑨绝世出尘：超脱尘世。

⑩倾倒：佩服。

【译文】

本县的县丞程氏，新上任，拿着名片来拜访李生。李生本来很少与人交往，因对方先来拜访自己，所以也作了回访。过了几天，程氏又邀请李生到他家饮酒，再三邀请，李生才去了。程氏为人高雅脱俗，议论潇洒，李生很喜欢他。过了一天，李生又下请柬酬答程氏，二人谈笑欢聚，感情更为融洽。从此以后，月夜花辰，没有不在一起的时候。过了一年多，李生偶尔在县丞官舍中看见一个绣囊装着琴放在桌子上，于是打开玩赏。程氏问："你也精通琴技吗？"李生回答："这是我平生最喜欢的。"程氏惊讶地说："我们相交也不是一天了，你的绝技怎么不让我听一听啊？"于是把香炉拨旺，点上沉香，请李生弹奏一曲。李生郑重地按程氏的要求弹奏。程氏说："真是高手啊！我也愿献上薄技，请不要笑我小巫见大巫。"于是弹了一首《御风曲》，琴声清越，有超世出尘的雅趣。李生对程氏更加佩服，愿意拜他为师。

自此二人以琴交，情分益笃[①]。年馀，尽传其技。然程每诣李，李以常琴供之，未肯泄所藏也。一夕，薄醉[②]，丞曰："某新肄一曲[③]，无亦愿闻之乎？"为奏《湘妃》[④]，幽怨若泣。李亟赞之。丞曰："所恨无良琴，若得良琴，音调益胜。"李欣然曰："仆蓄一琴，颇异凡品。今遇锺期[⑤]，何敢终密[⑥]？"乃启椟负囊而出。程以袍袂拂尘，凭几再鼓，刚柔应节，工妙入神。李击节不置。丞曰："区区拙技，负此良琴。若得荆人一奏[⑦]，当有一两声可听者。"李惊曰："公闺中亦精之耶？"丞笑曰："适此操乃传自细君者[⑧]。"李曰："恨在闺阁，小生不得闻耳。"丞曰："我辈通家[⑨]，原不以形迹相限。明日，请携琴去，当使隔帘为君奏之。"李悦。

【注释】

①笃:笃厚,厚。

②薄醉:微醉。

③肄(yì):学习,练习。

④《湘妃》:古琴曲名。《湘妃怨》。

⑤今遇锺期:今天遇到知音。锺期,即锺子期,春秋时楚国人,精于音律,与善琴者伯牙相知。《氏族大全·知音》:"伯牙鼓琴,子期善听,伯牙志在高山,子期曰:'峨峨然若泰山。'志在流水,曰:'善哉,洋洋然若江河。'子期死,伯牙绝弦,以世无知音者。"

⑥密:私密,隐藏。

⑦荆人:对人谦称妻子。宋《太平御览》引《列女传》:"梁鸿妻孟光,荆钗布裙。"故后人往往自称妻子为荆妻、荆室、荆人。

⑧适:刚才。操:琴曲。细君:也称"小君"。本为古时诸侯妻之称,后为妻的通称。《毛诗正义》:"夫妻一体,妇人从夫之爵,故同名曰人君。"

⑨通家:世代交谊之家。此犹言一家人,极言其关系亲密。《后汉书·孔融传》:"语门者曰:'我是李君通家子弟。'"

【译文】

从此,二人又成了琴友,感情更加深厚。过了一年多,程氏把自己的琴技都传给了李生。但是程氏每次到李家去,李生都拿出平常的琴让他弹奏,不肯泄露他藏有古琴的事。一天夜里,二人吃酒都有点儿微醉,程氏说:"我新学会了一首曲子,不知你是否愿意听听?"于是演奏了一首《湘妃怨》,此曲哀怨深沉,如泣如诉。李生大为赞赏。程氏说:"只可惜没有好琴,如果有一架好琴,音调会更优美。"李生欣然说:"我收藏一架琴,和普通的琴不一样。今天遇到了知音,怎敢始终密藏着?"于是打开柜子,抱着琴囊出来。程氏用衣袖拂去琴上的灰尘,放在桌上再奏一曲《湘妃怨》,只听得琴声刚柔应节,美妙出神。李生不停地打着节拍。程氏说:“我这区区拙技,辜负了这架好琴。如果让我内人弹奏一下,可能会有一两声可听。”李生吃惊地说:“你夫人也精通琴艺吗?”程氏笑着说:“刚才我弹的那首曲子就是她教给我的。”李生说:“只可惜夫人在闺阁之中,小生我听不到她的琴声。”程氏说:“我们这样的良朋密友,本来也不用受这些礼节的限制。明天请你带着琴去,让她隔帘为你弹奏一曲。”李生听了很高兴。

次日,抱琴而往。程即治具欢饮。少间,将琴入,旋出即坐。俄见帘内隐隐有丽妆,顷之,香流户外。又少时,弦声细作,听之不知何曲,但觉荡心媚骨,令人魂魄飞越。曲终便来窥帘,竟二十馀绝代之姝也。丞以巨白劝釂[①],内复改弦为闲情之赋[②],李形神益惑。倾饮过醉,离席兴辞[③],索琴。丞曰:“醉后防有蹉跌[④]。明日复临,当令闺人尽其所长。”李归。

【注释】

①巨白:大白,大酒杯。劝釂(jiào):劝饮干杯。釂,饮尽杯中酒。汉刘向《说苑·善说》:“魏文侯与大夫饮酒,使公乘不仁为觞政,曰:‘饮不釂者,浮以大白。’”

②闲情之赋:即《闲情赋》。东晋诗人陶渊明作。表达对爱情的追求及思而不得的怅惘心情,感情热烈奔放,文辞华美动人。疑为取其赋意而杜撰的琴曲名。

③兴辞:起身告辞。兴,起身。

④蹉(cuō)跌:失足跌倒。

【译文】

第二天,李生抱着琴到程家去。程家马上准备了酒菜,一起欢饮。

过了一小会儿，程氏把琴拿进去了，马上又出来坐下。这时隐隐看见帘内有穿着艳装的女子，一会儿，一股幽香飘出帘外。又过了一小会儿，轻柔的琴声响起，李生听了不知是什么曲子，只觉得荡心媚骨，令人魂魄飞扬。曲终，李生向帘内偷偷一看，竟是一位二十多岁的绝代佳人。程氏用大杯向李生劝酒，帘内佳人又改弦弹了一首《闲情赋》，李生形神更加迷乱。他饮酒过量而大醉，离席告别，向程氏要琴。程氏说："你喝醉了，恐怕会跌倒把琴弄坏。明天你再来，让我内人把她的绝技都献出来。"李生就回去了。

次日诣之，则廨舍寂然，惟一老隶应门。问之，云："五更携眷去，不知何作，言往复可三日耳。"如期往伺之，日暮，并无音耗。吏皂皆疑①，白令破扃而窥其室，室尽空，惟几榻犹存耳。达之上台②，并不测其何故。李丧琴，寝食俱废，不远数千里访诸其家。程故楚产③，三年前，捐赀授嘉祥④。执其姓名，询其居里，楚中并无其人。或云："有程道士者，善鼓琴，又传其有点金术⑤。三年前，忽去不复见。"疑即其人。又细审其年甲、容貌⑥，吻合不谬。乃知道士之纳官，皆为琴也。知交年馀，并不言及音律，渐而出琴，渐而献技，又渐而惑以佳丽，浸渍三年⑦，得琴而去。道士之癖，更甚于李生也。天下之骗机多端，若道士，犹骗中之风雅者也。

【注释】

①吏皂：属吏皂役。

②达：通禀，报告。上台：犹上官。台，官署名。后用作对官长的敬称。

③楚产：楚地人。楚，泛指今湖北、湖南及河南南部地区。

④捐赀授嘉祥:通过向政府捐纳金钱被授为嘉祥县丞。捐,捐纳,旧时授官法之一种,即捐资纳粟买官职。

⑤点金术:古时方士认为用其炼丹术将丹炼成之后,即可点石成金或点铁成金。

⑥年甲:年岁,年纪。甲,甲子。古以甲子纪岁月,因以之指纪年或年岁。

⑦浸渍:慢慢渗透或化解。汉孔融《临终诗》:“三人成市虎,浸渍解胶漆。”

【译文】

第二天,李生又到程氏家去,但公馆已经寂静无人,只有一个老仆人看门。问他,他说:“五更时分带着家眷走了,不知去干什么,只说来回需要大约三天。”三天后李生又去看,这时天色已晚,还是没有一点儿音信。官府中的小吏衙役也怀疑发生了什么事,报告县令砸开门锁进屋看看,只见屋内空空荡荡,只剩下桌椅床榻。报告了上司,也弄不清是怎么回事。李生丢失了古琴,吃不下饭,睡不着觉,不远数千里到程氏的家乡去寻访。程氏是湖北人,三年前,出钱买了个官,当上了嘉祥县丞。李生按他的姓名,到他的家乡打听,湖北没有这么个人。有人说:“有个程道士,善于弹琴,又传说他会点金术。三年前,忽然走了,再也没有看见。”李生怀疑就是这个道士。又仔细问了道士的年龄、容貌,和程氏一一吻合。这才知道道士出钱买官,原来就是为了这张古琴。相交一年多,并不谈及音乐的事,渐渐地拿出自己的一张琴,接着又表演琴技,又让美人来诱惑,用了三年工夫,终于得到琴离去。道士对于古琴的癖好,比李生还要强烈啊。天下的骗术五花八门,像道士这样,还是骗子中的一位风雅之士啊。

放蝶

【题解】

本篇包括两个风流放诞的故事,作者都不认可,但由于性质有所不同，解读和评价有所区别。放蝶故事中的王进士置法律量刑于不顾，竟然以自己的好恶"罚令纳蝶自赎"，作者站在保护动物的角度予以批评。于重寅的故事是不合时宜的个人恶作剧酿成了悲剧。由于作者认为无关宏旨，虽有微词，有批评，却也只是当做轻松的故事看待。

长山王进士岎生为令时[①]，每听讼，按律之轻重，罚令纳蝶自赎。堂上千百齐放，如风飘碎锦，王乃拍案大笑。一夜，梦一女子，衣裳华好，从容而入，曰："遭君虐政，姊妹多物故[②]。当使君先受风流之小谴耳。"言已，化为蝶，回翔而去[③]。明日，方独酌署中，忽报直指使至[④]，皇遽而出[⑤]，闺中戏以素花簪冠上[⑥]，忘除之。直指见之，以为不恭，大受诟骂而返。由是罚蝶令遂止。

【注释】

①长山：旧县名。明清时代属济南府，在今山东邹平东南一带。王进士岎(dǒu)生：王岎生，字子凉，明末进士，曾任如皋县知县。生平详《长山县志》。其将公权力儿戏及放蝶一事，清钮琇在《觚剩·吴觚中·鹤癖》中也有记叙："长山王进士岎生，素有鹤癖。谒选得令如皋，皋故产鹤，乃大喜。抵任后，即于署中购蓄十馀只，庭空夜静，唳声彻云。俟其翩跹竟舞，则辍案牍而玩之。忽见一鹤吞蛇，以为鹤故甘带也。乃谕诸丐户，每人日纳一蛇。有罪应罚锾者，亦许以蛇赎。由是一境之内，捕蛇殆尽。后移癖狸奴，见其面空扑蝶，俯仰可观，遂令百姓捉蝶，因此罣吏议罢去。"为令：指其为如皋县知县。

②物故：死亡。

③回翔：盘旋地飞。

④直指使：官名。也称“直指使者”。朝廷特派巡视地方或处理特别政务的官员。明清时代指巡按御史。

⑤皇遽：惊恐。皇，通“惶”。

⑥素花：白花。

【译文】

长山县的王岍生进士担任县令的时候，每逢判案，依照犯罪的轻重，罚犯人交纳蝴蝶赎罪。于是公堂上千百只蝴蝶上下飞舞，如同风吹剪碎的锦缎，王岍生看了拍案大笑。一天夜里，王岍生梦见一位女子，穿着华丽的衣服，从容地走进屋来，对他说：“因为遭到你的虐政，很多姊妹都死了。我要让你先受点儿风流的小惩罚。”说完，化作一只蝴蝶，回旋飞翔着走了。第二天，王岍生正在衙门中自斟自饮，忽然衙役报告，说直指使大人来了，王岍生慌忙出去迎接，官帽上还插着妻子开玩笑时放上去的一朵白花，忘了摘下来。直指使看见了，认为他对自己不恭敬，把他大骂了一顿，他垂头丧气地回来了。从此以后，罚交蝴蝶的命令就停止了。

青城于重寅[①]，性放诞。为司理时[②]，元夕以火花爆竹缚驴上[③]，首尾并满，牵登太守之门[④]，击柝而请[⑤]，自白：“某献火驴，幸出一览。”时太守有爱子患痘[⑥]，心绪方恶，辞之。于固请之。太守不得已，使阍人启钥[⑦]。门甫辟，于火发机，推驴入。爆震驴惊，踶趹狂奔[⑧]，又飞火射人，人莫敢近。驴穿堂入室，破瓯毁甑[⑨]，火触成尘，窗纱都烬[⑩]，家人大哗。痘儿惊陷，终夜而死。太守痛恨，将揭劾之[⑪]。于浼诸司道[⑫]，登堂负荆[⑬]，乃免。

【注释】

①青城：县名。现属山东淄博高青管辖。于重寅：明代湖广道监察御史、福建道监察御史于永清之孙，乾隆版和民国版《青城县志》皆称其为清顺治乙亥年进士，且是会魁。按顺治无乙亥年，可能是己亥年(1659)之误。

②司理：也称“司李”，主管狱讼刑罚。汉扬雄《廷尉箴》：“殷以刑颠，秦以酷败，狱臣司理，敢告执谒。”《晋书·刑法志》：“夫刑者，司理之官。”明清时指推事，掌狱讼。

③元夕：阴历正月十五日。

④太守：明清时代专指知府。

⑤击柝(tuò)：敲击木梆。柝，旧时巡夜者击以报更的木梆。

⑥痘：也叫“天花”。一种由病毒引起的急性传染病，发病后全身出现豆状水疱或脓疱，所结的痂脱落后留下的疤痕就是麻子。

⑦阍(hūn)人：守门人。

⑧踶趹(dì jué)：谓马疾行。《史记·张仪列传》：“秦马之良，戎兵之众，探前趹后，蹄间三寻。”《索隐》：“谓马前足探向前，后足趹于后。趹谓后足抉地，言马之走势疾也。”

⑨瓯(ōu)：盆盂类瓦器。甑(zèng)：古代蒸饭的一种瓦器。底部有许多透蒸气的孔格，置于鬲上蒸煮，如同现代的蒸锅。

⑩烬：烧成灰。

⑪揭劾：检举其过错而弹劾。

⑫浼(měi)诸司道：央求司道官长为他说情。浼，请托，央求。司道，指布政使司、按察使司及道员。

⑬负荆：背负荆条，请求责罚，表示悔罪认错。《史记·廉颇蔺相如列传》：“廉颇闻之，肉袒负荆，因宾客至蔺相如门谢罪。”

【译文】

青城人于重寅，性格狂放不羁。他当司理时，元宵节这天晚上，把烟花爆竹绑在驴子的身上，头上尾巴上都绑满了，牵着驴来到太守门前，敲着梆子请太守开门，说："我来敬献火驴，请太守出来观看。"当时太守的爱子正出水痘，太守心绪很乱，就推辞了。于重寅不停地请求，太守不得已，就让守门人打开了门锁。门刚打开，于重寅就点燃了驴身上的烟花爆竹，把驴推进门内。爆竹炸响，驴受到惊吓，拼命狂奔，烟花爆竹又向人身上飞射，人不敢靠近。驴子穿堂入室，打破了瓶瓶罐罐，火到哪儿哪里就燃烧起来，窗纱都烧成了灰烬，太守家中乱成一片。出水痘的儿子受到惊吓，折腾了一夜死了。太守十分痛恨于重寅，要弹劾他。于重寅请了许多位司道官员说情，他自己又亲自登门负荆请罪，太守才不予追究。

男生子

【题解】

这个传闻在王渔洋的《池北偶谈·谈异五》中也有记载："福建总兵官杨富，有孌童，生二子，杨子之，名曰天舍、地舍，魏惟度宪亲见之。杨历官江西提督。"姓名稍有出入。为了证明男生子确有其事，王渔洋采取了人证叙述，说"魏惟度宪亲见之"，而蒲松龄则靠细节的逼真，叙述说"起视胁下，剖痕俨然"。

福建总兵杨辅①，有娈童②，腹震动。十月既满，梦神人剖其两胁去之③。及醒，两男夹左右啼。起视胁下，剖痕俨然。儿名之天舍、地舍云。

【注释】

①福建总兵：福建省的总兵官。总兵，明代为无品级之武官官名，

编制、位阶皆无一定，通常为公侯或地方都督兼任。清代则为绿营兵高级武官，又称“总镇”，官阶正二品，受提督节制，掌理本镇军务，其所辖营兵称镇标。杨辅：据王渔洋《池北偶谈》为杨富，曾“历官江西提督”。

②娈(luán)童：旧时称被猥亵的美少年，也作男妓解。娈，美好的样子。

③胁：从腋下到肋骨尽处的部分。

【译文】

福建总兵杨辅，有个供他淫乐的男孩，忽然觉得腹内震动。满十个月，梦见神人在他的两边肋下开了两个口子就走了。醒来以后，有两个男孩在他的左右啼哭。起身看看肋下，剖开的痕迹很清楚。给两个孩子取名叫天舍、地舍。

异史氏曰：按此吴藩未叛前事也[①]。吴既叛，闽抚蔡公疑杨欲图之[②]，而恐其为乱，以他故召之。杨妻夙智勇，疑之，沮杨行[③]，杨不听。妻涕而送之。归则传齐诸将，披坚执锐[④]，以待消息。少间，闻夫被诛，遂反攻蔡，蔡仓皇不知所为。幸标卒固守[⑤]，不克乃去。去既远，蔡始戎装突出，率众大噪。人传为笑焉。后数年，盗乃就抚[⑥]。未几，蔡暴亡。临卒，见杨操兵入，左右亦皆见之。呜呼！其鬼虽雄，而头不可复续矣！生子之妖，其兆于此耶？

【注释】

①吴藩：吴三桂，字长伯，高邮(今属江苏)人。明末任辽东总兵，因仇视李自成领导的农民义军，引清兵入关，受封为平西王，守云南。康熙十二年(1673)朝议撤藩，吴三桂遂举兵叛乱，自称周

王。康熙十七年(1678)在衡州(今湖南衡阳)称帝,不久病死。

②闽抚:福建巡抚。

③沮:阻止。

④披坚执锐:全副武装,准备战斗。坚,盔甲,防御性装备。锐,进攻性武器。《战国策·楚策》:"吾被坚执锐,赴强敌而死。"

⑤标卒:手下军士。清军制,总督、巡抚等统领的绿营兵,称标。一标三营。巡抚统属的称抚标。此指抚标士卒。

⑥就抚:接受招抚,即归降。

【译文】

异史氏说:这是吴三桂未叛乱之前的事。吴三桂叛乱之后,福建巡抚蔡公怀疑杨辅要加害自己,怕他作乱,以别的理由召见他。杨辅的妻子向来智勇双全,怀疑蔡公别有用心,不让杨辅前去,杨辅不听。妻子哭着送他去了。妻子回家以后,就把全体将领召集起来,披甲执戈,等待杨辅的消息。没多久,听到丈夫被杀,于是起兵攻打蔡公,蔡公仓皇之间不知所措。幸而手下士兵固守,杨妻攻城不克撤走了。杨妻撤走很远了,蔡公才穿上战袍从城中出来,率领士兵鼓噪呐喊。此事被人传为笑谈。过了好几年,反叛的士兵被招安。不久,蔡公暴死。临死前,看见杨辅带着兵器进来,他身边的人也看见了。唉!杨辅的鬼魂虽然雄强,但他的脑袋再也接不上了!生儿子这样的怪事,也许就是他遇害的先兆吧?

锺生

【题解】

这是一篇在当日算是主旋律的小说。写书生锺庆余由于"心术德行"高尚,尤其是对母亲非常孝顺,于是在生活事业上得到上天的垂青,母亲"赐寿一纪",本人也逢凶化吉,没有横死。

中国古代的知识分子有两件头等大事，一件是金榜题名，一件是洞房花烛，也就是我们今天所说的事业和婚姻。小说前半部分写锺生考取功名面对的困扰，后半部分写锺生续娶的曲折，而核心则是“孝德感神”，改变了命运。由于说教的气味比较浓厚，虽然部分情节故作曲折，比如锺生放弃考试，执意探母，毛驴屡次颠蹶阻挡。误伤人命后，巧遇山叟，请求帮助，山叟得知受害者是世子，为难地说“他家可以为力，此真爱莫能助矣！”等等，但终究显得平淡寡味。

锺庆余，辽东名士[①]。应济南乡试。闻藩邸有道士[②]，知人休咎，心向往之。二场后[③]，至趵突泉[④]，适相值。年六十馀，须长过胸，一皤然道人也[⑤]。集问灾祥者如堵[⑥]，道士悉以微词授之[⑦]。于众中见生，忻然握手[⑧]，曰：“君心术德行[⑨]，可敬也！”挽登阁上，屏人语[⑩]，因问：“莫欲知将来否？”曰：“然。”曰：“子福命至薄，然今科乡举可望。但荣归后，恐不复见尊堂矣[⑪]。”生至孝，闻之泣下，遂欲不试而归。道士曰：“若过此已往，一榜亦不可得矣。”生云：“母死不见，且不可复为人，贵为卿相，何加焉？”道士曰：“某夙世与君有缘，今日必合尽力。”乃以一丸授之曰：“可遣人夙夜将去，服之可延七日，场毕而行，母子犹及见也。”生藏之，匆匆而出，神志丧失。因计终天有期[⑫]，早归一日，则多得一日之奉养，携仆贳驴[⑬]，即刻东迈[⑭]。驱里许，驴忽返奔，下之不驯[⑮]，控之则蹶[⑯]。生无计，躁汗如雨。仆劝止之，生不听。又贳他驴，亦如之。日已衔山，莫知为计。仆又劝曰：“明日即完场矣，何争此一朝夕乎？请即先主而行，计亦良得。”不得已，从之。

【注释】

①辽东:郡名。泛指辽河以东,今辽宁东部和南部及吉林东南部地区。古燕地,秦汉至南北朝设辽东郡,治所襄平(今辽阳)。清顺治十年(1653)曾于此置辽阳府。

②藩邸:藩王府邸。封建帝王分封诸侯王以屏卫王室,故称。明德王邸在今济南珍珠泉一带。

③二场:明清时代乡试分三场考试。第一场考试试时文七篇,称七艺。第二场试论一篇。第三场试经史时务策五道。

④趵突泉:泉名。位于济南。

⑤皤(pó)然:头发斑白的样子。

⑥灾祥:祸福。

⑦微词:指隐含预测祸福的言词。微,幽深,精妙。

⑧忻(xīn)然:愉悦。

⑨心术:思想意识。

⑩屏(bǐng)人语:避开人说话。

⑪尊堂:对别人母亲的尊称。

⑫终天有期:谓母丧有日。终天,终身。一般用于死丧永别等不幸的时候。晋陶潜《祭程氏妹文》:"如何一往,终天不返!"

⑬贳(shì):租借。

⑭东迈:向东行进。

⑮驯:驯服,驯良。

⑯蹶:骡、马等用后腿向后踢。俗称尥蹶子。

【译文】

锺庆余是辽东的名士,到济南去参加乡试。听说藩王府中有一位道士,能预知人的祸福,他很想见见道士。考完两场以后,锺生来到趵突泉,正巧遇到道士。道士有六十多岁,长髯过胸,须发斑白。聚集起来向他问吉凶的人围得像一道墙,道士都用含糊的隐语回答他们。他在众人中发现了锺生，高兴地和锺生握手，说："您的心地和德行，都让人钦佩啊！"挽着他的手登上楼阁，屏退了其他人，问道："您想知道将来的事吗？"锺生说："是的。"道士说："您的福命很薄，但这次乡试可望中举。中举回家后，恐怕见不到令堂大人了。"锺生是个大孝子，听到这话就流下泪来，想不参加考试就回去。道士说："如果错过了这次机会，以后一榜也考不上了。"锺生说："母亲临死，我不去和她老人家再见一面，我还如何做人，就是富贵如公卿宰相，有什么用呢？"道士说："我前世与您有缘，今天一定尽力帮助。"于是给了他一个药丸，说："可派个人连夜给您母亲送去，吃了可延寿七天，您考完了再回家，母子还来得及相见。"锺生把药丸收藏好，急匆匆地出来了，简直像失魂落魄一样。他又想母亲归天的日子已定，早回去一天，就能多侍奉母亲一天，于是带着仆人，雇了头驴子，即刻东行。走了一里多路，毛驴忽然返回头猛跑，锺生下驴吆喝，驴子不听，想拉住它，它却尥蹶子。锺生无法可施，急得汗下如雨。仆人劝他留下，他也不听。又雇了一头毛驴，这头驴子也像头先的驴子一样不肯走。太阳已经下山了，不知如何才好。仆人又劝道："明天就考最后一场了，何必在乎这一天呢？请让我先回去送药，这也是个好办法。"不得已，锺生只好同意。

次日，草草竣事[①]，立时遂发，不遑啜息[②]，星驰而归[③]。则母病绵惙[④]，下丹药，渐就痊可。入视之，就榻泫泣[⑤]。母摇首止之，执手喜曰："适梦之阴司，见王者颜色和霁[⑥]。谓稽尔生平[⑦]，无大罪恶，今念汝子纯孝[⑧]，赐寿一纪[⑨]。"生亦喜。历数日，果平健如故。

【注释】

①竣事：事情完毕。指考完。

②不遑啜(chuò)息:顾不上吃喝休息,日夜趱行。遑,闲暇。啜,吃,喝。

③星驰:形容速度快。

④绵惙(chuò):病势垂危,将要断气。

⑤泫(xuàn)泣:流泪。

⑥和霁:和蔼。

⑦稽:考核,核查。

⑧纯孝:大孝。纯,大。

⑨赐寿一纪:即增12岁的年寿。岁星(木星)绕太阳一周约需12年,古时因称12年为一纪。

【译文】

第二天,锺生匆忙考完试,立刻出发,来不及喝口水歇口气,快速往家里赶。当时母亲已卧床不起,吃药以后,渐渐好转。锺生到家进屋探问,伏在床前哭泣。母亲摇头让他别哭,拉着他的手高兴地说:"刚才我做梦到了阴司,看到阎王爷和颜悦色。说考查你平生的作为,没有什么大罪恶,如今念你儿子至孝,再赐你12年阳寿。"锺生听了也很高兴。过了几天,果然康复如初。

未几,闻捷[①],辞母如济。因赂内监[②],致意道士。道士欣然出,生便伏谒。道士曰:"君既高捷,太夫人又增寿数,此皆盛德所致,道人何力焉!"生又讶其先知,因而拜问终身。道士云:"君无大贵,但得耄耋足矣[③]。君前身与我为僧侣,以石投犬,误毙一蛙,今已投生为驴。论前定数[④],君当横折[⑤]。今孝德感神,已有解星入命,固当无恙。但夫人前世为妇不贞,数应少寡。今君以德延寿,非其所耦[⑥],恐岁后瑶台倾也[⑦]。"生恻然良久,问继室所在。曰:"在中州[⑧],今十四岁矣。"临别嘱曰:"倘遇危急,宜奔东南。"

【注释】

①捷:捷报。

②内监:指藩邸内的宦官。

③耄耋(mào dié):高寿。《礼记·曲礼》:"八十、九十曰耄。"《诗·秦风·车邻》:"逝者其耋。"毛传:"耋,老也。八十曰耋。"

④前定数:由生前善恶而确定的今生命运。数,命数,命运。

⑤横(hèng)折:意外地早死。横,意外,突然。折,夭折。

⑥耦:配偶,匹偶。

⑦瑶台倾:谓妻死。瑶台,美玉砌成之台。战国屈原《离骚》:"望瑶台之偃蹇兮,见有娀之佚女。"因谓美女所居之处。

⑧中州:古代分中国为九州,豫州居中,因称,其地当今河南,因相沿亦称河南为中州。

【译文】

不久,又听到中举的捷报,锺生辞别了母亲回到济南。他给藩王府的太监送了点儿礼,让太监代他向道士致意。道士高兴地出来见他,他便向道士下拜致谢。道士说:"您已经高中举人,太夫人又增阳寿,这都是您德行高尚所致,我这个道士出了什么力啊!"锺生对道士已经知道这些事十分惊讶,因而又拜问自己的终生结果。道士说:"您不会大富大贵,只要能健康长寿就足够了。您前生和我一起当和尚,因用石头打狗,误打死一只青蛙,青蛙已投生为驴。论您命中的定数,您应当横死夭亡。现在您的孝行感动了神明,已经有解难救灾的星宿来帮助,不会有什么灾难。但您的夫人前世做女人时不守贞节,命定应当年少守寡。现在您因德高而延长了寿命,她就不会和您白头到老了,恐怕年后会有生命之忧。"锺生难过了好一会儿,又问他将来续娶的妻子在什么地方。道士说:"在中州,今年十四岁了。"临别时嘱咐他说:"如果遇到危急,应当往东南方向走。”

后年馀，妻病果死。锺舅令于西江[①]，母遣往省，以便途过中州，将应继室之谶[②]。偶适一村，值临河优戏[③]，士女甚杂。方欲整辔趋过，有一失勒牡驴[④]，随之而行，致骡蹄趹[⑤]。生回首，以鞭击驴耳，驴惊，大奔。时有王世子方六七岁[⑥]，乳媪抱坐堤上，驴冲过，扈从皆不及防，挤堕河中。众大哗，欲执之。生纵骡绝驰[⑦]。顿忆道士言，极力趋东南。约二十馀里，入一山村，有叟在门，下骑揖之。叟邀入，自言方姓，便诘所来。生叩伏在地，具以情告。叟言：“不妨。请即寄居此间，当使徼者去[⑧]。”至晚得耗，始知为世子。叟大骇曰：“他家可以为力，此真爱莫能助矣！”生哀不已。叟筹思曰：“不可为也。请过一宵，听其缓急，倘可再谋。”生愁怖，终夜不枕。次日侦听，则已行牒讥察[⑨]，收藏者弃市[⑩]。叟有难色，无言而入。生疑惧，无以自安。中夜，叟来，入坐便问：“夫人年几何矣？”生以鳏对[⑪]。叟喜曰：“吾谋济矣。”问之，答云：“余姊夫慕道，挂锡南山[⑫]，姊又谢世[⑬]。遗有孤女，从仆鞠养，亦颇慧，以奉箕帚如何[⑭]？”生喜符道士之言，而又冀亲戚密迩，可以得其周谋[⑮]，曰：“小生诚幸矣。但远方罪人，深恐贻累丈人[⑯]。”叟曰：“此为君谋也。姊夫道术颇神，但久不与人事矣。合卺后[⑰]，自与甥女筹之，必合有计。”生喜极，赘焉[⑱]。

【注释】

①西江：珠江干流之一，流经广东西部，与黔、桂、郁三江自广西合

流后，称西江。泛指广东西部地区。

②谶（chèn）：谶言，预言。

③优戏：演戏。优，扮演杂戏的人。

④失勒牡驴：失去控制的公驴。勒，羁勒。牡，雄性。

⑤蹄趹：牲口踢蹬。《淮南子·兵略训》："有毒者螫，有蹄者趹。"

⑥世子：天子或诸侯王之嫡子。

⑦绝驰：飞驰。绝，绝尘，足不沾尘。

⑧徼（jiào）者：指巡捕一类的吏役。

⑨行牒讥察：行文稽察。牒，公文。讥，稽查，察问。

⑩弃市：指问斩，杀头。

⑪鳏（guān）：无妻或丧妻的男人。

⑫挂锡南山：谓在南山出家做和尚。挂锡，悬挂锡杖。僧人远出，要持锡杖，而中途停宿时，杖不得着地，必挂于僧房壁牙之上，故称僧人止宿或驻留为挂锡。

⑬谢世：去世。

⑭奉箕帚：供洒扫之役。是嫁女儿为人做妻室的谦辞。

⑮周谋：周密谋划。

⑯丈人：对年长者的尊称。

⑰合卺（jǐn）：古代婚礼中的一种仪式。剖一瓠为两瓢，新婚夫妇各执一瓢，斟酒以饮。后多指成婚。

⑱赘：就婚于女家。

【译文】

过了一年多，锺生的妻子果然病死了。锺生的舅舅在西江当县令，母亲让他去看望舅舅，以便途中路过中州，去应道士说继室在中州的预言。他路过一个村庄，正好赶上有人在河边演戏，男女混杂观看。锺生刚想拉紧缰绳赶快过去，忽然一头挣脱缰绳的公驴跟在他后边跑，锺生骑的骡子扬起后蹄踢驴。锺生回过头，用鞭子抽驴耳，驴受了惊，猛跑。

这时有位王府的小世子，才六七岁，正由奶妈抱着坐在堤上，驴冲过来，卫士仆人们来不及防备，小世子被挤落河中。众人大喊大叫，要抓锺生。锺生打着骡子拼命跑。他这时忽然想起道士的话，极力向东南方奔去。大约走了二十多里，来到一个山村，有一位老人站在门口，锺生下骡向老人作揖行礼。老人请他进家，说自己姓方，又问锺生从哪里来。锺生跪地叩头，把实情全告诉了老人。老人说："不要紧。请你就寄住在我家，我有办法让追你的人离去。"到了晚上，才知掉到河里的小孩是位世子。老人大惊失色地说："要是别的人家，我还可以想法帮帮忙，现在我真是爱莫能助了！"锺生哀求不已。老人寻思了半天说："没办法了。请等一夜，听听风声缓急，或许还有办法。"锺生又愁又怕，一夜没睡。第二天老人一打听，官府已下令稽查肇事者，掩藏者也要被杀头。老人面有难色，一声不吭地进了屋子。锺生疑惧万分，难以安心。半夜，老人来到锺生屋里坐下，问道："你夫人今年多大了？"锺生说妻子已去世。老人高兴地说："我想的办法能行了。"锺生问有什么办法，老人回答说："我的姐夫信奉佛教，在南山出家修行，姐姐已故去了。他们留下一个孤女，由我抚养，也挺聪明，你娶她当继室如何？"锺生听了心中高兴，这正符合道士的预言，又希望和老人结为亲戚，关系近了，可以得到他更多的帮助，就说："小生实在太幸运了。但只怕我这远方来的罪人，会连累老丈人。"老人说："我这是为你着想。我姐夫的道术很神奇，但好久都不过问人世间的事了。成婚后，你自己与我外甥女商量，必然会有办法。"锺生高兴极了，就当了入赘女婿。

女十六岁，艳绝无双。生每对之欷歔[①]，女云："妾即陋，何遂遽见嫌恶？"生谢曰："娘子仙人，相耦为幸[②]。但有祸患，恐致乖违。"因以实告。女怨曰："舅乃非人！此弥天之祸，不可为谋，乃不明言，而陷我于坎窞[③]！"生长跪曰："是小生以死命哀舅，舅慈悲而穷于术，知卿能生死人而肉白骨也[④]。某诚不足称好逑[⑤]，然家门幸不辱寞[⑥]。倘得再生，香花供养有日耳[⑦]。”女叹曰：“事已至此，夫复何辞？然父自削发招提[⑧]，儿女之爱已绝。无已，同往哀之，恐担挫辱不浅也[⑨]。”乃一夜不寐，以毡绵厚作蔽膝[⑩]，各以隐着衣底。然后唤肩舆[⑪]，入南山十馀里，山径拗折绝险，不复可乘。下舆，女跬步甚艰[⑫]，生挽臂拽扶之，竭蹶始得上达[⑬]。不远，即见山门[⑭]，共坐少憩。女喘汗淫淫[⑮]，粉黛交下。生见之，情不可忍，曰：“为某故，遂使卿罹此苦[⑯]！”女愀然曰[⑰]：“恐此尚未是苦！”困少苏[⑱]，相将入兰若[⑲]，礼佛而进。曲折入禅堂[⑳]，见老僧趺坐[㉑]，目若瞑，一僮执拂侍之[㉒]。方丈中[㉓]，扫除光洁，而坐前悉布沙砾[㉔]，密如星宿。女不敢择，入跪其上，生亦从诸其后。僧开目一瞻，即复合去。女参曰[㉕]：“久不定省[㉖]，今女已嫁，故偕婿来。”僧久之，启视曰：“妮子大累人[㉗]！”即不复言。夫妻跪良久，筋力俱殆，沙石将压入骨，痛不可支。又移时，乃言曰：“将骡来未？”女答曰：“未。”曰：“夫妻即去，可速将来。”二人拜而起，狼狈而行。

【注释】

①欷歔（xī xū）：叹息或抽咽声。

②相耦：相配，结为夫妇。

③坎窞（dàn）：坑穴。喻险境。《易·坎》：“习坎，入于坎窞，凶。”孔颖达疏：“既处坎底，上无应援，是习为险难之事无人应援，故入于坎窞而至凶也。”

④生死人而肉白骨：谓救活人命，起死回生。《左传·襄公二十二

年》:“吾见申叔夫子所谓生死而肉骨也。”

⑤好逑:好的配偶。《诗·周南·关雎》:“窈窕淑女,君子好逑。”

⑥辱寞:即辱没。

⑦香花供养:谓如佛般供敬。《金刚经》:“以诸花香,以散其处。”

⑧削发招提:指出家做和尚。招提,梵语。其义为四方。音译则为拓斗提奢,省称拓提。但在汉字传写过程中,因形近而误写为“招提”。自北魏太武帝造寺称招提,遂为寺院的别称。

⑨挫辱:折辱。

⑩蔽膝:围于衣服前面的大巾。用以蔽护膝盖。

⑪肩舆:轿子。

⑫跬步:半步。此处指行步。

⑬竭蹶:力竭仆跌,极言劳苦之状。《荀子·儒效》:“故近者歌讴而乐之,远者竭蹶而趋之。”

⑭山门:寺院正面的楼门。也泛指寺院。过去的寺院多居山林,故名。

⑮淫淫:汗流不断的样子。

⑯罹:遭遇。

⑰愀(qiǎo)然:忧惧的样子。

⑱困少苏:疲劳稍微减轻一点。苏,恢复,复苏。

⑲兰若:寺庙。

⑳禅堂:僧人参禅之处,僧堂。

㉑趺坐:盘腿端坐。

㉒拂:拂尘。

㉓方丈:佛寺长老及住持的居室。《法苑珠林·感通圣迹》:“以笏量基,止有十笏,故号方丈之室也。”

㉔沙砾:沙子和碎石。

㉕参:参拜。

㉖定省:子女早晚向亲长问安。《礼记·曲礼》:“凡为人子之礼,冬温而夏凊,昏定而晨省。”郑玄注:“定,安其床衽也;省,问其安否何如。”

㉗妮子:小女孩,小丫头。北方方言。

【译文】

新娘十六岁,长得美貌无双。锺生常对着她长吁短叹,新娘说:“我就是丑陋,也不至于这么快就被嫌恶吧?”锺生赔礼说:“娘子仙人一般,和你结亲感到三生有幸。但我身遭祸患,恐怕要被迫分离。”于是把实情告诉了她。新娘抱怨说:“舅舅真不是人!这是弥天大祸,自己想不出办法,又不明说,而把我推到火坑里!”锺生长跪在地说:“是小生死命哀求舅舅,舅舅心地慈悲但又没有办法解救,知道你能让死人复活,白骨生肉,一定能救我。我确实算不上一个好丈夫,然而家世门第还不至于辱没你。倘若能脱此大难获得再生,我会日日把你当佛一样敬着。”新娘叹息着说:“事已至此,还有什么可说的呢?但是父亲自从削发出家,对儿女的恩爱已经断绝。没别的办法,我们一起去哀求他,恐怕要受到不少挫折和羞辱。”于是新娘子一夜没睡,用毡子和棉花缝了两副厚厚的护膝,衬在裤腿里。然后叫来轿子上南山,走了十多里,山路曲折盘旋,十分危险,不能再坐轿了。下轿步行后,新娘子步履艰难,锺生挽着她的胳膊,扶着她跌跌撞撞地向上爬。走了不远,就看到了山门,二人坐下休息。新娘子汗水淋淋,把脸上的脂粉都冲下来了。锺生看见,心中难过,说:“都是为了我,让你受这样的苦!”新娘子忧愁地说:“恐怕这还算不上苦!”稍稍恢复了一些体力,二人就相互搀扶着进了寺庙,向佛像施了礼,走进去。他们曲曲折折地进入禅堂,只见一个老和尚在打坐,双目好像都闭着,一个小僮拿着拂尘一旁侍立。禅堂内,打扫得很干净,而在和尚的座位前铺满了沙砾,密如天上的繁星。新娘子不敢挑地方,进去就跪在沙砾上,锺生也跟着跪在她后面。老和尚睁眼看了一下,立即又闭上了眼睛。新娘子参拜和尚说:“很久没来问候您老人家了，如今女儿已经出嫁，所以和女婿一起来了。”老和尚沉默好久，才睁开眼说：“小妮子太累人！”就不再说话。夫妻二人跪了好长时间，筋疲力尽，沙石被压在膝下都快嵌入骨头了，痛不可忍。又过了一会儿，老和尚才说：“骡子牵来了吗？”新娘子回答：“没有。”老和尚说：“你们夫妻二人快回去，速把骡子牵来。”二人叩拜后起来，狼狈不堪地回家。

既归，如命[①]，不解其意，但伏听之[②]。过数日，相传罪人已得，伏诛讫。夫妻相庆。无何，山中遣僮来，以断杖付生云：“代死者，此君也。”便嘱瘗葬致祭[③]，以解竹木之冤。生视之，断处有血痕焉，乃祝而葬之。夫妻不敢久居，星夜归辽阳。

【注释】

①如命：依照命令、指示行事。

②伏：潜伏，潜藏。

③瘗（yì）葬：埋葬。

【译文】

到家以后，夫妻按照吩咐把骡子送到庙里，但不明白其中的用意，只好藏在家等着消息。过了几天，听人传说罪人已经抓住，已被处死了。夫妻俩庆幸躲过了灾祸。不久，山中派来了小僮，把一根断了的竹杖交给锺生说：“代替你死的，就是这位竹君。”便嘱咐他将竹杖埋葬，举行祭奠，以解除竹木的冤枉。锺生看看竹杖，断处还有血痕呢，于是祷告后埋葬了竹杖。夫妻不敢在此久留，星夜起程回到了锺生的故乡辽阳。

鬼妻

【题解】

这是一个令人啼笑皆非，也令人深长思之的故事。情侣夫妻之间，百年好合，生生世世为夫妻，“在天愿为比翼鸟，在地愿为连理枝”，极令人向往。但是假如真的如胶似漆永不分离，不给对方任何空间，在该放下时也仍然执着不放松，将会发生什么事情呢？聂鹏云的妻子最后成为怨妇，结果被丈夫请来“良于术者，削桃为杙，钉墓四隅”。到底是谁的过错呢？

泰安聂鹏云[①]，与妻某，鱼水甚谐[②]。妻遘疾卒[③]，聂坐卧悲思，忽忽若失。一夕独坐，妻忽排扉入[④]。聂惊问：“何来？”笑云：“妾已鬼矣。感君悼念，哀白地下主者[⑤]，聊与作幽会。”聂喜，携就床寝，一切无异于常。从此星离月会[⑥]，积有年馀，聂亦不复言娶。伯叔兄弟惧堕宗主[⑦]，私劝聂鸾续[⑧]，聂从之，聘于良家[⑨]。然恐妻不乐，秘之。未几，吉期逼迩[⑩]。鬼知其情，责之曰：“我以君义，故冒幽冥之谴。今乃质盟不卒[⑪]，钟情者固如是乎？”聂述宗党之意。鬼终不悦，谢绝而去。聂虽怜之，而计亦得也。迨合卺之夕，夫妇俱寝，鬼忽至，就床上挞新妇，大骂：“何得占我床寝！”新妇起，方与撑拒。聂惕然赤蹲[⑫]，并无敢左右袒[⑬]。无何，鸡鸣，鬼乃去。新妇疑聂妻故并未死，谓其赚己[⑭]，投缳欲自缢。聂为之缅述[⑮]，新妇始知为鬼。日夕复来，新妇惧避之。鬼亦不与聂寝，但以指掐肤肉，已乃对烛目怒相视，默默不语。如是数夕，聂患之。近村有良于术者[⑯]，削桃为杙[⑰]，钉墓四隅[18]，其怪始绝。

【注释】

①泰安：州名。位于山东中部，今属山东泰安。

②鱼水甚谐：指夫妻谐和融洽，两情相得如鱼得水。

③遘（gòu）疾：染疾。遘，遇，遭受。

④排扉：推门。扉，门扇。

⑤哀白地下主者：哀告冥间的主管人。

⑥星离月会：离、会均在夜间。

⑦惧堕宗主：担心断绝宗嗣。堕，废绝。宗主，指嫡长子。嫡长子为一宗之主，故称。

⑧鸾续：续弦，续娶妻子。鸾，鸾胶，弦断可用以接续。

⑨良家：清白人家。

⑩逼迩：逼近。迩，近。

⑪质盟：盟约。卒：完毕，终了。

⑫惕然：恐惧，惊慌的样子。赤：裸体。

⑬无敢左右袒：不敢表示偏袒哪一方。左右袒，左袒或右袒，即袒露左臂或右臂，以示支持或偏护某一方。《史记·吕后本纪》载，汉初，吕后专政，尽王诸吕，危及刘氏政权。太尉周勃等在吕后死后，夺得军权，下令军中曰："为吕氏右袒，为刘氏左袒。"军中皆左袒。

⑭赚：诓骗，欺哄。

⑮缅述：追述。

⑯良于术：擅于巫术。术，指巫术。

⑰杙（yì）：小木桩。

⑱隅：角落。

【译文】

泰安人聂鹏云与妻子感情很好，如同鱼水般和谐。后来妻子得病死了，聂鹏云坐卧不宁，沉浸在悲痛之中，以致神情恍惚，怅然若失。一天夜里，聂鹏云独自在家中坐着，妻子忽然推开门进来。聂鹏云吃惊地问："从哪里来？"妻子笑着说："我已变成鬼了。感激你对我的悼念，哀求阴间的阎王，暂来和你幽会。"聂鹏云很高兴，拉着她上床睡觉，一切和以前一样。从此晚上来，天不亮就走，有一年多时间，聂鹏云也不再谈续娶的事。聂鹏云的叔伯兄弟怕他绝了后，私下里劝他续娶，聂鹏云听从了，聘定了一位出身很好的姑娘。但他怕鬼妻不高兴，就没有告诉她。不久，结婚的日子临近了。鬼妻知道了实情，责备聂鹏云说："我因为你对我有情义，所以冒着受阎王爷责罚的危险来和你相会。如今你不守我们的盟誓，钟于情感的人难道是这样的吗？"聂鹏云说这是叔伯兄弟们的意思。鬼妻始终不高兴，告别走了。聂鹏云虽然也很爱怜她，可再娶的计划也算是达成了。在新婚之夜，夫妻二人都睡了，鬼妻忽然来了，在床上猛打新妇，大骂道："为什么占我的床铺！"新妇爬起来，和鬼妻扭打在一起。聂鹏云很害怕，赤裸着身子蹲在一边，不敢偏袒哪一方。过了一会儿，鸡叫了，鬼妻才走。新妇疑心聂鹏云的妻子并没有死，认为他骗了自己，就要上吊寻死。聂鹏云告诉了她往日的事情，新妇才知是鬼。第二天晚上鬼妻又来了，新妇吓得躲开了。鬼妻也不和聂鹏云一起睡，只是用手掐他的皮肉，接着在灯下怒目瞪着他，默默不语。这样过了好几夜，聂鹏云很害怕。附近村子有位精通法术的人，削了几个桃木楔子，钉在鬼妻墓的四周，鬼妻才不见了。

黄将军

【题解】

在冷兵器时代，讲求的是力量。力量大即是战斗力强，容易战胜敌人，立功晋升。所以，在本篇中，获救的两个孝廉劝黄得功发挥优长，而黄得功果然“屡建奇勋，遂腰蟒玉”。就“资劝从军”而言，本篇与卷六的《大力将军》查伊璜劝吴六一“投行伍”如出一辙。

黄靖南得功微时①，与二孝廉赴都②，途遇响寇③。孝廉惧，长跪献资④。黄怒甚，手无寸铁，即以两手握骡足，举而投之。寇不及防，马倒人堕。黄拳之臂断，搜橐而归孝廉。孝廉服其勇，资劝从军⑤，后屡建奇勋，遂腰蟒玉⑥。

【注释】

①黄靖南得功：黄得功，号虎山，明开原卫（今辽宁开原）人。明末在辽东防御后金（清）因功升为游击、副总兵。崇祯十七年（1644），因镇压农民起义有功，封靖南伯。南明福王时，进封靖南侯，镇守庐州，为江北“四镇”之一。以勇猛著闻，时称“黄闯子”。清兵至，率部近战，中流矢而死。微时：微贱时。

②孝廉：明清指举人。

③响寇：即响马。旧时称结伙拦路抢劫的强盗。因其乘马带铃，从远处即可听到，故称。

④资：资财。

⑤资劝：资助并劝说。

⑥腰蟒玉：服蟒衣，腰玉带。谓成为高官。蟒，蟒衣，衣上以金线绣蟒。玉，玉带。均为高级文武官员之服饰。

【译文】

靖南将军黄得功还没有取得功名的时候，曾和两位举人一起去京城，路上遇到强盗。两位举人很害怕，跪在地上献出钱财。黄得功非常愤怒，当时手无寸铁，就用两手抓住骡子的两条腿，举起来投向强盗。

强盗来不及防备，骑的马倒了，人也从马上掉下来。黄得功上去挥拳猛打，把强盗的手臂也打断了，把强盗抢走的东西搜回来还给了两个举人。两个举人很欣赏他的勇力，便拿出钱财来资助劝说他参军，后来黄得功在军队里屡建奇功，遂成为身穿蟒衣腰缠玉带的高官。

晋人某，有勇力，生平不屑格拒之术①，而搏击家当之尽靡②。过中州，有少林弟子受其辱，忿告其师。群谋设宴相邀，将以困之③。既至，先陈茗果④。胡桃连殻⑤，坚不可食。某取就案边，伸食指敲之，应手而碎。寺众大骇，优礼而散⑥。

【注释】

①格拒之术：拳术，技击方法。

②靡：倒，败退。

③困：困辱，困窘。

④茗：茶。果：果品。

⑤殻(ké)：壳，坚硬的外皮。

⑥优礼：优待礼遇。《汉书·楚元王传》："上以我先帝旧臣，每进见常加优礼。"

【译文】

有一个山西人，勇敢有力量，一生不屑于讲究武术技击战法，可是武术家们和他比试没有不败的。有一次他路过河南，有一个少林弟子受到他的羞辱，很气愤地告诉了自己的师傅。少林寺的和尚们一起商量设了酒席邀请他，准备让他吃点亏。等他到了，先摆上茶水和果品。果品中的核桃是带着壳的，坚硬得不可能徒手而食。那个山西人把核桃放在桌边，伸出食指敲击核桃，核桃随手就打开了。少林寺的众人大吃一惊，对那个山西人恭敬有加，很礼貌地分手了。

三朝元老

【题解】

蒲松龄生于明清鼎革之际，童年时对于动乱虽有着惨痛的经历，但写作《聊斋志异》时清朝的统治已经稳定。他大概没有顾炎武所谓亡国和亡天下的意识，明朝的灭亡对于他而言只是一种记忆。本篇对于洪承畴的痛斥，谈不上民族立场，只是站在传统道德上的批判。从记录前朝逸闻和故典的意义上，本篇与《男生子》、《黄将军》等没有什么太大的区别，都是“把些兴亡旧事，付之风月闲谈”。

某中堂①，故明相也。曾降流寇②，世论非之。老归林下③，享堂落成④，数人直宿其中⑤。天明，见堂上一匾云“三朝元老”。一联云：“一二三四五六七，孝弟忠信礼义廉。”不知何时所悬。怪之，不解其义。或测之云：“首句隐亡八，次句隐无耻也。”

【注释】

①中堂：指宰相。明清时代指内阁大学士。本篇所记，邓之诚在《骨董琐记》考证云：“《聊斋志异·三朝元老》，乃李建泰事。朱书《游历记存》云：‘建泰为贼相，贼败再降，又为相，被赐绰楔曰‘三朝元老’，悬于门，始告归。’‘一二三四五六七，孝悌忠信礼义廉’联，乃金之俊事，见苏瀜《惕斋见闻录》。”

②流寇：指李自成、张献忠所领导的明末农民起义军。

③林下：幽僻之境。引申指退隐或退隐之处。

④享堂：祠堂。享，祭享。

⑤直宿：值夜。《周礼·天官·宫正》：“次舍之众寡。”汉郑玄注：

“次,诸吏直宿。”

【译文】

某中堂是前明朝的宰相。曾经投降过流寇,世人都议论贬斥他。他告老还乡后,建筑的祠堂落成时,派几个人在里面值宿。天亮时,看见堂上悬挂着一个匾额,写着“三朝元老”。对联是:“一二三四五六七,孝弟忠信礼义廉。”不知是什么时候挂上去的。人们很奇怪,不知是什么意思。有人推测说:“首句隐含着亡八之意,次句隐含着无耻之意。”

洪经略南征①,凯旋。至金陵②,醮荐阵亡将士③。有旧门人谒见④,拜已,即呈文艺⑤。洪久厌文事,辞以昏眊⑥。其人云:“但烦坐听,容某颂达上闻。”遂探袖出文,抗声朗读⑦,乃故明思宗御制祭洪辽阳死难文也⑧。读毕,大哭而去。

【注释】

①洪经略:洪承畴,字彦演,号亨九,福建泉州南安英都人。明万历进士。任兵部尚书,总督河南、山西及陕、川、湖军务。后调任蓟辽总督。崇祯十四年(1641),率八总兵、步骑13万驰援锦州,与清军会战于松山,兵败被俘,降清,隶属汉军镶黄旗。顺治二年(1645),至南京总督军务,镇压江南人民抗清斗争。后经略湖广、云南等地,总督军务,镇压大西农民军的抗清斗争;顺治十六年(1659)攻占云南后返京。官至武英殿大学士,七省经略。辑有《古今平定略》12册。后人又辑有《洪承畴章奏文册汇辑》及《经略纪要》24卷。

②金陵:今江苏南京。

③醮(jiào)荐:祭悼。醮,祭祀。荐,进献祭品。

④旧门人:指洪在明朝为官所取士或幕府中的僚属。门人,食客,门下客。

⑤文艺:此处泛指文章。

⑥昏眊(mào):年老眼睛昏花。

⑦抗声:高声。

⑧明思宗:即明崇祯帝朱由检。据明文秉《烈皇小识》载,崇祯十四年(1641),“清兵陷宁锦,总督洪承畴、总兵祖大寿降。事闻,举朝震动,而承畴谬以殉难闻,恤赠太子太保,荫锦衣千户,世袭,与祭十六坛”。

【译文】

洪承畴经略南征后凯旋。到了金陵,祭奠阵亡的将士。这时有原来的部下前来谒见,拜见以后,呈上文章。洪承畴很久以来就讨厌文章之事,推辞说老眼昏花,不愿阅读。门人说:“请您坐下听就行,容我诵读给您听。”于是从袖中取出文章,大声朗读,原来是明崇祯皇帝听到洪承畴与清兵大战松山以死殉国的消息后所写的祭文。读完以后,大哭而去。

医术

【题解】

这是一篇调侃中医的小说,包括了两个小故事,写的都是所谓的名医凭借侥幸成功。故事荒诞令人捧腹,但也有对于中医是一个靠实证经验成功的医学门类的思考。但明伦在评论此篇时说过这样一段话:“语有云,乘我十年运,有病早来医。观于张,则语益信。然医不三世,不服其药之言,自是颠扑不破。”前半段话,讲中医的成功运气的成分很大。后半段话,讲的则是中医的成功靠的是经验和积累,也就是实证。这是传统中医的宝贵之处,也是长期被人诟病,被今人过激地认为不科学的地方。

张氏者，沂之贫民[①]。途中遇一道士，善风鉴[②]，相之曰：“子当以术业富[③]。”张曰：“宜何从？”又顾之，曰：“医可也。”张曰：“我仅识‘之无’耳[④]，乌能是？”道士笑曰：“迂哉！名医何必多识字乎？但行之耳。”

【注释】

①沂：沂水，县名。位于山东东南部，清初属青州府。

②风鉴：相面术。以人相貌的某些特征，预言一生祸福的方术。

③富：致富。

④仅识“之无”：只认识“之无”二字，指不识字或识字不多。唐白居易《与元九书》：“仆始生六七月时，乳母抱弄于书屏下，有指‘无’字‘之’字示仆者，仆虽口未能言，心已默识。后有问此二字者，虽百十其试，而指之不差，则知仆宿习之缘，已在文字中矣。”

【译文】

张氏是沂县的贫民。在路上遇到一位道士，善于相面，为张氏相面后说：“你能以某种技艺致富。”张氏问：“从事什么技艺呢？”道士又看了看他的面相，说：“可以当医生。”张氏说：“我连字都认识不了几个，怎能当医生呢？”道士笑着说：“你太迂了啊！名医何必要多识字呢？只要去干就行了。”

既归，贫无业，乃摭拾海上方[①]，即市廛中除地作肆[②]，设鱼牙蜂房[③]，谋升斗于口舌之间，而人亦未之奇也。会青州太守病嗽[④]，牒檄所属征医[⑤]。沂故山僻，少医工，而令惧无以塞责，又责里中使自报[⑥]。于是共举张。令立召之。张方痰喘，不能自疗，闻命大惧，固辞。令弗听，卒邮送去[⑦]。路经深山，渴极，咳愈甚。入村求水，而山中水价与玉液等，遍乞之，无与者。见一妇漉野菜[⑧]，菜多水寡，盎中浓浊如涎[⑨]。张燥急难堪，便乞馀沈饮之[⑩]。少间，渴解，嗽亦顿止。阴念：殆良方也。

【注释】

①摭(zhí)拾海上方：检取各地流传的偏方。摭，拾取。海上方，本意为海上神仙方药，宋代钱竽著述有《海上方》，书中列常见一百二十馀种病证的单验方。引申为各种偏方。

②即市廛中除地作肆：就在集市上摆地摊。市廛，集市。肆，店铺。

③设鱼牙峰房：分格储药像鱼牙、蜂房一样。

④青州：府名。治所在今山东青州。

⑤牒檄：下达文书。牒，公文。檄，古代官府用以征召或声讨的文书。

⑥里：古代地方行政组织。自周始，后代多因之，其制不一。明清以110家为一里。明代设里长管理里中之事。

⑦邮送：由驿站传送。邮，传递文书的驿站。

⑧漉(lù)野菜：淘洗野菜。漉，过滤。

⑨盎(àng)：腹大口小的盛物洗物的瓦盆。涎：唾沫，口水。

⑩沈：同"渖"。汁液。此指洗菜剩下的水。

【译文】

张氏回家后，贫穷无以为生，就收集了一些民间偏方，在街市上摆个地摊，摆上像鱼牙、蜂房之类的药格子，靠一张嘴挣钱糊口，人们也看不上他的医术。这时正巧青州太守得了咳嗽病，发出文告在属下的县里征召医生。沂县是偏僻山区，医生很少，而县令害怕无法交差，就命令各乡村自报。于是人们共同推举张氏。县令立即召他前去。这时张氏自己正犯痰喘病，自己的病都不能治疗，听到这道命令十分害怕，一再推辞。县令不听，派吏卒送他去。路过深山，张氏渴极了，咳得更加厉害。到村里讨水喝，但山里的水和琼浆玉液一样贵，走遍了全村，没人给他水喝。这时看见一个妇女正在洗野菜，菜多水少，盆里的水混浊得如粘涎一样。张氏焦渴难忍，便乞求把洗菜剩下的脏水给他喝。刚喝下一会儿，渴就解了，咳喘也止住了。他暗想：这大概是个好药方。

比至郡[①]，诸邑医工，已先施治，并未痊减。张入，求密所[②]，伪作药目，传示内外，复遣人于民间索诸藜藿[③]，如法淘汰讫，以沈进太守。一服，病良已[④]。太守大悦，赐赉甚厚，旌以金扁[⑤]。由此名大噪，门常如市，应手无不悉效。有病伤寒者[⑥]，言症求方。张适醉，误以疟剂予之[⑦]。醒而悟之，不敢以告人。三日后，有盛仪造门而谢者[⑧]，问之，则伤寒之人，大吐大下而愈矣。此类甚多。张由此称素封[⑨]，益以声价白重，聘者非重赀安舆不至焉[⑩]。

【注释】

①郡：郡城。指青州。

②密所：秘密的居所。

③藜藿（lí huò）：藜与藿均为粗粝的野菜。

④良已：痊愈。《史记·孝武本纪》："（武帝）遂幸甘泉，病良已。"裴骃《集解》引孟康曰："良已，盖已愈也。"

⑤旌：旌表，表彰。扁：匾额。后多作"匾"。

⑥伤寒：由伤寒杆菌引起的急性肠道传染病。

⑦疟：经疟蚊叮咬，由疟原虫所引起的急性传染病。

⑧盛仪造门而谢：带着丰盛的礼物亲至其家致谢。仪，礼物。造，至。

⑨素封：无爵位封邑而富有资财。

⑩安舆：即安车。用一匹马拉着可以坐乘的小车。古车立乘，此可坐乘，故称。安车一般让老年人和妇女乘坐。《新唐书·赵隐传》："懿宗诞日，宴慈恩寺，隐侍母以安舆临观。宰相方率百官拜恩于廷，即回班候夫人起居，搢绅以为荣。"

【译文】

他到了青州，各县的医生都为太守医治过了，但毫不见效。张氏进去以后，要求住在一个秘密的地方，假装开出一个药方，传给外面的人看，又派人到民间去采集野菜，按山中妇人的方法淘洗完，把剩下的脏水汁送给太守喝。只喝了一次，病就好了。太守十分高兴，赏赐非常丰厚，并送了一块金匾。张氏从此名声大振，门庭若市，用这个方子，手到病除。有个患伤寒病的人，讲了病症请求治疗。这时张氏正喝醉了，误把治疟疾的药给了他。酒醒之后知道了，不敢告诉别人。三天以后，有人带着丰盛的礼品登门道谢，一问，原来是得伤寒病的人，大吐大泻以后病就痊愈了。这样的事情很多。张氏因此发家致富，身价越来越高，请他去治病没有重金好车是不去的。

益都韩翁[①]，名医也。其未著时[②]，货药于四方。暮无所宿，投止一家，则其子伤寒将死，因请施治。韩思不治则去此莫适，而治之诚无术。往复跮踱[③]，以手搓体，而汗成片[④]，捻之如丸。顿思以此给之[⑤]，当亦无所害，晓而不愈，已赚得寝食安饱矣。遂付之。中夜，主人挝门甚急。意其子死，恐被侵辱，惊起，逾垣疾遁。主人追之数里，韩无所逃，始止。乃知病者汗出而愈矣。挽回，款宴丰隆[⑥]，临行，厚赠之。

【注释】

①益都：即青州。

②著：著名，显明。

③踟蹰(chì duó)：徘徊，来回走。

④汙：亦作“污”，污垢，脏。

⑤绐(dài)：骗。

⑥丰隆：丰盛。

【译文】

益都的韩翁，是一位名医。他未出名的时候，到各处去卖药。一天夜里没处住宿，就到一户人家去投宿，这家人的儿子得了伤寒病快要死了，请他医治。韩翁想，不治的话，离开这里没处住宿，治又没有良方。他就在屋里踱来踱去，不由地用手搓着身体，这时身上的脏东西很多，搓搓成了泥丸。韩翁忽然想，把这泥丸给病人吃，也不会有害，即使到天亮病还不好，已经能赚个饱吃安睡了。于是把泥丸给了病人。半夜时分，主人很急地来敲门。韩翁以为他的儿子死了，恐怕受到打骂，慌慌张张爬起来，翻过墙急逃。主人追了好几里，韩翁无处逃了，才停了下来。这时才知病人出汗后已痊愈了。主人把他请回来，盛情款待，临走，又赠给他丰厚的酬金。

藏虱

【题解】

虱子在现代中国，由于环境卫生的提升，人们已经相当陌生了。但在旧日，却是紧贴人类行动坐卧的寄生害虫，发现后，没有人会放过它，会怜悯它。乡人某者做了东郭先生，没有扑杀它，二三年后反受其害。小说虽然只是记异述奇，却也讲明了一个道理，那就是遇见害虫不能手软，否则就会自取其祸。

乡人某者[①]，偶坐树下，扪得一虱[②]，片纸裹之，塞树孔中而去。后二三年，复经其处，忽忆之，视孔中纸裹宛然。发而验之，虱薄如麸[③]，置掌中审顾之。少顷，掌中奇痒，而虱腹渐盈矣。置之而归，痒处核起[④]，肿数日，死焉。

【注释】

①乡人：乡下人，农村人。

②扪：按，摸。虱：寄生在人、畜身上的一种吸食血液，能传染疾病的无翅小昆虫。

③麸（fū）：小麦磨面过箩后剩下的麦皮和碎屑。亦称"麸皮"。

④核起：肿起如核。核，此处指疙瘩，硬块。

【译文】

有个乡下人，偶然坐在树下，从身上摸到一个虱子，就用一个纸片包上，塞在树洞中走了。过了二三年，他又经过这里，忽然想起了这件事，看了看树洞发现纸包还在。打开一看，虱子还在，薄得像一层麦麸，乡人就把虱子放在掌心细看。不一会儿，乡人觉得手掌心奇痒难忍，而虱子的肚子渐渐大了。乡人把虱子扔了就回家了，到家以后，手掌发痒的地方肿起了核桃大的一个包，肿了几天，这人就死了。

梦狼

【题解】

本篇由一个故事和两个附则组成。通过寓言揭露了明清时代官虎而吏狼的社会现实，意图通过苦口婆心的劝导，因果报应的恐吓，改变社会的吏治状况。附则予以补充，说明“即官不为虎，而吏且将为狼”。内中最精彩的对话是当白某的弟弟哭着劝说白某改弦更张，不要贪腐时，白某袒露了官吏贪腐的最隐秘的心理：“黜陟之权，在上台不在百姓。上台喜，便是好官；爱百姓，何术能令上台喜也？”官职的性质决定了官员必须对授权者负责。官员不是由人民选举产生而是由上司选拔，这是古今中外虽有谆谆教导，报应恐吓，严刑峻法，而贪腐官员仍前赴后继，成为国家痼疾的根本原因。对此，美国前总统布什有一个动人心魄的演讲，他说：“人类千万年的历史，最为珍贵的不是令人炫目的科技，不是浩瀚的大师们的经典杰作，不是政客们天花乱坠的演讲，而是实现了对统治者的驯服，实现了把他们关在笼子里的梦想。因为只有驯服了他们，把他们关起来，才不会害人。我现在就是站在笼子里向你们讲话。”无数实践证明，国家若想让官员成为公仆，让他们对人民负责，让他们清廉，最重要的事就是把权力关进笼子。从政治上讲，本篇故事可谓一针见血，痛快淋漓。从小说上讲，本篇故事却有概念化、图示化的倾向。

白翁，直隶人①。长子甲，筮仕南服②，三年无耗。适有瓜葛丁姓造谒③，翁款之④。丁素走无常⑤。谈次⑥，翁辄问以冥事，丁对语涉幻。翁不深信，但微哂之⑦。

【注释】

①直隶：旧省名。相当于今北京、天津、河北大部和河南、山东的小部地区。

②筮（shì）仕南服：在南方做官。筮，用蓍草占卜。古人出外做官，必先占卜吉凶，后因称入官为筮仕。《左传·闵公元年》：“初，毕万筮仕于晋。”南服，古代王畿外围，每五百里为一区划，按距离

远近分为五等地带，称为五服，因称南方为南服。

③瓜葛：比喻辗转相连的亲戚关系或社会关系。这里指远戚。

④款：款待。

⑤走无常：旧时民俗所谓当阴差。

⑥次：中间。

⑦哂(shěn)：讥笑。

【译文】

白翁是直隶人。他的大儿子白甲，到南方去当官，三年没有音信。正巧有位和他家有点儿亲戚关系的丁某来拜访，白翁热情地招待他。丁某向来能当阴差。谈话当中，白翁问他一些阴曹地府的事，丁某的回答荒诞虚幻。白翁不太相信，只微微笑了笑。

别后数日，翁方卧，见丁又来，邀与同游。从之去，入一城阙。移时，丁指一门曰："此间君家甥也。"时翁有姊子为晋令，讶曰："乌在此？"丁曰："倘不信，入便知之。"翁入，果见甥，蝉冠豸绣坐堂上①，戟幢行列②，无人可通③。丁曳之出，曰："公子衙署，去此不远，亦愿见之否？"翁诺。少间，至一第，丁曰："入之。"窥其门，见一巨狼当道，大惧不敢进。丁又曰："入之。"又入一门，见堂上、堂下，坐者、卧者，皆狼也。又视墀中④，白骨如山，益惧。丁乃以身翼翁而进⑤。公子甲方自内出，见父及丁良喜。少坐，唤侍者治肴蔌⑥。忽一巨狼，衔死人入。翁战惕而起曰⑦："此胡为者？"甲曰："聊充庖厨⑧。"翁急止之。心怔忡不宁⑨，辞欲出，而群狼阻道。进退方无所主，忽见诸狼纷然嗥避，或窜床下，或伏几底。错愕不解其故⑩，俄有两金甲猛士努目入⑪，出黑索索甲⑫。

甲扑地化为虎，牙齿巉巉[13]。一人出利剑，欲枭其首[14]。一人曰："且勿，且勿，此明年四月间事，不如姑敲齿去。"乃出巨锤锤齿，齿零落堕地。虎大吼，声震山岳。翁大惧，忽醒，乃知其梦，心异之。遣人招丁，丁辞不至。

【注释】

①蝉冠：以貂尾蝉纹为饰之冠，古代贵官所着。豸(zhì)绣：绣有獬豸的官服。《晋书·舆服志》："或谓獬豸、神羊，能触邪佞。"御史和其他司法官员的服饰绣有獬豸图案，象征公正无私。

②戟幢(chuáng)行(háng)列：指成行排列于堂前的仪仗。戟，指棨戟，套有赤黑缯衣之戟，用作仪仗。幢，一种旌旗。

③通：通达，通报。

④墀(chí)：堂前台阶上面的空地。也指台阶。

⑤翼：遮蔽，掩护。

⑥肴蔌(sù)：菜肴。蔌，蔬菜的统称。

⑦战惕：惊惧的样子。

⑧庖厨：厨房。

⑨怔忡：惊惧不安。

⑩错愕：张皇失措。

⑪努目：怒目，瞪眼。

⑫黑索：缧索，绳索。索：捆绑。

⑬巉巉(chán)：山岩高峭险峻。这里形容牙齿尖锐锋利。

⑭枭(xiāo)其首：斩其头。枭首，旧时酷刑，斩头而悬挂木上。

【译文】

分别后几天，白翁正躺在床上，见丁某又来了，邀请他一起去游玩。白翁跟着去了，进了一座城。过了一会儿，丁某指着一个门说："这是您外甥的家。”当时白翁姐姐的儿子在山西当县令,他惊讶地说:“怎么会在这里?”丁某说:“如果不信,进去便知道了。”白翁进去,果然看到了外甥,穿着官服戴着官帽坐在堂上,执戟打旗的仪仗排列在两旁,没人上去给他通报。丁某把白翁拉出来,说:“您公子的衙门离此不远,也愿去看看吗?”白翁同意了。一会儿,来到一座府第,丁某说:“进去吧。”往门里一看,有一只大狼挡在道上,白翁非常害怕,不敢进去。丁某又说:“进去吧。”又进了一道门,见堂上、堂下,坐着的、躺着的,都是狼。又看到台阶上白骨如山,更加恐惧。丁某用身子护着白翁向前走。这时白翁的儿子白甲正从里边出来,看见父亲和丁某很高兴。坐了一会儿,喊手下人去置办酒席。忽然一只大狼,叼了一个死人进来。白翁吓得站起来说:“这是要干什么?”白甲说:“用来做点儿菜。”白翁急忙制止。他心中惶惶不安,想告辞出来,但群狼挡住了道路。正在进退两难的时候,忽然看见群狼嗥叫着四散奔逃,有的窜到床下,有的伏在桌下。白翁十分惊愕,不知什么缘故,一会儿就看见有两个穿着金铠甲的猛士横眉怒目地闯进来,拿出一条黑绳把白甲捆起来。白甲扑在地上变成了一只虎,牙齿尖利。一个猛士拿出剑来要砍虎头。另一个猛士说:“且慢,且慢,宰它是明年四月间的事,不如先敲掉它的牙齿。”于是拿出大锤敲虎的牙齿,牙齿落在地上。老虎疼得大声吼叫,声震山岳。白翁非常害怕,忽然醒了,才知是一场梦,心里感到很奇怪。他派人去叫丁某,丁某推辞不来。

翁志其梦,使次子诣甲,函戒哀切①。既至,见兄门齿尽脱,骇而问之,则醉中坠马所折。考其时②,则父梦之日也,益骇。出父书,甲读之变色,为间曰③:“此幻梦之适符耳,何足怪。”时方赂当路者④,得首荐⑤,故不以妖梦为意。弟居数日,见其蠹役满堂⑥,纳贿关说者⑦,中夜不绝,流涕谏止之。

甲曰："弟日居衡茅[8]，故不知仕途之关窍耳[9]。黜陟之权[10]，在上台不在百姓[11]。上台喜，便是好官；爱百姓，何术能令上台喜也？"弟知不可劝止，遂归告父。翁闻之大哭，无可如何，惟捐家济贫，日祷于神，但求逆子之报[12]，不累妻孥。次年，报甲以荐举作吏部[13]，贺者盈门，翁惟欷歔，伏枕托疾不出。未几，闻子归途遇寇，主仆殒命。翁乃起，谓人曰："鬼神之怒，止及其身，祐我家者不可谓不厚也[14]。"因焚香而报谢之。慰藉翁者，咸以为道路讹传，惟翁则深信不疑，刻日为之营兆[15]。而甲固未死。

【注释】

①函：信函。戒：劝诫，告诫。

②考：核对。

③为间：有顷，一会儿。

④当路者：当道者。指掌实权的人物。

⑤首荐：优先荐举擢升的资格。荐，荐举。指保举调京考选。明清时代每三年考察外官政绩，叫大计。大计优异者，荐举擢升新职。

⑥蠹役：害民的吏役。对衙门差役的贬称。蠹，蛀虫。

⑦关说：用言辞打通关节，搞定某种关系，说情。

⑧衡茅：衡门茅舍。指平民所居的陋室。衡，横木为门。茅，茅草为屋。

⑨关窍：窍门，诀窍。

⑩黜陟（zhì）：官吏的罢黜和提升。黜，贬斥。陟，擢升。

⑪上台：上司。

⑫逆子：忤逆之子。报：果报，报应。

⑬作吏部：为吏部属官。明清时州县官内调各部，一般补授主事、

员外郎之类的官职。

⑭祐:保佑。《易·系辞》:"自天祐之。"传:"祐者,助之。"

⑮营兆:卜寻经营墓葬之地。兆,墓地。《孝经》:"卜其宅兆而安厝之。"

【译文】

白翁把这个梦写在信中,派二儿子去送给白甲,信中对他百般劝诫。二儿子到了白甲那里,看见哥哥门牙都掉了,惊骇地询问,原来是喝醉酒从马上掉下来跌的。推算时间,正是父亲做梦的那天,老二更加惊骇。他拿出父亲的信,白甲读后脸色大变,过了一会儿说:"这是梦境恰与实事巧合,不必大惊小怪。"当时白甲正因贿赂当权人物,被优先举荐升官,所以不把怪梦放在心上。弟弟住了几天,看到满衙门都是害民的吏役,行贿走后门的人,到半夜还往来不断,就流着泪劝诫哥哥改正。白甲说:"弟弟每天住在草屋中,所以不了解仕途的诀窍。决定升降的大权,在上司不在百姓。上司喜欢你,你就是好官;你光爱护百姓,有什么办法让上司喜欢你呢?"弟弟知道劝也没有用,就回家了,把哥哥的情况告诉了父亲。白翁听后大哭,但也无可奈何,只有用自己的家产来救济贫民,每天向神明祷告,只求上天对逆子的报应,不要牵连到老婆孩子身上。第二年,有人来报告白甲由于别人的举荐当了吏部官员,来贺喜的人盈门,白翁只是不停地叹息,趴在枕头上假托有病不出来见客。不久,听说白甲在回家途中遇到强盗,主仆都死了。白翁才起身,对家里人说:"鬼神的愤怒,只报应在他一个人身上,对我家的护祐不可谓不厚。"于是焚香表示感谢。前来安慰白翁的人,都说这消息是讹传,只有白翁深信不疑,定下日子为白甲准备墓葬。可是白甲确实没死。

先是,四月间,甲解任[①],甫离境,即遭寇,甲倾装以献之[②]。诸寇曰:"我等来,为一邑之民泄冤愤耳,宁耑为此哉[③]!"遂决其首。又问家人:"有司大成者谁是?"司故甲之腹心，助桀为虐者[4]。家人共指之，贼亦杀之。更有蠹役四人，甲聚敛臣也[5]，将携入都。并搜决讫，始分赀入囊，骛驰而去。甲魂伏道旁，见一宰官过，问："杀者何人？"前驱者曰："某县白知县也。"宰官曰："此白某之子，不宜使老后见此凶惨，宜续其头。"即有一人掇头置腔上，曰："邪人不宜使正，以肩承领可也。"遂去。移时复苏。妻子往收其尸，见有馀息，载之以行。从容灌之，亦受饮，但寄旅邸，贫不能归。半年许，翁始得确耗[6]，遣次子致之而归。甲虽复生，而目能自顾其背，不复齿人数矣。翁姊子有政声，是年行取为御史[7]，悉符所梦。

【注释】

①解任：卸任，去职。

②倾：尽数拿出，毫无保留。

③耑：同"专"。

④助桀为虐：帮助坏人干坏事。

⑤聚敛臣：搜刮钱财的帮凶。臣，奴仆。

⑥确耗：确切消息。

⑦行取：明代制度，地方官知县、推官，科目出身三年考满者，经地方高级官员保举和考选，由吏部、都察院协同注拟授职，称为行取。优者授给事中，次御史，再次各部官职。清初沿袭，并规定三年一次，各省有定额，雍正后渐废。

【译文】

原先，在四月间，白甲解任赴京，刚离开县境，就遇到强盗，白甲把随身财物都献了出来。群盗说："我们来，是为一县的百姓报仇雪恨的，难道是专为了钱财而来吗！"于是砍下他的头。又问跟随白甲的仆人：

“有个叫司大成的，是哪一个?”原来司大成是白甲的心腹，是个助桀为虐的人。仆人们一起指出来，强盗把司大成也杀了。还有四个坑害百姓的吏役，是帮白甲搜刮钱财的帮手，白甲准备把他们带进京去。强盗把他们都搜出来杀了，这时才把白甲献出的财物分装在袋中，飞驰而去。白甲的魂魄伏在道旁，看见一个县官模样的人过来，问道：“被杀的是什么人?”在前面开路的人说：“这是某县的白知县。”县官说：“他是白翁的儿子，不应让老人看到这凶惨的模样，应该把他的头接上。”这时就有一个人拾起白甲的头放在脖子上，说：“邪人不要让他的脑袋长正，让头歪在肩上就行了。”接完头就走了。过了些时，白甲复活了。他妻子来收尸，看看他还有一口气就把他运了回去。慢慢灌点儿水，也能喝下去，但只能寄居在旅店，穷得回不了家。过了半年多，白翁才得到确切消息，派二儿子把他带回来。白甲虽然死而复生，但是头歪在肩上，眼睛能看见自己的后背，人们已不把他当人看待。白翁姐姐的儿子为官清廉，这年被任命为御史，这些都和白翁的梦境相符。

异史氏曰：窃叹天下之官虎而吏狼者，比比也①。即官不为虎，而吏且将为狼，况有猛于虎者耶②！夫人患不能自顾其后耳，苏而使之自顾，鬼神之教微矣哉③！

【注释】

①比比：到处皆是。

②猛于虎：比虎还凶猛。谓贪吏甚至比贪官凶狠。《礼记·檀弓》：“苛政猛于虎也。”

③微矣哉：多么奥妙啊！微，幽深，精妙。

【译文】

异史氏说：我私下感叹，天下官如虎而吏如狼的情况，比比皆是。

即使官不像虎，那些小吏也如同豺狼，何况有些还猛于虎呢！怕只怕人不考虑自己以后的情形，像白甲那样苏醒后能够看自己的后背，鬼神对人的训诫也够微妙的了！

邹平李进士匡九[①]，居官颇廉明。常有富民为人罗织[②]，门役吓之曰："官索汝二百金，宜速办，不然败矣！"富民惧，诺备半数，役摇手不可。富民苦哀之，役曰："我无不极力，但恐不允耳。待听鞫时[③]，汝目睹我为若白之[④]，其允与否，亦可明我意之无他也。"少间，公按是事[⑤]。役知李戒烟，近问："饮烟否？"李摇其首。役即趋下曰："适言其数，官摇首不许，汝见之耶？"富民信之，惧，许如数。役知李嗜茶，近问："饮茶否？"李颔之[⑥]。役托烹茶，趋下曰："谐矣！适首肯[⑦]，汝见之耶？"既而审结，富民某获免，役即收其苞苴[⑧]，且索谢金[⑨]。呜呼！官自以为廉，而骂其贪者载道焉，此又纵狼而不自知者矣[⑩]。世之如此类者更多，可为居官者备一鉴也。

【注释】

①邹平：县名。位于山东中部偏北，明清时属济南府，现属滨州管辖。

②为人罗织：被人诬陷。罗织，虚构罪名，进行陷害。

③鞫：审讯。

④白：辩白，说明。

⑤按：处理，审讯。

⑥颔：点头。

⑦首肯：点头。

⑧苞苴(jū)：行贿的财物。《荀子·大略》："苞苴行与？谗夫兴与？"

注："货贿必以物包裹，故总谓之苞苴。"

⑨谢金：酬谢的小费。

⑩纵狼：喻放纵吏役作恶。

【译文】

邹平县的进士李匡九，做官很是廉正清明。曾经有一位富民被人诬陷，守门的衙役吓唬他说："县太爷让你交二百两银子，你要赶快准备好，不然的话，官司就输定了。"富民害怕了，答应给一半钱，衙役摇摇手说不行。富民苦苦哀求，衙役说："我不是不尽力，只怕县官不答应。等审问的时候，你可亲眼看到我为你说情，看县官是否允许，就可以知道我没有别的意思。"一会儿，县官审问此案。衙役知道李县令戒了烟，走近问道："您抽烟吗？"李县令摇了摇头。衙役就走下去对富民说："我刚才说了你想交的银两数，县官摇头说不行，你看见了吗？"富民相信了，很害怕，同意如数交纳。衙役又知道李县令喜欢喝茶，走近问道："您喝茶吗？"县令点了点头。衙役假借去煮茶，快步走下来说："行了！刚才他点头，你看到了吧？"不久案子审完了，富民被无罪释放，衙役就收取富民的钱，并且还索要谢钱。唉！官员自以为廉洁，但骂他是贪官的人满街都是，这又是纵容如狼的衙役而自己还不知道的。世上像这样的官员更多，可以作为当官者的一个借鉴。

又，邑宰杨公，性刚鲠[①]，撄其怒者必死[②]；尤恶隶皂[③]，小过不宥[④]。每凛坐堂上，胥吏之属无敢咳者。此属间有所白，必反而用之。适有邑人犯重罪，惧死。一吏索重赂，为之缓颊[⑤]。邑人不信，且曰："若能之，我何靳报焉[⑥]！"乃与要盟[⑦]。少顷，公鞫是事。邑人不肯服。吏在侧呵语曰："不速实供，大人械梏死矣[⑧]！"公怒曰："何知我必械梏之耶？想其赂未到耳。"遂责吏，释邑人。邑人乃以百金报吏。要知狼诈多端[9]，少释觉察，即为所用。正不止肆其爪牙以食人于乡而已也。此辈败我阴骘[10]，甚至丧我身家。不知居官者作何心腑，偏要以赤子饲麻胡也[11]！

【注释】

①刚鲠(gěng)：刚强正直。《晋书·谢邈传》："邈性刚骾，无所屈挠，颇有理识。"

②撄(yīng)：触犯。

③隶皂：衙役，差役。皂，黑色。旧时衙役穿黑色衣服。

④宥：宽恕。

⑤缓颊：求情。

⑥靳报：吝啬报答。靳，吝惜，小气。

⑦要盟：订立盟约。

⑧械梏：泛指刑具，刑讯。

⑨狼诈：狡诈。

⑩阴骘(zhì)：阴德。

⑪麻胡：传说中残暴的人。民间习用以恐吓小儿。宋《太平广记》引唐张鷟《朝野佥载》："后赵石勒将麻秋者，太原胡人也，植性虓险鸩毒。有儿啼，母辄恐之'麻胡来'，啼声绝。至今以为故事。"一说，为隋将军麻祜(叔谋)。唐颜师古《隋遗录》："(炀帝)命云屯将军麻叔谋，濬黄河入汴堤，使胜巨舰。叔谋衔命，甚酷……至今儿啼，闻人言'麻胡来'，即止。其讹言畏人皆若是。"

【译文】

还有，县令杨大人，性情刚烈鲠直，触怒他的人必死无疑；他尤其痛恨那些行为不端的差役，即便有小过失也不宽恕。只要他威风凛凛地在大堂上一坐，下面的小官没有敢咳嗽的。这类小官中如果有人出主意，他就偏反着办。正好有一个城里人犯了重罪，怕被判处死刑。一名小官就向他索要一大笔贿赂金，以便为他去说情。城里人不信，而且说："如果能行，我为什么要吝惜酬金呢！"于是就与小官订立盟约。不久，杨大人审理此事。城里人不服。小官就在一旁大声呵斥说："还不赶快如实招来，大人就要用大刑整死你啦！"杨大人愤怒地说："你怎么知道我就一定要对他用大刑呢？想必是他给你的贿赂还没到手吧。"于是就处罚小官，释放了城里人。城里人事后就以百金酬报小官。要知道豺狼狡诈多端，稍微失去觉察，就为其所用，中了他的奸计。这种人正不止是凭借其爪牙在乡下吃人就算了。这种人会败坏我们的阴德，甚至会使人身败名裂，家破人亡。不知当官的用心何在，偏偏要用小孩子去喂这些残暴的恶人！

夜明

【题解】

本篇虽然也写了"一巨物"，但巨物是什么，作者并没有深究，而是重在描写此一巨物所引起的奇异发光现象。

文章不长，描写却极丰富而有层次感。先写贾客船舱中所感，"舟中大亮似晓"；继写出舱所见，"俨若山岳，目如两日初升，光四射，大地皆明"；再写与舟人共看，则巨物"渐缩入水，乃复晦"；最后写陆地上的人也感受到了巨物光亮的威力。

有贾客泛于南海[①]。三更时，舟中大亮似晓。起视，见一巨物，半身出水上，俨若山岳，目如两日初升，光四射，大地皆明。骇问舟人，并无知者。共伏瞻之。移时，渐缩入水，乃复晦[②]。后至闽中[③]，俱言某夜明而复昏，相传为异。

计其时，则舟中见怪之夜也。

【注释】

①贾(gǔ)客：商人。泛：漂浮。指乘船。

②晦：暗。

③闽：福建的简称。

【译文】

有个商人乘船行驶在南海上。三更时分，船里很亮，如白昼一样。起来一看，看到一个巨大的物体，半身露出水面，好像一座山，眼睛如两颗太阳刚升出来，光芒四射，把大地也照得一片通明。商人惊骇地问船上的人，没有一个人知道。大家都伏在船边观看。过一会儿，巨物渐渐缩进水中，天又暗了下来。后来商人到了福建，这里的人也都说某夜突然很亮，后来又昏暗了，传来传去，成了一件异闻。商人计算一下时间，正是他在船上看到奇怪物体的那夜。

夏雪

【题解】

夏天下雪是新闻，由于人们“齐呼大老爷”而雪停是小说。具体说，是蒲松龄借以讽刺阿谀奉承世风的玩笑。虽然是玩笑，却也可以当做世俗民风史料来看待。

丁亥年是康熙四十六年，也就是1707年，是年蒲松龄68岁。这是我们已知的《聊斋志异》作品中创作年份最晚的，距离蒲松龄写作《聊斋自志》的己未年已经过去了28个年头。

丁亥年七月初六日，苏州大雪。百姓皇骇[①]，共祷诸大王之庙[②]。大王忽附人而言曰:“如今称老爷者,皆增一大字。其以我神为小,消不得一大字也[③]?”众悚然,齐呼“大老爷”,雪立止。由此观之,神亦喜谄[④],宜乎治下部者之得车多矣[⑤]。

【注释】

①皇骇:惊恐不安。

②大王之庙:指金龙四大王庙,在苏州(今江苏苏州)阊门北。传说金龙四大王为水神。神名谢绪,浙江人,排行第四,金龙山是其读书处。南宋亡,赴水死。明太祖征战群雄时,据说谢的英灵曾骑白马率潮水助阵,遂被封为水神。

③消不得:犹言承受不起。

④谄:谄媚。

⑤治下部者之得车多:品格愈低劣待遇愈优厚。下部,下体。《庄子·列御寇》:“秦王有病召医,破痈溃痤者得车一乘;舐痔者得车五乘。所治愈下,得车愈多。”

【译文】

丁亥年七月初六这天,苏州下了大雪。百姓十分惊恐,一齐到大王庙祷告。大王忽然附在人体上说了话:“如今称老爷的人,都增加了一个大字。你们以为我这个神小,当不起一个大字吗?”众人都很害怕,齐呼“大老爷”,雪立刻停了。以此来看,神也喜欢别人奉承,难怪越会谄媚的人得到的好处越多。

异史氏曰:世风之变也,下者益谄,上者益骄。即康熙四十馀年中,称谓之不古,甚可笑也。举人称“爷”,二十年始;进士称“老爷”,三十年始;司、院称“大老爷”[①],二十五年始。昔者大令谒中丞[②]，亦不过"老大人"而止，今则此称久废矣。即有君子，亦素谄媚行乎谄媚，莫敢有异词也。若缙绅之妻呼"太太"[③]，裁数年耳[④]。昔惟缙绅之母，始有此称，以妻而得此称者，惟淫史中有林乔耳[⑤]，他未之见也。唐时，上欲加张说大学士[⑥]，说辞曰："学士从无大名，臣不敢称。"今之大，谁大之？初由于小人之谄，而因得贵倨者之悦[⑦]，居之不疑，而纷纷者遂遍天下矣。窃意数年以后，称"爷"者必进而"老"，称"老"者必进而"大"，但不知"大"上造何尊称？匪夷所思已！

【注释】

①司：两司。指布政使司和按察使司。前者主管一省行政，后者主管一省刑名。院：指总督和巡抚，他们分别兼有都察院右都御史和右副都御史的官衔，称之为两院。

②大令：古时对县令的敬称。中丞：明清巡抚的别称。

③缙绅：也作"搢绅"、"荐绅"。原意是插笏（古代朝会时官宦所执的手板，有事就写在上面，以备遗忘）于带。转用为官宦的代称。缙，也写作"搢"，插。绅，束在衣服外面的大带子。

④裁：通"才"。

⑤淫史：指《金瓶梅》。林、乔：指《金瓶梅》中的王召宣的夫人林太太和乔大户家的乔五太太。

⑥张说：字道济，一字说之。原籍范阳（今河北涿县），世居河东（今山西永济），徙家洛阳。历任兵部侍郎同中书门下平章事、左丞相等职，封燕国公。卒谥号文贞。前后三次为相，掌文学之任凡三十年，为开元前期一代文宗。有文集30卷。今通行武英殿聚珍本《张燕公集》25卷。生平详新、旧《唐书》本传。

⑦贵倨：尊贵倨傲。《史记·酷吏列传》："郅都迁为中尉。丞相条侯至贵倨也，而都揖丞相。"《汉书·酷吏传·郅都》引此文作"贵居"，颜师古注："居，怠傲，读与倨同。"

【译文】

异史氏说：世上风俗的变化，在下位的人越来越谄媚，在上位的人越来越骄奢。就在康熙皇帝当政的四十多年中，称谓不符合古制，很是可笑。举人称"爷"，从康熙二十年开始；进士称"老爷"，从康熙三十年开始；司、院官员称"大老爷"，从康熙二十五年开始。从前县令拜见中丞，也不过称呼"老大人"而已，现在这个称呼早就废止了。即使是君子，也见惯了谄媚，自己也开始谄媚，不敢有不同意见。如官员士绅的妻子被称为"太太"，才是几年的事。从前只有官员士绅的母亲，才有这个称谓，妻子被称为"太太"的，只有《金瓶梅》中的林、乔家的夫人才这么称呼，其他没有见过。在唐朝，皇帝要封张说为大学士，张说辞谢说："学士从来没有加大字的，臣不敢要这个称号。"今天这个大，是谁加上的？最初由于小人的谄媚，而得到达官贵人的欢喜，他们以大自居毫无愧疚，于是纷纷加上"大"字，遍天下都如此了。我私下猜想，几年之后，称"爷"的人必定会进一步加上"老"字，称"老"的必定进一步加上"大"字，只是不知道在"大"上还有什么尊称？真是根据常理难以想象！

丁亥年六月初三日，河南归德府大雪尺馀[①]，禾皆冻死，惜乎其未知媚大王之术也。悲夫！

【注释】

①河南归德府：治所在今河南商丘。

【译文】

丁亥年六月初三，河南归德府下了一尺多厚的大雪，庄稼都冻死了，可惜当地百姓不知道谄媚大王的方法，才遭此祸殃。真让人悲伤啊！

化男

【题解】

古代没有变性手术，所谓男化女，女化男，大概都是所谓两性人的重新性别认定。在中国古代，由于重男轻女，往往所谓女化男的传闻远大于男化女。与蒲松龄同时代的王渔洋在其《池北偶谈·谈异五》中也有“女化男”的记载，“丁巳秋，又有庄浪女十五岁，亦化为男”。

从“亦丁亥间事”来看，本篇与上篇《夏雪》的创作时间应相近。

苏州木渎镇有民女夜坐庭中[①]，忽星陨中颅[②]，仆地而死。父母老而无子，止此女[③]，哀呼急救。移时始苏，笑曰：“我今为男子矣！”验之，果然。其家不以为妖，而窃喜其暴得丈夫也。奇已。亦丁亥间事。

【注释】

①木渎镇：位于今苏州城西，太湖之滨。

②陨：陨落。

③止：只。

【译文】

苏州木渎镇有一户人家的女儿，夜间坐在院子里，忽然一颗陨星掉下来砸在她的头上，倒在地上死了。她的父母年老没有儿子，只有这个女儿，哀哭呼叫着抢救。过了一会儿，女孩子复活了，笑着说：“我现在变成男子了！”一检验，果然如此。他的父母不认为这事不正常，反而暗自高兴忽然得了个儿子。真是奇怪啊。这也是丁亥年间的事。

禽侠

【题解】

这是一篇关于鹳鸟的童话。写鹳鸟夫妻无法保护自己的幼雏，致使它们被蛇吃掉，请来大鸟保护。大鸟像“羽族之剑仙也，飙然而来，一击而去”。冯镇峦评论此篇作品说：“写来有声有色，如太史公叙荆卿刺秦一段文字。”又认为此篇作品大概受到杜甫《义鹘行》的影响。讲得很有道理。其中写大鸟“翼蔽天日，从空疾下，骤如风雨，以爪击蛇，蛇首立堕，连摧殿角数尺许，振翼而去”的文字简明痛快，铿锵有力，“异史氏曰”中说“妙手空空儿何以加此”，是赞美大鸟的勇武，也是自赞文字之传神。

天津某寺，鹳鸟巢于鸱尾①。殿承尘上②，藏大蛇如盆，每至鹳雏团翼时③，辄出吞食净尽。鹳悲鸣数日乃去。如是三年，人料其必不复至，而次岁巢如故。约雏长成，即径去，三日始还。入巢哑哑，哺子如初。蛇又蜿蜒而上。甫近巢，两鹳惊，飞鸣哀急，直上青冥④。俄闻风声蓬蓬，一瞬间，天地似晦。众骇异，共视乃一大鸟，翼蔽天日，从空疾下，骤如风雨，以爪击蛇，蛇首立堕，连摧殿角数尺许，振翼而去。鹳从其后，若将送之。巢既倾，两雏俱堕，一生一死。僧取生者置钟楼上⑤。少顷，鹳返，仍就哺之，翼成而去。

【注释】

①鸱尾：又名“鸱吻”、“蚩尾”，我国古建筑屋脊两端的饰物，以外形略似鸱尾，故称。

②承尘：天花板。

③团翼：垂翼。谓鸟雏羽毛初长成，未习飞之前。

④青冥：青天。

⑤钟楼：悬挂大钟的楼。唐段成式《酉阳杂俎续集·寺塔记》："寺之制度，钟楼在东。"

【译文】

天津的一座寺庙，有鹳鸟在大殿屋脊的鸱吻上筑巢。大殿的天花板上，藏着一条盆那样粗的大蛇，每当鹳雏羽毛初长成时，就出来把它们全吃掉。鹳悲鸣好几天才飞走。这样的情况持续了三年，人们预料鹳鸟不会再来了，但过了一年仍旧到此筑巢。等雏鸟长成，大鸟就飞走了，三天才飞回来。回巢后"哑哑"地叫，仍旧哺育幼鸟。大蛇又蜿蜒爬了上来。刚接近鸟巢，两只鹳鸟被惊起，飞鸣哀叫，直上青天。一会儿，听到"呜呜"的风声，一瞬间，天地就暗了。众人感到很惊异，一看，原来是一只大鸟，羽翼遮天蔽日，从空中急速飞下，快如风雨，用爪子击蛇，蛇头立刻掉下来，连带着还打坏了几尺宽的殿角，然后振翅飞走了。鹳鸟跟在它后面飞，好像在送它。鹳鸟的巢被打翻，两只小鸟都掉在地上，一只死了，一只还活着。和尚把活着的小鸟放到钟楼上。一会儿，鹳鸟返回来了，仍然哺育小鸟，直到小鸟长大才离开。

异史氏曰：次年复至，盖不料其祸之复也；三年而巢不移，则报仇之计已决；三日不返，其去作秦庭之哭[①]，可知矣。大鸟必羽族之剑仙也[②]，飙然而来[③]，一击而去，妙手空空儿何以加此[④]？

【注释】

①秦庭之哭：谓哀求援救。《左传·定公四年》载：楚人伍员为报父仇，帮助吴国攻陷楚国都郢。其友申包胥至秦乞师，哀求秦出兵助楚，以收复楚都及其他失地。秦哀公迟疑未决，申包胥"立，依

于庭墙而哭，日夜不绝声，勺饮不入口七日。秦哀公为之赋《无衣》。九顿首而坐。秦师乃出”。

②羽族：鸟类。

③飙然：亦作“飚然”，犹骤然。

④妙手空空儿：唐传奇小说中剑术神妙的剑客，“能从空虚入冥，善无形而灭影”。曾为魏博节度使谋刺陈许节度使刘昌裔，刘为女侠聂隐娘所救。见宋《太平广记·聂隐娘》引裴铏《传奇》。

【译文】

异史氏说：鹳鸟过了一年又回来，是因为没料到祸事还会发生；三年鸟巢仍不移走，那就是报仇的办法已经确定；三日不返，则是做秦庭之哭寻求帮助，这是可以判断的。那只大鸟必定是鸟类中的剑侠，飘然而来，一击而去，就是剑侠中的妙手空空儿又何以能如此？

济南有营卒[①]，见鹳鸟过，射之，应弦而落。喙中衔鱼[②]，将哺子也。或劝拔矢放之[③]，卒不听。少顷，带矢飞去。后往来近郭间[④]，两年馀，贯矢如故[⑤]。一日，卒坐辕门下[⑥]，鹳过，矢坠地。卒拾视曰：“矢固无恙耶?”耳适痒，因以矢搔耳。忽大风摧门，门骤阖，触矢贯脑而死。

【注释】

①营卒：军卒。

②喙(huì)：鸟兽的嘴。

③矢：箭。

④郭：城郭，外城。

⑤贯：贯穿。

⑥辕门：古时军营的门或官署的外门。

【译文】

济南有个士兵，见鹳鸟飞过，用箭去射，鹳鸟应声落地。嘴里还叼着一条鱼，是要去喂养幼鸟的。有人劝士兵拔掉箭头放走鹳鸟，士兵不听。一会儿，鹳鸟带着箭飞走了。后来这鸟在城内外飞来飞去，有两年多，都带着这支箭。一天，士兵坐在辕门下，鹳鸟从天上飞过，箭掉在地上。士兵捡起来看了看说："这箭还在呀？"这时正巧耳朵发痒，就用箭头去挠耳朵。忽然大风吹动大门，门猛然合上，门碰到箭，箭穿透脑袋，士兵当时就死了。

鸿

【题解】

元代文学家元好问有《摸鱼儿·雁丘辞》说："乙丑岁赴试并州，道逢捕雁者云：'今日获一雁，杀之矣。其脱网者悲鸣不能去，竟自投于地而死。'予因买得之，葬之汾水之上，累石而识，号曰雁丘。并作《雁丘词》，词云：问世间，情为何物？直教生死相许。大南地北双飞客，老翅几回寒暑。欢乐趣，离别苦，就中更有痴儿女。君应有语，渺万里层云，千山暮雪，只影向谁去？ 横汾路，寂寞当年箫鼓。荒烟依旧平楚。招魂楚些何嗟及，山鬼暗啼风雨。天也妒，未信与，莺儿燕子俱黄土。千秋万古，为留待骚人，狂歌痛饮，来访雁丘处。"《鸿》这篇小说写的是同样的内容，而都反映了作家的同情心，对于情感力量的讴歌。

天津弋人得一鸿[①]，其雄者随至其家，哀鸣翱翔，抵暮始去。次日，弋人早出，则鸿已至，飞号从之[②]，既而集其足下[③]。弋人将并捉之，见其伸颈俛仰，吐出黄金半铤[④]。弋人悟其意，乃曰："是将以赎妇也。"遂释雌。两鸿徘徊，若有悲喜，遂双飞而去。弋人称金，得二两六钱强。噫！禽鸟何知，而钟情若此！悲莫悲于生别离[5]，物亦然耶？

【注释】

①弋(yì)人：射鸟的人。弋，以绳系箭而射。鸿：大雁。

②号：大声呼喊。

③集：落，停留。

④铤：量词。用于金银及墨。

⑤悲莫悲于生别离：没有比生别离更可悲伤的了。战国屈原《九歌·少司命》："悲莫悲兮生别离，乐莫乐兮新相知。"

【译文】

天津有位用绳系箭捕鸟的人，捕住了一只雌雁，那只雄雁也跟着飞到他家，哀鸣翱翔，到傍晚才离去。第二天，捕鸟人早晨出屋，雄雁已经来了，飞叫着跟随着他，后来落在他的脚下。捕鸟人想把这只雁也抓住，只见它伸着脖子一俯一仰的，吐出了半锭黄金。捕鸟人明白了它的意思，就说："是用它来赎你的媳妇吧。"就把雌雁放了。两只雁徘徊飞旋，好像又喜又悲，然后双双飞走了。捕鸟人称了称金子，有二两六钱多。唉！禽鸟知道什么，但钟情到如此地步！最悲伤的事情莫过于有情人活活分离，动物也是这样的吗？

象

【题解】

这是一篇写猎人由于帮助大象解除狮子的威胁得到好报的寓言故事，但缺乏真实性。在动物界，狮子虽然是食肉动物，具有攻击性，但一头狮子不会攻击一群大象，即使攻击也不会获胜。只有狮子合伙成群攻击一头大象才有可能获胜。自然界不会出现一群大象怕狮子的现象。

故事之所以如此编写,一方面源于文学的真实不等于自然的真实,也源于蒲松龄没有见到过狮子和大象,只是道听途说之故。

粤中有猎兽者[①],挟矢如山。偶卧憩息,不觉沉睡,被象来鼻摄而去,自分必遭残害。未几,释置树下,顿首一鸣,群象纷至,四面旋绕,若有所求。前象伏树下,仰视树而俯视人,似欲其登。猎者会意,即足踏象背,攀援而升。虽至树巅,亦不知其意向所存。少时,有狻猊来[②],众象皆伏。狻猊择一肥者,意将搏噬。象战慄,无敢逃者,惟共仰树上,似求怜拯。猎者会意,因望狻猊发一弩[③],狻猊立殪[④]。诸象瞻空,意若拜舞。猎者乃下。象复伏,以鼻牵衣,似欲其乘。猎者随跨身其上,象乃行。至一处,以蹄穴地,得脱牙无算[⑤]。猎人下,束治置象背[⑥]。象乃负送出山,始返。

【注释】

①粤中:广东。粤,泛指两广地区,后为广东的简称。

②狻猊(suān ní):狮子。

③弩:弩箭,也被称作“窝弓”、“十字弓”。古代用来射箭的一种兵器。主要由弩臂、弩弓、弓弦和弩机等部分组成。比弓的射程更远,杀伤力更强,命中率更高,是古代一种大威力的远距离杀伤武器。

④立殪(yì):即刻而死。殪,死。

⑤无算:无数,不可计量。

⑥束治:捆缚处置。

【译文】

广东有位猎人，带着箭往山里走去。他偶然躺下休息，不觉沉沉睡去，被大象用鼻子捲走了，他心想必然会遭到大象残害。不久，大象把他放在树下，然后低头一叫，一群象纷纷来了，都围绕着他，好像有事求他。那只捲他来的象伏在树下，抬头看看树又低头看看猎人，好像要让他爬上去。猎人明白了象的意思，就脚踏象背，爬到了树上。到了树顶，也不知象的目的是什么。不一会儿，有一只狻猊来了，众象都伏在地上。狻猊挑了一只肥象，想要吃掉。群象吓得哆嗦，没有敢逃走的，只是一起仰望树上，似乎请求猎人垂怜搭救。猎人会意，向狻猊射了一箭，狻猊立刻死了。众象望着空中，好像在拜谢舞蹈。猎人就从树上下来了。象又趴下，用鼻子拉了拉猎人的衣裳，好像让他骑上。猎人于是跨在它身上，象这才往前行。走到一处，象用蹄子在地上扒开一个洞，得到了很多象牙。猎人从象背上下来，把象牙捆好放在象背上。象驮着猎人和这些象牙出了山，才返回去。

负尸

【题解】

孤立地看，本篇突兀、耸异、怪诞、恐怖，真是“人非化外，事或奇于断发之乡；睫在眼前，怪有过于飞头之国”。但假如我们把《野狗》、《鬼哭》、《头滚》、《美人首》、《抽肠》、《锦瑟》等篇联系起来，那么这些篇章分明就是明清动乱时期人们看到的太多血腥场面的定格，是人们日有所见，夜有所梦的错乱神经的显影。

有樵夫赴市[①]，荷杖而归[②]，忽觉杖头如有重负。回顾，见一无头人悬系其上。大惊，脱杖乱击之，遂不复见。骇奔，至一村。时已昏暮，有数人爇火照地，似有所寻。近问讯，盖众适聚坐，忽空中堕一人头，须发蓬然，倏忽已渺[3]。樵人亦言所见，合之适成一人，究不解其何来。后有人荷篮而行，忽见其中有人头，人讶诘之，始大惊，倾诸地上[4]，宛转而没。

【注释】

①市：集市。

②杖：棍棒。这里指扁担。

③倏忽：忽然，转眼之间。渺：消失。

④倾：倾倒。

【译文】

有位打柴人到市上卖柴，卖完后扛着扁担回家，忽然觉得扁担头上像有个重物。他回头一看，见一个无头人悬挂在扁担上。打柴人大吃一惊，甩脱死尸用扁担乱打，死尸就不见了。打柴人吓得飞奔，来到一个村子。天已昏黑，有几个人点着火把照地，好像在寻找什么东西。走近一问，原来这几个人正一起坐着，忽然从空中掉下一个人头，须发乱蓬蓬的，一下子又不见了。打柴人也把他看到的说了，看来头和身子合起来正好是一个人，但不知是从何处来的。后来有个人提个篮子行走，忽然看见篮子里有个人头，别人惊奇地问是怎么回事，这人才大吃一惊，把人头倒在地上，转了几下就没有了。

紫花和尚

【题解】

医药只能医治今世的病，不能医治往日的罪孽，也就是说，医疗手段在命运面前的作用是有限的。这听起来仿佛是医生的托词。但《聊斋志异》既然讲因果，在人生的一切方面自然就一以贯之，紫花和尚的今身诸城丁生也就只能放弃治疗等死了。不过小说也有一些令人困惑之处，正如但明伦所说：紫花和尚"既为高僧，何至与宦家侍儿结怨？又何以迟至今世而乃追报耶？"

诸城丁生[①]，野鹤公之孙也[②]。少年名士，沉病而死，隔夜复苏，曰："我悟道矣[③]。"时有僧善参玄[④]，因遣人邀至，使就榻前讲《楞严》[⑤]。生每听一节，都言非是，乃曰："使吾病痊，证道何难。惟某生可愈吾疾，宜虔请之[⑥]。"盖邑有某生者，精岐黄而不以术行[⑦]，三聘始至[⑧]，疏方下药[⑨]，病愈。既归，一女子自外入，曰："我董尚书府中侍儿也[⑩]。紫花和尚与妾有夙冤，今得追报[⑪]，君又活之耶？再往，祸将及。"言已，遂没。某惧，辞丁。丁病复作，固要之，乃以实告。丁叹曰："孽自前生[⑫]，死吾分耳[⑬]。"寻卒。后寻诸人，果曾有紫花和尚，高僧也，青州董尚书夫人尝供养家中，亦无有知其冤之所自结者[⑭]。

【注释】

①诸城：县名。今为山东潍坊管辖。

②野鹤公：丁耀亢，字西生，号野鹤，明末诸生，入清曾任客城教谕、惠安知县。清初文学家，著有《续金瓶梅》、《丁野鹤诗词稿》等。

③悟道：这里指参明佛理。道，在中国哲学中表示终极真理，可以指宇宙法则，也可以指儒释道等宗派所推崇的法规、真理、路径等。

④参：参究。玄：深奥，神秘。此处指佛理。

⑤《楞严》：佛经名。全称为《大佛顶如来密因修证了义诸菩萨万行

首楞严经》，简称《首楞严经》、《大佛顶经》、《楞严经》。唐代天竺（古印度）沙门般剌密帝等译。全经分为序分、正宗分、流通分三部分。第一卷为序分。讲述此经说法因缘。第二卷至第九卷为正宗分。阐述"一切世间诸所有物，皆即菩提妙明元心；心精遍圆，含裹十方"，众生不明自心"性净妙体"，故流转生死，当修禅定，以破种种"颠例"之见，通过十信、十住、十行、十回向、四加行、十地、等觉、妙觉等由低至高的种种修行阶次"成无上道"。第十卷为流通分。讲述此经应永流后世、利益众生等。《楞严经》是佛教中极重要的大经，也可说是一部佛教修行大全。

⑥虔：诚敬。

⑦精岐黄而不以术行：精研医学而不行医治病。岐黄，岐伯与黄帝，相传为中医之祖。我国最早的医学典籍《黄帝内经》传说为黄帝和岐伯所作。后遂以岐黄代指中医学术。

⑧聘：请。

⑨疏方：书写药方。疏，条陈，一条一条地书写。

⑩董尚书：董可威，字严甫，号葆元，山东青州人。明万历丁未（1607）进士，考工司主事，后官至工部尚书。

⑪追报：追逐报复。

⑫孽：罪孽，罪业。

⑬分（fèn）：职分，本分。

⑭冤之所自结者：结冤的缘由。

【译文】

诸城县丁生，是丁野鹤先生的孙子。这位少年名士得重病死了，隔了一夜又复活过来，说："我悟道了。"当时有位和尚善于讲解玄妙的佛理，就派人把他请来，让他在丁生床前讲解《楞严经》。丁生每听一节，都说讲得不对，还说："如果把我的病治好，讲经论道有什么难的。只有某生可治好我的病，请虔诚地请他来。"原来县里有位某生，精通医术但不出来行医，请了几次才来，开了药方给了药，丁生病就好了。某生回到家里，一女子从外面进来说："我是董尚书府中的侍女。紫花和尚和我有宿仇，如今得以报仇，你为什么又救活他？再去给他治病，你也要遭到灾祸。"说完就不见了。某生害怕了，就不再为丁生治病。丁生的病复发了，一再来请他，某生就把实情告诉了他。丁生叹息着说："罪孽是前生结下的，死也是命中注定的。"不久就死了。后来向不少人询问，果然曾有位紫花和尚，是位高僧，青州董尚书的夫人曾把他请到家中供养，没有人知道他和这侍女是怎样结下怨仇的。

周克昌

【题解】

周克昌不喜读书，非常顽钝，但是竟然得到了孝廉功名，娶得了名门美女，这一切都源于一个莫名其妙的慧悟之鬼冒名顶替。这个鬼为什么冒名顶替，不必深究，也无法深究，正是因为此，所以蒲松龄说："古言庸福人，必鼻口眉目间具有少庸，而后福随之。""庸之所在，桂籍可以不入闱而通，佳丽可以不亲迎而致，而况少有凭藉，益之以钻窥者乎。"这是愤激的话，因为他眼见许多庸人获得了想要的一切，而像他这样聪明奋进的人终其一生"可怜一事无成就"。

淮上贡士周天仪[①]，年五旬，止一子，名克昌，爱昵之[②]。至十三四岁，丰姿甚秀，而性不喜读，辄逃塾[③]，从群儿戏，恒终日不返。周亦听之。一日，既暮不归，始寻之，殊竟乌有[④]。夫妻号咷[⑤]，几不欲生。

【注释】

①淮上：淮水之滨。贡士：清代指会试考中者，进士。

②爱昵：溺爱。

③塾：私人设立的学校。

④乌有：没有。

⑤号咷：大哭。

【译文】

淮上的贡士周天仪，五十岁了，只有一个儿子，名叫克昌，周天仪非常溺爱他。周克昌长到十三四岁，少年英俊，但生性不喜读书，经常逃学，和其他孩子去玩，终日不愿回家。周天仪也听之任之。有一天，克昌天黑了还没有回来，周家这时才开始寻找，竟没了踪影。周天仪夫妻嚎啕大哭，痛不欲生。

年馀，昌忽自至，言："为道士迷去，幸不见害。值其他出，得逃而归。"周喜极，亦不追问。及教以读，慧悟倍于畴曩[①]。逾年，文思大进，既入郡庠试[②]，遂知名。世族争婚，昌颇不愿。赵进士女有姿，周强为娶之。既入门，夫妻调笑甚欢，而昌恒独宿，若无所私。逾年，秋战而捷[③]。周益慰。然年渐暮[④]，日望抱孙，故尝隐讽昌[⑤]，昌漠若不解。母不能忍，朝夕多絮语。昌变色，出曰："我久欲亡去，所不遽舍者[⑥]，顾复之情耳[⑦]。实不能探讨房帷[⑧]，以慰所望。请仍去，彼顺志者且复来矣。"媪追曳之，已踣[⑨]，衣冠如蜕[⑩]。大骇，疑昌已死，是必其鬼也。悲叹而已。

【注释】

①畴曩（nǎng）：昔日，往昔。

②入郡庠试：到府城参加选拔生员的考试。郡，此指府城所在地。庠，古代指学校。

③秋战而捷：参加秋季举行的乡试，中了举人。

④暮：老。

⑤隐讽：以隐约的言辞暗示。

⑥遽：急，快。

⑦顾复：喻父母养育之恩。《诗·小雅·蓼莪》："父兮生我，母兮鞠我，拊我畜我，长我育我，顾我复我，出入腹我。"

⑧探讨房帷：过夫妻生活。

⑨踣(bó)：跌倒。

⑩蜕：蝉、蛇之类脱皮去壳。

【译文】

过了一年多，克昌忽然自己回来了，说："被一个道士骗去，幸而没有伤害。这次趁道士外出，得以逃回。"周天仪高兴极了，也没有进一步追问。等教他读书，发现比以前加倍聪明。过了一年，写文章的能力大为提高，就入县学考试，有了名气。当地的世族大姓争着要和他家结亲，克昌不愿意。赵进士有个女儿，长得不错，周天仪不管克昌是否同意，硬把她娶了过来。过门以后，小夫妻有说有笑，十分融洽，但克昌一直独自睡，没有和妻子同床。又过了一年，克昌中了举。周天仪更加欣慰。但是因逐渐接近晚年，天天盼着能抱上孙子，所以曾经向克昌暗示此事，克昌很冷漠，好像不懂男女之间的事。母亲忍不住了，整天在他耳旁絮絮叨叨。克昌变了脸，走出家门，说："我早想离开家，所以没有马上离开，是念父母养育的恩情。我实在不能使妻子怀上孩子，以满足父母的愿望。请还是让我走吧，能顺从你们意愿的人就要来了。"母亲追出去拽着他的衣服，克昌跌倒了，一看地下，只留下了衣帽。母亲大惊失色，怀疑克昌已经死了，这必定是他的鬼魂。也只有悲叹而已。

次日，昌忽仆马而至，举家惶骇。近诘之，亦言：为恶人略卖于富商之家[①]，商无子，子焉。得昌后，忽生一子，昌思家，遂送之归。问所学，则顽钝如昔，乃知此为昌，其入泮乡捷者[②]，鬼之假也[③]。然窃喜其事未泄，即使袭孝廉之名。入房，妇甚狎熟，而昌觍然有愧色[④]，似新婚者。甫周年[⑤]，生子矣。

【注释】

①略卖：劫掠出卖。

②入泮乡捷者：入县学为生员、乡试中举的人。

③鬼之假：是鬼假借周克昌的名字。

④觍(tiǎn)然：不好意思，不自然。

⑤甫：刚刚，才。

【译文】

第二天，克昌忽然骑着马带着仆人回到家里，全家人惊惶万分。走近他一问，他也说：被坏人骗去卖给了一富商家，商人没有儿子，就把他当做儿子。有了克昌这个儿子以后，商人忽然生了一个儿子，克昌想家，商人就送他回来了。问他学问的事，同从前一样愚钝，这才知道他是真的克昌，那个当秀才中举人的，是鬼假冒的。但暗喜这事没有泄露出去，就让真克昌承袭了举人的身份。进入内屋，妻子和他十分亲热熟悉，而克昌非常腼腆羞涩，好像个新郎官。刚到一周年，就生了个儿子。

异史氏曰：古言庸福人[①]，必鼻口眉目间具有少庸[②]，而后福随之；其精光陆离者[③]，鬼所弃也。庸之所在，桂籍可以不入闱而通[④]，佳丽可以不亲迎而致[⑤]，而况少有凭藉，益之以钻窥者乎[⑥]！

【注释】

①庸福人：平庸而使人得福。庸，平庸，平常。

②少庸：稍许平庸。

③精光陆离者：容貌不平庸的人。指才智超轶者。精光，仪容神采。《史记·扁鹊仓公列传》："家在于郑，未尝得望精光侍谒于前也。"陆离，美玉。汉刘向《九叹·逢纷》："薜荔饰而陆离荐兮，鱼鳞衣而蜺裳。"

④桂籍可以不入闱而通：不进考场而可以得到科举功名。桂籍，科举及第人员的名籍。《晋书·郤诜传》："诜对曰：'臣举贤良对策，为天下第一，犹桂林之一枝，昆山之片玉。'"后因以"折桂"喻科举及第。

⑤亲迎：古代婚礼"六礼"之一。新婿亲往女家迎娶新娘的仪式。

⑥钻窥：本指钻穴隙相窥，男女不由媒妁而结合。此处喻仕宦不由正当途径而取得。《孟子·滕文公》："古之人未尝不欲仕也，又恶不由其道。不由其道而往者，与钻穴隙之类也。"

【译文】

异史氏说：古人说傻人有福，必须是鼻口眉目之间有一点儿傻相的人，福才会随之而来；那种精灵鬼似的人，鬼也不愿和他在一起。看似有点儿傻的人，功名可以不经考试就可获取，美貌的媳妇不用迎娶就可得到，何况那种本来就有点依靠，再加上钻营奔走的人呢！

嫦娥

【题解】

因为明清时代施行一夫多妻制，所以《聊斋志异》有很多二女共嫁一夫的故事。这些女性有的是人，有的是狐，有的是鬼，有的是仙，身份各不同，颇为丰富。《嫦娥》篇则一个是仙女，一个是狐女，妻妾身份明确，较详细地描写了妻妾和睦戏谑的闺中生活。宗子美和嫦娥、颠当的曲折爱恋婚姻带有一些思辨色彩，强调“阳极阴生”，凡事有节制。但明伦评论说：“惟仙多情，亦惟仙能制情。惟仙真乐，亦惟仙不极乐。此则文之梗概也。”中间宗子美的丫环仆妇做游戏误伤人命，是作者强调节制情感的中心情节，受害丫环的父亲打算就此闹事敲诈，被嫦娥装神弄鬼骗了过去。这个不甚光彩的情节之被作者所肯定，一方面反映了清代奴仆的法律现实，另一方面也反映了蒲松龄自己的等级名分思想，可以看成他在《循良政要》中特设“禁奴死讼主”，认为“凡婢仆即被主人刑杖，邂逅致死，按律当勿论”，以便防止“其父兄亲族居为奇货，刁讼诈索，甚有登门殴辱，抄毁财物者。若不严加禁止，则恶风日长，名分扫地”的注脚。

太原宗子美，从父游学[①]，流寓广陵[②]。父与红桥下林妪有素[③]。一日，父子过红桥，遇之，固请过诸其家，瀹茗共话[④]。有女在旁，殊色也，翁亟赞之。妪顾宗曰：“大郎温婉如处子，福相也。若不鄙弃，便奉箕帚[⑤]，如何？”翁笑促子离席，使拜妪曰：“一言千金矣！”先是，妪独居，女忽自至，告诉孤苦。问其小字，则名嫦娥。妪爱而留之，实将奇货居之也[⑥]。时宗年十四，睨女窃喜[⑦]，意翁必媒定之，而翁归若忘。心灼热[⑧]，隐以白母。翁闻而笑曰：“曩与贪婆子戏耳。彼不知将卖黄金几何矣，此何可易言！”

【注释】

①游学：外出求学。《史记·陈丞相世家》：“伯常耕田，纵平使游学。”

②流寓：旅居。广陵：战国时楚广陵邑。明清为扬州府。故城在今

江苏扬州东北。

③红桥：桥名。在今江苏扬州。清吴绮《扬州鼓吹词序·红桥》："在城西北二里……朱栏数丈，远通两岸，虽彩虹卧波，丹蛟截水，不足以喻。"有素：平常有交往。

④瀹(yuè)茗：煮茶。

⑤奉箕帚：服洒扫之役。做人妻室的谦辞。

⑥奇货居之：把她看作奇货，将待价而沽。《史记·吕不韦列传》："吕不韦贾邯郸，见(子楚)而怜之，曰：'此奇货可居！'"

⑦睨(nì)：斜着眼睛看。

⑧灼热：焦灼，躁急。

【译文】

太原人宗子美，跟随父亲去求学，辗转到扬州住了下来。父亲和红桥下居住的林老太太素有交往。一天，父子二人经过红桥，在路上遇到了林老太太，林老太太再三邀请他们到家中一起饮茶聊天。这时有一个女孩子在旁边，长得十分美丽，宗子美的父亲极力夸赞。林老太太看着宗父说："你家大儿子温和厚道，真像个大姑娘，是个福相。如不嫌弃，把这个女孩儿许配给他，你看怎样？"宗父笑着让儿子离开座位拜谢林老太太，并说："一言千金啊！"原先，林老太太独自一人居住，这女孩儿忽然来到她家，诉说自己孤苦无依。问她的小名，她说叫嫦娥。林老太太很喜欢她，就留她住下，其实是觉得奇货可居，想在她身上发一笔财。这年宗子美十四岁，看到嫦娥，内心很喜欢，心想父亲一定会让媒人去提亲，但宗父回来后好像忘记了这件事。宗子美急得火烧火燎，偷偷告诉了母亲。宗父听说后笑着说："前几天只不过与那贪心婆子说句笑话。你不知她要将那姑娘卖多少黄金呢，这件事谈何容易！"

逾年，翁媪并卒。子美不能忘情嫦娥，服将阕[①]，托人示意林妪。妪初不承。宗忿曰："我生平不轻折腰[②]，何媪视之不值一钱？若负前盟，须见还也！”妪乃云：“曩或与而翁戏约，容有之。但无成言[③]，遂都忘却。今既云云，我岂留嫁天王耶？要日日装束，实望易千金，今请半焉，可乎？”宗自度难办，亦遂置之。

【注释】

①服将阕：居丧之期将满。旧时丧礼规定，父母死后要服丧3年，期满除服。服，丧服。阕，终了。

②折腰：服软，求人。《晋书·陶潜传》：“吾不能为五斗米折腰，拳拳事乡里小人邪！”

③成言：明确而正式的约定。

【译文】

过了一年，宗子美父母都去世了。宗子美不能忘情于嫦娥，服丧之期将满时，托人向林老太太提了提她曾许婚的事。林老太太起初不承认。宗子美气愤地说：“我平生不轻易向人折腰，为什么林老太太把我看得不值一文？如果背弃以前的诺言，必须把我给她下拜的礼还我！”林老太太听了这话才说：“从前和令尊大人说笑话许婚的事，也许是有的。但没有正式定约，于是就都忘了。今天既然这样说，我难道要把姑娘留着嫁给天王吗？我每天把她打扮得漂漂亮亮，实指望能换得千两白银，现在只请你出一半，可以吗？”宗子美自料难以筹划这笔钱，也就作罢了。

适有寡媪，僦居西邻，有女及笄，小名颠当。偶窥之，雅丽不减嫦娥。向慕之，每以馈遗阶进[①]，久而渐熟，往往送情以目，而欲语无间。一夕，逾垣乞火。宗喜挽之，遂相燕好。约为嫁娶，辞以兄负贩未归[②]。由此蹈隙往来，形迹周密[③]。

一日，偶经红桥，见嫦娥适在门内，疾趋过之。嫦娥望见，招之以手，宗驻足，女又招之，遂入。女以背约让宗④，宗述其故。便入室，取黄金一铤付之。宗不受，辞曰："自分永与卿绝，遂他有所约。受金而为卿谋，是负人也；受金而不为卿谋，是负卿也。诚不敢有所负。"女良久曰："君所约，妾颇知之。其事必无成，即成之，妾不怨君之负心也。其速行，媪将至矣。"宗仓卒无以自主，受之而归。隔夜，告之颠当。颠当深然其言，但劝宗专心嫦娥，宗不语，愿下之⑤，宗乃悦。即遣媒纳金林妪，妪无辞，以嫦娥归宗。入门后，悉述颠当言。嫦娥微笑，阳怂恿之⑥。宗喜，急欲一白颠当，而颠当迹久绝。嫦娥知其为己，因暂归宁，故予之间⑦，嘱宗窃其佩囊。已而颠当果至，与商所谋，但言勿急。及解衿狎笑⑧，胁下有紫荷囊，将便摘取。颠当变色起，曰："君与人一心，而与妾二！负心郎！请从此绝。"宗屈意挽解，不听，竟去。一日，过其门探察之，已另有吴客僦居其中，颠当子母迁去已久，影灭迹绝，莫可问讯。

【注释】

①以馈遗(wèi)阶进：以馈送礼品作为接近的缘由。

②负贩：担货贩卖。

③周密：周到细密。

④让：责备。

⑤愿下之：情愿居于其下。即作妾。

⑥阳：表面上，当面。怂恿：鼓励，撺掇。

⑦故予之间：故意给他一个机会。间，空子，可乘的机会。

⑧衿：衣襟，衣下两旁掩裳际处。

【译文】

当时正有个寡妇，租了房子住在宗子美家的西边，她有个女儿，刚十六七岁，小名叫颠当。宗子美偶然看见，美貌不亚于嫦娥。宗子美十分倾慕，经常送给她家一些东西作为接近的理由，久而久之，渐渐熟了，往往眉目传情，但找不到谈话的机会。一天晚上，颠当爬过墙头来借火。宗子美高兴地拉住她的手，于是二人成了好事。宗子美要颠当嫁给他，颠当说等哥哥从外面经商回来再说。从此以后二人有机会就相会，非常秘密，不露形迹。有一天，宗子美偶然路过红桥，见嫦娥正好在门内，就快走几步，想快点走过去。嫦娥看见了宗子美，向他招手，宗子美停住了脚步，嫦娥又招手，他就进了她家。嫦娥责备宗子美背弃了约言，宗子美叙述了事情的原委。嫦娥听了便进内屋去，取出一锭黄金交给他。宗子美不接受，推辞说："我料想和你的缘分永远断绝了，于是又和别人定了婚约。如果接受黄金与你定亲，就辜负了别人；接受黄金而不与你定亲，又辜负了你。因此实在不敢有负于任何人。"嫦娥过了好一会儿才说："你定的婚约，我也知道。这桩亲事肯定不能成功，如果成了，我也不会埋怨你负心。你快走吧，林老太太快回来了。"宗子美仓猝之间难以自主，就把嫦娥给的金子拿了回来。第二天，把这事告诉了颠当。颠当认为嫦娥说得很对，劝宗子美专心迎娶嫦娥，宗子美沉默不语，颠当表示愿居嫦娥之下，宗子美才高兴起来。他立即派媒人把那锭金子交给林老太太，林老太太没理由推辞，就把嫦娥嫁给了宗子美。嫦娥过门以后，宗子美向她叙述了颠当的话。嫦娥微微一笑，当面怂恿宗子美纳颠当为妾。宗子美很高兴，急着想告诉颠当，可是颠当已很久不见踪影了。嫦娥知道这是为了躲避自己，就暂时回到娘家，故意给颠当制造机会，嘱咐宗子美偷来颠当佩带的香囊。不久颠当果然来了，宗子美和她商量纳她为妾的事，颠当说不要着急。等解开衣服和宗子美调笑亲昵时，腰间果然有个紫色的香囊，宗子美就要摘取。颠当发觉了，变了脸色起来说:“你和别人一条心,而和我两条心!负心汉!从此和你绝交了。”宗子美想方设法解释挽留,颠当不听,竟然走了。有一天,宗子美路过颠当家门,进去一打听,已另有苏州的客人租住在这里,颠当母女离去已很久了,踪影全无,无处探寻。

宗自娶嫦娥,家暴富[①],连阁长廊,弥亘街路[②]。嫦娥善谐谑,适见美人画卷,宗曰:“吾自谓,如卿天下无两,但不曾见飞燕、杨妃耳[③]。”女笑曰:“若欲见之,此亦何难。”乃执卷细审一过,便趋入室,对镜修妆,效飞燕舞风[④],又学杨妃带醉[⑤],长短肥瘦,随时变更,风情态度,对卷逼真。方作态时,有婢自外至,不复能识,惊问其僚[⑥],既而审注[⑦],恍然始笑。宗喜曰:“吾得一美人,而千古之美人,皆在床闼矣[⑧]!”

【注释】

①暴富:骤然富起来。暴,突然。

②弥亘:绵延。

③飞燕、杨妃:赵飞燕、杨贵妃。赵飞燕是汉成帝的皇后,体轻善舞。杨贵妃是唐玄宗的贵妃。二人都是中国历史上以容貌美丽著称的女子。

④飞燕舞风:言体态轻盈。据《飞燕外传》载,赵飞燕顺风扬袖起舞,几乎被风吹起。

⑤杨妃带醉:指杨贵妃慵懒娇媚的醉态。唐白居易《长恨歌》:“金屋妆成娇侍夜,玉楼宴罢醉和春。”

⑥僚:同僚。此指其他丫环。

⑦审注:仔细端详。

⑧床闼(tà):内室,卧室。

【译文】

宗子美自从娶了嫦娥以后，家中暴富，楼阁长廊，连接街巷。嫦娥善于嬉戏玩笑，有一次看到一幅美人画卷，宗子美说："我暗想，像你这样美丽的女人，天下不会有第二个，但不曾见过古代的赵飞燕和杨贵妃。"嫦娥说："你如想见见，这又有何难。"于是拿着画卷仔细看了一遍就进了内室，对着镜子修饰打扮，仿效弱不禁风的赵飞燕的舞姿，又学丰腴的杨贵妃醉酒的神态，长短肥瘦，随时变更，风情神态，和画卷上的形象一模一样。正在表演时，有个丫环从外面进来，一时认不出是嫦娥，惊问别的丫环，然后又仔细观看，才恍然大悟，不觉笑了起来。宗子美高兴地说："我得到一个美人，但千古的美人都在我的闺房之内了。"

一夜，方熟寝，数人撬扉而入，火光射壁。女急起，惊言："盗入！"宗初醒，即欲鸣呼。一人以白刃加颈，惧不敢喘。又一人掠嫦娥负背上，哄然而去。宗始号，家役毕集，室中珍玩，无少亡者。宗大悲，恇然失图[①]，无复情地[②]。告官追捕，殊无音息。荏苒三四年[③]，郁郁无聊，因假赴试入都[④]。居半载，占验询察[⑤]，无计不施。偶过姚巷，值一女子，垢面敝衣，俇儴如丐[⑥]。停趾相之[⑦]，乃颠当也。骇曰："卿何憔悴至此？"答云："别后南迁，老母即世，为恶人掠卖旗下[⑧]，挞辱冻馁[⑨]，所不忍言。"宗泣下，问："可赎否？"曰："难矣。耗费烦多，不能为力。"宗曰："实告卿，年来颇称小有。惜客中资斧有限，倾装货马，所不敢辞。如所需过奢，当归家营办之。"女约明日出西城，相会丛柳下，嘱独往，勿以人从。宗曰："诺。"

【注释】

①恇然失图:吓得没了主意。恇然,惊惧的样子。图,谋略,主张。

②无复情地:无法生存。情地,生存环境,置身之地。《宋书·毛修之传》:"臣闻在生所以重生,实有生理可保。臣之情地、生途已竭。"

③荏苒:时光渐渐逝去。

④假:借,借口。

⑤占验:占卜,算命。询察:咨询,验察。

⑥恇儴(kuāng ráng):遑遽,急促的样子。

⑦相:看,查看。

⑧旗下:旗人。旗,清设军政合一的八旗组织,即正黄、正白、正红、正蓝和镶黄、镶白、镶红、镶蓝。凡编入旗籍的人,称旗人,又称旗下人。

⑨餒(něi):饿。

【译文】

一天夜里,正在熟睡,有几个人撬门而入,火把照亮了四壁。嫦娥急忙起来,惊慌地说:"强盗来了!"宗子美刚醒,想要大喊。一个人把刀子放在他的脖子上,吓得他气也不敢喘。又有一个人把嫦娥背在背上,哄然而去。这时宗子美才开始哭喊,仆人们都来了,一看家中的珍宝细软,一件也没丢。宗子美极其悲伤,惊慌得失去主张,都活不下去了。告到官府追捕,又没有消息。渐渐过了三四年,宗子美郁闷无聊,因而借应试之机到京城去散散心。在京城住了半年,算卦问卜,想尽办法,打听嫦娥的下落。有一天,偶然经过一条叫姚巷的小巷,遇到一个女子,满面灰土,衣衫褴褛,急急前行,好像个乞丐。宗子美停步细看,原来是颠当。宗子美吃惊地说:"你怎么憔悴成这个样子?"颠当回答说:"分别后迁居到南方,母亲去世了,我被坏人抢去卖到旗人家中,挨打挨骂,受冻挨饿,我都不忍心说。"宗子美听了流下泪来,问道:"可以把你赎出来吗?”颠当说:“那就难了。要花很多钱,恐怕你无能为力。”宗子美说:“实话对你讲吧,这几年我家境还比较富足。只可惜现在出门在外,带的钱有限,但卖掉所有的衣物车马,也在所不辞。如果需要的钱太多,我就回家去筹办。”颠当约他明天出西城,在柳树林相会,嘱咐他独自一人来,不要带随从。宗子美说:“好。”

次日,早往,则女先在,袿衣鲜明[①],大非前状。惊问之,笑曰:“曩试君心耳,幸绨袍之意犹存[②]。请至敝庐,宜必得当以报。”北行数武[③],即至其家,遂出肴酒,相与谈谵。宗约与俱归,女曰:“妾多俗累[④],不能从。嫦娥消息,固颇闻之。”宗急询其何所,女曰:“其行踪缥缈,妾亦不能深悉。西山有老尼[⑤],一目眇[⑥],问之,当自知。”遂止宿其家。天明示以径。宗至其处,有古寺,周垣尽颓,丛竹内有茅屋半间,老尼缀衲其中[⑦]。见客至,漫不为礼。宗揖之,尼始举头致问。因告姓氏,即白所求。尼曰:“八十老瞽[⑧],与世睽绝[⑨],何处知佳人消息?”宗固求之,乃曰:“我实不知。有二三戚属,来夕相过,或小女子辈识之,未可知。汝明夕可来。”宗乃出。

【注释】

①袿(guī)衣:妇女上衣。代指服饰。

②绨(tí)袍之意:犹故人之情意。《史记·范雎蔡泽列传》载,范雎先前在魏国,事中大夫须贾,为贾毁谤,笞辱几死。逃至秦国,改名张禄,做了秦相。后须贾奉命使秦,范雎改着破衣往见。须贾怜其衣单,赠送了一件绨袍。后贾得知雎已为秦相,遂登门请罪。范雎没有处死他,说:“然公之所以得无死者,以绨袍恋恋,有故人之意,故释公。”放须贾回魏国。

③武:步。

④俗累:谦言为生活琐事所牵累。《庄子·天下》:“不累于俗,不饰于物,不苟于人,不忮于众,愿天下之安宁以活民命,人我之养毕足而止。”

⑤西山:北京西部山地的总称,属太行山脉。

⑥眇(miǎo):一只眼瞎,目盲。

⑦缀衲:补缀僧衣。衲,僧衣。

⑧瞽(gǔ):眼瞎。

⑨睽(kuí)绝:断绝,隔绝。

【译文】

第二天,宗子美很早就来了,颠当已经先到,衣服鲜艳华美,和昨天完全不一样。宗子美吃惊地询问,颠当笑着说:“昨天只是试试你的心罢了,幸而你不忘旧情。请到寒舍坐坐,我一定要报答你。”向北走了不远,就到了颠当家,颠当摆上美酒佳肴,和宗子美饮酒聊天。宗子美邀她一起回家,颠当说:“我还有很多俗事在身,不能和你一起去。嫦娥的消息,我却听到一些。”宗子美急忙询问嫦娥在何处,颠当说:“她的行踪缥缈,我也知道得不确切。西山有位老尼姑,一只眼睛瞎了,你去问她,她应该知道。”当晚宗子美就住在颠当家。天亮后,颠当为宗子美指明了去西山的道路。宗子美顺此路到了西山,山上有座古寺,围墙已坍塌,在竹林中有半间茅屋,一位老尼姑正在里面缝补僧衣。看到客人来到,也不打招呼。宗子美向她作揖行礼,尼姑抬起头询问。宗子美告诉了她自己的姓名,并说出自己的请求。尼姑说:“我这八十岁的瞎子,与世隔绝,从何处得知嫦娥的消息?”宗子美再三恳求,尼姑才说:“我实在不知道。有几位亲戚,明天晚上要来看我,或许其中的小姑娘们有认识嫦娥的,也说不定。你可以明天晚上再来。”宗子美这才告辞出来。

次日再至,则尼他出,败扉扃焉。伺之既久,更漏已催,明月高揭[1]，徘徊无计。遥见二三女郎自外入，则嫦娥在焉。宗喜极，突起，急揽其袪[2]。嫦娥曰："莽郎君！吓煞妾矣！可恨颠当饶舌[3]，乃教情欲缠人。"宗曳坐，执手款曲，历诉艰难，不觉恻楚。女曰："实相告：妾实姮娥[4]，被谪，浮沉俗间，其限已满，托为寇劫，所以绝君望耳。尼亦王母守府者[5]，妾初谴时，蒙其收恤，故暇时常一临存。君如释妾，当为代致颠当。"宗不听，垂首陨涕。女遥顾曰："姊妹辈来矣。"宗方四顾，而嫦娥已杳。宗大哭失声，不欲复活，因解带自缢。恍惚觉魂已出舍，怅怅靡适[6]。俄见嫦娥来，捉而提之，足离于地，入寺，取树上尸推挤之，唤曰："痴郎，痴郎！嫦娥在此。"忽若梦醒。少定，女恚曰[7]："颠当贱婢！害妾而杀郎君，我不能恕之也！"下山赁舆而归[8]。

【注释】

①揭：高举，高挂。

②袪（qū）：袖口。此指衣袖。

③饶舌：多嘴。

④姮（héng）娥：神话中的月中女神，相传为后羿之妻，因窃食不死之药而奔月。姮为"恒"的俗字。汉人为避汉文帝（刘恒）讳，改"恒"为"常"。常娥，通作"嫦娥"。

⑤王母：西王母，神话中的女神。

⑥靡适：无所适从。适，往，至。

⑦恚（huì）：怒。

⑧赁舆：雇轿子。

【译文】

第二天再去，尼姑有事到别处去了，破门也锁上了。宗子美等候了好长时间,一直等到深更半夜,明月高悬,他焦急徘徊,无法可想。这时远远看到几位姑娘从外边进来,嫦娥就在其中。宗子美高兴极了,突然走过去,急忙拉住嫦娥的衣袖。嫦娥说:“莽郎君!吓死我了!可恨颠当这个饶舌鬼,又让儿女之情来缠人。”宗子美拽着嫦娥坐下,拉着她的手叙述相思之情,讲到遭受的艰难,不觉凄然泪下。嫦娥说:“实话对你说吧:我本是月宫里的嫦娥,被贬谪到人间,在尘世漂泊,期限已满,所以假托强盗劫持,是为了断绝你的希望。老尼姑也是王母娘娘府上的看门人,我刚被贬谪到人间时,承蒙她收留,因此有空时常到她那儿去。你如果放我走,我会让颠当嫁给你。”宗子美不听,低着头流泪。嫦娥看着远处说:“姊妹们来了。”宗子美向四周观看,嫦娥已不见了。宗子美大哭失声,痛不欲生,就解下腰带上吊。恍恍惚惚觉得灵魂已离开身体,怅然无主,不知到何处去为好。一会儿见嫦娥走来,抓住他提起来,脚离开地面,进入寺内,取下树上的尸体推挤他,呼唤说:“痴郎,痴郎!嫦娥在此。”宗子美忽如梦醒。定了定神,嫦娥愤恨地说:“颠当这个贱婢!害了我又杀郎君,我决不能饶恕她!”下山雇了轿子便回去了。

既命家人治装,乃返身出西城,诣谢颠当,至则舍宇全非,愕叹而返。窃幸嫦娥不知。入门,嫦娥迎笑曰:“君见颠当耶?”宗愕然不能答。女曰:“君背嫦娥,乌得颠当?请坐待之,当自至。”未几,颠当果至,仓皇伏榻下。嫦娥叠指弹之,曰:“小鬼头陷人不浅!”颠当叩头,但求赊死[①]。嫦娥曰:“推人坑中,而欲脱身天外耶?广寒十一姑不日下嫁[②],须绣枕百幅、履百双,可从我去,相共操作。”颠当恭白:“但求分工,按时赍送。”女不许,谓宗曰:“君若缓颊,即便放却。”颠当目宗,宗笑不语。颠当目怒之。乃乞还告家人,许之,遂去。宗问其生平,乃知其西山狐也。买舆待之。次日,果来，遂俱归。

【注释】

①赊死：缓死，延期死。

②广寒：广寒宫，即月宫。唐柳宗元《龙城录》：“开元六年，上皇与申天师、道士鸿都客，八月望日夜，因天师作术，三人同在云上游月中，过一大门，在玉光中飞浮，宫殿往来无定，寒气逼人，露濡衣袖皆湿，顷见一大官府，榜曰广寒清虚之府，其守门兵卫甚严，白刃粲然，望之如凝雪。”

【译文】

宗子美让仆人准备行装，自己返身出西城，要向颠当道谢，到了颠当家门口，看到房舍面貌全都变了样，宗子美惊愕异常，叹息着返回旅舍。暗自庆幸嫦娥不知此事。进门以后，嫦娥笑着迎了出来，说：“你看到颠当了吗？”宗子美愕然，无言对答。嫦娥说：“你背着嫦娥做事，怎能得到颠当呢？请坐下等待，颠当自己就会来到。”不一会儿，颠当果然来了，进屋后慌忙跪伏在床前。嫦娥用手指弹她的额头，说：“小鬼头害人不浅！”颠当连连叩头，只求让她缓死。嫦娥说：“把人推到坑里，还想脱身天外吗？广寒宫十一姑最近要下嫁人间，必须绣一百对枕头、一百双鞋，你可跟我去，一起制作。”颠当恭恭敬敬地说：“只求分我一部分活计，我按时交来。”嫦娥不答应，对宗子美说：“你如果给讲情，我就放过她。”颠当看着宗子美，宗子美笑着不说话。颠当怒目看着宗子美。颠当于是请求回家和家人讲一声，嫦娥允许了，颠当才走。宗子美向嫦娥问颠当的生平，才得知她是西山的一个狐仙。宗子美买好车马等待她。第二天，颠当果然来了，就与她们一起回家了。

然嫦娥重来[①]，恒持重不轻谐笑。宗强使狎戏，惟密教颠当为之。颠当慧绝，工媚。嫦娥乐独宿，每辞不当夕[②]。一夜，漏三下[③]，犹闻颠当房中，吃吃不绝。使婢窃听之。婢还，不以告，但请夫人自往。伏窗窥之，则见颠当凝妆作己状，宗拥抱，呼以嫦娥。女哂而退。未几，颠当心暴痛，急披衣，曳宗诣嫦娥所，入门便伏。嫦娥曰："我岂医巫厌胜者[④]？汝自欲捧心效西子耳[⑤]。"颠当顿首，但言知罪。女曰："愈矣。"遂起，失笑而去。

【注释】

①重(chóng)：再，反复。

②当夕：指妻妾侍寝。《魏书·孝文幽皇后传》："专寝当夕，宫人稀复进见。"

③漏三下：即三更天。漏，古代计时器，铜制，有孔，可以滴水或漏沙，有刻度标志以计时间。

④医巫厌胜者：靠巫术治病的医生。医巫，即巫医，借托鬼神巫术治病。厌胜，"厌而胜之"，系用法术诅咒或祈祷以达到制胜所厌恶的人、物或魔怪的目的。

⑤西子：即西施，春秋时期越国美女。据说她因心口痛而常常捧心皱眉，同村丑女以为美，亦捧心皱眉以仿效之。《庄子·天运》："西施病心而矉其里，其里之丑人见而美之，归亦捧心而矉其里。其里之富人见之，坚闭门而不出；贫人见之，挈妻子而去之走。"

【译文】

然而嫦娥这次重新回家，态度持重，不轻易谈笑。宗子美硬要和她亲热，嫦娥只是悄悄叫颠当代替她。颠当极其聪明，善于迷惑男人。嫦娥愿意独宿，经常推辞，不让宗子美和她一起睡。有一夜，已三更时分，还听到颠当房里"吃吃"的笑声。嫦娥让丫环去偷听。丫环回来什么也不说，只是请夫人亲自去看一看。嫦娥从窗户偷偷往里一看，只见颠当打扮成自己的模样，宗子美抱着她，口喊嫦娥。嫦娥笑着退回来。不一会，颠当突然心头暴痛，她急忙披上衣服，拉着宗子美来到嫦娥屋里，进门便跪伏在地上。嫦娥说："我难道是会施法术的巫士吗？是你自己想效仿那捧心的西施罢了。"颠当不停地磕头，一个劲儿地说知罪。嫦娥说："好了。"颠当站起来，不好意思地笑了笑走了。

颠当私谓宗："吾能使娘子学观音[①]。"宗不信，因戏相赌。嫦娥每趺坐[②]，眸含若瞑。颠当悄以玉瓶插柳，置几上，自乃垂发合掌，侍立其侧，樱唇半启，瓠犀微露[③]，睛不少瞬。宗笑之。嫦娥开目问之，颠当曰："我学龙女侍观音耳[④]。"嫦娥笑骂之，罚使学童子拜[⑤]。颠当束发，遂四面朝参之[⑥]，伏地翻转，逞诸变态，左右侧折，袜能磨乎其耳。嫦娥解颐，坐而蹴之[⑦]。颠当仰首，口衔凤钩[⑧]，微触以齿。嫦娥方嬉笑间，忽觉媚情一缕，自足趾而上，直达心舍，意荡思淫，若不自主。乃急敛神，呵曰："狐奴当死！不择人而惑之耶？"颠当惧，释口投地。嫦娥又厉责之，众不解。嫦娥谓宗曰："颠当狐性不改，适间几为所愚。若非夙根深者[⑨]，堕落何难！"自是见颠当，每严御之[⑩]。颠当惭惧，告宗曰："妾于娘子一肢一体，无不亲爱，爱之极，不觉媚之甚。谓妾有异心，不惟不敢，亦不忍。"宗因以告嫦娥，嫦娥遇之如初。然以狎戏无节，数戒宗，不听。因而大小婢妇，竞相狎戏。

【注释】

①观音：即观世音菩萨。观世音是鸠摩罗什的旧译，玄奘新译为观

自在，中国每略称为观音。观世音菩萨是佛教中慈悲和智慧的象征，无论在大乘佛教还是在民间信仰中，都具有极其重要的地位。

②趺（fū）坐：盘腿打坐。

③瓠（hù）犀：瓠（葫芦）中子，洁白整齐，因以喻美女之齿。《诗·卫风·硕人》：“手如柔荑，肤如凝脂。领如蝤蛴，齿如瓠犀。”

④龙女：神话中龙王之女。《法华经·提婆达多品》载，婆竭罗龙王之女，8岁领悟佛法，遂现成佛之相。明吴承恩《西游记》小说中龙女为观音侍者。

⑤童子拜：童子拜观音的略称。

⑥朝参：上朝参拜君主。指跪拜。

⑦蹴（cù）：踢。

⑧凤钩：对嫦娥的脚的美称。钩，言其足小而弓弯如钩。

⑨夙根：前世根业。夙，夙世，佛教谓前生。根，根业，根性，业力。

⑩严御：严加管教。

【译文】

颠当私下里对宗子美说：“我能让娘子学观音。”宗子美不信，因而二人打赌。嫦娥每当盘腿坐着时，双眼紧闭。颠当拿只玉瓶插上柳枝，放在嫦娥身边的桌案上，自己则把头发垂下来，合掌侍立在嫦娥身旁，樱唇半开，玉齿微露，眼光不动。宗子美看到这情景就笑了。嫦娥睁开眼问怎么回事，颠当说：“我在学龙女侍奉观音。”嫦娥笑着骂她，罚她学童子下拜。颠当把头发束成童子模样，朝四面跪拜，一会儿又伏地翻转，变出各种姿态，向左右弯曲身体，脚尖能挨到耳朵。嫦娥高兴地笑了，坐着用脚一踢。颠当仰起头来，口衔嫦娥的小脚，微微用牙齿一咬。嫦娥正在嬉笑时，忽然觉得一缕春情，从脚尖往上涌，直达心窝，神迷意荡，欲火难忍。这时她急忙收敛心神，呵斥颠当说：“狐奴该死！不看看是谁，就来媚惑吗？”颠当害怕了，赶快松开口匍匐在地上。嫦娥又严厉地责骂她，众人不知为什么。嫦娥对宗子美说：“颠当狐性不改，刚才差点儿被她作弄。若不是我夙根深厚，堕落是很容易的！”从此以后，嫦娥见到颠当，就严加管教。颠当既惭愧又害怕，对宗子美说：“我对娘子的一肢一体，无不觉得可亲可爱，爱之极，不觉媚之甚。如果认为我有异心就冤枉我了，我不只是不敢，也不忍心啊。”宗子美把这话告诉了嫦娥，嫦娥对待她和当初一样。但因为颠当和宗子美狎昵嬉戏没有节制，屡次劝诫宗子美，宗子美不听。因而大小丫环仆妇，竞相嬉戏玩笑。

一日，二人扶一婢，效作杨妃。二人以目会意，赚婢懈骨作酣态[①]，两手遽释[②]，婢暴颠墀下[③]，声如倾堵。众方大哗，近抚之，而妃子已作马嵬薨矣[④]。大众惧，急白主人。嫦娥惊曰：“祸作矣！我言如何哉！”往验之，不可救，使人告其父。父某甲，素无行[⑤]，号奔而至，负尸入厅事[⑥]，叫骂万端。宗闭户惴恐，莫知所措。嫦娥自出责之，曰：“主即虐婢至死，律无偿法[⑦]。且邂逅暴殂[⑧]，焉知其不再苏[⑨]？”甲噪言：“四支已冰[⑩]，焉有生理！”嫦娥曰：“勿哗，纵不活，自有官在。”乃入厅事抚尸，而婢已苏，随手而起。嫦娥返身怒曰：“婢幸不死，贼奴何得无状！可以草索絷送官府！”甲无词，长跪哀免。嫦娥曰：“汝既知罪，姑免究处。但小人无赖，反复何常，留汝女终为祸胎，宜即将去。原价如干数，当速措置来。”遣人押出，俾浼二三村老，券证署尾[⑪]。已，乃唤婢至前，使甲自问之：“无恙乎？”答曰：“无恙。”乃付之去。已，遂召诸婢，数责遍扑[⑫]。又呼颠当，为之厉禁[⑬]。谓宗曰：“今而知为人上者，一笑嚬亦不可轻[⑭]。谑端开之自妾，而流弊遂不可止。凡哀者属阴，乐者属阳，阳极阴生，此循环之定数。婢子之祸，是鬼神告之以渐也[⑮]。荒迷不悟，则倾覆及之矣。"宗敬听之。颠当泣求拔脱[16]，嫦娥乃掐其耳，逾刻释手[17]，颠当怃然为间[18]，忽若梦醒，据地自投，欢喜欲舞。由此闺阁清肃，无敢哗者。婢至其家，无疾暴死。甲以赎金莫偿，浼村老代求怜恕，许之。又以服役之情，施以材木而去。

【注释】

①懈骨作酣态：模仿杨贵妃醉酒后倦怠慵懒的样子。懈，倦怠。

②遽释：急速松手。遽，快，迅速。

③颠：倒，跌落。

④马嵬薨：喻死。史载，唐玄宗天宝十四年(755)，安禄山发动叛乱，次年引兵入关，玄宗仓皇逃蜀。行至马嵬驿(在今陕西兴平)，卫兵哗变，杀死杨国忠，玄宗被迫赐杨贵妃死，葬马嵬坡。

⑤无行：行为恶劣，缺乏道德。

⑥厅事：此处指私宅堂屋。

⑦主即虐婢至死，律无偿法：关于这个观点，蒲松龄在其《循良政要》"禁奴死讼主"中有明确的说法："凡婢仆即被主人刑杖，邂逅致死，按律当勿论。况因病身死，或有过惧罪自尽，更于主人无干。往往其父兄亲族居为奇货，刁讼诈索，甚有登门殴辱，抄毁财物者。若不严加禁止，则恶风日长，名分扫地矣。"

⑧邂逅暴殂(cú)：偶然暴死。殂，死。

⑨苏：复苏，苏醒。

⑩支："肢"的古字。

⑪券证署尾：在文件后面签字画押。券证，指丫环赎身的契约。

⑫数责：数落责备。遍扑：打了个遍。扑，打。

⑬厉禁：订立严厉的禁条。《周礼·秋官·司隶》："守王宫与野舍之厉禁。"

⑭一笑嚬：一笑一嚬，喜怒。嚬，同“颦”。《韩非子·内储》：“吾闻明主之爱，一嚬一笑，嚬有为嚬，而笑有为笑。”

⑮渐：表示程序、数量、现象等慢慢地变化。也指开端。

⑯拔脱：超度，解救。《敦煌歌辞总编·归去来·宝门开》：“拔脱众生出爱河，出爱河。”

⑰逾刻：超过15分钟。刻，古代用漏壶记时，一昼夜共100刻。古之一刻约等于15分钟。

⑱怃然为间：怅然自失了一小会儿。怃然，怅然自失的样子。《孟子·滕文公》：“夷子怃然为间。”赵岐曰：“怃然，犹怅然也。”

【译文】

有一天，两个人扶着一个丫环，扮作杨贵妃。那两个人传递了一下眼色，骗那个扮贵妃的丫环装作酣醉的样子，然后两人突然松手，扮贵妃的丫环猛然摔到台阶下，发出很大的声音，如同墙倒了一样。众人齐声惊叫，走近一摸，那个丫环已经死了。众人都很害怕，急忙报告主人。嫦娥惊慌地说：“大祸临头了！我说的怎么样！”过去又看了看，已经没救了，于是派人告诉了死去丫环的父亲。其父某甲，素来品行不好，听到这事，号叫着来了，背着女儿的尸体来到厅堂，大骂不止。宗子美吓得关上房门，不知所措。嫦娥自己走出去责备某甲：“主子虐待丫环至死，按法律也不偿命。况且你女儿是偶然暴死，怎知她不会复活？”某甲大喊：“四肢都冰冷了，哪有复活之理！”嫦娥说：“你不要乱嚷，纵然活不了，还有官府呢。”于是进到厅堂摸了摸尸体，这时丫环已经苏醒了，随即站了起来。嫦娥返身怒斥某甲说：“这丫环幸好没死，你这贱奴何以如此猖狂！可用草绳捆起来送到官府！”某甲无话可说，长跪着哀求饶恕。嫦娥说：“你既然已知罪，姑且免予追究。但是小人无赖，反复无常，留下你的女儿最终也是祸胎，你可以把她带回去。原来身价若干数，快去筹措送来。”派人把某甲押出去，让他请来几位村上的老人，在文书上画押担保。接着把那丫环喊到面前，让某甲亲自问她：“没什么伤吧?”丫环说:“没有。”就让她随其父走了。之后,又把其他丫环叫来,严加斥责,挨个打了一顿。又把颠当叫来,严厉禁止她再搞这套游戏。又对宗子美说:“今天你应该知道,处于人上之人,一笑一皱眉也不可轻易表示。戏谑之事是由我开头的,上行下效,流弊不可收拾。凡哀伤的事属阴,欢乐事属阳,阳极阴生,乐极悲生,阴阳循环是有定数的。这次这个丫环的祸殃,是鬼神给的一个警告。如果执迷不悟,家破人亡的事就会临头了。”宗子美恭敬地倾听嫦娥的教诲。颠当哭泣着请求嫦娥解救她,嫦娥用手掐着她的耳朵,过了一刻时间才放手,颠当茫然不知,过了一会儿忽如梦醒,伏地拜倒,高兴地要跳起舞来。从此闺阁里清静整肃,没有人再敢喧闹嬉笑。那个丫环回到她家,没病没灾地突然死了。某甲拿不出赎金,请村老代求嫦娥开恩免除,嫦娥答应了。又念丫环服侍主人的情义,赏了她一口棺材。

宗常患无子。嫦娥腹中忽闻儿啼,遂以刃破左胁出之,果男。无何,复有身,又破右胁而出一女。男酷类父,女酷类母,皆论昏于世家①。

【注释】

①昏:结婚。后多作“婚”。

【译文】

宗子美常为没有儿子发愁。嫦娥腹中忽然有婴儿的哭声,于是用刀划破左肋,取出婴儿,果然是个男孩。不久又有了身孕,又划破右肋,取出一个女孩。男孩酷似父亲,女孩酷似母亲,长大后都和世家大族结了亲。

异史氏曰:阳极阴生,至言哉!然室有仙人,幸能极我之乐，消我之灾，长我之生，而不我之死。是乡乐[1]，老焉可矣，而仙人顾忧之耶？天运循环之数，理固宜然，而世之长困而不亨者[2]，又何以为解哉？昔宋人有求仙不得者，每曰："作一日仙人，而死亦无憾。"我不复能笑之也。

【注释】

①乡：地方，区域。

②不亨：不顺利。亨，通。

【译文】

异史氏说：阳极阴生，真是至理名言啊！然而屋内有位仙人，幸而能够使我欢乐，消我灾祸，延长我的生命，而使我不死。这温柔乡里如此快乐，就是老死在这里也行，但是仙人为什么还忧虑呢？天道循环往复是有一定之数的，道理本应如此，可是世上那些处于长久困顿境地而不顺的人，又怎样解释呢？从前宋代有个人，想成为仙人没有成功，总是说："做一天神仙，死了也无憾了。"我听了这话笑也笑不出来了。

鞠药如

【题解】

汉代的王充在《论衡·道虚》中叙述淮南子学道，"举家升天，畜产皆仙"，用"犬吠于天上，鸡鸣于云中"十个字形象地描述淮南子一家成仙之后的盛况。本篇则用"室中服具，皆冉冉飞出，随之而去"来刻划得道后的鞠药如飘然而去，不受拘束的性情。前者厚实，具有空间感；后者轻灵飘逸，具有动感，可谓异曲同工，都是叙事妙笔。

鞠药如，青州人。妻死，弃家而去。后数年，道服荷蒲团至①。经宿欲去，戚族强留其衣杖②。鞠托闲步至村外，室中服具，皆冉冉飞出，随之而去。

【注释】

①道服荷蒲团至：穿着道士的服装，背着蒲团回到家乡。荷，背负。蒲团，跪拜或打坐时用以为垫。

②戚族：泛指亲戚。

【译文】

鞠药如是青州人。他的妻子死了，他也抛家而走。过了几年，他穿着道袍带着一个蒲团回来了。过了一宿又要走，亲戚和族人为了留下他，硬把他的道袍禅杖留了下来。鞠药如借口散步来到村外，留在家中的衣杖都飘然飞出，随他而去。

褚生

【题解】

本篇写社会底层人士的教书和读书生活，写同窗之谊，写师生之情，都相当的感人。其中教师的设帐生涯、教学地点、收费状况，学生的半工半读，考试的捉刀代笔，均有蒲松龄教学经历的投影，提供了真实的明清时代教育史料，殊可宝贵。令人注意的是，褚生无论是“以身报师”，还是“以魂报友”，都是私情大于法律，是违反规范的行为。“以身报师”是私人请托，“以魂报友”是考试作弊。但蒲松龄都认为“其志其行，可贯日月”，体现了中国传统文化中丑陋的一面。

陈生和褚生游李皇亲园，是蒲松龄根据《帝京景物略》敷衍而成，这让我们窥见《聊斋志异》故事中地理描写的一些情况。

顺天陈孝廉[1]，十六七岁时，尝从塾师读于僧寺，徒侣甚繁[2]。内有褚生，自言山东人，攻苦讲求[3]，略不暇息，且寄宿斋中，未尝一见其归。陈与最善，因诘之，答曰："仆家贫，办束金不易[4]，即不能惜寸阴[5]，而加以夜半，则我之二日，可当人三日。"陈感其言，欲携榻来与共寝。褚止之曰："且勿，且勿！我视先生，学非吾师也。阜城门有吕先生[6]，年虽耄，可师，请与俱迁之。"盖都中设帐者多以月计[7]，月终束金完，任其留止。于是两生同诣吕。吕，越之宿儒[8]，落魄不能归[9]，因授童蒙[10]，实非其志也。得两生甚喜，而褚又甚慧，过目辄了[11]，故尤器重之。两人情好款密，昼同几[12]，夜亦共榻。

【注释】

①顺天：明清时期北京地区。

②徒侣：门徒学友。

③攻苦：读书刻苦。攻，攻读。

④束金：束修之金。《论语·述而》："自行束修以上，吾未尝无诲焉。"后因以束金专指致送教师的酬金。

⑤惜寸阴：珍惜短暂的光阴。《淮南子·原道》："故圣人不贵尺之璧，而重寸之阴。时难得而易失也。"

⑥阜城门：即"阜成门"，位于北京内城西垣南侧，元时名平则门，明正统四年（1439年）重修，改名阜成门，为通往京西之门户。

⑦设帐者：指塾师。

⑧越：周代诸侯国名。后用作浙江东部的别称。宿儒：年高博学的读书人。

⑨落魄：穷困失意。

⑩童蒙：初学的幼童。蒙，愚蒙。

⑪了：明白，知道。

⑫几：低矮的案几或小桌。

【译文】

顺天的陈孝廉，十六七岁时，曾在一座寺庙中跟随老师读书，当时学生很多。其中有一位姓褚的学生，自己说是山东人，读书十分刻苦，几乎都不休息，寄宿在寺庙中，没有见他回过家。陈生和褚生关系最好，因而问褚生为何这样刻苦，褚生回答说："我家很穷，筹措学费不容易，即使不能爱惜每一寸光阴，但每天多读半夜书，那么我的两天就相当于别人的三天。"陈生听了他的话很受感动，想把床搬来和他一起住。褚生阻止说："且不要来，且不要来！我看这位先生，够不上当我们的老师。阜成门有位吕先生，年纪虽老些，但可以做我们的老师，让我们一起搬到他那儿去吧。"原来京城中设馆招收学生大多按月收学费，到月底学费用完，任学生去留。于是褚生和陈生一起到吕先生那儿去读书。吕先生是越地有名气的大儒，因穷困潦倒回不了家乡，就在此设馆教书，这实在不是他的志向。得到陈生、褚生这两个学生，吕先生很高兴，褚生又特别聪明，过目不忘，所以吕先生对他尤为器重。褚、陈二生感情很好，亲密无间，白天同桌读书，夜晚同榻而眠。

月既终，褚忽假归，十馀日不复至。共疑之。一日，陈以故至天宁寺①，遇褚廊下，劈檾淬硫②，作火具焉。见陈，忸怩不安③。陈问："何遽废读？"褚握手请间，戚然曰："贫无以遗先生④，必半月贩⑤，始能一月读。"陈感慨良久，曰："但往读，自合极力⑥。"命从人收其业，同归塾。戒陈勿泄，但托故以告先生。陈父固肆贾⑦，居物致富⑧，陈辄窃父金，代褚遗师。父以亡金责陈，陈实告之。父以为痴，遂使废学。褚大惭，别师欲去。吕知其故，让之曰："子既贫，胡不早告？"乃悉以金返陈父，止褚读如故，与共饔飧[⑨]，若子焉。陈虽不入馆，每邀褚过酒家饮。褚固以避嫌不往，而陈要之弥坚，往往泣下，褚不忍绝，遂与往来无间。

【注释】

①天宁寺：位于北京广安门外北面，初建于北魏孝文帝时，原名光林寺，距今已有一千五百多年历史。

②劈檾(qǐng)淬(cuì)硫：把檾劈成束缕，在缕端淬上硫磺，遇火星即燃，可用作引火，是比较原始的火柴。檾，檾麻，草本，茎皮纤维可以做绳。淬，浸染。

③忸怩(niǔ ní)：羞惭，不好意思。

④遗先生：指送给先生束脩。

⑤贩：贩卖，做小买卖。

⑥自合：自当。极力：尽力。指尽力相助。

⑦肆贾：开店铺，坐商。

⑧居物：卖货。

⑨共饔飧(sūn)：共食。饔，早餐。飧，晚餐。

【译文】

到月末，褚生忽然请假回家，十几天还没回来。大家都感到奇怪。有一天，陈生因事到天宁寺去，在寺内廊下遇到褚生，褚生正在劈檾麻涂硫黄，制作引火用的火具。他看到陈生，忸怩不安。陈生问："为何突然放弃读书？"褚生握住陈生的手请他来到一个没人的地方，悲戚地说："贫穷不能向先生交学费，必须做半个月生意，才能读一个月书。"陈生感叹了好一会儿，说："你去读书吧，我会尽力帮助你。"陈生让跟随他的人收起褚生的东西，一同回到吕先生那里。褚生嘱咐陈生不要把他的事泄露出去，先找个理由来告诉先生。陈生的父亲本来是个商人，后来靠囤积居奇发了财，陈生常常偷拿父亲的钱，代褚生交纳学费。陈父因丢了钱责问陈生，陈生把实情告诉了父亲。父亲以为他是傻子，就不让他读书了。褚生因此很惭愧，告别老师要离开。吕先生知道了缘由，责备他说："你既然没钱，为什么不早告诉我？"于是把他交来的学费都还给了陈父，让褚生依旧在此读书，和老师一起吃饭，如同儿子一样。陈生虽然不再到学堂读书，但经常邀请褚生到酒店饮酒。褚生为避嫌一再推辞不去，而陈生邀请得更加殷勤，往往流下泪来，褚生不忍心过于拒绝，因此二人仍不断往来。

逾二年，陈父死，复求受业[①]。吕感其诚，纳之，而废学既久，较褚悬绝矣。居半年，吕长子自越来，丐食寻父。门人辈敛金助装，褚惟洒涕依恋而已。吕临别，嘱陈师事褚。陈从之，馆褚于家。未几，入邑庠[②]，以"遗才"应试[③]。陈虑不能终幅[④]，褚请代之。至期，褚偕一人来，云是表兄刘天若，嘱陈暂从去。陈方出，褚忽自后曳之，身欲踣，刘急挽之而去。览眺一过，相携宿于其家。家无妇女，即馆客于内舍。居数日，忽已中秋。刘曰："今日李皇亲园中[⑤]，游人甚夥，当往一豁积闷[⑥]，相便送君归。"使人荷茶鼎、酒具而往。但见水肆梅亭，喧啾不得入[⑦]。过水关，则老柳之下，横一画桡[⑧]，相将登舟。酒数行，苦寂。刘顾僮曰："梅花馆近有新姬，不知在家否？"僮去少时，与姬俱至，盖勾栏李遏云也。李，都中名妓，工诗善歌，陈曾与友人饮其家，故识之。相见，略道温凉。姬戚戚有忧容。刘命之歌，为歌《蒿里》[⑨]。陈不悦，曰："主客即不当卿意，何至对生人歌死曲？"姬起谢，强颜欢笑，乃歌艳曲。陈喜，捉腕曰："卿向日《浣溪纱》

读之数过，今并忘之。”姬吟曰：

泪眼盈盈对镜台，开帘忽见小姑来，低头转侧看弓鞋[10]。强解绿蛾开笑面[11]，频将红袖拭香腮，小心犹恐被人猜。

【注释】

①受业：从师学习，承受学业。

②入邑庠：考中秀才。

③以“遗才”应试：秀才参加乡试，先要经过学道的科考录送，由于各种原因缺考，临时添补核准的，称为遗才。

④终幅：即终篇，完整全篇的八股文。

⑤李皇亲园：据明刘侗《帝京景物略》称是“李皇亲新园”，“三里河之故道，已陆作乂，然时雨则渟潦，泱泱然河也。武清侯李公疏之，入其园，园遂以水胜。以舟游，周廊过亭，村暖隍修，巨浸而孤浮。入门而堂，其东梅花亭，非梅之以岭以林而中亭也。砌亭朵朵，其为瓣五，曰梅也。镂为门为窗，绘为壁，甃为地，范为器具，皆形以梅。亭三重，曰梅之重瓣也，盖米太仆之漫园有之。亭四望，其影入于北渠，渠一目皆水也。亭如鸥，台如凫，楼如船，桥如鱼龙。历二水关，长廊数百间，鼓枻而入，东指双杨而趋诣，饭店也。西望偃如者，酒肆也。鼓而又西，典铺、饼炸铺也。园也，渔市城村致矣，园今土木未竟尔。计必绕亭遍梅，廊遍桃、柳、荷蕖、芙蓉，夕又遍灯，步者、泛者，其声影差差相涉也。计必听游人各解典，且酒，且食，醉卧汀渚，日暮未归焉”。

⑥豁：散，解。

⑦喧啾：喧哗嘈杂，形容人多拥挤。

⑧画桡（ráo）：有画饰的船桨。代指画船。桡，船桨。

⑨《蒿里》：古乐府曲名。送葬时用的挽歌。蒿里，是死者魂魄聚居的地方。

⑩弓鞋：旧时缠足妇女脚弯如弓，故所穿的鞋也呈弓状。

⑪绿蛾：妇女的蛾眉。古代妇女以黛染眉，眉呈微绿颜色。

【译文】

过了两年，陈父去世了，陈生又来吕先生门下读书。吕先生被他的诚意感动，就收下了他，但因辍学时间太长，比起褚生的学业就相差太远了。过了半年，吕先生的大儿子从越地来，是一路行乞来寻找父亲的。吕先生的学生都出资帮助先生准备行装，褚生只能洒泪表示依依不舍之情而已。吕先生临别时，嘱咐陈生要以褚生为师。陈生听从了，请褚生到家中教他。不久，陈生入了县学，又以“遗才”身份应乡试。陈生恐怕自己写不好文章，褚生请求代他去考。到了考期，褚生带一个人同来，说这人是他表兄刘天若，嘱咐陈生暂时跟他去。陈生刚出门，褚生忽然从后边拉了他一下，陈生差点儿跌倒，刘天若急忙拉着他走了。二人向四周看了一番，然后拉着手回到刘天若家住宿。刘天若家没有女眷，陈生就住在内舍。住了几天，就到了中秋节。刘天若说：“今天李皇亲的花园内游人很多，我们去逛一逛散散心中的闷气，顺便送你回家。”他们让人带着茶具、酒具前去。只见园中水阁梅亭，人声喧闹，不能进去。过了水关，在一棵老柳树下横着一条画船，二人携手登船。喝了几杯酒，觉得寂寞无聊。刘天若对侍者说：“梅花馆新近来了名歌妓，不知在家没有？”侍者去了一会儿，与歌妓一起来了，就是妓院的李遏云。李遏云是京城的名妓，能诗善歌，陈生曾和朋友在她家喝过酒，因此认识。相见后，略致问候。李遏云脸上有忧戚的神色。刘天若让她唱歌，她唱了一首挽歌《蒿里》。陈生很不高兴，说：“我们主客即使不合您的心意，何至于对着活人唱死人的曲子呢？”李遏云起身致歉，强颜欢笑，唱了一首艳曲。陈生很高兴，抓住李遏云的手腕说：“你以前写的《浣溪纱》我读过好多遍，现在都忘了。”李遏云吟诵道：

泪眼盈盈对镜台，开帘忽见小姑来，低头转侧看弓鞋。强解绿蛾开笑面，频将红袖拭香腮，小心犹恐被人猜。

陈反覆数四。已而泊舟，过长廊，见壁上题咏甚多，即命笔记词其上。日已薄暮，刘曰："闱中人将出矣。"遂送陈归。入门，即别去。陈见室暗无人，俄延间，褚已入门，细审之，却非褚生。方疑，客遽近身而仆。家人曰："公子惫矣！"共扶拽之。转觉仆者非他，即己也。既起，见褚生在旁，惚惚若梦。屏人而研究之，褚曰："告之勿惊：我实鬼也。久当投生，所以因循于此者，高谊所不能忘①，故附君体，以代捉刀②。三场毕③，此愿了矣。"陈复求赴春闱④，曰："君先世福薄，悭吝之骨，诰赠所不堪也⑤。"问："将何适？"曰："吕先生与仆有父子之分，系念常不能置。表兄为冥司典簿⑥，求白地府主者，或当有说。"遂别而去。

【注释】

①高谊：称别人对自己友谊的敬辞。

②捉刀：旧时指代人作文。上古以刀为笔，竹木简出现后，又用刀修改竹木简上的舛误。南朝宋刘义庆《世说新语·容止》："魏武将见匈奴使，自以形陋，不足雄远国，使崔季珪代，帝自捉刀立床头。既毕，令间谍问曰：'魏王何如？'匈奴使答曰：'魏王雅望非常；然床头捉刀人，此乃英雄也。'魏武闻之，追杀此使。"

③三场：明清的科举考试分为三场，每场考三天。

④春闱：明清时代，进士考试在春天举行，故称。

⑤诰赠所不堪也：意思是无福受封赠。诰赠，皇帝封赠的命令。明清制度，一品至五品官职，授诰命。朝廷推恩大官重臣，赠官爵

给其父母，父母在者称封，已殁者称赠。

⑥典簿：掌管簿籍。簿，指民俗所说的生死簿。

【译文】

陈生又反复吟诵了几遍。接着船靠了岸，下船走过长廊，见壁上题写了很多诗词，陈生让人拿来笔把李遏云的词题在壁上。这时已近黄昏，刘天若说："考场中的人快出来了。"于是送陈生回家。进门以后，刘天若就走了。陈生见室内黑暗无人，正疑惑间，褚生已进了门，再仔细一看，却不是褚生。正惊疑时，来客遽然走到他面前仆倒在地。家中的仆人说："公子疲倦了！"一起把他搀扶起来。这时又觉得仆倒的不是别人，而是自己。起来以后，看见褚生在旁边，陈生恍恍惚惚，如同做梦一样。于是屏退他人，想探讨个究竟，褚生说："告诉你实情，你不要害怕：我其实是鬼。久该投生转世，所以留在此地没走，是不能忘怀你对我的深情厚谊，所以附在你的身体上，代你考试。现在三场考完，这个心愿已经了结了。"陈生请求他再代替去参加一场春闱考试，褚生说："你上一辈子福薄，福薄人的骨血，承受不了诰封。"陈生问："你将要到哪里去？"褚生说："吕先生和我有父子情分，我常常想念他，不能忘怀。我的表兄在阴间管理典册文书，我求他告诉地府的主事者，或者有所关照。"说完告别走了。

陈异之。天明，访李姬，将问以泛舟之事，则姬死数日矣。又至皇亲园，见题句犹存，而淡墨依稀，若将磨灭。始悟题者为魂，作者为鬼。至夕，褚喜而至，曰："所谋幸成，敬与君别。"遂伸两掌，命陈书褚字于上以志之。陈将置酒为饯，摇首曰："勿须。君如不忘旧好，放榜后，勿惮修阻①。"陈挥涕送之。见一人伺候于门，褚方依依，其人以手按其顶，随手而匾，掬入囊②，负之而去。过数日，陈果捷③。于是治装如越。吕妻断育几十年，五旬馀，忽生一子，两手握固不可开。陈至，请相见，便谓掌中当有文曰“褚”。吕不深信。儿见陈，十指自开，视之果然。惊问其故，具告之，共相欢异。陈厚贻之④，乃返。后吕以岁贡廷试入都⑤，舍于陈⑥，则儿十三岁，入泮矣。

【注释】

①惮(dàn)：怕，畏。修阻：路途遥远、艰难。

②掬：双手捧。

③捷：指乡试中举。

④贻：赠。

⑤岁贡廷试：指岁贡生直接参加廷试，考职录用。岁贡，也称“挨贡”，由学政在各府、州、县学廪膳生员中按年资选送，贡入国子监。清顺治二年(1645)，廪生及恩、拔、岁贡均免坐监，直接参加廷试。廷试进行考职，贡生上上卷用为通判，上卷用为知县。康熙二十六年(1687)停止岁贡廷试。

⑥舍：入住。

【译文】

陈生觉得很奇怪。天亮以后，陈生去看李遏云，想问问一同乘船游玩的事，可是李遏云已经死了好几天了。陈生又来到皇亲园，见题诗还在壁上，但墨色很淡，好像快磨灭的样子。这时才醒悟题写者是鬼魂，写诗的是鬼。到了晚上，褚生高兴地来了，说：“我谋求的事有幸成功，现在郑重地与你告别。”于是伸出两只手掌，让陈生写上“褚”字以作纪念。陈生想置办酒席为褚生饯行，褚生摇着头说：“不必。你如果不忘旧友，放榜以后，不要怕路途遥远，去看看我。”陈生挥泪送别。见一个人等候在门口，褚生正在依依不舍时，此人用手按住他的脖子，褚生的身体随手就变成扁的，被放入袋内，背走了。过了几天，陈生果然中了举。于是整理行装到越地去。吕先生的妻子已有几十年不生育了，年纪已五十多，忽然生了一个儿子，这个孩子两手紧握着不能张开。陈生到了，请见见这个孩子，并说孩子的手掌中有一个“褚”字。吕先生不太相信。孩子看见陈生，十个手指自己张开了，一看果然有个“褚”字。吕先生惊问其中的缘故，陈生把实情都告诉了他，大家既欢乐又惊异。陈生送给吕先生丰厚的礼品，就回家了。后来吕先生以岁贡的身份到京城参加廷试，住在陈生家中，这时吕先生的儿子已十三岁，进入县学读书了。

异史氏曰：吕老教门人，而不知自教其子。呜呼！作善于人，而降祥于己，一间也哉[①]！褚生者，未以身报师，先以魂报友，其志其行，可贯日月[②]，岂以其鬼故奇之与！

【注释】

①一间(jiàn)：非常接近，所差无几。间，间隙。又，为佛家语，即一来果。据《显扬》：“一间，谓由善修圣道故；或生天上，即于彼处定证寂灭。或生人间，即于此处定证寂灭。”

②贯：穿透，上达。

【译文】

异史氏说：吕先生设馆教授学生，并不知道正在教的就是自己的儿子。唉！为别人做善事，而给自己带来了福气，这二者是相连的啊！褚生还没有以身报答老师时，先以魂魄报答了朋友，他的志向品行，可与日月同辉，怎么能因为他是鬼魂而感到奇异呢！

盗户

【题解】

在公民社会,法律面前人人平等。在这之前,由于人的身份认同并不一样,很难做到法律面前人人平等,虽然有时会冠冕堂皇地进行遮掩和解释。《盗户》篇所言不过是蒲松龄时代局部地区的司法实践中身份确认潜规则而已。

趋利避害是人的本性。《盗户》中的故事谈的是顺治年间,滕、峄地区司法实践中身份方面的规避趣闻,而"异史氏曰"中谈的则是蒲松龄时代当地在罪名量刑方面的规避伎俩。

顺治间,滕、峄之区①,十人而七盗,官不敢捕。后受抚②,邑宰别之为"盗户"。凡值与良民争,则曲意左袒之,盖恐其复叛也。后讼者辄冒称盗户,而怨家则力攻其伪,每两造具陈③,曲直且置不辨,而先以盗之真伪,反复相苦,烦有司稽籍焉④。适官署多狐,宰有女为所惑,聘术士来,符捉入瓶,将炽以火。狐在瓶内大呼曰:"我盗户也!"闻者无不匿笑。

【注释】

①滕、峄之区:指今山东滕州、枣庄峄城一带。在山东的南部。

②受抚:接受招抚。即归顺官府。

③两造具陈:被告和原告双方都进行申诉。两造,诉讼双方当事人。《书·吕刑》:"两造具备,师听五辞。"

④稽籍:查证盗户名籍。

【译文】

顺治年间，滕县、峄县地区，十个人中就有七个人是盗贼，官府不敢拘捕。后来这些盗贼受了招安，县衙门专门称他们为“盗户”。凡盗户与良民发生争执，官府多方袒护这些盗户，这是害怕他们再次叛乱。后来凡是来打官司的就冒充盗户，而仇家则竭力说明对方不是盗户，每当打官司的双方递上状子，是非曲直且放下不说，而要弄清谁是盗户，就要不停地争执，还要让有关部门去核对文书档案。正巧官府中多狐精，县令的女儿被狐精迷惑，请术士来施法术，用符咒捉住了狐精，把它放入瓶内，将要用火烧。狐精在瓶内大声呼叫：“我是盗户！”听到的人无不暗自发笑。

异史氏曰：今有明火劫人者[①]，官不以为盗而以为奸；逾墙行淫者[②]，每不自认奸而自认盗。世局又一变矣。设今日官署有狐，亦必大呼曰“吾盗”无疑也。

【注释】

①明火劫人：谓公开行劫。明火，手执火把。

②逾墙：男女偷情。《孟子·滕文公》：“不待父母之命，媒妁之言，钻穴隙相窥，逾墙相从，则父母国人皆贱之。”

【译文】

异史氏说：如今有明火执仗抢人钱财的，官府不判他是盗贼而判为奸淫；有跳墙奸淫的，自己往往不承认奸淫而自认是盗贼。这是世道的又一变化啊。假若今日官署中有狐狸，也必然大声呼叫“我是盗贼”，这一点儿是无疑的。

章丘漕粮徭役[①]，以及征收火耗[②]，小民常数倍于绅衿[3]，故有田者争求托焉。虽于国课无伤[4]，而实于官橐有损[5]。邑令锺[6]，牒请厘弊[7]，得可。初使自首，既而奸民以此要上[8]，数十年鬻去之产[9]，皆诬托诡挂，以讼售主。令悉左袒之，故良懦多丧其产[10]。有李生为某甲所讼，同赴质审。甲呼之"秀才"，李厉声争辨，不居秀才之名。喧不已。令诘左右，共指为真秀才。令问："何故不承[11]？"李曰："秀才且置高阁[12]，待争地后，再作之未晚也。"噫！以盗之名，则争冒之；秀才之名，则争辞之，变异矣哉！有人投匿名状云[13]："告状人原壤[14]，为抗法吞产事：身以年老不能当差[15]，有负郭田五十亩[16]，于隐公元年，暂挂恶衿颜渊名下[17]。今功令森严[18]，理合自首。讵恶久假不归[19]，霸为己有。身往理说，被伊师率恶党七十二人[20]，毒杖交加，伤残胫肢[21]，又将身锁置陋巷，日给箪食瓢饮，囚饿几死。互乡地证[22]，叩乞革顶严究[23]，俾血产归主[24]，上告。"此可以继柳跖之告夷、齐矣[25]。

【注释】

①章丘：明清时期县名。属济南府，位于山东济南的东部。漕粮：通过水路运送公粮。

②火耗：碎银用火熔铸成锭而受的损耗。元时于征收产金税外，扣除熔铸损耗。明中叶以后，田赋征银，以弥补消耗为名征收火耗。清初征收火耗极重，已成为正税之外的勒索。

③绅衿：乡绅和秀才。泛指地方上有地位权势的人。绅，指退居乡间的官员和中科第的人。衿，青衿，为县学中生员的服饰。因指秀才。

④国课：国税。课，赋税。

⑤官橐(tuó):指居官期间搜刮得来的钱财。橐,盛物的袋子。

⑥邑令锺:姓锺的县令。

⑦牒请厘弊:发文书向上司请求改革弊政。厘,厘革,调整改革。

⑧要上:要挟上面的人,即要挟绅衿。

⑨鬻(yù):卖出。

⑩良懦:善良懦弱之人。

⑪承:承认。

⑫置高阁:谓弃置不用。《晋书·庾翼传》:"京兆杜乂,陈郡殷浩,并才名冠世,而翼弗之重也;每语人曰:'此辈宜束之高阁,俟天下太平,然后议其任耳。'"

⑬匿名状:不署姓名的状子。

⑭原壤:春秋鲁国人。相传因其母死不哭而歌,被孔子杖击其胫,是古代缺乏道德伦理的典型。

⑮身:自身,本人。

⑯负郭田:靠近城而肥沃的田地。《庄子·让王》:"孔子谓颜回曰:'回,来!家贫居卑,胡不仕乎?'颜回对曰:'不愿仕,回有郭外之田五十亩,足以给飦粥。'"

⑰恶衿:坏士人。颜渊:名回,孔子弟子,以安贫乐道著称。孔子在《论语·雍也》称赞他:"一箪食,一瓢饮,在陋巷,人不堪其忧,回也不改其乐。"

⑱功令:法律命令。

⑲讵(jù):岂,怎。假:借。不归:不还。

⑳伊师:他的老师。党:党羽。七十二人:指孔门弟子。《史记·孔子世家》记载:"孔子以诗、书、礼、乐教,弟子盖三千焉,身通六艺者七十有二人。"

㉑胫肢:身体。胫,小腿,从膝盖到脚跟的一段。

㉒互乡:《论语》中地名,难以说清道理的地方。《论语·述而》:"互

乡难与言，童子见，门人惑。”郑曰：“互乡，乡名也。其乡人言语自专，不达时宜，而有童子来见孔子，门人怪孔子见也。”

㉓革顶严究：革去功名，严加查办。顶，顶戴。清朝用以区别官员品级的服饰。

㉔俾：使。血产：辛苦经营所置的地产。

㉕柳跖之告夷、齐：清褚人获《坚瓠集》载，明朝隆庆年间，海瑞为直隶巡抚，欲制裁豪门巨室，不料为奸诈刁顽之人所乘。于是有人投匿名状，对海瑞加以讽谕。告状人以柳跖名义，状告伯夷、叔齐兄弟二人倚仗父势霸占他的地产。意在说明投状人中不乏诬良为盗、颠倒是非之徒，让海瑞提高警觉。此事与原壤告颜渊有相类之处。柳跖，柳下跖，即盗跖，春秋战国时人。《庄子·盗跖》篇说他率“从卒九千人，横行天下，侵暴诸侯”。旧时常喻指大盗。夷、齐，伯夷、叔齐，商末孤竹君之二子。兄弟二人彼此让国，逃往周地，后因未能谏阻周武王伐纣，宁死不食周粟，双双饿死在首阳山上。旧时常以喻指高尚廉洁之士。

【译文】

章丘运送公粮摊派的劳役，以及征收银两的火耗，普通百姓往往比豪绅大户要多好几倍，因此有田产的小民争着托靠在大户名下。这样做虽然对国家的税收没有影响，但对地方官的收入却有损害。县令锺某，向上写了文书，请求革除这个弊病，得到朝廷许可。最初，允许托靠大户的百姓自首，接着，有些奸民以此当做讹诈要挟的手段，数十年内已卖出去的田产，都胡说成挂名托靠，和原来的买主打官司。锺县令袒护这些奸民，因此一些善良懦弱的人大多丧失了田产。有一位李生被某甲告到官府，一同上堂对质。某甲称呼李生为“秀才”，李生厉声争辩，声称自己不是秀才。公堂上喧闹不已。县令问左右的人，大家都说李生是真正的秀才。锺县令问：“为什么不承认自己是秀才？”李生说：“把这秀才的名号且置之高阁，等争地的事弄清以后，再当秀才也不晚。”唉！盗贼之名，大家都争着冒充；秀才之名，都争着推辞，世界变得真怪异啊！有人投了一张匿名状子说：“告状人原壤，因有人违抗法律侵吞田产的事向官府申诉：我因年老不能当差服役，有城边的良田五十亩，于春秋时代鲁隐公元年，暂时挂在可恶的书生颜渊名下。现在国家法令很严，依律应当自首。岂料颜渊这个恶棍，长期霸占我的田产不归还。我前去与他说理，被他的老师率领着七十二个恶徒用棍棒将我毒打，把胳膊腿打残了，又把我锁在陋巷之中，每天只给箪食瓢饮，连关押带挨饿，我几乎丧命。互乡这个地方可以作证，请求革去颜渊的功名严加追究，使我的血汗产业物归原主，以此上告。”这张奇特的状文可称是继承了有人写的盗跖控告伯夷、叔齐的状子了。

某乙

【题解】

本篇的这两个故事看似不相连属，但共同特点就是都具有黑色幽默的味道。一个曾是梁上君子，一个曾是大寇，最终进行了角色转换。梁上君子由于运气好竟然成了富户，“建楼阁、买良田，为子纳粟。邑令扁其门曰‘善士’”。大寇由于被小盗施以炮烙，痛定思痛，竟然“投充马捕”，即以小盗之道还治小盗之身。不过，从另一个角度看，本篇的两则故事也未尝不是揭露了当今光鲜人物的老底——原来发家之前并不光鲜！

邑西某乙，故梁上君子也[①]。其妻深以为惧，屡劝止之，乙遂翻然自改。居二三年，贫窭不能自堪，思欲一作冯妇而后已[②]。乃托贸易，就善卜者问何往之善[③]。术者占曰：“东南吉，利小人，不利君子。”兆隐与心合[④]，窃喜。遂南行，抵苏、松间，日游村郭，凡数月。偶入一寺，见墙隅堆石子二三枚，心知其异，亦以一石投之。径趋龛后卧[⑤]。日既暮，寺中聚语，似有十馀人。忽一人数石，讶其多，因共搜龛后，得乙，问："投石者汝耶？"乙诺。诘里居、姓名，乙诡对之。乃授以兵[⑥]，率与共去。至一巨第，出耎梯[⑦]，争逾垣入。以乙远至，径不熟，俾伏墙外，司传递、守囊橐焉。少顷，掷一裹下，又少顷，缒一箧下[⑧]。乙举箧知有物，乃破箧，以手揣取[⑨]，凡沉重物，悉纳一囊，负之疾走，竟取道归。由此建楼阁、买良田，为子纳粟[⑩]。邑令扁其门曰"善士"。后大案发，群寇悉获，惟乙无名籍，莫可查诘，得免。事寝既久[⑪]，乙醉后时自述之。

【注释】

①梁上君子：窃贼。《后汉书·陈寔传》："时岁荒民俭，有盗夜入其室，止于梁上。寔阴见，乃起自整拂，呼命子孙，正色训之曰：'夫人不可不自勉，不善之人未必本恶，习以性成，遂至于此。梁上君子者是矣！'盗大惊，自投于地。"

②一作冯妇：谓再偷盗一次。冯妇，人名。《孟子·尽心》："晋人有冯妇者，善搏虎，卒为善士。则之野，有众逐虎。虎负嵎，莫之敢撄。望见冯妇，趋而迎之。冯妇攘臂下车。众皆悦之，其为士者笑之。"后因以指代重操旧业者。

③卜：算卦，占卜。

④兆：卦兆，指卜者之言。

⑤龛（kān）：供奉佛像或神位的石室或小阁。

⑥兵：兵器，凶器。

⑦耎（ruǎn）梯：用绳索结成的梯形攀登用具。耎，同"软"。

⑧缒(zhuì):用绳索拴住人或物从上往下放。箧(qiè):箱子一类的容器。

⑨揣(chuǎi):估量。

⑩纳粟:明清时期,可以通过向官方捐纳财货,入国子监肄业,成为监生,可不经过府州县学考试直接参加省和京城的乡试。

⑪寝:平息。

【译文】

城西的某乙,是个小偷。他的妻子很为他担忧害怕,常常劝阻他,某乙于是翻然改过自新。过了二三年,穷得实在受不了,想去再偷一次然后洗手不干。他于是以做生意为名,向善于占卜的人问到什么方向去为好。占卜的人算了一卦说:"往东南方吉利,利于小人,不利于君子。"这卦和他的心思相合,心中暗喜。于是向南行,到达了苏州、吴淞一带,每天在各村游荡,达数月之久。有一天,某乙偶然进入一座寺庙,见墙角堆放着几枚石子,心里知道这其中有奥秘,也往里投了一枚石子。他直趋佛龛后面躺下。天黑以后,有人在寺中相聚说话,好像有十多个人。忽然一个人数了数石子,惊讶地发现多了一个,一起到佛龛后搜查,发现了某乙,众人问:"投石子的是你吗?"某乙承认了。众人又问他的籍贯、姓名,某乙编了个假话回答。众人于是给了他一件武器,带领他一起去。来到一座高门大院前,盗贼们拿出软梯,争先跳墙进入院内。因为某乙是外地人,不熟悉道路,就让他隐蔽在墙外,负责传递和守护物品的事。一小会儿,从墙上扔下一个包裹;又一会儿,缒下一个箱子。某乙举着箱子,知道里面有东西,于是弄破箱子,用手掏取,凡是沉重的东西,都装到一个口袋里,背上赶快走,找到回家的路回了家。从此,某乙建楼阁,买良田,为儿子捐了个监生。县令在他家门口挂上了"善士"的牌匾。后来这个大盗窃案被破获,众盗贼都被抓住了,只有某乙没有真实的籍贯、姓名,无法查找,免于被捕。这件事是事情过去很久以后,某乙醉后自己讲出来的。

曹有大寇某[1]，得重赀归，肆然安寝[2]。有二三小盗，逾垣入，捉之索金，某不与。箠灼并施[3]，罄所有[4]，乃去。某向人曰："吾不知炮烙之苦如此[5]！"遂深恨盗，投充马捕[6]，捕邑寇殆尽。获曩寇，亦以所施者施之。

【注释】

①曹：曹州府，治所在今山东菏泽。

②肆然：放肆，毫无顾忌地。

③箠：鞭打。灼：烧。

④罄（qìng）：净尽。

⑤炮烙：相传为殷纣王所用的一种酷刑。用炭烧热铜柱，令人爬行柱上，然后堕于炭上烧死。此处泛指烧红铁器烙人躯体。

⑥马捕：捕快。旧时州县官署专事捕捉犯人的差役。

【译文】

曹州有个大盗，搞到很多钱回到家中，放心大睡。有几个小偷，跳墙进入他家，抓住大盗，向他索要金钱，大盗不给。小偷们就对他施以鞭打火烧的酷刑，大盗把所有的钱都给了他们，小偷们才走了。大盗说："我不知炮烙的刑罚是这么痛苦！"于是深深地痛恨盗贼，报名去当了缉捕盗贼的马捕，把全县的盗贼差不多都捕获了。后来抓住了那几个进入他家的小偷，也把他们用在自己身上的刑罚施用在他们身上。

霍女

【题解】

本篇讲一个神秘的霍姓女子"于吝者则破之，于邪者则诳之"的故事。

霍姓女子先结识吝啬的朱大兴，挥霍浪费了他的财产后，又找到一个豪纵的何氏，依然“穷极奢欲”。最后却主动去贫穷的黄生家里，“躬操家苦，劬劳过旧室”。在与黄生一起回娘家探亲的路上，她还坑骗了迷恋她美貌的“巨商子”一大笔钱送给黄生。在娘家居住期间又为黄生骗娶了张贡士之女阿美，然后飘然而去。

霍女依仗色情行侠仗义，破吝制邪，行动诡异，虽替天行道，却带有工具和符号的味道。在结构上，本篇虽然有所照应，前半部分也还写得紧凑连贯，但后半部分显得拖沓，评论家冯镇峦在阅读霍女声言去南海后的一大段情节之后，批评说“叙此断。于前后血脉无关”，是很有见地的。

朱大兴，彰德人①。家富有而吝啬已甚，非儿女婚嫁，坐无宾、厨无肉。然佻达喜渔色②，色所在，冗费不惜。每夜，逾垣过村，从荡妇眠。一夜，遇少妇独行，知为亡者③，强胁之④，引与俱归。烛之，美绝。自言霍氏。细致研诘⑤，女不悦曰：“既加收齿⑥，何必复盘察？如恐相累，不如早去。”朱不敢问，留与寝处。顾女不能安粗粝⑦，又厌见肉臛⑧，必燕窝或鸡心、鱼肚白作羹汤⑨，始能餍饱。朱无奈，竭力奉之。又善病，日须参汤一碗。朱初不肯。女呻吟垂绝⑩，不得已，投之，病若失。遂以为常。女衣必锦绣，数日，即厌其故。如是月馀，计费不赀，朱渐不供。女啜泣不食，求去。朱惧，又委曲承顺之。每苦闷，辄令十数日一招优伶为戏⑪，戏时，朱设凳帘外，抱儿坐观之。女亦无喜容，数相诮骂⑫，朱亦不甚分解⑬。居二年，家渐落。向女婉言，求少减，女许之，用度皆损其半。久之，仍不给，女亦以肉糜相安⑭，又渐而不珍亦御矣[15]。朱窃喜。忽一夜，启后扉亡去。朱怊怅若失[16]，遍访之，乃知在邻村何氏家。

【注释】

①彰德：旧府名。府治在今河南安阳。

②佻达：轻薄，不庄重。渔色：追求女色。

③亡：逃亡，离家出走。

④胁：胁迫，逼迫。

⑤研诘：盘问。

⑥收齿：录用，接纳。《北史·李谔传》："学必典谟，交不苟合，则摈落私门，不加收齿。"

⑦安：安于，甘心。粗粝：糙米。指粗食。

⑧肉臛(huò)：肉羹。

⑨鸡心：疑指鸡心螺，一种海味。鱼肚(dǔ)白：以鱼鳔等物制成的白色明胶，供食用的称鱼肚，为名贵海味。

⑩垂绝：将死。

⑪优伶：旧时称演员为优伶。

⑫数(shuò)：多次，频繁。诮骂：责骂。

⑬分解：辩驳，分辩。

⑭肉糜：煮烂的肉糊。

⑮御：用。

⑯怊(chāo)怅：惆怅。

【译文】

朱大兴是彰德人。家境富有但非常吝啬，不是遇到儿女结婚出嫁的事，家中没有客人，饭桌上没有肉。但是他为人轻佻好色，为了女人，花多少钱都在所不惜。每天夜晚，他都翻墙头过村寨，和一些荡妇睡觉。一天夜里，他遇到一位独行的少妇，知道这少妇是逃跑出来的，就强迫她跟自己走，领着一起回了家。到家用灯光一照，这少妇非常美丽。少妇自己说姓霍。朱大兴又仔细盘问，霍女不高兴地说："既然已经收留了我，何必还要一再盘查呢？如果怕连累了你，不如让我早点儿离开。"朱大兴不敢再问，留她和自己一起住。霍女不愿吃粗茶淡饭，又讨厌肉食，吃的必须是燕窝，或者用鸡心螺、鱼肚做成羹汤，才能吃饱。朱大兴无可奈何，只好竭力供给。霍女又爱生病，每日须喝一碗人参汤。朱大兴最初不肯给。霍女不停地呻吟，眼看要死了，不得已，给她喝了人参汤，病立刻就好。以后喝参汤就成了常例。霍女穿衣必须得绸缎锦绣，穿几天就嫌衣服旧了，要换新的。这样过了一个多月，花费了很多钱财，朱大兴渐渐难以供给。霍女哭着不吃饭，要求离开。朱大兴害怕了，又想方设法供她吃用。霍女每当苦闷时，就让朱大兴隔十几天招来戏子演戏，演戏时，朱大兴放个凳子在帘外，抱着儿子坐着观看。霍女也没一点儿笑容，多次谩骂朱大兴，朱大兴也不分辩。这样过了两年，朱大兴家渐渐败落。他向霍女婉言说明，请求减少一点儿花销，霍女允许了，用费减少了一半。时间长了，仍然负担不起，霍女吃点儿肉粥也行了，又渐渐地没有珍馐美味也吃了。朱大兴心中暗暗高兴。忽然有一夜，霍女打开后门逃走了。朱大兴怅然若失，到处寻访，才知道她跑到邻村何家去了。

何大姓，世胄也[①]，豪纵好客，灯火达旦。忽有丽人，半夜入闺闼。诘之，则朱家之逃妾也。朱为人，何素藐之[②]，又悦女美，竟纳焉。绸缪数日，益惑之，穷极奢欲，供奉一如朱。朱得耗，坐索之，何殊不为意。朱质于官。官以其姓名来历不明，置不理。朱货产行赇[③]，乃准拘质。女谓何曰："妾在朱家，原非采礼媒定者，胡畏之？"何喜，将与质成[④]。座客顾生谏曰："收纳逋逃[⑤]，已干国纪[⑥]，况此女入门，日费无度⑦，即千金之家，何能久也？”何大悟，罢讼，以女归朱。

【注释】

①世胄：世家子弟，贵族后裔。晋左思《咏史》：“世胄蹑高位，英俊沉下僚。”

②藐：藐视，看不起。

③货产行赇（qiú）：变卖田产，贿赂官府。

④质成：谓请人判断是非而求得公正解决。《诗·大雅·绵》：“虞芮质厥成，文王蹶厥生。”毛传：“质，成也。成，平也。蹶，动也。虞芮之君，相与争田，久而不平，乃相谓曰：‘西伯，仁人也，盍往质焉？’乃相与朝周。”

⑤逋逃：逃亡的人。

⑥干：犯。国纪：国法。

⑦无度：没有节制。

【译文】

何家也是大姓，世代为官，性情豪放好客，经常通宵达旦地宴饮玩乐。一天，忽然有一位美女，半夜来到何家的卧室。一问，原来是朱家的逃妾。对朱大兴的为人，何氏向来看不起，又看上了这个美女，就把霍女留下了。两人亲热了几天，何氏更加迷恋霍女，竭尽家中的一切让霍女享用，供给和朱家一样。朱大兴得到消息后，去向何家要人，何家根本不理。朱大兴向官府告状。官府因霍女的姓名来历不明，也搁置不问。朱大兴卖了家产行贿，才允许拘传被告到大堂对质。霍女对何氏说：“我在朱家，原本不是明媒正娶的，有什么可害怕的？”何氏大喜，准备打赢这场官司。何家的一位客人顾生劝告说：“你收纳了逃跑的人，已经犯了国法，何况此女进门以后，每天耗费无度，即使有万贯家财，能长久支持吗？”何氏醒悟了，不打官司，把霍女送还了朱家。

过一二日，女又逃。有黄生者，故贫士，无偶。女叩扉入，自言所来。黄见艳丽忽投，惊惧不知所为。黄素怀刑[①]，固却之，女不去。应对间，娇婉无那[②]。黄心动，留之，而虑其不能安贫。女早起，躬操家苦[③]，劬劳过旧室[④]。黄为人蕴藉潇洒，工于内媚，因恨相得之晚。止恐风声漏泄，为欢不久。而朱自讼后，家益贫，又度女终不能安，遂置不究。

【注释】

①怀刑：守法。《论语·里仁》："君子怀刑。"朱熹注："怀，思念也。怀刑，谓畏法。"

②无那：无限，非常。

③躬操家苦：亲自操作家中劳苦之事。

④劬（qú）劳：劳苦，劳累。旧室：旧妻，老妻。

【译文】

过了一二天，霍女又逃走了。有一位黄生，是个贫穷书生，没有妻子。霍女敲门进了他家，并说明从何处来的。黄生见一个美人忽然来投奔他，又惊又怕，不知如何是好。黄生向来遵纪守法，因而拒不收留，霍女不走。在和黄生说话时，显得十分娇媚动人。黄生动了心，把她留下了，但恐怕她不能安于贫穷的生活。霍女每天早早起来，亲自操持家务，比黄生的前妻还要勤劳。黄生为人风流潇洒，很会疼爱妻子，因而二人相见恨晚。他们只怕走漏了风声，欢爱不能长久。而朱大兴自从告状以后，家境更加贫困，又考虑霍女不能安于贫困的生活，也就不再寻找了。

女从黄数岁，亲爱甚笃[①]。一日，忽欲归宁，要黄御送之[②]。黄曰："向言无家，何前后之舛[③]？"曰："曩漫言之[④]。

妾镇江人[5]，昔从荡子，流落江湖，遂至于此。妾家颇裕，君竭赀而往，必无相亏。”黄从其言，赁舆同去。至扬州境[6]，泊舟江际。女适凭窗，有巨商子过，惊其艳，反舟缀之[7]，而黄不知也。女忽曰：“君家綦贫[8]，今有一疗贫之法，不知能从否？”黄诘之，女曰：“妾相从数年，未能为君育男女，亦一不了事[9]。妾虽陋，幸未老耄，有能以千金相赠者，便鬻妾去，此中妻室、田庐皆备焉。此计如何？”黄失色，不知何故。女笑曰：“君勿急，天下固多佳人，谁肯以千金买妾者。其戏言于外，以觇其有无[10]。卖不卖，固自在君耳。”黄不肯。女自与榜人妇言之[11]，妇目黄，黄漫应焉。妇去无几，返言：“邻舟有商人子，愿出八百。”黄故摇首以难之。未几，复来，便言如命，即请过船交兑。黄微哂。女曰：“教渠姑待，我嘱黄郎，即令去。”女谓黄曰：“妾日以千金之躯事君，今始知耶？”黄问：“以何词遣之[12]？”女曰：“请即往署券[13]，去不去固自在我耳。”黄不可。女逼促之，黄不得已，诣焉。立刻兑付。黄令封志之[14]，曰：“遂以贫故，竟果如此，遽相割舍。倘室人必不肯从，仍以原金璧赵[15]。”方运金至舟，女已从榜人妇从船尾登商舟，遥顾作别，并无凄恋。黄惊魂离舍，嗌不能言[16]。俄商舟解缆，去如箭激。黄大号，欲追傍之。榜人不从，开舟南渡矣。瞬息达镇江，运赀上岸，榜人急解舟去。黄守装闷坐，无所适归，望江水之滔滔，如万镝之丛体[17]。方掩泣间，忽闻娇声呼“黄郎”。愕然四顾，则女已在前途。喜极，负装从之，问：“卿何遽得来？”女笑曰：“再迟数刻，则君有疑心矣。”黄乃疑其非常，固诘其情。女笑曰：“妾生平于吝者则破之，于邪者则诳之也。若实与君谋，君必不肯，何处可致千金者？错囊充牣[18]，而合浦珠还[19]，君幸足矣，穷问何为？”乃雇役荷囊，相将俱去。

【注释】

①笃：忠实，一心一意。

②御：驾御车马。

③舛(chuǎn)：乖违，矛盾。

④漫言之：随便说的。

⑤镇江：府名。位于江苏西南部，治所在丹徒。即今江苏镇江。

⑥扬州：即今江苏扬州，在长江北岸，与镇江隔江相望。

⑦缀：尾随。

⑧綦(qí)：很，非常。

⑨不了事：没有结果的事情。

⑩觇(chān)：探测，偷偷看。

⑪榜(bàng)人：船老大，船夫。

⑫遣：推托。

⑬署券：立约，签约。

⑭封志：封存加上印记。

⑮璧赵：即完璧归赵。谓将兑付的钱归还原主。

⑯嗌(ài)：气结喉塞。

⑰万镝(dí)：万箭。镝，箭镞。丛体：聚射于身。丛，聚集。

⑱错囊充牣(rèn)：钱袋充盈。错囊，彩绣之囊。牣，满。

⑲合浦珠还：比喻霍女去而复回。《后汉书·孟尝传》载，合浦郡沿海产珠，前任太守采求无度，珠宝渐徙别地。孟尝任太守后，革除前弊，去珠复还。后以“合浦珠还”比喻失物复得。

【译文】

霍女和黄生过了好几年,二人感情很是亲密深厚。有一天,霍女忽然提出要回娘家,让黄生驾车送她。黄生说:“你一直说没有家,为何前后说的不一样啊?”霍女说:“从前是随便说的。我是镇江人,从前嫁了个荡子,流落到江湖上,就到了这里。我娘家很富裕,你花尽家产送我去,必然不会亏待你。”黄生听从了她的话,雇了车和她一起回去。到了扬州地界,把船停在江边。霍女正在窗口眺望,有个大商人的儿子从此经过,对霍女的美丽惊叹不已,把船又划回来,尾随着霍女的船,而黄生对此一无所知。霍女忽然对黄生说:“你家境实在太贫寒了,现在我有一个救治的办法,不知你是否能听从?”黄生问什么办法,霍女说:“我跟随你多年,不能为你生儿育女,这也是一件没有结果的事。我虽丑陋,幸而还不太老,如果有人肯出一千两银子,你就把我卖掉,这样,妻室、田产就都会有了。这个办法如何?”黄生听了大惊失色,不知她为何说出这些话。霍女笑着说:“你不要着急,天下美丽的女子多的是,谁肯出千金来买我啊。我只是对外说说笑话,看看有没有人买我。卖不卖自由你做主。”黄生不肯这么做。霍女就把这些话说给船夫的妻子听,船夫妻子看了看黄生,黄生随便答应了。船夫妻子出去了一会儿,回来说:“邻舟有个商人的儿子,愿意出八百两。”黄生故意摇头来为难他。不久,船夫妻子又来了,说对方同意按他的要求出一千两,请立即到对方船上取钱交人。黄生微微一笑。霍女对船夫妻子说:“叫他等一会儿,我嘱咐一下黄郎,就让他去。”霍女对黄生说:“我每日以千金之躯侍奉你,现在你知道了吧?”黄生问:“用什么话来打发他呢?”霍女说:“请你这就去签署文书,去不去在我自己了。”黄生不去。霍女逼迫催促他快去,黄生不得已,就过船去见富商的儿子。富商的儿子立刻将银子点好交付。黄生让人将银子包好封上,作好记号,对商人的儿子说:“因为我太贫穷,所以才到了这一步,遽然割舍了夫妻情义。如果我妻子坚决不愿跟你去,银子仍如数奉还。”黄生刚把银子运回自己船上,霍女已跟着船夫妻子从船尾登上了商人儿子的船，远远看着黄生并向他告别，并没有留恋难舍的意思。黄生惊慌得魂飞天外，呜咽着说不出话来。不久，商人的船解开了缆绳，船像箭一般飞驶而去。黄生放声大哭，想追上商人的船。船夫不同意，开船向南行驶。瞬息之间到达了镇江，把行李运上岸，船夫就把船划走了。黄生守着行李闷坐，不知该到哪儿去，望着滔滔的江水，如同万箭穿心般痛苦。黄生正掩面哭泣，忽听有人娇声呼唤"黄郎"。黄生惊愕地四下张望，见霍女已经在前面的路上了。黄生高兴极了，背着行李就追上了她，问："你怎么来得这么快呀？"霍女笑着说："再迟一会儿，你就会起疑心了。"黄生怀疑霍女不是普通的人，一再问她的底细。霍女笑着说："我平生对吝啬的人就叫他破家，对有邪念的人就想法骗他。如果把真实打算告诉你，你必然不肯这么做，从哪儿能得到一千两银子啊？如今钱袋装得满满的，失去的人也回来了，你应该感到满足了，还穷问个什么？"于是雇人背上行李，一起向霍家走去。

至水门内，一宅南向，径入。俄而翁媪男妇，纷出相迎，皆曰："黄郎来也！"黄入参公姥[①]。有两少年，揖坐与语，是女兄弟，大郎、三郎也。筵间味无多品，玉柈四枚[②]，方几已满。鸡蟹鹅鱼，皆脔切为个[③]。少年以巨碗行酒，谈吐豪放。已而导入别院，俾夫妇同处。衾枕滑耎，而床则以熟革代棕藤焉。日有婢媪馈致三餐，女或时竟日不出。黄独居闷苦，屡言归，女固止之。一日，谓黄曰："今为君谋，请买一人，为子嗣计。然买婢媵则价奢[④]，当伪为妾也兄者，使父与论昏，良家子不难致。"黄不可，女弗听。有张贡士之女新寡，议聘金百缗[⑤]，女强为娶之。新妇小名阿美，颇婉妙。女嫂呼之，黄瑟踧不自安[⑥]，而女殊坦坦[⑦]。他日，谓黄曰："妾将与大姊至南海一省阿姨[8],月馀可返,请夫妇安居。”遂去。

【注释】

①公姥(mǔ):翁媪。指霍女父母。

②柈(pán):盘子。

③脔(luán)切:脔割,分切。

④媵:妾。

⑤缗(mín):穿铜钱之绳。又,铜钱千文串成一串为一缗。

⑥瑟蹴(cù):局促,惊异。

⑦坦坦:坦然,平静。

⑧南海:在《聊斋志异》中,南海地名多处出现,如《鲁公女》、《乐仲》等,其地当皆如吕湛恩所言“观音大士示现在浙江定海县东落伽山”。

【译文】

到了水门内,有一座向南的宅子,霍女就带着黄生径直进去了。一会儿,男女老少纷纷出来迎接,都说:“黄郎来了。”黄生进去拜见了岳父岳母。有两位少年,向黄生作揖问候,坐下交谈,这是霍女的兄弟,大郎和三郎。在欢迎他们的宴席上没有太多的菜肴,只摆了四个大玉盘,方桌就满了。鸡蟹鹅鱼,都是切开又拼为整个的。大郎、三郎用大碗喝酒,谈吐豪放。饭后领他们进入另一个院落,让他们夫妇二人住在一起。卧床的被子枕头柔软光滑,床则是用皮革代替棕藤条制成的。每天有丫环仆妇送来三餐,霍女有时整天不出房门。黄生住在单独的小院中有些苦闷,多次说想回家,霍女总是劝他别走。有一天,霍女对黄生说:“现在替你着想,想给你买一个女人,好有个儿子传宗接代。可是买个婢妾价钱太高,你假装是我的哥哥,让我父亲出面为你提亲,找个好人家的女儿是不难的。”黄生不同意这样做,霍女不听从。有位张贡士,他的女儿刚刚死了丈夫,商量好出一百两聘银,霍女强迫黄生娶了她。新媳妇小名叫阿美，长得不错。霍女喊她为嫂嫂，黄生局促不安，但霍女却很坦然。有一天，霍女对黄生说："我将和大姐一起到南海去看望姨妈，一个多月可以返回，请你们夫妇安心在这里住着吧。"说完就走了。

夫妻独居一院，按时给饮食，亦甚隆备[①]。然自入门后，曾无一人复至其室。每晨，阿美入觐媪[②]，一两言辄退，娣姒在旁[③]，惟相视一笑。既流连久坐，亦不款曲[④]。黄见翁，亦如之。偶值诸郎聚语，黄至，既都寂然。黄疑闷莫可告语。阿美觉之，诘曰："君既与诸郎伯仲[⑤]，何以月来都如生客？"黄仓猝不能对，吃吃而言曰[⑥]："我十年于外，今始归耳。"美又细审翁姑阀阅[⑦]，及妯娌里居，黄大窘，不能复隐，底里尽露。女泣曰："妾家虽贫，无作贱媵者，无怪诸宛若鄙不齿数矣[⑧]！"黄惶怖莫知筹计，惟长跪一听女命。美收涕挽之，转请所处，黄曰："仆何敢他谋，计惟孑身自去耳[⑨]。"女曰："既嫁复归，于情何忍？渠虽先从，私也；妾虽后至，公也。不如姑俟其归[⑩]，问彼既出此谋，将何以置妾也？"

【注释】

①隆备：丰盛齐全。

②觐：朝见君主或拜谒圣地。

③娣姒(sì)：妯娌。《尔雅·释亲》："长妇谓稚妇为娣妇，娣妇谓长妇为姒妇。"

④款曲：殷勤应酬。

⑤伯仲：兄弟的次第。指兄弟。

⑥吃吃:语言蹇涩结巴,形容有话说不出口。

⑦阀阅:世家门第。原指世宦门前旌表功绩的柱子,在门左曰阀,在右曰阅。

⑧宛(yuān)若:女子名。后世用为妯娌的代称。《史记·孝武本纪》:"神君者,长陵女子,以子死悲哀,故见神于先后宛若。"《集解》注引孟康曰:"兄弟妻相谓'先后'。宛若,字也。"

⑨孑身:孤身。

⑩俟:等。

【译文】

黄生和阿美单独住在一个小院内,女仆们按时送来饮食,也很丰盛。但自从阿美进门后,没有看见一个人到他们屋里来。每天早晨,阿美去问候婆婆,说一两句话就退了出来,妯娌们在旁边,见面时只是笑笑而已。即使阿美在那边待的时间长一些,也不怎么有亲热的表示。黄生见岳父时,也是这种情况。偶尔遇到霍女的兄弟正在一起谈话,黄生一去,就都不说话了。黄生很纳闷,但不知该向谁诉说。阿美发觉后,问道:"你既然和他们是弟兄,为什么这一个多月都像生客一样?"黄生仓促间无以对答,只好结结巴巴地说:"我在外边住了十年,如今刚刚归来。"阿美又细问公公婆婆的家世,以及妯娌的家乡等情况,黄生答不出来,十分窘迫,看来不能再隐瞒下去,就把实情都告诉了阿美。阿美哭泣着说:"我家虽然贫穷,但从没有给人做贱妾的,难怪妯娌们这样看不起我啊!"黄生恐惧不安,不知怎么办才好,只好跪在地上听凭阿美发落。阿美止住哭泣把黄生拉起来,问他有什么别的打算,黄生说:"我还敢有什么打算,只有一个办法,你一个人回到娘家去吧。"阿美说:"既然已经嫁给了你,再离开你,于情何忍?她虽然先跟了你,是私奔;我虽然是后来的,却是明媒正娶。不如暂且等她回来,问她既然出了这个主意,打算怎么安排我啊?"

居数月，女竟不返。一夜，闻客舍喧饮。黄潜往窥之，见二客戎装上坐，一人裹豹皮巾，凛若天神，东首一人，以虎头革作兜牟[①]，虎口衔额，鼻耳悉具焉。惊异而返，以告阿美，竟莫测霍父子何人。夫妻疑惧，谋欲僦寓他所，又恐生其猜度[②]。黄曰："实告卿，即南海人还，折证已定[③]，仆亦不能家此也。今欲携卿去，又恐尊大人别有异言。不如姑别，二年中当复至。卿能待，待之，如欲他适，亦自任也。"阿美欲告父母而从之，黄不可。阿美流涕，要以信誓，乃别而归。黄入辞翁姑，时诸郎皆他出，翁挽留以待其归，黄不听而行。登舟凄然，形神丧失[④]。至瓜州[⑤]，忽回首见片帆来，驶如飞，渐近，则船头按剑而坐者，霍大郎也。遥谓曰："君欲遄返[⑥]，胡再不谋？遗夫人去，二三年，谁能相待也？"言次，舟已逼近，阿美自舟中出，大郎挽登黄舟，跳身径去。先是，阿美既归，方向父母泣诉，忽大郎将舆登门[⑦]，按剑相胁，逼女风走[⑧]。一家慴息[⑨]，莫敢遮问[⑩]。女述其状，黄不解何意，而得美良喜，开舟遂发。

【注释】

①兜(dōu)牟：头盔。

②猜度(duó)：猜疑。

③折证：对证，辩白。

④形神丧失：失魂落魄，形体和精神都失去凭藉。

⑤瓜州：镇名。在镇江对岸，江苏江北运河入长江处。

⑥遄(chuán)返：急归。遄，快，迅速。

⑦将舆：带着轿子。舆，肩舆。

⑧风走：如风似地疾驱，快走。《书·费誓》：“马牛其风。”疏：“因牝牡相逐而遂至放佚远去也。”

⑨慴（shè）息：怕得屏住呼吸。

⑩遮问：阻挡问询。

【译文】

又过了好几个月，霍女仍然没有回来。一天夜里，听到客房中有客人饮酒说笑声。黄生偷偷去看，见两位穿着戎装的人坐在上座，一人裹着豹子皮，威风凛凛，像一位天神，东边的一位，用虎头毛皮做头盔，额头衔在虎口中，虎的鼻子耳朵都有。黄生看完吃惊地回了屋，把这些告诉了阿美，竟猜不透霍氏父子到底是什么人。夫妻二人既怀疑又害怕，商量租个房子搬到别处去住，但又怕霍家人生疑心。黄生对阿美说：“实话告诉你吧，即使去南海的人回来，这些事实已定，我也不能在此安家了。现在想带你一起走，又恐怕令尊大人有不同意见。不如暂时分别，两年内我会再来。你能等我就等着，如果想另嫁他人，也由你决定。”阿美想告诉父母和黄生一起走，黄生不同意。阿美泪流满面，要黄生立下誓言，就告别黄生回娘家去了。黄生进去向霍女父母辞行，这时霍家兄弟都出门去了，霍父挽留黄生等他们回来再走，黄生不听，立即上路。黄生上船以后，心情很悲伤，失魂落魄似的。到了瓜洲，回头忽然看见一只帆船飞快驶来，船渐渐近了，船头按剑坐着的竟是霍大郎。大郎远远地对黄生说：“你想赶快回家，为什么不和我们商量商量？你把夫人留在这里，让等二三年，谁能等待啊？”说着，船已靠近，阿美从船中出来，大郎搀扶她上了黄家的船，然后跳回到自己的船上就返回去了。原来，阿美回到娘家，正在向父母哭诉，忽然霍大郎带着车马来到家里，用剑逼着阿美上车，风风火火地赶着车走了。阿美一家吓得不敢喘气，没有人敢问敢拦。阿美说完这些情况，黄生也不知是怎么回事，但得到阿美非常高兴，就开船回家了。

至家，出赀营业，颇称富有。阿美常悬念父母，欲黄一往探之，又恐以霍女来，嫡庶复有参差①。居无何，张翁访至，见屋宇修整，心颇慰，谓女曰：“汝出门后，遂诣霍家探问，见门户已扃，第主亦不之知，半年竟无消息。汝母日夜零涕，谓被奸人赚去，不知流离何所。今幸无恙耶？”黄实告以情，因相猜为神。后阿美生子，取名仙赐。至十馀岁，母遣诣镇江，至扬州界，休于旅舍，从者皆出。有女子来，挽儿入他室，下帘，抱诸膝上，笑问何名，儿告之。问：“取名何义？”答云：“不知。”女曰：“归问汝父当自知。”乃为挽髻，自摘髻上花代簪之，出金钏束腕上，又以黄金内袖②，曰：“将去买书读。”儿问其谁，曰：“儿不知更有一母耶？归告汝父，朱大兴死无棺木，当助之，勿忘也。”老仆归舍，失少主，寻至他室，闻与人语，窥之，则故主母。帘外微嗽，将有咨白③，女推儿榻上，恍惚已杳。问之舍主，并无知者。数日，自镇江归，语黄，又出所赠，黄感叹不已。及询朱，则死裁三日，露尸未葬，厚恤之。

【注释】

①嫡庶复有参差：指妻妾的名分再出现争执。参差，不齐，矛盾。

②内：“纳”的古字，放进。

③咨白：禀白。

【译文】

到家以后，黄生拿出银子经商，生活颇为富足。阿美常常挂念父母，想让黄生去看看他们，但又怕霍女跟来，产生妻妾名分上的纠纷。过了不久，阿美的父亲张翁找来了，见黄生家房舍整齐洁净，颇为欣慰，对阿美说:"你出门后,我就去霍家探问,见门已锁上,房主也不知到哪儿去了,半年竟没有一点儿消息。你母亲日夜哭泣,说你被坏人骗走了,不知流落到何处。现在幸亏一切都好吧?"黄生把实情告诉了张翁,大家都猜测霍家是神人。后来阿美生了一个儿子,取名仙赐。仙赐长到十几岁,阿美让他到镇江去,来到扬州地界,住在旅馆中,跟随他的人都外出了。这时有个女子进来,拉着他的手进了另一间屋子,放下门帘,把他抱在膝上,笑着问他叫什么名字,仙赐告诉了她。女子说:"取这个名是什么意思?"仙赐说:"不知道。"女子说:"回去后问问你的父亲自然会知道。"还给仙赐梳理好发髻,从自己头上摘下花给仙赐戴上,拿出金手镯戴在仙赐手腕上,又把黄金放在仙赐袖筒里,说:"拿去买书读。"仙赐问她是谁,女子说:"你不知道还有一位母亲吗?回去告诉你父亲,朱大兴死了没有棺木,应帮助他,千万别忘了。"老仆人回到旅店,见小主人不在,就到别的房间去找,听到他和别人的说话声,偷偷一看,原来是主人以前的妻子。仆人在帘外轻轻咳嗽了一声,想进去说几句话,这时霍女把仙赐推到床上,恍惚之间就不见了。问旅店主人,他们什么也不知道。过了几天,仙赐从镇江归来,把这事告诉了黄生,并拿出霍女所赠的东西,黄生感叹不已。黄生去打听朱大兴的消息,朱大兴死了刚三天,尸体暴露还没有下葬,黄生厚葬了他。

异史氏曰:女其仙耶?三易其主不为贞①,然为吝者破其悭②,为淫者速其荡③,女非无心者也。然破之则不必其怜之矣,贪淫鄙吝之骨,沟壑何惜焉?

【注释】

①贞:贞节。旧时指妇女从一而终,不嫁二夫。

②悭(qiān):吝啬,小气。

③速:促使。荡:放浪。

【译文】

异史氏说:这个女子难道是个仙人吗?换了三个男人,不能算是贞洁,然而对那些吝啬鬼让他破财,对那些好色者让他荡产,这女子不是个没有心计的人。但是既然让他们破财荡产就不必再怜惜他们了,那些贪淫吝啬鬼的尸骨,扔到沟壑中又有什么可惜的呢?

司文郎

【题解】

本篇大概是《聊斋志异》中对科举不公正现象讽刺性最强的作品,揭露了明清时代八股取士制度的荒谬。瞎眼和尚嗅文评骘的情节,设想奇特,浪漫夸张,以幽默的方式发泄了作者长期没有考取功名的愤懑。登州宋姓少年劝慰王平子说:"凡吾辈读书人,不当尤人,但当克己。不尤人则德益弘,能克己则学益进。当前踧落,固是数之不偶,平心而论,文亦未便登峰,其由此砥砺,天下自有不盲之人。"后来登州宋姓少年被阴间任命为梓潼府司文郎,代替了使文运颠倒的署篆聋僮,又反映了作者在屡经挫折之后,对于科举考试仍然充满孜孜不倦的希望和追求。

小说对三个少年读书人虽然着墨不多,但塑造得栩栩如生,性格各异。其中南北文人通与不通的争论,真实地反映了明清时代读书人之间的成见,而蔗糖做水饺的情节贯穿全篇,生动,有趣,前后呼应,使小说萦绕着灵动之气。

平阳王平子①,赴试北闱②,赁居报国寺③。寺中有馀杭生先在④,王以比屋居⑤,投刺焉,生不之答⑥。朝夕遇之,多无状⑦。王怒其狂悖⑧,交往遂绝。一日,有少年游寺中,白服裙帽，望之傀然[9]。近与接谈，言语谐妙，心爱敬之。展问邦族[10]，云："登州宋姓[11]。"因命苍头设座，相对噱谈[12]。馀杭生适过，共起逊坐[13]。生居然上座，更不㧑挹[14]。卒然问宋[15]："尔亦入闱者耶？"答曰："非也。驽骀之才[16]，无志腾骧久矣[17]。"又问："何省？"宋告之。生曰："竟不进取，足知高明。山左、右并无一字通者[18]。"宋曰："北人固少通者，而不通者未必是小生；南人固多通者，然通者亦未必是足下[19]。"言已鼓掌，王和之[20]，因而哄堂。生惭忿，轩眉攘腕而大言曰[21]："敢当前命题，一校文艺乎[22]？"宋他顾而哂曰："有何不敢！"便趋寓所，出经授王[23]。王随手一翻，指曰："'阙党童子将命[24]。'"生起，求笔札。宋曳之曰："口占可也[25]。我破已成[26]：'于宾客往来之地，而见一无所知之人焉。'"王捧腹大笑。生怒曰："全不能文，徒事嫚骂，何以为人！"王力为排难[27]，请另命佳题。又翻曰："'殷有三仁焉[28]。'"宋立应曰："三子者不同道[29]，其趋一也[30]。夫一者何也？曰：仁也。君子亦仁而已矣，何必同？"生遂不作，起曰："其为人也小有才。"遂去。

【注释】

①平阳：明代府名。清因之，治所在今山西临汾。

②北闱：在京城举行的乡试。

③报国寺：位于北京。始建于辽代，明成化年间重修。

④馀杭：旧县名。地处浙江北部，明清时属杭州府，现为杭州馀杭。

⑤比屋居：邻屋而居。比，比邻，并列。

⑥答：指回访，回拜。

⑦无状：无礼，行为不检点。

⑧狂悖(bèi)：狂妄傲慢。

⑨傀(guī)然：高大的样子。

⑩邦族：阀阅，出身。

⑪登州：明代府名。治所在今山东蓬莱。

⑫噱(jué)谈：谈笑。噱，大笑。

⑬逊坐：让坐。

⑭抝挹：谦让。

⑮卒(cù)然：突然，冒然。

⑯驽骀(tái)：劣马。比喻才能平庸。

⑰腾骧(xiāng)：高昂超卓。比喻凌云之志。

⑱山左、右：指山东和山西，并代指北方。山，指太行山。山东在太行山的左边，故称山左。山西在太行山之右，故称山右。无一字通者：没有通晓文墨的人。通，通达，明白。

⑲足下：旧时同辈间相称的敬辞。

⑳和(hè)：相合，附和。

㉑轩眉攘腕：扬眉捋袖，激怒的样子。轩，高扬。攘腕，捋袖伸腕。攘，捋。

㉒校：抗衡，较量。文艺：指八股文。八股文也称"时文"、"制艺"。

㉓经：指四书、五经等儒家经书。明清时代八股文题目必须从经书中选取。

㉔阙党童子将命：出自《论语·宪问》："阙党童子将命。或问之曰：'益者与？'子曰：'吾见其居于位也，见其与先生并行也。非求益者也，欲速成者也。'"阙党，即阙里，孔子居处。将命，奉命奔走。孔子说这个童子不是求上进而是一个想走捷径的人，宋生借题发挥，以之奚落馀杭生。

㉕口占：不打草稿，口头叙说出来。

㉖破:破题。八股文规定,开头要用两句话说破题目要义,称破题。“于宾客往来之地,而见一无所知之人焉”二句即是破题,既解释“阙党童子将命”的题义,同时也语义双关地嘲骂了馀杭生。

㉗排难:调解纠纷。

㉘殷有三仁焉:出自《论语·微子》:“微子去之,箕子为之奴,比干谏而死。孔子曰:‘殷有三仁焉。’”

㉙不同道:指微子、箕子、比干这三个人在对待纣王暴政的处理方式上不同。

㉚其趋一也:其目的和价值取向是一致的。

【译文】

平阳人王平子,到京城参加乡试,租住在报国寺内。寺中已经住着一位馀杭来的书生,王生因与这位馀杭生是邻居,就递了张名片去拜访,馀杭生也不回访。早晚相遇时,也很不礼貌。王生对他的狂悖无礼十分生气,就不再与他来往。有一天,有位青年到寺中游览,身着白衣白帽,看去身材高大,器宇轩昂。走近和他交谈,言语诙谐巧妙,王生内心很敬重他。问他姓氏家乡,他说:“家在登州,姓宋。”王生让仆人设座,二人相对谈笑。这时馀杭生正巧走过来,王、宋二人起身让座。馀杭生竟然坐在上位,没有一点儿谦让的表示。馀杭生突然问宋生:“你也是来应考的吗?”宋生回答说:“不是。我这种平庸之人,早就不思飞黄腾达了。”馀杭生又问:“你是哪省的?”宋生告诉了他。馀杭生说:“你不打算进取,足见你还是很高明的。北方没有通晓文墨的人。”宋生说:“北方人通的固然不多,但不通的人未必是我;南方人通的固然不少,但通的也未必是您。”说完就鼓掌,王生也一起鼓起掌来,因此二人哄堂大笑。馀杭生又羞又恼,横眉怒目,伸胳膊挽袖子,大声说道:“你敢和我当面命题,比比谁的文章写得好吗?”宋生眼望别处,笑一笑说:“有何不敢!”说完就跑回住所取来四书五经交给王生。王生随手一翻,指着一句说:“就这句‘阙党童子将命’。”馀杭生站起来,要找纸笔。宋生拉住他说："咱们就口述罢了。我文章的破题已想好了：'于宾客往来之地，而见一无所知之人焉(在宾客往来的地方，看到一个一无所知的人)。'"王生听了捧腹大笑。馀杭生大怒说："你根本不会作文，只是谩骂，算个什么人！"王生竭力为他们调解，说再选一个好题。又翻了一页书，说："'殷有三仁焉。'"宋生立刻应声朗诵自己的文章："三子者不同道，其趋一也。夫一者何也？曰：仁也。君子亦仁而已矣，何必同(三位贤人走的道路不同，目标却是一样的。什么目标呢？就是仁。君子达到仁就行了，何必要走相同的道路)？"馀杭生听了宋生的文章自己就不作了，站起来说："你这个人还有点儿小才。"说完走了。

王以此益重宋，邀入寓室，款言移晷[①]，尽出所作质宋[②]。宋流览绝疾，逾刻已尽百首，曰："君亦沉深于此道者，然命笔时，无求必得之念，而尚有冀幸得之心，即此，已落下乘[③]。"遂取阅过者一一诠说[④]。王大悦，师事之。使庖人以蔗糖作水角[⑤]，宋啖而甘之，曰："生平未解此味，烦异日更一作也。"由此相得甚欢。宋三五日辄一至，王必为之设水角焉。馀杭生时一遇之，虽不甚倾谈，而傲睨之气顿减[⑥]。一日，以窗艺示宋[⑦]，宋见诸友圈赞已浓[⑧]，目一过，推置案头，不作一语。生疑其未阅，复请之，答已览竟。生又疑其不解，宋曰："有何难解？但不佳耳！"生曰："一览丹黄[⑨]，何知不佳？"宋便诵其文，如夙读者，且诵且訾[⑩]。生跼蹐汗流[⑪]，不言而去。移时，宋去，生入，坚请王作，王拒之。生强搜得，见文多圈点，笑曰："此大似水角子！"王故朴讷[⑫]，觍然而已[⑬]。次日，宋至，王具以告。宋怒曰："我谓'南人不复反矣[⑭]'，伧楚何敢乃尔[⑮]！尔当有以报之！"王力陈轻薄之戒以劝之，宋深感佩。

【注释】

①款言：亲切谈心。移晷（guǐ）：日影移动。指时间很长。晷，日影。

②质：质疑问难，请教。

③下乘：下等，下品。

④诠说：解释说明。

⑤水角：水饺。

⑥傲睨：傲慢斜视，骄傲。

⑦窗艺：平时的八股文习作。

⑧圈赞：圈点。旧时评点文章时认为好的地方往往用画圈表示赞赏。

⑨一览丹黄：仅仅看了一下别人的圈赞。丹黄，旧时批校书籍，用朱笔书写，遇误字用雌黄涂抹，因以丹黄代称对文章的批评。

⑩訾（zǐ）：指责，批评。

⑪踖踧（jí jú）：局促不安。

⑫朴讷：忠厚老实，不善言辞。

⑬靦然：羞愧。

⑭南人不复反矣：据《三国志·蜀书·诸葛亮传》裴松之注引《汉晋春秋》，三国时候，蜀相诸葛亮南征孟获，七擒七纵，最后孟获心悦诚服，向诸葛亮表示："公天威也，南人不复反矣！"宋生引用此话，言原以为"南人"馀杭生已经降服。

⑮伧楚：北方人对南方人的蔑称。《北史·王宪传附王昕传》："伪赏宾郎之味，好咏轻薄之篇，自谓模拟伧楚，曲尽风制。推此为长，馀何足取。"馀杭旧为楚地。

【译文】

王生因此更加敬佩宋生，请他到自己的住室，亲切交谈了很长时间，拿出自己的全部文章请宋生指教。宋生浏览得很快，不一会儿就看完了近百篇，说："你在文章方面还是刻苦钻研过的，但在下笔的时候，虽然没有一定要考中的念头，但还有希望侥幸考中的心理，因为这个，文章已经落入了下等。"于是拿着已看过的文章一篇篇为王生指点讲解。王生非常高兴，像对待老师那样对待宋生。王生让厨子做了糖馅的水饺给宋生吃，宋生觉得很好吃，说："平生没吃过这种味道的东西，请你过几天再给我做一次。"从此二人相处得特别亲密融洽。宋生隔三五天就来看望王生，王生必定用糖馅水饺招待他。馀杭生有时也会遇见宋生，虽然不怎么深谈，但他的傲气还是消了不少。有一天，馀杭生把自己的文章给宋生看，宋生见文章已被他的朋友们圈点、批赞得满篇都是，目光一扫，把文章推到桌边，一句话不说。馀杭生怀疑他根本没看，就再次请他看一看，宋生说已看完了。馀杭生又怀疑他没有读懂，宋生说："有什么难懂的？只不过写得不好罢了！"馀杭生说："只浏览了一下圈点，怎么就知道文章不好？"宋生就背诵馀杭生的文章，好像早就读过一样，一边背诵，一边批评。馀杭生难堪得浑身流汗，没说一句话就走了。过了一会儿，宋生走了，馀杭生又进屋来，非要看王生的文章，王生不让他看。馀杭生硬给搜出来，看到文章有很多圈点，讥笑说："这圈圈点点真像糖馅饺子！"王生本来不善言谈，这时只觉得尴尬羞惭而已。第二天，宋生来了，王生把这事都告诉了他。宋生气愤地说："我还以为他心悦诚服了呢，没想到这个南蛮子竟敢如此！我一定要报复他一下！"王生极力说为人要厚道，以此来劝诫宋生，宋生对王生的忠厚深为敬佩。

既而场后[①]，以文示宋，宋颇相许。偶与涉历殿阁，见一瞽僧坐廊下，设药卖医。宋讶曰："此奇人也！最能知文，不可不一请教。"因命归寓取文。遇馀杭生，遂与俱来。王呼师而参之[②]，僧疑其问医者，便诘症候[③]，王具白请教之意。

僧笑曰:“是谁多口?无目何以论文?”王请以耳代目,僧曰:“三作两千馀言,谁耐久听!不如焚之,我视以鼻可也。”王从之。每焚一作,僧嗅而颔之曰:“君初法大家[4],虽未逼真,亦近似矣。我适受之以脾。”问:“可中否?”曰:“亦中得。”馀杭生未深信,先以古大家文烧试之,僧再嗅曰:“妙哉!此文我心受之矣,非归、胡何解办此[5]!”生大骇,始焚己作,僧曰:“适领一艺,未窥全豹[6],何忽另易一人来也?”生托言:“朋友之作,止彼一首,此乃小生作也。”僧嗅其馀灰,咳逆数声,曰:“勿再投矣!格格而不能下[7],强受之以鬲[8],再焚,则作恶矣。”生惭而退。

【注释】

①场后:闱后,考试完毕。场,考场。

②参:参见,参拜。

③症候:病状。

④法:师法,仿效。

⑤归、胡:指明代归有光、胡友信。归有光,字熙甫,又字开甫,别号震川,又号项脊生。江苏昆山人。嘉靖十九年(1540)举人。60岁方成进士,历长兴知县、顺德通判、南京太仆寺丞,留掌内阁制敕房,与修《世宗实录》,卒于南京。后人称赞其散文为“明文第一”,著有《震川集》、《三吴水利录》等。胡友信,字成之,号思泉。德清县文昌里人。以孝闻。家廉四壁,发愤读书,广览古集,研究理宗,为文必呕心洞胆。明隆庆二年(1568)进士。归、胡为明嘉靖、隆庆间精于八股文之大家,见《明史·文苑传》。

⑥未窥全豹:未看见全部。《晋书·王献之传》:“管中窥豹,时见一斑。”

⑦格格：格格不入。格，阻遏。

⑧鬲（gé）：通“膈”。胸腔和腹腔间的隔膜。

【译文】

考完以后，王生把应试时的文章给宋生看，宋生很是称赞。二人偶然在寺内殿阁间散步，看见一位盲僧坐在廊檐下卖药。宋生惊讶地说：“这是位奇人呀！最善于评定文章，不能不向他请教。”就让王生回屋去取文章。正巧遇到馀杭生，也就一起来了。王生喊了声禅师，行了参见礼，盲僧还以为他是求医的，便问他有什么症候，王生就说了请教文章的事。盲僧笑着说：“是谁多嘴多舌？我看不见怎么能评论文章？”王生请以耳代目，盲僧说：“三篇文章二千多字，谁有耐性来听！不如把文章烧成灰，我用鼻子来嗅一下就知道了。”王生听从了。每烧一篇文章，盲僧嗅一嗅点头说：“你初学大家手笔，虽然还不够逼真，也近似了。我正好用脾脏来接受它。”问他：“能考中吗？”盲僧说：“也能中。”馀杭生不太相信盲僧的话，先用古文大家的文章烧来试验，盲僧嗅了又嗅说：“妙哉！这篇文章我用心接受了，这样的文章不是归有光、胡友信这样的大手笔，谁能写得出来！”馀杭生大为惊讶，这才烧自己的文章，盲僧说：“刚才只领教了一篇文章，还没欣赏他别的妙文，为何忽然又换了另一个人的文章？”馀杭生撒谎说：“那篇是朋友的文章，只有这一篇，这个才是我的文章。”盲僧嗅了嗅馀杭生文章的灰，呛得咳嗽了好几声，说：“不要再烧了！呛得我闻不进去，强吸进去，只能到达横膈膜那里，再烧，就要呕吐了。”馀杭生惭愧地走了。

数日榜放，生竟领荐[①]，王下第[②]。宋与王走告僧，僧叹曰：“仆虽盲于目，而不盲于鼻，帘中人并鼻盲矣[③]。”俄馀杭生至，意气发舒[④]，曰：“盲和尚，汝亦啖人水角耶？今竟何如？”僧曰：“我所论者文耳，不谋与君论命。君试寻诸试官之文，各取一首焚之，我便知孰为尔师。”生与王并搜之，止得八九人。生曰：“如有舛错，以何为罚？”僧愤曰：“剜我盲瞳去！”生焚之，每一首，都言非是，至第六篇，忽向壁大呕，下气如雷，众皆粲然。僧拭目向生曰：“此真汝师也！初不知而骤嗅之，刺于鼻，棘于腹，膀胱所不能容，直自下部出矣！”生大怒，去，曰：“明日自见，勿悔！勿悔！”越二三日，竟不至，视之，已移去矣。乃知即某门生也。

【注释】

①领荐：领乡荐。指中举。

②下第：落榜。科举时代指殿试或乡试没考中。

③帘中人：清代举行乡试时，贡院办公分内帘外帘，外帘管事务，内帘管阅卷。帘中人指阅卷官员。

④发舒：焕发，舒展。指意气发扬，志得意满。

【译文】

过了几天发了榜，馀杭生竟然考中，而王生却落榜了。宋生和王生去告诉盲僧，盲僧叹息着说：“我虽然眼睛盲了，但鼻子并不盲，主考大人连眼睛带鼻子都盲了啊。”一会儿馀杭生来了，得意洋洋地说：“瞎和尚，你也吃了人家的糖馅饺子了吧？你看现在怎么样？”盲僧说：“我所评论的是文章，不是和你讨论命运。你去把各位主考官的文章拿来，各取一篇焚烧，我就能知道录取你的老师是哪一位。”馀杭生和王生一起去搜集，只找到八九个人的。馀杭生说：“你要是找错了，如何处罚？”盲僧气愤地说：“把我的瞎眼珠剜去！”馀杭生开始焚烧，每烧一篇，盲僧都说不是，烧到第六篇，盲僧忽然对着墙大声呕吐，屁响如雷，众人都笑了。盲僧擦了擦眼睛对馀杭生说：“这真是你的恩师了！开始不知道而骤然去嗅，先是刺鼻子，后是刺胃肠，膀胱也容纳不了，直接从下部出来了！”馀杭生大怒而去，边走边说：“明天自然见分晓，你可别后悔！你可别后悔！”过了两三天，竟没有来，一看，已搬走了。因此知道写那篇呛鼻子文章的人就是馀杭生的恩师。

宋慰王曰：“凡吾辈读书人，不当尤人[①]，但当克己[②]。不尤人则德益弘[③]，能克己则学益进。当前蹶落[④]，固是数之不偶[⑤]，平心而论，文亦未便登峰，其由此砥砺，天下自有不盲之人。”王肃然起敬。又闻次年再行乡试，遂不归，止而受教。宋曰：“都中薪桂米珠[⑥]，勿忧资斧。舍后有窖镪[⑦]，可以发用。”即示之处。王谢曰：“昔窦、范贫而能廉[⑧]，今某幸能自给，敢自污乎？”王一日醉眠，仆及庖人窃发之。王忽觉，闻舍后有声，窃出，则金堆地上。情见事露，并相慴伏。方诃责间，见有金爵[⑨]，类多镌款[⑩]，审视，皆大父字讳[⑪]。盖王祖曾为南部郎[⑫]，入都寓此，暴病而卒，金其所遗也。王乃喜，秤得金八百馀两。明日告宋，且示之爵，欲与瓜分，固辞乃已。以百金往赠瞽僧，僧已去。积数月，敦习益苦[⑬]。及试，宋曰：“此战不捷，始真是命矣！”

【注释】

①尤人：怨恨别人。《论语·宪问》：“不怨天，不尤人，下学而上达，知我者其天乎！”尤，怨恨。

②克己：严格要求自己。《论语·颜渊》：“克己复礼为仁，一日克己复礼，天下归仁焉，为仁由己，而由人乎哉！”

③弘：发扬光大。

④蹶落：失意。

⑤数之不偶：命运不佳。数，命运。不偶，没有遇合，引申为命运不好。宋苏轼《京师哭任遵圣》诗："哀哉命不偶，每以才得谤。"

⑥薪桂米珠：柴价贵如桂，米价贵如珠。比喻生活费用昂贵。《战国策·楚策》："楚国之食贵于玉，薪贵于桂，谒者难得见如鬼，王难得见如天帝。"

⑦窖镪（qiǎng）：窖埋在地下的钱财。窖，把东西埋在地洞或坑里。镪，成串的钱。后多指白银。

⑧窦、范贫而能廉：窦，窦仪，渔阳人。宋初为工部尚书，为官清介自重。贫困时，有金精戏弄他，但他不为所动。范，范仲淹，宋朝吴县人。少孤，读书长白醴泉寺，贫而食粥，"见窖金不发。及为西帅，乃与僧出金缮寺"。廉，廉洁自守。

⑨爵：酒器。

⑩镌（juān）款：镌刻的款识。镌，凿。款，款识，题款。

⑪大父：祖父。字讳：名字。旧时对尊长不直称其名，谓之避讳，因也以讳指所避讳的名字。

⑫南部郎：明初建都南京，明成祖朱棣迁都北京，而在南京仍保留六部官制，南部郎即指南京的郎中、员外郎一类的部属官员。

⑬敦习：勤勉学习。敦，诚恳，勤勉。

【译文】

宋生安慰王生说："我们这些读书人，不应当抱怨别人，而应严格要求自己。不抱怨别人道德会更高尚，能严格要求自己学业会更进步。眼前的挫折，固然是命运不好，但平心而论，你的文章也不算尽善尽美，从此以后更加努力钻研，天下自有不盲的人。"王生听了肃然起敬。又听说明年还要举行乡试，于是不回家去，留在京城继续跟着宋生学习。宋生说："京城的柴米价钱昂贵，你不要发愁没有钱用。你住的房后有一窖银子，可以挖出来用。"当即告诉了王生埋银子的地方。王生辞谢说："从前窦仪、范仲淹虽然贫穷，但很廉洁，现在我还能自给，怎敢做这种玷污自己的事呢?”有一天王生喝醉酒睡着了,他的仆人和厨子偷偷把银子挖了出来。王生忽然醒来,听房后有声音,悄悄出去一看,银子堆在地上。仆人、厨子见事情败露,害怕地跪伏在那里。王生正在斥责他们时,看到金酒杯上似乎刻着字,拿来仔细一看,刻的都是他祖父的名字。原来他的祖父曾在南京六部任职,进京时住在报国寺,得暴病死了,这些金银就是他留下来的。王生因而大喜,称了称有八百多两。第二天告诉了宋生,并把金酒杯拿给宋生看,要和他平分,宋生坚决不要。想赠给盲僧一百两银子,盲僧已经走了。此后的几个月里,王生学习更加刻苦。去考试时,宋生说:“这次再考不中,那真是命定的了!”

俄以犯规被黜。王尚无言,宋大哭,不能止,王反慰解之。宋曰:“仆为造物所忌,困顿至于终身,今又累及良友。其命也夫!其命也夫!”王曰:“万事固有数在。如先生乃无志进取,非命也。”宋拭泪曰:“久欲有言,恐相惊怪:某非生人,乃飘泊之游魂也。少负才名,不得志于场屋[①]。佯狂至都[②],冀得知我者,传诸著作。甲申之年[③],竟罹于难[④],岁岁飘蓬[⑤]。幸相知爱,故极力为‘他山’之攻[⑥],生平未酬之愿,实欲借良朋一快之耳。今文字之厄若此[⑦],谁复能漠然哉[⑧]!”王亦感泣,问:“何淹滞?”曰:“去年上帝有命,委宣圣及阎罗王核查劫鬼[⑨],上者备诸曹任用[⑩],馀者即俾转轮[⑪]。贱名已录,所未投到者,欲一见飞黄之快耳[⑫],今请别矣。”王问:“所考何职?”曰:“梓潼府中缺一司文郎[⑬],暂令聋僮署篆[⑭],文运所以颠倒。万一幸得此秩[⑮],当使圣教昌明。”

【注释】

①场屋:科举考试的考场。

②佯(yáng)狂:假装为病狂。佯,假装。狂,纵情任性。

③甲申之年:崇祯十七年(1644),是年明亡。

④罹:遭。

⑤飘蓬:随风飘荡的蓬草。比喻游荡无定所。

⑥极力为"他山"之攻:意谓借朋友之身完成己志,即"生平未酬之愿,实欲借良朋一快之"。《诗·小雅·鹤鸣》:"它山之石,可以攻玉。"意思是说它山的石头可以用作琢磨玉器的砺石。攻,磨砺。

⑦厄:灾难。

⑧漠然:无动于衷。

⑨宣圣:指孔子。封建时代曾给孔子"至圣文宣王"之类的封号。劫鬼:遭遇劫难而死的鬼魂。

⑩诸曹:古代分科办事的官署或部门。

⑪转轮:佛教用语,即所谓"轮回转生",谓众生在生死世界轮回循环。这里指投胎转世。

⑫飞黄:传说中的神马。此谓飞黄腾达。以神马飞驰,喻科举得志。

⑬梓潼府:梓潼帝君之府。梓潼帝君为道教所尊奉的主管功名禄位之神。传说姓张,名亚子或恶子,晋人。宋元道士称玉皇大帝命他掌文昌府和人间禄位,称文曲星或文昌帝君。司文郎:官名。唐置,司文局之佐郎。此指主管文运之郎官。

⑭聋僮:据明王逵《蠡海录》记载,梓潼文昌帝君有二从者,一名天聋,一名地哑。这里的"聋僮",兼有昏聩不明的寓意。署篆:代掌官印。

⑮秩:俸禄,官位。

【译文】

不久,王生因为违犯考场规定被取消了考试资格。王生自己还没说什么,宋生却伤心地大哭不止,王生反而来安慰他。宋生说:"我遭到造物主的嫌弃,一辈子没有出息,现在又连累了朋友。这都是命啊!这都是命啊！"王生说："世间的万事万物都有定数。先生您是无意于进取，和命运无关。"宋生擦了擦泪说："很久以前就想对你说，恐怕你受到惊吓：我不是活人，乃是一个漂泊不定的游魂。年轻时颇具才名，但在科场上很不得志。因而放荡不羁，来到京城，希望能找到理解我的人，把我的生平写出来流传后世。不料甲申年竟死于战乱，游魂年年飘荡不定。幸亏得到你的理解和友情，所以极力帮助你提高学业，使我平生没有实现的愿望，能在好友身上实现，成为人生的快慰啊。没想到文运如此不好，怎么能无动于衷呢！"王生听了也感动地流下泪来，问道："为什么还滞留在这里不走呢？"宋生说："去年天帝下令，委任宣圣王孔子和阎罗王一起核查阴间遭遇劫难而死的鬼魂，上等的留下被阴间的衙门任用，其馀的让他们转世投生。我的名字已在阴间衙门任用的名册中，我所以没去报到，是想看到你金榜题名时的快乐啊，现在请让我和你告别吧。"王生问："您考的是什么职务？"宋生说："梓潼府中缺一名司文郎，暂时让一个耳聋的仆役代理，所以搞得文运颠倒。万一我有幸得到这个职务，我一定要将圣人的教诲发扬光大。"

明日，忻忻而至，曰："愿遂矣！宣圣命作《性道论》，视之色喜，谓可司文。阎罗稽簿[①]，欲以'口孽'见弃[②]，宣圣争之，乃得就。某伏谢已，又呼近案下，嘱云：'今以怜才，拔充清要[③]，宜洗心供职，勿蹈前愆[④]。'此可知冥中重德行更甚于文学也。君必修行未至，但积善勿懈可耳。"王曰："果尔，馀杭其德行何在？"曰："不知。要冥司赏罚，皆无少爽[⑤]。即前日瞽僧，亦一鬼也，是前朝名家。以生前抛弃字纸过多，罚作瞽。彼自欲医人疾苦，以赎前愆，故托游廛肆耳。"王命置酒，宋曰："无须，终岁之扰，尽此一刻，再为我设水角足矣。"王悲怆不食，坐令自啖，顷刻，已过三盛[⑥]。捧腹曰："此餐可饱三日，吾以志君德耳。向所食，都在舍后，已成菌矣。藏作药饵，可益儿慧。”王问后会，曰：既有官责，当引嫌也。”又问：“梓潼祠中，一相酹祝[7]，可能达否？”曰：“此都无益。九天甚远，但洁身力行，自有地司牒报[8]，则某必与知之。”言已，作别而没。

【注释】

①稽簿：稽查簿籍。稽，查核。

②口孽：佛教用语，也称“口业”。此指言语的恶业，即言论过失。

③清要：地位显贵、职司重要，但政务不繁的官职。宋赵昇《朝野类要·清要》：“职慢位显谓之清，职紧位显谓之要；兼此二者，谓之清要。”

④勿蹈前愆（qiān）：不要重复以前的错误。蹈，踏。愆，失误。

⑤爽：差错。

⑥三盛（chéng）：犹言三碗或三盘。盛，杯盘之类的盛器。

⑦酹祝：祭酒祝祷。

⑧牒报：行文通报。宋李纲《与吕安老提刑书》：“已遣使臣赍牓抚之，并牒报诸司，更烦审处。”

【译文】

第二天，宋生高兴地来了，说：“我的愿望达成了！宣圣王让我作一道《性道论》，他看后，面有喜色，说可以当司文郎。阎王查了查案卷，想以我说话不慎重的理由不让我当，宣圣王为我力争，才使我得到这个职位。我拜谢完毕，宣圣王又把我喊到桌前，嘱咐说：‘今天因为爱惜你的才干，才选拔你担任这个清高显要的职务，你一定要改过自新克尽职守，不要再犯以前的过失。’以此可知，在阴间重德行更甚于重文才啊。你没有考中，必定是德行的修养还不够，只要努力不懈地积德向善就可达成目标。”王生说:“如果真像你说的那样,馀杭生的德行在哪儿呀?”宋生说:“这个我也不知道。但阴间的赏罚,绝不会出错。就说前些时见到的盲僧,也是个鬼,是前朝的文章名家。因为前生抛弃的字纸太多,罚他做个瞎子。他愿用医术解救人们的痛苦,以赎生前的罪孽,所以才借故在街市上游逛。”王生让人备酒,宋生说:“不必了,一年以来都打扰你,现在只剩这最后一点儿时间,再为我做点儿糖水饺就心满意足了。”做好后,王生悲伤地吃不下,坐下让宋生自己吃,顷刻之间,吃了三碗。宋生捧着肚子说:“这一顿饭可以饱三天了,我是以此来纪念你的友情的。以前吃的那些,都在屋后面,已经变成蘑菇了。收藏起来作药用,可以让小孩更聪明。”王生问什么时候还能见面,宋生说:“既然我官职在身,就要避嫌了。”王生又问:“我到梓潼庙里去祭祷,您能够听到吗?”宋生说:“这样做没有用处。九天之上离你很远,你只要洁身自好,一心修德,阴曹自有牒报,那样我必然会知道。”说完,告别后就不见了。

王视舍后,果生紫菌,采而藏之。旁有新土坟起,则水角宛然在焉。王归,弥自刻厉①。一夜,梦宋舆盖而至,曰:“君向以小忿,误杀一婢,削去禄籍,今笃行已折除矣②。然命薄不足任仕进也。”是年,捷于乡。明年,春闱又捷。遂不复仕。生二子,其一绝钝,啖以菌,遂大慧。后以故诣金陵,遇馀杭生于旅次,极道契阔③,深自降抑④,然鬓毛斑矣。

【注释】

①弥自刻厉:更加刻苦自励。弥,更,甚。

②笃行:行为淳厚,纯正踏实。《礼记·儒行》:“儒有博学而不穷,笃行而不倦。”折除:减损,免除。

③道契阔:久别重逢,互诉离情。契阔,久别的情怀。《诗·邶风·

击鼓》："死生契阔，与子成说。执子之手，与子偕老。"

④降抑：卑恭，谦虚。

【译文】

王生到房后一看，果然有紫色的蘑菇，就采下收藏起来。旁边还有新的土堆，挖开一看，刚才为宋生包的糖水饺都在里面。王生回去以后，更加刻苦地修德学习。一天夜里，王生梦见宋生坐着官轿来了，说："你过去因为一件小事生气，误杀了一个丫环，所以被削去官禄，如今你一心向善，已将功折罪了。但因为命薄，还是不能进入仕途。"这一年，王生在乡试中告捷，中了举。第二年春天又考中了进士。王生就听从宋生的指点，没有去做官。王生有两个儿子，有一个很笨，给他吃了宋生留下的蘑菇，立即变得十分聪慧。后来王生因事到南京去，在旅途中遇到馀杭生，馀杭生热情地向他问候，十分谦逊，但是两鬓已有了白发了。

异史氏曰：馀杭生公然自诩①，意其为文，未必尽无可观，而骄诈之意态颜色，遂使人顷刻不可复忍。天人之厌弃已久，故鬼神皆玩弄之。脱能增修厥德②，则帘内之"刺鼻棘心"者③，遇之正易，何所遭之仅也④。

【注释】

①自诩：自夸，自吹。

②脱能：假设。厥：其，他的。

③刺鼻棘心者：即前文瞽僧所说写"刺于鼻，棘于腹，膀胱所不能容，直自下部出"文章的试官。

④何所遭之仅也：为什么遭遇只一次呢。仅，只。

【译文】

异史氏说：馀杭生公然自我吹嘘，猜想他的文章，也未必没有可观之处,但他那骄横傲慢的神态表情,让人一刻也容忍不了。天人厌弃他已经很久了,所以鬼神也敢耍弄他。假如他能进一步修养加强他的德行,那么遇到那些写“刺鼻棘心”类文章的考官,就太容易了,为什么只遇到一次呢。

丑狐

【题解】

穆生本来不喜欢丑狐,可是贪图钱,于是接纳了。靠着丑狐致富后又厌恶丑狐加以驱赶,受到丑狐的惩罚追索,确实不值得怜悯。小说最后写丑狐来到于家,使得于家阔了起来。于氏去世,于家的孩子祷告丑狐,丑狐没有追索财物,可以看做是穆生故事的馀波,写丑狐的通情达理。本篇寓言故事重在讽刺穆生的贪心背德,对于追逐金钱的人情世态多所讥刺,启示广泛,耐人寻味。

穆生,长沙人,家清贫,冬无絮衣。一夕枯坐,有女子入,衣服炫丽而颜色黑丑,笑曰:“得毋寒乎?”生惊问之,曰:“我狐仙也。怜君枯寂,聊与共温冷榻耳。”生惧其狐,而厌其丑,大号。女以元宝置几上,曰:“若相谐好,以此相赠。”生悦而从之。床无裀褥,女代以袍。将晓,起而嘱曰:“所赠,可急市软帛作卧具,馀者絮衣作馔,足矣。倘得永好,勿忧贫也。”遂去。生告妻,妻亦喜,即市帛为之缝纫。女夜至,见卧具一新,喜曰:“君家娘子劬劳哉!”留金以酬之。从此至无虚夕,每去,必有所遗。

【译文】

穆生是长沙人，家中清贫，冬天没有棉衣。一天晚上独自在家呆坐，有位女子进屋来，穿的衣服很华丽，面容却又黑又丑，女子笑着说："你不冷吗？"穆生吃惊地问她是谁，女子说："我是狐仙。怜惜你一人太寂寞，想和你同床共枕，为你暖暖被窝罢了。"穆生既怕她是个狐狸精，又嫌她长得丑，因此大叫起来。女子拿出元宝放在桌上，说："你若和我相好，把这个元宝送给你。"穆生很高兴，就同意了。床上没有被褥，女子用袍子代替。天快亮时，女子起床后嘱咐说："送给你的元宝，快去买些软绸做被褥，剩下的银子买棉花做衣服，再买些粮菜，就够了。如果能永远和我相好，就不必担心受穷了。"说完就走了。穆生将此事告诉了妻子，妻子也很高兴，就买了软绸做被褥。女子夜里来了，见被褥一新，高兴地说："让你家娘子受累了！"留下一些银子酬谢她。从此以后每夜都来，每次离去，必然留一些银子。

年馀，屋庐修洁，内外皆衣文锦绣，居然素封。女赂遗渐少，生由此心厌之，聘术士至，画符于门。女来，啮折而弃之[①]，入指生曰："背德负心，至君已极！然此奈何我！若相厌薄[②]，我自去耳。但情义既绝，受于我者，须要偿也！"忿然而去。生惧，告术士。术士作坛，陈设未已，忽颠地下[③]，血流满颊，视之，割去一耳。众大惧，奔散，术士亦掩耳窜去。室中掷石如盆，门窗釜甑[④]，无复全者。生伏床下，搐缩汗耸[⑤]。俄见女抱一物入，猫首猧尾[⑥]，置床前，嗾之曰[⑦]："嘻嘻！可嚼奸人足。"物即龁履[⑧]，齿利于刃。生大惧，将屈藏之，四肢不能动。物嚼指，爽脆有声。生痛极，哀祝。女曰："所有金珠，尽出勿隐。"生应之。女曰："呵呵！"物乃止。生不能起，但告以处。女自往搜括，珠钿衣服之外，止得二百馀金。女少之，又曰："嘻嘻！"物复嚼。生哀鸣求恕。女限十日，偿金六百。生诺之，女乃抱物去。久之，家人渐聚，从床下曳生出，足血淋漓，丧其二指。视室中，财物尽空，惟当年破被存焉。遂以覆生，令卧。又惧十日复来，乃货婢鬻衣，以足其数。至期，女果至，急付之，无言而去。自此遂绝。

【注释】

①啮：咬。

②厌薄：厌弃，鄙薄。

③颠：倒。

④釜：古炊器。

⑤搐(chù)缩汗耸：身体抽缩，汗水直冒。搐缩，谓身体颤抖着缩作一团。

⑥猧(wō)：小狗。

⑦嗾(sǒu)：使唤狗的声音。谓唆使猫首猧尾的动物咬人。

⑧龁(hé)：咬。

【译文】

过了一年多，穆生家中房屋整齐洁净，一家人都穿上了漂亮的新装，居然成了个财主。女子留下的银子渐渐少了，穆生因此对她产生了厌恶之情，请来术士，在门口画上符咒。女子来了，把符咒咬下来扔了，进去指着穆生说："你背德负心，已到了极点！这样做能把我怎么样！你若嫌弃我，我会自己离开。但现在情义已绝，你从我这里得到的都必须还给我！"说完愤恨地走了。穆生害怕了，告诉了术士。术士设坛，准备施展法术，法坛还没设好，术士忽然倒在地上，血流满面，一看，被割去了一只耳朵。众人大为惊慌，四散逃走，术士也捂着耳朵逃窜了。屋内盆大的石头乱飞，门窗锅盆没有不砸坏的。穆生爬在床底下，吓得缩成一团，直流冷汗。一会儿，看到女子抱着一个动物进来了，长着猫头狗尾，女子把这动物放在床前，嗾使它说："嘻嘻！去咬那坏人的脚。"那动物就咬穆生的鞋，牙齿比刀还锋利。穆生非常害怕，想赶快把脚缩回来，但四肢不能动。那动物嚼着他的脚趾，咬得"嘎嘣嘎嘣"直响。穆生疼极了，哀叫着求饶。女子说："把所有的金银珠宝都拿出来，不要隐藏。"穆生答应了。女子说："呵呵！"那动物才停止咬他。穆生爬不起来，只好告诉女子藏财物的地方。女子自己去搜寻，除了珠宝衣服，只有二百多两银子。女子嫌银子少，又唆使那动物说："嘻嘻！"那动物又去咬穆生。穆生哀叫请求饶恕。女子给了十天期限，到时拿出六百两银子赔偿。穆生答应了，女子才抱着那动物走了。过了好久，家里人才渐渐来到穆生屋里，从床下把穆生拽出来，只见他脚上鲜血淋漓，少了两个脚趾。看看屋里，财物都没了，只有当初的破被子还在。就让穆生盖上被子，躺在床上养伤。又怕十天后女子再来，只好卖掉丫环及衣物等，凑足六百两之数。到期女子果然来了，急忙把银子给了她，她才什么也没说走了。从此以后再也没来。

生足创，医药半年始愈，而家清贫如初矣。狐适近村于氏①。于业农，家不中赀②。三年间，援例纳粟③，夏屋连蔓④，所衣华服，半生家物。生见之，亦不敢问。偶适野，遇女于途，长跪道左。女无言，但以素巾裹五六金，遥掷生，反身径去。后于氏早卒，女犹时至其家，家中金帛辄亡去。于子睹其来，拜参之，遥祝曰："父即去世，儿辈皆若子，纵不抚恤，何忍坐令贫也？"女去，遂不复至。

【注释】

①适：嫁给。

②中赀:中产,中等人家的资产。

③援例纳粟:引用成例捐钱取得功名。

④夏屋连蔓:高大的房屋一个挨着一个。夏屋,大屋。

【译文】

穆生的脚伤,治疗了半年才好,而家庭清贫如故。那丑女子又嫁给附近村中的于氏。于氏是农民,家中也不富裕。三年之间,照成例捐钱取得功名,家中房舍连片,所穿的华丽衣服,多半都是穆生家的东西。穆生看见也不敢问。有一天,穆生在野外偶尔遇到那女子,他吓得跪在道边。女子没说话,只是用一条白手巾裹了五六两银子,远远扔给穆生,然后就返身走了。后来于氏早早死了,女子还不时到他家去,她一去,于家的金银财物就减少。于氏的儿子看到她来,就给她磕头作揖,远远向她恳求说:"我父亲虽然去世,儿辈也都如同你的孩子,纵然不怜惜我们,怎忍心看着我们受穷呢?"女子走了,从此以后再也没来。

异史氏曰:邪物之来,杀之亦壮,而既受其德,即鬼物不可负也。既贵而杀赵孟[①],则贤豪非之矣。夫人非其心之所好,即万钟何动焉[②]。观其见金色喜,其亦利之所在,丧身辱行而不惜者欤?伤哉贪人,卒取残败!

【注释】

①既贵而杀赵孟:赵孟,指春秋晋国大夫赵盾。据《左传·宣公二年》载,赵盾在晋襄公时执国政。襄公卒,盾拟赴秦国迎立公子雍。秦以兵送雍,未至,穆姬抱太子逼盾立之,盾即出兵拒秦而立太子,是为灵公。灵公既立,无道,因盾多次进谏而怀恨,派刺客钼麑去暗杀盾。钼麑见赵盾忠于公事,不忍行刺而自杀。

②万钟:本指大量的粮食。引申指大量钱财和优厚的俸禄。钟,古

量度单位。《左传·昭公三年》:“釜十则钟。”杜预注:“(钟)六斛四斗。”

【译文】

异史氏说:邪物来到家中,杀了它也理直气壮,但是既然接受了它的恩惠,即使是鬼怪也不可辜负它。富贵以后杀掉恩人,比如晋灵公杀赵盾,贤士豪杰一定会斥责他。如果那人不是自己心中爱慕的人,即使给万贯家财又怎么能动心呢。看那穆生见到银子就面有喜色,也是为了钱财就不惜丧身败德的人吧?可怜啊,贪心的人,最终弄得身败名裂!

吕无病

【题解】

吕无病是《聊斋志异》中罕见的“微黑多麻,类贫家女”的女性,蒲松龄赋予了她在那个时代妇女所有的温柔娴淑的品德:“衣服朴洁”,状其审美态度和勤勉;“愿为康成文婢”写其知书达理;“今日河魁不曾在房”,绘其多识和幽默;“拂几整书,焚香拭鼎,满室光洁”,描摹其善于家务;“气息之来,清如莲蕊”,透露其优雅的美发自于内;“苦劝令娶”,“事许益恭”,书其安于妾分,恪守妇德。尤其是小说突出了吕无病对于许妻孩子的慈爱,“抱如己出。儿甫三岁,辄离乳媪,从无病宿”,在吕无病与王天官女的冲突中更是突出了吕无病对于孩子的保护。因为这是作为妾,作为后母,最为难得的品质,也是妇女母性最伟大的地方,同时也是以子嗣为大的儒家思想里最重要的评价标准。“无病最爱儿,即令子之可也,即正位焉亦可也。”则是一个将要死去的母亲对于吕无病的评价。

与吕无病相为对照的女性是王天官女,写她虽然“色艳”,但泼悍,骄横,尤其是对于孙公子唯一的子嗣横加摧残。从这个意义上,蒲松龄在“异史氏曰”中说:“心之所好,原不在妍媸也。毛嫱、西施,焉知非自爱之者美之乎?”这句话有两层意思。其一是说,能否有爱,不在于相貌的丑俊。其二是说,天下被认为最美的人未尝不是爱她们的人的主观感受。从而确立了这样一个观念,即内在的性情美,远较相貌美重要。

小说最后写王天官女幡然悔悟,虽然出自于蒲松龄对于人性的宽容和渴望人性的自新,但略显枝蔓,冲淡了吕无病故事的浓度。

洛阳孙公子,名麒,娶蒋太守女,甚相得。二十夭殂,悲不自胜。离家,居山中别业[①]。适阴雨,昼卧,室无人。忽见复室帘下[②],露妇人足,疑而问之。有女子褰帘入,年约十八九,衣服朴洁,而微黑多麻,类贫家女。意必村中僦屋者,呵曰:“所须宜白家人,何得轻入!”女微笑曰:“妾非村中人,祖籍山东,吕姓。父文学士[③]。妾小字无病。从父客迁[④],早离顾复[⑤]。慕公子世家名士,愿为康成文婢[⑥]。”孙笑曰:“卿意良佳。然仆辈杂居,实所不便,容旋里后[⑦],当舆聘之[⑧]。”女次且曰[⑨]:“自揣陋劣,何敢遂望敌体[⑩]?聊备案前驱使[⑪],当不至倒捧册卷。”孙曰:“纳婢亦须吉日。”乃指架上,使取《通书》第四卷[⑫],盖试之也。女翻检得之,先自涉览,而后进之,笑曰:“今日河魁不曾在房[⑬]。”孙意少动,留匿室中。女闲居无事,为之拂几整书,焚香拭鼎,满室光洁,孙悦之。

【注释】

①别业:别墅。

②复室:套间。

③文学士:读书人。文学,孔门四科之一,指文章博学。《论语·先

进》:“德行:颜渊、闵子骞、冉伯牛、仲弓;言语:宰我、子贡;政事:冉有、子路;文学:子游、子夏。”

④客迁:离开家乡。

⑤早离顾复:很小失去父母。顾复,喻父母养育之恩。《诗·小雅·蓼莪》:“父兮生我,母兮鞠我。拊我畜我,长我育我,顾我复我,出入腹我。欲报之德,昊天罔极。”

⑥康成文婢:东汉经学大师郑玄家懂文学的丫环。康成,郑玄字。此处以喻称孙生。文婢,懂文学的丫环。南朝宋刘义庆《世说新语·文学》:“郑玄家奴婢皆读书,尝使一婢不称旨,将挞之。方自陈说,玄怒,使人曳着泥中。须臾,复有一婢来,问曰:‘胡为乎泥中?’答曰:‘薄言往愬,逢彼之怒。’”问句出自《诗·邶风·式微》,答句出自《诗·邶风·柏舟》。

⑦旋里:返家。

⑧舆聘:正式礼聘。舆,车。

⑨次且(zī jū):欲前不前,犹豫不决的样子。此处指言辞闪烁,欲言又止。

⑩敌体:指处于对等地位的妻子。《左传·庄公四年》:“纪伯姬卒。”杜预注:“内女唯诸侯夫人卒葬皆书,恩成于敌体。”

⑪案:书桌。

⑫《通书》:原指分类排列的简明百科全书,供给一般人以日常生活中需要的技术知识。此处指历书。

⑬河魁:从辰名。月中凶神。星命术士谓阳建之月,前三辰为天罡,后三辰为河魁;阴建之月反之。当此之日,诸事宜避。不曾在房:北宋陶岳《荆湖近事》:“李戴仁性迂缓……娶妻阎氏年甚少,与之异室。私约曰:‘有兴则见。’忽一夕,闻扣户声,小竖报云:‘县君欲见大监。’戴仁遽取百忌历,灯下观之,大惊曰:‘今夜河魁在房,不宜行事!传语县君谢到。’阎氏惭怒而去。”

【译文】

洛阳有位名叫孙麒的公子，娶了蒋太守的女儿为妻，夫妻感情很好。但只过了二十天妻子就死了，孙麒悲伤得难以自制。他于是就离开家，居住到山里的别墅中。在一个阴雨天，孙麒大白天躺着，屋中没有别人。忽然看到套间的门帘下露出一双女人的脚，孙麒感到奇怪，就问是谁。有个女子掀开门帘进来了，大约有十八九岁，衣服朴素整洁，面孔微黑有麻子，好像是个贫家女。孙麒心想，大概是村子里租房的人，他呵斥说："有什么事应和仆人说一声，怎么能随便进来！"女子微笑着说："我不是村里的人，我祖籍山东，姓吕。父亲是个读书人。我小名叫无病。跟父亲来到异乡，很早就失去父母了。因敬慕公子是世家名士，愿意成为侍奉您读书的丫环。"孙麒笑着说："你的用意很好。但我这里和仆人一起居住，实在不方便，等我回家以后，再正式礼聘你。"吕无病犹豫地说："我自知才疏貌丑，怎敢奢望成为您的妻子？只要做个书案前的使女就行了，大概还不至于倒拿书册。"孙麒说："收纳丫环也需要选个吉日。"说完指着书架，让她把《通书》第四卷拿来，以此来试验她。吕无病翻了一下就找到了，先自己浏览了一遍，然后递给孙麒，笑着说："今天河魁星不在房内。"孙麒听到这句挑逗意味的话，也有点儿动心，就把吕无病偷偷留在屋中。吕无病闲着没事，就为孙麒拂拭书案整理书籍，焚香擦炉，整个房间打扫得整齐明亮，孙麒很高兴。

至夕，遣仆他宿。女俛眉承睫①，殷勤臻至②。命之寝，始持烛去。中夜睡醒，则床头似有卧人。以手探之，知为女，捉而撼焉，女惊起立榻下。孙曰："何不别寝，床头岂汝卧处也？"女曰："妾善惧。"孙怜之，俾施枕床内。忽闻气息之来，清如莲蕊，异之，呼与共枕，不觉心荡，渐与同衾，大悦之。念避匿非策，又恐同归招议③。孙有母姨，近隔十馀门，谋令遁诸其家，而后再致之。女称善，便言："阿姨，妾熟识之，无容先达，请即去。"孙送之，逾垣而去。

【注释】

①俛(fǔ)眉承睫：低眉顺眼，非常温柔。睫，眼睫毛。

②臻至：极好，达到极点。臻，至。

③招议：招致物议。

【译文】

到了晚上，打发仆人到别处去住。吕无病低眉顺眼地照顾孙麒，殷勤备至。孙麒让她去睡觉，她才端着蜡烛走了。孙麒半夜醒来，觉得床头睡了一个人。用手一摸，知道是吕无病，就抓住她把她摇醒，吕无病惊醒了，站起来立在床边。孙麒说："为何不到别的屋去睡，床头哪里是你睡觉的地方呢？"吕无病说："我胆小害怕。"孙麒很怜惜她，就在床的里边放了个枕头，让她睡下。忽然从吕无病呼吸的气息中闻到一阵香气，如莲花蕊的清香，感到很奇怪，便呼吕无病和他同枕而睡，不觉心神荡漾，和她睡到一起，非常喜爱她。但想想把她藏在屋里不是办法，带她回家又恐招来议论。孙麒有位姨母，住的和他家隔十几个门，于是想了个办法，让吕无病先偷偷地住在姨母家中，然后再设法把她娶来。吕无病称赞这个办法很好，便说："你的姨妈，我很熟悉，不用你先去告诉，让我现在就去吧。"孙麒送她，她越过墙走了。

孙母姨，寡媪也。凌晨启户，女掩入[①]。媪诘之，答云："若甥遣问阿姨。公子欲归，路赊乏骑[②]，留奴暂寄此耳。"媪信之，遂止焉。孙归，矫谓姨家有婢，欲相赠，遣人舁之而还[③]，坐卧皆以从。久益嬖之[④]，纳为妾。世家论昏，皆勿许，殆有终焉之志。女知之，苦劝令娶，乃娶于许，而终嬖爱无病。许甚贤，略不争夕，无病事许益恭，以此嫡庶偕好。许举一子阿坚，无病爱抱如己出。儿甫三岁，辄离乳媪，从无病宿，许唤之，不去。无何，许病卒。临诀[5]，嘱孙曰："无病最爱儿，即令子之可也，即正位焉亦可也[6]。"既葬，孙将践其言，告诸宗党[7]，佥谓不可[8]，女亦固辞，遂止。

【注释】

①掩入：乘其不备而进入。

②赊：远。

③舁(yú)：抬。这里是用轿子抬回。

④嬖(bì)：宠爱。

⑤诀：诀别。

⑥正位：扶正。妻死，以妾作妻。古代富贵人家娶妻纳妾，妻为正室，妾为侧室。按封建礼教，妻、妾名分有定，不能逾越。

⑦宗党：宗族，乡党。

⑧佥(qiān)：众人，全，都。

【译文】

孙麒的姨母是个寡妇。早晨刚一开门，吕无病一闪身就进来了。姨母问她是谁，吕无病回答说："您的外甥让我来看望姨妈。公子要回家乡去，路远又缺少车马，让我暂时住在您这儿。"姨母相信了，就让她住下。孙麒回到家中，谎说姨妈家有个丫环，要送给他，派人把吕无病接回家来，从此以后，孙麒起居坐卧吕无病都跟在身边。时间长了，孙麒更加爱她，收她为妾。后来有大户人家想和他结亲，他都不答应，内心有和吕无病白头偕老的想法。吕无病知道了，苦苦劝他娶妻，于是娶了许氏为妻，但始终宠爱吕无病。孙麒的妻子许氏很贤惠，不在乎孙麒在谁的屋里过夜，吕无病因此对许氏更加恭敬，妻妾相处十分融洽。许氏生了个儿子取名阿坚，吕无病非常喜欢他，经常抱着他玩，如同亲生的一样。儿子刚三岁时，就离开了奶妈，和吕无病一起睡，许氏喊他，他也不去。不久，许氏得病死了。临死前嘱咐孙麒："无病最喜爱我们的儿子，让阿坚当她的儿子也可以，把无病扶为正妻也可以。"把许氏安葬以后，孙麒想照许氏的嘱咐办，把这个打算告诉了本家同族，他们都说不能这样做，吕无病也竭力推辞，这事就作罢了。

邑有王天官女[①]，新寡，来求婚。孙雅不欲娶[②]，王再请之。媒道其美，宗族仰其势，共怂恿之。孙惑焉，又娶之。色果艳，而骄已甚，衣服器用，多厌嫌，辄加毁弃。孙以爱敬故，不忍有所拂[③]。入门数月，擅宠专房，而无病至前，笑啼皆罪。时怒迁夫婿，数相闹斗。孙患苦之，以故多独宿。妇又怒。孙不能堪，托故之都[④]，逃妇难也。妇以远游咎无病[⑤]。无病鞠躬屏气，承望颜色[⑥]，而妇终不快。夜使直宿床下[⑦]，儿奔与俱。每唤起给使，儿辄啼。妇厌骂之。无病急呼乳媪来抱之，不去，强之，益号。妇怒起，毒挞无算[⑧]，始从乳媪去。

【注释】

①天官：明清吏部尚书的别称。

②雅：很。

③拂：逆，违背。

④托故：找借口。

⑤咎：责怪，追究罪责。

⑥承望颜色：仰承脸色，小心伺候。

⑦直：当值。

⑧无算:无数,数不清。

【译文】

同县有位王天官,他的女儿刚死了丈夫,想把她改嫁给孙麒。孙麒实在不想娶妻,王天官家再三请人来提亲。媒人也说王家女儿如何美丽,孙家仰慕王家的权势,一起怂恿孙麒答应这门婚事。孙麒也迷惑了,又娶了王氏。王氏果然很美,但十分骄横,对衣服用品非常挑剔,不喜欢就毁坏丢掉。孙麒因为喜欢她,不忍心不顺着。进门后几个月,孙麒天天在她房中过夜,吕无病在她面前,做什么都不对。不时还迁怒到丈夫身上,几次大吵大闹。孙麒很苦恼,因此经常独宿。这样王氏又生气。孙麒实在忍受不了,找了个借口到京城去,逃避这个悍妇的折磨。王氏把丈夫离家归罪于吕无病。吕无病低声下气,小心翼翼地侍奉王氏,王氏还是不高兴。有一天夜间王氏让吕无病睡在自己的床下当值,阿坚跑去和吕无病睡在一起。每当吕无病被喊起来伺候时,阿坚就啼哭。王氏很厌烦,不停地骂。吕无病急忙叫奶妈来抱阿坚,阿坚不跟奶妈走,奶妈硬要抱他,阿坚哭得更厉害了。王氏大怒,把阿坚毒打了一顿,阿坚才同奶妈走了。

儿以是病悸[①],不食。妇禁无病不令见之。儿终日啼,妇叱媪,使弃诸地。儿气竭声嘶,呼而求饮,妇戒勿与。日既暮,无病窥妇不在,潜饮儿。儿见之,弃水捉衿,号咷不止。妇闻之,意气汹汹而出[②]。儿闻声辍涕,一跃遂绝。无病大哭。妇怒曰:“贱婢丑态!岂以儿死胁我耶!无论孙家襁褓物[③],即杀王府世子,王天官女亦能任之[④]!”无病乃抽息忍涕,请为葬具。妇不许,立命弃之。妇去,窃抚儿,四体犹温。隐语媪曰:“可速将去,少待于野,我当继至。其死也,共弃之;活也,共抚之。”媪曰:“诺。”无病入室,携簪珥出,追及之。共视儿，已苏。二人喜，谋趋别业，往依姨。媪虑其纤步为累，无病乃先趋以俟之，疾若飘风⑤，媪力奔始能及。约二更许，儿病危，不复可前。遂斜行入村⑥，至田叟家，倚门待晓，扣扉借室，出簪珥易赀，巫医并致，病卒不瘳⑦。女掩泣曰："媪好视儿，我往寻其父也。"媪方惊其谬妄⑧，而女已杳矣。骇诧不已。

【注释】

①病悸：惊风的病。

②意气汹汹：犹怒气冲冲。意气，偏激、任性的情绪。

③襁褓物：小孩，未满周岁的婴儿。襁褓，背负婴儿用的宽带和包裹婴儿的被子。

④任：担当，承担。

⑤飘风：旋风，暴风。《诗·大雅·卷阿》："有卷者阿，飘风自南。"毛传："飘风，回风也。"

⑥斜行：小道，岔道。

⑦不瘳(chōu)：不治。瘳，痊愈。

⑧谬妄：胡言乱语，说的不靠谱。

【译文】

阿坚因此得了惊悸的病症，吃不下饭。王氏不让吕无病去看阿坚。阿坚终日啼哭，王氏呵斥奶妈，让她把阿坚扔在地上。阿坚哭得气竭声嘶，喊叫着要喝水，王氏不让给。到了傍晚，吕无病趁王氏不在，偷偷去给阿坚送水。阿坚看到吕无病，丢下水不要，拉住吕无病的衣襟，大哭不止。王氏听到了，气势汹汹地出来了。阿坚一听到王氏的声音就不哭了，身子一挺，倒地气绝。吕无病大哭。王氏怒骂道："你这个贱婢作出这样的丑态！难道要用孩子的死来威胁我！不要说是孙家的小孩子，就是杀了王府里的世子，王天官的女儿也担当得起。”吕无病抽泣着忍住眼泪，请求给孩子买口棺材。王氏不许，下令马上把尸首扔到野外去。王氏走后，吕无病偷偷摸摸阿坚的身体，觉得四肢还温热。她就悄悄对奶妈说：“你快点儿把孩子抱走，在野外等着，我马上就到。阿坚如果死了，咱们一起把他埋了；如果还活着，咱们共同抚养。”奶妈说：“好吧。”吕无病进屋，拿了些首饰，就追上了奶妈。她们一起看阿坚，阿坚已经苏醒了。二人非常高兴，商量到山中的别墅去，投靠姨妈。奶妈担心吕无病脚小走不动路，吕无病就先走等着她，走起来像一阵风，奶妈拼命奔跑才能赶上。到了二更时分，阿坚病危，不能再往前走了。她们只好抄小路进了一个村子，来到一户农家门前，靠在门上等待天亮。实在不行，只好敲门借宿，拿出首饰换成银子，请来巫婆、医生诊治，最终没有治好。吕无病掩面哭泣说：“奶妈你好好看着孩子，我去寻找他父亲。”奶妈听了，觉得吕无病的话很荒唐，正惊诧时，吕无病已不见了。奶妈惊骇不已。

是日，孙在都，方憩息床上①，女悄然入。孙惊起曰：“才眠已入梦耶！”女握手哽咽，顿足不能出声。久之久之，方失声而言曰：“妾历千辛万苦，与儿逃于杨……”句未终，纵声大哭，倒地而灭。孙骇绝，犹疑为梦。唤从人共视之，衣履宛然②，大异不解。即刻趣装③，星驰而归。

【注释】

①憩息：休息。

②宛然：真切，清楚。

③趣（cù）装：速整行装。宋张孝祥《水调歌头》词：“趣装入觐，行矣归去作盐梅。”趣，急。

【译文】

这天，孙麒在京城，正躺在床上休息，吕无病忽然悄悄走了进来。孙麒吃惊地坐了起来，说："刚躺下就做梦了吗！"吕无病握着他的手哽咽，伤心地顿脚流泪，就是说不出话来。过了好半天，才放声大哭着说："我历尽千辛万苦，与阿坚逃到杨……"话没说完，放声大哭，倒在地上就不见了。孙麒大惊失色，还以为是梦。把仆人叫来一看，吕无病的衣服鞋子都很真切地留在地上，大家对这件怪事都难以理解。孙麒立刻准备行装，星夜往家里赶。

既闻儿死妾遁，抚膺大悲[①]。语侵妇，妇反唇相稽[②]。孙忿，出白刃，婢妪遮救，不得近，遥掷之，刀脊中额，额破血流，披发嗥叫而出，将以奔告其家。孙捉还，杖挞无数，衣皆若缕，伤痛不可转侧。孙命舁诸房中护养之，将待其瘥而后出之[③]。妇兄弟闻之，怒，率多骑登门，孙亦集健仆械御之[④]。两相叫骂，竟日始散。王未快意，讼之。孙捍卫入城[⑤]，自诣质审[⑥]，诉妇恶状。宰不能屈，送广文惩戒以悦王[⑦]。广文朱先生，世家子，刚正不阿。廉得情[⑧]，怒曰："堂上公以我为天下之龌龊教官[⑨]，勒索伤天害理之钱，以吮人痈痔者耶[⑩]！此等乞丐相，我所不能！"竟不受命，孙公然归。王无奈之，乃示意朋好，为之调停，欲生谢过其家。孙不肯，十反不能决。妇创渐平，欲出之，又恐王氏不受，因循而安之。

【注释】

①膺：胸。

②反唇相稽：顶撞吵闹不相让。反唇，翻唇。谓顶嘴。稽，计较。

《汉书·贾谊传》:“妇姑不相说(悦),则反唇而相稽。”

③瘥(chài):病伤痊愈。出:休弃。

④械御:持械防御。

⑤捍卫:执器械护卫。

⑥质审:对质审问。

⑦广文:明清时期泛指儒学教官。

⑧廉得情:查考得知实情。廉,查访,考察。

⑨堂上公:指县令。

⑩吮人痈痔:即舐痈吮痔。比喻卑劣地奉承人。《庄子·列御寇》:“秦王有病召医,破痈溃座者得车一乘;舐痔者得车五五乘。所治愈下,得车愈多。”吮,聚拢嘴唇来吸。痈,毒疮。痔,痔疮。

【译文】

孙麒到家听说儿子死了吕无病逃了,捶胸痛哭。说话中冒犯了王氏,王氏反唇相讥。孙麒一发怒,拿出了刀子,丫环仆妇急忙来拉,孙麒无法靠近王氏,就把刀从远处向王氏掷去,刀背打中了王氏额头,王氏头破血流,披着头发嗥叫着跑出去,要去告诉娘家。孙麒把她拉回来,用棍子抽打了无数下,衣服打得一条一缕,遍体鳞伤,疼得不能翻身。孙麒让人把她抬到房中护理,等伤好以后休她出门。王氏的兄弟听到此事,大怒,率领不少人马登门问罪,孙麒也招集一些健壮的仆人手持器械抵御。双方不停地叫骂,闹了一天才散。王家还觉得没出这口气,就将孙麒告到了官府。孙麒在仆人的保护下进了城,亲自到大堂上去申辩,讲述了王氏的种种恶行。县令不能使孙麒屈服,就把他送到县学教官那里去教诲来取悦王家。教官朱先生也是世家子弟,刚正不阿。问清案情以后,恼怒地说:“县官老爷还以为我是那种卑鄙无耻的教官,会勒索那些伤天害理的钱,来舔权势者屁股上的痈痔呀!这种乞丐相,我做不出来!”竟然不接受这个案子,孙麒堂堂正正地回了家。王家无可奈何,就示意亲戚朋友,让他们出面调停,想让孙麒到王家来谢罪。

孙麒不肯，有十几拨人来调停也没有成功。王氏的伤势渐渐好了，孙麒想休了她，又怕她娘家不接受，只好像原来那样过下去。

妾亡子死，夙夜伤心，思得乳媪，一问其情。因忆无病言"逃于杨"，近村有杨家疃，疑其在是，往问之，并无知者。或言五十里外有杨谷，遣骑诣讯，果得之。儿渐平复，相见各喜，载与俱归。儿望见父，嗷然大啼[①]，孙亦泪下。妇闻儿尚存，盛气奔出，将致诮骂。儿方啼，开目见妇，惊投父怀，若求藏匿。抱而视之，气已绝矣。急呼之，移时始苏。孙恚曰："不知如何酷虐，遂使吾儿至此！"乃立离婚书，送妇归。王果不受，又舁还孙。孙不得已，父子别居一院，不与妇通。乳媪乃备述无病情状，孙始悟其为鬼。感其义，葬其衣履，题碑曰："鬼妻吕无病之墓。"无何，妇产一男，交手于项而死之[②]。孙益忿，复出妇，王又舁还之。孙乃具状控诸上台[③]，皆以天官故，置不理。后天官卒，孙控不已，乃判令大归[④]。孙由此不复娶，纳婢焉。

【注释】

①嗷（jiào）然：放声大哭的样子。

②交手于项而死之：双手扼死。

③上台：上官，上司。指县令的上级。

④大归：妇女被休弃而归母家。

【译文】

妾亡子死，孙麒日夜伤心，很想找到阿坚的奶妈问问详情。因而回忆起吕无病说的"逃于杨"的话，附近有个村子叫杨家疃，怀疑他们就在那里，到那里一问，没有一个人知道。有人说五十里外有个地方叫杨谷，孙麒派人骑马去探听，果然找到了。原来阿坚的病渐渐好了，和找他的人相见以后很高兴，一起回家了。阿坚看到父亲，放声大哭，孙麒也流下泪来。王氏听说阿坚还活着，气哼哼地奔出来，又想大骂。阿坚正哭着，看到王氏，吓得赶快投到父亲怀中，好像要让父亲把他藏起来。孙麒抱起来一看，气已绝了。急忙呼唤，过了一会儿才苏醒过来。孙麒愤怒地说："不知她是怎么残酷地虐待孩子，才使我儿子吓成这个样子！"于是立下休书，把王氏送回娘家。王家果然不接受，又把王氏抬了回来。孙麒不得已，只好和儿子另外居住在一个院子，不和王氏往来。奶妈详细讲了吕无病的一些奇异情况，孙麒才明白吕无病是鬼。感激她的情义，把她的衣服和鞋子埋葬了，题了一块墓碑，写着："鬼妻吕无病之墓。"不久，王氏生了一个男孩，她竟然把孩子掐死了。孙麒更加愤怒，又将她休回娘家，王家又把她送了回来。孙麒就写了状子把她告到上一级官府，但都因为王天官的缘故，不受理此案。后来王天官死了，孙麒又不停地告状，官府才判决将王氏休回娘家。孙麒从此不再娶妻，只收了一个丫环为妾。

妇既归，悍名噪甚，居三四年，无问名者[①]。妇顿悔，而已不可复挽[②]。有孙家旧媪，适至其家，妇优待之，对之流涕，揣其情，似念故夫。媪归告孙，孙笑置之。又年馀，妇母又卒，孤无所依，诸娣姒颇厌嫉之，妇益失所，日辄涕零。一贫士丧偶，兄议厚其妆而遣之，妇不肯。每阴托往来者致意孙，泣告以悔，孙不听。

【注释】

①无问名者：没有人打算娶她。问名，是古代婚姻礼仪六礼中的第

二礼。男家具书托媒请问女子的姓名和出生年月日，女家复书具告。《仪礼》："婚有六礼，纳采、问名、纳吉、纳征、请期、亲迎。"

②挽：挽救。

【译文】

王氏回娘家以后，凶悍的名声传得很远，过了三四年，没有人来提亲。王氏突然悔悟了，但事情已不可挽回。有一位孙家昔日的老女仆，来到王家，王氏殷勤接待她，在她面前流出了眼泪，女仆猜测王氏可能在想念故夫孙麒。女仆回来后告诉了孙麒，孙麒笑了笑没放在心上。又过了一年多，王氏的母亲也去世了，她孤独无依靠，兄嫂弟媳又都嫌弃她，王氏更增加了流离失所的感觉，常常终日啼哭。有一位穷书生死了老婆，王氏的哥哥打算多给一些陪嫁把她嫁给这位书生，王氏不肯。她常偷偷托来往的人向孙麒致意，哭着让人家转告她悔恨的心情，孙麒不理。

一日，妇率一婢，窃驴跨之，竟奔孙。孙方自内出，迎跪阶下，泣不可止。孙欲去之，妇牵衣复跪之。孙固辞曰："如复相聚，常无间言则已耳①。一朝有他，汝兄弟如虎狼，再求离逷②，岂可复得！"妇曰："妾窃奔而来，万无还理。留则留之，否则死之！且妾自二十一岁从君，二十三岁被出，诚有十分恶，宁无一分情？"乃脱一腕钏，并两足而束之，袖覆其上，曰："此时香火之誓③，君宁不忆之耶？"孙乃荧眥欲泪④，使人挽扶入室，而犹疑王氏诈谖⑤，欲得其兄弟一言为证据。妇曰："妾私出，何颜复求兄弟？如不相信，妾藏有死具在此，请断指以自明。"遂于腰间出利刃，就床边伸左手一指断之，血溢如涌。孙大骇，急为束裹。妇容色痛变，而更不呻吟，笑曰："妾今日黄粱之梦已醒⑥，特借斗室为出家计,何用相猜[7]?”孙乃使子及妾另居一所,而己朝夕往来于两间。又日求良药医指创,月馀寻愈。妇由此不茹荤酒,闭户诵佛而已。

【注释】

①间言:闲话,非议之言。《论语·先进》:“人不间于其父母昆弟之言。”

②离逷(tì):一作“离逖”,远远离开。此处指离婚,两不相关。

③香火之誓:焚香盟誓之情。古人盟誓,多设香火告神。明沈德符《野获编补遗·吏部·汪徐相仇》:“自顾无倾城姿,不堪奉贵人,似若辈男子,我自谓犹相匹,有何亏负,遂无一念香火情?”

④荧眥欲泪:眼中闪着泪花要哭。眥,泛指眼睛。

⑤诈谖(xuān):欺诈。

⑥黄粱之梦已醒:谓已觉悟人生道理。黄粱之梦,唐沈既济《枕中记》记载卢生在旅店住宿,入睡后在梦中享尽富贵荣华,等到醒来,店主人蒸的黄粱米饭还没熟。多用于比喻虚幻不实的事和欲望的破灭犹如一梦。

⑦猜:猜疑。

【译文】

有一天,王氏带着一个丫环,偷偷骑上驴,竟然奔向孙家。孙麒刚从家中出来,王氏迎上去跪在台阶下,哭泣不止。孙麒要赶她走,王氏拉着他的衣服又跪下来。孙麒坚决拒绝说:“如果再生活在一起,平时没什么闲话还可以。一旦有事,你那兄弟如狼似虎,再想离婚,哪里能办得到!”王氏说:“我是偷着跑到你这儿来的,万万没有返回的道理。你留我我就留下,否则我就死在这里!况且我从二十一岁嫁给你,二十三岁被休回娘家,即使有十分恶,难道没有一分情吗?”说完摘下一只手镯来,两脚并在一起套上手镯,把衣袖盖在上面,说:“当日成亲时焚香立誓的情义,你一点儿都不记得了吗?”孙麒听了此话也热泪盈眶,让仆人把王氏搀扶进屋,但这时仍怀疑王氏在耍什么手腕,便想得到其兄弟的字据为凭证。王氏说:“我是私自跑出来的,有何脸面再去求兄弟?你如果不相信,我藏有自尽的工具在这里,请让我砍断手指来表明心迹。”于是从腰间拔出一把快刀,就在床边伸出左手砍断一个指头,血如泉涌。孙麒大为惊骇,急忙为她裹伤。王氏疼得脸色都变了,但一声没有呻吟,还笑着说:“我今日黄粱之梦已醒,只想在你这里借一间斗室修行,何必还猜疑呢?”孙麒就让儿子和妾另住在一处,自己早晚来往于妻妾两处房子之间。又每天寻找良医好药为王氏治疗指伤,过了一个多月就痊愈了。王氏从此不吃荤腥不饮酒,每天只是闭门念佛而已。

居久,见家政废弛,谓孙曰:“妾此来,本欲置他事于不问,今见如此用度,恐子孙有饿莩者矣[①]。无已,再觍颜一经纪之[②]。”乃集婢媪,按日责其绩织。家人以其自投也,慢之,窃相诮讪,妇若不闻知。既而课工,惰者鞭挞不贷,众始惧之。又垂帘课主计仆[③],综理微密。孙乃大喜,使儿及妾皆朝见之。阿坚已九岁,妇加意温恤[④],朝入塾,常留甘饵以待其归,儿亦渐亲爱之。一日,儿以石投雀,妇适过,中颅而仆,逾刻不语。孙大怒,挞儿。妇苏,力止之,且喜曰:“妾昔虐儿,心中每不自释,今幸消一罪案矣。”孙益嬖爱之,妇每拒,使就妾宿。居数年,屡产屡殇[⑤],曰:“此昔日杀儿之报也。”阿坚既娶,遂以外事委儿,内事委媳。一日曰:“妾某日当死。”孙不信。妇自理葬具,至日,更衣入棺而卒,颜色如生,异香满室。既敛,香始渐灭。

【注释】

①饿莩(piǎo):饿死的人。《孟子·梁惠王》:“涂有饿莩而不知发。”

②觍颜:厚着脸皮,勉强从事的谦辞。经纪:管理,经营。

③垂帘:谓在帘内主持家政。课:考核。主计:主管财务,计算出入。

④温恤:温存体贴。

⑤殇:夭折。

【译文】

过了一段时间,王氏见家中的事务无人主持,就对孙麒说:“我这次回来,本想对什么事都不管不问,现在看家中这样花费,恐怕子孙将来会有饿死的。没办法,我只好厚着脸皮再来管一管吧。”于是把丫环仆妇叫到一起,让她们每天纺线织布。仆人们因她是自己恳求回来的,瞧不起她,背后议论讥笑,王氏好像没听到。接着检查他们的工作成效,对懒惰的就鞭打责罚,毫不客气,众人这才害怕了。又隔着帘子亲自教管账的人如何算账,对账目管理得非常细致。孙麒非常高兴,让儿子和妾都来拜见王氏。阿坚这时已九岁,王氏尽力关心照顾,儿子早晨去上学,王氏常把好吃的东西留下来等他放学再吃,阿坚渐渐地喜欢她了。有一天,阿坚用石块打麻雀,王氏正好走过来,石头打在她的头上,立时倒在地上,过了好一会儿还昏迷不醒。孙麒大怒,就打阿坚。王氏苏醒过来,竭力劝阻,并且高兴地说:“我从前虐待孩子,心里常常不能原谅自己,今天幸好抵消了这一罪案。”孙麒因此更加喜爱她,但王氏常常拒绝他留宿,让他到妾的屋里去住。过了几年,王氏生了好几个孩子,都没能活下来,她说:“这是我昔日杀死儿子的报应。”阿坚娶了媳妇以后,王氏就把家外的事交给阿坚去办,家内的事交给儿媳管理。有一天她对孙麒说:“我某日要死。”孙麒不信。王氏自己准备好棺木衣服,到那天,换上寿衣躺在棺木里死了,死时面容和活着时一样,满屋还飘着一种奇异的香味。收殓之后,香气才慢慢散去。

异史氏曰：心之所好，原不在妍媸也[1]。毛嫱、西施[2]，焉知非自爱之者美之乎？然不遭悍妒，其贤不彰，几令人与嗜痂者并笑矣[3]。至锦屏之人[4]，其夙根原厚[5]，故豁然一悟，立证菩提[6]。若地狱道中[7]，皆富贵而不经艰难者也。

【注释】

①妍：美。媸：丑。

②毛嫱、西施：皆古代美女名。毛嫱，《庄子·齐物论》：“毛嫱、丽姬，人之所美也。”《释文》：“司马彪云：毛嫱，古美人，一云越王美姬。”西施，春秋时越国美女。

③嗜痂者：谓有怪癖的人。《宋书·刘穆之传》：刘邕“嗜食疮痂，以为味似鳆鱼”。疮痂，疮疖上结的硬壳。

④锦屏之人：深闺女子，富贵人家女子。锦屏，用织锦做的屏风。明汤显祖《牡丹亭·惊梦》：“锦屏人忒看的这韶光贱。”

⑤夙根：佛教谓前生所种善根。根，根业，根性，业力。众生因根业不同，所得果报亦不同。

⑥立证菩提：即刻证得佛果。菩提，梵语音译。意译为觉、智、道等。佛教用以指豁然彻悟的境界，又指觉悟的智慧和觉悟的途径。

⑦地狱道：佛教所谓生死轮回的六道之一。六道之中以地狱道之痛苦为最甚。又细分为八大热地狱、八大寒地狱、近边地狱及孤独地狱四大部分。

【译文】

异史氏说：心中爱一个人，原本不在于容貌的美丑。毛嫱、西施，怎知不是爱慕她们的人主观认为她们美呢？然像吕无病这种人，如果不遭到悍妇的嫉妒，她的贤德就不会显现出来，差点儿让人把她当作有怪癖的人加以讥笑。至于像王氏这个正妻，她的根业原很深厚，所以豁然醒悟，立刻就走上正道。进入地狱道的人，都是些富贵而没有经过艰难的人。

钱卜巫

【题解】

一个人的命运包括先人的命运和本人的命运两部分。先人积德行善，就会给后人带来福祉，否则就会带来灾难，以致“父孽累子，子复累孙”。

本篇小说劝诫不要奢侈浪费，不要嫉妒陷害，而要慷慨不吝，体恤贫穷。所言都是农村中习见之事，亲切有味。可注意的是，富人某翁怜悯夏商贫穷，帮助他致富的办法不是务农，而是“假以赀，使学负贩”，由此可见蒲松龄当日家乡经商风气之普遍，作者思想意识之开明。

夏商，河间人①。其父东陵，豪富侈汰②，每食包子，辄弃其角，狼籍满地。人以其肥重，呼之丢角太尉。暮年，家綦贫，日不给餐，两肱瘦③，垂革如囊，人又呼募庄僧④，谓其挂袋也。临终谓商曰：“余生平暴殄天物⑤，上干天怒，遂至冻饿以死。汝当惜福力行，以盖父愆⑥。”商恪遵治命⑦，诚朴无二，躬耕自给。乡人咸爱敬之。

【注释】

①河间：府名。位于今河北冀中平原腹地，今属沧州河间。

②侈汰：奢侈放纵。

③肱(gōng)：手臂。

④募庄僧：指沿村庄募化的僧人。募，募化，僧尼等求人施舍财物。

⑤暴殄(tiǎn)天物：原指糟蹋残害天生万物，后指任意浪费。《书·武成》："今商王受无道，暴殄天物，害虐烝民。"

⑥盖：遮蔽，免除。

⑦治命：指父亲临终前清醒时所留的遗言。《左传·宣公十五年》："初，魏武子有嬖妾，无子。武子疾，命颗曰：'必嫁是。'疾病则曰：'必以为殉。'及卒，颗嫁之，曰：'疾病则乱，吾从其治也。'及辅氏之役，颗见老人结草以亢杜回，杜回踬而颠，故获之。夜梦之曰：'余，所嫁妇人之父也。尔用先人之治命，余是以报。'"

【译文】

夏商是河间人。他的父亲夏东陵，是个奢侈成性的富翁，每当吃包子时，只把馅吃掉，把包子角扔掉，扔得满地都是。人们因他肥胖，称他为丢角太尉。到了晚年，家境极贫，每天饭都吃不饱，两臂干瘦，皮肉松弛如袋，人们又称他为募庄僧，意思是说他像个身挂袋子的化缘和尚。临死前，他对夏商说："我平生暴殄天物，惹怒了老天爷，以致冻饿而死。你要珍惜上天赐予的福分，好好干活，来弥补我的过失。"夏商严格遵守父亲的遗教，为人诚恳朴实，没有一点儿不好的念头，耕田种地，自食其力。村里人都喜爱和尊敬他。

富人某翁哀其贫，假以赀，使学负贩，辄亏其母[①]。愧无以偿，请为佣，翁不肯。商瞿然不自安[②]，尽货其田宅，往酬翁。翁诘得情，益怜之，强为赎还旧业，又益贷以重金，俾作贾。商辞曰："十数金尚不能偿，奈何结来世驴马债耶[③]？"翁乃招他贾与偕。数月而返，仅能不亏。翁不收其息，使复之。年馀，货赀盈辇[④]，归至江，遭飓[⑤]，舟几覆，物半丧失。归计所有，略可偿主。遂语贾曰："天之所贫，谁能救之？此皆我累君也!”乃稽簿付贾,奉身而退[⑥]。翁再强之,必不可,躬耕如故。每自叹曰:“人生世上,皆有数年之享,何遂落魄如此?”

【注释】

①亏其母:谓亏本。亏,亏损。母,本钱。

②瞿然:吃惊,不安的样子。《礼记·檀弓》:“童子曰:‘华而睆,大夫之箦与!’子春曰:‘止。’曾子闻之,瞿然曰:‘呼!’”

③驴马债:迷信谓此生欠债不还,来世变作驴马偿还。

④货赀盈辇:购置的财货,装满一车。辇,车。

⑤飓(jù):大风。

⑥奉身而退:恭敬地退出。奉,恭敬,谨慎。

【译文】

有位富人某翁可怜他贫穷,借给他本钱,让他学做贩运生意,可夏商往往连本钱都赔了进去。他因无力归还本金,心中很不安,就请求在某翁家当佣工,某翁不肯。夏商心中更惴惴不安,卖掉了自家的田宅,拿得来的钱去还某翁。某翁问清了钱的来历,更加可怜他,强行为他赎回了卖出的产业,又借给更多的本钱,让他做买卖。夏商推辞说:“以前借的十几两银子尚且没还上,怎能背上来世当驴做马才能偿还的债务呢?”某翁就请了一位商人和他一起去做生意。过了几个月回来了,仅仅没有亏本。某翁不收他的利息,让他拿着本钱再去做一次生意。过了一年多,夏商赚回了满车的货和钱,归途中在江上遇到飓风,船差点儿被掀翻,货物丧失了一半。回来后清点一下剩下的钱物,大约可偿还本钱。于是他对同行的商人说:“老天爷让我贫穷,谁能救我呢?这都是我连累了你啊!”于是清点账本交给那位商人,恭敬地退出了。某翁再次恳切地让他仍去做买卖,他坚决不肯,依然耕田度日。他经常感叹说:“人生世上,都有几年享福的日子,为什么我就落魄到这个地步呢?”

会有外来巫,以钱卜,悉知人运数[①]。敬诣之。巫,老妪也。寓室精洁,中设神座,香气常熏。商入朝拜讫,便索贽。商授百钱,巫尽内木筒中,执跪座下,摇响如祈签状。已而起,倾钱入手,而后于案上次第摆之。其法以字为否[②],幕为亨[③]。数至五十八皆字,以后则尽幕矣。遂问:“庚甲几何[④]?”答:“二十八岁。”巫摇首曰:“早矣!官人现行者先人运,非本身运。五十八岁,方交本身运,始无盘错也[⑤]。”问:“何谓先人运?”曰:“先人有善,其福未尽,则后人享之;先人有不善,其祸未尽,则后人亦受之。”商屈指曰:“再三十年,齿已老耄,行就木矣[⑥]。”巫曰:“五十八以前,便有五年回润[⑦],略可营谋,然仅免寒饿耳。五十八之年,当有巨金自来,不须力求。官人生无过行[⑧],再世享之不尽也。”

【注释】

①运数:命运。

②字:古时钱币,正面铸字,背面铸有图形。否(pǐ):闭塞,阻隔不通。《易·否》:“否之匪文。”陆德明《释文》:“否,闭也;塞也。”

③幕:钱币的背面。《汉书·西域传》:“以金银为钱,文为骑马,幕为人面。”亨:顺利通达。《易·坤》:“品物咸亨。”

④庚甲:年岁的代称。

⑤盘错:盘曲交错。

⑥就木:死。就,接近。木,指棺材。《左传·鲁僖公二十三年》:“将适齐,谓季隗曰:‘待我二十五年不来而后嫁。’对曰:‘我二十

五年矣，又如是而嫁，则就木焉，请待子。'"

⑦回润：返回的好处。润，润泽。

⑧过行：过错，过失。

【译文】

这时正好从外地来了一位会巫术的人，用钱币占卜，能预先知道人的命运。夏商恭敬地去见她。这个会巫术的人是一位老太太。她的寓所精致整洁，中间设立神位，香气缭绕。夏商进去朝拜以后，巫婆便向他要占卜费。夏商给了她一百枚钱，巫婆都放入木筒中，然后拿着木筒跪在神座前，用手摇木筒，如同求签那样。一会儿站了起来，把钱倒在手上，然后在桌上依次摆开。方法是有字的一面是凶，背面就是吉。数到五十八枚时都是字，以后则都是背面了。巫婆问："今年多大岁数了？"夏商回答："二十八岁。"巫婆摇着头说："早着呢！官人你现在行的是先人运，并不是你本身运。到五十八岁，才交本身运，才不会有坎坷。"夏商问："什么叫先人运？"巫婆说："先辈人有善行，他的福没有享尽，后辈人可以享用；先人有恶行，他的祸没有遭尽，后辈人也得承受。"夏商屈指一算说："再过三十年，我已老了，行将就木了。"巫婆说："五十八岁以前，便有五年运气回转，略可干点儿事情，但只能免于饥寒罢了。到五十八岁这年，会有巨额的金钱送上门来，不需要费力去寻找。官人这一生没有过失，你的福气下辈子也享不尽。"

别巫而返，疑信半焉。然安贫自守，不敢妄求。后至五十三岁，留意验之。时方东作[①]，病痁不能耕[②]。既痊，天大旱，早禾尽枯。近秋方雨，家无别种，田数亩悉以种谷。既而又旱，荞菽半死[③]，惟谷无恙，后得雨勃发，其丰倍焉。来春大饥，得以无馁。商以此信巫，从翁贷赀，小权子母[④]，辄小获。或劝作大贾，商不肯。

【注释】

①东作：春耕之时。《书·尧典》："平秩东作。"孔颖达疏："岁起于东而始就耕，谓之东作。"

②病痁(shān)：患疟疾。痁，疟疾。

③荞：荞麦。菽：豆类。

④小权子母：做小本生意。

【译文】

夏商告别巫婆回了家，对她的话将信将疑。但他仍安于贫穷，坚持操守，不敢妄求非分之财。到了五十三那年，就留心验证女巫的话是否灵验。当时正在春耕，夏商得了疟疾不能耕田。病好以后天又大旱，禾苗都枯死了。快到秋天才下雨，家里没有别的种子，把所有的地都种上了谷子。接着天又旱了，荞麦豆类等作物大半都枯死了，只有谷子没事，后来得到雨才滋润，苗壮生长，产量比往年增加一倍。第二年开春闹饥荒，夏商却没有挨饿。夏商因此相信了巫婆的话，向某翁借来本钱，做一些小生意，得到了些小的利润。有人劝他做大买卖，他不肯做。

迨五十七岁，偶葺墙垣[①]，掘地得铁釜，揭之，白气如絮，惧不敢发。移时，气尽，白镪满甕。夫妻共运之，秤计一千三百二十五两。窃议巫术小舛[②]。邻人妻入商家，窥见之，归告夫。夫忌焉，潜告邑宰。宰最贪，拘商索金。妻欲隐其半，商曰："非所宜得，留之贾祸[③]。"尽献之。宰得金，恐其漏匿，又追贮器，以金实之，满焉，乃释商。居无何，宰迁南昌同知[④]。逾岁，商以懋迁至南昌[⑤]，则宰已死。妻子将归，货其粗重，有桐油如干簍，商以直贱，买之以归。既抵家，器有渗漏，泻注他器，则内有白金二铤，遍探皆然。兑之[⑥]，适得前掘镪之数。商由此暴富，益赡贫穷，慷慨不吝。妻劝积遗子孙，商曰："此即所以遗子孙也。"邻人赤贫至为丐，欲有所求，而心自愧。商闻而告之曰："昔日事，乃我时数未至，故鬼神假子手以败之，于汝何尤？"遂周给之[7]。邻人感泣。后商寿八十，子孙承继，数世不衰。

【注释】

①葺(qì)：原指用茅草覆盖房子，后泛指修理房屋。

②舛(chuǎn)：差错。

③贾祸：招致祸患。贾，招致。

④南昌：府名。治所即今江西南昌。同知：清代府、州同知，为知府、知州的佐官。

⑤懋迁：犹贸易。《书·益稷》："懋迁有无化居。"孔传："勉劝天下，徙有之无，鱼盐徙山，林木徙川泽，交易其所居积。"

⑥兑：用天平秤金银。

⑦周给：接济。《北史·恩幸传·王椿》："(椿妻)存拯亲类，所在周给。"

【译文】

到五十七岁那年，偶然修理院墙，挖地发现一个铁锅，打开以后，有缕缕白气冒出，他吓得不敢伸手。过了一会儿，气散尽了，看到满锅都是白花花的银子。夏商夫妻把银子取出来，一称，共一千三百二十五两。二人私下议论，巫婆的占卜也有点儿小错。邻人的妻子到商家串门，看见了银子，回家告诉了她的丈夫。她的丈夫十分嫉妒，偷偷告诉了县官。县官是个贪官，把夏商抓来索要银子。夏商的妻子想隐藏一半，夏商说："如果不是我们应得的，留下来也要招祸。"于是把银子全部交了出来。县官得到银子，恐怕夏商还隐藏了一部分，又追要原来装银子的器具，把银子装进去正好装满，才释放了夏商。过了不久，县官升任南昌同知。过了一年，夏商因做生意到了南昌，这时县官已死。他的妻子将要还乡，卖掉了一些粗重的东西，有若干篓桐油，夏商看到价钱便宜，便买了带回家。到家以后，有个油篓漏油，就把油倒到别的容器中，这时发现篓内有两锭白银，再看看其他的油篓，每篓都有。秤了秤，正好和原来挖出来的银数相同。夏商从此突然富了起来，更加愿意帮助穷人，慷慨解囊，毫不吝啬。妻子劝他给子孙留一些遗产，夏商说："这就是给子孙留遗产。"那位告发他的邻居，这时穷得当了乞丐，想来求他帮助，可心中有愧不好开口。夏商知道以后告诉他说："过去的事，是我时运不到，所以鬼神借你的手把好事打破，你有什么错呢？"于是周济他。邻人感动得直掉眼泪。后来夏商活到了八十岁，子孙继承了他的产业，好几代都兴盛不衰。

异史氏曰：汰侈已甚，王侯不免，况庶人乎！生暴天物，死无饭含[①]，可哀矣哉！幸而鸟死鸣哀[②]，子能干蛊[③]，穷败七十年，卒以中兴。不然，父孽累子，子复累孙，不至乞丐相传不止矣。何物老巫，遂宣天之秘？呜呼！怪哉！

【注释】

①饭含：古丧仪之一。人死后，把珠、玉、谷物或钱放入死者口中，所放之物根据死者地位不同而有不同。《战国策·赵策》："生则不得事养，死则不得饭含。"

②鸟死鸣哀：即"鸟之将死，其鸣也哀；人之将死，其言也善"。见《论语·泰伯》。此指夏商之父临终"惜福力行"的遗言。

③干蛊：谓儿子能继承父志，完成父亲未竟之事业。蛊，蛊害，蛊乱，弊病。《易·蛊》："初六，干父之蛊，有子，考无咎。"

【译文】

异史氏说：奢侈得太过分，王侯也不免遭殃，何况是普通百姓呢！

活着时暴殄天物,死时就穷得口中没有饭含,也真可悲啊!幸亏临终前给儿子留下了“惜福力行”的遗言,儿子能听从父亲的遗言,勤俭持家,使穷困了七十年的家庭得以中兴。不然的话,父亲的罪孽连累儿子,儿子又连累孙子,不成为乞丐世代相传不会停止。什么样的老巫婆,终于泄露了上天的秘密?唉!真奇怪啊!

姚安

【题解】

姚安杀妻再娶,继之无端怀疑新妻,斩杀绿娥。之后又莫名其妙地不断见到被杀的绿娥与人狎亵榻上,终于忿恚而死。这个过程,但明伦分析得很到位,他说:“故鬼(指姚安原妻)报之以绐,使之自杀其妻而破其产矣。新鬼(指再娶的绿娥)又复就其疑而绐,复使之日见狎亵之状,夜闻淫溺之声,而刻不可忍,愤恚而死,可谓请君入瓮矣。”蒲松龄认为是报应,说:“不亡何待!”姚安杀妻再娶固然可恶,但后面发生的一切,在现代人看来却近于精神病理现象,也就是无端的强迫症和幻视幻听。

姚安,临洮人[①],美丰标[②]。同里宫姓,有女子字绿娥,艳而知书,择偶不嫁。母语人曰:“门族风采[③],必如姚某始字之[④]。”姚闻,绐妻窥井,挤堕之,遂娶绿娥。雅甚亲爱。然以其美也,故疑之:闭户相守,步辄缀焉;女欲归宁,则以两肘支袍,覆翼以出,入舆封志[⑤],而后驰随其后,越宿,促与俱归。女心不能善,忿曰:“若有桑中约[⑥]?岂琐琐所能止耶[⑦]!”姚以故他往,则扃女室中。女益厌之,俟其去,故以他钥置门外以疑之。姚见大怒,问所自来。女愤言:“不知!”姚愈疑,伺察弥严。

【注释】

①临洮:元明清时期府名。治所在狄道,即今甘肃临洮,位于甘肃省中部。

②丰标:风度仪态。

③门族:门第族望。丰采:风度仪表。

④字:旧时称女子许嫁,许配。

⑤入舆封志:待其坐入轿中,即在轿门加上封条。舆,此指轿。

⑥桑中约:男女私会。《诗·鄘风·桑中》:"期我乎桑中,要我乎上宫,送我乎淇之上矣。"

⑦琐琐:琐碎卑微的举动。

【译文】

姚安是临洮人,人长得俊美,风度潇洒。同村有个姓宫的人,他有个女儿叫绿娥,容貌美丽,识文断字,一直在挑选女婿没有出嫁。她母亲对别人说:"门第和长相,必须像姚安那样,我才会把女儿嫁给他。"姚安听到这话,骗妻子看井中有什么东西,把妻子推入井中淹死了,于是娶了绿娥为妻。二人相亲相爱。但因绿娥长得太美,姚安不放心,就关着家门守着她,寸步不离;绿娥要回娘家,姚安用两手支撑着衲子,覆盖在绿娥身上出去,上了轿子拉上轿帘作好记号,然后他跟在轿后一起回去,在娘家住一宿,就催促绿娥一起回去。绿娥心中很不高兴,生气地说:"如果我和别的男人约会,你这点儿小动作岂能限制我!"姚安有事外出,就把绿娥锁在屋内。绿娥更厌烦他,等他走后,故意找把钥匙放在门外,让他生疑。姚安看见钥匙大怒,问是从哪里来的。绿娥气愤地说:"不知道!"姚安更加怀疑,看守得更严了。

一日,自外至,潜听久之,乃开锁启扉,惟恐其响,悄然掩入。见一男子貂冠卧床上①,忿怒,取刀奔入,力斩之。近视，则女昼眠畏寒，以貂覆面上。大骇，顿足自悔。宫翁忿质官。官收姚，褫衿苦械[2]。姚破产，以巨金赂上下，得不死。由此精神迷惘，若有所失。适独坐，见女与髯丈夫[3]，狎亵榻上，恶之，操刃而往，则没矣。反坐，又见之，怒甚，以刀击榻，席褥断裂。愤然执刃，近榻以伺之，见女立面前，视之而笑，遽砍之，立断其首。既坐，女不移处，而笑如故。夜间灭烛，则闻淫溺之声，亵不可言。日日如是，不复可忍，于是鬻其田宅，将卜居他所。至夜，偷儿穴壁入，劫金而去。自此贫无立锥[4]，忿恚而死。里人藁葬之[5]。

【注释】

①貂冠：古代侍中、常侍之冠。因以貂尾为饰，故称。

②褫(chǐ)衿：扒掉学子衿服。旧时生员等犯罪，必先由学官褫夺衣冠，革除功名之后，才能动刑拷问。苦械：用刑。械，枷锁、镣铐之类刑具。

③髯丈夫：长有络腮胡子的男子。髯，颊毛。

④贫无立锥：穷得连插下锥子那样小的地方都没有。《庄子·杂篇·盗跖》："尧舜有天下，子孙无置锥之地；汤武立为天子，而后世绝灭；非以其利大故邪？"

⑤藁(gǎo)葬：草草埋葬。

【译文】

有一天，姚安从外面回来，在门外偷听了很久，才打开锁推开屋门，又恐怕弄出响声，悄悄地进了屋。看到一名男子戴着貂皮帽子躺在床上，他气极了，取了把刀跑到床前，把他砍死了。走近一看，原来是绿娥白天睡觉怕冷，把貂皮盖在脸上。姚安惊慌万分，跺着脚后悔不已。绿娥的父亲气得把姚安告到官府。官府把姚安抓去，扒了衣服施以重刑。

姚家倾家荡产用重金贿赂了官府上下官吏，才免于一死。从此以后他精神恍惚，若有所失。有一天，他正一人独坐，见绿娥和一个大胡子男人在床上亲热，心中厌恶，拿着刀奔过去，床上的人就不见了。他又回来坐下，又看见二人在亲热，他愤怒极了，用刀砍床，席子和褥子都砍断了。他又气愤地拿着刀走到床前等待，看到绿娥站在面前，看着他笑，他马上一砍，立刻把头砍了下来。他坐下以后，绿娥还站在床前，依然看着他笑。夜间灭灯以后，就听到绿娥与男人淫戏的声音，污秽得难以出口。天天如此，姚安忍无可忍，于是卖掉田宅，将要搬到别处去住。这天夜里，小偷打洞钻进屋内，把姚安的钱全都偷走了。从此姚安穷得无立锥之地，气愤而死。村里人把他草草埋葬了。

异史氏曰：爱新而杀其旧，忍乎哉！人止知新鬼为厉[①]，而不知故鬼之夺其魄也。呜呼！截指而适其屦[②]，不亡何待！

【注释】

①厉：恶鬼。

②截指而适其屦(jù)：即截趾适履，喻本末倒置。指，脚趾。《后汉书·荀爽传》："传曰：'截趾适屦，孰云其愚？'"

【译文】

异史氏说：喜爱新人而杀掉旧人，太残忍了！人们只知新鬼在作祟，而不知是旧鬼夺去了他的魂魄。唉！削短脚趾来适应鞋子，不死还等什么呢！

采薇翁

【题解】

古人云"胸中自有雄兵百万"，古代的魔术中也有吞刀吐剑的表演，大概民间故事就是根据这些加以演绎编造的。虽然故事本身是传闻，却从侧面反映了明末清初之际“干戈蜂起”的混乱状况，反映了时代的真实。采薇翁和诸部领的话都有一定道理，都从一个侧面打动了刘芝生，成为引起故事情节的动因，也都围绕着采薇翁腹藏甲兵器械这一关键展开，从而使得小说虽简短却头尾完整，具有时代气息。

明鼎革[①]，干戈蜂起[②]。於陵刘芝生[③]，聚众数万，将南渡。忽一肥男子诣栅门[④]，敞衣露腹，请见兵主。刘延入与语，大悦之。问其姓字，自号采薇翁。刘留参帷幄[⑤]，赠以刀。翁言：“我自有利兵，无须矛戟。”问兵所在，翁乃捋衣露腹，脐大可容鸡子，忍气鼓之，忽脐中塞肤嗤然，突出剑跗[⑥]，握而抽之，白刃如霜。刘大惊，问：“止此乎？”笑指腹曰：“此武库也，何所不有。”命取弓矢，又如前状，出雕弓一，略一闭息，则一矢飞堕，其出不穷。已而剑插脐中，既都不见。刘神之，与同寝处，敬礼甚备。

【注释】

①鼎革：改朝换代。鼎与革分别是《易》中的两个卦象。《易·杂卦》：“革去故也，鼎取新也。”

②干戈蜂起：谓到处发生战乱。蜂起，如群蜂同时飞起。喻众多。《史记·项羽本纪》：“夫秦失其政，陈涉首难，豪杰蜂起，相与并争，不可胜数。”

③於（wū）陵：古地名。尧、舜、禹时期至夏朝，为於陵国都城。战国时为齐於陵邑。汉置为县，隋后改长山县，在今山东邹平境。

④栅门：军营之门。栅，栅栏。军队驻地结木为栅，以作营墙。

⑤参帷幄：谓参谋军事。帷幄，军帐，幕府。《史记·高祖本纪》：

"夫运筹策帷帐之中,决胜千里之外,吾不如子房。"

⑥剑跗(fū):剑把。跗,通"柎"。器物的足部。

【译文】

明朝灭亡的时候,到处都在打仗。於陵人刘芝生,聚集了数万人,将渡江投奔南明的福王。忽然有一名肥胖的男子来到兵营的栅门外,破衣露腹,请求见主帅。刘芝生请他进来与他交谈,大为高兴。问他姓名,他自己说叫采薇翁。刘芝生把他留在军中当参谋,赠给他一把刀。采薇翁说:"我自己有兵器,不需要矛戟之类的东西。"问他兵器在哪里,采薇翁撩起衣服露出肚子,肚脐眼大得可以容纳鸡蛋,他憋住气鼓起肚子,忽然肚脐眼鼓了起来,"刺啦"一声冒出一把剑柄,握住一抽,白刃如霜。刘芝生大惊,问:"只有这把剑吗?"采薇翁笑着指指肚子说:"这就是武器库,什么都有。"让他取弓箭,他又像刚才那样,取出一把雕花的弓,略微屏气,又有一支箭飞坠地上,接着不停地往外飞箭。然后他把剑插入肚脐中,所有的武器都不见了。刘芝生觉得采薇翁很神奇,和他同吃同住,十分尊敬,招待备至。

时营中号令虽严,而乌合之群①,时出剽掠②。翁曰:"兵贵纪律。今统数万之众,而不能镇慑人心,此败亡之道也。"刘喜之,于是纠察卒伍,有掠取妇女财物者,枭以示众。军中稍肃,而终不能绝。翁不时乘马出,遨游部伍之间,而军中悍将骄卒,辄首自堕地,不知其何因。因共疑翁。前进严饬之策③,兵士已畏恶之,至此益相憾怨④。诸部领谮于刘曰⑤:"采薇翁,妖术也。自古名将,止闻以智,不闻以术。浮云、白雀之徒⑥,终致灭亡。今无辜将士,往往自失其首,人情汹惧。将军与处,亦危道也,不如图之。"刘从其言,谋俟其寝,诛之。使觇翁,翁坦腹方卧,息如雷。众大喜,以兵绕舍，两人持刀入，断其头。及举刀，头已复合，息如故，大惊。又斫其腹，腹裂无血，其中戈矛森聚[7]，尽露其颖[8]。众益骇，不敢近，遥拨以矟[9]，而铁弩大发，射中数人。众惊散，白刘。刘急诣之，已杳矣。

【注释】

①乌合之群：即乌合之众。《晋书·载记·慕容廆》："廆曰：'彼信崔毖虚说，邀一时之利，乌合而来耳。'"胡三省注曰："飞乌见食，群集而聚啄之，人或惊之，则四散飞去；故兵以利合无所统一者，谓之乌合。"

②剽（piào）掠：掳掠，抢劫。

③严饬（chì）：严加整治，严肃告诫。

④憾怨：怨恨。

⑤谮（zèn）：诬陷，中伤。

⑥浮云、白雀之徒：指剑侠及神仙。宋《太平广记·聂隐娘传》引《传奇》载，剑侠妙手空空儿能隐身浮云，浑然无迹。唐段成式《酉阳杂俎·诺皋记》载，渔阳人张坚曾罗得一白雀，后借其力而得登天。

⑦森聚：如森林一样直竖。

⑧颖：尖。

⑨矟（shuò）：古代兵器。长矛，槊。汉刘熙《释名·释器》："矛长丈八尺曰矟，马上所持，言其矟矟便杀也。"

【译文】

当时兵营的军令虽严，但部下都是乌合之众，不时有人出去抢掠。采薇翁说："兵贵纪律。现在统率着数万人马，而不能震慑人心的话，这是自取灭亡的道路。"刘芝生听了很高兴，于是认真纠察队伍，有抢掠妇女或财物的，要斩首示众。这样军中的纪律稍好一些，但抢掠的事还不能断绝。采薇翁不时骑马出去，巡行各队伍之间，军队中那些不守法纪的凶悍将领和骄横士卒，时不时就会人头自己落地，也不知是什么原因。因此都怀疑是采薇翁干的。本来，对采薇翁此前严厉整顿军纪的建议，兵士们已经又怕又恨，现在出现这些事情，大家怨恨之情更强烈了。各部首领在刘芝生面前诋毁采薇翁，他们说："采薇翁这一套都是妖术。自古以来的名将，都是以智谋取胜的，没听说用法术取胜的。那些剑侠一类的人物最终都灭亡了。现在那些无辜的将士，往往不明不白地掉了脑袋，群情激愤。将军您和他相处，也是很危险的，不如设法将他杀掉。"刘芝生听从了他们的建议，准备等采薇翁睡熟时将他杀掉。派人去察看采薇翁的动静，采薇翁正露着肚皮沉睡，鼾声如雷。众人大喜，包围了他的住处，派两个人拿着刀进去，砍掉他的脑袋。砍完后刚抽出刀来，采薇翁的头又和身子合在一起了，鼾声如故，众人大惊。又砍他的肚子，肚子裂了，但没有血，肚里刀箭密密麻麻，锋刃都露在外面。众人更加惊骇，不敢靠近，远远用长矛拨弄一下他肚子里的刀箭，这时他肚子里那些铁弓连连发射，射中了好几个人。众人惊慌逃散，跑去告诉刘芝生。刘芝生急忙前去，采薇翁已经不见了。

崔猛

【题解】

本篇实际写了两个人物，前半部分以崔猛为主，写崔猛的正直刚勇，好打抱不平。后半部分以李申为主，写李申的运筹帷幄，足智多谋。

《崔猛》篇颇有司马迁《游侠列传》的影子。与《游侠列传》相比，《崔猛》篇由于是小说，故事情节更曲折，人物性格描写更细腻，极具戏剧性。例如写崔猛面对李申受巨绅子某甲的戕害，意欲援手，但在母亲的谆谆教导和压抑下，内心极其矛盾，经过激烈的思想斗争，终于拔剑而起。小说通过巨绅子某甲和王监生的恶行深刻反映了明清之际农村中恶霸地主豪横一乡、无恶不作的现实，既是明清之际农民起义风起云涌的时代背景，也是《聊斋志异》中许多侠义作品的社会背景。后半部分对李申帮助崔猛消灭啸聚的土寇的描写，在技巧上似乎受到《三国演义》一类作品的影响。

相较而言，小说中崔猛的性情写得鲜活跳脱，真实生动。李申的形象则稍微逊色，前后显得脱节。假如李申如后面的心思细密、刚毅果决的话，在先的赌博行为及“哭诸其门”就很难发生。如果前面他轻易地被巨绅子某甲“诱与博赌，贷以赀而重其息，要使署妻于券”的话，那么后来他如军事家般深谋远虑，指挥若定，则令人觉得不可思议。

崔猛，字勿猛，建昌世家子[①]。性刚毅，幼在塾中，诸童稍有所犯，辄奋拳殴击，师屡戒不悛[②]。名、字，皆先生所赐也。至十六七，强武绝伦，又能持长竿跃登夏屋，喜雪不平，以是乡人共服之，求诉禀白者盈阶满室[③]。崔抑强扶弱，不避怨嫌，稍逆之，石杖交加，支体为残。每盛怒，无敢劝者。惟事母孝，母至则解。母谴责备至，崔唯唯听命，出门辄忘。比邻有悍妇，日虐其姑[④]。姑饿濒死，子窃啖之，妇知，诟厉万端[⑤]，声闻四院。崔怒，逾垣而过，鼻耳唇舌尽割之，立毙。母闻大骇，呼邻子，极意温恤，配以少婢，事乃寝。母愤泣不食，崔惧，跪请受杖，且告以悔，母泣不顾。崔妻周，亦与并跪。母乃杖子，而又针刺其臂，作十字纹，朱涂之[⑥]，俾勿灭。崔并受之。母乃食。

【注释】

①建昌：明清府名。位于江西东部，治所在今江西南城。

②不悛(quān):坚持作恶,不肯悔改。《左传·哀公二十七年》:“知伯不悛,赵襄子由是惎知伯,遂丧之。”悛,改过,悔改。

③求诉禀白者:前来诉冤说事的人。

④姑:婆婆。

⑤诟厉万端:变着花样怒斥辱骂。诟厉,辱骂。

⑥朱:红色染料。

【译文】

崔猛,字勿猛,是建昌一个世代官宦人家的儿子。他性情刚毅,小时在学校读书时,别的儿童对他稍有侵犯,他就会拳脚相加,老师屡次惩戒,他也不改。他的名和字都是老师给起的。长到十六七岁时,武艺高强,又能撑着一根长竿登高上房,喜欢打抱不平,因而乡亲们都很敬佩他,向他诉说冤枉的人往往满屋满院。崔猛扶弱抑强,不避怨仇,稍有顶撞他的,就会棒石交加,被打得肢体伤残。当他盛怒时,没有人敢于劝阻。只是对待母亲特别孝顺,母亲一到,就能将他说服。母亲往往对他痛加责骂,崔猛老老实实听从母命,可是走出家门就忘了。崔猛的邻居家有个刁妇,成天虐待婆婆。婆婆快要饿死了,儿子偷偷给母亲弄了点儿吃的,刁妇知道了,万般辱骂,骂声传到四邻。崔猛听到大怒,跳过墙去,把刁妇的鼻耳唇舌都割掉了,刁妇立时毙命。崔猛母亲听说后非常吃惊,喊来邻居的儿子,竭力劝慰安抚,又把一个年轻的丫环许配给他,事情才作罢。母亲气得直哭,不思饮食,崔猛害怕了,跪着请求母亲责打,并说自己后悔了,母亲仍哭着不理睬他。崔猛的妻子周氏,也和丈夫一同跪下。崔母这才用棍子打了他一顿,又用针在他手臂上刺上十字花纹,涂上红色,让它永不褪色。崔猛都甘心受罚。母亲这才吃饭。

母喜饭僧道[①],往往餍饱之。适一道士在门,崔过之。道士目之曰:“郎君多凶横之气,恐难保其令终[②]。积善之家，不宜有此。”崔新受母戒，闻之，起敬曰：“某亦自知，但一见不平，苦不自禁。力改之，或可免否？”道士笑曰：“姑勿问可免不可免，请先自问能改不能改。但当痛自抑③，如有万分之一④，我告君以解死之术。”崔生平不信厌禳⑤，笑而不言。道士曰：“我固知君不信。但我所言，不类巫觋⑥，行之亦盛德⑦，即或不效，亦无妨碍。”崔请教，乃曰：“适门外一后生，宜厚结之，即犯死罪，彼亦能活之也。”呼崔出，指示其人，盖赵氏儿，名僧哥。赵，南昌人⑧，以岁祲饥⑨，侨寓建昌。崔由是深相结，请赵馆于其家，供给优厚。僧哥年十二，登堂拜母，约为弟昆。逾岁东作，赵携家去，音问遂绝。

【注释】

①饭：施舍饭菜。

②令终：善终，平安地终其天年。令，善，美。

③痛自抑：严格地克制自己。

④万分之一：万一。指万一惹下杀身之祸。

⑤厌禳（yā ráng）：谓以巫术祈祷鬼神除灾降福，或致灾祸于人，或降伏某物。唐薛能《黄蜀葵》诗：“记得玉人初病起，道家妆束厌禳时。”

⑥类：同。巫觋（xí）：巫师。古代称女巫为巫，男巫为觋，合称巫觋。

⑦盛德：极大的好事，积德。

⑧南昌：旧府名。治所在今江西南昌。

⑨祲（jìn）饥：饥荒。

【译文】

崔猛的母亲喜欢对僧人道士施舍斋饭，往往让他们吃得又饱又好。正巧有一个道士来到他家，崔猛从他身边走过。道士看了看崔猛说：

“公子身上有不少凶横之气，恐怕难保善终。积善的人家，不应该有这样的事。”崔猛刚接受过母亲的惩戒，听到道士的话，恭敬地说：“我自己也知道，但一见不平的事，就情不自禁地要发怒。我努力改正，或许能避免灾祸吧？”道士笑着说：“暂且先别问能不能免灾，请先问问自己能不能改过。但你应当努力自我抑制，万一惹下杀身之祸，我会告诉你避免灾祸的办法。”崔猛平生不信巫术，笑了笑没说话。道士说：“我本来就知道你不相信。但我所说的，不同于巫术，你按我说的去做，也是积德行善，即使没有效验，也没什么妨碍。”崔猛请教如何去做，道士说：“刚才门外有位后生，要和他结为深交，即使你犯了死罪，他也能使你活下来。”说完把崔猛叫出来，指给他看应交往的后生，原来是赵某的儿子，名叫僧哥。赵某是南昌人，因为遇到灾荒，搬到建昌居住。崔猛从此和赵家经常交往，请赵某到他家来教书，给予优厚的待遇。僧哥当时十二岁，让他到崔家来拜见崔母，并和崔猛结拜为兄弟。第二年春天，赵某带着家眷回家乡去了，音讯就断绝了。

崔母自邻妇死，戒子益切，有赴诉者，辄摈斥之①。一日，崔母弟卒，从母往吊。途遇数人，絷一男子，呵骂促步②，加以捶扑。观者塞途，舆不得进。崔问之，识崔者竞相拥告。先是，有巨绅子某甲者，豪横一乡，窥李申妻有色，欲夺之，道无由③。因命家人诱与博赌，贷以赀而重其息，要使署妻于券④，赀尽复给。终夜，负债数千。积半年，计子母三十馀千。申不能偿，强以多人篡取其妻。申哭诸其门。某怒，拉系树上，榜笞刺剟⑤，逼立“无悔状”⑥。崔闻之，气涌如山，鞭马前向，意将用武。母搴帘而呼曰：“嗜⑦！又欲尔耶！”崔乃止。既吊而归，不语亦不食，兀坐直视⑧，若有所嗔⑨。妻诘之，不答。至夜，和衣卧榻上，辗转达旦，次夜复然。忽启户出，辄又还卧。如此三四，妻不敢诘，惟慴息以听之。既而迟久乃反，掩扉熟寝矣。

【注释】

①擯(bìn)斥：拒绝，斥退。

②促步：催其行走。

③道无由：找不到因由。道，路径，借口。

④要：要挟，挟持。署妻于券：意谓签署契约，注明以妻为抵押。

⑤榜笞刺剟(duō)：谓严刑拷打。剟，刺。《史记·张耳陈馀列传》："吏治榜笞数千，刺剟，身无可击者，终不复言。"

⑥无悔状：保证不再反悔的字据。状，文体的一种，叙述事情的文辞。

⑦啧(zé)：大声呲斥。

⑧兀坐：独自端坐。

⑨嗔(chēn)：嗔怒，生气。

【译文】

自从崔猛打死邻家的刁妇以后，崔母对儿子的劝诫更严了，再有到他家诉冤的，常常不让他们进门。有一天，崔母的弟弟死了，崔猛跟随母亲去吊唁。路上遇到了几个人，捆着一个男人，骂着催这个人快走，还不停地打他。观看的人堵满了道路，崔家的车子走不过去。崔猛问是怎么回事，认识他的人竞相拥上前来诉说始末。原来有位大乡绅的儿子某甲，在乡里横行霸道，他看到李申的妻子有些姿色，就想夺过来，只是没找到借口。因此某甲就指使仆人引诱李申赌博，借给李申高息赌资，让他以妻子做抵押，钱输光了再借给他。李申赌了一夜就负债数千钱。过了半年，连本带利就欠了某甲三十万钱。李申无力偿还，某甲派了很多人把李申的妻子抢走。李申到某甲家门口哭诉。某甲大怒，把李申吊在树上，棒打刀割，逼他立下"无悔状"。崔猛听到这些，气如山涌，打马向前，要去动武。崔母打开车帘喊道："哎呀！又要去闯祸吗！"崔猛才没去。吊唁归来，崔猛既不说话也不吃饭，只是一个人坐着，两眼发呆，好像在生谁的气。妻子问他，他也不回答。到了晚上，和衣躺在床上，翻来覆去睡不着，直到天亮，第二天夜里仍是这样。他忽然打开门出去了，一会儿又回来躺下。如此三四次，妻子不敢问，只是屏息听他的动静。后来出去的时间较长，回来后关上门就睡着了。

是夜，有人杀某甲于床上，刳腹流肠①，申妻亦裸尸床下。官疑申，捕治之。横被残梏②，踝骨皆见，卒无词③。积年馀，不堪刑，诬服④，论辟⑤。会崔母死，既殡⑥，告妻曰："杀甲者，实我也。徒以有老母故，不敢泄。今大事已了，奈何以一身之罪殃他人？我将赴有司死耳！"妻惊挽之，绝裾而去⑦，自首于庭⑧。官愕然，械送狱，释申。申不可，坚以自承。官不能决，两收之⑨。戚属皆诮让申。申曰："公子所为，是我欲为而不能者也。彼代我为之，而忍坐视其死乎？今日即谓公子未出也可。"执不异词，固与崔争。久之，衙门皆知其故，强出之，以崔抵罪，濒就决矣⑩。会恤刑官赵部郎案临阅囚⑪，至崔名，屏人而唤之。崔入，仰视堂上，僧哥也，悲喜实诉。赵徘徊良久，仍令下狱，嘱狱卒善视之。寻以自首减等⑫，充云南军；申为服役而去，未期年，援赦而归⑬：皆赵力也。

【注释】

①刳（kū）：从中间破开再挖空。

②残梏：酷刑。

③卒无词：始终没有招承。词，供词。

④诬服：被迫衔冤认罪。

⑤论辟：判处死刑。辟，大辟，斩首。

⑥既殡：已经入葬。殡，停放灵柩或把灵柩送到墓地去。

⑦绝裾(jū)：断绝襟袖，以示去意的坚决。裾，衣服的襟袖。南朝宋刘义庆《世说新语·尤悔》：晋温峤受刘琨命，至江南奉表劝进，其"母崔氏固驻之，峤绝裾而去"。

⑧庭：公庭，官府。

⑨收：拘押。

⑩濒：濒临，就要。

⑪恤刑官：分赴各道，复审囚犯的监察官吏。恤刑，用刑慎重不滥。最初见于《书·舜典》："惟刑之恤哉！"后世一般指对于老幼废疾者的减刑和对狱囚的悯恤并逐渐形成制度。明初设恤刑官，分别派遣御史到各道审理囚犯。正统、成化以后，成为定制。清律沿袭明制。阅囚：也称"录囚"。审察并复勘已定罪的囚犯。

⑫减等：减刑。等，量刑的等级。

⑬援赦：根据赦令。

【译文】

就在这夜，有人把某甲杀死在床上，剖开肚子，肠子也流了出来，李申的妻子也光着身子死在床下。官府怀疑是李申干的，把他抓了起来。用了种种酷刑，打得脚踝骨都露出来了，李申也没招认。过了一年多，李申忍受不了酷刑，衔冤认罪，被判处死刑。这时崔猛的母亲去世了，安葬完毕，崔猛对妻子说："杀某甲的人，实际是我。只因老母在世，不敢泄露。现在大事已经完毕，怎能因我犯的罪而累及他人呢？我要到官府去自首！"妻子惊慌地拉住他，他扯断衣襟走了，到官府去自首。县官很惊讶，给他带上刑具送进监狱，释放了李申。李申不走，坚持说某甲是自己杀的。县官无法判定谁是凶手，把二人同时收监。李申的亲属都责备李申自寻死路。李申说："公子所做的，是我想做而做不到的。他替我做了，我能忍心看着他去送死吗？今日就算崔公子没有出来自首好了。"一口咬定某甲是自己杀的，和崔猛争着抵罪。时间长了，衙门都知道了真实情况，强令李申出狱，让崔猛抵罪，不久就要行刑。正在这时，恤刑官赵部郎来巡视，在查阅案卷时，看到崔猛的名字，就屏退手下人，唤崔猛进来。崔猛进来，抬头向堂上一看，那赵部郎原来是僧哥，心中悲喜交加，如实叙述了案情。赵部郎犹豫了好久，仍下令让崔猛回到牢狱，嘱咐狱卒好好照顾他。不久，因崔猛是自首的，从轻判处，免除死罪，充军云南；李申为照顾崔猛，也跟着去了，不到一年，得到赦令，回到家乡：这些都是赵部郎出力的结果。

既归，申终从不去，代为纪理生业[①]。予之赀，不受。缘橦技击之术[②]，颇以关怀。崔厚遇之，买妇授田焉。崔由此力改前行，每抚臂上刺痕，泫然流涕。以故乡邻有事，申辄矫命排解，不相禀白。有王监生者，家豪富，四方无赖不仁之辈，出入其门。邑中殷实者，多被劫掠，或迕之[③]，辄遣盗杀诸途。子亦淫暴。王有寡婶，父子俱烝之[④]。妻仇氏，屡沮王[⑤]，王缢杀之。仇兄弟质诸官，王赇嘱[⑥]，以告者坐诬[⑦]。兄弟冤愤莫伸，诣崔求诉，申绝之使去。过数日，客至，适无仆，使申瀹茗。申默然出，告人曰："我与崔猛朋友耳，从徙万里[⑧]，不可谓不至矣。曾无廪给[⑨]，而役同厮养[⑩]，所不甘也！"遂忿而去。或以告崔，崔讶其改节，而亦未之奇也。申忽讼于官，谓崔三年不给佣值。崔大异之，亲与对状，申忿相争。官不直之，责逐而去。又数日，申忽夜入王家，将其父子婶妇并杀之，黏纸于壁，自书姓名。及追捕之，则亡命无迹。王家疑崔主使，官不信。崔始悟前此之讼，盖恐杀人之累己也。关行附近州邑[11]，追捕甚急。会闯贼犯顺[12]，其事遂寝。

【注释】

①纪理：经营，打理。生业：产业。

②缘橦：攀缘，缘竿。《魏书·乐志》："诏太乐、总章、鼓吹增修杂伎，造五兵……缘橦、跳丸、五案以备百戏。"技击：用于搏斗的武术。

③迕：违抗。

④烝(zhēng)：同母辈通奸。

⑤沮：破坏，败坏。

⑥赇嘱：贿赂请托。

⑦坐诬：治以诬陷之罪。

⑧徙：徙边，流放。指上文所谓"充云南军"。

⑨廪给：给以粮米。犹言给予工钱。

⑩役同厮养：役使如同奴仆。厮养，旧时对仆役的贱称。

⑪关：关文，古时官府间平行公文。

⑫闯贼犯顺：指闯王李自成起义反明。犯顺，以逆反顺，造反作乱。

【译文】

回家以后，李申一直跟随着他，替他经营产业。崔猛给他钱，他不要。对于飞檐走壁、耍枪弄棒的武艺很感兴趣。崔猛对他很好，花钱为他娶了妻子，置了田产。崔猛从此以后痛改以前的鲁莽行为，每当抚摸臂上刺的花纹，就不由地流泪。因此遇到乡邻有什么事，李申就假托受命出面排解，不告诉崔猛。有位王监生，家中非常富有，四方的无赖之徒，经常在他家进进出出。县里一些殷实的人家，大多遭受抢劫，有人得罪了他，他就派强盗把这人杀死在路上。他的儿子也残暴荒淫。王监生有位寡婶,他们父子都跟她有奸情。王监生的妻子仇氏,经常劝他不要胡作非为,王监生把她勒死了。仇氏的兄弟告到官府,王监生又贿赂官府,反而将仇氏的兄弟判为诬告罪。仇氏兄弟无处申冤,就向崔猛求助,李申拒绝了他们,让他们走了。过了几天,来了一位客人,正巧身旁没有仆人,就让李申为客人沏茶。李申一句话没说走了出去,对人说:"我和崔猛只不过是朋友罢了,我跟他充军万里,对他的照顾关心不可谓不周到。但他一点儿报酬不给,还把我当作仆人一般对待,真是不甘心!"于是气愤地离开了崔家。有人将李申的话告诉了崔猛,崔猛对李申突然改变态度很是惊讶,但也没有放在心上。李申忽然又向官府告状,说崔猛三年没给他工钱。崔猛感到非常奇怪,亲自和李申对质,李申愤怒地与他争辩。县官认为李申无理,把他斥责一番,撵出了公堂。又过了几天,李申深夜进入王监生家,将王监生父子、婶娘、妻子全都杀了,在墙上贴了张条子,写上自己的姓名。等官府来追捕时,李申已逃得无影无踪。王监生家怀疑是崔猛指使的,官府不相信。崔猛这才醒悟李申状告自己,是怕杀人后连累了他。官府向附近州县发出通缉令,紧急追捕李申。这时正遇上李自成造反,追捕李申的事也就作罢了。

及明鼎革,申携家归,仍与崔善如初。时土寇啸聚,王有从子得仁,集叔所招无赖,据山为盗,焚掠村疃[①]。一夜,倾巢而至,以报仇为名。崔适他出,申破扉始觉,越墙伏暗中。贼搜崔、李不得,掳崔妻,括财物而去[②]。申归,止有一仆,忿极,乃断绳数十段,以短者付仆,长者自怀之。嘱仆越贼巢[③],登半山,以火爇绳,散挂荆棘,即反勿顾。仆应而去。申窥贼皆腰束红带,帽系红绢,遂效其装。有老牝马初生驹[④],贼弃诸门外。申乃缚驹跨马,衔枚而出[⑤],直至贼穴。

贼据一大村，申絷马村外，逾垣入。见贼众纷纭，操戈未释。申窃问诸贼，知崔妻在王某所。俄闻传令，俾各休息，轰然嗷应。忽一人报东山有火，众贼共望之，初犹一二点，既而多类星宿⑥。申坌息急呼东山有警⑦，王大惊，束装率众而出。申乘间漏出其右，反身入内。见两贼守帐，绐之曰："王将军遗佩刀。"两贼竞觅，申自后斫之，一贼踣，其一回顾，申又斩之。竟负崔妻越垣而出。解马授辔，曰："娘子不知途，纵马可也。"马恋驹奔驶，申从之。出一隘口⑧，申灼火于绳，遍悬之，乃归。

【注释】

①疃（tuǎn）：村，屯。

②括：囊括。

③越：超越。

④牝（pìn）：雌，母。

⑤衔：口含。枚：形如箸，两端有带，可系于颈。古时进军偷袭时，常令士兵衔在口中，以防喧哗。

⑥多类星宿：多得像天上的星星。

⑦坌（bèn）息：喘粗气。

⑧隘口：险要的关口。

【译文】

明朝灭亡之后，李申带着家眷回到家乡，仍然和崔猛亲密交往。当时土匪聚集，王监生有个侄子叫王得仁，召集了王监生当年纠集的无赖之徒，占山为盗，经常到附近村中烧杀抢掠。一天夜里，倾巢而来，以报仇为名，来到崔、李二家。崔猛碰巧有事外出，李申在土匪打开门后才发觉，跳墙出去，伏在暗处。土匪找不到崔猛、李申，就劫走了崔猛的妻子，掠夺了财物走了。李申回到家中，家里只剩下一个仆人，李申愤怒极了，把一根绳子剁成数十段，把短的交给仆人，长的自己带着。他嘱咐仆人越过土匪窝爬到半山腰，用火点着绳子，分散挂在荆棘上，就马上回来，不要回头看。仆人答应着走了。李申看到土匪都束着红腰带，帽上系块红绸子，也打扮成这种样子。有匹老母马刚生下马驹，土匪把它们丢弃在门外。李申把马驹拴在桩上，骑上老马，让马口衔根木棍不让它发出声音，直奔贼巢而去。土匪集聚在一个大村里，李申把马拴在村外，跳墙进了村。看见匪徒们乱哄哄的，武器还未放下。李申偷偷地向他们打听，知道崔猛的妻子在王得仁的住处。一会儿听到传令，让他们各自休息，匪徒们喊叫着响应。忽然一个人跑来报告，说东山有火，众贼一起向东张望，那火开始只有一二点，接着多得像天上的星星。李申喘着粗气大喊东山有警，王得仁大吃一惊，带上武器率领众匪出去了。李申乘机从王得仁身边闪出去，反身进入屋内。只见有两个土匪守在床边，李申骗他们说："王将军忘了带佩刀。"两个土匪争着去寻找，李申从后边挥刀砍去，一个被砍倒，另一个回头来看，也被李申砍死了。李申赶快背着崔猛的妻子跳墙出来。他把拴在村口的马解开，将缰绳交给崔妻，说："娘子不知道回家的路，放松缰绳让它跑就行了。"母马惦念着马驹，快速往家奔驰，李申跟在后面。出了一个山口，李申把带的绳子点着，都挂起来，然后回到家中。

次日，崔还，以为大辱，形神跳躁[①]，欲单骑往平贼。申谏止之。集村人共谋，众恇怯莫敢应[②]。解谕再四，得敢往二十馀人，又苦无兵[③]。适于得仁族姓家获奸细二，崔欲杀之，申不可，命二十人各持白梃[④]，具列于前，乃割其耳而纵之。众怨曰："此等兵旅，方惧贼知，而反示之。脱其倾队而来，阖村不保矣！"申曰："吾正欲其来也。"执匿盗者诛之。

遣人四出，各假弓矢火铳，又诣邑借巨炮二。日暮，率壮士至隘口，置炮当其冲[⑤]，使二人匿火而伏，嘱见贼乃发。又至谷东口，伐树置崖上。已而与崔各率十馀人，分岸伏之[⑥]。一更向尽，遥闻马嘶，贼果大至，缰属不绝[⑦]。俟尽入谷，乃推堕树木，断其归路。俄而炮发，喧腾号叫之声，震动山谷。贼骤退，自相践踏。至东口，不得出，集无隙地。两岸铳矢夹攻[⑧]，势如风雨，断头折足者，枕藉沟中。遗二十馀人，长跪乞命，乃遣人絷送以归。乘胜直抵其巢。守巢者闻风奔窜，搜其辎重而还。崔大喜，问其设火之谋。曰："设火于东，恐其西追也；短，欲其速尽，恐侦知其无人也；既而设于谷口，口甚隘，一夫可以断之，彼即追来，见火必惧：皆一时犯险之下策也。"取贼鞫之，果追入谷，见火惊退。二十馀贼，尽劓刖而放之[⑨]。由此威声大震，远近避乱者从之如市，得土团三百馀人[⑩]。各处强寇无敢犯，一方赖之以安。

【注释】

①形神跳躁：暴跳如雷，情绪烦躁。形，形体。神，精神。

②恇（kuāng）怯：懦弱，胆怯。

③兵：兵器。

④白梃：大木棍。《吕氏春秋·简选》："锄櫌白梃，可以胜人之长铫利兵，此不通乎兵者之论。"

⑤冲：冲要之处。

⑥岸：指山谷两侧。

⑦缰属：连续不断。《汉书·倪宽传》："大家牛车，小家担负，输租缰属不绝。"颜师古注："缰，索也。言输者接连不绝于道，若绳索之

相属也。”

⑧铳(chòng):旧时指枪一类的火器。

⑨劓刖(yì yuè):割鼻、断足,均为古代酷刑。

⑩土团:乡团、乡勇之类地方武装。

【译文】

第二天,崔猛回家,知道了这件事,认为是奇耻大辱,暴跳如雷,想单身匹马去踏平贼巢。李申劝阻了他。招集村人共同商议,众人胆小不敢响应。再三讲解利害,才有二十多人敢去,但又没有兵器。正巧在王得仁同族家中抓到两名奸细,崔猛想杀掉他们,李申说不要杀,下令让那二十人都手持白木棍,排队站好,当着这些人的面割掉两个奸细的耳朵,把他们放了。众人抱怨说:“我们这点儿队伍,本来怕土匪知道底细,现在反而把实情亮给他们。假如土匪倾巢出动,我们整个村子就保不住了!”李申说:“我正想让他们来。”接着把窝藏奸细的那家人杀死。李申派了四个人出去,每人都去借弓箭火枪,又到县城借来两门大炮。天黑后,率领众壮士来到隘口,把大炮安置在要道上,让两个人藏着火种埋伏着,嘱咐他们看见土匪再点火放炮。李申又带人来到山谷东口,砍下大树放在山崖上。接着和崔猛各率领十几个人,分头埋伏在山谷两旁。一更天过去了,听到远处有马叫声,大批的土匪果然来了,一个挨一个连绵不断。等他们全部进入山谷,就把砍下的大树推下去,截断土匪的归路。接着炮火轰鸣,喊杀声震动山谷。土匪急忙撤退,人马自相践踏。来到山谷东口,出不去,挤在一起没有空隙。设在两边山上的火枪弓箭一起夹攻,势如暴风骤雨,土匪被打掉脑袋打折腿的,横躺竖卧在山沟中。剩下来的二十多个土匪,下跪求饶,李申就派人把他们捆起来押送回去。他们乘胜直捣匪巢。守巢的土匪闻风而逃,李申等人缴获了贼巢中的武器物资就返回去了。崔猛非常高兴,问李申布火绳阵的道理。李申说:“在东面点火,恐怕他们往西追;火绳短,是让火赶快熄灭,恐怕敌人侦察到山上没人;在山谷口设长火绳,因谷口狭窄,一人就可以守住,土匪即使追来,看到火光必然害怕:这些都是一时冒险而想出来的下策。”后来审问被俘的土匪,果然说追到山谷口,看见火光就退走了。后来这二十几个被俘的土匪,都被他们割了鼻子耳朵放走了。从此李申、崔猛等人的威名大震,远近避难的人都来依附他们,编成了三百多人的地方武装。各处的土匪强盗都不敢来进犯,使这一带得到了安宁。

异史氏曰:快牛必能破车①,崔之谓哉!志意慷慨,盖鲜俪矣②。然欲天下无不平之事,宁非意过其通者与?李申,一介细民③,遂能济美④。缘橦飞入,翦禽兽于深闺;断路夹攻,荡幺魔于隘谷。使得假五丈之旗⑤,为国效命,乌在不南面而王哉⑥!

【注释】

①快牛必能破车:意谓刚勇盛气之人,必然惹祸招灾。《晋书·载记·石季龙》:石虎年轻时喜游荡,好驰猎,多次以弹伤人。其从父石勒欲杀之。勒母曰:“快牛为犊子时,多能破车,汝当小忍之。”快牛,快而有力的牛。喻盛气的人。

②俪:并列,比并。

③一介细民:一个普通小民。

④济美:在前人的基础上发扬光大。《左传·文公十八年》:“世济其美,不陨其名。”

⑤假五丈之旗:持有杆高五丈的旗,指主帅之大纛。《史记·秦始皇本纪》:“先作前殿阿房,东西五百步,南北五十丈,上可以坐万人,下可以建五丈旗。”

⑥不南面而王(wàng):古时以坐北面南为尊,后来泛指帝王或重臣

的统治。王，君临，统治。

【译文】

异史氏说：快牛必然要弄坏车，但一定也会有出息，这说的就是崔猛啊！他意气慷慨激烈，大概很少有人能与之相比。然而他希望天下没有不公平的事，不是比那些所谓通达事理的人更有理想吗？李申本是一个小民百姓，最后却成就了美名。攀援进入敌巢，翦除禽兽于深闺之内；切断道路夹攻，扫荡妖魔于狭谷之中。假使他能参军持有五丈之旗，为国家效力，谁能说他没有可能不南面称王呢！

诗谳

【题解】

本篇写的是能吏周亮工以凶杀案现场遗留的一柄诗扇为线索展开调查，最终昭雪冤案的故事。然而本案也有漏洞。扇子仅是现场留下的线索，青州原审官吏认定扇子上的署名者即持有者，持有者即杀人者，固然轻率，而周亮工认为扇子的实际持有者即为杀人者也有漏洞，因为毕竟扇子不是杀人凶器，仅只是现场有价值的遗留物，在扇子和凶手之间的联系上，如果要构成证物的链条还有许多环节需要补充侦破，而侦破的手段往往在主审官认定有罪之后同样只有“惨被械梏”了。

青州居民范小山，贩笔为业，行贾未归[①]。四月间，妻贺氏独居，夜为盗所杀。是夜微雨，泥中遗诗扇一柄，乃王晟之赠吴蜚卿者。晟，不知何人；吴，益都之素封，与范同里，平日颇有佻达之行，故里党共信之。郡县拘质，坚不伏，惨被械梏，诬以成案。驳解往复[②]，历十馀官，更无异议。吴亦自分必死，嘱其妻罄竭所有[③]，以济茕独[④]。有向其门诵佛千者，给以絮袴[⑤]，至万者絮袄。于是乞丐如市，佛号声闻十馀里。因而家骤贫，惟日货田产，以给资斧。阴赂监者使市鸩[⑥]。夜梦神人告之曰："子勿死，曩日'外边凶'，目下'里边吉'矣。"再睡，又言，以是不果死。

【注释】

①行贾：外出经商。

②驳解往复：指地方及上级官府反复审理。驳，驳勘。指上级官府驳回原判，重行复审。解，解勘。指重罪要犯由地方解送上级逐层审勘。

③罄竭所有：竭尽全部资财。

④济茕(qióng)独：指行善济贫。济，救济。茕独，孤独无靠的人。

⑤絮袴：棉裤。袴，亦作"裤"。

⑥市鸩(zhèn)：买毒酒。谓意欲自尽。鸩，鸟名。其羽有毒，浸酒饮之即死。

【译文】

青州居民范小山，以贩卖毛笔为业，在外经商未归。四月间，他的妻子贺氏独居，夜间被强盗杀死。这夜曾下小雨，在泥水中遗留了一柄题着诗的扇子，是王晟赠给吴蜚卿的。王晟，不知是什么人；吴蜚卿则是青州的一个富户，和范小山同村，平日有轻佻放达的行为，因此同村的人都认为是他杀的人。官府把吴蜚卿抓来审问，他坚决不承认，被严刑拷打，才屈打成招定了案。后来又在县里、府里反复审理，经过十几位官员的手，再没有异议。吴蜚卿自料必死无疑，就嘱咐妻子用尽家中的一切财物，去救济那些穷困孤寡之人。有到他家门口念一千遍"阿弥陀佛"的人，赠给棉裤一条，念一万遍的，赠给棉袄一件。于是上门的乞丐成群结队，念佛的声音十几里外都能听到。因而吴家骤然变穷，只有靠一点点儿出卖田产，维持日常生活。吴蜚卿暗中贿赂狱卒，让他们买毒药准备自杀。夜间忽然梦见神人对他说:“你不要死,往日‘外边凶’,眼下是‘里边吉’了。”再睡,又梦见神人来说这句话,因此他就没自杀。

无何,周元亮先生分守是道[①],录囚至吴,若有所思。因问:“吴某杀人,有何确据?”范以扇对。先生熟视扇,便问:“王晟何人?”并云不知。又将爰书细阅一过[②],立命脱其死械,自监移之仓[③]。范力争之,怒曰:“尔欲妄杀一人便了却耶?抑将得仇人而甘心耶?”众疑先生私吴,俱莫敢言。先生标朱签[④],立拘南郭某肆主人。主人惧,莫知所以。至则问曰:“肆壁有东莞李秀诗[⑤],何时题耶?”答云:“旧岁提学按临,有日照二三秀才[⑥],饮醉留题,不知所居何里。”遂遣役至日照,坐拘李秀[⑦]。数日,秀至。怒曰:“既作秀才,奈何谋杀人?”秀顿首错愕,曰:“无之!”先生掷扇下,令其自视,曰:“明系尔作,何诡托王晟?”秀审视曰:“诗真某作,字实非某书。”曰:“既知汝诗,当即汝友。谁书者?”秀曰:“迹似沂州王佐[⑧]。”乃遣役关拘王佐[⑨]。佐至,呵之如秀状。佐供:“此益都铁商张成索某书者,云晟其表兄也。”先生曰:“盗在此矣。”执成至,一讯遂伏。

【注释】

①周元亮:即周亮工。字元亮。崇祯十三年(1640)进士,官至浙江道监察御史。入清后历仕盐法道、兵备道、布政使、左副都御史、户部右侍郎等。分守是道:据《山东通志》,周亮工在康熙元年(1662)十月,以佥事起用补山东青州海防道。

②爰(yuán)书:古时记录囚犯供词的文书。

③自监移之仓:由内牢移至外监。清制,监狱分内、外监,“死囚禁

内监，军流以下禁外监”。见《清会典·刑部·刑制》。仓，罪犯监禁之所，指外监。

④标：书写。指写上欲拘者姓名、地址。朱签：红色竹签，为旧时官府交给差役拘捕犯人的凭证。

⑤东莞(guǎn)：古县名。西汉置，治所在今山东沂水。南朝宋时，治所改移至今山东莒县。

⑥日照：县名。魏晋以后，旧地属莒县，故日照李秀可称东莞人。

⑦坐拘：立即拘捕。坐，坐等，坐致。

⑧迹：字迹。沂州：州名。清雍正时升为府。治所在今山东临沂。

⑨关拘：发公函拘捕。

【译文】

不久，周元亮先生出任青州海防道，审阅囚犯案卷看到吴蜚卿的名字时，若有所思。他因而问道：“吴某杀人，有何确凿证据?”范小山说有扇子为证。周先生仔细审视扇子，问道：“王晟是什么人?”都说不知道。周先生又把案卷仔细看了一遍，立即下令解除吴蜚卿的死囚枷锁，从死囚监转到普通牢房。范小山竭力和周先生争辩，周先生生气地说：“你是想胡乱杀一个人就了事呢？还是找到真正的仇人才甘心呢?”众人都怀疑周先生在袒护吴蜚卿，没有人敢说话。周先生发出红签，立时命令拘押南门外开店的店主。店主很害怕，不知是为什么。店主来了以后，周先生问道：“你店内的墙上有东莞李秀的诗，是什么时候题写的?”店主回答说：“去年提学来视察，有日照的几位秀才，喝醉酒题写的，不知他们住在什么村。”于是派遣差役到日照，去拘捕李秀。过了几天，李秀到堂。周先生愤怒地问：“既然身为秀才，为什么要杀人?”李秀十分惊愕，叩头说：“我没有杀人啊!”周先生把扇子扔到李秀面前，让他自己看，并说：“明明是你写的诗，为什么假托王晟?”李秀仔细看了看说：“诗确实是我作的，字却不是我写的。”周先生说：“既然知道你的诗，应当就是你的朋友。看看是谁的字?”李秀说：“从笔迹看，好像是沂州王佐写的。”于是派衙役去发公函拘捕王佐。王佐到堂，周先生像呵斥李秀那样训斥他。王佐供认说：“这是益都铁商张成求我写的，说王晟是他的表兄。”周先生说：“杀人凶手就在这里。”把张成抓来，一审问他就招认了。

先是，成窥贺美，欲挑之，恐不谐。念托于吴，必人所共信，故伪为吴扇，执而往。谐则自认，不谐则嫁名于吴，而实不期至于杀也。逾垣入，逼妇。妇因独居，常以刀自卫。既觉，捉成衣，操刀而起。成惧，夺其刀。妇力挽，令不得脱，且号。成益窘，遂杀之，委扇而去①。三年冤狱，一朝而雪，无不诵神明者。吴始悟“里边吉”乃“周”字也。然终莫解其故。

【注释】

①委：丢弃。

【译文】

此前，张成看到贺氏长得漂亮，想勾搭她，又恐怕不能成功。他就心想假如假装成吴蜚卿，人们一定会相信，所以伪造了一把吴蜚卿的扇子，拿着去了。事情成功就说出自己的真实姓名，不成就嫁祸于吴蜚卿，但没有想到会杀人。张成先跳墙进了范家，要逼迫贺氏成奸。贺氏因独居，经常在身边放一把刀用来自卫。她发觉有坏人，立即抓住张成的衣服，拿着刀跳起来。张成害怕了，就去夺刀。贺氏用力抓住张成不放，并且大声喊叫。张成更加慌乱，就杀死贺氏，丢下扇子逃走了。三年的冤狱，一朝得到昭雪，没有人不称颂周先生神明。这时吴蜚卿才醒悟神人梦中说的“里边吉”就是“周”字。但他始终不明白周先生是如何破案的。

后邑绅乘间请之[①]，笑曰："此最易知。细阅爰书，贺被杀在四月上旬，是夜阴雨，天气犹寒，扇乃不急之物，岂有忙迫之时，反携此以增累者[②]，其嫁祸可知。向避雨南郭，见题壁诗与箑头之作[③]，口角相类[④]，故妄度李生，果因是而得真盗。"闻者叹服。

【注释】

①乘间(jiàn)请之：找个机会请教于周元亮。

②增累：拖累。

③箑(shà)头：扇上。箑，扇子。

④口角相类：语气相近。

【译文】

后来县城的一位士绅找了一个机会向周先生请教，周先生笑着说："这容易极了。我仔细看那些案件文书，贺氏被杀在四月上旬，当夜是阴雨天，天气还很寒冷，扇子还用不着，岂有在慌乱急迫之时，反而带着它增添累赘呢，以此看来必想嫁祸他人。前些时我在南门外避雨，见到那店铺墙上的题诗和扇子上的诗口气相似，所以大胆怀疑是李秀，果然一步步得到了真凶。"听的人都感叹佩服。

异史氏曰：天下事，人之深者，当其无，有有之用[①]。词赋文章，华国之具也[②]，而先生以相天下士[③]，称孙阳焉[④]。岂非入其中深乎？而不谓相士之道，移于折狱[⑤]。《易》曰："知几其神[⑥]。"先生有之矣。

【注释】

①当其无，有有之用：意谓深入事理的人，能于无以为用之处，发现

它的作用。《老子》:“三十辐共一毂,当其无,有车之用。……故有之以为利,无之以为用。”此处化用其义。

②华国之具:为国家增光添彩。晋陆云《张二侯颂》:“文敏足以华国,威略足以振众。”

③以相(xiàng)天下士:意谓根据众多读书人所写的文章来观测他们的性行和命运。相,观察,鉴别。

④称孙阳焉:被称为是伯乐式的人物。孙阳,春秋秦穆公时人,一名伯乐,善相马。

⑤折狱:断案。

⑥知几(jī)其神:指人能预知事情萌发的细微迹象,就能与神道相合。《易·系辞》:“知几其神乎!……几者,动之微,吉之先见者也,君子见几而作,不俟终日。”几,细微的迹象,预兆。

【译文】

异史氏说:天下的事,深入钻研的人,看似无用的东西就成了有用的东西。词赋文章,本是用来歌舞升平的,先生却用来考察天下的读书人,可称为相士的伯乐。难道这不是钻研得很深吗?而没想到先生又把相士的方法用于断案。《易经》曰:“知几其神。”先生就达到这种程度了。

鹿衔草

【题解】

中国传统药物学讲究灵丹妙药,过去中药店门前往往摆放着或鹿或鹤衔着仙草灵芝的形象。认为鹿或鹤与仙人有着联系,或者是长寿的象征。本篇大概就是依据民间传闻写所谓起死回生的“仙草”是如何采集的。虽然故事荒诞不经,但栩栩如生地描绘了动物的生活和采药人采集药材的过程。冯镇峦评论《聊斋志异》说:“文有设身处地法。……苏诗题画雁云：野雁见人时，未起意先改。君从何处看，得此无人态？此文家运思入微之妙，即所谓设身处地法也。聊斋处处以此会之。”

关外山中多鹿[①]。土人戴鹿首，伏草中，卷叶作声，鹿即群至。然牡少而牝多，牡交群牝，千百必遍，既遍遂死。众牝嗅之，知其死，分走谷中，衔异草置吻旁以熏之，顷刻复苏。急鸣金施铳[②]，群鹿惊走。因取其草，可以回生。

【注释】

①关外：山海关以外，泛指我国东北地区。

②鸣金：敲击钲、铙等金属乐器。后多指敲锣。

【译文】

关外山中有很多鹿。当地人头上顶个鹿头，伏在草丛中，捲起树叶吹出声音，鹿就纷纷来了。然而鹿群中公鹿少母鹿多，公鹿和母鹿交配，母鹿有千百头，公鹿也要交配遍，这样公鹿就会累死。众母鹿闻一闻公鹿，知它已死，就分头跑到山谷中，衔回一种异草放在公鹿嘴边熏它，顷刻间公鹿就会复活。这时当地人急忙敲锣放枪，群鹿惊走。于是取回这种草，可以起死回生。

小棺

【题解】

蒲松龄性情浪漫好奇，所以所记也多诡异之事。本篇所记匪夷所思：字，从来字书所未载。人，恍惚迷离，或怪或鬼或仙，捉摸不透。而所记小棺，无论数量、大小、所贮，更是闻所未闻。只能以动乱时代必有非常之事，吴三桂叛乱期间杀戮之多来解释。

天津有舟人某，夜梦一人教之曰：“明日有载竹笥赁舟者[①]，索之千金，不然，勿渡也。”某醒，不信。既寐，复梦，且书“𩑶、𡃁、𩑙”三字于壁，嘱云：“倘渠吝价，当即书此示之。”某异之。但不识其字，亦不解何意。

【注释】

①竹笥（sì）：盛饭或衣物的竹制方形容器。

【译文】

天津有一位船夫，夜里梦见一个人对他说：“明天有个带着竹筐来租船的人，向他要一千两银子，不然就不渡他过河。”船夫醒了，不相信这事。睡着以后，又做了这个梦，还梦见这人在墙上写了“𩑶、𡃁、𩑙”三个字，嘱咐说：“要是那人吝啬，不愿出一千两银子，就把这三个字写出来给他看。”船夫觉得很奇怪。但不认识那三个字，也不知是什么意思。

次日，留心行旅。日向西，果有一人驱骡载笥来，问舟。某如梦索价，其人笑之。反复良久，某牵其手，以指书前字。其人大愕，即刻而灭。搜其装载，则小棺数万馀，每具仅长指许，各贮滴血而已。某以三字传示遐迩[①]，并无知者。未几，吴逆叛谋既露[②]，党羽尽诛，陈尸几如棺数焉。徐白山说。

【注释】

①遐迩：远近。遐，远。迩，近。

②吴逆：指吴三桂。

【译文】

第二天，他留心查看来往的旅客。太阳偏西时，果然有一个人赶着骡子载着竹筐来了,要租船过河。船夫按梦中人说的钱数要价,那人讥笑他。两人讨价还价好久,船夫拉着他的手,用手指写了那三个字。那人大惊失色,立刻消失不见了。搜查他装的东西,里面有数万个小棺材,每个棺材仅一指多长,里面都装有一滴血。船夫把那三个字给远近的人看,都不认识。不久,吴三桂叛变的阴谋败露,党羽全部被杀头,陈列的尸体正好和小棺材的数目相同。这事是徐白山讲的。

邢子仪

【题解】

作品以白莲教的幻术作为引子讲述了"家赤贫而性方鲠"的秀才邢子仪得到上天的好报,不仅获得了巨额家财,而且"不爱一色,而天报之以两"的故事。白莲教在《聊斋志异》中往往与幻术相联系,反映了当时人们对于白莲教的认识。白莲教党徒杨某设谋让继室朱氏伪作仙姬摄取泗上某绅家女的情节,具体而微,浪漫美丽,展现了蒲松龄奇瑰的想象力和高度的文字表现技巧。

相面,是《聊斋志异》链接情节的惯常手法,大概蒲松龄也颇深信。本篇之外,《青梅》、《田七郎》、《封三娘》、《邵九娘》、《细柳》、《崔猛》、《陈云栖》等篇章也都有所涉及。

滕有杨某[1],从白莲教党[2],得左道之术[3]。徐鸿儒诛后,杨幸漏脱,遂挟术以遨[4]。家中田园楼阁,颇称富有。至泗上某绅家[5],幻法为戏,妇女出窥。杨睨其女美,归谋摄取之。其继室朱氏,亦风韵,饰以华妆,伪作仙姬,又授木鸟,教之作用[6],乃自楼头推堕之。朱觉身轻如叶,飘飘然凌云而行。无何,至一处,云止不前,知已至矣。是夜,月明清洁，俯视甚了[⑦]。取木鸟投之，鸟振翼飞去，直达女室。女见彩禽翔入，唤婢扑之，鸟已冲帘出。女追之，鸟堕地作鼓翼声，近逼之，扑入裙底，展转间，负女飞腾，直冲霄汉。婢大号，朱在云中言曰："下界人勿须惊怖，我月府姮娥也。渠是王母第九女，偶谪尘世。王母日切怀念，暂招去一相会聚，即送还耳。"遂与结襟而行[⑧]。方及泗水之界[⑨]，适有放飞爆者，斜触鸟翼，鸟惊堕，牵朱亦堕，落一秀才家。

【注释】

①滕：县名。位于山东南部，治所在今山东滕州。

②白莲教：假借"弥勒下生"的民间秘密宗教团体，源于南宋佛教的一个支系，元明清三代在民间流行。下文徐鸿儒，即明天启年间，以白莲教教主身份起事的农民起义领袖。

③左道：旁门邪道。指非光明正大的法术。

④挟：凭借。遨：游。

⑤泗上：泛指泗水北岸。泗水也叫泗河，源于山东泗水陪尾山，古时流经山东曲阜、江苏徐州入淮。

⑥作用：操作，使用。

⑦了：清楚。

⑧结襟：并肩。

⑨泗水：县名。清属兖州府。

【译文】

滕县的杨某，加入了白莲教，学了些左道旁门的妖术。白莲教首领徐鸿儒被杀以后，杨某侥幸逃脱，依仗这点儿妖术四处游荡。家中有田园楼阁，颇为富足。杨某曾到泗上某士绅家，表演魔术戏法，这家的妇女也出来观看。杨某看到士绅的女儿长得很美，回家以后就想用妖术把她弄来。杨某的继室朱氏，也有些风韵，杨某就让她穿上华丽的衣服，装成仙女，又给了她一只木鸟，教她操作的技巧，然后把朱氏从楼顶推了下去。朱氏觉得身轻如叶，飘飘扬扬驾着云彩飞行。不久来到一个地方，云彩停住不再前进，朱氏知道已到了要去的地方。这天夜里，月光明亮，四处清爽，向下一看，什么都能看清。朱氏把木鸟向下一投，木鸟振翅飞走，一直飞到士绅女儿的闺房中。那小姐看到一只彩禽飞了进来，就喊丫环捕捉，这时鸟已冲开门帘飞了出去。小姐去追，鸟落在地上鼓动着翅膀，近前去看，鸟扑到小姐的裙子底下，辗转间，这鸟背着小姐飞了起来，直冲云霄。丫环大叫，朱氏在云中说道："下界人不要害怕，我是月宫的嫦娥。你家小姐是王母娘娘第九个女儿，偶然贬谪到尘世。王母娘娘日夜思念她，现在暂时招她回去相聚，不久就会送还。"说完，就和小姐并肩飞行。二人刚到泗水地界，碰巧有人燃放爆竹，从斜下方冲上来碰到鸟的翅膀，鸟一惊坠落下来，朱氏也被牵着掉了下来，落到一位秀才家中。

秀才邢子仪，家赤贫而性方鲠[①]。曾有邻妇夜奔，拒不纳。妇衔愤去，谮诸其夫，诬以挑引。夫固无赖，晨夕登门诟辱之。邢因货产僦居别村。有相者顾某善决人福寿，邢踵门叩之[②]。顾望见笑曰："君富足千钟，何着败絮见人[③]？岂谓某无瞳耶？"邢嗤妄之。顾细审曰："是矣。固虽萧索，然金穴不远矣。"邢又妄之。顾曰："不惟暴富，且得丽人。"邢终不以为信。顾推之出，曰："且去且去，验后方索谢耳。"是夜，独坐月下，忽二女自天降，视之，皆丽姝。诧为妖，诘问之，初不肯言。邢将号召乡里[④]，朱惧，始以实告，且嘱勿泄，愿终从焉。邢思世家女不与妖人妇等，遂遣人告其家。其父母自女飞升，零涕惶惑，忽得报书，惊喜过望，立刻命舆马星驰而去。报邢百金，携女归。

【注释】

①方鲠：正直。

②踵门：登门。叩：拜访。

③败絮：破烂的棉絮。指破棉袄。

④号召：通告，告诉所有人。

【译文】

秀才邢子仪，家境赤贫但为人鲠直。曾有邻妇夜间私奔到他家，他拒不接纳。邻妇怀恨而去，回家在丈夫面前说邢子仪坏话，诬蔑他挑逗自己。邻妇的丈夫本来就是无赖，便早晨晚上到邢子仪家中辱骂。邢子仪没办法，就卖掉田产搬到了别的村子居住。有位算命先生顾某善于判断人的祸福寿夭，邢子仪登门拜访。顾某看到他笑着说："你家产万贯，为何穿着破棉袄来见人？难道认为我有眼无珠吗？"邢子仪说他简直是胡说八道。顾某又仔细看了看他，说："对呀。目前你虽然还穷困，但离发财不远了。"邢子仪还是认为他胡说。顾某说："你不只要发大财，还能得到美人。"邢子仪始终不相信。顾某将他推了出去，说："快走快走，应验后再向你要谢钱。"这天夜里，邢子仪独坐月下，忽然有两个女子自天而降，一看，都是美人。邢子仪疑心她们是妖怪，就盘问她们，开始她们不肯说。邢子仪说要告诉乡里所有人，朱氏害怕了，才讲了实情，并且嘱咐他不要泄露出去，愿意跟着他生活。邢子仪想，那位大户人家的小姐和妖人的妻子不同，于是派人告诉了小姐家。小姐的父母自从女儿飞走以后，日夜啼哭惶惑，忽然得到报告女儿消息的书信，惊喜过望，立刻命人驾车星夜去接。酬谢邢子仪百两银子，把女儿带回家。

邢得艳妻，方忧四壁[①]，得金甚慰。往谢顾，顾又审曰：“尚未尚未。泰运已交[②]，百金何足言！”遂不受谢。先是，绅归，请于上官捕杨。杨预遁，不知所之，遂籍其家[③]，发牒追朱[④]。朱惧，牵邢饮泣。邢亦计窘，姑赂承牒者[⑤]，赁车骑携朱诣绅，哀求解脱。绅感其义，为竭力营谋，得赎免。留夫妻于别馆，欢如戚好。绅女幼受刘聘，刘，显秩也，闻女寄邢家信宿[⑥]，以为辱，反婚书，与女绝姻。绅将议姻他族，女告父母，誓从邢。邢闻之喜，朱亦喜，自愿下之。绅忧邢无家，时杨居宅从官货，因代购之。夫妻遂归，出囊金，粗治器具，蓄婢仆，旬日耗费已尽。但冀女来，当复得其资助。一夕，朱谓邢曰：“孽夫杨某，曾以千金埋楼下，惟妾知之。适视其处，砖石依然，或窖藏无恙。”往共发之，果得金。因信顾术之神，厚报之。后女于归[⑦]，妆赀丰盛，不数年，富甲一郡矣。

【注释】

①四壁：家徒四壁的略称。形容贫穷。

②泰运：吉祥的命运。泰，《易》卦名。《易·泰》：“天地交，泰。”又《彖》：“泰，小往大来吉亨，则是天地交而万物通也。”引申为安宁，顺通。

③籍其家：抄没其家产。籍，簿册，抄家时将其家产登记入册。

④牒：公文。追：追捕。

⑤承：承办。

⑥信宿：再宿，两宿。

⑦于归：出嫁。《诗·周南·桃夭》：“之子于归，宜其室家。”朱熹《集传》：“妇人谓嫁曰归。”

【译文】

邢子仪得到美貌的妻子，正在忧虑家境贫穷，得到百两银子，心中感到很欣慰。他去向顾某道谢，顾某又仔细看了看他，说："你的好运尚未完全来到。好运已交上了，百两银子何足挂齿！"因而没接受酬金。在此之前，那位士绅回到家，已经向官府告发，请求逮捕杨某。杨某早已逃走，不知逃到哪里了，于是抄了他的家，发通缉令追捕朱氏。朱氏害怕了，拉着邢子仪哭泣。邢子仪也想不出好办法，就暂且贿赂持缉捕令的官差，然后雇了车马带着朱氏去见那位士绅，哀求他帮助解脱困境。士绅被邢子仪的义气感动，为他竭力奔走谋划，最后得以用钱赎罪。士绅又留邢子仪夫妻二人住在别馆中，两家如亲戚般友好。士绅的女儿小时受聘于刘家，刘家是大官，听说那小姐在邢家住过两宿，以为耻辱，返回了原来的婚书，与小姐断绝了婚姻关系。士绅准备给女儿另找婆家，小姐告诉父母，立誓要嫁给邢子仪。邢子仪听说非常高兴，朱氏也很高兴，自愿当妾。士绅发愁邢子仪没有家，当时杨某的房子正由官府拍卖，就出钱替他买了下来。邢子仪和朱氏一起回到买来的新家，拿出以前得到的银子，草草置办了日用品，又买了丫环仆人，十几天钱就用光了。只希望小姐来时，再得到士绅的资助。一天晚上，朱氏对邢子仪说："我那孽夫杨某，曾将千金埋在楼下，只有我知道。刚才我看看埋银子的地方，砖石一点儿没动，也许埋的银子还在。"两人一起去挖，果然得到了银子。邢子仪这才相信顾某算命术的神奇，给了他丰厚的酬金。后来士绅的女儿也嫁了过来，嫁妆丰厚，没过几年，邢子仪成了这城里的首富。

异史氏曰：白莲歼灭而杨独不死，又附益之[①]，几疑恢恢者疏而且漏矣[②]。孰知天留之，盖为邢也。不然，邢即否极而泰[③]，亦恶能仓卒起楼阁、累巨金哉？不爱一色，而天报之以两。呜呼！造物无言[4]，而意可知矣。

【注释】

①附益：增加，增益。指杨某继续干坏事。《论语·先进》："季氏富于周公，而求也为之聚敛而附益之。"

②恢恢者疏而且漏：比喻作恶的人逃脱了上天的惩处。《老子》："天网恢恢，疏而不失。"喻天道广大，无所不包。

③否极而泰：运气坏到极点即转而通泰。否、泰，均《易》卦名，《易·否》："天地不交，否。"《易·泰》："天地交，泰。"

④造物：创造万物。指大自然。

【译文】

异史氏说：白莲教被剿灭而独有杨某得以不死，又继续干坏事，几乎让人认为天网恢恢疏而有漏了。谁知上天留下他，是为了邢子仪啊。不然的话，邢子仪即使是否极泰来，交了好运，又怎能在短时间内盖起楼阁，积累起巨资呢？他因为拒绝了一个美女，上天就报答他两个美女。哎！造物主虽然不说话，可他的意思是可以知道的。

李生

【题解】

本篇在叙述方式上颇有创意：由李生言老僧，又由王梅屋言李生，主要讲李生在冬日所见老僧的奇怪行踪。

老僧来时担囊步行，离去时却乘驴而行。如果是真驴，不值得留意，但老僧所骑的驴不像真驴，"颇似殉葬物，然耳尾时动，气咻咻然"，从而有了新闻价值，有了可奇怪之处，给人留下深刻印象。

商河李生[①]，好道[②]。村外里馀，有兰若，筑精舍三楹[③]，趺坐其中。游食缁黄[④]，往来寄宿，辄与倾谈，供给不厌。一日，大雪严寒，有老僧担囊借榻，其词玄妙。信宿将行，固挽之，留数日。适生以他故归，僧嘱早至，意将别生。鸡鸣而往，扣关不应[⑤]。逾垣入，见室中灯火荧荧，疑其有作，潜窥之。僧趣装矣，一瘦驴絷灯檠上[⑥]。细审，不类真驴，颇似殉葬物，然耳尾时动，气咻咻然。俄而装成，启户牵出。生潜尾之。门外原有大池，僧系驴池树，裸入水中，遍体掬濯已。着衣牵驴入，亦濯之。既而加装超乘[⑦]，行绝驶[⑧]。生始呼之。僧但遥拱致谢，语不及闻，去已远矣。

【注释】

①商河：县名。地处山东西北部，明清时代属济南府，今属济南管辖。

②道：此处兼指佛道两家。

③精舍：初时指儒家讲学的学社。《后汉书·党锢传·刘淑》："淑少学明五经，遂隐居，立精舍讲授，诸生常数百人。"后来则多指出家人修炼的场所。三楹：三间。楹，量词，屋一间为一楹。

④游食缁黄：指四方云游的僧道。僧人缁（黑色）服，道士黄冠，合称缁黄。

⑤关：门闩，闩门的横木。这里指门。

⑥灯檠（qíng）：灯架。

⑦超乘：本指跳跃上车。《左传·僖公三十三年》："左右免胄而下，超乘者三百乘。"此处指腾身跨上驴背。

⑧绝驶：谓驴蹄不点地飞奔而去。绝，绝尘。驶，驰。

【译文】

商河有位李生，酷爱佛道。村外一里多的地方有一座寺庙，李生在那里修建了三间精舍，在里面打坐修行。有些游方化缘的和尚道士来了，常在此住宿，李生经常和他们交谈，供给他们饭食，从不厌烦。有一天，大雪纷飞，天气严寒，有个老和尚挑着行李借宿，言谈玄妙。过了两夜要走，李生一再挽留，和尚又住了几天。正巧李生因有事要离开寺庙回家，和尚嘱咐他早点儿回来，意思想要和李生告别。鸡叫时李生回到庙中，敲门没人答应。他就跳墙进去了，只见屋内有一点儿灯光，李生怀疑老和尚在作法，偷偷观看。和尚在很快地收拾行装，把一头瘦驴拴在灯台上。仔细一看，不像真驴，好像殉葬物品，但驴的耳朵尾巴不时在动，还气喘吁吁。不一会儿整理好行装，打开门牵着驴走出来。李生偷偷跟在后面。门外有个大水池，和尚把驴拴在池边的树上，脱光衣服跳入池中，把全身都洗了一遍。穿好衣服又把驴拉到池内，也洗了一番。接着给驴驮上行李，老和尚跳上驴，飞奔而去。李生这才呼喊他。和尚只是在远处拱手致谢，听不清讲了些什么，就走远了。

王梅屋言：李其友人。曾至其家，见堂上额书“待死堂”，亦达士也[①]。

【注释】

①达士：明智达理之士。《吕氏春秋·知分》：“达士者，达乎死生之分。”

【译文】

王梅屋说：李生是他的朋友。他曾到过李生家，见堂上的匾额写着“待死堂”三字，看来也是一位豁达的人。

陆押官

【题解】

《陆押官》是一篇讲仙人幻术的故事。与前几篇作幻术的人往往是道士、老人不同，本篇是一个秀雅的少年，而且专门做文字工作。本篇由两个大故事组成。其一是请客饮酒，其二是观赏兰花。在故事中展现少年幻术之奇，请客的钱先是从捏的面老鼠中取来，其后是从麦穰中簸扬的麦子取偿。观赏兰花先是送给赵公一盆，接下来是请赵公乘月去仙山洞府观赏数十盆兰花。故事不仅有层次，不单调，既有市肆哄饮、农场簸扬，也有文人清玩、月下赏兰，如万花筒，丰富多彩，随手拈来，具有浓厚的生活情趣，而且在蒲松龄的笔下，每一个幻术都生动鲜活，如在眼前。

赵公，湖广武陵人①，官宫詹②，致仕归③。有少年伺门下，求司笔札④。公召入，见其人秀雅。诘其姓名，自言陆押官，不索佣值。公留之，慧过凡仆⑤。往来笺奏⑥，任意裁答⑦，无不工妙。主人与客弈，陆睨之，指点辄胜。赵益优宠之。

【注释】

①湖广：明清时期指湖北、湖南两地。武陵：旧指湖南常德府武陵县，即今湖南常德。

②宫詹：即太子詹事。属东宫詹事府。掌太子（东宫）事，凡皇帝坐朝或秋审、朝审以及九卿、翰、科、道会议之事，詹事、少詹事均得“侍班”或参加集议。凡纂修实录、圣训，詹事府詹事、少詹事例得充任副总裁官及纂修官。纂修其他书史，少詹事亦皆得充任纂修官。为三、四品官。

③致仕：纳还其官职。指告老辞官，还归乡里。《公羊传·宣公元年》“致仕”注：“还禄于君。”

④司笔札：主管文书之事。

⑤凡仆：一般的奴仆。

⑥笺奏：书信和奏疏。

⑦裁答：裁笺作答，提笔为文。

【译文】

赵公是湖广武陵人，曾任太子詹事，后来退休回家。有位少年在门外等候，请求为他管理往来书信。赵公将少年叫到家中，只见他长得清秀文雅。问他姓名，他自己说叫陆押官，不要报酬。赵公将他留下，陆押官的聪明超过一般仆人。往来的信件奏折，他随意写来，文词无不精美巧妙。赵公与客人下棋，陆押官用眼光一扫，一指点就会获胜。因此赵公对他更加优待和宠爱。

诸僚仆见其得主人青目[①]，戏索作筵。押官许之，问：“僚属几何？”会别业主计者皆至[②]，约三十馀人，众悉告之数以难之。押官曰：“此大易。但客多，仓卒不能遽办，肆中可也。”遂遍邀诸侣赴临街店，皆坐。酒甫行[③]，有按壶起者曰：“诸君姑勿酌。请问今日谁作东道主？宜先出赀为质，始可放情饮啖。不然，一举数千，哄然都散，向何取偿也？”众目押官。押官笑曰：“得无谓我无钱耶？我固有钱。”乃起向盆中捻湿面如拳，碎掐置几上，随掷遂化为鼠，窜动满案。押官任捉一头，裂之，啾然腹破，得小金，再捉，亦如之。顷刻鼠尽，碎金满前。乃告众曰：“是不足供饮耶？”众异之，乃共恣饮。既毕，会直三两馀。众秤金，适符其数。众索一枚怀归，白其异于主人。主人命取金，搜之已亡。反质肆主，则偿赀悉化蒺藜。还白赵，赵诘之。押官曰："朋辈逼索酒食，囊空无赀。少年学作小剧[④]，故试之耳。"众复责偿，押官曰："我非赚酒食者，某村麦穰中[⑤]，再一簸扬，可得麦二石，足偿酒价有馀也。"因浼一人同去。某村主计者将归，遂与偕往。至则净麦数斛[⑥]，已堆场中矣。众以此益奇押官。

【注释】

①青目：即青眼，看重。

②主计者：仆役中管事的，骨干。

③甫行：刚刚开始。甫，才，刚刚。

④小剧：谓小戏法，今称魔术。

⑤麦穰：指铡碎的麦秆。穰，泛指黍稷稻麦等植物的秆茎。

⑥斛(hú)：中国旧量器名，也是容量单位。1 斛本为 10 斗，后来改为 5 斗。

【译文】

赵公的仆人们看到陆押官受到主人的青睐，开玩笑让陆押官请客。陆押官答应了，他问："有多少人参加呀？"正巧赵公别墅的管事人都来了，大约有三十多人，众人把所有的人数都算在一起，想为难一下陆押官。陆押官说："这事很容易。但客人多，仓猝之间不能立即办好，就到饭馆去好啦。"于是邀请所有的客人都来到临街的一家饭馆，大家落了座。刚要喝酒，一个人按着酒壶站起来说："诸位先不要饮。请问今日是谁做东道主？应先把钱拿出来放在桌上，这样我们再开始纵情吃喝。不然的话，一下子花几千文钱，吃完一哄而散，向谁去要钱呢？"众人都看着陆押官。陆押官笑着说："是不是认为我没钱啊？我是有钱的。"于是起身从盆中拿来拳头大一块面团，掐碎了扔在桌上，随扔随变为小老鼠，满桌子乱窜。陆押官任意抓住一只，用手一撕，"吱"一声腹部裂了，得到一小块银子，再捉一只，也有银子。顷刻之间，老鼠没了，碎银子满桌。陆押官对众人说："这些钱还不够喝酒的吗？"众人觉得很神奇，一起纵情吃喝起来。吃完饭后，店家要收三两多银子。众人一称桌上的银子，正好是这个数。众人又向店家要了一小块碎银，带回了家，把这件怪事报告了赵公。赵公让拿出银子看看，一掏已经不见了。回去又问店主，那些银子全都变成了蒺藜。仆人回去告诉了赵公，赵公问陆押官是怎么回事。陆押官说："朋友们逼着我请客，无奈口袋里没钱。小时我学过变戏法，所以试了试。"众人又责成他偿还店家酒钱，陆押官说："我不是白赚人家酒食的人，某村的麦秸中，再簸扬一遍，可以得到二石麦子，足以偿还酒钱，还会有馀。"因此便央求一个人和他同去。正好某一村的主管仆人要回去，两个人一起去了。到那一看，簸得干干净净的几斗麦子已堆在场中央了。众人因此更觉得陆押官神奇。

一日，赵赴友筵，堂中有盆兰甚茂，爱之，归犹赞叹之。押官曰："诚爱此兰，无难致者。"赵犹未信。凌晨至斋，忽闻异香蓬勃，则有兰花一盆，箭叶多寡[①]，宛如所见。因疑其窃，审之。押官曰："臣家所蓄，不下千百，何须窃焉？"赵不信。适某友至，见兰惊曰："何酷肖寒家物[②]！"赵曰："余适购之，亦不识所自来。但君出门时，见兰花尚在否？"某曰："我实不曾至斋，有无固不可知。然何以至此？"赵视押官。押官曰："此无难辨。公家盆破，有补缀处，此盆无也。"验之始信。夜告主人曰："向言某家花卉颇多，今屈玉趾[③]，乘月往观。但诸人皆不可从，惟阿鸭无害。"鸭，宫詹僮也。遂如所请。公出，已有四人荷肩舆[④]，伏候道左。赵乘之，疾于奔马。俄顷入山，但闻奇香沁骨。至一洞府，见舍宇华耀，迥异人间。随处皆设花石，精盆佳卉，流光散馥，即兰一种，约有数十馀盆，无不茂盛。观已，如前命驾归。

【注释】

①箭：兰花一茎为一箭。明末清初周亮工《尺牍新钞·许友于与周减斋先生书》："斋头秋蕙，竟发一箭。"

②寒家：贫寒之家。自谦之辞。

③玉趾：对人脚步的敬称。《左传·僖公二十六年》："寡君闻君亲举玉趾，将辱于敝邑。"

④肩舆：轿子。

【译文】

有一天，赵公到朋友家赴宴，见朋友家的厅堂里有盆兰花很茂盛，非常喜爱，回家后犹赞叹不已。陆押官说："您确实爱这盆兰花，得到它不难。"赵公不相信。第二天凌晨到了书房，忽然闻到浓郁的花香，一看，则有兰花一盆，花枝和叶子的多少，和在朋友家见到的那盆一样。因此怀疑是偷来的，就审问他。陆押官说："我家所养的兰花，不下千百盆，何须去偷呢？"赵公不相信。正巧赵公的朋友来了，见到兰花吃惊地说："怎么酷像我家那盆兰花呀？"赵公说："我刚买来的，也不知花的来历。但是你出门的时候，看到兰花还在不在？"朋友说："我实在不曾到客厅去，有没有还不知道。但它怎么到这里来了？"赵公看了看陆押官。陆押官说："这不难分辨。您家的花盆是破的，有补缀的地方，这盆没有。"仔细一查看，果然如此。夜间，陆押官对赵公说："我曾对您说我家花卉颇多，今晚有劳大驾，乘月去观赏一番。但别人都不能跟随，只有阿鸭没有关系。"阿鸭是赵公在詹事府的一个小僮。赵公应邀前去。出门后，已有四人抬着轿子，恭候在路旁。赵公上了轿，轿夫走起来快如奔马。一小会儿就进了山，只闻到奇香沁骨。到了一座洞府，只见楼舍华丽，与人间大不相同。随处都有奇花异石，精致的盆景，珍贵的花卉，光彩耀眼，香气四溢，仅仅兰花一种，约有数十盆之多，花开得都很茂盛。观看完毕，和来时一样乘轿回家。

押官从赵十馀年。后赵无疾卒，遂与阿鸭俱出，不知所往。

【译文】

陆押官跟随赵公十馀年。后来赵公无疾而终，陆押官和阿鸭都离开赵家，不知到何处去了。

蒋太史

【题解】

蒋太史是当时的名人，事迹"累见他书"。由于蒋太史与王渔洋曾同为宦游人，有书信来往，故王渔洋阅读到蒲松龄此文时所写的评语字数远较他篇为多，称："蒋，金坛人，金坛原名金沙。其字又名虎臣，卒于峨眉伏虎寺：名皆巧合，亦奇。余壬子典试蜀中，蒋在峨眉，寄余书云：'身是峨眉老僧，故万里归骨于此。'寻化去。余有挽诗曰：'西风三十载，九病一迁官。忽忆峨眉好，真忘蜀道难。法云晴浩荡，春雪气高寒。万里堪埋骨，天成白玉棺。'盖用书中语也。"补充了蒲松龄的记叙。另外王渔洋在《池北偶谈·谈献四》"蒋虎臣"条中也记载了蒋太史的相关轶事，所记较蒲松龄更为详尽。不过，王渔洋所记蒋太史临去世的七律偈语去掉了首联和尾联，仅有颔联和颈联。

蒋太史超[①]，记前世为峨嵋僧[②]，数梦到故居庵前潭边濯足。为人笃嗜内典[③]，一意台宗[④]，虽早登禁林[⑤]，尝有出世之想。假归江南，抵秦邮[⑥]，不欲归。子哭挽之，弗听。遂入蜀，居成都金沙寺。久之，又之峨嵋，居伏虎寺，示疾怛化[⑦]。

自书偈云[8]：

翛然猿鹤自来亲[9]，老衲无端堕业尘[10]。
妄向镬汤求避热[11]，那从大海去翻身[12]。
功名傀儡场中物[13]，妻子骷髅队里人。
只有君亲无报答，生生常自祝能仁[14]。

【注释】

①蒋太史超：蒋超，蒋鸣玉之子。字虎臣，号绥庵，自号华阳山人，江苏镇江府金坛人。顺治二年(1645)举乡试。顺治四年(1647)探花，授翰林院编修。顺治八年(1651)，出任浙江乡试主考官。顺治十二年(1655)，任直隶学政。后擢为修撰。康熙初年托病告退，遍游名山大川，隐居于四川峨嵋山伏虎寺。康熙十二年(1673)正月，在寺中去世。当地官员为其出资，扶柩归乡下葬。施润章为其撰写墓志铭。蒋超善诗文，工书法，著有《绥庵集》、《绥庵诗稿》、《峨嵋山志》等。太史，明清两朝，修史之事由翰林院负责，蒋超曾任翰林院编修、修撰，故称其为太史。

②峨嵋：山名。也作“峨眉”，在四川西南。山势雄伟，因两峰相对如蛾眉，故名。

③内典：指称佛教经典。梁武帝《更开赎刑诏》：“既乖内典慈悲之义，又伤外教好生之德。”

④台宗：指天台宗。中国佛教宗派之一，由陈隋之际的智者大师智𫖮所创始。因智𫖮常住浙江天台山，因称其流派为天台宗，又因其以《法华经》为教义根据，又称法华宗。

⑤禁林：翰林院的别称。

⑥秦邮：今江苏高邮的别称。秦王嬴政于此筑高台、置邮亭，故名。清顾祖禹《读史方舆纪要·江南·扬州府》：“高邮废县，今州治，

秦高邮亭也。”

⑦示疾怛(dá)化:佛家谓患病逝去。示疾,佛家语。佛菩萨及高僧生病,都说示疾,谓示现有疾。因为有道之人生存在世间,是应机缘而显示的形体,病亦为显示给世人的现象,故曰示疾。怛化,意谓不要惊动垂死之人。《庄子·大宗师》:“俄而子来有病,喘喘然将死,其妻子环而泣之。子犁往问之,曰:‘叱!避,无怛化。’”后因称死亡为怛化。

⑧偈(jì):梵语偈陀的简称,佛经中的颂词。不问三言四言乃至多言,要必四句。多是悟道之语。

⑨翛(xiāo)然:形容无拘无束或自由自在的样子。《庄子·大宗师》:“翛然而往,翛然而来而已矣。”成玄英疏:“翛然,无系貌也。”

⑩老衲:僧人自称。衲,僧衣。业尘:指尘世,世间。

⑪镬(huò)汤:滚烫着开水的锅。镬,锅。

⑫大海:即苦海。佛教谓人间烦恼,苦深如海。翻身:从困苦中得到解脱。

⑬傀儡:木偶。

⑭生生:犹言世世代代。佛教指轮回。能仁:释迦牟尼佛。

【译文】

翰林修撰蒋超,记得自己前世是峨嵋山的和尚,多次梦见到故居的庵前潭边洗脚。蒋超特别爱读佛经,一意归附天台宗,虽然早就进入翰林院为官,还常常有出家的念头。请假回江南,到达秦邮,不想再回家了。儿子哭着挽留他,他也不听。于是到了四川,住在成都金沙寺。住了很久,又来到峨嵋山,住在伏虎寺,就在那里病逝了。去世前曾写过一篇偈语:

翛然猿鹤自来亲,老衲无端堕业尘。

妄向镬汤求避热,那从大海去翻身。

功名傀儡场中物，妻子骷髅队里人。

只有君亲无报答，生生常自祝能仁。

邵士梅

【题解】

关于邵士梅自叙前生之事，陆次山《虞初新志·邵士梅传》记叙最早，蒲松龄《聊斋志异·邵士梅》及王渔洋《池北偶谈·谈异五》“邵进士三世姻”次之，后来钮琇《觚剩·邵邑侯》、吴光《吴太史遗稿·邵峄晖两世姻缘》、曾衍东《小豆棚·杂记·邵士梅》也都有不同的记录。各书繁简不同，情节各异。比如陆次山的《邵士梅传》强调其前身“急公守法”，本篇颂扬的是其前身“轻财好义”，王渔洋《池北偶谈》和吴光的《邵峄晖两世姻缘》则记叙了邵士梅与妻子两世姻缘甚至“三世为夫妇”的事迹，这让我们看到了《聊斋志异》某些以社会传闻为题材的作品与同时代其他作品的不同价值取向和美学趣味差异，并反映了这类小说的传闻异辞和累积性加工过程。

邵进士[①]，名士梅，济宁人。初授登州教授[②]，有二老秀才投刺，睹其名，似甚熟识，凝思良久，忽悟前身。便问斋夫[③]：“某生居某村否？”又言其丰范[④]，一一吻合。俄两生入，执手倾语，欢若平生。谈次，问高东海况。二生曰：“狱死二十馀年矣，今一子尚存。此乡中细民，何以见知？”邵笑云：“我旧戚也。”先是，高东海素无赖，然性豪爽，轻财好义。有负租而鬻女者[⑤]，倾囊代赎之。私一媪，媪坐隐盗[⑥]，官捕甚急，逃匿高家。官知之，收高[⑦]，备极搒掠，终不服，寻死狱中。其死之日，即邵生辰。后邵至某村，恤其妻子，远近皆知其异。

【注释】

①邵进士：指邵士梅。字峄晖，山东济宁人，顺治十五年(1658)进士。曾任登州教授，栖霞教谕，后任吴江、震泽县令，不三月以病归。

②登州：府名。明清时治所在今山东蓬莱。教授：明清府学学官。

③斋夫：学舍杂役。斋，书房。

④丰范：容貌风度。

⑤负租：欠租。

⑥隐盗：藏匿强盗。

⑦收：逮捕。

【译文】

邵进士，名叫士梅，济宁人。他最初被任命为登州教授时，有两位老秀才送来名片，邵士梅看他们的名字，好像很熟悉，凝思了很久，忽然醒悟这是前生的事。他便问学官的杂役："某生还住在某村吗?"又讲了某生的长相、特征，和某生的情况一一吻合。一会儿那两个老秀才进来了，与邵士梅拉着手倾谈，像老朋友一样高兴。谈话当中，邵士梅问到高东海的情况。老秀才说："死于狱中已经二十多年了，现在有一个儿子还活着。他是这个村中的一个普通百姓，你怎么认识他呢?"邵士梅笑了笑说："是我以前的亲戚。"早先，高东海本是一个无赖，但性情豪爽，轻财好义。有人因欠下租税而卖女还债，高东海尽自己所有代为赎回。他和一个女人有私情，那女人因窝藏盗贼，官府追捕甚急，她藏到了高家。官府知道了，把高东海抓起来，百般拷打，他最终也不承认，不久死在狱中。他死的那天，正是邵士梅的生日。后来邵士梅到某村，周济高东海的妻子，远近的人都知道这件怪事。

此高少宰言之[①]，即高公子冀良同年也[②]。

【注释】

①高少宰：指高珩。字葱佩，号念东，别号紫霞道人。山东淄川（今淄博）人，崇祯十六年（1643）进士。入清后为秘书院检讨，升国子监祭酒侍讲学士，历官至礼部右侍郎、吏部左右侍郎、刑部侍郎。著有《荒政考略》、《栖云阁诗文集》。少宰，明清对吏部侍郎的别称。

②高公子冀良：即高之騊。字冀良，高珩长子。顺治十一年（1654）举人，顺治十八年（1661）进士，曾任贵州平越县知县。同年：科举时代同榜录取的人互称同年。按，此处高少宰或蒲松龄记叙可能有误，邵士梅为顺治十五年（1658）进士，高冀良为顺治十八年（1661）进士，两人并非同年。

【译文】

这是高少宰讲的，邵士梅是高少宰的公子高冀良的同年。

顾生

【题解】

本篇描写由于眼疾所造成的幻觉。

顾生眨眼的工夫，所见巨宅中的婴儿变成了老妪，少年王子“颔下添髭尺馀”。后在巨宅中涂完眼膏，病情始得以稍微缓解。《顾生》篇与《瞳仁语》大概是文言小说中罕见的以眼疾为题材的小说。值得注意的是，虽然本篇张皇怪异，却有极其近乎实际生活之处。比如“两指启双眥，以玉簪点白膏如脂，嘱合目少睡”，再现了明清时代对于眼疾的治疗。像“合眼时辄睹巨宅，凡四五进，门皆洞辟，最深处有人往来，但遥睹不可细认”，反映了长期合眼的心理上的暗示。尤其是，本篇没有单纯写眼疾，而是综合描写了顾生的幻视、幻听、幻觉，非常符合长期患有眼疾人的病理和生理反应。这些都展现了蒲松龄对于眼科疾病的深入观察和丰富的知识。

江南顾生[①]，客稷下[②]，眼暴肿，昼夜呻吟，罔所医药。十馀日，痛少减。乃合眼时辄睹巨宅[③]，凡四五进，门皆洞辟[④]，最深处有人往来，但遥睹不可细认。一日，方凝神注之，忽觉身入宅中，三历门户[⑤]，绝无人迹。有南北厅事[⑥]，内以红毡贴地。略窥之，见满屋婴儿，坐者、卧者、膝行者[⑦]，不可数计。愕疑间，一人自舍后出，见之曰：“小王子谓有远客在门，果然。”便邀之。顾不敢入，强之乃入。问：“此何所？”曰：“九王世子居。世子疟疾新瘥，今日亲宾作贺，先生有缘也。”言未已，有奔至者，督促速行。

【注释】

①江南：省名。清顺治二年（1645）置，治所在江宁府（今江苏南京）。康熙六年（1667）分置为江苏、安徽两省。后仍称这两省为江南。

②稷下：战国齐国都城临淄（今山东淄博临淄）城的稷门。此处指济南府城，即今山东济南。蒲松龄在诗文小说中习惯称济南为稷下，如《珍珠泉府院观风》、《稷下吟》、《趵突泉赋》及《聊斋志异》中的《公孙九娘》、《上仙》、《地震》。

③乃：才。

④洞辟：敞开，大开。

⑤历：经过。

⑥厅事：官府的办公处所。

⑦膝行：双腿跪着向前挪动。

【译文】

江南顾生，客居稷下，眼突然肿得很厉害，昼夜呻吟，用什么药都不见效。十几天以后，疼痛渐渐轻了。但合眼时就看到一座大宅院，共有四五进院落，门都大开着，最深处的院落中有人往来，只是远远地看不清楚。有一天，正在凝神注视时，忽然觉得自己来到了宅院中，经过了三道门，都没有人迹。看到一个坐南朝北的大厅，里面用红毡铺地。粗略一看，见满屋都是婴儿，有坐着的，有躺着的，有爬着的，不可数计。他正惊愕时，有一个人从屋后出来，看到他说："小王子说有远客来到门口，果然不错。"便邀请他进去。顾生不敢进，那人非让他进，他才进去。顾生问："这是什么地方？"那人说："是九王世子住的地方。世子患疟疾刚好，今天亲朋来庆贺，先生你有缘分啊。"话未说完，有一个人跑来，催促他们快走。

俄至一处，雕榭朱栏①，一殿北向，凡九楹②。历阶而升，则客已满座。见一少年北面坐，知是王子，便伏堂下。满堂尽起。王子曳顾东向坐③。酒既行，鼓乐暴作，诸妓升堂，演《华封祝》④。才过三折⑤，逆旅主人及仆唤进午餐，就床头频呼之。耳闻甚真，心恐王子知，遂托更衣而出⑥。仰视日中夕，则见仆立床前，始悟未离旅邸。

【注释】

①榭：中国园林建筑中依水架起的观景平台，平台一部分架在岸上，一部分伸入水中。常与廊、台组合在一起。

②楹：堂屋前部的柱子。

③东向坐：面向东坐。古代以东为上方、尊位。《史记·绛侯周勃世家》："勃不好文学，每召诸生说士，东乡坐而责之：'趣为我语。'"

④《华封祝》：原指华州人对上古贤者唐尧的三个美好祝愿，即长寿、富有、多子。《庄子·天地》："尧观乎华。华封人曰：嘻，圣人！请祝圣人，使圣人寿……使圣人富……使圣人多男子。"后成为通用的吉祥语。这里是指庆寿贺典的戏剧。

⑤折：场次，幕。折是元杂剧剧本结构的一个段落，同时也是音乐结构的一个单元，即用同一个宫调的若干曲子联成的一个整套曲子。后来也指传奇中的一出。此处《华封祝》应为传奇。

⑥更衣：指更换衣服。常用来指宴会时离席。《汉书·灌夫传》："坐乃起更衣，稍稍去。"颜师古注："凡久坐者皆起更衣，以其寒暖或变也。"也是大小便的婉辞。

【译文】

一会儿来到一处住所，有雕花的亭台，朱红的栏杆，一座北向的大殿堂，堂前有九根大柱子。顾生登阶而上，厅堂里已坐满了客人。见一少年北面而坐，他知道这就是王子，便跪伏在堂下。满屋子的人都站了起来。王子拉着顾生的手让他面向东坐下。饮酒之时，鼓乐之声大作，歌妓们都来到殿堂，演出《华封祝》的戏文。刚演了三折，旅店的店主和仆人来喊顾生吃午饭，在他的床头不停地叫他。他听得很清楚，怕王子知道，假托要换衣服就出来了。抬头一看太阳，正是中午，又看到仆人站在床前，才醒悟自己并没离开旅店。

心欲急反，因遣仆阖扉去。甫交睫，见宫舍依然，急循故道而入。路经前婴儿处，并无婴儿，有数十媪蓬首驼背，坐卧其中。望见顾，出恶声曰："谁家无赖子，来此窥伺！"顾惊惧，不敢置辨，疾趋后庭，升殿即坐。见王子颔下添髭尺馀矣。见顾,笑问:“何往?剧本过七折矣。”因以巨觥示罚。移时曲终,又呈出目[①],顾点《彭祖娶妇》[②]。妓即以椰瓢行酒,可容五斗许。顾离席辞曰:“臣目疾,不敢过醉。”王子曰:“君患目,有太医在此,便合诊视。”东座一客,即离坐来,两指启双眥,以玉簪点白膏如脂,嘱合目少睡。王子命侍儿导入复室,令卧,卧片时,觉床帐香软,因而熟眠。

【注释】

①出目:戏剧演出剧目,戏单。出,传奇一本中的一个段落。亦指戏曲的一个独立剧目。

②彭祖:传说为颛顼帝之后。姓篯名铿,尧将其封于彭城。相传他活了800岁,是中国长寿之祖。晋葛洪《神仙传》形容他:“殷末已七百六十七岁,而不衰老。少好恬静,不恤世务,不营名誉,不饰车服,唯以养生治身为事。”他的养生之道被后人整理成为《彭祖养性经》、《彭祖摄生养性论》。

【译文】

顾生急着想返回殿堂,就让仆人关上门出去。刚闭上眼睛,见还是刚才看到的宫舍,他急忙按原道进去。路过之前看到婴儿的大厅,里面没有了婴儿,有数十个老太太,蓬首驼背,有的坐着有的躺着。看见顾生,恶声恶气地说:“谁家的坏小子,到这里来偷看!”顾生既吃惊又害怕,不敢分辩,急忙向后院走,上台阶坐在原来的位子上。这时一看王子的下巴颌上已长出一尺多长的胡须了。王子看见顾生,笑着问:“到哪儿去了?剧本已经演到第七折了。”因而拿出大酒杯罚顾生饮酒。过了一会儿,这出戏演完了,又呈上剧目,顾生点了一出《彭祖娶妇》。歌妓就用椰瓢斟酒,里面大约可容五斗左右。顾生离开座位辞让说:“臣有目疾,不敢喝醉。”王子说:“你得了眼病,这里有太医,让他给你看一看。"这时东边座位上的一位客人,就离开位子走过来,用两指分开眼皮,又用一根玉簪给点上一种如同凝脂的白膏,嘱咐他闭眼少睡一会儿。王子命侍儿领他进了一个套间,让他躺下,刚躺下一小会儿,觉得床褥又香又软,因而就睡着了。

居无何,忽闻鸣钲锽聒[①],即复惊醒。疑是优戏未毕,开目视之,则旅舍中狗舐油铛也[②]。然目疾若失。再闭眼,一无所睹矣。

【注释】

①鸣钲(zhēng)锽(huáng)聒:打击乐器发出震耳欲聋的声响。钲,古代用铜做的一种乐器,形似钟而狭长,有长柄可执,口向上,以物击之而鸣,在行军时敲打。《说文》:"似铃,柄上下通。"锽:钟鼓敲击发出的声音。聒,喧闹,声音高响或嘈杂。

②铛:烙饼或做菜用的平底浅锅。

【译文】

过了不久,忽然听到好像打击乐器发出的震耳欲聋的声响,立刻惊醒了。以为戏还没有唱完,睁开眼一看,原来是旅店的狗舔油锅发出的声音。然而眼病好了。再闭上眼睛,什么景象也不见了。

陈锡九

【题解】

本篇写陈锡九夫妇由于夫孝妇节得到了上天的庇佑而安居乐业。孝,在本篇以陈锡九寻求父亲骨殖安葬体现。《孝经》说:"生事爱敬,死事哀戚。"在中国传统文化中,把客死他乡的父母运回家乡安葬是为人子的孝道。节，在本篇中以陈锡九的妻子不以贫贱改变初衷，抗父命不改嫁体现。陈锡九最后夫妻团圆，由穷变富，固然出于蒲松龄的愿望和想象，富室周某的市侩刻薄也有些夸张过分，却在一定层面上反映了富翁贫婿之间的人情世故，揭示了周某在择婿问题上的市侩嘴脸，为底层社会知识分子在婚姻问题上的感受吐了一口恶气。

本篇故事在情节上以翁婿之间的矛盾，岳丈嫌贫爱富，机关算尽，适得其反加以贯穿。但明伦评论说："周某用尽心机，作者费尽经营。读者忽而怒，忽而愤，忽而惊，忽而哀，忽而忧，忽而惧；又忽而喜，忽而慰，忽而乐，忽而快。"在对话上本篇也口吻毕肖，生动异常。特别是佣媪"以榼饷女"的一段话，传递的不仅是佣媪的市侩嘴脸，也透露出富室周某一家的骄横刻薄，向来为评论者所称道。

陈锡九，邳人[①]。父子言，邑名士。富室周某，仰其声望，订为婚姻。陈累举不第，家业萧索，游学于秦[②]，数年无信。周阴有悔心。以少女适王孝廉为继室，王聘仪丰盛，仆马甚都[③]。以此愈憎锡九贫，坚意绝昏[④]。问女，女不从，怒，以恶服饰遣归锡九。日不举火[⑤]，周全不顾恤。一日，使佣媪以榼饷女[⑥]，入门向母曰："主人使某视小姑姑饿死否。"女恐母惭，强笑以乱其词。因出榼中肴饵，列母前。媪止之曰："无须尔！自小姑入人家，何曾交换出一杯温凉水？吾家物，料姥姥亦无颜啖噉得[⑦]。"母大恚，声色俱变。媪不服，恶语相侵。纷纭间，锡九自外入，讯知大怒，撮毛批颊，挞逐出门而去。次日，周来逆女，女不肯归。明日又来，增其人数，众口呶呶[⑧]，如将寻斗。母强劝女去，女潸然拜母，登车而去。过数日，又使人来，逼索离婚书，母强锡九与之。惟望子言归,以图别处。周家有人自西安来,知子言已死,陈母哀愤成疾而卒。

【注释】

①邳(pī):州名。位于江苏西北部,治所在今江苏邳州境内。

②秦:地名。指今陕西。

③都:华美。

④绝昏:终止婚姻关系。

⑤举火:做饭的婉称。

⑥馌(yè):原指田头送饭。《诗·豳风·七月》:"同我妇子,馌彼南亩。"此处指食盒。饷:馈食于人。

⑦啖噉(dàn):吃,大口吃。

⑧呶呶(náo):七嘴八舌,喋喋不休。

【译文】

陈锡九,邳州人。父亲陈子言,是县里的名士。有个富户周某,敬慕陈子言的名声,将女儿许配给陈锡九,两家结为亲家。陈子言多次参加科考都没有考中,家业逐渐衰败,他就到陕西去游学,多年没有音信。周某私下有悔婚的想法。他把小女儿嫁给了王孝廉当继室,王孝廉的聘礼特别丰厚,仆人车马非常隆盛。因此他更加嫌弃陈锡九贫穷,下定决心悔婚。他又问女儿的意思,女儿坚决不同意退婚,周某很生气,让女儿穿上粗布衣服嫁给了陈锡九。陈锡九家穷得常常断了烟火,周某一点儿也不帮忙。有一天,他派了个老女仆给女儿送去饭菜,老女仆进门对陈锡九母亲说:"我家主人让我来看看我家姑娘饿死没有。"周女怕婆婆难堪,勉强装出笑脸用别的话岔开。接着把送来的饭菜拿出来,摆到婆婆面前。老女仆制止说:"不要这样! 自从姑娘到她家,我家何曾换到过她家一杯温凉水?我家的东西,料想姥姥你也无脸吃。"陈母很气愤,脸色声音都变了。老女仆还不依不饶,恶言恶语地说个不停。正在吵闹时，陈锡九从外面回来，听说这事勃然大怒，扯着老女仆的头发打了她几个耳光，赶出门外。第二天，周某来接女儿回去，女儿不肯。第三天又来接，还增加了来接的人数，乱喊乱叫，像要寻衅打架的样子。陈母一再地劝儿媳回娘家去，周女潸然泪下，拜别了婆母，上车走了。过了几天周家又派人来，逼迫陈锡九写离婚书，陈母强迫儿子写了交给周家。陈母一心盼望丈夫陈子言回来，再想别的办法。周家有人从西安来，得知陈子言已死，陈母悲哀再加上愤怒，得病死了。

锡九哀迫中，尚望妻归，久而渺然，悲愤益切。薄田数亩，鬻治葬具。葬毕，乞食赴秦，以求父骨。至西安，遍访居人，或言数年前有书生死于逆旅，葬之东郊，今冢已没。锡九无策，惟朝丐市廛，暮宿野寺，冀有知者。会晚经丛葬处，有数人遮道，逼索饭价。锡九曰："我异乡人，乞食城郭，何处少人饭价？"共怒捽之仆地[①]，以埋儿败絮塞其口。力尽声嘶，渐就危殆。忽共惊曰："何处官府至矣！"释手寂然。俄有车马至，便问："卧者何人？"即有数人扶至车下。车中人曰："是吾儿也。孽鬼何敢尔！可悉缚来，勿致漏脱。"锡九觉有人去其塞，少定，细认，真其父也。大哭曰："儿为父骨良苦。今固尚在人间耶！"父曰："我非人，太行总管也[②]。此来亦为吾儿。"锡九哭益哀，父慰谕之。锡九泣述岳家离昏，父曰："无忧，今新妇亦在母所。母念儿甚，可暂一往。"遂与同车，驰如风雨。

【注释】

①捽（zuó）：揪，抓。

②太行总管：阴间的官吏名。

【译文】

陈锡九在悲伤焦急中，还盼望妻子能够回来，时间长了，希望渺茫，更加悲愤。他把几亩薄田卖掉，买棺木安葬了母亲。安葬完毕，沿路乞讨到陕西去，希望能找到父亲的尸骨。到了西安，遍访当地居民，有人说几年前有位书生死在旅店里，埋葬在城东郊，现在坟堆已找不到了。陈锡九没有办法，只有白天到街市上要饭，晚上到破庙住宿，希望能找到知道父亲遗骨的人。有一天晚上经过一座乱坟岗子，有几个人拦住他的去路，索要饭钱。陈锡九说："我是异乡人，在这城里城外以要饭为生，在什么地方欠过别人的饭钱？"这几个人发怒了，揪着他把他打倒在地，把埋死孩子用的破棉絮塞在他的嘴里。陈锡九力尽声嘶，渐渐快要死了。这些人忽然吃惊地说："这是何处官府里的人来了！"放开手就不见了。不一会儿有车马来到，车上的人问："躺在那儿的是什么人？"就有几个人过来把陈锡九扶到车旁。车上的人说："这是我儿子。孽鬼怎敢如此！可把他们都绑来，不许漏掉一个。"陈锡九觉得有人取掉了他嘴里的破棉絮，他定了定神，仔细辨认，真是自己的父亲。他大哭着说："儿为了寻找父亲的遗骨历尽千辛万苦。您现在还在人间啊！"父亲说："我不是人，我是太行总管。这次来是为了儿子你啊。"陈锡九哭得更伤心了，父亲再三劝慰他。陈锡九哭着述说了岳父逼迫离婚的事，父亲说："不要发愁，现在你的媳妇也在你母亲那里。你母亲非常想你，你可去看看她。"于是陈锡九和父亲一同坐车，飞奔而去。

移时，至一官署，下车入重门，则母在焉。锡九痛欲绝，父止之，锡九啜泣听命。见妻在母侧，问母曰："儿妇在此，得毋亦泉下耶？"母曰："非也，是汝父接来，待汝归家，当便送去。"锡九曰："儿侍父母，不愿归矣。"母曰："辛苦跋涉而来，为父骨耳。汝不归，初志为何也？况汝孝行已达天帝，赐汝金万斤，夫妻享受正远，何言不归？”锡九垂泣。父数数促行[①]，锡九哭失声。父怒曰：“汝不行耶！”锡九惧，收声，始询葬所。父挽之曰：“子行，我告之，去丛葬处百馀步，有子母白榆是也。”挽之甚急，竟不遑别母。门外有健仆，捉马待之。既超乘，父嘱曰：“日所宿处，有少资斧，可速办装归，向岳索妇，不得妇，勿休也。”锡九诺而行。马绝驶，鸡鸣至西安。仆扶下，方将拜致父母，而人马已杳。寻至旧宿处，倚壁假寐，以待天明。坐处有拳石碍股，晓而视之，白金也。市棺赁舆，寻双榆下，得父骨而归。合厝既毕[②]，家徒四壁。幸里中怜其孝，共饭之。将往索妇，自度不能用武，与族兄十九往。及门，门者绝之。十九素无赖，出语秽亵。周使人劝锡九归，愿即送女去，锡九乃还。

【注释】

①数数：屡屡，一再。

②合厝(cuò)：夫妻同葬一墓穴。

【译文】

不一会儿，来到一座官署前，下车过了几道门，就看见母亲在那里。陈锡九悲痛欲绝，父亲劝止他，陈锡九抽泣着听从了。看到妻子在母亲身旁，就问母亲：“儿的媳妇在这里，是不是也已是泉下之人了？”母亲说：“不是，她是你父亲接来的，等你回家时，便一起送回去。”陈锡九说：“儿想在这里侍奉父母，不想回去了。”母亲说：“你千辛万苦跋涉而来，是为了父亲的遗骨。你不回去，那当初立志是为了什么？况且你的孝行上天已经知道了，赐给你万斤金子，夫妻二人享受的日子正长，怎能说不回去呢?”陈锡九只是垂着头哭泣。陈父多次催促他快走,陈锡九痛哭失声。父亲生气地说:“你不走吗!”陈锡九害怕了,止住哭声,才询问父亲葬在什么地方。父亲挽着他的手说:“你走,我告诉你,离那乱坟岗子百馀步,有一大一小两棵白榆树,那地方就是。”拉着他走得很急,竟来不及向母亲告别。门外有个健壮仆人正牵着马等待。陈锡九骑上马以后,父亲嘱咐他说:“你今天住宿的地方,有少量盘缠,可以快点儿整理行装回家,向你岳父索要你媳妇,得不到媳妇,不要和他罢休。”陈锡九答应后走了。马跑得飞快,鸡叫时到了西安。仆人扶陈锡九下马,陈锡久刚想让仆人代向父母致意,仆人和马都不见了。陈锡九找到原来住的地方,靠着墙壁打盹,等待天亮。坐的地方有拳头大的石头硌屁股,早晨一看,是块银子。他用这块银子买了棺木租了车马,来到双榆树下,找到父亲的尸骨,运回了家乡。将父亲与母亲合葬完毕,银子也用光了,家中四壁空空。幸而村里人可怜他是个孝子,都送给他饭吃。陈锡九准备要到岳父家去索要妻子,自己思量不能动武,就和本家哥哥陈十九一同去。到了岳父家门口,守门人不让进。陈十九向来是个无赖之人,就用污言秽语大骂。周某让人劝陈锡九回去,说愿意立即送回女儿,陈锡九就回来了。

初,女之归也,周对之骂婿及母,女不语,但向壁零涕。陈母死,亦不使闻。得离书,掷向女曰:“陈家出汝矣!”女曰:“我不曾悍逆,何为出我?”欲归质其故,又禁闭之。后锡九如西安,遂造凶讣,以绝女志。此信一播,遂有杜中翰来议姻[①],竟许之。亲迎有日,女始知,遂泣不食,以被韬面[②],气如游丝。周正无法,忽闻锡九至,发语不逊,意料女必死,遂舁归锡九,意将待女死以泄其愤。锡九归,而送女者已至,犹恐锡九见其病而不内[③],甫入门,委之而去。邻里代忧,共谋舁还。锡九不听，扶置榻上，而气已绝，始大恐。正遑迫间，周子率数人持械入，门窗尽毁。锡九逃匿，苦搜之。乡人尽为不平，十九纠十馀人锐身急难，周子兄弟皆被夷伤[4]，始鼠窜而去。周益怒，讼于官，捕锡九、十九等。锡九将行，以女尸嘱邻媪。忽闻榻上若息，近视之，秋波微动矣，少时，已能转侧。大喜，诣官自陈。宰怒周讼诬，周惧，啖以重赂，始得免。

【注释】

①中翰：明清时代内阁中书之别称，也称“内翰”。

②韬面：蒙面。韬，藏。

③内：“纳”的古字。接纳。

④夷伤：创伤。

【译文】

当初，周女回到娘家，周某当她的面大骂女婿及亲家母，周女不吭声，只是对着墙壁哭泣。陈锡九母亲去世，也不让周女知道。得到休书以后，周某扔给女儿说：“陈家把你休了！”周女说：“我不是泼妇也没违背妇德，为什么休我？”想回去问个究竟，周家又把她禁闭起来。后来陈锡九去了西安，周某于是造谣说陈锡九已死，来断绝女儿回陈家的想法。陈锡九已死的消息一传出去，就有杜中翰来提亲，周某竟然答应了。迎娶的日子已定下来，周女才知道此事，于是只是哭，不吃饭，用被子捂住脸，气如游丝。周某正无法可想时，忽听陈锡九来了，而且出言不逊，周某预料女儿必死，就让人把女儿抬回陈锡九家，想等女儿死后再报复泄愤。陈锡九回到家中，给他送妻子的人已到，恐怕他见周女病重而不收留，刚进门，扔下病人就走了。邻居也替陈锡九担忧，大家商议再将周女送回娘家。陈锡九不听，把妻子扶到床上，这时妻子已没气了，他大为惊恐。正在惶恐不安时，周某的儿子带了几个人拿着武器来了，把门窗全部打坏。陈锡九急忙藏起来，周家这帮人苦苦搜寻。邻居们都为陈锡九鸣不平，陈十九纠集了十多个人挺身来救助，周某的儿子们都被打伤，这才抱头鼠窜。周某更加恼怒，告到官府，官府逮捕了陈锡九、陈十九等人。陈锡九临走前，将妻子的尸体托付给邻家婆婆看守。老婆婆忽然听到床上有呼吸声，走近一看，周女的眼珠已能微微转动，过了一会儿，已能翻身。邻居们大喜，赶快向官府报告。县官对周某诬告陈锡九很生气，周某害怕了，花了很多钱贿赂县官，才不再追究。

锡九归，夫妻相见，悲喜交并。先是，女绝食奄卧，自矢必死①。忽有人捉起曰："我陈家人也，速从我去，夫妻可以相见，不然，无及矣！"不觉身已出门，两人扶登肩舆，顷刻至官廨，见公姑具在②。问："此何所？"母曰："不必问，容当送汝归。"一日，见锡九至，甚喜。一见遽别，心颇疑怪。公不知何事，恒数日不归。昨夕忽归，曰："我在武夷③，迟归二日，难为保儿矣。可速送儿归去。"遂以舆马送女。忽见家门，遂如梦醒。女与锡九共述曩事，相与惊喜。由此夫妻相聚，但朝夕无以自给。

【注释】

①自矢：自誓。

②公姑：公婆。

③武夷：武夷山。位于福建西北部与江西的交界处。

【译文】

锡九回来，夫妻相见，悲喜交加。在这以前，周女奄奄一息地躺着，自己发誓一定要死。忽然有人把她拉起来说："我是陈家的人，赶快跟着我去，夫妻可以相见，不然，就来不及了！"周女不知不觉地身子已经出了门，有两个人把她扶上轿子，顷刻之间来到了一座官署之中，看见公公婆婆都在这里。周女问："这是什么地方？"婆母说："不必问，不久就会送你回去。"又一天，看见陈锡九也来了，她十分高兴。可是见面不久就匆匆分别了，周女心里觉得很奇怪。公公不知为了什么事，常常好几天不回来。昨天晚上忽然回来说："我在武夷山，迟回来了两天，难为锡九这孩子了。可要赶快送媳妇回去了。"于是用车马送周女回去。周女忽然看见了陈家的大门，就像做了一场梦一样醒过来了。周女与锡九共同回述往事，都感到又惊又喜。从此夫妻团聚，但每日生活都无法自给。

锡九于村中设童蒙帐[①]，兼自攻苦。每私语曰："父言天赐黄金，今四堵空空，岂训读所能发迹耶[②]？"一日，自塾中归，遇二人，问之曰："君陈某耶？"锡九曰："然。"二人即出铁索絷之，锡九不解其故。少间，村人毕集，共诘之，始知郡盗所牵。众怜其冤，醵钱赂役[③]，途中得无苦。至郡见太守，历述家世。太守愕然曰："此名士之子，温文尔雅，乌能作贼！"命脱缧绁[④]，取盗严梏之，始供为周某贿嘱。锡九又诉翁婿反面之由[⑤]，太守更怒，立刻拘提。即延锡九至署[⑥]，与论世好，盖太守旧邳宰韩公之子，即子言受业门人也[⑦]。赠灯火之费以百金[⑧]，又以二骡代步，使不时趋郡，以课文艺[⑨]。转于各上官游扬其孝[⑩]，自总制而下[⑪]，皆有馈遗。锡九乘骡而归，夫妻慰甚。一日，妻母哭至，见女伏地不起。女骇问之，始知周已被械在狱矣。女哀哭自咎，但欲觅死。锡九不得已，诣郡为之缓颊。太守释令自赎，罚谷一百石，批赐孝子陈锡九。放归，出仓粟，杂糠秕而辇运之[⑫]。锡九谓女曰："尔翁以小人之心度君子矣。乌知我必受之，而琐琐杂糠覈耶[⑬]？"因笑却之。

【注释】

①设童蒙帐:做启蒙教师。童蒙,蒙昧无知的儿童。《后汉书·马融传》:"(融)常坐高堂,施绛纱帐,前授生徒,后列女乐,弟子以次相传,鲜有入其室者。"后以"设帐"指设馆授徒。

②训读:讲解诵读。谓教小孩读书。

③醵(jù)钱:凑钱。醵,聚合。

④缧(léi)绁:捆绑犯人的黑绳索。借指监狱,囚禁。

⑤反面:反目成仇。

⑥延:请。

⑦受业门人:直接教授的弟子。

⑧灯火之费:学习费用的委婉说法。

⑨课文艺:考察功课。指检查八股文作业。

⑩游扬:传播宣扬其事迹。

⑪总制:总督。总督别称"制府"、"制军"、"制台"。

⑫糠秕(kāng bǐ):谷皮和瘪谷。

⑬糠覈(hé):指粗劣的食物。

【译文】

陈锡九在村中设馆教授学童,另外自己也努力攻读。往往自言自语说:"父亲说上天会赐给我黄金,如今四壁空空,难道靠教几个学童就能发财吗?"有一天,他从私塾归家,在路上遇到两个人,问他说:"你是陈锡九吗?"陈锡九说:"是。"这两个人就拿出铁索把他绑了起来,陈锡九不知怎么回事。不一会儿,村里人都来了,质问为什么要抓陈锡九,才知道他是受到州内一伙盗贼的牵连。众人可怜陈锡九被冤枉,凑了点儿钱贿赂两个衙役,路上陈锡九才没有受苦。到郡中见了太守,陈锡九陈述了自己的家世。太守惊讶地说:"这是名士的儿子,温文尔雅,怎会做贼!"下令给他解除锁链,又提来盗贼严刑审讯,才供出是接受了周某的贿赂才诬陷陈锡九的。陈锡九又叙述了与岳父不和的原因,太守更加气愤，立刻拘捕周某。太守把陈锡九请到官署，谈起了两家的交情，原来太守是原邳州官员韩公的儿子，也是陈锡九父亲陈子言的学生。韩太守赠给陈锡九一百两银子作为帮助他读书的费用，又送给他两头骡子，以便不时骑着到郡府来，指导其八股文学习。韩太守又向州府内的高官们传扬陈锡九的孝行，因此，从总制以下的官员，对陈锡九都有馈赠。陈锡九骑着骡子回到家，夫妻二人甚感欣慰。有一天，周女的母亲哭着来了，看到女儿就伏在地上不起来。周女吃惊地问出了什么事，其母一讲，才知周某已被抓进监狱。周女痛哭自责，想要寻死。陈锡九不得已，又到州府为周某说情。太守让周某自己花钱来赎身，罚他出一百石米，并将此米赏给了孝子陈锡九。周某被释放后，从仓里拿出米来，又掺上糠秕，用车运到陈锡九家。陈锡九对妻子说："你父亲用小人之心度君子之腹。怎知道我一定会接受这米呢？还要卑劣地掺上糠秕？"笑着拒绝接受这些粮食。

锡九家虽小有，而垣墙陋敝。一夜，群盗入。仆觉，大号，止窃两骡而去。后半年馀，锡九夜读，闻挞门声，问之寂然。呼仆起视，则门一启，两骡跃入，乃向所亡也。直奔枥下[①]，咻咻汗喘。烛之，各负革囊，解视，则白镪满中。大异，不知其所自来。后闻是夜大盗劫周，盈装出，适防兵追急，委其捆载而去。骡认故主，径奔至家。周自狱中归，刑创犹剧，又遭盗劫，大病而死。女夜梦父囚系而至，曰："吾生平所为，悔已无及。今受冥谴[②]，非若翁莫能解脱，为我代求婿，致一函焉。"醒而呜泣。诘之，具以告。锡九久欲一诣太行，即日遂发。既至，备牲物酹祝之，即露宿其处，冀有所见，终夜无异，遂归。周死，母子逾贫，仰给于次婿。王孝廉考补县尹[③]，以墨败[④]，举家徙沈阳，益无所归。锡九时顾恤之。

【注释】

①枥下:马槽,拴牲口的地方。

②冥谴:民俗传说中阴间的处罚。

③县尹:县令,知县。

④墨:贪墨,贪污受贿。

【译文】

陈锡九家虽有点儿家产,但院墙已残破不堪。一天夜里,一群强盗进了院子。仆人发觉了,大声喊叫,强盗只偷走了两头骡子。过了半年多,陈锡九正在夜读,听到叩门声,问了几声也没人答应。叫仆人起来看看,刚一开门,两头骡子跳了进来,原来就是被偷走的那两头。骡子直奔槽头,气喘吁吁。拿灯一照,每头背上驮着一个皮口袋,打开一看,里面全是白银。全家人都感到很奇怪,不知从哪里来的。后来听说这天夜里强盗抢劫了周某家,刚把财物捆装到骡子背上走出门,就有巡夜的兵丁追来,急忙丢下财物跑了。骡子认识原来的家,就驮着财物回来了。周某从监狱回到家,受刑的创伤仍很重,又遭到强盗抢劫,气得得病死了。周女夜间梦见父亲戴着枷锁来了,对她说:"对我平生所做的事,后悔也来不及了。如今在阴间受到惩罚,非你公公不能帮我解脱,请你替我求求女婿,给你公公写一封信。"周女醒后伤心哭泣。陈锡九问她怎么回事,周女把梦中的事告诉了他。陈锡九早就想去太行山一趟,当日就出发了。到了以后,备好祭品设酒祈祷,就露宿在父母的坟旁,希望能见到什么,但一整夜也没有奇异的情况,只好回家去了。周某死后,周妻及其子更加贫穷,都依仗小女婿王孝廉接济。王孝廉后来经过考试补授了知县的官职,因贪污受到处罚,全家迁到沈阳,周家母子更无依无靠。陈锡九便时常照顾他们。

异史氏曰:善莫大于孝,鬼神通之,理固宜然。使为尚德之达人也者①,即终贫,犹将取之,乌论后此之必昌哉?或以膝下之娇女，付诸颁白之叟[②]，而扬扬曰：'某贵官，吾东床也[③]。'呜呼！宛宛婴婴者如故[④]，而金龟婿以谕葬归[⑤]，其惨已甚矣，而况以少妇从军乎[⑥]？

【注释】

①尚德：崇尚德行。

②颁白之叟：须发花白的老头。颁白，半白，花白。《孟子·梁惠王》："颁白者不负载于道路矣。"

③东床：指女婿。南朝宋刘义庆《世说新语·雅量》："郗太傅在京口，遣门生与王丞相书，求女婿。丞相语郗信：'君往东厢，任意选之。'门生归，白郗曰：'王家诸郎，亦皆可嘉，闻来觅婿，咸自矜持，唯有一郎，在东床上坦腹卧，如不闻。'郗公云：'正此好！'访之，乃是逸少，因嫁女与焉。"后称人婿为"令袒"或"东床"，本此。

④宛宛：柔美的样子。婴婴：娇小的样子。均指少女。

⑤金龟婿：担任贵官的女婿。金龟，黄金铸的官印，龟纽，汉为二公印饰，唐为三品以上官员的佩饰。谕葬：奉皇上谕旨埋葬。指规格很高的葬仪。

⑥从军：充军。就是罚犯人到边远地区从事强迫性的屯种或充实军伍，是轻于死刑、重于流刑的一种刑罚，类似现在的劳改。

【译文】

异史氏说：善行中没有比孝行更大的，能感通鬼神，就是当然之理了。那些具有高尚道德的通达之士，即使终生贫困，也要终生尽孝，哪里会考虑子孙后代将来会不会兴旺发达呢？有的人把自己心爱的女儿，许配给满头白发的老头，还洋洋得意地说："某位高官，是我的女婿。"唉！那年轻貌美的女儿容颜未改，可那位做高官的女婿已命归黄泉，那种惨痛景象太可悲了，何况有的少妇还要和犯罪的丈夫一起去服刑呢？

卷九

邵临淄

【题解】

“公岂有伤心于闺闼耶？何怒之暴也！”这是蒲松龄对于故事结局的评论，可谓一针见血。

本篇故事虽然简短，但反映的社会生活内容极其丰富。临淄某翁之所以不信算命者的话，自信而仗恃的是女儿是“世家女”，是监生的妻子，在一般情况下受到保护。但没想到“祸起萧墙”，女儿被丈夫告到了衙门，告状的理由是“指骂夫婿以为常”，违背了伦理家法。按照封建法律，家庭中夫妻吵架无论闹到什么程度，都是不告不理，何况丈夫已经要求撤诉。岂料审理的邑宰或许是因为“有伤心于闺闼”，不依不饶，坚持审理到底。于是临淄某翁之女被“杖责三十，臀肉尽脱”，应验了术士“必受官刑”的预言。

故事具有笑话性质，蒲松龄所言“邑有贤宰，里无悍妇”也不甚靠谱，但“异史氏曰”中“公岂有伤心于闺闼耶？何怒之暴也！”的评论却极卓越，颇有变态心理学分析的味道，反映了蒲松龄作为教育家独到的眼光。

临淄某翁之女[①]，太学李生妻也[②]。未嫁时，有术士推其造[③]，决其必受官刑。翁怒之，既而笑曰："妄言一至于此！无论世家女必不至公庭[④]，岂一监生不能庇一妇乎？"既嫁，悍甚，指骂夫婿以为常。李不堪其虐，忿鸣于官。邑宰邵公准其词[⑤]，签役立勾[⑥]。翁闻之，大骇，率子弟登堂，哀求寝息[⑦]。弗许。李亦自悔，求罢。公怒曰："公门内岂作辍尽由尔耶[⑧]？必拘审！"既到，略诘一二言，便曰："真悍妇！"杖责三十，臀肉尽脱。

【注释】

①临淄：县名。明清属青州府，现为山东淄博管辖。

②太学：中国古代教育体系中的最高学府。周朝已有太学之名。《大戴礼记·保傅》："帝入太学，承师问道。"汉代始，太学成为中央在京师所设大学的正式名称。魏晋到明清，或设太学，或设国子学（国子监），或两者同时设立，名称不一，制度亦有变化，但均为传授儒学经典的最高学府。太学生即监生。

③术士：擅长占卜之术的人。推其造：推算她的生辰八字。人的生辰年月日时，干支相配共得8个字，星命术士称之为造，据以推断其人命运休咎。

④世家：旧时指门第高贵并且世代相沿续的人家。《汉书·食货志》："世家子弟富人或斗鸡走狗马，弋猎博戏，乱齐民。"颜师古注引如淳曰："世家，谓世世有禄秩家也。"

⑤邑宰邵公：邵如崙，湖北天门人，康熙二十一年（1682）任临淄知县。

⑥签役立勾：派发签牌给衙役，立即拘捕到案。签，签牌，官府拘捕犯人的凭证。

⑦寝息：原指睡觉休息。后也指搁置，停息。

⑧作辍：动止。辍，中止。

【译文】

临淄某位老先生的女儿，是太学生李某的妻子。未出嫁时，有个算命的推算她的生辰八字，断定她一定会受到官府的刑罚。老先生听了很生气，转而又笑着说："你竟然这样胡说八道！不要说大家世族的女儿不会到公堂上去，难道一个监生还不能保护一个女人吗？"此女出嫁后，性情十分凶悍，打骂丈夫是家常事。李某受不了她的虐待，一气之下告到了官府。县令邵公批准了他的控告，发下捕人的签牌，打发公差立即去捉拿她。老先生听说了非常吃惊，便带着家人到衙门，哀求邵公撤销这个案子。邵公不同意。李某也感到后悔，请求撤诉。邵公生气地说："官府的公事怎么能由着你们想告就告，想撤就撤？一定要捉来审讯！"她被带到公堂后，邵公略略地审问了一两句，便说："真是个泼妇！"判定杖打三十下，臀部的肉都打掉了。

异史氏曰：公岂有伤心于闺闼耶？何怒之暴也！然邑有贤宰，里无悍妇矣。志之，以补循吏传之所不及者[①]。

【注释】

①循吏传：指奉公守法的官员传记。《史记·太史公自序》："奉法循理之吏，不伐功矜能，百姓无称，亦无过行，作循吏列传第五十九。"循，循良，守法尽职。

【译文】

异史氏说：邵公难道是在女人方面受到过什么伤害吗？怎么如此气愤！然而县里有贤明的长官，乡里就没有泼妇了。记下这件事，用来补史书循吏传的不足吧！

于去恶

【题解】

《聊斋志异》反映科举考试的小说各有侧重。本篇塑造了几个性格特征突出的人物，如静默沉稳的于去恶，豪爽好友的陶圣俞，意度谦婉的方子晋，写到了他们之间的拳拳友谊，并且全面介绍了清初科举考试的各个科目：书艺、经论、策问、表、应制诗，内容颇为丰富，但重点却在应该对科举考核的阅卷者进行考试的表述上，认为这是科举考试能否公平的关键："此上帝慎重之意，无论乌吏鳖官，皆考之。能文者以内帘用，不通者不得与焉。盖阴之有诸神，犹阳之有守、令也。得志诸公，目不睹坟、典，不过少年持敲门砖，猎取功名，门既开，则弃去，再司簿书十数年，即文学士，胸中尚有字耶！阳世所以陋劣幸进，而英雄失志者，惟少此一考耳。""游神耗鬼，杂入衡文，吾辈宁有望耶！"同时主张应该加强考场公平的巡视，"桓侯翼德，三十年一巡阴曹，三十五年一巡阳世，两间之不平，待此老而一消也"。这大概是蒲松龄几十年科举考试失败所总结出来的教训。篇末于去恶告诉陶圣俞"君命淹蹇，生非其时"，陶圣俞不打算再考试了，于去恶劝告说："不然，此皆天数，即明知不可，而注定之艰苦，亦要历尽耳。"是勉励小说中人物的话，同时也是蒲松龄自勉的话。

北平陶圣俞[①]，名下士[②]。顺治间，赴乡试，寓居郊郭。偶出户，见一人负笈侄儴[③]，似卜居未就者[④]。略诘之，遂释负于道，相与倾语，言论有名士风。陶大说之[⑤]，请与同居。客喜，携囊入，遂同栖止。客自言："顺天人，姓于，字去恶。"以陶差长[⑥]，兄之。

【注释】

①北平：旧府名。亦北京旧称。明洪武元年改元大都为北平府，治所在北京大兴、宛平两县。永乐元年建为北京，改名顺天府。清代因之。

②名下士：有盛名之士。唐韩翃《送郑员外》诗："孺子亦知名下士，乐人争唱卷中诗。"

③负笈：背负书箱。恇儴（kuāng ráng）：惶急不安。

④卜居：寻找住所。就：完成，妥当。

⑤说：后作"悦"。喜欢。

⑥差长（zhǎng）：略为年长。差，比较，略微。

【译文】

北平人陶圣俞，是个有名的读书人。顺治年间，他去参加乡试，寄居在城郊。一天，他偶然出门，看见一个人背着书箱，慌慌张张地，好像在找住处没找到。陶生略略问了几句，他就把书箱放在道边，与陶生聊了起来，言谈之间很有名士风度。陶生大喜，邀请他和自己一起住。客人很高兴，拿了行李走进来，于是两人住到了一起。客人自我介绍说："我是顺天人，姓于，字去恶。"因为陶生年纪略长，因此待以兄长之礼。

于性不喜游瞩[①]，常独坐一室，而案头无书卷。陶不与谈，则默卧而已。陶疑之，搜其囊箧，则笔研之外，更无长物。怪而问之，笑曰："吾辈读书，岂临渴始掘井耶[②]？"一日，就陶借书去，闭户抄甚疾，终日五十馀纸，亦不见其折叠成卷。窃窥之，则每一稿脱，辄烧灰吞之。愈益怪焉，诘其故，曰："我以此代读耳。"便诵所抄书，顷刻数篇，一字无讹。陶悦，欲传其术，于以为不可。陶疑其吝，词涉诮让[③]。于曰："兄诚不谅我之深矣。欲不言，则此心无以自剖；骤言之，又恐惊为异怪。奈何?”陶固谓:“不妨。”于曰:“我非人,是鬼耳。今冥中以科目授官④,七月十四日奉诏考帘官⑤,十五日士子入闱,月尽榜放矣。”陶问:“考帘官为何?”曰:“此上帝慎重之意,无论乌吏鳖官⑥,皆考之。能文者以内帘用,不通者不得与焉。盖阴之有诸神,犹阳之有守、令也。得志诸公,目不睹坟、典⑦,不过少年持敲门砖⑧,猎取功名,门既开,则弃去,再司簿书十数年⑨,即文学士,胸中尚有字耶!阳世所以陋劣幸进⑩,而英雄失志者,惟少此一考耳。”陶深然之,由是益加敬畏。

【注释】

①游瞩:游览。

②临渴始掘井:喻事到临头才备办,临时抱佛脚。《素问·四气调神大论》:“夫病已成而后药之,乱已成而后治之,譬犹渴而穿井,斗而铸锥,不亦晚乎。”

③诮让:责问。

④科目:指隋唐以来分科选拔官吏的名目。明末清初顾炎武《日知录·科目》:“唐制,取士之科,有秀才,有明经,有进士,有俊士,有明法,有明字,有明算,有一史,有三史,有开元礼,有道举,有童子,而明经之别,有五经,有三经,有二经,有学究一经,有三礼,有三传,有史科,此岁举之常选也。其天子自诏曰制举……见于史者凡五十馀科,故谓之科目。”

⑤帘官:科举时代,乡、会试贡院内之官。考试期间,贡院致公堂后的内龙门,由监临封门,门外挂帘。场中官员根据工作性质,分别住在帘内和帘外。主考、房官、内提调、内监试、内收掌为内帘官。监临、外提调、外监试、外收掌、受卷、弥缝、誊录、对读等为

外帘官。外帘官管事务，内帘官管阅卷。

⑥鸟吏鳖官：对于大小官吏的蔑称。远古少皞氏以鸟名官，谓之鸟官，见《左传·昭公十七年》。周置天官冢宰，其属官鳖人，见《周礼·天官·鳖人》。

⑦坟典：即三坟五典。传说为我国最古的书名。《左传·昭公十二年》："是能读三坟五典八索九丘。"注："皆古书名。"

⑧敲门砖：指拣砖头敲门，门开后即弃砖。宋曾敏行《独醒杂志》"一日，冲元自窗外往来，东坡问：'何为？'冲元曰：'绥来。'东坡曰：'可谓奉大福以来绥。'盖冲元登科时赋句也。冲元曰：'敲门瓦砾，公尚记忆耶！'"后用来比喻士人借以猎取功名的工具，一达目的，即可抛弃。

⑧司簿书：管理文书簿册。

⑩幸进：侥幸得到进取。进，升迁。这里是考中之意。

【译文】

于生不喜欢游览，常常独自坐在屋里，但书桌上却没放书本。陶生如果不和他说话，他就自己默默地躺在那里。陶生对他的举动心存疑虑，就查看他的包袱和箱子，除了笔墨砚台之外，没有什么多馀的东西。陶生感到奇怪，就问他，于生笑着说："我们读书，难道是临渴了才去挖井吗？"一天，他从陶生那里借了书，关上房门便飞快地抄起来，从早到晚抄了五十馀张纸，却不见他折叠装订成册。陶生偷偷地去看，只见他每抄完一篇，就把它烧成灰吞到肚子里去。陶生更加惊奇，就问他怎么回事，于生说："我用这个方法代替读书。"于是背诵所抄的书，一会儿就背了好几篇，一字不错。陶生很高兴，想要让他传授这种法术，于生不同意。陶生猜想他是不舍得传授，话语中流露出责备之意。于生说："兄长真是太不体谅我了。如果我不说，这个心意就无法表明；如果一下子说出来，又怕你受惊，以为我是妖怪。怎么办呢？"陶生坚持说："没关系。"于是，于生说："我不是人，是鬼。现在阴间要以科举考试授官，七月十四日奉命选考帘官，十五日参加考试的人进入考场，月底发榜。”陶生问：“什么是考帘官？”答道：“这是天帝谨慎对待科考的意思，不管大官小官，都得考试。能写文章的用作内帘官，文墨不通的不能当帘官。阴间有各种各样的神，就像阳间有郡守、县令一样。现在那些考中做了官的人，就不再读书了，书籍不过是他们少年时期猎取功名的敲门砖，门一打开，它就被扔到一边去了，如果再掌管十几年的公文簿籍，即使原来是文学士，胸中还能剩下多少墨水呢！阳世之所以不学无术的人得以侥幸进升，而英才不得志，就是因为缺少这种先考帘官的办法。”陶生深以为然，于是对他更加敬畏。

一日，自外来，有忧色，叹曰：“仆生而贫贱，自谓死后可免，不谓迍邅先生相从地下①！”陶请其故，曰：“文昌奉命都罗国封王②，帘官之考遂罢。数十年游神耗鬼③，杂入衡文④，吾辈宁有望耶！”陶问：“此辈皆谁何人？”曰：“即言之，君亦不识。略举一二人，大概可知：乐正师旷、司库和峤是也⑤。仆自念命不可凭，文不可恃，不如休耳⑥。”言已怏怏，遂将治任⑦。陶挽而慰之，乃止。

【注释】

①迍邅(zhūn zhān)：迟缓难行。喻命运不佳。

②文昌：神名。即梓潼帝君。掌管文昌府及人间功名禄位之事。

③游神耗(mào)鬼：游手闲荡，不学无术的试官。游，飘荡无根。耗，耗乱不明。《汉书·景帝纪》：“不事官职耗乱者，丞相以闻，请其罪。”颜师古注：“耗，不明也，读如眊同。”

④衡文：评论裁衡文章。指审阅考卷。

⑤乐正：官名。周时乐官之长。师旷：春秋时晋国的乐师，生而目

盲,但辨音能力很强。司库:主管钱库之官。和峤:晋人。《晋书·和峤传》载:"峤家产丰富,拟于王者,然性至吝,以是获讥于世,杜预以为峤有钱癖。"

⑥休:罢休,算了。

⑦治任:整理行装离去。《孟子·滕文公》:"昔者孔子没,三年之外,门人治任将归。"赵岐注:"任,担也。"孙奭疏:"其门人有治担任而将归室者。"

【译文】

一天,于生从外面回来,一脸愁容,感叹道:"我从生下来就贫穷卑贱,自以为死后可以摆脱,不料倒霉的命运一直跟着我到阴间。"陶生问他怎么回事,回答说:"文昌帝奉命到都罗国封王去了,帘官考试取消了。这样,那些在阴间游荡数十年的游食之神和耗乱不明之鬼就来主持科举考试,我们这些人怎么会有考中的希望啊!"陶生问:"这些鬼神都是谁?"答道:"我就是说了,你也不认识。我只举一两个,你大概可以知道:乐正师旷、司库和峤。我想自己的命运不能凭依,文章也不能仗恃,不如算了吧。"说完闷闷不乐,于是便打算收拾行李离开这里。陶生拉住他劝慰,他才留了下来。

至中元之夕[①],谓陶曰:"我将入闱,烦于昧爽时[②],持香炷于东野[③],三呼去恶,我便至。"乃出门去。陶沽酒烹鲜以待之。东方既白,敬如所嘱。无何,于偕一少年来,问其姓字,于曰:"此方子晋,是我良友,适于场中相邂逅。闻兄盛名,深欲拜识。"同至寓,秉烛为礼。少年亭亭似玉[④],意度谦婉,陶甚爱之。便问:"子晋佳作,当大快意?"于曰:"言之可笑!闱中七则[⑤],作过半矣,细审主司姓名,裹具径出[⑥]。奇人也!"陶扇炉进酒,因问:"闱中何题?去恶魁解否[⑦]?"于曰："书艺、经论各一[8]，夫人而能之。策问[9]：'自古邪僻固多[10]，而世风至今日，奸情丑态，愈不可名[11]，不惟十八狱所不得尽，抑非十八狱所能容。是果何术而可？或谓宜量加一二狱，然殊失上帝好生之心。其宜增与、否与，或别有道以清其源[12]，尔多士其悉言勿隐[13]。'弟策虽不佳，颇为痛快。表[14]：'拟天魔殄灭[15]，赐群臣龙马天衣有差[16]。'次则'瑶台应制诗[17]'、'西池桃花赋'。此三种，自谓场中无两矣！"言已鼓掌。方笑曰："此时快心，放兄独步矣[18]。数辰后[19]，不痛哭始为男子也。"

【注释】

①中元：中元节。中国古代以一、七、十月之十五日分称上元、中元、下元，上元是天官赐福日，中元为地官赦罪日，下元为水官解厄日（也有称天、地、人三才者）。

②昧爽：拂晓，黎明。《孔子家语·五仪》："昧爽夙兴，正其衣冠。"

③炷：点香使燃。

④亭亭似玉：形容秀雅挺拔。亭亭，耸立的样子。

⑤闱中七则：清顺治二年（1645）颁科场条例，其制为乡试第一场试时文七篇："四书"三题；"五经"各四题，考生可自选一经，故合称七艺或七则。

⑥裹具：收拾起文具。裹，包裹。

⑦魁解（jiè）否：犹言是否高中。魁解，乡试中式第一名。魁，经魁。明代科举以"五经"取士，每经各取其第一名，叫经魁。因此取在前五名的称五经魁或五魁。解，唐制，进士由乡而贡曰解。明清因称乡试中了举人第一名为解元。

⑧书艺、经论：指根据"四书"、"五经"所出的八股文试题。从"四

书”里出的题叫书艺，从“五经”里出的题叫经论或经义。

⑨策问：以简策发问的形式，提出有关史事或时政等问题征求对答。这也是科举考试项目之一。康熙二年（1663）乡试废除八股文，以策、论、表、判取士，共考二场。第一场，试策五道；第二场，试“四书”论一篇、经论一篇、表一道、判五条。康熙七年（1668）复初制，头场仍用“四书”、“五经”试八股文，二三场论、诏、表、判、策如故。

⑩邪僻：不正当的行为。僻，邪，不正。

⑪名：名状，称呼。

⑫清其源：从根本上杜绝邪僻。源，本源。

⑬多士：古指众多的贤士，也指百官。此指应考的众生员。《书·多方》：“猷告尔有方多士，暨殷多士。”悉言：尽其所言。

⑭表：是臣下对皇帝有所陈述、请求、建议时用的一种文体。南朝梁刘勰《文心雕龙·章表》：“章以谢恩，奏以按劾，表以陈情，议以执异。”

⑮拟：拟稿。天魔：佛教所说的从天上降到人间破坏佛道的恶魔。旧时以之代指旁门邪道。

⑯龙马：指骏马。《周礼·天官·庾人》：“马八尺以上为龙。”天衣：指帝王所赐的冠带朝服。有差（cī）：等级，差别。

⑰应制诗：奉皇帝之命所作的诗。制，帝王的命令。

⑱独步：出众，独一无二。

⑲数辰后：几天之后。意谓放榜之时。

【译文】

到了七月十五中元节的晚上，于生对陶生说：“我要进考场了，麻烦你在天刚亮时，拿着点着的香在东郊，呼唤三声‘去恶’，我就会来。”说完就出门走了。陶生准备了酒菜等着他。东方刚刚放亮，他便恭敬地按着于生的嘱咐做了。不一会儿，于生便和一个少年一同来了，陶生问他的姓名，于生说："这是方子晋，我的好朋友，刚才恰好在考场里遇上了。他听到兄长的大名，就很想来拜访你。"三人一同回到住所，点上香烛以礼相见。少年亭亭玉立，仪态谦恭可爱，陶生很喜欢他。便问："子晋的佳作，一定是大快人意吧？"于生说："说来可笑！考场中七道题，他已经做了一半多了，但仔细看了主考官的姓名，便立刻收拾笔墨退出考场。真是个奇人！"陶生扇着炉火，送上酒，接着问道："考场中出了些什么题目？去恶高中了吧？"于生答道："书艺、经论各一道，这些是人人都会的。策问是：'自古以来奸邪之气本来就多，而社会风气败坏到今天，奸邪丑态多得甚至叫不出名堂来，不仅十八层地狱不能囊括这些名目，而且也不是十八层地狱所能容纳得下的。这个问题有什么办法可解决呢？有人说可以增加一两层地狱，但是这样太违背天帝的好生之心。那么是应该增加呢，还是不应该增加，或者有别的办法可以正本清源，你们大家都来说说，不要有所保留。'小弟这篇策问虽然写得不好，却说了个痛快。表的题目是：'拟一道天魔殄灭，群臣按功劳赐龙马天衣。'再就是'瑶台应制诗''西池桃花赋'。这三种，我自认为是场中无人可比。"说完后，高兴得直鼓掌。方子晋笑着说："这时痛快高兴，任你超群领先。几个时辰后，不痛哭流涕才算真正男子汉。"

天明，方欲辞去。陶留与同寓，方不可，但期暮至[①]。三日，竟不复来。陶使于往寻之，于曰："无须。子晋拳拳[②]，非无意者。"日既西，方果来，出一卷授陶，曰："三日失约，敬录旧艺百馀作，求一品题[③]。"陶捧读大喜，一句一赞，略尽一二首，遂藏诸笥。谈至更深，方遂留，与于共榻寝。自此为常，方无夕不至，陶亦无方不欢也。

【注释】

①期：约定。

②拳拳：忠诚，重言诺。

③品题：评论。

【译文】

天亮时，方生准备告辞回去。陶生留他同住，他不答应，只是约定晚上再来。三天过去了，方生竟然没有再来。陶生让于生去找他，于生说：“不用找。子晋为人诚恳，不是没有信用的人。”太阳偏西时，方生果然来了，他拿出一本册子交给陶生，说：“三天失约，是因为我在认真抄录过去做的百馀篇文章，请你一一给予品评。”陶生很高兴地拿着读起来，读一句赞一句，大致看过一两篇之后，就把它收藏在书箱里。两人畅谈到深夜，方生就留下来和于生同床而睡。自此以后，常常如此，方生没有一个晚上不来，陶生也是没有方生就不愉快。

一夕，仓皇而入，向陶曰：“地榜已揭[①]，于五兄落第矣！”于方卧，闻言惊起，泫然流涕。二人极意慰藉，涕始止。然相对默默，殊不可堪。方曰：“适闻大巡环张桓侯将至[②]，恐失志者之造言也[③]，不然，文场尚有翻覆。”于闻之，色喜。陶询其故，曰：“桓侯翼德，三十年一巡阴曹，三十五年一巡阳世，两间之不平，待此老而一消也。”乃起，拉方俱去。两夜始返，方喜谓陶曰：“君不贺五兄耶？桓侯前夕至，裂碎地榜，榜上名字，止存三之一。遍阅遗卷[④]，得五兄甚喜，荐作交南巡海使[⑤]，旦晚舆马可到。”陶大喜，置酒称贺。酒数行，于问陶曰：“君家有闲舍否？”问：“将何为？”曰：“子晋孤无乡土，又不忍恝然于兄[⑥]。弟意欲假馆相依。”陶喜曰：“如此，为幸多矣。即无多屋宇，同榻何碍？但有严君，须先关白[⑦]。”于曰：“审知尊大人慈厚可依。兄场闱有日，子晋如不能待，先归何如？”陶留伴逆旅，以待同归。

【注释】

①揭：公开，公布。

②大巡环：虚拟的官名。取巡回视察之意。张桓侯：三国时蜀汉名将张飞。字翼德，死后谥号桓侯。宋《太平广记·关侯》引《独异志》：“蜀将关侯善抚士卒而轻士大夫，张飞敬礼士大夫而轻卒伍。”故虚拟张飞巡视试场，以消士子不平。

③造言：造谣，无根之谈。

④遗卷：没被录取者的试卷。

⑤交南：交州南部地区。今广东、广西属于古之交州。

⑥恝（jiá）然：淡漠忘怀。宋辛弃疾《醉翁操》词序：“又念先之与余游八年，日从事诗酒间，意相得欢甚，于其别也，何独能恝然。”

⑦关白：禀告，通禀。

【译文】

一天晚上，方生慌慌张张地走进来，向陶生说：“阴间已经发榜，于五兄落榜了。”于生正躺在床上，听到这话，吃惊地坐起来，伤心地流下泪来。两人尽力劝解，于生才不哭了。可是，三人你看我，我看你，都无话可说，很是难过。方生说：“刚才听说大巡环张桓侯要来了，恐怕这话是落第的人编造出来的，如果是真的话，这场考试的结果还会有反复。”于生听了，脸上露出喜色。陶生问这是怎么回事，答道：“桓侯张翼德，三十年一巡视阴间，三十五年一巡视阳世，阴阳两界的不平事，都等着这位老先生来解决。”于生于是起身，拉着方生一齐走了。过了两天才回来，方生高兴地对陶生说：“你不向五兄祝贺吗？桓侯前天晚上到了阴间，撕碎了地榜，榜上的名字只剩了三分之一。又审阅了一遍落选者的卷子，看到五兄的卷子非常高兴，已经推荐五兄做交南巡海使了，很快就会有车马来了。”陶生大喜，置办了酒宴来庆贺。酒喝过了几遍之后，于生问陶生："你家里有闲房子吗？"陶生问："你问这做什么？"于生说："子晋孤孤单单的，没有归宿，又不忍心忘怀于兄长，小弟想借间房子给他住，也好和你相互依靠。"陶生高兴地说："如果这样，我太荣幸了。即使没有多馀的房子，和我同床住又有什么关系？只是我有父母在，得先禀报他们。"于生说："我知道你父母慈爱厚道，可以依靠。兄长离考试还有些日子，子晋如果不能等，先回家去怎么样？"陶生要留下他做伴，等待考完再一同回去。

次日，方暮，有车马至门，接于莅任[①]。于起握手曰："从此别矣。一言欲告，又恐阻锐进之志。"问："何言？"曰："君命淹蹇[②]，生非其时。此科之分十之一；后科桓侯临世，公道初彰，十之三；三科始可望也。"陶闻，欲中止。于曰："不然，此皆天数，即明知不可，而注定之艰苦，亦要历尽耳。"又顾方曰："勿淹滞[③]，今朝年、月、日、时皆良，即以舆盖送君归。仆驰马自去。"方忻然拜别。陶中心迷乱，不知所嘱，但挥涕送之。见舆马分途，顷刻都散。始悔子晋北旋，未致一字，而已无及矣。

【注释】

①莅（lì）任：到任，履职。莅，到。

②淹蹇（jiǎn）：艰难窘迫，坎坷不顺。

③淹滞：淹留，拖延。

【译文】

第二天，天刚黑下来，就有车马来到门前，接于生去上任。于生起身握住陶生的手说："从此我们分别了。有句话想告诉你，又恐怕影响你的上进之心。"陶生问："是什么话？"于生答道："你命中注定困顿，生不逢时。这次科考只有十分之一的希望；下一科桓侯到阳世来，公道开始伸张，有十分之三的希望；第三次科考，你才有希望考中。”陶生听了，就不想参加考试了。于生说：“不要这样，这都是天命，即使明知道不行，而注定的艰难困苦，也都是要经历的。”又回头对方生说：“不要滞留了，今天的年、月、日、时辰都好，立刻用迎我的车马送你回去吧。我骑马自己去上任。”方生愉快地与他们告别。陶生心中迷乱，不知说什么好，只是挥泪送他们走了。眼看着车马各奔各的路，转眼间都散了。这时，他才后悔子晋回家，也没给家中父母捎封信去，可是此时已经晚了。

三场毕①，不甚满志②，奔波而归。入门问子晋，家中并无知者。因为父述之。父喜曰：“若然，则客至久矣。”先是，陶翁昼卧，梦舆盖止于其门，一美少年自车中出，登堂展拜。讶问所来，答云：“大哥许假一舍，以入闱不得偕来。我先至矣。”言已，请入拜母。翁方谦却，适家媪入曰：“夫人产公子矣。”恍然而醒，大奇之。是日陶言，适与梦符，乃知儿即子晋后身也。父子各喜，名之小晋。儿初生，善夜啼，母苦之。陶曰：“倘是子晋，我见之，啼当止。”俗忌客忤③，故不令陶见。母患啼不可耐，乃呼陶入。陶呜之曰④：“子晋勿尔！我来矣！”儿啼正急，闻声辍止，停睇不瞬，如审顾状。陶摩顶而去⑤。自是竟不复啼。

【注释】

①三场毕：此指乡试完毕。明清时，乡试共分三场。考试于八月举行，以初九日为第一场正场，十二日为第二场正场，十五日为第三场正场。每场三天。

②满志：满意。

③俗忌客忤：旧时习俗，禁忌生人进入产妇卧室，以免冲犯。

④呜：哄弄，抚儿声。

⑤摩顶：以手抚其头顶。

【译文】

三场考过，不太满意，陶生就急忙赶回家去。进了家门就打听子晋，家里没人知道这个人。陶生于是向父亲讲了这件事。父亲一听高兴地问："要是这样的话，那么客人已经到了很久啦。"原来，陶父白天躺在床上睡觉，梦见车马伞盖停在自家门前，一位英俊少年从车中出来，进了堂屋来拜见陶父。陶父惊讶地问他从哪里来，回答说："大哥答应借我一间房子，他因为要考试不能和我一道回来。我就先来了。"说完，就请求进去拜见母亲。陶父正在谦让谢绝，这时，家中老女仆进来说："夫人生了一位公子。"陶父恍然梦醒，觉得非常奇怪。今天陶生所说的，正好与梦相符，才知道这孩子是子晋托生的。父子俩都非常高兴，给孩子起名叫小晋。这孩子刚生下时，爱在晚上哭闹，陶母为此很烦恼。陶生说："如果真的是子晋，我看看他，哭闹就该止住。"当地的风俗忌讳刚生的孩子见生人，怕受惊吓，所以不让陶生去看。母亲忍受不了孩子的哭闹，于是叫陶生进去。陶生抚慰他说："子晋不要这样！我来了！"孩子哭得正厉害，听到陶生的声音，马上不哭了，目不转睛地看着陶生，好像是在仔细地端详。陶生抚摸一下孩子的头顶就出去了。从此以后，孩子竟然不再哭闹了。

数月后，陶不敢见之，一见，则折腰索抱，走去，则啼不可止。陶亦狎爱之。四岁离母，辄就兄眠，兄他出，则假寐以俟其归[①]。兄于枕上教《毛诗》[②]，诵声呢喃，夜尽四十馀行。以子晋遗文授之，欣然乐读，过口成诵，试之他文，不能也。八九岁，眉目朗彻，宛然一子晋矣。陶两入闱，皆不第。

丁酉，文场事发[③]，帘官多遭诛遣，贡举之途一肃，乃张巡环力也。陶下科中副车[④]，寻贡[⑤]。遂灰志前途，隐居教弟。常语人曰："吾有此乐，翰苑不易也[⑥]。"

【注释】

①假寐：打盹儿，假装睡觉。俟：等待。

②《毛诗》：指战国时鲁国毛亨和赵国毛苌所辑和注的古文《诗》，也就是现在流行于世的《诗经》。

③丁酉，文场事发：丁酉，指清顺治十四年（1657）。这一年江南、顺天、山东、山西、河南等地都发生了乡试科场案。顺天府乡试房官张我朴、李振邺以及江南乡试主考及分考官，都遭杀戮；举人田耜等因贿买举人，也被杀。凡南北闱中式举人，都传至京城复试于太和门。

④副车：清代乡试有正副两榜。正榜取中的称举人，又称"公车"。副榜取中的，犹如备取生，称副车。

⑤寻贡：不久举为贡生。科举时代，取得副车资格的生员，可以贡入国子监读书。

⑥翰苑不易：做个翰林也比不上。翰苑，翰林院，此指考中进士在翰林院为官。

【译文】

几个月后，陶生已经不敢见他了，一见，孩子就要他弯腰来抱，离开了，他就啼哭不止。陶生也非常喜爱他。四岁时，小晋就离开母亲，和陶生睡在一起，陶生出门去，他就假装睡觉，等着他回来。陶生在枕席上教他读《毛诗》，他也能"咿咿呀呀"地读出来，一晚上能读四十多行。陶生用子晋留下的文章教他，他非常爱读，念一遍就能背诵下来，拿别的文章试验，就背不下来。八九岁的时候，已经长得眉清目秀，简直是又一个子晋。陶生两次参加乡试都没考中。丁酉年间，考场作弊的事被揭发出来，许多考官被杀或被流放，科举途径得以肃清，这是桓侯张翼德的功劳。陶生在下科考试时考中副榜，不久成了贡生。这时陶生已对科举之志渐渐失去兴趣，就隐居在家教弟弟读书。他曾对人说："我有这样的乐趣，就是给我个翰林官职，我也不换。"

异史氏曰：余每至张夫子庙堂①，瞻其须眉，凛凛有生气。又其生平喑哑如霹雳声②，矛马所至，无不大快，出人意表③。世以将军好武，遂置与绛、灌伍④，宁知文昌事繁，须侯固多哉！呜呼！三十五年，来何暮也⑤！

【注释】

①张夫子：张飞。夫子，对男性长者的尊称。

②喑哑：怒声呵叱。

③矛马所至，无不大快，出人意表：蒲松龄有聊斋俚曲《快曲》即写张飞在华容道上将曹操一矛刺死，称"不是一矛快千古，万年犹恨寿亭侯"。

④置与绛、灌伍：把他同周勃、灌婴放在同等地位。绛，指汉初名将周勃，曾封为绛侯。灌，灌婴，也是汉初名将。这两个人都勇武无文。同时代的韩信功高，被封为齐王。后来韩信被贬淮阴侯，韩信自视甚高，《史记》称："信由此日怨望，居常鞅鞅，羞与绛灌等列。"这里指张飞与勇武无文的绛、灌不同。

⑤暮：晚，迟。

【译文】

异史氏说：我每次到张夫子的庙堂，看到他的须眉，凛然而有生气。他这一生叱咤如霹雳，枪马所到之处，无不大快人心，出人意料。世人因为将军好武，于是把他和汉代的绛侯周勃、灌婴放在同列，哪里知道文昌帝事务繁忙，需要张侯的时候本来就多啊！唉！三十五年一次，来得太晚了。

狂生

【题解】

狂生某被执受辱，固然有“喋喋公堂，品斯下矣”的问题，有些咎由自取，但“灭门令尹”之所以能广行其道，令人胆寒，与其说是令尹个人的残暴刻毒，不如说是从制度上导致官吏的权力太大，政府的权力太大所致。假如把政府的权力关进笼子里，令尹意图报复，就不是“无门可灭”，而是从根本上无所用其伎。

明冯梦龙《醒世恒言》中有一篇小说叫《卢太学诗酒傲王侯》，也是讲“县令从来能破家”的故事，与本篇相类似，可以参看。

刘学师言①：济宁有狂生某②，善饮，家无儋石③，而得钱辄沽④，殊不以穷厄为意。值新刺史莅任⑤，善饮无对。闻生名，招与饮而悦之，时共谈宴。生恃其狎⑥，凡有小讼求直者⑦，辄受薄贿，为之缓颊⑧，刺史每可其请⑨。生习为常，刺史心厌之。一日早衙，持刺登堂⑩，刺史览之微笑。生厉声曰：“公如所请，可之；不如所请，否之。何笑也！闻之：士可杀而不可辱。他固不能相报，岂一笑不能报耶！”言已，大笑，声震堂壁。刺史怒曰：“何敢无礼！宁不闻灭门令尹耶⑪！”生掉臂竟下⑫，大声曰：“生员无门之可灭！”刺史益怒，执之。访其家居，则并无田宅，惟携妻在城堞上住⑬。刺史闻而释之，但逐不令居城垣。朋友怜其狂，为买数尺地，购斗室焉[14]。入而居之，叹曰："今而后畏令尹矣！"

【注释】

①刘学师：刘支裔，济宁人。举人。康熙二十二年(1683)任淄川县儒学教谕，三十五年(1696)卒于官。见乾隆《淄川县志》。学师，府、州、县学学官。

②济宁：位于山东西南部，属兖州府。即今山东济宁。

③家无儋石(dàn dàn)：生活贫穷。儋石，又作"担石"，百斤之量。无儋石喻口粮储备不足。《后汉书·郭丹传附范迁》："及在公辅……在位四年薨，家无担石焉。"

④沽：买。多指买酒。

⑤刺史：明清时代知府、知州的代称。明末清初顾炎武《日知录》："汉之刺史，犹今之巡按御史；魏晋以下之刺史，犹今之总督；隋以后之刺史，犹今之知府及直隶知州也。"

⑥狎：亲昵，熟悉。

⑦求直：胜诉，有利于己的判决。

⑧缓颊：求情。

⑨可：答允。

⑩刺：名帖。

⑪灭门令尹：指府县行政长官可以随意置百姓于死地。灭门，灭绝全家。令尹，原为古代楚国的宰相一级的高官，后泛指府县行政长官。

⑫掉臂：甩动手臂，大摇大摆走路。

⑬城堞：城上短墙，又叫"女墙"、"脾睨"。

⑭斗室：指小得像斗一样的房子。形容屋子极小。

【译文】

刘学师讲:济宁有个狂放的书生,非常喜欢喝酒,即使家中生活很紧巴,得了钱也马上买酒喝,一点儿也不把贫困放在心上。恰好当时有位新刺史到任,也能喝酒,却没有陪酒的对手。刺史听说狂生很能喝酒,就把他叫来一起喝,很喜欢他,时常和他一起谈话宴饮。狂生仗着跟刺史关系好,凡有小纠纷打官司求他帮助的,就收些小贿赂,替人向刺史求情,刺史每次都答应他的请求。狂生渐渐习以为常,刺史心中就有些讨厌他。一天,上早衙时,狂生拿着求情的名片走上公堂,刺史看过之后微微一笑。狂生一见便厉声说:“您如果答应我的请求,就答应;不答应,就算了。笑什么!我听说:士可杀不可辱。别的事情没法报复,难道一笑还不能报复吗!”说完,放声大笑,声震四壁。刺史生气地说:“你怎么敢这么无礼!难道没听说有灭门令尹吗?”狂生大摇大摆地走下公堂,还大声说:“我无门可灭!”刺史一听更生气,把他抓了起来。查访他的住处,发现他并没有田地房屋,只是带着妻子在城墙上住。刺史听到这种情况,就把他放了,但下令不许他居住在城墙上。朋友怜惜他的狂傲,给他买了一小块地,买了一小间房。狂生住进这间小房,感叹道:“从今以后,我怕令尹了!”

异史氏曰:士君子奉法守礼,不敢劫人于市,南面者奈我何哉①!然仇之犹得而加者,徒以有门在耳,夫至无门可灭,则怒者更无以加之矣。噫嘻!此所谓“贫贱骄人”者耶②!独是君子虽贫③,不轻干人④,乃以口腹之累⑤,喋喋公堂,品斯下矣。虽然,其狂不可及⑥。”

【注释】

①南面者:泛指南向而治的官员。

②贫贱骄人者:仗着贫穷低贱而骄人傲人。《史记·魏世家》:“子击逢文侯之师田子方于朝歌,引车避,下谒。田子方不为礼。子击因问曰:‘富贵者骄人乎?且贫贱者骄人乎?’子方曰:‘亦贫贱者骄人耳。夫诸侯而骄人则失其国,大夫而骄人则失其家。贫贱者,行不合,言不用,则去之楚越,若脱躧然,奈何其同之哉!’子击不怿而去。”

③独是:但是,只是。

④干:请求。

⑤口腹之累:指为生活所迫。

⑥狂不可及:疏狂任性,无人可及。《南史·颜延之传》:“帝尝问以诸子材能,延之曰:‘竣得臣笔,测得臣文。’……何尚之嘲曰:‘谁得卿狂?’答曰:‘其狂不可及。’”

【译文】

异史氏说:有教养的读书人遵国法守礼节,不敢在集市上公然抢劫,官员们对他也没有办法!然而,跟他有仇的人还能够对他实施报复,只是因为他还有家门在罢了,到了无门可灭的地步,那么被他触怒的人也就不能对他实施报复了。嘻嘻!这就是所谓的“贫贱骄人”吧!只是有教养的人即使贫困,也不轻易求人,这个人却因为生活上的拖累,而在公堂上吵闹,品质可谓低下。即使如此,他的狂傲也不是一般人能赶得上的。

澂俗

【题解】

杀人要偿命,但如果所杀非人,自然不用承担法律责任。澂人化成了物类,物类不能够享受人的法律保护,这是被杀的澂人无法讨回公道,杀澂人的客人被“官原而宥之”的根本原因。

"人非化外，事或奇于断发之乡；睫在眼前，怪有过于飞头之国"。《聊斋志异》有一部分作品可以看做是民俗素材的记录，但由于是传闻的笔录，故虽然称作"俗"，并不见得实有其俗。

澂人多化物类①，出院求食。有客寓旅邸时，见群鼠入米盎，驱之即遁。客伺其入，骤覆之，瓢水灌注其中②，顷之尽毙。主人全家暴卒，惟一子在。讼官，官原而宥之③。

【注释】

①澂（chéng）：澂江，郡名。清蔡方炳《广舆记》："云南澂江府，古滇国地。"澂，"澄"的古字。

②瓢水：用瓢舀水。

③原：本原，缘由。宥：宽免，饶恕。

【译文】

澂江人多能变化成其他动物，出外求食。有一位客人住在旅店时，看见一群老鼠钻进米缸里，赶一下它们就都逃了。这位客人等着老鼠再钻进米缸时，突然把缸盖上，用瓢向缸里灌水，不一会儿，老鼠全都死了。同时，店主人全家暴死，只有一个儿子还活着。告到官府，长官问明这位客人不懂当地习俗而造成过错，赦免了他。

凤仙

【题解】

在当代，人们往往说一个成功男人的背后必有一个贤内助。其实在古代，人们对于女性也有这样的期望。本篇中的凤仙就是明清时代激励男子立志科考的理想中的女性形象。小说写狐狸一家三个姊妹，除去大姑八仙嫁给狐狸外，二姑水仙嫁给富商之子，三姑凤仙嫁给了平民刘赤水。家庭聚会中，人间的贫富差别竟然也体现到了狐狸一家中。受到屈辱的凤仙遂愤然离开，并赠送一面镜子给刘赤水，鼓励刘赤水在科举上争气上进。刘赤水刻苦读书时，镜子里面的凤仙就盈盈欲笑。荒弛废学时，镜子里的凤仙则惨然若涕。在凤仙的感召下，刘赤水终于科考成功，在狐狸家庭中取得了与富商之子分庭抗礼的地位。“异史氏曰”：“嗟乎！冷暖之态，仙凡固无殊哉！”是那个时代人情世故的真实反映。小说中的镜子形象，体现了古代对于照相摄影技术的理想，也展现了蒲松龄浪漫的想象力。

在《聊斋志异》的创作继承方面，人们往往注意到前代小说的影响。实际上古代的戏剧，尤其是元明杂剧传奇对于《聊斋志异》也有丰富的沾溉滋养。本篇引用元王实甫《吕蒙正风雪破窑记》、《西厢记》和明薛近兖《绣襦记》不仅反映了蒲松龄时代戏剧演出传播的实况，也让我们看到了蒲松龄学养的另一个方面。

刘赤水，平乐人[①]，少颖秀[②]，十五入郡庠[③]。父母早亡，遂以游荡自废[④]。家不中赀，而性好修饰，衾榻皆精美。一夕，被人招饮，忘灭烛而去。酒数行，始忆之，急返。闻室中小语，伏窥之，见少年拥丽者眠榻上。宅临贵家废第，恒多怪异，心知其狐，亦不恐。入而叱曰：“卧榻岂容鼾睡[⑤]！”二人惶遽，抱衣赤身遁去。遗紫纨袴一，带上系针囊。大悦，恐其窃去，藏衾中而抱之。俄一蓬头婢自门罅入[⑥]，向刘索取。刘笑要偿[⑦]。婢请遗以酒，不应；赠以金，又不应。婢笑而去，旋返曰：“大姑言：如赐还，当以佳耦为报。”刘问：“伊谁？”曰：“吾家皮姓，大姑小字八仙，共卧者胡郎也；二姑水仙，适富川丁官人[⑧]；三姑凤仙，较两姑尤美，自无不当意者。"刘恐失信,请坐待好音。婢去复返曰:"大姑寄语官人:好事岂能猝合?适与之言,反遭诟厉。但缓时日以待之,吾家非轻诺寡信者[9]。"刘付之。

【注释】

①平乐:旧县名。在今广西东部。三国时置,明清时为广西平乐府治。

②颖秀:聪明秀雅。

③入郡庠:考中秀才。

④自废:自暴自弃,不求上进。

⑤卧榻岂容鼾睡:比喻不能让别人侵占自己的利益。宋曾慥《类说》引杨亿《谈苑》谓:宋开宝八年(975),宋军进围金陵。南唐主李煜请缓兵。宋太祖说:"江南有何罪,但天下一家,卧榻之侧,岂可许他人鼾睡?"

⑥罅(xià):缝隙,裂缝。

⑦要(yāo)偿:索要酬报。

⑧富川:县名。在今广西东北部。

⑨轻诺寡信:随便应许而不守信用。《老子》:"夫轻诺必寡信,多易必多难。"

【译文】

刘赤水是平乐人,从小聪颖俊秀,十五岁入郡学读书。后来因父母早亡,他就游逛起来,因而荒废了学业。他的家产并不丰厚,却生性喜爱修饰,被褥床铺都十分精美。一天晚上,刘赤水被人邀请去喝酒,走时忘了吹灭蜡烛。酒过几巡之后,才想起来,急忙返回家。刘赤水听到屋里有人小声说话,伏上去偷偷一看,只见一个年轻人抱着一个美丽的姑娘躺在床上。刘赤水的房子靠近名家大族荒弃的住宅,常常闹神闹鬼，他心里知道他们是狐狸，也不害怕。刘赤水进屋呵斥道："我的床铺，怎能容许别人睡大觉！"那两人惊慌失措，抱起衣服，光着身子就跑了。丢下一条紫色的丝绸裤子，带子上还系着针线包。刘赤水很高兴，怕被他们偷回去，就藏在被中抱着。不一会儿，一个蓬头散发的丫环从门缝里挤进来，向刘赤水讨要丢下的裤子。刘赤水笑着要报酬。丫环答应给他送酒喝，刘赤水不答应；又说给他钱，他也不同意。丫环笑着走了，不一会儿又回来说："我家大姑娘说：如果能赐还，一定送你个好媳妇作为报答。"刘赤水问："你家大姑娘是谁？"答道："我家姓皮，大姑娘小名叫八仙，和她睡在一起的是胡郎；二姑娘水仙，嫁给了富川的丁官人；三姑娘凤仙，比两位姑娘更美，从没有人看见不中意的。"刘赤水怕她不守信用，要坐等好消息。丫环去了又回来说："大姑娘让我传话给官人：好事哪能一下子就做成呢？刚才把这事与三姑娘说，反遭到一顿痛骂。请你宽缓几天，稍微等一下，我们家不是那种轻易许诺，不守信用的人家。"刘赤水就把东西还给了她。

过数日，渺无信息。薄暮，自外归，闭门甫坐[①]，忽双扉自启，两人以被承女郎，手捉四角而入，曰："送新人至矣！"笑置榻上而去。近视之，酣睡未醒，酒气犹芳，赪颜醉态，倾绝人寰。喜极，为之捉足解袜，抱体缓裳。而女已微醒，开目见刘，四肢不能自主，但恨曰："八仙淫婢卖我矣！"刘狎抱之。女嫌肤冰，微笑曰："今夕何夕，见此凉人[②]！"刘曰："子兮子兮，如此凉人何！"遂相欢爱。既而曰："婢子无耻，玷人床寝，而以妾换袴耶！必小报之！"从此无夕不至，绸缪甚殷。袖中出金钏一枚，曰："此八仙物也。"又数日，怀绣履一双来，珠嵌金绣[③]，工巧殊绝，且嘱刘暴扬之[④]。刘出夸示亲宾。求观者皆以赀酒为贽，由此奇货居之。女夜来，作别语。怪问之，答云："姊以履故恨妾，欲携家远去，隔绝我好。"刘惧，愿还之。女云："不必，彼方以此挟妾，如还之，中其机矣。"刘问："何不独留？"曰："父母远去，一家十馀口，俱托胡郎经纪，若不从去，恐长舌妇造黑白也。"从此不复至。

【注释】

①甫：刚刚。

②今夕何夕，见此凉人：《诗·唐风·绸缪》："今夕何夕，见此良人。子兮子兮，如此良人何。"是一首欢庆新婚的诗。这里借用其意，谐"良"为"凉"，以相戏谑。

③珠嵌金绣：上有珍珠嵌缀，且用金线绣成。

④暴（pù）扬：曝光，公开展露。扬，宣扬。

【译文】

过了好几天，却一点儿消息也没有。一天天刚黑，刘赤水从外面回来，关上门刚刚坐下，忽然两扇门自动开了，两个人用被子抬着一位姑娘，手拉着被子的四个角走进来，说："送新娘子来了！"笑着放在床上就走了。刘赤水走近床前一看，凤仙正沉睡未醒，浑身还散发着醇香的酒气，红红的脸带着醉态，美艳绝伦。刘赤水高兴极了，握着她的脚替她脱袜子，抱着她替她脱衣服。这时凤仙已经微微醒过来了，睁开眼睛看见刘赤水，四肢却不听使唤，只是恨恨地说："八仙这个坏丫头把我卖了！"刘赤水抱着她亲热。凤仙嫌刘赤水身上冰凉，微笑着说："今晚是什么日子啊，遇上这么冰凉的人！"刘赤水说："你啊，你啊，把我这个凉人又能怎么样！"于是两人便相亲相爱起来。随后，凤仙说："八仙这丫头真无耻，玷污了人家的床铺，却拿我来换裤子！一定要小小报复她一下！"从此以后，凤仙没有一天晚上不来，两人爱得很深。有一天，凤仙从袖子里拿出一枚金钏，说："这是八仙的。"又过了几天，从怀里又拿出一双镶珠绣金、做工精巧的绣鞋来，并且让刘赤水张扬出去。刘赤水便拿着这些东西向亲戚、朋友夸耀。想要看的人以钱酒作为礼物，由此，这些东西就成了稀罕物。一天夜里凤仙来，说起了告别的话。刘赤水诧异地问她缘故，凤仙答道："姐姐因为绣鞋的事恨我，想带着全家去很远的地方，以此隔绝我俩相好。"刘赤水一听很害怕，愿意把东西还给八仙。凤仙说："不必，她正要用这个来要挟我，如果还了她，正中了她的计。"刘赤水问："你为什么不单独留下来呢？"凤仙说："父母远去，一家十馀口，都托胡郎照应，若不跟着去，恐怕这个长舌女会造谣惹是非。"从此凤仙没再来过。

逾二年，思念綦切。偶在途中，遇女郎骑款段马[①]，老仆鞚之[②]，摩肩过，反启障纱相窥，丰姿艳绝。顷，一少年后至，曰："女子何人？似颇佳丽。"刘亟赞之。少年拱手笑曰："太过奖矣！此即山荆也[③]。"刘惶愧谢过。少年曰："何妨。但南阳三葛，君得其龙[④]，区区者又何足道！"刘疑其言。少年曰："君不认窃眠卧榻者耶？"刘始悟为胡。叙僚婿之谊[⑤]，嘲谑甚欢。少年曰："岳新归，将以省觐[⑥]，可同行否？"刘喜，从入蒙山。山上故有邑人避难之宅，女下马入。少间，数人出望，曰："刘官人亦来矣。"入门谒见翁妪[⑦]。又一少年先在，靴袍炫美。翁曰："此富川丁婿。"并揖就坐。少时，酒炙纷纶[⑧]，谈笑颇洽。

【注释】

①款段马：行动迟缓的马。

②鞚（kòng）：带嚼子的马笼头。这里指控制驾驭马匹。

③山荆：山野村妇。对别人称自己妻子的谦辞。

④南阳三葛，君得其龙：意指皮氏三姊妹，你得到的是其中最美的。南阳三葛，指三国时诸葛亮、诸葛瑾、诸葛诞兄弟三人。分别仕于蜀、吴、魏。南朝宋刘义庆《世说新语·品藻》："于时以为：蜀得其龙，吴得其虎，魏得其狗。"南阳，郡名。治所在今河南南阳。相传诸葛亮曾躬耕南阳，时人称之为卧龙。

⑤僚婿：姊妹之夫相称，叫僚婿，俗称连襟。《尔雅·释亲》："两婿相谓为亚。"郭璞注："今江东人呼同门为僚婿。"

⑥省觐：探望父母或其他尊长。

⑦谒：拜见。

⑧酒炙纷纶：行酒上菜纷繁忙碌。纷纶，忙碌。

【译文】

过了两年，刘赤水非常思念凤仙。一天，他偶然在路上遇见一位女郎骑着一匹马，缓缓地向前走，一个老仆人拉着马缰绳，正和他擦肩而过，女郎回头掀起面纱偷偷看他，露出漂亮的面容。不一会儿，一位年轻人从后面走来，问："那女郎是什么人？好像很美。"刘赤水极力称赞她。年轻人向他行礼，笑着说："太过奖了！那就是我妻子。"刘赤水不好意思地道歉。年轻人说："没关系。不过南阳诸葛三兄弟，您已经得到了其中的龙，剩下的就不足道了！"刘赤水不明白他的话。年轻人说："您不认识偷着睡在您床上的人了吗？"刘赤水这才明白他就是胡郎。于是他们互认了连襟，亲热地说笑起来。年轻人说："岳父母刚回去，我们要去探望一下，您能一起去吗？"刘赤水很高兴，跟他们一起进了萦山。山上有座城里人过去避乱用的宅子，八仙下马进了屋。不一会儿，有好几个人出来看，嚷着："刘官人也来了。"刘赤水进门拜见了岳父母。还有一位年轻人已经先在了，衣饰华美，光彩耀眼。岳父介绍说："这是富川的丁姑爷。"两人互相拜过就坐下了。不一会儿，酒菜纷纷摆上来，一家人说说笑笑，很融洽。

翁曰："今日三婿并临，可称佳集。又无他人，可唤儿辈来，作一团圞之会[①]。"俄，姊妹俱出。翁命设坐，各傍其婿。八仙见刘，惟掩口而笑；凤仙辄与嘲弄；水仙貌少亚，而沉重温克[②]，满座倾谈，惟把酒含笑而已。于是履舄交错[③]，兰麝熏人，饮酒乐甚。刘视床头乐具毕备，遂取玉笛，请为翁寿。翁喜，命善者各执一艺[④]，因而合座争取，惟丁与凤仙不取。八仙曰："丁郎不谙可也，汝宁指屈不伸者？"因以拍板掷凤仙怀中，便串繁响[⑤]。翁悦曰："家人之乐极矣！儿辈俱能歌舞，何不各尽所长？"八仙起，捉水仙曰："凤仙从来金玉其音[⑥]，不敢相劳，我二人可歌《洛妃》一曲[⑦]。"二人歌舞方已，适婢以金盘进果，都不知其何名。翁曰："此自真腊携来[⑧]，所谓'田婆罗'也[⑨]。"因掬数枚送丁前。凤仙不悦曰："婿岂以贫富为爱憎耶？"翁微哂不言[⑩]。八仙曰："阿爹以丁郎异县，故是客耳。若论长幼，岂独凤妹妹有拳大酸婿耶？"凤仙终不快，解华妆，以鼓拍授婢，唱《破窑》一折[⑪]，声泪俱下。既阕[⑫]，拂袖径去，一座为之不欢。八仙曰："婢子乔性犹昔[⑬]。"乃追之，不知所往。

【注释】

①团圞(luán)：团聚，环绕状。

②温克：温和恭敬。《诗·小雅·小宛》："人之齐圣，饮酒温克。"郑玄笺："中正通知之人，饮酒虽醉犹能温藉自持以胜。"

③履舄(xì)交错：意谓男女同席，人数众多。《史记·滑稽列传》："男女同席，履舄交错。"古时席地而坐，脱鞋就席。履，鞋。舄，古代的一种附有木底的复底鞋。

④各执一艺：各自献一艺。艺，技艺，这里指演奏乐器。

⑤串繁响：指加入合奏。串，串演。繁响，诸般乐器，响声繁杂。

⑥金玉其音：珍视自己的歌声，不轻易歌唱。

⑦《洛妃》：歌舞名。明代汪道昆曾作杂剧《洛神记》，又名《洛水悲》。洛妃，即洛神。三国魏曹植曾作有《洛神赋》。

⑧真腊：又名“占腊”。中南半岛古国，其境在今柬埔寨境内，是中国古代史书对中南半岛吉蔑王国的称呼。

⑨田婆罗：《隋书》称为“婆田罗树，花叶实并似枣而小异”。

⑩哂：笑。

⑪《破窑》：戏曲名。元代王实甫杂剧《吕蒙正风雪破窑记》围绕贫富悬殊展开戏剧冲突，写富家女刘月娥掷彩球，选中穷秀才吕蒙正为婿，被父亲赶出家门，夫妇同住破窑之中。后吕蒙正考中状元，夫妇父女始获团圆。一折：杂剧一出叫一折。

⑫阕(què)：曲终。

⑬乔性：矫情，个性乖戾。

【译文】

岳父说：“今天三位姑爷都来了，可称得上是难得的聚会。又没有外人，可以叫女儿们出来，大家团聚团聚。”过了一会儿，三姐妹都出来了。岳父命人摆上座位，让她们各挨着自己的女婿坐下。八仙见到刘赤水，只是掩口而笑；凤仙则与他互相戏闹；水仙容貌稍逊，但沉静温存，满屋都在谈笑，只有她只是握着酒杯微笑不语。于是宾客纷杂，屋内香气袭人，大家都喝得很高兴。刘赤水看见床头各种乐器都有，就拿了一枝玉笛，请求吹奏一曲为岳父祝寿。岳父很高兴，让会吹奏的都去拿一件，于是全都争先恐后去拿，只有丁姑爷和凤仙不拿。八仙说：“丁郎不会，可以不取，你怎么也不伸手？”于是把拍板扔到凤仙怀里，各种乐器演奏起来。岳父欢喜地说：“家人之间的欢乐也就是这样了！你们都能歌善舞，何不各尽所长呢？”八仙站起来，拉着水仙说：“凤仙从来珍惜嗓音如珍惜金玉，不敢劳动人家，咱俩可以唱一曲《洛妃》。”二人歌舞刚完，正好丫环用金盘献水果，大家都不知道这水果叫什么名字。岳父说：“这是从真腊国带来的，叫‘田婆罗’。”于是双手捧了几枚送到丁姑爷面前。凤仙不高兴地说：“难道对女婿的爱也要以贫富论定吗？”岳父笑笑不说话。八仙说：“爹爹因为丁郎是外县人，是客人。如果论长幼，难道只有凤妹妹有个拳头大的穷酸女婿吗？”凤仙始终不高兴，脱下鲜艳的衣饰，把鼓拍扔给丫环，唱了一折《破窑》，声泪俱下。唱完拂袖而去，弄得满屋人都很不愉快。八仙说：“这丫头和从前一样任性。”就去追她，已经不知道去哪了。

刘无颜，亦辞而归，至半途，见凤仙坐路旁，呼与并坐。曰：“君一丈夫，不能为床头人吐气耶？黄金屋自在书中[①]，愿好为之！”举足云：“出门匆遽，棘刺破复履矣。所赠物，在身边否？”刘出之，女取而易之。刘乞其敝者，辴然曰[②]：“君亦大无赖矣！几见自己衾枕之物[③]，亦要怀藏者？如相见爱，一物可以相赠。”旋出一镜付之曰：“欲见妾，当于书卷中觅之，不然，相见无期矣。”言已，不见。怊怅而归[④]。

【注释】

①黄金屋自在书中：读书上进自有富贵前景。语出宋真宗《劝学篇》：“安居不用架高堂，书中自有黄金屋。”

②辴（chǎn）然：笑的样子。

③几见：几曾见得。

④怊（chāo）怅：惆怅，感伤。

【译文】

刘赤水觉得很没面子，便告辞回去，走到半路，看见凤仙坐在路旁，叫他一起坐下。凤仙说："你也是个男子汉，不能为床头人出口气吗？黄金屋自在书中，希望你好自为之！"又举起脚说："出门时太急，荆棘刺破了鞋。我给你的东西在身边吗？"刘赤水拿出绣鞋，凤仙拿过来穿在脚上。刘赤水想要她那双旧鞋，凤仙笑笑说："你真是个大无赖！谁见过自己的被子枕头之类，也要藏在身上的？如果你真爱我，有一件东西可以送给你。"便拿出一面镜子给刘赤水，说："如果想见我，应当到书卷中去找，不然，我们就没有相见的时候了。"说完，就不见了。刘赤水只好惆怅地回去了。

视镜，则凤仙背立其中，如望去人于百步之外者[①]。因念所嘱，谢客下帷[②]。一日，见镜中人忽现正面，盈盈欲笑，益重爱之。无人时，辄以共对。月馀，锐志渐衰，游恒忘返。归见镜影，惨然若涕，隔日再视，则背立如初矣：始悟为己之废学也。乃闭户研读，昼夜不辍，月馀，则影复向外。自此验之，每有事荒废，则其容戚，数日攻苦，则其容笑。于是朝夕悬之，如对师保[③]。如此二年，一举而捷。喜曰："今可以对我凤仙矣！"揽镜视之，见画黛弯长[④]，瓠犀微露[⑤]，喜容可掬，宛在目前。爱极，停睇不已。忽镜中人笑曰："'影里情郎，画中爱宠[⑥]'，今之谓矣。"惊喜四顾，则凤仙已在座右。握手问翁媪起居，曰："妾别后，不曾归家，伏处岩穴，聊与君分苦耳。"刘赴宴郡中，女请与俱，共乘而往，人对面不相窥。既而将归，阴与刘谋，伪为娶于郡也者。女既归，始出见客，经理家政。人皆惊其美，而不知其狐也。

【注释】

①去：距离，离开。

②谢客:拒绝客人。下帷:闭门读书。南朝梁任昉《赠王僧孺》:“下帷无倦,升高有属。”

③师保:古时教导贵族子弟的官员,有师有保,统称师保。《易·系辞》:“无有师保,如临父母。”

④画黛:画眉。黛,古时女子用以画眉的青黑色颜料。

⑤瓠(hù)犀:瓠瓜的种子。因其洁白整齐,常用以比喻女子的牙齿。《诗·卫风·硕人》:“齿如瓠犀,螓首蛾眉。”

⑥“影里情郎,画中爱宠”:语出元王实甫《西厢记》:“他做了个影儿里的情郎,我做了画儿里的爱宠。”

【译文】

一看镜子,凤仙正背对着他站在镜子里,看上去人好像是在百步之外。因为记得凤仙的嘱咐,便谢绝会客,关起门来专心读书。一天,刘赤水看见镜中人忽然现出正面,美美地想要笑的样子,于是对她更加珍爱。没有人的时候,就与镜中人相对而视。一个多月后,刘赤水发愤读书的志向逐渐消减了,到外面游玩,常常忘了回家。回来看见镜中人,满面愁容好像要哭起来,过了一天再看,就又像最初那样背对他站在那里:刘赤水这才明白,凤仙如此,都是因为自己荒废学业的缘故。于是,他开始闭门研读,昼夜不停,一个多月后,镜中人又面向外了。从此得到验证,每当有事荒废学业,镜中人就满面悲伤,连日苦苦攻读,镜中人就满面笑容。于是,他早晚都把镜子挂起来,如同对待老师一样。这样刻苦坚持了两年,一举考中。刘赤水高兴地说:“今天我可以面对我的凤仙了!”拿过镜子一看,只见凤仙弯着两道乌黑的长眉,微微露出洁白整齐的牙齿,满脸喜色,好像就在眼前。刘赤水喜爱已极,目不转睛地看着。忽然,镜中人笑着说:“‘影里的情郎,画中的爱宠’,说的就是今天这样吧。”刘赤水惊喜地四下张望,凤仙已经站在他右边了。刘赤水拉着她的手,问岳父母生活起居,凤仙说:“我和你分别后,就不曾回家,自己住在山洞里,以此来与你共同分担清苦。”刘赤水去郡中赴宴,凤仙要求一起去，两个人同乘一辆车，人们对面都看不见她。后来要回家时，凤仙暗中与他商量，假装她是刘赤水在郡中娶的妻子。凤仙回到家中，才开始出来见客人，经营家务。人们都惊异于她的美丽，而不知道她是狐狸。

刘属富川令门人，往谒之。遇丁，殷殷邀至其家，款礼优渥。言："岳父母近又他徙。内人归宁，将复。当寄信往，并诣申贺。"刘初疑丁亦狐，及细审邦族[①]，始知富川大贾子也。初，丁自别业暮归[②]，遇水仙独步，见其美，微睨之。女请附骥以行[③]，丁喜，载至斋，与同寝处。棂隙可入[④]，始知为狐。女言："郎无见疑。妾以君诚笃，故愿托之。"丁嬖之[⑤]，竟不复娶。刘归，假贵家广宅，备客燕寝[⑥]，洒扫光洁，而苦无供帐[⑦]。隔夜视之，则陈设焕然矣。过数日，果有三十馀人，赍旗采酒礼而至，舆马缤纷，填溢阶巷。刘揖翁及丁、胡入客舍，凤仙逆妪及两姨入内寝。八仙曰："婢子今贵，不怨冰人矣[⑧]。钏履犹存否？"女搜付之，曰："履则犹是也，而被千人看破矣。"八仙以履击背，曰："挞汝寄于刘郎。"乃投诸火，祝曰："新时如花开，旧时如花谢。珍重不曾着，姮娥来相借[⑨]。"水仙亦代祝曰："曾经笼玉笋[⑩]，着出万人称。若使姮娥见，应怜太瘦生[⑪]。"凤仙拨火曰："夜夜上青天，一朝去所欢。留得纤纤影，遍与世人看。"遂以灰捻柈中[⑫]，堆作十馀分，望见刘来，托以赠之，但见绣履满柈，悉如故款[⑬]。八仙急出，推柈堕地，地上犹有一二只存者，又伏吹之，其迹始灭。次日，丁以道远，夫妇先归。八仙贪与妹戏，翁及胡屡督促之，亭午始出[⑭]，与众俱去。

【注释】

①邦族:籍贯姓氏。

②别业:别墅。

③附骥(jì):追随,跟从。骥,好马。

④棂:窗棂。

⑤嬖(bì):宠爱。

⑥燕寝:居息,居住。

⑦供帐:陈设的帷帐。也泛指陈设之物。

⑧冰人:媒人。

⑨珍重不曾着,姮(héng)娥来相借:此句化用唐李商隐《袜》诗:“常闻宓妃袜,渡水欲生尘。好借嫦娥着,清秋踏月轮。”姮娥,即传说中的月中女神嫦娥。

⑩曾经笼玉笋:指曾被女子穿过。笼,罩。玉笋,喻女子的尖足。

⑪瘦生:瘦弱的样子。

⑫柈(pán):盘子。

⑬故款:原来的式样。款,款式。

⑭亭午:中午。

【译文】

刘赤水是富川县令的学生,他去拜见县令。途中遇到了丁郎,丁郎热情地邀请他到家里去,款待得很周到。丁郎告诉他:“岳父母最近又迁到别处去了。我妻子回娘家,也快回来了。我一定寄信去,并把你高中的消息告诉他们,让他们来祝贺。”刘赤水起先怀疑丁郎也是狐狸,后来详细打听他的家族,才知道他是富川县大商人的儿子。当初,丁郎有一次晚上从别墅回家,遇到水仙一个人在路上,丁郎见她美丽,就偷偷斜眼看她。水仙请求跟他一起走,丁郎非常高兴,把她带到书房,便与她同居了。水仙能从窗格子中进出,丁郎才知道她是狐狸。水仙说:“请您不要起疑心。我是因为您的诚实厚道,才愿意托身于您的。”丁郎非常爱她，竟然不再娶妻。刘赤水回到家中，借富人家的大院子为客人准备食宿，院子打扫得非常干净，却苦于没有帐幔可用。转天去看，只见陈设焕然一新。过了几天，果然有三十多人，带着礼品来到门前，车马络绎不绝，挤满了街巷。刘赤水向岳父及丁郎、胡郎施礼，把他们请进屋内，凤仙迎母亲及两位姐姐进了内室。八仙说："丫头今天富贵了，不怨我这媒人了吧。金钏、绣鞋还在吗？"凤仙找了出来还她，说："鞋倒还是这双鞋，只是被上千人看破了。"八仙用鞋打她的背，说："打你，把这记在刘官人身上。"于是，把鞋扔到火里，祝愿说："新时如花开，旧时如花谢。珍重不曾着，姮娥来相借。"水仙也代为祝愿说："曾经笼玉笋，着出万人称。若使姮娥见，应怜太瘦生。"凤仙拨拨火说："夜夜上青天，一朝去所欢。留得纤纤影，遍与世人看。"于是，凤仙把灰捻在盘中，堆成十馀份，看见刘赤水过来，便托起来送给他，只见满盘绣鞋，都和原来的一样。八仙急忙走出来，把盘子推到地上，地上还有一两只绣鞋，她又伏下身去吹，绣鞋才没了。第二天，丁郎家因为路远，夫妇俩先回去了。八仙贪图和妹妹玩耍，父亲和胡郎多次催促，过午，她才从房里出来，和众人一起走了。

初来，仪从过盛，观者如市。有两寇窥见丽人，魂魄丧失，因谋劫诸途。侦其离村，尾之而去。相隔不盈一矢[①]，马极奔，不能及。至一处，两崖夹道，舆行稍缓，追及之，持刀吼咤，人众都奔。下马启帘，则老妪坐焉。方疑误掠其母，才他顾，而兵伤右臂[②]，顷已被缚。凝视之，崖并非崖，乃平乐城门也，舆中则李进士母，自乡中归耳。一寇后至，亦被断马足而絷之。门丁执送太守，一讯而伏。时有大盗未获，诘之，即其人也。明春，刘及第[③]。凤仙以招祸，故悉辞内戚之贺。刘亦更不他娶。及为郎官[④]，纳妾，生二子。

【注释】

①不盈一矢：不到一箭射程之地。盈，满。

②兵：兵器。

③及第：指科举考试应试中选，因榜上题名有甲乙次第，故名。隋唐只用于考中进士，明清殿试之一甲三名称赐进士及第，亦省称及第。这里指考中进士。

④郎官：指六部的郎中、员外郎之类的官员。

【译文】

这些客人最初来时，气派很大，围观的人多得如同赶集。其中有两个强盗看见这样漂亮的女人，魂都飞了，于是商量要在途中劫持她们。察看他们离开村子了，就尾随在后面。相距不到一箭地，打马极力追赶，却怎么也赶不上。到了一个地方，两边山崖夹道，车马行进稍慢，强盗乘机追上来，举刀大喊，人们都给吓跑了。强盗下马打开车帘一看，却是一个老太太坐在里面。强盗刚怀疑是误抢了美人的母亲，才抬头四顾，就被兵器砍伤了右臂，立刻被绑了起来。强盗定睛一看，两边并不是山崖，而是平乐城门，车中是李进士的母亲，从乡下回来。另一个强盗从后赶来，也被砍断了马腿，绑了起来。守城的士兵抓了他们去见太守，一审便招认了。当时正好有名大盗没抓着，一问，正好是他。第二年春天，刘赤水中了进士。凤仙怕招惹祸事，一概推辞了亲戚的祝贺。刘赤水也不再娶别人。他后来做了郎官，纳了一个妾，生了两个儿子。

异史氏曰：嗟乎！冷暖之态，仙凡固无殊哉[①]！“少不努力，老大徒伤”[②]。惜无好胜佳人[③]，作镜影悲笑耳。吾愿恒河沙数仙人[④]，并遣娇女昏嫁人间[⑤]，则贫穷海中，少苦众生矣。

【注释】

①殊:差别。

②“少不努力,老大徒伤”:是《汉乐府·长歌行》中“少壮不努力,老大徒伤悲”句的省语。徒,白白地。

③好胜:争强。

④恒河沙数:佛经中语,形容数量多得无法计算。《金刚经·无为福胜分》:“须菩提,如恒河中所有沙数。”恒河,印度著名大河。

⑤昏:结婚。后多作“婚”。

【译文】

异史氏说:唉!人情的冷暖,仙界和人间原来并无区别呀!“少壮不努力,老大徒伤悲”。只可惜没有要强的佳人,做出镜中的悲欢罢了。我愿有许许多多仙人,都把他们可爱的女儿嫁到人间,那么,贫穷的苦海中,就会少了许多痛苦的人了。

佟客

【题解】

小说写理念和践行之间有着很大的距离,树立正确的观念不难,难在践行。慷慨自负的董生如果没有经过佟客的考验,还会一直认为自己是一个合格的忠臣孝子,但在严酷的事实面前暴露了他的猥琐平庸。作者由此认为:“忠孝,人之血性。古来臣子而不能死君父者,其初岂遂无提戈壮往时哉?要皆一转念误之耳!”这个故事大概是由明末鼎革时不少士大夫失去气节而受到启发创作出来的。

强调一转念的重要性,是蒲松龄一贯的观点。他在《王如水问心集序》中说:“故朱子以诚意为人鬼关,盖人所不知而己所独知之地,此心一动,德则其人也,不德则其鬼也。为人为鬼,间不容发,是可不为之寒心乎哉”。

董生，徐州人[①]，好击剑，每慷慨自负[②]。偶于途中遇一客，跨蹇同行[③]。与之语，谈吐豪迈。诘其姓字，云“辽阳佟姓[④]。”问：“何往？”曰：“余出门二十年，适自海外归耳。”董曰：“君遨游四海，阅人綦多[⑤]，曾见异人否[⑥]？”佟曰：“异人何等？”董乃自述所好，恨不得异人之传。佟曰：“异人何地无之，要必忠臣孝子，始得传其术也。”董又毅然自许，即出佩剑，弹之而歌[⑦]，又斩路侧小树，以矜其利[⑧]。佟掀髯微笑，因便借观，董授之。展玩一过，曰：“此甲铁所铸[⑨]，为汗臭所蒸，最为下品。仆虽未闻剑术，然有一剑，颇可用。”遂于衣底出短刃尺许，以削董剑，脆如瓜瓠，应手斜断，如马蹄。董骇极，亦请过手[⑩]，再三拂拭而后返之。邀佟至家，坚留信宿[⑪]。叩以剑法，谢不知。董按膝雄谈[⑫]，惟敬听而已。

【注释】

①徐州：州名。清代治所即今江苏徐州。

②自负：自以为是，自以为能。

③蹇(jiǎn)：驴。

④辽阳：即今辽宁辽阳。明代为辽东都指挥使司治所。后金一度于此建都，清初置辽阳府。

⑤綦(qí)：很，极。

⑥异：不同寻常，不一般。

⑦弹之而歌：弹剑作歌。表示有志未伸，壮志难酬。战国时冯谖投奔齐国公子孟尝君门下，孟尝君开始没有意识到冯谖是才华

出众的人，把他当做普通门客对待。冯谖很不满意，多次弹铗作歌，表示不满。孟尝君满足了冯谖的要求，而冯谖也为孟尝君排忧解难，表现了超人的胆识。见《战国策·齐策·冯谖客孟尝君》。

⑧矜：自负。利：锋利。

⑨甲铁：指废旧铠甲之铁。

⑩过手：经手，交手。此指接手观赏。

⑪信宿：住两宿。

⑫雄谈：高谈阔论。

【译文】

有位姓董的书生，是徐州人，喜欢剑术，常常自以为很了不起。一次，他在路上偶然遇到一位客人，骑着驴和他同行。他与客人交谈，觉得对方谈吐很有豪气。问他姓名，回答说："辽阳人，姓佟。"又问："到哪里去？"佟客答："我出门二十年，刚从海外回来。"董生说："您遨游四海，见的人一定很多，曾见到过不寻常的人吗？"佟客问："不寻常的人什么样？"董生于是说出自己爱好剑术，只恨没有不寻常的人传授。佟客说："不寻常的人什么地方没有？但必须是忠臣孝子，才能够把法术传给他。"董生便坚称自己是忠臣孝子，马上拿出佩剑，弹剑作歌，又斩断路边小树，以炫耀佩剑的锋利。佟客捋着胡子微笑，又借剑来观看，董生把剑交给他。佟客接过来瞧了几眼说："这是铠甲铁铸成的，被汗臭熏染，最为下品。我虽然不知晓剑术，但有一柄剑，很好用。"于是从衣襟下拿出一柄长一尺左右的短剑，用它来削董生的剑，脆如瓜瓠，顺手斜削，像削马蹄一样。董生非常吃惊，便请借剑一看，摸来摸去好久才还给佟客。董生邀佟客到他家做客，强留他住了两宿。请教剑术，佟客说他不懂。董生扶膝侃侃而谈，佟客只是恭敬地听着罢了。

更既深，忽闻隔院纷拏[1]。隔院为生父居，心惊疑。近壁凝听，但闻人作怒声曰："教汝子速出即刑，便赦汝！"少顷，似加搒掠，呻吟不绝者，真其父也。生捉戈欲往[②]，佟止之曰："此去恐无生理[③]，宜审万全[④]。"生皇然请教，佟曰："盗坐名相索[⑤]，必将甘心焉[⑥]。君无他骨肉，宜嘱后事于妻子，我启户，为君警厮仆。"生诺，入告其妻。妻牵衣泣。生壮念顿消，遂共登楼上，寻弓觅矢，以备盗攻。仓皇未已，闻佟在楼檐上笑曰："贼幸去矣。"烛之已杳。逡巡出，则见翁赴邻饮，笼烛方归，惟庭前多编菅遗灰焉[⑦]。乃知佟异人也。

【注释】

①纷拏：亦作"纷拿"。混乱错杂的样子。《史记·卫将军骠骑列传》："时已昏，汉匈奴相纷拏，杀伤大当。"纷，纷纭，杂乱貌。拏，搏持。

②戈：中国古代一种主要用于勾、啄的格斗兵器。

③生理：活命生存的希望。

④审：仔细考虑。万全：万无一失的办法。

⑤坐名：指名。

⑥甘心：称心，快意。

⑦编菅(jiān)：盖屋的茅苫。遗灰：遗留下来的灰烬。

【译文】

夜已深了，忽然听见邻院里人声嘈杂。邻院是董生父亲居住之处，董生心中惊疑。靠墙细听，只听有人怒声喝道："叫你的儿子快快出来受刑，就饶了你！"不一会儿，好像又加上了拷打，呻吟声不断传来，听声音真是他的父亲。董生拿起兵器想要过去，佟客阻止他说："你这样去恐怕就活不成了，还是想个万全的办法吧。"董生惶然请教，佟客说："强盗指名道姓叫你出去，必定要抓到你他们才甘心。你没有其他至亲骨肉，应该向妻子嘱咐后事，我去打开门，替你防备他们。”董生答应着，进去告诉妻子。妻子拉着他的衣襟哭泣。董生的勇气顿时没了，于是两个人上了楼，寻找弓箭，以防备强盗进攻。慌里慌张还没找到，就听佟客在楼檐上笑着说：“幸好强盗走啦。”用灯一照，佟客已经不见了。董生犹犹豫豫地走出来，就见到父亲到邻居家赴酒宴，打着灯笼才回来，只有院子里有些茅苫灰烬。这才知道佟客就是不同寻常之人。

异史氏曰：忠孝，人之血性①。古来臣子而不能死君父者②，其初岂遂无提戈壮往时哉？要皆一转念误之耳！昔解缙与方孝孺相约以死③，而卒食其言④，安知矢约归后⑤，不听床头人呜泣哉？

【注释】

①血性：刚强正直的气质和品性。

②死君父：为君父而死。君父，国君，皇帝。

③解缙：字大绅，江西吉水人。明洪武二十一年(1388)举进士，授中书庶吉士，改御史，受明太祖爱重。惠帝时，召为翰林侍诏。燕王朱棣进攻南京，解缙与周是修、杨士奇、胡靖、金幼孜、黄淮、胡俨等约共死难。及朱棣入京，解缙驰谒，擢授侍读，并没有践行其言。后直文渊阁，参预机务，与编《永乐大典》。有《解学士集》、《天潢玉牒》。方孝孺：字希直，一字希古，浙江宁海人。尝从学于宋濂。明初，两以荐召至京，太祖善其举止端整，除汉中教授，未及大用。惠帝即位，召为翰林侍讲，迁侍讲学士，国家大政事辄咨之。燕兵起，朝廷讨伐诏檄皆出其手。燕兵入京，孝孺被执下狱。朱棣即位，使草诏告天下，孝孺投笔于地，且哭且骂，说：“死即死耳，诏不可草！”朱棣怒，命磔诸市。成为中国历史上

唯一被“诛十族”的人。

④食其言：违背诺言。食言，《尔雅》：“食，言之伪也。……言而不行，如食之消尽，后终不行，前言为伪，故通称伪言为食言。”

⑤矢约：折箭为誓，盟誓。《金史·杨仲武传》：“乃举酒酹天，折箭为誓。”

【译文】

异史氏说：忠孝是人的血性。自古以来，臣子不能为国君死难的，起初难道就没有提着兵刃慷慨前往的时刻吗？说起来都是因为一念之差而做错了事啊！过去，明代解缙和方孝孺相约为君王而死，而解缙后来自食其言，怎么能知道他们约誓之后，回到家里，不听妻子的哭泣声呢？

邑有快役某[①]，每数日不归，妻遂与里中无赖通。一日归，值少年自房中出，大疑，苦诘妻。妻不服。既于床头得少年遗物，妻窘无词，惟长跪哀乞。某怒甚，掷以绳，逼令自缢。妻请妆服而死[②]，许之。妻乃入室理妆，某自酌以待之，呵叱频催。俄妻炫服出，含涕拜曰：“君果忍令奴死耶？”某盛气咄之。妻返走入房，方将结带，某掷盏呼曰：“咍[③]，返矣！一顶绿头巾[④]，或不能压人死耳。”遂为夫妇如初。此亦大绅者类也，一笑。

【注释】

①快役：又称“快手”、“捕快”。旧时州县官署掌缉捕、行刑等职事的差役。

②妆服：修饰打扮。

③咍(hāi)：语气词。往往用以表示强忍、自宽。

④绿头巾：元明娼妓及乐人家男子着青碧头巾。后因指妻子有外遇，丈夫为着绿头巾者。

【译文】

县里有一位捕快，往往几天不回家，妻子便与乡里的无赖通奸。一天，捕快回家，恰好碰见这年轻人从房中出来，他非常怀疑，苦苦盘问妻子。妻子不承认此事。后来，他从床头找到了年轻人丢下的东西，妻子一见羞得无话可说，只好长跪在地哀求他原谅。捕快非常生气，扔给她一条绳子，逼她上吊。妻子请求化妆打扮再死，捕快同意了。妻子于是进房梳理，捕快自己在外面喝着酒等着，一面不停地催骂。不一会儿，妻子身着漂亮衣服出来了，含着泪对他行礼说："您真的忍心叫我死吗？"捕快气势逼人，斥责她去死。妻子返回房中，刚要把绳子打结，捕快扔掉酒杯喊道："咳，回来吧！一顶绿帽子，也许压不死人。"于是，夫妇和好如初。这也是解缙一类的人物，一笑。

辽阳军

【题解】

这是写明季充辽阳军的沂水某死里逃生的一个故事。

辽阳与沂水远隔万里之遥，在信息技术发达的现在，城陷的消息，弹指就可以传来，信息传播的速度远较人的交通速度为快。但在明清时代，信息传播的速度远较人的交通速度为慢，所以，沂水某是真逃兵还是假逃兵就只能任着他说了。

沂水某[①]，明季充辽阳军[②]。会辽城陷[③]，为乱兵所杀，头虽断，犹不甚死。至夜，一人执簿来，按点诸鬼。至某，谓其不宜死[④]，使左右续其头而送之。遂共取头按项上，群扶之，风声簌簌，行移时，置之而去。视其地，则故里也。沂令闻之，疑其窃逃。拘讯而得其情，颇不信，又审其颈无少断痕，将刑之。某曰："言无可凭信，但请寄狱中[5]。断头可假，陷城不可假。设辽城无恙，然后受刑未晚也。"令从之。数日，辽信至，时日一如所言，遂释之。

【注释】

①沂水：县名。清属沂州府，即今山东沂水。

②充辽阳军：去辽阳服兵役。

③辽城陷：据《明史·熹宗纪》记载，天启元年（1621）三月，辽阳被清兵攻占，明辽东经略使袁应泰等死难。

④宜：应。

⑤寄狱：暂押在狱。

【译文】

沂水有个人，明朝末年被充军到辽阳。正赶上辽阳城被攻陷，他被乱兵所杀，头虽然砍断了，但还没死。到了晚上，有一个人拿着簿册来，按册上的名字清点群鬼。点到这个人时，说他不应该死，便叫左右随从把他的头接上，再把他送走。于是他们一起拿着头安在他的脖子上，一块儿扶着，只听风声簌簌，走了一段时间，就把他放下离开了。那人看看周围，认出是自己的故乡。沂水县令听说这件事，怀疑他是私自逃回来的。把他抓起来审讯，听到他讲了这件事，很不相信，又察看他的脖子上也没有断痕，就准备处死他。这人说："我说的话没什么证据，但请大人暂且把我关在牢里。断头的事可能是假的，但辽阳城陷落不可能是假的。如果辽阳城完好无损，我再受刑也不晚。"县令接受了他的请求。过了数天，辽阳城陷落的消息传来，时间与这人所说的一样，于是县令把他释放了。

张贡士

【题解】

人在病危或弥留之际往往出现幻觉，也就是我们现在医学上经常谈到的濒危现象。

关于张贡士的相关记载也见于王渔洋的《池北偶谈·谈异七》。文字与《张贡士》大同小异，但题目改成《心头小人》。从《心头小人》与《五羖大夫》、《贤妾》、《天上赤字》、《小猎犬》等集中出现在《池北偶谈·谈异七》来看，王渔洋所记并非是独立成文，袭用《聊斋志异》，甚至抄袭的可能性比较大。

关于张贡士其人，青柯亭本《聊斋志异》引高西园的一段话，认为是指张贞的儿子张在辛，现今朱其铠注本也持此观点。实则张贡士应指张贞，张贞与蒲松龄、王渔洋为同代人，《蒲松龄集》有相关的诗文。另外，二十四卷本《聊斋志异》载王渔洋的评语，也认为张贡士是指张贞，说："岂杞园（张贞的号）耶？大奇。"

安丘张贡士①，寝疾②，仰卧床头。忽见心头有小人出，长仅半尺，儒冠儒服，作俳优状③。唱昆山曲④，音调清澈，说白自道名贯⑤，一与己同，所唱节末⑥，皆其生平所遭。四折既毕⑦，吟诗而没⑧。张犹记其梗概，为人述之。

【注释】

①安丘：位于山东半岛中部，明清时代属青州府，今为安丘。张贡士：指张贞。《皇朝文献通考·经籍考》："张贞字起元，号杞园，安丘人，康熙壬子拔贡，官翰林院孔目。"《山东通志·人物》：载张贞"刻苦好学，博览群书，遨游四方，时与海内名流扬今榷古，

一时称为文章巨手。事母孝,尤敦内行,母以节著,贞能克承母志,以光父业。已未举博学宏词,以母丧不就。乙丑史馆缺员,以翰林待诏用,亦不就,退居杞城故园,日以著述为事。年七十六卒,祀乡贤。所著有《杞田集》等书行世”。张贞与蒲松龄颇有交往,《蒲松龄集》有《朱主政席中得晤张杞园先生》、《题张杞园远游图》、《邹平张贞母》等诗文。贡士,明清时会试中试者称贡士。

②寝疾:卧病在床。

③俳优:古代以乐舞谐戏为业的艺人。后来泛指戏曲、曲艺、杂技演员。

④昆山曲:即昆曲。本为元末明初流行于昆山一带的戏曲。明代中叶,昆山艺人魏良辅在昆山民间曲调的基础上,融合弋阳、海盐声调,对昆腔加以改革,从而建立了委婉细腻、流利悠远,号称水磨调的昆腔歌唱体系,明末清初达于极盛。

⑤说白:戏剧中人物的对话和独白。名贯:姓名籍贯。

⑥节末:情节本末。

⑦四折:每剧四折是元杂剧的基本体制。明代和清初用南曲或南北合套演出的短剧,称南杂剧,则一至四、五折不等。

⑧吟诗而没:指杂剧中人物在剧末例吟四句诗(下场诗)然后下场。

【译文】

安丘人张贡士,患病在床,仰卧在床头。他忽然看见胸口有一个小人走出来,只有半尺高,身穿儒士的衣服,头戴儒士的帽子,做演员演戏的动作。唱的是昆山腔,音调清澈,说白自道姓名籍贯,和自己一模一样,所唱的内容,都是平生的遭遇。四出戏唱完,吟着诗就无影无踪了。张贡士还能记住戏的梗概,便向人讲述。

爱奴

【题解】

本篇是《聊斋志异》中最全面反映蒲松龄教师生活和心理的小说，从某种意义上说也提供了明清时代农村塾师绝好的史料，比如塾师的年薪，塾师的休假，塾师的教学生活等，在小说中都有比较细致的描写。

河间徐生是一个诚信而敬业的塾师。他不因施叟给的钱多就改变成约，另谋高就。也不因东家待遇优渥就出卖教师的尊严，不严格管理学生。他屡次发话请辞，说："既从儿懒，又责儿工，此等师我不惯作！请辞。""受人数金，便当淹禁死耶？教我夜窜何之乎？久以素食为耻，贽固犹在囊耳。"可以说既有教师职业道德，又有名士倜傥性情，令人尊重景仰。他重友谊，讲交情，得知蒋夫人是女鬼，"心感其义，乃卖所赐金，封堆植树而去"。他与爱奴的爱情，虽然不像年轻人那样狂热，却也心意拳拳，情深意长，让人感受到长期远离家庭的教师对于正常性生活的向往。爱奴最后因徐生的疏忽和得意，由女鬼变成了艳尸，使得故事平添了浪漫和哀艳。徐生希望东家贽仪丰盛，待师宽厚，不干涉教务，渴望解决教书中的性岑寂问题，反映了明清时代农村塾师的普遍心理，也从侧面让我们窥见了蒲松龄自己在长期的教书生涯中的心态。

河间徐生①，设教于恩②。腊初归③，途遇一叟，审视曰："徐先生撤帐矣④。明岁授教何所？"答曰："仍旧。"叟曰："敬业姓施⑤，有舍甥，延求明师，适托某至东疃聘吕子廉⑥，渠已受贽稷门⑦。君如苟就⑧，束仪请倍于恩⑨。"徐以成约为辞。叟曰："信行君子也⑩。然去新岁尚远，敬以黄金一两为贽，暂留教之，明岁另议何如？"徐可之。叟下骑呈礼函⑪，且曰："敝里不遥矣。宅綦隘⑫，饲畜为艰，请即遣仆马去，散步亦佳。”徐从之，以行李寄叟马上。

【注释】

①河间：府名。府治在今河北河间。

②设教：办学。此处指坐馆执教。恩：旧县名。清属东昌府，故治在山东平原恩城。

③腊初：阴历十二月初。腊，腊月，阴历十二月腊祭百神，故称腊月。

④撤帐：古称教书为设帐，称年终散馆为撤帐。

⑤敬业：施叟名字。取意于《礼记·学记》：“一年视离经辨志，三年视敬业乐群。”

⑥疃（tuǎn）：村庄，屯。

⑦受贽稷门：接受稷门的聘请，另有高就。贽，送给教师的聘金。稷门，古地名。是齐国都城临淄城西边南首门，也是战国时各学派荟萃的中心。

⑧苟就：屈就。请别人应聘的敬辞。

⑨束仪：犹言束脩。古时亲友之间互相赠献的一种礼物，后专指学生向老师致送的酬金。

⑩信行：行事遵守信义。

⑪礼函：致送聘金的函封，类似今之聘书。礼，贽币。

⑫隘：狭窄。

【译文】

河间人徐生，在恩县教书。腊月初放假回家，路上遇到一个老头，仔细地端详他说：“徐先生停课了。明年到哪里教书啊？”徐生说：“还在老地方。”老头说：“我叫施敬业，有个外甥想要聘请一位好老师，正托我到东疃去请吕子廉先生，但他已经接受了稷门某人的聘金。先生您如果肯屈就，酬金会比恩县多一倍。”徐生以已接受恩县聘请来推辞。老头说：“您真是守信用的人。然而，离新年还有一段时间，我诚心地以一两黄金作为聘金，请您暂时留下教他，明年再另行商议，怎么样？”徐生同意了。老头下马呈上礼盒，并说：“我们村子距此不远。只是宅院狭小，喂养牲口有困难，请让仆人和马先回家去，我们慢慢走回去也行。”徐生依他所说，把行李放在了老头的马上。

行三四里许，日既暮，始抵其宅，沤钉兽镮[1]，宛然世家。呼甥出拜，十三四岁童子也。叟曰：“妹夫蒋南川，旧为指挥使[2]。止遗此儿，颇不钝，但娇惯耳。得先生一月善诱，当胜十年。”未几，设筵，备极丰美，而行酒下食[3]，皆以婢媪。一婢执壶侍立，年约十五六，风致韵绝，心窃动之。席既终，叟命安置床寝，始辞而去。天未明，儿出就学。徐方起，即有婢来捧巾侍盥[4]，即执壶人也。日给三餐，悉此婢。至夕，又来扫榻。徐问：“何无僮仆？”婢笑不言，布衾径去。

【注释】

①沤钉兽镮(huán)：贵族府第的门饰。沤钉，门上装饰的突起的钉状物。兽镮，铸有兽口衔环图像的门环。

②指挥使：明朝的军事指挥职务，为卫所一级最高军事长官，秩正三品。下辖指挥同知、指挥佥事等属员。

③下食：添菜让客。下，布。

④盥(guàn)：浇水洗手。泛指洗。

【译文】

徐生走了约三四里路，天已经黑了，才到了他家，门上嵌着门钉，安着兽环，俨然大族世家的模样。老头叫外甥出来拜见，是一个十三四岁的孩子。老头说：“我妹夫蒋南川，做过指挥使。只留下这一个儿子，不是很笨，只是娇生惯养罢了。能够得到先生一个月的精心教导，一定会胜过十年。”不久，摆上酒宴，饭菜十分丰盛精美，而斟酒送菜，都是丫环仆妇来做。有一个丫环拿着壶站在旁边，年纪约十五六，风流标致，徐生暗自心动。酒宴结束，老头命人给徐生安排床铺，然后才告辞离开。第二天天还没亮，孩子就出来跟老师学习。徐生刚起床，就有丫环捧着毛巾来侍候梳洗，还是那个端壶的丫环。一日三餐，都是这个丫环送来。到了晚上，丫环又来打扫床铺。徐生问：“怎么没有男仆？”丫环笑着不答，铺好了被褥就走了。

次夕复至。入以游语[①]，婢笑不拒，遂与狎。因告曰：“吾家并无男子，外事则托施舅。妾名爱奴。夫人雅敬先生[②]，恐诸婢不洁，故以妾来。今日但须缄密，恐发觉，两无颜也。”一夜，共寝忘晓，为公子所遭，徐惭怍不自安。至夕，婢来曰：“幸夫人重君，不然，败矣！公子入告，夫人急掩其口，若恐君闻，但戒妾勿得久留斋馆而已。”言已，遂去。徐甚德之。然公子不善读，诃责之，则夫人辄为缓颊。初犹遣婢传言，渐亲出，隔户与先生语，往往零涕。顾每晚必问公子日课[③]。徐颇不耐，作色曰：“既从儿懒，又责儿工[④]，此等师我不惯作！请辞。”夫人遣婢谢过，徐乃止。自入馆以来，每欲一出登眺，辄锢闭之。一日，醉中怏闷，呼婢问故。婢言：“无他，恐废学耳。如必欲出，但请以夜。”徐怒曰：“受人数金，便当淹禁死耶[⑤]？教我夜窜何之乎？久以素食为耻[⑥]，贽固犹在囊耳。”遂出金置几上，治装欲行。夫人出，脉脉不语，惟掩袂哽咽，使婢返金，启钥送之。徐觉门户偪侧[⑦]，走数步，日光射入，则身自陷冢中出，四望荒凉，一古墓也。大骇。心感其义，乃卖所赐金，封堆植树而去[⑧]。

【注释】

①游语：游词浮语。指调戏的话语。

②雅敬：尊敬。雅，敬辞。

③日课：每天按照规定所学的课业。

④责：责成，要求。工：指精于所学。

⑤淹禁：软禁，约束。

⑥素食：不劳而获，无功而食。《诗·魏风·伐檀》："彼君子兮，不素餐兮。"

⑦偪（bī）侧：亦作"偪仄"。狭窄。

⑧封堆植树：填土加封，植树为记。即整修坟墓。

【译文】

丫环第二天晚上又来了。徐生与她调笑，她微笑没有拒绝，徐生便与她亲热起来。丫环告诉他："我们家没有男子，外面的事都托付给施舅舅。我叫爱奴。夫人敬重先生，恐怕别的丫环不干净，所以让我来侍候。今天的事一定要保密，恐怕被人发觉了，我俩都没面子。"一个晚上，他们睡过了头，被公子看见了，徐生非常惭愧不安。到了晚上，爱奴来说："幸好夫人敬重先生，不然就坏了！公子进去告状，夫人急忙掩住了他的嘴，好像怕您听见，只是告诫我不要在书房久留而已。"说完，就走了。徐生很感激夫人。然而公子不用心读书，徐生呵斥责备他，夫人就为他求情。最初还派丫环来传话，渐渐地就亲自出来，隔着门和先生说话，往往说着说着就流泪。并且每晚必问公子白天的功课。徐生很难忍受，变脸道："既然放纵孩子懒惰，又要求孩子精于所学，这样的老师我当不了！请让我走吧。"夫人派丫环来认错，徐生才没走。自从来此教书，徐生每次想出去登高望远，都因为宅门紧锁不能出去。一天，他喝醉后心中烦闷，叫来爱奴询问。爱奴说："没什么，是怕公子荒废学业。如果您一定要出去，只好请您晚上出去。"徐生生气地说："我受人家几个钱，就应当在这里憋死？叫我晚上溜出去，上哪儿？我早就以白吃不做事为耻，酬金还在包袱里。”于是拿出黄金放在桌上，收拾行李要走。夫人从屋里出来，默不作声，只是用袖子捂着脸哭泣，让丫环送回黄金，打开门送他走。徐生觉得房门很窄，走了几步，阳光射进来，才发现自己身陷坟墓中，四面望去，一片荒凉，原来这里是一座古墓。徐生非常吃惊。然而心中感激夫人的情谊，于是卖了所赠的黄金，给坟培了土、植了树，才离开。

过岁，复经其处，展拜而行①。遥见施叟，笑致温凉，邀之殷切。心知其鬼，而欲一问夫人起居，遂相将入村，沽酒共酌，不觉日暮。叟起偿酒价，便言：“寒舍不远，舍妹亦适归宁，望移玉趾，为老夫祓除不祥②。”出村数武③，又一里落④，叩扉入，秉烛向客。俄，蒋夫人自内出，始审视之，盖四十许丽人也。拜谢曰：“式微之族⑤，门户零落，先生泽及枯骨，真无计可以偿之。”言已，泣下。既而呼爱奴，向徐曰：“此婢，妾所怜爱，今以相赠，聊慰客中寂寞。凡有所须，渠亦略能解意。”徐唯唯。少间，兄妹俱去，婢留侍寝。鸡初鸣，叟即来促装送行。夫人亦出，嘱婢善事先生，又谓徐曰：“从此尤宜谨秘，彼此遭逢诡异，恐好事者造言也。”徐诺而别，与婢共骑。至馆，独处一室，与同栖止。或客至，婢不避，人亦不之见也。偶有所欲，意一萌，而婢已致之。又善巫，一挼挲而疴立愈⑥。清明归，至墓所，婢辞而下。徐嘱代谢夫人，曰：“诺。”遂没。数日反，方拟展墓⑦，见婢华妆坐树下，因与俱发。终岁往还，如此为常。欲携同归，执不可。岁杪⑧，辞馆归，相订后期。婢送至前坐处，指石堆曰：“此妾墓也。夫人未出阁时，便从服役，夭殂瘗此⑨。如再过，以炷香相吊，当得复会。”

【注释】

①展拜：拜谒，行跪拜之礼。

②祓（fú）除不祥：古时除灾求福的一种祭仪，一般于岁首行之。这里是邀请客人拜访的客气话。

③武：步。

④里落：村落。

⑤式微：衰微。《诗·邶风·式微》：“式微式微，胡不归。”式，发语辞。微，衰落。

⑥挼挲（ruó suō）：揉搓，按摩。痏：病。

⑦展：展谒，拜见。

⑧岁杪（miǎo）：年终。

⑨瘗（yì）：掩埋。

【译文】

过了一年，徐生又经过那个地方，祭拜了坟墓才走。远远地看见施老头，笑着向他问候，并热情地邀请他。徐生心知他是鬼，但很想问一问夫人的近况，就和他一起进了村，买酒一起喝起来，不觉天色已经黑了。老头起身付了酒钱，便说：“我家离这不远，我妹妹正好回娘家来了，希望您能光临，为我祓除不祥之气。”出村走了几步，又有一处村落，叩门而入，为客人点上蜡烛。不久，蒋夫人从里面出来，徐生这才贴近看她，是一位大约四十岁的美貌女子。夫人拜谢道：“我们是衰落的家族，门户萧条，先生施恩于泉下之人，真是无法报答。”说完，哭了起来。随后又叫来爱奴，对徐生说：“这个丫环，是我所喜爱的，今天把她送给你，姑且给你在客居中做个伴，一解寂寞。你有什么需要，她大致也会知道的。”徐生连连答应。过了一阵，兄妹一块离开了，留下爱奴侍候徐生休息。第二天，鸡叫头遍，老头就来催促整理行装上路。夫人也出来了，嘱咐爱奴好好服侍先生，又对徐生说："从此以后你要更谨慎，我们的交往在人们看来很诡异，恐怕好事的人会造谣生事。"徐生答应着告别了他们，与爱奴同骑一匹马走了。到了教书的地方，两人单独住一间屋子，一同生活。有时客人来，爱奴也不躲避，别人也看不见她。徐生偶有什么愿望，念头刚滋生，爱奴就替他办好了。爱奴又会巫术，一按摩，疾病就能痊愈。清明时节，徐生回家，到了墓地，爱奴告辞下马。徐生嘱咐她代为感谢夫人，爱奴说："好。"就隐入地下了。几天以后，徐生回来，刚准备展谒坟墓，只见爱奴打扮得很漂亮坐在树下，于是一起出发。这样一年到头来来往往，习以为常。徐生想带爱奴一同回家，爱奴执意不肯。年底，徐生辞了课馆回家，相约以后再见。爱奴送他到以前坐过的地方，指着石堆说："这是我的墓。夫人没出嫁时，我就服侍她，死后葬在这里。如果你再经过这里，烧炷香悼念我，咱们就能相见。"

别归，怀思颇苦，敬往祝之，殊无影响。乃市榇发冢[①]，意将载骨归葬，以寄恋慕。穴开自入，则见颜色如生，肤虽未朽，而衣败若灰，头上玉饰金钏，都如新制。又视腰间，裹黄金数铤，卷怀之。始解袍覆尸，抱入材内，赁舆载归。停诸别第，饰以绣裳，独宿其旁，冀有灵应。忽爱奴自外入，笑曰："劫坟贼在此耶！"徐惊喜慰问，婢曰："向从夫人往东昌[②]，三日既归，则舍宇已空[③]。频蒙相邀，所以不肯相从者，以少受夫人重恩，不忍离逷耳[④]。今既劫我来，即速瘗葬，便见厚德。"徐问："古人有百年复生者，今芳体如故，何不效之？"叹曰："此有定数。世传灵迹，半涉幻妄。要欲复起动履[⑤]，亦复何难？但不能类生人，故不必也。"乃启棺入，尸即自起，亭亭可爱。探其怀，则冷若冰雪。遂将入棺复卧，徐强止之。婢曰："妾过蒙夫人宠，主人自异域来，得黄金数万，妾窃取之，亦不甚追问。后濒危[6]，又无戚属，遂藏以自殉。夫人痛妾夭谢，又以宝饰入敛。身所以不朽者，不过得金宝之馀气耳。若在人世，岂能久乎？必欲如此，切勿强以饮食，若使灵气一散，则游魂亦消矣。”徐乃构精舍，与共寝处。笑语一如常人，但不食不息，不见生人。年馀，徐饮薄醉，执残沥强灌之[7]，立刻倒地，口中血水流溢，终日而尸已变。哀悔无及，厚葬之。

【注释】

①市榇(chèn)：买棺材。市，买。榇，棺材。

②东昌：府名。府治在今山东聊城。

③舍宇：宅舍。此处指墓穴。

④离逷(tì)：远离。逷，远。

⑤动履：举步。指行动像活人一样。

⑥濒危：病危。濒，迫近。

⑦残沥：杯中剩酒。沥，清酒。

【译文】

辞别爱奴回到家后，徐生十分想念她，就诚心诚意地到坟上去祝告，却毫无反应。于是，徐生买了棺材，挖开坟墓，想把爱奴的尸骨带回家去安葬，以寄托自己的眷恋之情。坟墓打开后，徐生进去，见爱奴面容与活着一般，肌肤虽然没有腐烂，衣服却化成了灰，头上的玉饰金钏，都像新制的一样。又看她腰间，缠着几锭黄金，便都卷了放在怀中。这才脱下身上的衣服盖在尸体上，抱着放在棺材里，租了车载回家去。徐生把棺材停放在别的房子里，盖上绣花的衣裳，自己睡在旁边，希望能有灵验。一天，爱奴忽然从外面进来，笑着说：“盗墓贼在这里！”徐生惊喜地慰问她，爱奴说：“近来随夫人去东昌，三天后回来一看，房舍已空。

过去承蒙您多次邀请我,之所以不肯相从,是因为从小受夫人大恩,不忍远离她。现在你既然把我劫来了,就赶快安葬吧,这就是你的恩德了。"徐生问:"古人有百年之后又复生的,如今你的身体还和生前一样,为什么不效仿别人再生呢?"爱奴叹道:"这都是有定数的。世间传说的灵迹,多半是人幻想出来的。想要再起来走动,又有什么难?只是不能像活人一样,所以也不必那样做了。"于是打开棺材进去,尸体马上自己起来了,亭亭玉立,十分可爱。伸手向她怀中探摸,则冷若冰霜。爱奴还要入棺再躺下,徐生竭力阻止。爱奴说:"我从前蒙夫人宠爱,主人从西域回来,得黄金数万,我偷偷拿了,她也不怎么追问。后来临死时,没有什么亲属,就藏在身上殉葬。夫人痛惜我早死,又拿了些宝物入殓。我的身体之所以不腐烂,不过是得了黄金珠宝的馀气而已。如果在人世,哪能保持长久呢?如果你一定要我这样,那么切记不要强迫我吃喝,倘若灵气一散,游魂也就消失了。"徐生于是建了一所好房子,与爱奴一同居住。爱奴言谈笑语跟平常人一样,只是不吃喝不休息,不见生人。过了一年多,徐生饮酒微有些醉,拿起剩酒强行灌她,爱奴立刻倒在地上,口中流出血水,过了一天,尸体已经腐变。徐生悲悔不及,厚葬了爱奴。

异史氏曰:夫人教子,无异人世,而所以待师者何厚也!不亦贤乎!余谓艳尸不如雅鬼,乃以措大之俗莽①,致灵物不享其年,惜哉!

【注释】

①措大:旧时对贫寒读书人的轻慢称呼。俗莽:庸俗鲁莽。

【译文】

异史氏说:夫人教育儿子,与人世无异,而她对待老师却多么周到啊！真是个贤明的人啊！我觉得美艳的尸首不如风雅的鬼，却因为穷酸秀才的庸俗莽撞，致使灵物不能享受她的天年，真是可惜！

章丘朱生[①]，素刚鲠[②]，设帐于某贡士家。每谴弟子，内辄遣婢为乞免，不听。一日，亲诣窗外，与朱关说[③]。朱怒，执界方[④]，大骂而出。妇惧而奔，朱追之，自后横击臀股，锵然作皮肉声。一何可笑！

【注释】

①章丘：县名。位于山东济南的东部，明清属济南府。今为山东章丘。

②刚鲠(gěng)：刚正耿直。

③关说：讲情。

④界方：也称“戒方”。旧时塾师对学生施行体罚时所用的小木板。明刘若愚《酌中志·内臣职掌纪略》：“凡背书不过，写字不堪……其馀小事，轻则学长用界方打，重则于圣人前罚跪。”

【译文】

章丘朱生，一向刚毅耿直，在某贡士家开馆授课。每责备弟子，内眷就派丫环替孩子开脱，朱生不听。一天，贡士内眷亲自到窗外，与朱生说情。朱生十分生气，拿起界方大骂着出来。妇人害怕便跑，朱生追她，从后面横击臀部，打在肉上发出“叭叭”的声音。太可笑了！

长山某[①]，每延师，必以一年束金[②]，合终岁之虚盈[③]，计每日得如干数，又以师离斋、归斋之日，详记为籍，岁终，则公同按日而乘除之[④]。马生馆其家，初见操珠盘来[⑤]，得故甚骇。既而暗生一术，反嗔为喜，听其覆算不少校。翁大悦，坚订来岁之约。马辞以故，遂荐一生乖谬者自代[6]。及就馆，动辄诟骂，翁无奈，悉含忍之。岁杪，携珠盘至。生勃然忿极，姑听其算。翁又以途中日尽归于西[7]，生不受，拨珠归东[8]。两争不决，操戈相向[9]，两人破头烂额而赴公庭焉。

【注释】

①长山：旧县名。明清时属济南府。今属山东邹平。

②束金：即束脩。旧时称给教师的工资。

③终岁之虚盈：指全年的实际天数。虚盈，指月小月大。

④乘除：计算。

⑤珠盘：算盘。

⑥乖谬：古怪，不合常情。

⑦以途中日尽归于西：把塾师就馆时在路上的日数都算在塾师的账上，不给工资。西，西席，旧时对家塾教师的称呼。

⑧拨珠归东：拨动算盘珠，算在主人的账上。东，东家，旧时塾师对主人的称呼。

⑨操戈：指动武。操，持。戈，兵器。

【译文】

长山县有一个人，每请老师，一定要以一年酬金，核实一年之中实上的课时，计算出每一天该得多少钱，又把老师离开书房、回到书房的日子详细记录下来，到了年末，则一块按日子计算酬金。马生在他家教书，开始见这人拿着算盘来，知道了缘故很是惊异。转而暗生一计，反怒为喜，听任他反复计算而不和他计较。东家很高兴，坚持请马生订第二年的契约。马生托辞拒绝后，有意推荐了一位脾气古怪的人来代替自己。等到这位先生来教书时，动辄破口大骂，东家没办法，只好忍受着。年底，东家拿着算盘来了。先生勃然大怒，姑且听他计算。东家又把路上花去的时间全算给先生，先生不接受，拨过算珠算给东家。两人争执不清，动手打了起来，打得头破脸肿，只好对簿公堂了。

单父宰

【题解】

本篇由两个关于性器官的黄色笑话组成。后者反映了旧时代缺乏婚前体检所带来的悲剧，而前者则是两个前房儿子担心父亲娶了继母再生孩子将父亲阉割。为什么担心父亲“复育”？是怕失去父亲的疼爱？继母的虐待？不是。因为显而易见二子都已经长大成人。那么担心什么呢？只有一条解释，那就是怕父亲“复育”生子，减少自己财产的既有份额。两个故事虽然都是以笑话呈现，却反映了人生沉甸甸的另一面。

青州民某①，五旬馀，继娶少妇。二子恐其复育，乘父醉，潜割睾丸而药糁之②。父觉，托病不言。久之，创渐平。忽入室③，刀缝绽裂，血溢不止，寻毙。妻知其故，讼于官。官械其子④，果伏⑤。骇曰：“余今为单父宰矣⑥！”并诛之。

【注释】

①青州：今山东青州。

②药糁(sǎn)之：在创口敷上药粉。糁，粉末。

③入室：指发生性行为。

④械：用刑。

⑤伏：服罪。

⑥单(shàn)父宰：单父，春秋鲁邑名。明清为单县地，属山东兖州

府。因单父与“骟父”(儿子阉割父亲)谐音,故青州县令自嘲为“单父宰”,慨叹自己做了骟父亲之民的官宰。

【译文】

青州有个人五十多岁了,续娶了一个年轻妻子。他的两个儿子怕他再生儿子,乘他酒醉,偷偷地把他的睾丸割了去,再用药粉敷上。父亲酒醒后发觉,借口有病没有提此事。过了很久,伤口渐渐愈合了。有一天,他与妻子同寝,刀口裂开,血流不止,不久就死了。妻子知道了其中的缘故,告到官府。官府捉拿了他的两个儿子,一用刑果然招认了。长官惊异地说:“我今天变成了‘单父宰’了!”随后,把两个儿子处死了。

邑有王生者,娶月馀而出其妻①。妻父讼之。时淄宰辛公②,问王何故出妻。答云:“不可说。”固诘之,曰:“以其不能产育耳。”公曰:“妄哉!月馀新妇,何知不产?”忸怩久之③,告曰:“其阴甚偏。”公笑曰:“是则偏之为害,而家之所以不齐也④。”此可与单父宰并传一笑。

【注释】

①出:休弃。

②淄宰辛公:辛民,字先民,直隶大兴人,崇祯十五年(1642)举人,顺治元年(1644)任淄川知县。

③忸怩(niǔ ní):羞惭貌。

④家不齐:指夫妻失和,家庭破裂。《礼记·大学》:“欲治其国者,先齐其家;欲齐其家者,先修其身。”

【译文】

淄川县有个王生,娶妻一个多月就休妻。妻子的父亲告到官府。当时淄川县令是辛公,审问王生为什么要休妻。王生答道:“原因不好说。"辛公再三催问，王生回答："因为她不能生育。"辛公说："真荒唐！过门刚一个多月的新媳妇，怎么知道她不能生育？"王生忸怩了很久，才告诉辛公："她的阴户长得很偏。"辛公听后笑道："这就是偏之为害，而家之所以不齐啊。"此则可与单父宰并传，付之一笑。

孙必振

【题解】

《聊斋志异》中的因果报应、天人感应类篇章，凡作者所熟悉或尊敬的达官贵人、进士名流，往往有超人灵异，如《雹神》中的王筠苍，《汤公》中的汤聘，《谕鬼》中的石茂华，《泥鬼》中的唐梦赉，《酆都御史》中的华公，《元少先生》中的韩元少，以及本篇中的孙必振等，他们个个能逢凶化吉，遇难呈祥。究其实际，人为实有，事则传说，或者是作者有意恭维，但更多的大概是自神其说。

孙必振渡江[①]，值大风雷，舟船荡摇，同舟大恐。忽见金甲神立云中[②]，手持金字牌下示。诸人共仰视之，上书"孙必振"三字，甚真。众谓孙："必汝有犯天谴，请自为一舟，勿相累。"孙尚无言，众不待其肯可，视旁有小舟，共推置其上。孙既登舟，回首，则前舟覆矣。

【注释】

①孙必振：号卧云，又字孟起，山东诸城人。顺治十六年(1659)进士。历任河南怀庆府推官、山西陵川知县、河南道御史。

②金甲神：传说中佛、道两教的护法神，一般民俗中认为是韦陀。

【译文】

孙必振渡江，正赶上大风暴雨，渡船摇荡不停，同船人万分恐惧。忽然看见一位身穿金甲的神人立在云中，手持金字牌，给下面的众人看。大家都抬头看去，只见上面写着“孙必振”三字，非常真切。众人对孙必振说：“一定是你有罪要遭到上天的惩罚，请你自己上一条船去，别连累了大家。”孙必振没说话，众人不等他回答，看见旁边有一条小船，就一齐把他推到小船上去。孙必振登上小船，回首一看，前面那条船已经翻沉在江中了。

邑人

【题解】

本篇故事带有劝诫的寓言性质。

在中国古代的刑罚中虽然有“凌迟”，但平常百姓难得一见真面目。宗教的地狱因果报应中有所谓刀山剑树，也荒诞不经，缥缈不实。本篇通过无赖乡人的梦醒口述，借用习见的“屠人卖肉，操刀断割”，“添脂搭肉，片片碎割”，不仅将“凌迟”的痛苦形象具体地展现出来，而且由于是刑罚，“片数、斤数毫发不爽”，具有量刑的特点。正如但明伦所推测，本篇的创作是“鬼神或予以自信之路耶？抑或借其言以警世耶？不然，恐他时再割地狱中，再无人证其片数斤数矣”。当然，也有人认为本篇的创作目的是戒杀生。

邑有乡人，素无赖。一日，晨起，有二人摄之去。至市头，见屠人以半猪悬架上，二人便极力推挤之，忽觉身与肉合，二人亦径去。少间，屠人卖肉，操刀断割，遂觉一刀一痛，彻于骨髓。后有邻翁来市肉，苦争低昂[①]，添脂搭肉，片片碎割，其苦更惨。肉尽，乃寻途归，归时，日已向辰[2]。家人谓其晏起[3]，乃细述所遭。呼邻问之，则市肉方归，言其片数、斤数毫发不爽。崇朝之间[4]，已受凌迟一度[5]，不亦奇哉！

【注释】

①低昂：指重量或价钱的高低。昂，高。

②向辰：接近辰时。辰时相当于早上7点至9点。

③晏起：起床晚。晏，晚。

④崇朝（zhāo）：终朝。从天亮到早饭时，犹言一个早晨。亦指整天。崇，通“终”。

⑤凌迟：即剐刑。封建酷刑之一，碎割其肉至死。一度：一次。

【译文】

县里有个乡下人，一向不守规矩。一天，早晨起来，有两个人把他捉了去。来到集市前，看见一个屠夫把半头猪悬挂在架子上，那两个人便极力推挤他，他感到自己的身体和猪肉合在了一起，那两人就径直离开了。不久，屠夫开始卖肉，操起刀来切割，他便感觉切一刀痛一下，直痛到骨头里。后来有位邻居老人来买肉，与屠夫苦苦争讲价钱高低，一会添油，一会搭肉，一片片碎着割，更是苦不堪言。肉卖完了，他才找到路回家，到家时，已经快上午七八点了。家人认为他起床晚了，他就详细地叙述了自己的遭遇。叫了邻居来问，老人买肉刚回来，说到买肉的片数、斤数，丝毫不差。仅仅一个早晨，这人已经受了一次凌迟的处罚，这事真是奇异呀！

元宝

【题解】

本篇是记载传闻。元宝在中国古代当作货币使用，得到元宝，也即得到钱财。“数应得此，则一摘即落”传递的是命运有定数，事态皆前定的信息。

广东临江山崖巉岩[①]，常有元宝嵌石上[②]。崖下波涌，舟不可泊[③]。或荡桨近摘之，则牢不可动，若其人数应得此[④]，则一摘即落，回首已复生矣。

【注释】

①巉（chán）岩：险峻的山岩。巉，山势高峻。

②元宝：马蹄形银锭或金锭。

③泊：停泊。

④数：命运。

【译文】

广东临江山崖险峻的岩石上，常有元宝嵌在上边。崖下波涛汹涌，舟船无法停靠。有人划着桨靠过去摘元宝，元宝却牢牢嵌着，拿不下来，如果有人命中该得到元宝，则一摘就能摘下，回头再看，那个地方又会生出一个元宝。

研石

【题解】

本篇介绍洞庭君山所出产的砚石。

所写的重点不在砚石多么多么好，而在于想得到砚石，就需要在“深暗不测”的湖水中“秉烛泛舟而入”去探索。在石洞中，“其色如漆，按之而软”，拿出来，“见风则坚凝过于他石。试之墨，大佳”。“估舟游楫，往来甚众”，“不知取用”。作者的结论是：“亦赖好奇者之品题也。”

其中未尝没有对于人才被忽略，只能靠“好奇者”推荐游扬才能脱颖而出的叹息。

王仲超言：洞庭君山间有石洞[1]，高可容舟，深暗不测，湖水出入其中。尝秉烛泛舟而入，见两壁皆黑石，其色如漆，按之而软。出刀割之，如切硬腐[2]，随意制为研[3]。既出，见风则坚凝过于他石。试之墨，大佳。估舟游楫[4]，往来甚众，中有佳石，不知取用，亦赖好奇者之品题也[5]。

【注释】

①洞庭君山：古称“洞庭山”、“湘山”、“有缘山”。位于岳阳境内，是八百里洞庭湖中的一个小岛，与千古名楼岳阳楼遥遥相对，由大小72座山峰组成，被道书列为天下第十一福地。

②硬腐：豆腐干。

③研：通“砚”。

④估舟：商船。游楫：游船。楫，船桨。

⑤品题：观赏，评论。

【译文】

王仲超讲：洞庭君山中有座石洞，洞高可以容船进出，洞里黑暗，深不可测，湖水从这里流进流出。我曾经带着灯烛乘舟入洞，看到两壁都是黑色的石头，颜色如漆一般，按上去很柔软。用刀割下去，像切豆腐干，可以随意制成砚。出了洞，石头见了风就凝固得比其他石头都硬。试着用它来研墨，效果非常好。商船游船从这里往来的很多，洞中有上好的石头，却不知拿来用，也是要依赖探胜好奇的人欣赏并称扬才行啊。

武夷

【题解】

本篇与前面的《元宝》、《砚石》都是记载地方物产的。有特点的是,它们所记物产不是静态地述奇,而是动态地讲述故事,同时具有暗喻说理性质,体现了《聊斋志异》这类篇章的特色。本篇故事的内涵正如仙舫所评论的:"人无私欲,均可造极。无如利心一萌,自必为神灵所叱逐耳。"

武夷山有削壁千仞①,人每于下拾沈香玉块焉②。太守闻之,督数百人作云梯③,将造顶以觇其异④,三年始成。太守登之,将及巅,见大足伸下,一拇指粗于捣衣杵⑤,大声曰:"不下,将堕矣!"大惊,疾下。才至地,则架木朽折,崩坠无遗。

【注释】

①武夷山:地处中国福建西北部。是中国著名的风景旅游区和避暑胜地。相传汉有武夷君居此山,故名。

②沈香:是沉香木植物树心部分在自我修复过程中分泌出的油脂受到真菌的感染所凝结成的固体凝聚物。

③云梯:攀援登高工具的一种,安置在底架上,可以移动。古代常用作登高攀城之具。

④觇(chān):看,偷窥。

⑤捣衣杵:洗衣服的棒槌。杵,舂米或捶衣的木棒。

【译文】

武夷山有一处千尺高的峭壁,人们常在那下面拾到沉香木、玉块。太守听说了这件事,率领数百人制作云梯,准备登上山顶去看看这个奇异的事情,经过三年云梯才制成。太守登上去,快要到顶时,只见一只大脚伸下来，脚上的拇指比捣衣棒还粗，听到上面大声说："不下去，就要堕下去了！"太守大吃一惊，急忙下去。才到地上，云梯的架子像朽了一样折断了，从上到下全部坠落下来。

大鼠

【题解】

在中国现代史上，有所谓"敌进我退，敌驻我扰，敌疲我打，敌退我追"的十六字游击战术云云，实际上，本篇中的狮猫的战术也是这样的。战术早已有之，不过说法不同，"彼出则归，彼归则复，用此智耳"，是蒲松龄对狮猫战术的总结。

作为小说，我们惊叹的是，蒲松龄把猫鼠之间的精彩争斗仅用了百字左右便鲜明如画地呈现在我们面前。标题是大鼠，主角其实是狮猫。

万历间，宫中有鼠，大与猫等，为害甚剧[①]。遍求民间佳猫捕制之，辄被啖食。适异国来贡狮猫，毛白如雪。抱投鼠屋，阖其扉，潜窥之。猫蹲良久，鼠逡巡自穴中出[②]，见猫，怒奔之。猫避登几上，鼠亦登，猫则跃下。如此往复，不啻百次[③]。众咸谓猫怯，以为是无能为者[④]。既而鼠跳掷渐迟，硕腹似喘，蹲地上少休。猫即疾下，爪掬顶毛，口龁首领，辗转争持，猫声呜呜，鼠声啾啾。启扉急视，则鼠首已嚼碎矣。然后知猫之避，非怯也，待其惰也。彼出则归，彼归则复[⑤]，用此智耳。噫！匹夫按剑[⑥]，何异鼠乎！

【注释】

①剧：猛烈，厉害。

②逡巡：犹豫不前。这里是窥探警觉的样子。

③不啻(chì)：不止，不只。

④无能为：无本领，无所作为。

⑤彼出则归，彼归则复：即“敌进我退，敌驻我扰，敌疲我打，敌退我追”之意。《左传·昭公三十年》：“彼出则归，彼归则出，楚必道敝。”

⑥匹夫按剑：指勇而无谋的逞能，匹夫之勇。匹夫，一般人，庸人。按剑，怒貌。《孟子·梁惠王》：“夫抚剑疾视曰：‘彼恶敢当我哉！’此匹夫之勇，敌一人者也。”

【译文】

明朝万历年间，宫中发现一只大老鼠，长得和猫一般大，祸害得很厉害。宫中遍求民间好猫捕捉制服它，却反被老鼠吃了。恰好这时外国进贡来一只狮猫，周身毛白如雪。宫人抱着猫放进有大老鼠的房间里，关上门，暗暗地观察它。狮猫蹲了很久，大老鼠警觉地从洞穴中出来，见到狮猫，怒气冲冲地向狮猫奔来。狮猫避开它跳到桌子上，老鼠也跳到桌子上，狮猫又跳下去。如此跳上跳下，不下百次。大家都认为狮猫胆小，没有什么能耐。不久，大老鼠的跳动渐渐慢下来，大肚子一鼓一鼓地好像在喘息，就蹲在地上稍稍休息。狮猫立刻飞快地跳下来，爪子抓住大老鼠的顶毛，一口咬在它的脖子上，它们翻来覆去地争斗，狮猫“呜呜”地吼着，老鼠“啾啾”地叫着。宫人赶快开门去看，只见大老鼠的头已经被狮猫咬碎了。至此，人们才明白，狮猫避开老鼠，并不是因为胆怯，而是等待大老鼠疲惫。你出来我就回去，你回去我就出来，狮猫用的是这种计谋啊。啊！勇而无谋逞能的人，和这只大老鼠有什么区别！

张不量

【题解】

据与蒲松龄同时代的吴宝崖《旷园杂志》记载："花坞僧济水言'顺治十八年，青州一丐者，为神人敕其行雹。避雹者闻空中语云：'毋坏张不量田。'天霁，它田堰坏，张田独无恙。盖张氏所贷归者，听其自入囤，绝不较，故以不量称之。'其事与南宋蒋自量同。蒋，杭人，长崇仁，次崇义，次崇信，兄弟一德，置公量，乞糶者皆令自收米，岁欠亦然，人因目为'蒋自量'。咸淳三年，诏封三蒋为广福侯，至今庙祀盐桥之上。"可见张不量的故事是当时的一个传说，吴宝崖所记较之蒲松龄更具体。

作为气象现象，下雹子本不会均衡，所谓"东边日出西边雨"，谁能保证传闻不是人为制造的假新闻呢。

贾人某①，至直隶界②，忽大雨雹，伏禾中。闻空中云："此张不量田，勿伤其稼。"贾私意张氏既云"不良"，何反佑护③？雹止，入村，访问其人，且问取名之义。盖张素封④，积粟甚富。每春间贫民就贷，偿时多寡不校⑤，悉纳之，未尝执概取盈⑥，故名"不量"，非不良也。众趋田中，见棵穗摧折如麻⑦，独张氏诸田无恙。

【注释】

①贾人：商人。

②直隶：清代直隶省，相当于今北京、天津、河北大部和河南、山东的小部地区。

③佑护：庇佑，保护。

④素封：无官爵封邑而富比封君的人。《史记·货殖列传》："今有

无秩禄之奉，爵邑之入，而乐与之比者，命曰‘素封’。”

⑤不校：不计较。校，计较。

⑥执概取盈：拿着量器计较多寡。概，量取谷物时刮平斗斛的尺状工具。俗称斗趟子。

⑦稞（kē）穗：庄稼的穗。稞，籽实裸露的特种麦类植物。

【译文】

有一个商人，一天来到直隶地界时，忽然下起了大雨冰雹，他便趴在庄稼地里避雨。听到空中有人说：“这是张不量的田，不要伤了他的庄稼。”商人心想，张氏既然“不良”，为什么反倒要佑护他呢？雹子停了，商人进了村子，查访那个姓张的人，并问他取名的含义。原来，张不量一向富裕，积存了很多粮食。每年春天贫民都来借贷，秋天还粮时，张家不计较还回多少，都照样收进，从来不用斗斛来量，因此，人们称他为“不量”，不是“不良”。大家赶到田里察看，只见别人田里的庄稼被雹子打得如乱麻一般，只有张家的田里庄稼完好无损。

牧竖

【题解】

本篇与《大鼠》可以互相参看。都是采用所谓游击战术战胜对方。不过《大鼠》篇是狮猫对付大鼠，本篇则是两个放牧的孩子对付老狼。

站在人的立场上，尤其是在当日狼害严重的时候，牧竖没有什么做得不对的地方，以其机智除掉了力所不能及的大狼，甚至应该得到称赞。但利用老狼的母爱杀死老狼，总让人觉得人类也有残忍之处。

两牧竖入山至狼穴[①]，穴有小狼二，谋分捉之。各登一树，相去数十步。少顷，大狼至，入穴失子，意甚仓皇[②]。竖于树上扭小狼蹄耳故令嗥[3]，大狼闻声仰视，怒奔树下，号且爬抓。其一竖又在彼树致小狼鸣急，狼辍声四顾，始望见之，乃舍此趋彼，跑号如前状。前树又鸣，又转奔之。口无停声，足无停趾[4]，数十往复，奔渐迟，声渐弱，既而奄奄僵卧[5]，久之不动。竖下视之，气已绝矣。

【注释】

①牧竖：牧童。竖，小孩。

②仓皇：慌乱，惊惶失措。

③嗥(háo)：动物的嗥叫。

④趾：脚，爪。

⑤奄奄：气息微弱的样子。

【译文】

有两个放牧的孩子走进一座山里，到了一个狼洞前面，发现洞里有两只小狼崽，他们一合计，就一人抓了一只。然后两人各爬上一棵树，两树相距约有几十步远。不久，大狼回来了，进洞一看，小狼不见了，立即显出焦急的样子。这时，一个小孩在树上扭小狼的爪子、耳朵，故意让它嗥叫，大狼听到声音抬头一看，就发疯地直奔到树下，一边嗥叫一边抓树想爬上去。另外一个小孩又在另一棵树上弄得小狼叫得厉害，大狼停下嗥叫，四下观望，才发现了那棵树上的小狼，于是丢下这里，奔到那棵树下，像刚才一样奔跑嗥叫。这时先头那棵树上的小狼又叫，大狼又转身奔回来。口中不停地嗥叫，脚下不停地奔跑，往返几十次以后，奔跑速度渐渐慢下来，叫声也渐渐小了，最后奄奄一息地趴在地上，久久不动。小孩下树一看，大狼已经断气了。

今有豪强子[1]，怒目按剑，若将搏噬[2]，为所怒者，乃阖扇去[3]。豪力尽声嘶,更无敌者,岂不畅然自雄[4]?不知此禽兽之威,人故弄之以为戏耳[5]。

【注释】

①豪强子:强梁霸道的人。

②搏噬:攫而食之。搏,攫取。噬,吞噬。

③阖扇:关门。阖,关,合。扇,指门扇。

④畅然自雄:得意地自命为英雄。

⑤弄:耍弄,玩弄。

【译文】

现今有种强横的汉子,瞪着眼睛,怒气冲冲地按着剑,好像要与人搏斗,把人吞掉,触怒他的人,却关上门自己走开了。汉子声嘶力竭,却没有对手,岂不心中畅快而自以为英雄?却不知这只是一种禽兽的威风,人们故意戏弄他,为了好玩而已。

富翁

【题解】

本篇中"以手叠钱"做游戏,类似于现在银行中比赛数钱,都带有专业性质,非行内人不办。贷钱的少年因为赌钱,闲时堆垒钱做游戏的习惯积久难改,于是在同样深悟此道的放贷的富翁面前露了马脚。

富翁为什么不肯贷钱给他?因为赌徒"非端人",久赌必输,借给他钱等于肉包子打狗,有去无回。

富翁某,商贾多贷其赀[1]。一日出,有少年从马后,问之,亦假本者[2]。翁诺之。至家,适几上有钱数十[3],少年即以手叠钱，高下堆垒之[4]。翁谢去[5]，竟不与赀。或问故，翁曰："此人必善博[6]，非端人也[7]。所熟之技，不觉形于手足矣。"访之果然。

【注释】

①贷：借。赀：钱。

②假：借。本：本钱。

③适：正好，凑巧。

④高下堆垒之：摞成高低不等的几叠。垒，摞，堆。

⑤谢去：拒绝。

⑥善博：好赌博。

⑦端人：正派人，规矩人。

【译文】

有位富翁，生意人多向他借钱。一天，他外出，有一个年轻人跟在他的马后面，问他有什么事，原来也是来借本钱的。富翁答应了。到了富翁家里，正好桌上有几十枚铜钱，年轻人就用手摞钱玩，把钱堆垛成高高低低的好几摞。富翁于是谢绝了年轻人的请求，没有借钱给他。有人问富翁是什么缘故，富翁说："这个人一定好赌博，不是正经人。他熟悉的技能，不知不觉地就从手脚上表现出来了。"查访了一下这个年轻人，果然爱赌博。

王司马

【题解】

本篇由三个小故事组成，都具有兵不厌诈的特色。正是由于王霁宇的足智多谋，明代天启、崇祯年间的宣大、蓟辽一带边境，在他"居边镇二十年”期间得以安定。

王渔洋在此篇的评论中说：“今抚顺东北哈达城东，插柳以界蒙古，南至朝鲜，西至山海，长亘千里，名‘柳条边’，私越者置重典，著为令。”纠正了篇中“埋苇薄为界”的说法，王大司马是王渔洋的近亲长辈，当以王渔洋所说为准。

因为此篇中的“北兵”即清兵，事涉忌讳，故青柯亭本的《聊斋志异》没有收录此篇。

新城王大司马霁宇镇北边时①，常使匠人铸一大杆刀，阔盈尺，重百钧。每按边②，辄使四人扛之。卤簿所止③，则置地上，故令北人捉之，力撼不可少动。司马阴以桐木依样为刀，宽狭大小无异，贴以银箔④，时于马上舞动。诸部落望见，无不震悚。又于边外埋苇薄为界⑤，横斜十馀里，状若藩篱⑥，扬言曰：“此吾长城也。”北兵至，悉拔而火之。司马又置之。既而三火，乃以炮石伏机其下⑦，北兵焚薄，药石尽发，死伤甚众。既遁去，司马设薄如前。北兵遥望皆却走，以故帖服若神。后司马乞骸归⑧，塞上复警。召再起，司马时年八十有三，力疾陛辞。上慰之曰：“但烦卿卧治耳⑨。”于是司马复至边。每止处，辄卧幛中⑩。北人闻司马至，皆不信，因假议和，将验真伪。启帘，见司马坦卧⑪，皆望榻伏拜，挢舌而退⑫。

【注释】

①新城：明清时属济南府。即今山东桓台。王大司马：王象乾，字子廓，号霁宇，新城人。镇北边：自明万历二十年（1598）至天启、

崇祯间，王象乾四度总督宣大、蓟辽军务，力主款抚，边境以安。史称“居边镇二十年，始终以抚西部成功名”。

②按边：巡视边防。按，巡行。

③卤簿：扈从仪仗。卤，护卫所用大盾。簿，谓扈从先后有序，皆载之簿籍。

④银箔：银片。箔，金属制成的薄片。

⑤苇薄：苇帘。以绳编芦苇为之。薄，帘，席。

⑥藩篱：用竹木编成的篱笆或栅栏。引申为边界、屏障。

⑦炮石：古代炮车用机括发石，相当于今日之炮弹。伏机其下：指在炮石下埋以机括和火药，燃发后杀伤敌人，相当于今日之地雷。按，此段描述，康熙《新城县志》作“相地穿坎，痊火器植木签以待”。

⑧乞骸归：古代官员自请退职，常称乞骸骨。

⑨卧治：意谓借助威望，不劳而治。《史记·汲郑列传》：“上……召拜（汲）黯为淮阳太守。黯伏谢不受印，诏数彊予，然后奉诏。诏召见黯，黯为上泣曰：‘臣自以为填沟壑，不复见陛下，不意陛下复收用之。臣常有狗马病，力不能任郡事，臣愿为中郎，出入禁闼，补过拾遗，臣之愿也。’上曰：‘君薄淮阳邪？吾今召君矣。顾淮阳吏民不相得，吾徒得君之重，卧而治之。’”

⑩幛：幛子。指军中营帐。

⑪坦卧：坦然高卧，安卧。南朝宋刘义庆《世说新语·雅量》：“郗太傅在京口，遣门生与王丞相书，求女婿。丞相语郗信：‘君往东厢，任意选之。’门生归，白郗曰：‘王家诸郎，亦皆可嘉，闻来觅婿，咸自矜持。唯有一郎，在东床上坦腹卧，如不闻。’郗公云：‘正此好！’访之，乃是逸少，因嫁女与焉。”

⑫挢（jiǎo）舌：翘舌不能出声。形容惊讶或畏惧。

【译文】

新城王霁宇大司马镇守北部边关时，曾经让匠人铸造了一把大刀，刀宽超过一尺，重三百斤。王司马每次巡察边防，就派四个人扛着这把大刀。仪仗扈从走到哪里，就放在地上，故意让北方人来拿刀，但他们用尽力气也移动不了这把刀。王司马又暗地里让人用桐木照大刀样子做了一把，宽窄大小没有不同，刀上贴上银箔，他拿着，时常在马上挥舞。北方各部落看见，没有不震惊、害怕的。王司马又在防区边界移栽芦苇作为界墙，横向延伸十多里，如同屏障，扬言说："这是我的长城。"北方兵马一到，就全拔了烧掉。过后王司马又重新栽上。这样烧了三次，就把炮石火药埋在芦苇下面，北方兵一烧芦苇，火药炮石立刻爆炸，北兵死伤很多。北兵逃走以后，王司马又像从前一样设置苇墙。北方兵远远望见苇墙就马上退走，因此，北方兵对王司马折服得犹如对待神灵一般。后来，王司马因年老辞职回家，边塞又传来敌人侵犯的警报。朝廷又召他去镇守，这时王司马已经八十三岁，便到皇帝面前极力推辞。皇帝安慰他说："只是麻烦你躺在那里治理就行了。"于是，王司马又到了边塞。每到一处防地，他就卧在军帐中。北方兵听说王司马来了，都不相信，于是假装来讲和，以验证消息真伪。北方兵打开军帐的帘子，见王司马坦然躺在床上，都望着床榻跪拜，畏惧地退兵而去。

岳神

【题解】

阎罗王与东岳天子相当于西方的死神。"日遣侍者男女十万八千众，分布天下作巫医，名勾魂使者"，言天下巫医之多，害人之严重。

医生本来是救死扶伤的，在本篇中，医生反而成了阎罗王手下的勾魂使者，反映了蒲松龄对于当时医生的不信任。话确实偏激，却也与蒲松龄自身懂得医药，深谙医术，于是对于混饭吃的庸医深恶痛绝有关。

扬州提同知[①],夜梦岳神召之[②],词色愤怒。仰见一人侍神侧,少为缓颊。醒而恶之。早诣岳庙,默作祈禳。既出,见药肆一人,绝肖所见。问之,知为医生。既归,暴病,特遣人聘之。至则出方为剂,暮服之,中夜而卒。或言:阎罗王与东岳天子,日遣侍者男女十万八千众[③],分布天下作巫医[④],名勾魂使者[⑤]。用药者不可不察也!

【注释】

①同知:同知为知府的副职,正五品。

②岳神:即下文"东岳天子"。指泰山之神,东岳天齐仁圣大帝。民俗传说中主宰人之生死,为百鬼之主管。

③侍者:指供神役使的鬼卒。

④巫医:巫师和医师。古代巫与医不分,故常因类连称。

⑤勾魂使者:民俗中的黑白无常,人死时勾摄生魂,来接引阳间死去之人的阴差。

【译文】

扬州一位姓提的同知,晚上梦见岳神召见他,言辞神色都十分愤怒。他抬头见一个人侍候在神的旁边,为他说了点好话。醒来之后,他对这个梦很厌恶。他一早就来到东岳庙,在神像前默默祈祷,希望消灾。出了庙门,看到药店里有个人,很像梦里见到的那个人。一问,知道他是医生。提同知回到家里,突然得了病,特地派人去请那个医生。医生到了之后就开方抓药,晚上吃了药,半夜就死了。有人说:阎罗王和东岳天子,每天派男女侍者十万八千人,分散到天下做巫士、医生,叫做勾魂使者。用药的人不能不考察一下啊!

小梅

【题解】

就写狐狸报恩，影射人不如狐而言，本篇与卷七的《小翠》可谓异曲同工。报恩都事涉子嗣，可见在封建社会中子嗣问题之重要。重要在哪里？说白了，就是因为在宗法社会中，子嗣牵扯到财产的再分配，这在本篇中尤为突出。

小梅和小翠虽然同为报恩的狐女，但性格迥然不同。小翠憨然喧笑，以戏谑为性格的主轴，而小梅从一出场就以观音菩萨的案前侍女面目出现，温淑秀美，不怒自威，甚至给人的印象"真如悬观音图像"，展现了蒲松龄丰富多样，无所不有的笔法。

小梅"御下常宽，非笑不语"，而杀伐决断，一切井井，表现了大家闺秀管理上的干练，突出体现在王慕贞一家的两次丧礼和依靠黄太仆安定王慕贞子嗣的身份上。第一次丧礼是王慕贞的妻子故去，小梅"排拨丧务，一切井井，由是大小无敢懈者"。第二次丧礼是王慕贞故去，小梅夺回被族人抢走的家产，"盘查就绪，托儿于妾，乃具馔为夫祭扫"。两次都挽狂澜于既倒，使得家业得以继续。与黄太仆的交往是小梅为孩子计划长远、老谋深算之笔，也是在结构上贯穿全篇的重要红线。由于有黄太仆做靠山，王慕贞的子嗣和家产都得以保全。小梅管理方面的某些才干让我们看到《红楼梦》中凤姐的影子。

虽然是写狐狸报恩，小梅的形象若真若幻，但小说具有情节的真实性，民俗的厚实感。诸如小梅登北堂南向坐，接受仆妇们的致礼。与王慕贞成婚时邀请黄太仆主婚，"女馈遗枕履，若奉舅姑"。小梅孩子满月时"鼓乐充庭，贵戚如市"。特别是小梅离家，王慕贞死后，族里人"凭陵其孤寡，田禾树木，公然伐取"，"割裂田产，厩中牛马俱空。又欲瓜分第宅，以妾居故，遂将数人来，强夺鬻之"，均让我们对于明清时代的民俗历历在目，感同身受。

蒙阴王慕贞[①]，世家子也。偶游江浙，见媪哭于途，诘之。言："先夫止遗一子，今犯死刑，谁有能出之者？"王素慷慨，志其姓名，出橐中金为之斡旋[②]，竟释其罪。其人出，闻王之救己也，茫然不解其故，访诣旅邸，感泣谢问。王曰："无他，怜汝母老耳。"其人大骇曰："母故已久。"王亦异之。抵暮，媪来申谢，王咎其谬诬。媪曰："实相告，我东山老狐也。二十年前曾与儿父有一夕之好，故不忍其鬼之馁也[③]。"王悚然起敬，再欲诘之，已杳。

【注释】

①蒙阴：县名。位于山东东南部，明清属青州府。现隶属于临沂。

②斡（wò）旋：说和，调解。

③鬼之馁：指无后嗣，祭享无人。《左传·宣公四年》："鬼犹求食，若敖氏之鬼不其馁而。"

【译文】

蒙阴的王慕贞，是世家大族的子弟。有一次，他偶然到江浙一带游历，遇见一个老太太在路上哭，就上前问她怎么回事。老太太说："先夫只留下一个儿子，如今他犯了死罪，谁能把他救出来呢？"王慕贞一向大方讲义气，就记下老太太儿子的姓名，拿出口袋中的钱替他活动，最终为他开脱了罪责。这个人出狱后，听说是王慕贞救的自己，茫然不解其中的缘故，他打听到王慕贞住的旅馆，就过去感激涕零地向他道谢，并问为什么救他。王慕贞说："没什么，是可怜你母亲年老罢了。"那人一听大惊，说："我母亲去世很久了。"王慕贞也觉得奇怪。到了晚上，老太太来道谢，王慕贞责怪她说谎。老太太说："实不相瞒，我是东山的老狐狸。二十年前曾与这个孩子的父亲有过一夜之情，因此不忍他绝后，以致在阴间挨饿。"王慕贞听了肃然起敬，再想问她几句话，她已经无影无踪了。

先是，王妻贤而好佛，不茹荤酒，治洁室，悬观音像，以无子，日日焚祷其中。而神又最灵，辄示梦，教人趋避[①]，以故家中事皆取决焉。后有疾，綦笃[②]，移榻其中，又别设锦裀于内室而扃其户[③]，若有所伺。王以为惑，而以其疾势昏瞀[④]，不忍伤之。卧病二年，恶嚣[⑤]，常屏人独寝。潜听之，似与人语，启门视之，又寂然。病中他无所虑，有女十四岁，惟日催治装遣嫁。既醮[⑥]，呼王至榻前，执手曰："今诀矣[⑦]！初病时，菩萨告我，命当速死，念不了者，幼女未嫁，因赐少药，俾延息以待。去岁，菩萨将回南海，留案前侍女小梅，为妾服役。今将死，薄命人又无所出[⑧]。保儿，妾所怜爱，恐娶悍怒之妇，令其子母失所。小梅姿容秀美，又温淑，即以为继室可也。"盖王有妾，生一子，名保儿。王以其言荒唐，曰："卿素敬者神，今出此言，不已亵乎[⑨]？"答云："小梅事我年馀，相忘形骸[⑩]，我已婉求之矣。"问："小梅何处？"曰："室中非耶？"方欲再诘[⑪]，闭目已逝。

【注释】

①趋避：趋吉避凶。趋，向。

②笃：指病沉重。

③扃：关门，闭户。

④疾势：病情。昏瞀（mào）：昏沉，神志不清。瞀，紊乱，错乱。

⑤恶嚣：厌恶喧闹。

⑥既醮（jiào）：已婚。醮，婚。

⑦诀：诀别，永别。

⑧薄命人：王妻自称。意谓自己福运单薄。无所出：未曾育子。

⑨亵：亵渎。

⑩相忘形骸：谓彼此不拘形迹，无所顾忌。形骸，躯体。

⑪诘：问。

【译文】

先前，王慕贞的妻子贤淑好佛，不食荤酒，收拾了一间干净屋子悬挂观音像，因为没有儿子，所以天天在里面焚香祷告。那观音很灵验，托梦告诉她，教她趋利避害，因此家中大小事都由她决定。后来，王妻生病，病重时，让人把床铺移到那间屋中，又另外铺设了绣花被褥在内室，关上门，好像在等待什么人。王慕贞因此很疑惑，又见她病得迷迷糊糊，不忍违背她的意思，伤她的心。王妻卧病两年，厌恶嘈杂的声音，常把人赶走，独自睡觉。王慕贞暗中去听，好像她在和人说话，打开门看时，又没声音了。王妻在病中没有别的顾虑，只是有个十四岁的女儿，她天天催人准备嫁妆，要把女儿嫁出去。女儿出嫁后，王妻把王慕贞叫到床边，拉着他的手说："今天要永别了！我刚病的时候，菩萨告诉我，我本来命中注定是要快死的，放不下的是，女儿还没出嫁，因此，菩萨赐给我一些药，让我拖些时日等着。去年，菩萨要回南海，让案前侍女小梅留下来侍候我。现在我快死了，我这薄命人又没生儿子。保儿是我疼爱的，恐怕你再娶了妒悍的女人，使他们母子无所依靠。小梅姿容秀美，性情温和，就把她娶过来做填房吧。"原来，王慕贞有一个妾，生了一个儿子，名叫保儿。王慕贞因妻子言谈荒唐，就说："你一向敬重菩萨，现在说出这样的话来，不是亵渎了菩萨吗？"王妻说："小梅服侍我一年多，我们已经不分彼此，我已经央求她答应这件事了。"王慕贞问："小梅在哪儿？"答："屋里的不是吗？"王慕贞刚想再问，妻子已经闭上眼睛死去了。

王夜守灵帏[1]，闻室中隐隐啜泣[2]，大骇，疑为鬼。唤诸婢妾启钥视之，则二八丽者，缞服在室[3]。众以为神，共罗拜之，女敛涕扶掖[4]。王凝注之，俛首而已。王曰："如果亡室之言非妄[5]，请即上堂，受儿女朝谒[6]。如其不可，仆亦不敢妄想，以取罪过。"女腼然出[7]，竟登北堂[8]。王使婢为设坐南向，王先拜，女亦答拜；下而长幼卑贱，以次伏叩，女庄容坐受；惟妾至，则挽之。自夫人卧病，婢惰奴偷[9]，家久替[10]。众参已[11]，肃肃列侍[12]。女曰："我感夫人盛意，羁留人间，又以大事相委，汝辈宜各洗心[13]，为主效力，从前愆尤[14]，悉不计校，不然，莫谓室无人也！"共视座上，真如悬观音图像，时被微风吹动。闻言悚惕[15]，哄然并诺。女乃排拨丧务[16]，一切井井[17]，由是大小无敢懈者。女终日经纪内外[18]，王将有作，亦禀白而行，然虽一夕数见，并不交一私语。

【注释】

①灵帏：灵幛。遮隔灵床的帐幔。

②啜泣：饮泣，抽泣。

③缞(cuī)服：丧服。

④扶掖：用手扶着别人的胳膊或自腋下搀扶。

⑤亡室：亡妻。

⑥朝谒：拜见。

⑦腼(tiǎn)然：羞惭貌。

⑧北堂：堂屋，正房。

⑨婢惰奴偷：奴婢们懈怠苟且。惰，懒惰。偷，苟且，偷懒。《大戴礼·盛德》："无度量则小者偷堕，大者复靡，而不知足。"

⑩替：衰败，规范废弃。

⑪参：参拜。

⑫肃肃：恭敬，严整。

⑬洗心：洗涤邪恶之心，改过自新。

⑭愆（qiān）尤：过失，罪过。

⑮悚（sǒng）惕：惶恐戒惧。

⑯排拨：调拨指挥。

⑰井井：有条不紊的样子。

⑱经纪：经管。

【译文】

王慕贞夜里守灵，听见屋里隐隐约约有哭泣声，大为惊骇，怀疑是鬼。叫来几个丫环侍妾打开锁一看，只见一位十五六岁的漂亮女郎，穿着孝服坐在屋里。众人以为她是神，一齐围着叩拜，小梅止住泪水，扶起大家。王慕贞目不转睛地盯着她，她只是低着头而已。王慕贞说："如果亡妻的话是真的，就请你走上厅堂，受儿女的叩拜。如果不行，我也不敢妄想，使自身招来罪过。"小梅羞羞答答地走出房门，登上北面的厅堂。王慕贞叫丫环摆了一个朝南的座位让她坐下，王慕贞先拜，小梅也回拜了他；下面就按长幼尊卑的次序伏下叩拜，小梅神色端庄地接受拜见；只有小妾出来拜见时，她才起来扶起她。自从王妻患病在床，丫环仆人们懈怠苟且，家政废弃已久。众人参拜完了，都恭恭敬敬地站在一边。小梅说："我感激夫人的盛情，决定留在人间，夫人又把大事托付给我，你们各人应当洗心革面，为主人效力，从前的过错，就一概不再追究，否则，不要以为家中没人管事！"大家一起望着座上的小梅，真如悬挂的观音像一样，时时被微风吹动。听到她的话，心里更害怕，便齐声答应。于是，小梅吩咐安排丧事，一切都井井有条，因此，家中大小奴仆没有敢偷懒的。小梅整日忙着照管家里家外各种事务，王慕贞做什么，也先问过她然后再去办，他们虽然一天见几次面，却并不谈一句私房话。

既殡[1]，王欲申前约，不敢径告，嘱妾微示意。女曰："妾受夫人谆嘱[2]，义不容辞，但匹配大礼，不得草草。年伯黄先生[3]，位尊德重，求使主秦晋之盟[4]，则惟命是听。"时沂水黄太仆[5]，致仕闲居[6]，于王为父执[7]，往来最善。王即亲诣，以实告。黄奇之，即与同来。女闻，即出展拜。黄一见，惊为天人，逊谢不敢当礼[8]，既而助妆优厚[9]，成礼乃去。女馈遗枕履，若奉舅姑[10]，由此交益亲。合卺后，王终以神故，亵中带肃，时研诘菩萨起居[11]。女笑曰："君亦太愚，焉有正直之神[12]，而下婚尘世者?"王力审所自[13]，女曰："不必研穷[14]，既以为神，朝夕供养，自无殃咎[15]。"

【注释】

①殡：安葬。

②谆嘱：恳切地嘱托。

③年伯：明清时对于与父同年登科者的尊称，也泛称父辈友人。

④秦晋之盟：春秋时期秦、晋两国世为婚姻，后因以秦晋指称两姓联姻之好。

⑤太仆：官名。明清时代掌管皇帝车骑仪仗。

⑥致仕：退休。

⑦父执：父亲的朋友。《礼记·曲礼》："见父之执，不谓之进，不敢进；不谓之退，不敢退；不问，不敢对。"

⑧逊谢：谦逊推辞。

⑨助妆：馈赠妆奁之费，婚礼贺仪。

⑩舅姑：公公婆婆。

⑪研诘：探究询问。起居：日常生活。

⑫正直之神：此处指菩萨案前侍女。《左传·庄公三十一年》："神，

聪明正直而壹者也。”

⑬所自：来历。

⑭研穷：追根究底。

⑮殃咎：灾患。

【译文】

妻子殡葬以后，王慕贞想履行以前的约定，却不敢直接和小梅说，就嘱咐小妾去稍稍示意一下。小梅说：“我答应了夫人的恳切嘱托，从情理上讲，是不能推辞的，但是婚姻大礼不能草率。年伯黄先生，位尊德重，能求他来主持婚礼，那我一定唯命是从。”当时，沂水的黄太仆正辞官闲居在家，他是王慕贞父亲的朋友，两家交往密切。王慕贞马上亲自去见黄老先生，把实情告诉了他。黄老先生觉得很奇怪，当即与王慕贞一同来到王家。小梅知道后，立刻出来拜见。黄老先生一见，惊为天人，谦逊地不敢答应主持婚礼，随即送来一份厚厚的贺礼，婚礼完毕才回家去。小梅送给他枕头、鞋，如同孝敬公婆一样，从此，两家交往更加亲密。结婚以后，王慕贞总因为小梅是神女，亲热中也带着拘束，还时常打听菩萨的起居。小梅笑着说：“你也太愚迂了，哪有真正的神仙下嫁到尘世的呢？”王慕贞再三追问她的来历，小梅说：“不必问那么多，既然认为我是神仙，那就早晚供奉，自然会没有灾祸。”

女御下常宽[①]，非笑不语。然婢贱戏狎时，遥见之，则默默无声。女笑谕曰：“岂尔辈尚以我为神耶？我何神哉！实为夫人姨妹，少相交好，姊病见思，阴使南村王姥招我来。第以日近姊夫，有男女之嫌，故托为神道[②]，闭内室中，其实何神。”众犹不信，而日侍边傍，见其举动，不少异于常人，浮言渐息[③]。然即顽奴钝婢，王素挞楚所不能化者，女一言无不乐于奉命。皆云：“并不自知。实非畏之，但睹其貌，则必自柔，故不忍拂其意耳。”以此百废具举。数年中，田地连阡[④]，仓廪万石矣[⑤]。

【注释】

①御下：对待下人、下属。

②神道：神祇或神意。

③浮言：流言，传言。

④连阡：阡陌相连。指地产增多，连成了一片。阡，南北走向的田埂。

⑤仓廪：粮仓。仓，谷藏曰仓。廪，米藏曰廪。万石：极言数量之多。石，古代粮食重量单位，120斤为一石。

【译文】

小梅对待下人很宽宏大量，不笑不说话。但是下人们戏耍时，远远见到她，便马上不出声了。小梅笑着告诉他们：“难道你们大家还以为我是神吗？我是什么神仙！我其实是夫人的姨表妹，从小相好，姐姐病中想念我，暗中叫南村王姥姥接我来。但因天天接近姐夫，有男女之嫌，所以假托为菩萨的侍女，关在屋里，其实哪里是什么神仙。”众人还是不相信，但天天侍候在她身边，见她的举动，和平常人没有什么不同，谣言就渐渐平息了。即使如此，那些顽劣的仆人、懒惰的丫环，王慕贞一向用鞭子打也改不了的，小梅一说，没有不乐于遵从改正的。都说：“我们自己也不明白。也不是怕她，只是一看她的样子，心就自然而然软下来了，所以也不忍心违背她的吩咐。”因此，家中各种事情都重新兴办起来。几年时间，田地扩大，仓库里存了万石粮食。

又数年，妾产一女。女生一子。子生，左臂有朱点，因字小红。弥月[①]，女使王盛筵招黄。黄贺仪丰渥[②]，但辞以耄[③]，不能远涉。女遣两媪，强邀之，黄始至。抱儿出，袒其左臂，以示命名之意，又再三问其吉凶。黄笑曰："此喜红也，可增一字，名喜红。"女大悦，更出展叩[④]。是日，鼓乐充庭，贵戚如市。黄留三日始去。

【注释】

①弥月：满月。弥，满。

②丰渥：丰盛。

③耄（mào）：年老。《礼记·曲礼》："八十、九十曰耄。"

④更：再，又。展叩：相见叩谢。

【译文】

又过了几年，小妾生了个女儿。小梅生了个儿子。儿子生下时，左胳膊上有个红点，因此叫小红。满月时，小梅让王慕贞摆上丰盛的酒席，邀请黄老先生赴宴。黄老先生送了很厚的贺礼，只是推辞自己年纪大了，不能出远门。小梅派了两个老仆妇强去邀请，黄老先生才到来。小梅抱着孩子出来，露出左胳膊给黄老先生看，以示给孩子取名之意，又再三问这孩子的吉凶祸福。黄老先生笑着说："这是喜红，可以增加一个字，名字叫喜红吧。"小梅很高兴，又出来叩谢。那天，鼓乐声充满庭院，亲戚、贵客纷至沓来。黄老先生住了三天才回去。

忽门外有舆马来，逆女归宁[①]。向十馀年，并无瓜葛，共议之，而女若不闻。理妆竟，抱子于怀，要王相送，王从之。至二三十里许，寂无行人，女停舆，呼王下骑，屏人与语，曰："王郎王郎，会短离长，谓可悲否？"王惊问故，女曰："君谓妾何人也？"答曰："不知。"女曰："江南拯一死罪，有之乎？"曰："有。"曰："哭于路者吾母也，感义而思所报，乃因夫人好佛，附为神道，实将以妾报君也。今幸生此襁褓物[②]，此愿已慰。妾视君晦运将来[③]，此儿在家，恐不能育，故借归宁，解儿厄难。君记取，家有死口时，当于晨鸡初唱，诣西河柳堤上，见有挑葵花灯来者，遮道苦求，可免灾难。"王曰："诺。"因讯归期。女云："不可预定。要当牢记吾言[④]，后会亦不远也。"临别，执手怆然交涕。俄登舆，疾若风。王望之不见，始返。

【注释】

①逆：迎，接。归宁：回娘家。

②襁褓物：孩子。

③晦运：不吉利的命运。

④要当：必须，一定要。

【译文】

一天，门外忽然有车马来，迎小梅回娘家去。十多年来，与小梅娘家从没有来往，人们纷纷议论，而小梅好像没有听到一样。她梳洗打扮完，把孩子抱在怀里，要王慕贞送她，王慕贞只好依她。大约走了二三十里路，路上寂静无人，小梅停下车，叫王慕贞下了马，避开别人对他说："王郎王郎，我们聚短离长，你说可悲不可悲？"王慕贞吃惊地问怎么回事，小梅说："你以为我是什么人？"王慕贞答："不知道。"小梅说："你在江南救过一个死刑犯，有这回事吗？"王慕贞说："有。"小梅说："在路上哭的人是我母亲，为感谢你的恩情，一心要报答你，于是，借夫人好佛的机会，假托是神仙，实际是用我来报答你。如今幸好生了这个孩子，这个心愿已了。我看你的坏运气要来了，这个孩子在家，恐怕不能养大，所以借口回娘家，来解救孩子出危难。你要记住，家中有人死时，一定要在早晨公鸡叫第一遍时，到西河柳堤上，看见有挑着葵花灯来的人，就拦住他苦苦哀求，可以免去灾祸。"王慕贞说："好。"又问她什么时候回来。小梅说："不能预先定下来。你要牢记我的话，再见面的日子也不会太远。"临别时，互相拉着手，伤心地流下泪来。随即，小梅上了车，车子走得快如风。王慕贞望着望着就不见了，这才返回家中。

经六七年，绝无音问。忽四乡瘟疫流行，死者甚众，一婢病三日死。王念曩嘱，颇以关心。是日与客饮，大醉而睡。既醒，闻鸡鸣，急起至堤头，见灯光闪烁，适已过去。急追之，止隔百步许，愈追愈远，渐不可见，懊恨而返。数日暴病，寻卒。王族多无赖，共凭陵其孤寡①，田禾树木，公然伐取，家日陵替②。逾岁，保儿又殇③，一家更无所主。族人益横，割裂田产，厩中牛马俱空。又欲瓜分第宅，以妾居故，遂将数人来，强夺鬻之。妾恋幼女，母子环泣，惨动邻里。

【注释】

①凭陵：侵夺。

②日：一天天，越来越。凌替：衰落。

③殇：夭折。

【译文】

过了六七年，小梅音信全无。忽然，乡里流行瘟疫，死了很多人，家中一个丫环病了三日死了。王慕贞想起小梅往日的嘱咐，很留心此事。当日和客人饮酒，大醉后睡着了。醒来时听到鸡叫，急忙起来赶到堤头，见灯光闪烁，那人恰好已经过去了。王慕贞急忙去追，只隔百步左右，却愈追愈远，渐渐就看不见了，他懊悔地回到家。几天后，王慕贞突然生病，不久就死了。王氏家族里很有一些无赖之徒，一起欺侮王家孤儿寡母，公然伐取庄稼、树木，王家一天比一天败落。过了一年，保儿又死去，一家更没有人主持。族里人更加横行霸道，他们瓜分田产，圈里牛马也被抢掠一空。又想瓜分宅院，因为王慕贞的妾住在这里，于是便有几个人来，强行要把她卖掉。妾舍不得自己的小女儿，母女相拥痛哭，惨状惊动四邻。

方危难间，俄闻门外有肩舆人[①]，共觇，则女引小郎自车中出。四顾人纷如市，问："此何人？"妾哭诉其由。女颜色惨变，便唤从来仆役，关门下钥。众欲抗拒，而手足若痿[②]。女令一一收缚，系诸廊柱，日与薄粥三瓯。即遣老仆奔告黄公，然后入室哀泣。泣已，谓妾曰："此天数也。已期前月来，适以母病耽延，遂至于今。不谓转盼间已成邱墟[③]！"问旧时婢媪，则皆被族人掠去，又益欷歔。越日，婢仆闻女至，皆自遁归，相见无不流涕。所絷族人，共噪儿非慕贞体胤[④]，女亦不置辨。既而黄公至，女引儿出迎。黄握儿臂，便捋左袂，见朱记宛然，因袒示众人，以证其确。乃细审失物，登簿记名，亲诣邑令，令拘无赖辈，各笞四十，械禁严追[⑤]。不数日，田地马牛，悉归故主。黄将归，女引儿泣拜曰："妾非世间人，叔父所知也。今以此子委叔父矣。"黄曰："老夫一息尚在，无不为区处[⑥]。"黄去，女盘查就绪，托儿于妾，乃具馔为夫祭扫[⑦]，半日不返。视之，则杯馔犹陈，而人杳矣。

【注释】

①肩舆：轿子。

②痿（wěi）：筋肉萎缩，瘫软无力。

③转盼间：转眼间。

④体胤：亲生骨肉。胤，嗣。《隋书·房陵王勇传》："云定兴女，在

外私合而生，想此由来，何必是其体胤！”

⑤械禁：刑讯关押。

⑥区处：安排料理。

⑦具馔：备办祭品。馔，饭菜。这里是祭品之意。祭扫：祭奠扫墓。

【译文】

正在危急之时，忽听门外有轿子抬进来，大家一看，却是小梅拉着一个小男孩从车中出来。小梅四面一看，人乱纷纷的如集市，就问：“这是些什么人？”妾哭着告诉了她所发生的一切。小梅脸上立刻惨然变色，便叫跟来的仆人关门下锁。众人想反抗，手脚却不听使唤。小梅叫人把他们一个个都绑了，拴在廊下的柱子上，一天只给三碗稀粥。小梅马上打发老仆人跑去告诉黄老先生，然后走进内室痛哭。哭完，对妾说：“这都是天数。本想上个月回来，恰好母亲病了，耽误了些时间，才有了今天的情景。不想转眼间这里已是人去屋空。”问到原来的仆妇丫环，已经都被族人抢去了，又哭了一场。过了一天，仆人丫环听说小梅回来了，都自己偷着跑回来，相见之下，又痛哭流涕。被绑的族人，都说小梅的孩子不是王慕贞的亲生骨肉，小梅也不辩解。不久，黄老先生来到了，小梅领着儿子出来迎接。黄老先生握着孩子的手臂，便捋起左袖，见红痣清清楚楚，便袒露给大家看，以证明确是王慕贞的儿子。于是，黄老先生便仔细审查丢失的东西，登记在簿册上，亲自去拜见县令，请县令拘捕无赖族人，各打四十大板，枷起手脚关押起来，并严命追回失物。没几天，田地牛马，统统物归了原主。黄老先生要回家了，小梅拉着孩子哭拜说：“我不是世间人，叔叔是知道的。现在，我把这个孩子托付给叔叔了。”黄老先生说：“我老头子只要还有一口气，就不会不为他做主。”黄老先生回去后，小梅安排完家事，把儿子托付给妾，便准备祭品去为丈夫扫墓，过了半天时间，还不见回来。派人去看，祭品还摆在那里，人却不知去向了。

异史氏曰：不绝人嗣者，人亦不绝其嗣，此人也而实天也。至座有良朋，车裘可共[①]，迨宿莽既滋[②]，妻子陵夷[③]，则车中人望望然去之矣[④]。死友而不忍忘[⑤]，感恩而思所报，独何人哉！狐乎！倘尔多财，吾为尔宰[⑥]。

【注释】

①车裘可共：车和皮衣服都可以（与好朋友）共用。车裘，在古代都是贵重物品。《论语·公冶长》："颜渊季路侍，子曰：'盍各言尔志？'子路曰：'愿车马，衣轻裘，与朋友共，敝之而无憾。'颜渊曰：'愿无伐善，无施劳。'子路曰：'愿闻子之志。'子曰：'老者安之，朋友信之，少者怀之。'"

②宿莽既滋：墓草萌出新芽。指主人死后经年。《礼记·檀弓》："朋友之墓，有宿草而不哭焉。"

③陵夷：衰落，衰败。

④车中人：这里指有身份地位的人。望望然：躲避唯恐不及的样子。《孟子·公孙丑》："推恶恶之心，思与乡人立，其冠不正，望望然去之，若将浼也。"赵岐注："与乡人立，见其冠不正，望望然，惭愧之貌也，去之恐其污己也。"去：离开。

⑤死友：意思是指交情甚笃，至死不相负的朋友。《后汉书·独行列传》："式仕为郡功曹。后元伯寝疾笃，同郡郅君章、殷子徵晨夜省视之。元伯临尽，叹曰：'恨不见吾死友！'子徵曰：'吾与君章尽心于子，是非死友，复欲谁求？'元伯曰：'若二子者，吾生友耳。山阳范巨卿，所谓死友也。'"

⑥宰：管家。《史记·孔子世家》："孔子曰：'回，诗云"匪兕匪虎，率彼旷野。"吾道非邪？吾何为于此？'颜回曰：'夫子之道至大，故天下莫能容。虽然，夫子推而行之，不容何病，不容然后见君子！

夫道之不修也，是吾丑也。夫道既已大修而不用，是有国者之丑也。不容何病，不容然后见君子！'孔子欣然而笑曰：'有是哉颜氏之子！使尔多财，吾为尔宰。'"

【译文】

异史氏说：不断绝人家后嗣的人，人家也不断绝他的后嗣，这是人事，实际也是天意。至于座中有好友，车马、皮衣可以共用，等到坟上长了隔年的草，妻子儿女遭受凌侮，那原来同车的朋友就会避之唯恐不及了。不忍忘却好朋友，感激亡友的恩德而一心图报，这是什么人啊！是狐狸呀！假若你有钱，我愿做你的家臣，为你理财。

药僧

【题解】

物极必反。天下事物都有一个限度，超过了限度，就走向反面。在药物的剂量上尤其如此。济宁某本意是凭借吃药壮大生殖器，超过了剂量，生殖器竟然"几与两股鼎足而三矣。缩颈蹒跚而归"，"从此为废物"，是他没有想到的。

《聊斋志异》写性保健品的作品除了本篇外，还有卷六《狐惩淫》、卷十一《司训》等，见出明末社会的风气，它们是明清之际一大批成人小说出现的社会因素之一。

济宁某[①]，偶于野寺外，见一游僧，向阳扪虱[②]，杖挂葫芦，似卖药者。因戏曰："和尚亦卖房中丹否[③]？"僧曰："有。弱者可强，微者可巨，立刻见效，不俟经宿。"某喜求之。僧解衲角[④]，出药一丸，如黍大[⑤]，令吞之。约半炊时，下部暴长，逾刻自扪，增于旧者三之一。心犹未足，窥僧起遗[⑥]，窃解衲，拈二三丸并吞之。俄觉肤若裂，筋若抽，项缩腰橐[⑦]，而阴长不已。大惧，无法。僧返，见其状，惊曰："子必窃吾药矣！"急与一丸，始觉休止。解衣自视，则几与两股鼎足而三矣。缩颈蹒跚而归[⑧]，父母皆不能识。从此为废物，日卧街上，多见之者。

【注释】

①济宁：位于山东西南腹地，明清之交属兖州府。

②扪虱：捉虱子。

③房中丹：性药。

④衲：僧衣。

⑤黍(shǔ)：粘米。俗称"黄米子"，亦称"稷"、"糜子"。煮熟后有粘性，可以酿酒、做糕等。

⑥遗：入厕。

⑦项：脖颈。橐(luò)：骆驼。这里谓腰背弯曲。

⑧蹒跚(pán shān)：腿脚不灵便，走路缓慢、摇摆的样子。

【译文】

济宁有个人，偶然在野寺外，见到一个游方的僧人，向着太阳在捉虱子，手杖上挂着一只葫芦，好像个卖药的。于是，这个人开玩笑说："和尚也卖房中春药吗？"僧人回答："有。弱的可以变强，细小的可以变粗壮，服后立即见效，不必等上一宿。"这人一听很高兴，立刻向僧人求买此药。僧人解开僧袍一角，拿出一丸药，如同小米粒大小，让这人吞吃了。过了约半顿饭时间，这人的下部暴长，过了一刻自己一摸，比原来大了三分之一。此人心中还不满足，偷偷看着和尚起身上厕所，私自解开僧袍，抓了两三丸一起吞下去。过不多久，觉得皮肤像要裂开，筋像抽了起来，脖子也缩了，腰也弯了，而阴茎却还不停地长。他非常害怕，却没有办法。僧人回来后，看到他的样子，吃惊地说："你一定偷吃了我的药！"急忙给他一丸药，吃后才觉得下部不再长了。他解开衣服一看，下部几乎和两腿呈三足鼎立之势了。这个人缩着脖子，蹒跚着走回家去，父母都认不出他来了。从此以后，他成了个废人，每天躺在街上，许多人都见过他。

于中丞

【题解】

本篇写了两个破案故事，笔法不同，意境翻新，各具特点，读起来如西方的侦探小说。表现了于成龙的机智干练。

第一个故事写案发后于成龙如何捉拿盗贼。"诸门尽闭，止留一门放行人出入"，是网开一面，专供盗贼出入。"各归第宅，候次日查点搜掘，务得赃物所在"，是逼促盗贼迅速出行。"设有城门中出入至再者，捉之"，是提供盗贼特征以便捕捉。

第二个故事是写案发过程中于成龙机警地发现盗贼。于成龙在故事结末讲述缘由说："此甚易解，但人不关心耳。岂有少妇在床，而容入手衾底者。且易肩而行，其势甚重，交手护之，则知其中必有物矣。若病妇昏愦而至，必有妇人倚门而迎，止见男子，并不惊问一言，是以确知其为盗也。"

于中丞成龙①，按部至高邮②。适巨绅家将嫁女，妆奁甚富，夜被穿窬席卷而去③。刺史无术。公令诸门尽闭，止留一门放行人出入，吏目守之④，严搜装载。又出示谕阖城户口，各归第宅，候次日查点搜掘，务得赃物所在。乃阴嘱吏目：设有城门中出入至再者⑤，捉之。过午，得二人，一身之外,并无行装。公曰:“此真盗也。”二人诡辨不已。公令解衣搜之,见袍服内着女衣二袭[⑥],皆奁中物也。盖恐次日大搜,急于移置,而物多难携,故密着而屡出之也。

【注释】

①于中丞成龙:于成龙,字北溟,山西永宁州人。于成龙在二十多年的仕途生涯中,以卓著的政绩和清廉深受百姓爱戴。中丞:明清两代常以副都御史或佥都御使出任巡抚,清代各省巡抚亦例兼右都御史衔,因此明清巡抚也称中丞。

②按部:巡视属下州县。高邮:明清时州名。属扬州府,州治即今江苏高邮。按部至高邮为于成龙兼摄江苏、安徽两省巡抚时事。

③穿窬(yú):穿壁逾墙。指偷窃行为。《论语·阳货》:“色厉而内荏:譬诸小人,其犹穿窬之盗也与。”注:“穿,穿壁;窬,窬(踰)墙。”席卷:囊括,包罗全部。

④吏目:清代知州下佐理刑狱并管理文书的小官。

⑤再:两次。

⑥二袭:两身。衣裳一套叫一袭。

【译文】

于成龙中丞,巡查部属到了高邮。恰好一家豪绅将要嫁女儿,嫁妆丰厚,夜里却被贼人全部偷光了,高邮刺史无计可施。于公命令把各城门都关上,只留一个门放行人出入,派吏目守门,严密搜查进出人所带的东西。又出告示,让全城人各自回家,等候第二天查点搜寻,一定要找到赃物所在。于公又暗中嘱咐守城的人:如果有人由城门再三出入,就抓起来。过了中午,抓到两人,除了一身衣服之外,并没有带任何东西。于公说:“这是真正的盗贼。”二人不住狡辩。于公叫人解开他们的衣服搜查,见他们的衣服里又穿着两套女人衣服,都是嫁妆里的东西。

原来，盗贼害怕第二天的大搜查，急于转移赃物，而东西太多难于一下带出，因此偷偷地带在身上而频频出入城门。

又公为宰时[①]，至邻邑，早旦经郭外，见二人以床舁病人[②]，覆大被，枕上露发，发上簪凤钗一股[③]，侧眠床上。有三四健男夹随之，时更番以手拥被[④]，令压身底，似恐风入。少顷，息肩路侧[⑤]，又使二人更相为荷。于公过，遣隶回问之，云是妹子垂危，将送归夫家。公行二三里，又遣隶回，视其所入何村。隶尾之，至一村舍，两男子迎之而入。还以白公。公谓其邑宰："城中得无有劫寇否[⑥]？"宰曰："无之。"时功令严[⑦]，上下讳盗，故即被盗贼劫杀，亦隐忍而不敢言[⑧]。公就馆舍[⑨]，嘱家人细访之，果有富室被强寇入家，炮烙而死[⑩]。公唤其子来，诘其状。子固不承。公曰："我已代捕大盗在此，非有他也。"子乃顿首哀泣，求为死者雪恨。公叩关往见邑宰，差健役四鼓出城[⑪]，直至村舍，捕得八人，一鞫而伏[⑫]。诘其病妇何人，盗供："是夜同在勾栏[⑬]，故与妓女合谋，置金床上，令抱卧至窝处始瓜分耳[⑭]。"共服于公之神。或问所以能知之故。公曰："此甚易解，但人不关心耳。岂有少妇在床，而容入手衾底者。且易肩而行[⑮]，其势甚重，交手护之，则知其中必有物矣。若病妇昏愦而至[⑯]，必有妇人倚门而迎，止见男子，并不惊问一言，是以确知其为盗也。"

【注释】

①为宰时：指于成龙顺治时期任广西罗城县知县时。宰，知县。

②舁(yú)：抬。

③凤钗：股端镌作凤头状的发钗。股：量词。

④更番：轮换，分次。拥：推而塞之。

⑤息肩：休息。这里指放下抬的床。

⑥劫寇：被劫失盗之事。

⑦功令：法律暨朝廷考核官员的有关条例。

⑧隐忍：隐瞒忍耐。

⑨馆舍：驿馆，公务招待所。

⑩炮烙：指强盗逼受害者交出财物所施的烧烫的酷刑。

⑪四鼓：四更天。凌晨1点至3点。

⑫鞫：审讯。

⑬勾栏：妓院。

⑭窝处：窝藏罪犯或赃物之所。此处指罪犯聚居处。

⑮易肩：换人扛抬，即“更相为荷”。

⑯昏愦：昏迷不醒。谓病重。

【译文】

还有一次，于公做县令时，到邻县去，一大早经过城外，见两个人用床抬着病人，上面盖着大被，枕上露出头发，发上插着一股凤钗，侧卧在床上。有三四个健壮的男人左右跟随着，不时轮番用手去塞被子，压在病人身下，好像是怕风吹进去。不一会儿，就放在路边休息，又换两个人再抬。于公走过后，派差人回去问他们，他们说是妹妹病危，要送回妹夫家去。于公走了二三里，又派公差回去，看他们进了什么村子。公差尾随着他们，到了一个村子的房舍前，见两个男子迎接他们进去了。公差回来报告给于公。于公问那个县的县令：“城中有没有发生盗劫案？”县令说：“没有。”当时官吏考核很严，官员和老百姓都不敢提到盗贼，因此，即使被盗贼劫杀了，也忍痛不敢报官。于公住进宾馆后，嘱咐仆人仔细查访，果然有一家富人被强盗闯入家中，用烙铁折磨死了。于公叫那被害人的儿子来，盘问事情的经过。被害人的儿子开始怎么也不承认有此事。于公说："我已经替你抓到强盗了，没有别的意思。"被害人的儿子才叩头痛哭，请求于公为死者报仇雪恨。于公入关求见县令，派强壮的差人在四更出城，直至那家村舍，捕到八个人，一审便招认了。问那病妇是谁，盗贼供认："那夜一起在妓院，因此与妓女合谋，把赃金放在床上，让她躺在床上抬到贼窝再瓜分。"人们都佩服于公的神明。有人问他是怎么侦破这个案件的。于公说："这很容易，只是人们不留心罢了。哪里有少妇躺在床上，却容许别人把手伸到被底的。而且时常换人来抬，样子很沉，又在两边保护着，就知道其中一定藏着东西。如果真是病妇昏迷不醒地回来了，一定会有妇人在门口迎接，现在却只见到男人，并且不吃惊，也不问一声，因此断定他们是盗贼。"

皂隶

【题解】

本篇无非是张皇鬼神，证实鬼和城隍的实际存在，反映了中国传统文化中神权和政权的统一。其中"入庙启扉，则瓶在焉，贮酒如故。归视所与钱，皆纸灰也"，体现了蒲松龄在细节描写上的非凡功力。

万历间，历城令梦城隍索人服役[①]，即以皂隶八人书姓名于牒[②]，焚庙中。至夜，八人皆死。庙东有酒肆，肆主故与一隶有素[③]。会夜来沽酒，问："款何客？"答云："僚友甚多[④]，沽一尊少叙姓名耳[⑤]。"质明，见他役，始知其人已死。入庙启扉，则瓶在焉，贮酒如故。归视所与钱，皆纸灰也。令肖八像于庙[⑥]。诸役得差，皆先酬之乃行[⑦]，不然，必遭笞谴。

【注释】

①历城:县名。因地处历山(千佛山)脚下而得名。明清为山东济南府附郭之县,今为济南管辖。

②皂隶:指县署衙役。明朝规定官府衙役服皂色盘领衫。牒:造纸术发明以前的竹书或木书。后衍化成古代官府往来的文书、公文。

③有素:有旧,有交情。

④僚友:指同署供职朋友。

⑤尊:盛酒器。少叙姓名:指见面互相通报姓名寒暄。

⑥令:指历城知县。肖,画像。

⑦酬:主人与客人一起畅饮美酒。《仪礼·士冠礼》注:"饮宾客而从之以财货,曰酬,所以申畅厚意也。"这里指致祭。

【译文】

明朝万历年间,历城县令梦见城隍要人去服役,就把八个差人的姓名书写在简牒上,在庙中焚化。到了晚上,八个差人都死了。庙东有个酒店,店主原来与一个差人有些交情。正好那夜差人来买酒,店主问:"招待什么客人呀?"那差人说:"一同工作的朋友很多,买一瓶酒一起叙叙。"第二天天明,见了其他的差人,才知道那人已经死了。店主进到城隍庙,打开庙门,见到酒瓶还在,酒还是那么多。回家看差人给的钱,都是纸灰。县令塑了八个差人的像放在庙里。其他差人每被差遣,都要先来致祭他们才行,否则,一定会受到县令的责罚。

绩女

【题解】

本篇没有多少离奇曲折的情节,只是写一个寡妇在夜间遇到漂亮的狐女，想入非非。后来求见狐女的人络绎不绝，乡中众少年尤其神魂倾动，而狐女在一个叫费生的名士示爱后，终于担心陷身情网，飘然而去。就探索“食色性也”的主题，探索性心理，表达人类对性色的难以抗拒而言，小说在题材上有特色，有探索，也有创意。

绍兴有寡媪夜绩[①]，忽一少女推扉入，笑曰：“老姥无乃劳乎[②]？”视之，年十八九，仪容秀美，袍服炫丽。媪惊问：“何来？”女曰：“怜媪独居，故来相伴。”媪疑为侯门亡人[③]，苦相诘。女曰：“媪勿惧，妾之孤，亦犹媪也。我爱媪洁，故相就，两免岑寂[④]，固不佳耶？”媪又疑为狐，默然犹豫。女竟升床代绩，曰：“媪无忧，此等生活，妾优为之[⑤]，定不以口腹相累。”媪见其温婉可爱，遂安之。

【注释】

①绍兴：县名。明清为绍兴府治，即今浙江绍兴。绩：纺线。

②姥（mǔ）：老妇人的通称。

③侯门亡人：谓显贵人家出逃的姬妾之类。

④岑寂：孤寂。

⑤优为：擅长。《礼记·文王世子》：“周公优为之。”

【译文】

浙江绍兴有位寡老太婆，夜里纺线，忽然一个年轻女子推门进来，笑着说：“老妈妈不累吗？”看这女子，十八九岁的样子，容貌秀美，衣着炫丽。老太婆吃惊地问：“姑娘从哪儿来？”女子说：“我可怜你一个人孤单，来陪伴你。”老太婆怀疑她是从侯门大家逃出来的，再三追问。女子说：“老妈妈别害怕，我和你一样，都是孤身一人。我喜欢你洁净，所以来了，免得两人都孤孤单单的，这不好吗？”老太婆又疑心她是狐狸，犹疑着不作声。女子竟然自己上床，替老太婆纺起线来，说："老妈妈不用担心，这些活计，我也很会做，一定不会增加你的负担。"老太婆见她温存可爱，也就安下心来。

夜深，谓媪曰："携来衾枕，尚在门外，出溲时[①]，烦捉之[②]。"媪出，果得衣一裹。女解陈榻上，不知是何等锦绣，香滑无比。媪亦设布被，与女同榻。罗衿甫解[③]，异香满室。既寝，媪私念：遇此佳人，可惜身非男子。女子枕边笑曰："姥七旬，犹妄想耶？"媪曰："无之。"女曰："既不妄想，奈何欲作男子？"媪愈知为狐，大惧。女又笑曰："愿作男子，何心而又惧我耶？"媪益恐，股战摇床。女曰："嗟乎！胆如此大，还欲作男子！实相告，我真仙人，然非祸汝者。但须谨言，衣食自足。"媪早起，拜于床下。女出臂挽之，臂腻如脂，热香喷溢，肌一着人，觉皮肤松快。媪心动，复涉遐想。女哂曰："婆子战栗才止，心又何处去矣！使作丈夫，当为情死。"媪曰："使是丈夫，今夜那得不死！"由是两心浃洽[④]，日同操作。视所绩，匀细生光，织为布，晶莹如锦，价较常三倍。媪出，则扃其户，有访媪者，辄于他室应之。居半载，无知者。

【注释】

①出溲：小解。溲，尿。

②捉：拿，提。

③罗衿：罗衣衣襟。衿，衣襟。

④浃(jiā)洽：融洽。

【译文】

夜深了，女子对老太婆说："我带来的被褥，还在门外，麻烦你出去上厕所时，顺便拿进来。”老太婆出去，果然拿回一包被褥。女子解开被褥放在床上，不知是什么质地的绸缎，香滑无比。老太婆也铺开自己的布被褥，与女子同床。女子刚解开衣服，一股奇特的香气充满房中。睡下后，老太婆暗想：遇到这样的漂亮女子，可惜自己不是个男人。女子在枕边笑着说：“老妈妈七十岁了，还想入非非吗?”老太婆说：“没有呀。”女子说：“既不是想入非非，怎么想做男子呢?”老太婆更觉得她是狐狸，非常害怕。女子又笑着说：“想做个男人，心里怎么又怕我了?”老太婆更害怕，两腿抖得床都跟着摇起来了。女子说：“哎呀！就这么大的胆子，还想做男人呢！实不相瞒，我是仙女，但不是来祸害你的。只要你不乱说，保你衣食不愁。”老太婆早上起来便跪拜在床下。女子伸出手臂扶她起来，她手臂上的皮肉细腻如洁白的香脂，散发着香气，刚一接触到，立刻觉得身上很松快。老太婆心动，又想入非非。女子嘲笑她说：“老婆子才止住战栗，心又想到哪儿去了！如果你是个男人，一定会为情死的。”老太婆说：“我若真是个男人，今晚哪能不死呢！”从此，两人相处十分融洽，每天一同纺线织布。看看女子纺出的线，又匀又细又光亮；织成布，光洁如同锦缎，卖价比平常的布高三倍。老太婆每次出门，就从外面关紧门，有来探访她的，都在别的屋子里应酬。过了半年，没有人知道这件事。

后媪渐泄于所亲，里中姊妹行皆托媪以求见。女让曰[①]：“汝言不慎，我将不能久居矣。”媪悔失言，深自责。而求见者日益众，至有以势迫媪者。媪涕泣自陈，女曰：“若诸女伴，见亦无妨，恐有轻薄儿，将见狎侮。”媪复哀恳，始许之。越日，老媪少女，香烟相属于道。女厌其烦，无贵贱，悉不交语，惟默然端坐，以听朝参而已[②]。乡中少年闻其美，神魂倾动，媪悉绝之。

【注释】

①让：责备。

②朝参：参拜，拜见。

【译文】

后来，老太婆渐渐把这事透露给亲戚朋友，同村的姐妹们都托老太婆引见。女子责怪她说：“你说话不谨慎，我不能再在这里长住了。”老太婆后悔失言，深深自责。但是，要求见女子的人一天比一天多，甚至还有以权势逼迫老太婆的。老太婆哭着向女子说明，女子说：“如果是一些姐妹，见也无妨，只恐怕有不正派的人，难免会受到侮辱。”老太婆又一再哀求，女子才答应了。第二天，一些老太婆、小姑娘都拿着香烛来拜见，一路络绎不绝。女子感到厌烦，不论贵贱，都不与她们交谈，只是默默地端坐在那里，听任她们参拜。乡中一些年轻人听说她的美貌，都神魂颠倒，老太婆一律拒绝他们求见。

有费生者，邑之名士，倾其产，以重金啖媪[①]。媪诺，为之请。女已知之，责曰：“汝卖我耶！”媪伏地自投。女曰：“汝贪其赂，我感其痴，可以一见。然而缘分尽矣。”媪又伏叩。女约以明日。生闻之，喜，具香烛而往，入门长揖。女帘内与语，问：“君破产相见，将何以教妾也？”生曰：“实不敢他有所干[②]，只以王嫱、西子[③]，徒得传闻，如不以冥顽见弃[④]，俾得一阔眼界，下愿已足。若休咎自有定数[⑤]，非所乐闻。”忽见布幕之中，容光射露，翠黛朱樱[⑥]，无不毕现，似无帘幌之隔者。生意眩神驰，不觉倾拜。拜已而起，则厚幕沉沉，闻声不见矣。悒怅间，窃恨未睹下体，俄见帘下绣履双翘[⑦]，瘦不盈指。生又拜。帘中语曰：“君归休！妾体惰矣！”

【注释】

①啖(dàn):以利引诱。

②干:请托,追求。

③王嫱:王昭君。西子:西施。都是古代著名美女。

④冥顽:愚钝。

⑤休咎:祸福,吉凶。休,吉。咎,凶。

⑥翠黛朱樱:翠眉朱唇。黛,眉。樱,唇。

⑦绣履双翘:旧时指女子的绣花鞋翘起的鞋尖。

【译文】

有位姓费的书生,是城里名士,他听说了这件事,尽其家产,用重金买通老太婆。老太婆答应了他,替他请求女子接见。女子已经知道了这件事,责备她说:“你把我卖了!”老太婆立刻伏在地上说了经过。女子说:“你贪图他的钱财,我感念他的痴情,可以见他一面。但是,你我之间的缘分已经尽了。”老太婆又伏地叩头。女子约定第二天见面。费生听了,非常欢喜,拿着香烛前来,进门先施大礼。女子在帘子里和他说话,问:“你破费家产来见我,有什么话要对我说吗?”费生说:“实在不敢有什么非分之想,只是像王嫱、西施那样的美女,只是听说而已,如果你不因我愚顽而嫌弃我,使我得以开阔一下眼界,看一下你的容貌,我就满足了。至于祸福吉凶自有定数,我并不想知道它。”忽然,只见布帘之中出现女子的面容,光彩四射,翠眉朱唇,清清楚楚,好像没有布帘相隔一样。费生神魂飘荡,不觉俯身下拜。拜完起身,只见布帘沉沉,只能听见声音,再见不到人了。费生暗自惆怅,恨自己没能见到女子的下半身,忽然看见布帘下面翘着一双穿着绣鞋的小脚,瘦小不足一掌长。费生又拜下去。帘中说:“你回去吧!我身体疲倦了!”

媪延生别室,烹茶为供。生题《南乡子》一调于壁云[①]:

隐约画帘前,三寸凌波玉笋尖[②]。点地分明,莲瓣落纤纤[3]，再着重台更可怜[4]。　　花衬凤头弯[5]，入握应知软似绵。但愿化为蝴蝶去裙边，一嗅馀香死亦甜。

题毕而去。女览题不悦，谓媪曰："我言缘分已尽，今不妄矣。"媪伏地请罪。女曰："罪不尽在汝。我偶堕情障[6]，以色身示人[7]，遂被淫词污亵，此皆自取，于汝何尤[8]。若不速迁，恐陷身情窟，转劫难出矣[9]。"遂襆被出[10]。媪追挽之，转瞬已失。

【注释】

①《南乡子》：词牌名。本为唐代教坊曲名，有单调、双调两体。此为双调。

②凌波玉笋：指旧时女子所着弓鞋亦兼咏足。三国魏曹植《洛神赋》："凌波微步，罗袜生尘。"唐杜牧《咏袜诗》："钿尺裁量减四分，纤纤玉笋裹轻云。"

③莲瓣：指女子足或绣鞋。明李昌祺《剪灯馀话·连理树记》："莲瓣娟娟远寄将，绣罗犹带指尖香。"纤纤：谓步履轻柔细巧。《古诗为焦仲卿妻作》："纤纤作细步，精妙世无双。"

④重台：谓重台履，古代的高底鞋。唐元稹《梦游春》诗："丛梳百叶髻，金蹙重台履。"可怜：可爱。

⑤凤头：鞋面绣饰凤凰的头。

⑥情障：因情爱而造成的业障。犹言情网。

⑦色身：肉身，身相。佛教语。《金刚经·离色离相分》："如来说具足色身，即非具足色身。"

⑧尤：怨恨，归咎。

⑨转劫：历劫，转世。

⑩襆(fú)被：用袱子包扎衣被。意为整理行装。

【译文】

老太婆把费生请到别的屋里，烹茶招待他。费生题了一首《南乡子》在墙上：

隐约画帘前，三寸凌波玉笋尖。点地分明，莲瓣落纤纤，再着重台更可怜。　　花衬凤头弯，入握应知软似绵。但愿化为蝴蝶去裙边，一嗅馀香死亦甜。

题完就走了。女子看过费生的题词后，很不高兴，对老太婆说："我说我们的缘分已经尽了，今天看，果然如此。"老太婆趴在地上叩头，请求原谅。女子说："错不全在你身上。我一时不慎堕入情障，把容貌让人看了，才遭到淫词的亵渎，这都是我自找的，你又有什么过错？如果我不赶快离开这里，恐怕会身陷情网之中，历劫难出了。"于是把衣被打成包裹，就走了。老太婆追着挽留她，一转眼她就不见了。

红毛毡

【题解】

本篇所记显然为传闻，一方面反映了国人对于当时西方帝国主义国家侵略的警觉心理，另一方面却也迎合了清政府施行海禁，闭关锁国的对外政策。但明伦评论此篇说："异貌异心，为鬼为蜮，此华夏之疢疾也。"映衬的是国人普遍的闭关自守心理。

红毛国[①]，旧许与中国相贸易。边帅见其众，不许登岸。红毛人固请："赐一毡地足矣。"帅思一毡所容无几，许之。其人置毡岸上，仅容二人；拉之，容四五人；且拉且登，顷刻毡大亩许，已数百人矣。短刃并发，出于不意，被掠数里而去。

【注释】

①红毛国:指荷兰或英国,亦泛称欧洲诸国。

【译文】

红毛国,过去朝廷准许他们和中国贸易往来。边界官吏见他们人多,不许他们上岸。红毛国人坚持请求上岸,说:“只要赏我们一块毡子大小的地方就足够了。”边官想,一块毡子容不下几个人,就同意了。他们就把毡子放到岸上,只能容下两个人;拉一下,就容下四五个人;一边拉一边登,转眼间毛毡扩大到一亩地大小,已能容纳数百人。这时,他们抽出短刀一齐进攻,由于出其不意,被他们抢掠了好几里地才离开。

抽肠

【题解】

美和丑是对立的统一。丑怪也是审美的范畴之一。从实践美学的观点看,它是被异化和扭曲的人的本质力量在对象世界中具体而形象的显现。它在情感上使人厌恶、鄙弃、反感、痛苦,它是形式上的不和谐、失比例、不匀称、无秩序。丑是美的对立面,是美的错位。如果说美是善的形象显现,那么丑就是恶的形象显现。莱阳民某的幻觉可以说是白昼见鬼,丑恶到了极点。作为审丑的过程,小说有始,有终,有高潮,有馀韵,非常完整。

自唐传奇《玄怪录》以来,丑怪作为审美对象被引入了文言小说的描写之中,而《聊斋志异》在这方面同样是创造性的发扬者、光大者。

莱阳民某昼卧[①],见一男子与妇人握手入。妇黄肿,腰粗欲仰,意象愁苦。男子促之曰:“来,来!”某意其苟合者,因假睡以窥所为。既入,似不见榻上有人,又促曰:“速之!”

妇便自坦胸怀，露其腹，腹大如鼓。男子出屠刀一把，用力刺入，从心下直剖至脐，蚩蚩有声[②]。某大惧，不敢喘息。而妇人攒眉忍受[③]，未尝少呻。男子口衔刀入手于腹，捉肠挂肘际，且挂且抽，顷刻满臂。乃以刀断之，举置几上，还复抽之。几既满，悬椅上，椅又满，乃肘数十盘，如渔人举网状，望某首边一掷。觉一阵热腥，面目喉鬲覆压无缝[④]。某不能复忍，以手推肠，大号起奔。肠堕榻前，两足被萦，冥然而倒。家人趋视，但见身绕猪脏，既入审顾，则初无所有。众各自谓目眩，未尝骇异。及某述所见，始共奇之。而室中并无痕迹，惟数日血腥不散。

【注释】

①莱阳：县名。位于山东东部，明清时期属山东登州府。今为山东烟台管辖。

②蚩蚩：象声词。

③攒眉：皱眉。

④喉鬲：喉咙。鬲通“膈”。

【译文】

莱阳有个百姓，白天躺在床上休息，看见一男一女手拉着手进来。女人一身黄肿，腰粗得好像要仰过去了，满脸愁苦的样子。男子催促她说：“来，来！”那人以为他们是有私情的，于是假装睡觉想偷偷看他们干什么。两人进门后，好像没看见床上有人，男人又催道：“快点儿！”女人便把自己的胸坦露出来，露着肚皮，肚子大得像一面鼓。男人拿出一把屠刀，用力刺入肚皮，从心脏部位往下直剖至肚脐，发出“嗤嗤”的声音。这人非常害怕，不敢大声喘气。那妇人皱着眉头忍受着，没哼过几声。男子用嘴叼着刀，把手伸进肚子里，抓住肠子拉出来，挂在胳膊肘上，一边挂一边抽，一会儿手臂就挂满了。于是用刀切断，举着放到桌子上，回来再抽。桌子满了，又挂椅子上，椅子也满了，就在肘子上缠了几十盘，好像渔人撒网一样，向那人头边一丢。那人只觉得一阵腥热，脸上、脖子都盖得满满的。他再也忍耐不住，就用手推开肠子，大叫着起来跑了出去。肠子掉在床边，那人两只脚被绊住，昏昏沉沉地倒在了地上。家人跑来看，只见他满身缠着猪内脏，再仔细一看，却什么也没有。大家都说自己眼花了，对此并不惊奇。等到那人讲述了他的所见，大家才一起感到诧异。但是屋内没有任何痕迹，只是好几天血腥味都不散。

张鸿渐

【题解】

这是一个讲述悲欢离合的传奇故事。主人公张鸿渐在逃亡的过程中遇见一个叫舜华的狐女，狐女收留了他并帮助他回到故乡，躲过追捕，一门团圆。狐女舜华对张鸿渐柔情似水，却又尊重他的情感，多情而不沾滞。“妾有褊心，于妾，愿君之不忘；于人，愿君之忘之也”。坦诚，洒脱，在《聊斋志异》众多狐女形象里别具一格。后来，蒲松龄将之改编为《聊斋俚曲》中的《富贵神仙》和《磨难曲》。

张鸿渐为什么逃亡呢？是因为“时卢龙令赵某贪暴，人民共苦之。有范生被杖毙，同学忿其冤，将鸣部院，求张为刀笔之词，约其共事”。前后假如没有狐女舜华的帮助，张鸿渐一家的苦尽甘来根本是不可能的事，反映了清初司法吏治的黑暗。结末，由于张鸿渐的儿子考中了孝廉，“父子乃同归”，作者写仇家甲父“见其子贵，祸心不敢复萌”。评论家冯镇峦说：“赵知县想已罢官，否则此笔未了清。”批评蒲松龄结尾有漏笔，很有见地。

方氏曰：“大凡秀才作事，可以共胜，而不可以共败。胜则人人贪天功，一败则纷然瓦解，不能成聚。”对于中国知识分子的劣根性的批评可谓一针见血。从《蒲松龄集》所收录的《代三等前名求准应试呈》、《求科试广额呈》、《请祈速考呈》、《力辞学长呈》等文看，蒲松龄在当地秀才中算是领袖人物，此言大概也是蒲松龄的切身体会和经验之谈。

张鸿渐，永平人①，年十八，为郡名士。时卢龙令赵某贪暴，人民共苦之。有范生被杖毙②，同学忿其冤，将鸣部院③，求张为刀笔之词④，约其共事。张许之。妻方氏，美而贤，闻其谋，谏曰："大凡秀才作事，可以共胜，而不可以共败。胜则人人贪天功⑤，一败则纷然瓦解⑥，不能成聚。今势力世界，曲直难以理定，君又孤，脱有翻覆⑦，急难者谁也⑧！"张服其言，悔之，乃婉谢诸生，但为创词而去⑨。质审一过，无所可否。赵以巨金纳大僚，诸生坐结党被收⑩，又追捉刀人⑪。

【注释】

①永平：府名。府治在今河北卢龙。今隶属于河北秦皇岛。

②杖毙：受杖刑被打死。

③鸣部院：去部院鸣冤。部院，指巡抚衙门。清代各省巡抚多兼兵部侍郎和都察院右副都御史衔，故称巡抚为部院。

④为刀笔之词：撰写诉状。刀笔，古时称主办文案的官吏为刀笔吏。后世也称讼师为刀笔，指其笔利如刀。

⑤贪天功：喻指将别人和集体的功绩，说成是自己之力。《左传·僖公二十四年》："窃人之财，犹谓之盗；而况贪天之功以为己力乎？"

⑥瓦解：喻崩溃之势如屋瓦散脱，各自分离。《淮南子·泰族训》："武王左操黄钺，右执白旄以麾之，（纣之师）则瓦解而走，遂土崩而下。"

⑦脱：假如，倘若。

⑧急难：解救危难。《诗·小雅·常棣》："脊令在原，兄弟急难。"

⑨创词：起草讼状。创，草创。

⑩坐：定罪。结党：结成党羽。汉张衡《西京赋》："轻死重气，结党连群。"收：逮捕入狱。

⑪捉刀人：替别人代笔作文的人。

【译文】

张鸿渐，永平人，十八岁，是郡里有名的读书人。当时，卢龙的赵县令又贪婪又凶残，老百姓深受其苦。有个范生被他用棍棒活活打死了，范生的同学为他鸣不平，准备到巡抚那里去告赵县令，求张鸿渐给写张状纸，并邀他一同来打这个官司。张鸿渐同意了。张妻方氏，美貌又贤惠，她听说了这件事，便劝告张鸿渐说："大凡秀才做事，可以一块儿成功，但不能一起失败。成功了则人人都要争头功，失败了就纷纷逃避，不能团结起来。如今是个权势的世界，是非曲直难以用公理定论，你孤单一人，一旦有翻覆，急难时谁来救你！"张鸿渐信服她的话，感到后悔，于是婉言谢绝了各位书生，只是给他们写了状子的草稿。书生们告上去，巡抚审讯了一回，判断不出谁是谁非。赵县令拿出一大笔钱贿赂了审案的长官，给这些书生判了个结党的罪名，把他们抓了起来，又追查写状子的人。

张惧，亡去。至凤翔界[①]，资斧断绝。日既暮，踟躇旷野，无所归宿。欻睹小村[②]，趋之。老媪方出阖扉，见生，问所欲为，张以实告。妪曰："饮食床榻，此都细事，但家无男子，不便留客。"张曰："仆亦不敢过望，但容寄宿门内，得避虎狼足矣。"妪乃令入，闭门，授以草荐[③]，嘱曰："我怜客无归，私容止宿，未明宜早去，恐吾家小娘子闻知，将便怪罪。"

妪去，张倚壁假寐。忽有笼灯晃耀，见妪导一女郎出。张急避暗处，微窥之，二十许丽人也。及门，见草荐，诘妪，妪实告之。女怒曰："一门细弱[4]，何得容纳匪人[5]！"即问："其人焉往？"张惧，出伏阶下。女审诘邦族，色稍霁[6]，曰："幸是风雅士，不妨相留。然老奴竟不关白[7]，此等草草，岂所以待君子！"命妪引客入舍。俄顷，罗酒浆，品物精洁，既而设锦裀于榻。张甚德之，因私询其姓氏。妪曰："吾家施氏，太翁、夫人俱谢世，止遗三女。适所见，长姑舜华也。"妪去。

【注释】

①凤翔：府名。地处关中平原，治所在今陕西凤翔。

②欻（xū）：忽然。

③草荐：草垫。荐，草垫子，席。

④细弱：指老、幼、妇女。

⑤匪人：不是亲近的人。《易·比》："比之匪人，不亦伤乎？"王弼注："所与比者，皆作己亲，故曰比之匪人。"

⑥霁：雨雪停止。比喻怒气消歇。

⑦关白：禀告。《汉书·霍光金日磾传》："诸事皆先关白光，然后奏天子。"

【译文】

张鸿渐害怕了，就从家里逃了出来。到了陕西凤翔境内，路费花光了。天已经黑了，他在旷野里走来走去，不知道去哪里好。突然看见前边有一个小村子，便赶快跑了过去。有个老太太正出来关门，看见张鸿渐，问他想干什么，张鸿渐把实情告诉了她。老太太说："留你吃饭、住宿都是小事，只是家里没有男人，不便留你。"张鸿渐说："我也不敢有什么奢望，只求允许我在门里头借住一宿，能够躲避虎狼也就足够了。"老太太才让他进来，关了门，给了他一个草垫子，嘱咐道："我可怜你无处可去，私自留你住在这里，天亮前你就得赶快离开，恐怕我家小姐听说了要怪罪我。"老太太走了，张鸿渐靠着墙壁打盹。忽然一阵灯笼光闪亮，只见老太太引着一位女郎出来。张鸿渐急忙躲到暗处，偷偷看去，女郎是一位二十岁左右的美人。女郎走到门口，看见草垫子，问老太太是怎么回事，老太太如实回答了。女郎生气地说："一家子都是柔弱女子，怎么能收留来历不明的男人！"随即问："那人去哪儿了？"张鸿渐害怕了，出来跪伏在台阶下。女郎仔细地盘问了他的籍贯姓名，脸色稍稍缓和了，说："幸亏是知书识礼的人，留下也没关系。可是，这老奴竟然不来报告一声，这样随随便便，哪里是招待君子的礼节！"于是，叫老太太引客人进屋。不一会儿，便摆上了精美洁净的酒食，饭后又拿出绣花锦被，铺好床。张鸿渐心中十分感激，于是私下打听女郎的姓氏。老太太说："我家姓施，老爷、太太都去世了，只剩下三个女儿。刚才见到的，是大小姐舜华。"老太太走了。

张视几上有《南华经注》[①]，因取就枕上，伏榻翻阅。忽舜华推扉入。张释卷，搜觅冠履。女即榻捺坐曰："无须，无须！"因近榻坐，觍然曰："妾以君风流才士，欲以门户相托[②]，遂犯瓜李之嫌[③]。得不相遐弃否[④]？"张皇然不知所对，但云："不相诳，小生家中，固有妻耳。"女笑曰："此亦见君诚笃，顾亦不妨。既不嫌憎，明日当烦媒妁。"言已，欲去。张探身挽之，女亦遂留。未曙即起，以金赠张，曰："君持作临眺之资[⑤]。向暮，宜晚来，恐傍人所窥。"张如其言，早出晏归[⑥]，半年以为常。

【注释】

①《南华经》：即《庄子》。唐玄宗天宝元年(742)追封庄子为南华真人，始称《庄子》为《南华真经》。

②以门户相托：以家事相托付。指招男人入赘。

③瓜李之嫌：身处嫌疑之中。古乐府《君子行》："君子防未然，不处嫌疑间，瓜田不纳履，李下不整冠。"

④遐弃：远相抛弃。《诗·周南·汝坟》："既见君子，不我遐弃。"

⑤临眺之资：旅游费用。临眺，登高望远。指游览。

⑥晏：晚。

【译文】

张鸿渐看见桌上有部《南华经注》，就拿来放在枕头上，趴在床上翻阅。忽然，舜华推门进来。张鸿渐放下书，慌忙找鞋帽，准备迎接。舜华走到床边按他坐下，说："不用起来，不用起来！"于是靠着床坐下来，羞涩地说："我看你是个风流才子，想把这个家托付给你，所以不避嫌疑，自己向你提出来。你不会因此看不起我，拒绝我吧？"张鸿渐惊慌得不知说什么好，只是说："实不相瞒，我家里已经有妻子了。"舜华笑着说："这也看出你是个老实人，不过这没关系。既然你不嫌弃我，明天我就请媒人来。"说完，就要走。张鸿渐探起身拉住她，她也就留下了。第二天天不亮，舜华就起来了，送给张鸿渐一些银子，说："你拿去做游玩的费用吧。到了晚上，你要晚点儿来，免得被别人看见。"张鸿渐按照她的吩咐，每天早出晚归，这样过了半年。

一日，归颇早，至其处，村舍全无，不胜惊怪。方徘徊间，闻媪云："来何早也！"一转盼间，则院落如故，身固已在室中矣，益异之。舜华自内出，笑曰："君疑妾耶？实对君言：妾，狐仙也，与君固有夙缘。如必见怪，请即别。"张恋其美，亦安之。夜谓女曰：“卿既仙人，当千里一息耳[①]。小生离家三年，念妻孥不去心，能携我一归乎？”女似不悦，曰：“琴瑟之情，妾自分于君为笃[②]。君守此念彼，是相对绸缪者[③]，皆妄也！”张谢曰：“卿何出此言！谚云：‘一日夫妻，百日恩义。’后日归念卿时，亦犹今日之念彼也。设得新忘故，卿何取焉？”女乃笑曰：“妾有褊心[④]，于妾，愿君之不忘；于人，愿君之忘之也。然欲暂归，此复何难，君家咫尺耳。”

【注释】

①千里一息：瞬间可致千里。息，气息，呼吸。

②白分（fèn）：自认为。

③绸缪：情深意长，缠绵。《诗·唐风·绸缪》：“绸缪束薪，三星在天。”毛传：“绸缪，犹缠绵也。”

④褊（biǎn）心：心胸狭窄。《诗·魏风·葛屦》：“维是褊心，是以为刺。”

【译文】

一天，张鸿渐回来得很早，到了那个地方，村庄、房屋全都没有了，他十分惊异。正徘徊不定时，听到老太太说：“怎么回来得这么早！”一转眼间，院落就出来了，和往常一样，自己也已经在屋子中了，于是，他更加惊异。舜华从里间走出来，笑着说：“你怀疑我了吧？实话对你说：我是狐仙，与你有前世的姻缘。如果你一定要见怪，那么我们马上分手吧。”张鸿渐贪恋她的美貌，也就安心地留了下来。晚上，张鸿渐对舜华说：“你既是仙人，千里路程也能一口气走到吧。我离开家三年了，一直惦念我的妻子和孩子，你能带我回一趟家吗？”舜华听了好像不太高兴，说：“从夫妻之情来说，我自信对你一往情深。可是，你守着我却想着别人，可见你对我的恩爱，都是假的！”张鸿渐道歉说：“你怎么这样说！俗话说：'一日夫妻，百日恩义。'以后，我回了家，想念你的时候，也会像今天我想念她一样啊。如果我是个得新忘旧的人，你爱我什么呢？"舜华才笑着说："我的心胸很狭窄，于我，希望你永远不忘；于别人，希望你忘了她。然而你想暂时回家一趟，又有什么难的，你的家就在眼前啊。"

遂把袂出门[①]，见道路昏暗，张逡巡不前。女曳之走，无几时，曰："至矣。君归，妾且去。"张停足细认，果见家门。逾垝垣入[②]，见室中灯火犹荧。近以两指弹扉，内问为谁，张具道所来。内秉烛启关，真方氏也。两相惊喜，握手入帷。见儿卧床上，慨然曰："我去时儿才及膝，今身长如许矣！"夫妇依倚，恍如梦寐。张历述所遭。问及讼狱，始知诸生有瘐死者[③]，有远徙者[④]，益服妻之远见。方纵体入怀，曰："君有佳耦，想不复念孤衾中有零涕人矣！"张曰："不念，胡以来也？我与彼虽云情好，终非同类，独其恩义难忘耳。"方曰："君以我何人也？"张审视，竟非方氏，乃舜华也。以手探儿，一竹夫人耳[⑤]。大惭无语。女曰："君心可知矣！分当自此绝矣[⑥]，犹幸未忘恩义，差足自赎[⑦]。"

【注释】

①把袂：拉着衣袖。袂，衣袖。

②垝（guǐ）垣：倒坍的垣墙。《诗·卫风·氓》："乘彼垝垣，以望复关。"毛传："垝，毁也。"

③瘐（yǔ）死：病死狱中。瘐，囚徒病死。

④远徙：流放到边远地区。徙，流刑。

⑤竹夫人：夏天放在床上的取凉用具。竹制，圆柱形，中空，周围有

洞，可以通风。

⑥分(fèn)当：自应，本应该。

⑦差足自赎：勉强可以赎罪。自赎，自己弥补罪过。

【译文】

舜华于是拉起他的袖子走出门去，只见道路昏暗，张鸿渐畏畏缩缩不敢往前走。舜华拉着他走，不一会儿，说："到了。你回去吧，我先走了。"张鸿渐停下来细细辨认，果然看见家门。他从倒塌的垣墙中跳进去，见屋中灯烛还亮着。靠上前用两个手指弹叩窗户，里面人问是谁，张鸿渐说自己回来了。屋里人拿着灯烛打开门，真是妻子方氏。两人相见，又惊又喜，手拉着手走进床帷。看见儿子睡在床上，感叹道："我离开时，儿子才有我膝头那么高，如今长这么大了！"夫妇依偎在一起，恍如在梦中。张鸿渐从头至尾说了出逃后的遭遇。又问到那件官司，才知道那些书生，有的在狱中病死，有的流放远方，于是更加佩服妻子的远见。方氏扑到他怀里，说："你有了漂亮的新夫人，想来不会再惦记我这个终日哭泣、孤苦伶丁的人了吧！"张鸿渐说："不惦记你，怎么会回来呢？我和她虽说感情很好，但终究不是同类，只是她的恩义难忘罢了。"方氏说："你以为我是谁？"张鸿渐仔细一看，竟然不是方氏，而是舜华。用手去摸儿子，却是一个消暑用的竹夫人。张鸿渐非常惭愧，说不出一句话。舜华说："你的心我算知道了！本应该自此分别，所幸你还未忘掉我的恩情，勉强还可以赎你的罪。"

过二三日，忽曰："妾思痴情恋人，终无意味。君日怨我不相送，今适欲至都，便道可以同去。"乃向床头取竹夫人共跨之，令闭两眸，觉离地不远，风声飕飕。移时，寻落。女曰："从此别矣。"方将订嘱，女去已渺。怅立少时，闻村犬鸣吠，苍茫中见树木屋庐，皆故里景物，循途而归。逾垣叩户，宛若前状。方氏惊起，不信夫归，诘证确实，始挑灯呜咽而出。既相见，涕不可仰[1]。张犹疑舜华之幻弄也，又见床卧一儿，如昨夕，因笑曰："竹夫人又携入耶？"方氏不解，变色曰："妾望君如岁[2]，枕上啼痕固在也。甫能相见，全无悲恋之情，何以为心矣！"张察其情真，始执臂欷歔，具言其详。问讼案所结，并如舜华言。

【注释】

①涕不可仰：哭泣得不能仰视。仰，抬头。

②望君如岁：像盼望丰年一样想念你。岁，一年的农业收成。《左传·哀公十二年》："国人望君，如望岁焉。"

【译文】

过了两三天，舜华忽然说："我想一厢情愿地痴恋着你这个人，终究没什么意思。你天天抱怨我不送你，今天正好我要去京城，顺便可以送你回去。"于是从床头上拿过竹夫人，两人一起跨上去，让张鸿渐闭上眼睛，张鸿渐只觉离地不远，风声飕飕。不多时，就落到了地面。舜华说："我们从此分别吧。"张鸿渐刚要和她约定再见的日子，舜华就已经走得看不见了。张鸿渐失望地站了一会儿，就听见村中有狗叫声，模模糊糊看见树木房屋，都是故乡的景物，便顺着路向家走。跳过院墙，再敲门，一切和上次一样。方氏惊醒了爬起来，却不相信是丈夫回来了，隔门盘问确实，才点上灯，呜咽着出来迎接。一见面，方氏便哭得抬不起头来。张鸿渐还在怀疑是舜华戏弄他，又看见床上躺着一个孩子，像那天一样，于是笑着说："你把竹夫人又带来了？"方氏一听莫名其妙，生气地说："我盼望你回来，度日如年，枕头上的泪痕还在。刚刚相见，你却没有一点儿悲伤之情，真不知你长的是一副什么心肠！"张鸿渐看出她是真的方氏，才拉起她的手流下泪来，详详细细向她说明了一切。又问官司的结果，和舜华说的一样。

方相感慨，闻门外有履声，问之不应。盖里中有恶少，久窥方艳，是夜自别村归，遥见一人逾垣去，谓必赴淫约者，尾之入。甲故不甚识张，但伏听之。及方氏亟问，乃曰："室中何人也？"方讳言："无之。"甲言："窃听已久，敬将以执奸耳。"方不得已，以实告。甲曰："张鸿渐大案未消，即使归家，亦当缚送官府。"方苦哀之，甲词益狎逼。张忿火中烧，把刀直出，剁甲中颅。甲踣[①]，犹号，又连剁之，遂死。方曰："事已至此，罪益加重。君速逃，妾请任其辜[②]。"张曰："丈夫死则死耳，焉肯辱妻累子以求活耶！卿无顾虑，但令此子勿断书香[③]，目即瞑矣。"天明，赴县自首。赵以钦案中人[④]，姑薄惩之。寻由郡解都，械禁颇苦。

【注释】

①踣（bó）：倒地。

②辜：罪。

③勿断书香：不要中断读书。书香，古人以芸香草藏书辟虫，故有书香之称。此处指读书的家风。

④钦案：皇帝关照审办的案件。钦，旧时对皇帝行事的敬称。

【译文】

两人正相对感慨，忽然听见门外有脚步声，问是谁，却没人应。原来，乡里有个恶少，一直觊觎方氏的美貌，这天晚上他从别的村子回来，远远地看见一个人跳墙过去，以为一定是和方氏来约会的，就尾随着进来了。恶少甲本来不太认识张鸿渐，只是趴在外面听。等到方氏连连问外面是谁,他才说:“屋里是谁?”方氏骗他:“屋里没人。”甲说:“我已经听了半天了,我是来捉奸的。”方氏不得已,告诉他是丈夫回来了。甲说:“张鸿渐这桩大案还没了结呢,即便是他回来了,也该绑了送官。”方氏苦苦哀求他,甲却乘机逼她,话愈不堪入耳。张鸿渐怒火中烧,拿着刀直冲出去,一刀剁在甲的头上。甲倒在地上,还在叫喊,张鸿渐又连剁几刀,杀死了他。方氏说:“事已至此,你的罪更加重了。你快逃吧,我来顶罪。”张鸿渐说:“大丈夫死就死,怎么能连累妻子、儿子,而求自己活命!你不要管我了,只要让这个孩子读书成才,我死也瞑目了。”天亮后,张鸿渐到县里去自首。赵县令因为他是朝廷追查的犯人,所以,只微微用了用刑。不久,就由郡县押解到京城,一路上枷重铐紧,受尽折磨。

途中遇女子跨马过,一老妪捉鞚,盖舜华也。张呼妪欲语,泪随声堕。女返辔,手启障纱[①],讶曰:“表兄也,何至此?”张略述之。女曰:“依兄平昔,便当掉头不顾,然予不忍也。寒舍不远,即邀公役同临,亦可少助资斧。”从去二三里,见一山村,楼阁高整。女下马入,令妪启舍延客。既而酒炙丰美,似所夙备。又使妪出曰:“家中适无男子,张官人即向公役多劝数觞,前途倚赖多矣。遣人措办数十金,为官人作费,兼酬两客,尚未至也。”二役窃喜,纵饮,不复言行。日渐暮,二役径醉矣。女出,以手指械,械立脱,曳张共跨一马,驶如龙。少时,促下,曰:“君止此。妾与妹有青海之约,又为君逗留一晌[②],久劳盼注矣。”张问:“后会何时?”女不答,再问之,推堕马下而去。既晓,问其地,太原也[③]。遂至郡[④],赁屋授徒焉。托名宫子迁。

【注释】

①障纱：面纱。

②一晌：一段时间。

③太原：县名。明清时的太原县，在今太原西南。

④郡：指太原府治阳曲县。

【译文】

他们在路上遇到一个女郎骑马而过，一个老太太拉着马缰绳，原来是舜华。张鸿渐叫住老太太想说话，一开口眼泪就流下来了。舜华勒马回来，用手撩开面纱，惊讶地说："表兄，你怎么这样了？"张鸿渐把事情经过大致说了一遍。舜华说："如果按表兄往日的作为，我应当掉头不理你，但我还是不忍心。我家离这儿不远，也请两位差官一起过去，我也好多少帮助一点儿路费。"几个人跟着她走了二三里路，看见一座山村，楼阁高大整齐。女子下马走进去，让老太太开门请客人进去。一会儿，又摆上丰美的酒菜，好像早就准备好了的。又派老太太出去说："家里刚好没有男人，张官人就多劝差官喝几杯吧，今后路上还要二位多关照呢。已经打发人去张罗几十两银子给张官人做路费，并一起酬谢两位差官，还没回来呢。"两个差官暗自高兴，放开量喝酒，不再说赶路的事。天渐晚了，两个差官全都喝醉了。舜华走出来，用手一指枷锁，锁立即开了，拉着张鸿渐共跨一匹马，像龙一样飞腾而去。不一会儿，舜华让他下马，说："你就在这儿下吧。我和妹妹有青海之约，因为你耽误了一会儿，恐怕她已经等久了。"张鸿渐问："我们什么时候再见面？"舜华不答，再问她，她就把张鸿渐推下马走了。天亮后，张鸿渐打听这里是什么地方，原来是太原县。于是他到了郡城，租了间屋子以开课教学为生。化名宫子迁。

居十年，访知捕亡寝息[①]，乃复逡巡东向。既近里门，不敢遽入，俟夜深而后入。及门，则墙垣高固，不复可越，只得以鞭挝门。久之,妻始出问。张低语之。喜极,纳入,作呵叱声,曰:“都中少用度,即当早归,何得遣汝半夜来?”入室,各道情事,始知二役逃亡未返。言次,帘外一少妇频来,张问伊谁,曰:“儿妇耳。”问:“儿安在?”曰:“赴郡大比未归[②]。”张涕下曰:“流离数年,儿已成立,不谓能继书香,卿心血殆尽矣!”话未已,子妇已温酒炊饭,罗列满几。张喜慰过望。居数日,隐匿房榻,惟恐人知。一夜,方卧,忽闻人语腾沸,捶门甚厉。大惧,并起。闻人言曰:“有后门否?”益惧,急以门扇代梯,送张夜度垣而出,然后诣门问故,乃报新贵者也[③]。方大喜,深悔张遁,不可追挽。

【注释】

①寝怠:消歇,懈怠。

②大比:乡试。

③报新贵者:向新贵人报喜的人。新贵,指新登科及第的人。

【译文】

张鸿渐在太原住了十年,打听到官府追捕他的事渐渐放松了,才又慢慢往家里走。走到村口,不敢马上进村,等到夜深后才进去。到了家门口,只见院墙又高又厚,再也爬不进去了,只好用马鞭敲门。过了很久,妻子才出来问是谁。张鸿渐低声告诉她。方氏高兴极了,连忙开门让他进来,却大声呵斥说:“少爷在京城里钱不够用,就该早些回来,为什么打发你三更半夜地跑回来?”进了屋,两人互相说了分别后的情况,才知道那两个差官逃亡在外一直没回来。他们说话的时候,门帘外面有一个少妇走来走去,张鸿渐问是谁,方氏答:“是儿媳。”问:“儿子呢?”答道:“到省里赶考还没回来。”张鸿渐流着泪说:“我在外面颠簸了这么多年,儿子已经长大成人了,想不到能接续我们家的书香,你也真是熬尽了心血啊!”话没说完,儿媳已经烫好了酒,做好了饭,满满地摆了一桌子。张鸿渐真是喜出望外。张鸿渐在家住了几天,都是藏在屋里不敢出门,惟恐别人知道。一天夜里,他们刚刚躺下,忽然听见外面人声嘈杂,有人用力捶打房门。两人吓坏了,一齐起来。听见有人说:“有后门吗?”他们更加害怕,急忙用门扇代替梯子,送张鸿渐跳墙逃了出去,方氏然后到门口问是干什么的,才知道是儿子中举了,有人来报告的。方氏大喜,非常后悔让张鸿渐逃跑了,可是再追也来不及了。

张是夜越莽穿榛,急不择途,及明,困殆已极。初念本欲向西,问之途人,则去京都通衢不远矣①。遂入乡村,意将质衣而食②。见一高门,有报条黏壁上③,近视,知为许姓,新孝廉也。顷之,一翁自内出,张迎揖而告以情。翁见仪貌都雅,知非赚食者④,延入相款。因诘所往,张托言:“设帐都门,归途遇寇。”翁留诲其少子。张略问官阀,乃京堂林下者⑤,孝廉,其犹子也⑥。月馀,孝廉偕一同榜归⑦,云是永平张姓,十八九少年也。张以乡、谱俱同⑧,暗中疑是其子,然邑中此姓良多,姑默之。至晚解装,出齿录⑨,急借披读⑩,真子也,不觉泪下。共惊问之,乃指名曰:“张鸿渐,即我是也。”备言其由。张孝廉抱父大哭。许叔侄慰劝,始收悲以喜。许即以金帛函字⑪,致告宪台⑫,父子乃同归。

【注释】

①通衢:四通八达的大路。

②质:典当。

③报条:报告考中消息的纸条。

④赚食：骗吃。

⑤京堂林下者：退休的京官。清代都察院、通政司及诸卿寺的堂官，均称京堂。林下，僻静之处。指退隐之地。

⑥犹子：侄子。《礼记·檀弓》："丧服，兄弟之子，犹子也，盖引而进之也。"

⑦同榜：科举时代同榜取中的人叫同榜或同科。

⑧乡、谱：籍贯和姓氏。乡，乡里，乡贯。谱，祖谱，记录族姓世系的簿籍。

⑨齿录：也称"同年录"。科举时代，凡同登一榜者，各具姓名、年龄、籍贯、三代，汇刻成帙。

⑩披读：翻阅。

⑪金帛函字：礼品及书信。

⑫宪台：上司。东汉称御史府为宪台，后乃以之通称御史，亦用为地方官吏对知府以上长官的尊称。

【译文】

这天夜里，张鸿渐在乱树荒林中奔逃，急不择路，天亮时，已经困乏到了极点。开始他本来想往西走，一问路上的行人，才知道离去京城的大路不远了。于是进了一座村子想要卖了衣服换碗饭吃。看到一所大宅门，墙上贴着报喜的条子，近前一看，知道这家姓许，是新中的孝廉。不一会儿，一个老翁从里面出来，张鸿渐迎上去行礼，说明自己想换碗饭吃。老翁见他文质彬彬，知道他不是那种来骗饭吃的，就请他进去招待他吃饭。老翁又问他要去哪里，张鸿渐随口编道："在京城教书，回家路上遇到了强盗。"老翁就把他留下教自己的小儿子。张鸿渐略略问了老翁的情况，原来是曾在京城做官的，现在告老还乡了，新举的孝廉是他的侄子。住了一个多月，孝廉带了一位和他同榜的举人回家，说是永平人，姓张，是个十八九岁的年轻人。张鸿渐因他的家乡、姓氏都和自己一样，暗里怀疑他是自己的儿子，然而县里姓张的人很多，他就暂且保持沉默。到了晚上，许孝廉打开行李，拿出一本记载同科举人的齿录，张鸿渐急忙借过来仔细翻读，发现果然是自己的儿子，不由得流下泪来。大家都很吃惊，问他怎么回事，他才指着上面的名字说："张鸿渐就是我。"接着，他详细地讲述了自己的经历。张孝廉抱着父亲大哭。许家叔侄在一旁劝慰，两人才转悲为喜。许翁便给几位大官写信送礼，为张鸿渐的官司疏通，父子俩才得以一同回家。

方自闻报，日以张在亡为悲①，忽白孝廉归，感伤益痛。少时，父子并入，骇如天降，询知其故，始共悲喜。甲父见其子贵，祸心不敢复萌。张益厚遇之，又历述当年情状，甲父感愧，遂相交好。

【注释】

①在亡：亡命，在逃。

【译文】

方氏自从得了儿子的喜报后，整天因张鸿渐逃亡在外而悲伤，忽然有人说孝廉回来了，她心中更加难过。不一会儿，却见父子二人一同走进来，惊奇不已，好像丈夫是从天上掉下来的一般，她问清了事情的经过，才同大家一样悲喜交集。甲的父亲看到张鸿渐的儿子中了举人，也不敢再有报复之心。张鸿渐格外优厚地照顾他，又从头到尾讲述当时的情况，甲父感到很惭愧，于是，两人成了好朋友。

太医

【题解】

这是一个悲剧性的故事。

孙评事立志要为自己的母亲博一个诰命。暴病弥留之际，经太医抢救复生，遇到一个难得的机会——皇后生子，会给官员的母亲赏赐诰命。不料违背了医嘱，误食熊掌，生而复死，失去了为母亲博诰命的机会。作者用“大惊，失色，即刻而病，至家遂卒”12个字为孝子的不幸叹息，同时也赞叹太医的医术高明，与《岳神》等篇对庸医的误人做了比照。

万历间，孙评事少孤①，母十九岁守节②。孙举进士，而母已死。尝语人曰：“我必博诰命以光泉壤③，始不负萱堂苦节④。”忽得暴病，綦笃。素与太医善，使人招之。使者出门，而疾益剧，张目曰：“生不能扬名显亲，何以见老母地下乎！”遂卒，目不瞑。

【注释】

①评事：大理寺属员，出使推按，参决疑狱，清朝官职为正七品。

②守节：指妇女在丈夫死后不再结婚或未婚夫死后终身不结婚。

③博：博得，取得。诰命：帝王的封赠命令。明清官五品以上授诰命(本身之封曰诰授；曾祖父母、祖父母、父母及妻，存者曰诰封，殁者曰诰赠)，六品以下之封赠曰敕命。

④萱堂：母亲的代称。《诗·卫风·伯兮》：“焉得萱草，言树之背。”朱熹注曰：“萱草，令人忘忧；背，北堂也。”

【译文】

明朝万历年间，孙评事从小就失去了父亲，母亲十九岁开始守寡。孙评事中进士时，母亲已经去世。他曾对别人说：“我一定要为母亲得到朝廷的诰命，使母亲在地下也感到荣耀，这才不辜负母亲一生守寡的清苦。”可是，他突然得了暴病，十分严重。他平时与太医很好，就让人叫太医来。派出的人刚出门，他的病就更重了，他睁着眼睛说："活着不能扬名，使亲人荣耀，死后怎么见地下的老母亲啊！"说完就死了，双目不闭。

无何，太医至，闻哭声，即入临吊。见其状，异之。家人告以故。太医曰："欲得诰赠，即亦不难。今皇后旦晚临盆矣[①]，但活十馀日，诰命可得。"立命取艾[②]，灸尸一十八处。炷将尽，床上已呻，急灌以药，居然复生。嘱曰："切记勿食熊虎肉。"共志之，然以此物不常有，颇不关意。既而三日平复，乃从朝贺[③]。

【注释】

①临盆：分娩，生产。

②艾(ài)：艾炷。用艾草卷制的灸用药物。

③朝贺：群臣入朝向皇帝贺喜的仪式。

【译文】

不久，太医来了，听到哭声，就进门吊唁死者。他看到死者睁着双眼，觉得很奇怪。家人就告诉了原因。太医说："想得到朝廷的诰赠，并不难。现在皇后即将临产，只要他能再活上十几天，诰赠就可以得到。"说完，太医命人马上拿来艾炷，用来灸尸体的十八个穴位。艾炷快要烧尽时，床上的孙评事已经开始呻吟，急忙给他灌药，居然又苏醒过来了。太医嘱咐说："记住，一定不要让他吃熊肉和虎肉。"全家都记着太医的嘱咐，但因为这两种肉也不常见，所以也不很在意。三天后，孙评事就恢复了健康，仍和同僚一同朝觐庆贺。

过六七日，果生太子，召赐群臣宴。中使出异品[①]，遍赐文武，白片朱丝[②]，甘美无比。孙啖之，不知何物。次日，访诸同僚，曰："熊膰也[③]。"大惊，失色，即刻而病，至家遂卒。

【注释】

①中使：太监。异品：珍品，不一样的东西。

②白片朱丝：指熊掌切片。熊掌掌心有脂如玉，并筋络煮熟后皆为白色，肌肉断面则呈红色纹理。

③熊膰（fán）：熊掌。《韩非子・内储说》："成王请食熊膰而死，不许，遂自杀。"

【译文】

过了六七天，皇后果然生了一位太子，皇帝召见群臣赐宴。席中太监捧出一盘不寻常的东西，赐给文武朝臣，这东西白片红丝，鲜美无比。孙评事吃了，不知是什么。第二天，访问各同僚，有人说："是熊掌。"孙评事大惊失色，马上病倒了，回到家就死了。

牛飞

【题解】

邑人某由于相信梦，把牛折价卖了，中途又因贪图别人的鹰，把卖牛的钱又丢了，可谓"赔了夫人又折兵"，反映了蒲松龄相信命运，不相信梦的复杂心态。

邑人某，购一牛，颇健。夜梦牛生两翼飞去，以为不祥，疑有丧失。牵入市损价售之[①]。以巾裹金，缠臂上。归至半途，见有鹰食残兔，近之甚驯。遂以巾头絷股[②]，臂之。鹰屡摆扑，把捉稍懈，带巾腾去。此虽定数，然不疑梦，不贪拾遗[3]，则走者何遽能飞哉[4]？

【注释】

①损价：低价，降价。

②头：这里指边角。絷：捆，缚。股：腿。

③拾遗：拾取他人失物。指鹰。

④走者：走兽。

【译文】

县里有一个人，买了一头牛，很健壮。夜里，他梦见牛生了两个翅膀飞走了，他认为这个梦是不祥之兆，怀疑牛会丢。他把牛牵到市场上折价卖了。他用头巾包着卖牛的钱，缠在胳膊上。在回家的路上，他看见有一只鹰正在叼食兔子，走过去，鹰也不飞走，很驯服。于是，他用头巾边角绑住鹰的脚，把它搭在胳膊上。鹰不断地扑腾，他抓着稍一松劲，鹰就带着包钱的头巾飞走了。这件事虽然是命中注定的，但是，如果这个人不相信梦兆，不贪图便宜去捡东西，那么，走兽怎么能飞走呢？

王子安

【题解】

本篇是《聊斋志异》中反映科举类小说的重要篇章，是《聊斋志异》中参加科举考试的士人各种病态的基因图表，在风格上也别具一格。前半部分写东昌名士王子安在闱后放榜时受到狐狸的揶揄，讽刺当时读书人科举做官的幻梦。王子安的幻觉，狐狸的奚落，家人的安慰照顾，在短短的篇幅中立体交叉并进，类似于器乐的三重奏，显示了蒲松龄叙述故事的非凡笔力。后半部分则是针对故事所发的感慨。两者水乳交融，形成一个整体。

“秀才入闱，有七似焉”，连用了七个比喻：“似丐”，“似囚”，“似秋末之冷蜂”，“似出笼之病鸟”，“似被絷之猱”，“似饵毒之蝇”，“似破卵之鸠”，将科举考试扭曲读书人的肉体和灵魂，写得惟妙惟肖，入木三分。但明伦所说：“形容尽致，先生皆阅历备尝之言。”秀才的七似，是写别人，也是写蒲松龄自己。可惜，由于时代和自身的限制，蒲松龄正如一个吸毒的人，并非不知吸毒的害处，却深陷其中难以自拔一样，毕其一生，他也没有摆脱科举的羁绊。

王子安，东昌名士，困于场屋[①]。入闱后，期望甚切。近放榜时，痛饮大醉，归卧内室。忽有人白：“报马来[②]。”王踉跄起曰：“赏钱十千！”家人因其醉，诳而安之曰：“但请睡，已赏矣。”王乃眠。俄又有入者曰：“汝中进士矣！”王自言：“尚未赴都[③]，何得及第？”其人曰：“汝忘之耶？三场毕矣。”王大喜，起而呼曰：“赏钱十千！”家人又诳之如前。又移时，一人急入曰：“汝殿试翰林[④]，长班在此[⑤]。”果见二人拜床下，衣冠修洁。王呼赐酒食，家人又绐之[⑥]，暗笑其醉而已。久之，王自念不可不出耀乡里。大呼长班，凡数十呼，无应者。家人笑曰：“暂卧候，寻他去。”又久之，长班果复来。王捶床顿足，大骂：“钝奴焉往[⑦]！”长班怒曰：“措大无赖[⑧]！向与尔戏耳，而真骂耶？”王怒，骤起扑之，落其帽。王亦倾跌。妻入，扶之曰：“何醉至此！”王曰：“长班可恶，我故惩之，何醉也？”妻笑曰：“家中止有一媪，昼为汝炊，夜为汝温足耳。何处长班，伺汝穷骨？”子女皆笑。王醉亦稍解，忽如梦醒，始知前此之妄。然犹记长班帽落，寻至门后，得一缨帽如盏大[⑨]，共疑之。自笑曰：“昔人为鬼揶揄[⑩]，吾今为狐奚落矣。”

【注释】

①场屋:考场。

②报马:也称“报子”。为科举中式者报喜的人,因骑马快报故称报马。

③都:京城。明清时进士考试在京城举行。

④殿试:举人赴京参加会试录取后,参加殿试,考中的称进士。殿试由皇帝主持,在殿廷上举行,前三名赐进士及第。其中第一名称状元,授职翰林院修撰,第二、三名授职翰林院编修。

⑤长班:又称“长随”。明清时官员随身使唤的差役。

⑥绐(dài):骗。

⑦钝奴:笨奴才。钝,笨。

⑧措大:旧时对贫寒读书人的轻慢称呼。

⑨缨帽:红缨帽。清代的官吏所戴的帽子,帽顶披红缨。盏:杯子。

⑩昔人为鬼揶揄:指晋代罗友仕途失意,被鬼揶揄。南朝宋刘义庆《世说新语·任诞》刘孝标注引《晋阳秋》:罗友为桓温掾吏,不得意。一日,桓温设宴送人赴郡守任,罗到席最晚。桓温问他,他回答说:“旦出门,于中途逢一鬼,大见揶揄,云:‘吾但见汝送人作郡,何以不见人送汝作郡耶?’”

【译文】

王子安是东昌县的名士,但是在科场中却很不得意。这一次考试,他抱着很大的希望。临近发榜时,他喝得大醉,回家以后躺在卧室。忽然有人说:“报喜的人来了。”王子安踉跄着起来,说:“赏钱十千!”家人因为他醉了,骗他安慰他说:“你只管睡吧,已经赏过了。”王子安才睡下了。不一会儿,又有人进来说:“你中进士了!”王子安自言自语说:“还没去京城,哪里会中进士?”那人说:“你忘了吗?三场考试都已经完了。”王子安大喜,起来喊道:“赏钱十千!”家人又像刚才那样诳他。又过了一阵儿,一个人急急忙忙地进来,说:“你殿试中了翰林,随从们在此。”果然见有两个人在床下拜见他，穿戴都很整洁华丽。王子安叫家人赏赐他们酒饭，家人又骗他，暗笑他喝醉了。后来，王子安想，不能不出去在乡里显耀一番。他大喊跟班随从，喊了几十声，也没人答应。家人笑着说：“你先躺着等一会儿，我们去找他们。”又过了很久，跟班的果然又来了。王子安捶床跺脚，大骂：“蠢奴才去哪儿了！”跟班的生气地说：“你这穷酸无赖！这是和你闹着玩呢，你还真骂呀？”王子安非常生气，突然站起来扑过去，一下子打掉了那人的帽子。王子安自己也跌倒了。王妻走进来，扶起他说：“怎么醉成这样！”王子安说：“跟班的太可恶了，我刚才是惩罚他们，哪里是醉了？”妻子笑着说：“家中只有一个老妈子，白天给你做饭，晚上给你暖脚。哪里有什么跟班，伺候你这穷骨头？”孩子们都笑了。王子安的醉意也稍稍过去了，忽然像梦醒了一样，才明白刚才那些都是假的。然而还记得跟班的帽子被打落在地上，他找到门后，发现一个像小杯子大小的缨帽，大家都很奇怪。王子安自我解嘲地笑着说：“从前有人被鬼戏弄，今天我却被狐狸耍弄了。”

异史氏曰：秀才入闱，有七似焉：初入时，白足提篮[①]，似丐。唱名时[②]，官呵隶骂，似囚。其归号舍也[③]，孔孔伸头，房房露脚，似秋末之冷蜂。其出场也，神情惝怳[④]，天地异色，似出笼之病鸟。迨望报也[⑤]，草木皆惊，梦想亦幻。时作一得志想，则顷刻而楼阁俱成；作一失志想，则瞬息而骸骨已朽。此际行坐难安，则似被絷之猱[⑥]。忽然而飞骑传人[⑦]，报条无我[⑧]，此时神色猝变，嗒然若死[⑨]，则似饵毒之蝇[⑩]，弄之亦不觉也。初失志，心灰意败，大骂司衡无目[⑪]，笔墨无灵[⑫]，势必举案头物而尽炬之；炬之不已，而碎踏之；踏之不已，而投之浊流[⑬]。从此披发入山，面向石壁[⑭]，再有以“且夫”、“尝谓”之文进我者[⑮]，定当操戈逐之[⑯]。无何，日渐远，气渐平，技又渐痒，遂似破卵之鸠[17]，只得衔木营巢，从新另抱矣[18]。如此情况，当局者痛哭欲死[19]，而自旁观者视之，其可笑孰甚焉。王子安方寸之中[20]，顷刻万绪，想鬼狐窃笑已久，故乘其醉而玩弄之。床头人醒[21]，宁不哑然失笑哉？顾得志之况味[22]，不过须臾[23]。词林诸公[24]，不过经两三须臾耳，子安一朝而尽尝之，则狐之恩与荐师等[25]。

【注释】

①白足提篮：清代科举场规非常严格，为了防止作弊，规定考生入场携带格眼竹柳考篮，只准带笔墨、食具等物。顺治时规定士子穿拆缝衣服，单层鞋袜。入场时，诸生解衣等候，左手执笔砚，右手执布袜，赤脚站立，等候点名和搜检。

②唱名：点名。

③号舍：标有号码的小房子。清代乡试规定秀才领取考卷后，依照号码入闱(如地一号即为地字第一号)。由于没有门，仅搭木板于墙供书写之用，所以有如蜂房，“孔孔伸头，房房露脚”。

④惝恍(chǎng huǎng)：神志迷乱，无所适从。

⑤望报：盼望消息。报，发榜。

⑥猱(náo)：猿类。

⑦飞骑(jì)传人：报马传送喜报是给别人的。飞骑，指报马。

⑧报条：喜报。

⑨嗒(tà)然：怅然若失的样子。《庄子·齐物论》：“南郭子綦隐几而坐，仰天而嘘，嗒焉似丧其耦。”

⑩饵毒：服毒。饵，吃。

⑪司衡无目：考官瞎眼。司衡，主持评卷官员。衡，衡量。

⑫笔墨无灵：文章缺乏灵气。

⑬浊流：黄河。《旧五代史·梁书·李振传》："此辈自谓清流，宜投于黄河，永为浊流。"意为不再考试。

⑭披发入山，面向石壁：遁入深山，出家修道。佛教禅宗初祖菩提达摩寓止于嵩山少林寺，曾面壁而坐，终日默然静修9年。宋释普济《五灯会元》："惆怅洛阳人未来，面壁九年空冷坐。"

⑮"且夫"、"尝谓"之文：指八股文。"且夫"、"尝谓"均是八股文中的套语。

⑯戈：兵器。

⑰破卵之鸠：刚出生的鸠鸟。鸠，是鸠鸽科部分鸟类的通称。

⑱抱：孵卵。

⑲当局者：当事人。指落榜士子。

⑳方寸：心。唐刘知几《史通·自叙》："始知流俗之士，难与之言。凡有异同，蓄诸方寸。"

㉑床头人醒：妻子旁观清醒。床头人，妻子。

㉒得志：得意，愿望实现。况味：境况和情味。

㉓须臾：极短的时间，片刻。

㉔词林诸公：指翰林院的诸位先生。词林，翰林院的别称。

㉕荐师：科举时代士子称向主考官举荐自己的达官显贵。明沈德符《野获编·科场·荐主同咨》："数十年来，特重荐师，待以异礼，几出乡会座师之上。盖房考座师，日后升沉不可问，而荐主西台烜赫，且可藉以为援，势使然也。"

【译文】

异史氏说：秀才入考场，有七种样子：刚进去时光着脚，提着篮子，像乞丐。点名时，考官呵斥，差人责骂，像囚犯。进入考场号房子，每个洞都露出一个头，每一房都露出一双脚，像秋末冷风中的蜂子。出了考场，一个个失魂落魄，天地变色，像出笼的病鸟。等待发榜时，草木皆惊，白天晚上，梦想不断。一想到考中得志，则顷刻间楼台亭阁都在眼前；一想到落榜，则瞬间骸骨都腐烂了。这一段时间，人坐立不安，像被拴住的猴子。忽然有骑快马传报的人来到，报单上没有自己的名字，马上神色大变，怅然若死，就像吃了毒药的苍蝇，弄它也不觉得了。初次考场失意，心灰意懒，大骂考官没长眼睛，笔墨没有灵气，势必把案头的东西全都烧掉；烧不完的，就踩碎；踩不了的，就扔到脏水沟里去。不再应科举了。从此要披发入山，面向石壁，再有说要以"且夫""尝谓"之文来推荐给自己的，一定要操戈赶他走。过了一段时间，失败的日子渐渐远去，气也渐渐平了，想做文章的心渐渐痒起来，于是，像个破壳而出的鸠鸟，只好衔树枝造新巢，从头开始了。这样的情形，当局者痛哭欲死，而旁观的人看来，却是非常好笑。王子安心中突然间涌出万般思绪，想来鬼狐一定是暗笑了很久了，因此乘他醉了来耍弄他。床头的妻子很清醒，怎会不哑然失笑呢？看一看得意时的情景、滋味，不过是一瞬间罢了。翰林院的各位，也不过是经历了两三个瞬间罢了，王子安一下子便都尝到了，那么，狐狸的恩惠与举荐的考官的恩惠是一样的。

刁姓

【题解】

本篇通过相面人利用"诈慧"，判断众人中的贵妇一事，揭露了江湖上"欺耳目、赚金钱，无本而殖"的所谓相面的骗人把戏。由此可知《聊斋志异》中许多事涉相面的篇章，作者并非真的相信，不过是借以编织小说情节而已。

有刁姓者，家无生产，每出卖许负之术[1]，实无术也。数月一归，则金帛盈囊[2]。共异之。会里人有客于外者，遥见高门内一人，冠华阳巾[3]，言语啁嗻[4]，众妇丛绕之，近视，则刁也。因微窥所为。见有问者曰:“吾等众人中,有一夫人在[5],能辨之乎?”盖有一贵妇微服其中[6],将以验其术也。里人代为刁窘[7]。刁从容望空横指曰:“此何难辨。试观贵人顶上,自有云气环绕。”众目不觉集视一人,觇其云气。刁乃指其人曰:“此真贵人!”众惊以为神。里人归述其诈慧[8]。乃知虽小道[9],亦必有过人之才,不然,乌能欺耳目、赚金钱,无本而殖哉[10]!

【注释】

①许负之术:指相面之术。

②橐:囊。

③华阳巾:道士所戴的头巾。其式上下皆平。创始者,或谓三国魏之韦节,或谓南朝梁之陶隐居(弘景),其说不一。

④啁嗻(zhōu zhē):多言,声音细碎刺耳。

⑤夫人:明清时代对高官的母亲或妻子加封,称诰命夫人,也指称有身份的妇人。

⑥微服:为隐蔽身份而改着地位低下者的服装。

⑦窘:窘迫。

⑨诈慧:诡诈的小聪明。

⑨小道:小技术,小把戏。相对于儒家大道而言,习指其他学说和技能。

⑩无本而殖:无本生意。即不须资本而孳生财利。殖,孳生,繁殖。

【译文】

有个姓刁的人,家中没有什么生计,常常出外兜售许负相面之术,实际上没什么技能。几个月一回家,则常常装回满袋子的钱财。大家都感到奇怪。有一次,乡里有一个人在外面做客,远远看见一座高门大院里有个人，头戴华阳巾，正念念叨叨说着些什么，一些妇人前后左右围着他，到近处一看，是姓刁的那个人。于是，就偷偷地看他在做什么。只见有人问道："我们这些人中，有一位是夫人，你能认出来吗？"大概是有一个贵妇人微服混在里面，想要检验一下他的法术。同乡人听后很为姓刁的发窘。只见姓刁的从容地望着空中，横手一指，说："这有什么难辨别的。你们看那贵妇人的头顶上，自会有云气环绕。"众人不觉一块儿去看其中一个人，以察看她的云气。姓刁的于是指着那人说："这位就是真正的贵夫人！"众人都很惊讶，认为他是神仙。乡人回来，讲述了姓刁的欺人的小把戏。从这件事才知道，即使是小把戏，也一定要有过人的才能，否则，怎么能骗得了人，赚得了钱，干无本而生万利的生意呢！

农妇

【题解】

这是一个全新的女性形象，不仅在《聊斋志异》里，即使在中国古代的文言小说里也是第一次亮相。标题是农妇，实际是女性小负贩。由于在蒲松龄那个时代的农村里农商的界限不是很严格，故以农妇称之。小说并没有按照女性的常态和思路去描写，而是专写其与众不同处。写她"勇健如男子"，不仅在体魄上观照，尤重在精神方面描绘，比如写农妇"辄为乡中排难解纷"，"贩陶器为业。有赢馀，则施丐者"，"与夫异县而居"。后面两个细节描写，一个是分娩，一个是教训尼姑，文采飞扬，痛快淋漓，给人留下非常深刻的印象。

邑西磁窑坞有农人妇[①]，勇健如男子，辄为乡中排难解纷[②]，与夫异县而居。夫家高苑[③]，距淄百馀里，偶一来，信宿便去。妇自赴颜山[4]，贩陶器为业。有赢馀，则施丐者。一夕与邻妇语，忽起曰："腹少微痛，想孽障欲离身也[5]。"遂去。天明往探之，则见其肩荷酿酒巨甕二[6]，方将入门。随至其室，则有婴儿绷卧[7]。骇问之，盖娩后已负重百里矣。故与北庵尼善，订为姊妹。后闻尼有秽行[8]，忿然操杖，将往挞楚，众苦劝乃止。一日，遇尼于途，遽批之[9]。问："何罪？"亦不答，拳石交施[10]，至不能号，乃释而去。

【注释】

①磁窑坞：集镇名。在淄川西南乡。

②排难解纷：为人排除危难，调解争执。《战国策·赵策》："所贵于天下之士者，为人排患释难解纷乱而无取也。即有所取者，是商贾之人也，仲连不忍为也。"

③高苑：旧县名。在淄川东北，明清属青州府。今为山东高青之一部分。

④颜山：又名"颜神山"、"神头山"、"凤凰山"。位于山东淄博。

⑤孽障：佛教认为过去作恶导致的后果。此处是对腹中胎儿的昵称。

⑥甕：一种盛水或酒等液体的陶器。

⑦绷：束，裹。

⑧秽行：龌龊的行为。习指男女关系混乱。

⑨遽：迅捷。批：批颊，打嘴巴。

⑩交施：交加。施，施行。

【译文】

县城西边磁窑坞有一个农人的妻子，她非常健壮勇敢，像男子一样，常常替乡里排解纠纷，与丈夫分居在两县。夫家在高苑，距淄川县有一百多里，丈夫偶尔来一次，住上两宿便回去。农妇自己到颜山去，以贩卖陶器为生。做生意挣到了钱，就施舍给要饭的。一天晚上，她正和邻妇说话，忽然站起来说："我肚子有些痛，想来是这孽障要离开我的身子了。"于是就走了。天亮后，邻妇去看她，见她肩上挑着两只酿酒用的大罐子，刚要进门。跟着她进了屋，只见有个婴儿包裹着躺在那里。邻妇吃惊地问她怎么回事，原来她分娩后已经背着重担走了上百里路了。她原先与北庵的尼姑很好，两人认为姐妹。后来听说尼姑行为不检点，便生气地拿着木棒，要去打她，大家苦苦劝阻才没去成。一天，农妇在路上遇到了尼姑，立刻上前打她耳光。尼姑说："我有什么过错？"她也不回答，用拳头和石块一起打，一直打到尼姑叫不出声来，才放了她，自己走了。

异史氏曰：世言女中丈夫，犹自知非丈夫也，妇并忘其为巾帼矣①。其豪爽自快，与古剑仙无殊②，毋亦其夫亦磨镜者流耶③？

【注释】

①巾帼(guó)：妇女的头巾和发饰。指代妇女。

②剑仙：指技能超凡入化的剑客。

③磨镜者：指唐裴铏《传奇·聂隐娘》中女剑客聂隐娘的丈夫。聂隐娘，唐贞元中魏博大将聂锋之女。10岁时被一女尼携去，授以剑术，5年后送归。一天，一磨镜少年及于门，隐娘禀于父而嫁之。夫妇初事魏博，后事陈许，终渐不知所之，而此磨镜少年"但能淬镜，馀无他能"，是一个带有神秘色彩的人物。

【译文】

异史氏说：世人说女中丈夫的时候，是自己知道不是丈夫，而这个农妇也忘了自己是巾帼女子了。农妇的豪放、直爽，与古代的剑仙没什么区别，是不是她的丈夫也是《聂隐娘》中的磨镜少年之类的人物呀？

金陵乙

【题解】

如果说卷六《河间生》中的某生与狐狸交往是误入歧途而迷途知返的话，那么，本篇中的金陵卖酒人某乙则是与狐狸臭味相投，狼狈为奸，其作恶被缚，“踣地化为狐，四体犹着人衣”，是罪有应得。因为他本来就是披着人衣的禽兽。

金陵卖酒人某乙①，每酿成，投水而置毒焉，即善饮者，不过数盏，便醉如泥。以此得中山之名②，富致巨金。早起，见一狐醉卧槽边，缚其四肢。方将觅刃，狐已醒，哀曰：“勿见害，请如所求。”遂释之，辗转已化为人。时巷中孙氏，其长妇患狐为祟，因问之，答云：“是即我也。”乙窥妇娣尤美③，求狐携往，狐难之。乙固求之。狐邀乙去，入一洞中，取褐衣授之，曰：“此先兄所遗，着之当可去。”既服而归，家人皆不之见，袭常衣而出④，始见之。大喜，与狐同诣孙氏家。见墙上贴巨符，画蜿蜒如龙。狐惧曰：“和尚大恶⑤，我不往矣！”遂去。乙逡巡近之，则真龙盘壁上，昂首欲飞，大惧亦出。盖孙觅一异域僧，为之厌胜⑥，授符先归，僧犹未至也。次日，僧来，设坛作法⑦。邻人共观之，乙亦杂处其中。忽变色急奔，状如被捉，至门外，踣地化为狐，四体犹着人衣。将杀之。妻子叩请。僧命牵去，日给饮食，数月寻毙。

【注释】

①金陵：南京。一般认为因南京钟山在春秋时称金陵山而得名。

②中山：指产于中山的名酒，又名“千日酒”，是一种酒力很大的陈酿。晋张华《博物志》：“昔刘玄石于中山酒家沽酒，酒家与千日酒，忘言其节度。归至家当醉，而家人不知，以为死也，权葬之。酒家计千日满，乃忆玄石前来沽酒，醉当醒耳。往视之。云：‘玄石亡来三年，已葬。’于是开棺，醉始醒。俗云：‘玄石饮酒，一醉千日。’”

③妇娣：弟妻。兄妻为姒，弟妻为娣，统称娣姒，即俗言妯娌。

④袭：穿着。

⑤大恶：太凶。很厉害。

⑥厌(yā)胜：古代方士的一种巫术，谓能以诅咒制服人或物。厌，有倾覆、堵塞、压制等意思。

⑦坛：平地筑土以供祭祀作法的高台。

【译文】

金陵卖酒人某乙，每当酒酿成时，他便在兑水的同时放一些烈性的麻药，因此，即使是很能喝酒的人，几杯过后，也是烂醉如泥。因此，他的酒有中山之名，发了大财。一天，他早晨起床后，看见一只狐狸醉倒在酒槽边，他用绳子绑了狐狸的四条腿。刚要找刀，狐狸已经醒了，向他哀求说：“请不要杀我，你有什么要求，我都答应。”于是，乙放了它，狐狸一转身，变成了人。当时，胡同中有一个姓孙的人家，家中的大媳妇被狐狸缠住了，乙问它是怎么回事，狐狸答道：“那就是我。”乙曾暗中偷看孙家二媳妇，觉得很美，就求狐狸带他去，狐狸很为难。乙坚持求它答应。狐狸邀请乙和它一块儿去，进到一个洞中，拿出一件褐色衣服给他，说：“这是我过世的兄长留下来的，你穿上它就可以去了。”乙穿上衣服回家，家里人都看不见他，换了自己的衣裳出来，才看见了。乙大喜，与狐狸一同去孙家。他们看见孙家的墙壁上贴着一道巨大的符，符咒蜿蜒着像一条龙。狐狸很害怕,说:“和尚太凶,我不去了!”于是它就跑了。乙慢慢地凑过去,看见一条真龙盘在墙壁上,昂着头要飞腾而去,乙吓了一大跳,也跑出来了。原来,孙家找了一个外地和尚,为他家驱魔降鬼,和尚给了孙家人一张符,让他先回去,和尚还没来呢。第二天,和尚来了,设坛作法。邻居们一起来看,乙也夹杂在人群里。忽然,乙脸色大变,急忙跑了出来,好像被抓住的样子,到了门外,乙倒在地上变成了一只狐狸,身上还穿着人的衣服。和尚准备杀了它。乙的妻子向和尚叩头请求饶恕。和尚让她牵走,妻子每天给它饭吃,过了几个月就死了。

郭安

【题解】

本篇有两则公案故事。引人注目的不是案件之奇,而是案子审判结果之奇。审判结果不仅违背法理,而且违背常理,简直匪夷所思!蒲松龄评论说:“此等明决,皆是甲榜所为,他途不能也。”用的是全称判断,含有他对于科举不公正的指责。因为一个人在文才方面是优秀的,在另一个方面未必出色。即使科举考试公正,选拔的人才合理,在司法审案中也未必称职。王渔洋在本篇的后面附了一则故事:“新城令陈端菴凝,性仁柔无断。王生与哲典居宅与人,久不给直,讼之官。陈不能决,但曰:‘诗云:维鹊有巢,维鸠居之。’生为鹊可也。”也说明了“翰苑则优,簿书则诎”的道理。所以问题的关键,不在于科举考试公正与否,也不在于科举考试成功就可以授予官职这个制度是否正确,而是在于司法判案的专业性。因为只有司法判案具有专业性、独立性,与传统的行政分离,形成独立的职业,专门的学问,这种荒唐荒谬的事情才有可能杜绝。遗憾的是,司法的独立性和专业性,一直是中国传统文化的弱项,而且具有强大的传统。

孙五粒[1]，有僮仆独宿一室，恍惚被人摄去[2]。至一宫殿，见阎罗在上，视之曰："误矣，此非是。"因遣送还。既归，大惧，移宿他所。遂有僚仆郭安者[3]，见榻空闲，因就寝焉。又一仆李禄，与僮有夙怨，久将甘心[4]，是夜操刀入，扪之，以为僮也，竟杀之。郭父鸣于官。时陈其善为邑宰[5]，殊不苦之[6]。郭哀号，言："半生止此子，今将何以聊生！"陈即以李禄为之子。郭含冤而退。此不奇于僮之见鬼，而奇于陈之折狱也[7]。

【注释】

①孙五粒：孙秠，后改名珀龄，字五粒。孙之獬子，孙琰龄兄，山东淄川人。明崇祯六年(1633)举人，清顺治三年(1646)进士。历工部、刑部给事中，礼部都给事中，太仆寺少卿，迁鸿胪寺卿，转通政使司左通加一级。乾隆《淄川县志·选举志》附有小传。

②摄：捉拿，拘捕。

③僚仆：同一主人家的仆人。

④久将甘心：久欲报复，以求快意。《左传·庄公九年》："管、召，仇也，请受而甘心焉。"

⑤陈其善：辽东人，贡士，顺治四年(1647)任淄川县知县。九年(1652)，入朝为拾遗。见乾隆《淄川县志·秩官》。

⑥殊不苦之：对李禄很宽容。

⑦折狱：断决狱讼。

【译文】

孙五粒有个小僮独自睡在一间屋子里，恍惚之间被人捉了去。到了一处宫殿，只见阎王爷坐在上面，看了看他，说："错了，不是他。"于是把他送了回来。小僮回来以后，非常害怕，就搬到另一个地方去住了。于是有个叫郭安的仆人，见床空着，就在那睡下。又有一个叫李禄的仆人,一向与小僮有仇,早就想报复,这天晚上拿着刀进了这间屋子,摸了一下,以为是小僮,就把他杀了。郭安的父亲告到官府。当时陈其善是县令,很不以为意。郭父痛哭着,说:“我半辈子就只有这一个儿子,今后我该怎么活啊!”陈县令就判李禄做郭父的儿子。郭父含冤回去了。这段故事不奇在小僮见鬼,而奇在陈县令如此断案。

济之西邑有杀人者①,其妇讼之。令怒,立拘凶犯至,拍案骂曰:“人家好好夫妇,直令寡耶②!即以汝配之,亦令汝妻寡守。”遂判合之③。此等明决④,皆是甲榜所为⑤,他途不能也。而陈亦尔尔⑥,何途无才!

【注释】

①济之西邑:指济南府西部的某县。

②直:径直,竟然。

③合:结合。

④明决:明快决断。

⑤甲榜:指考中进士者。清赵翼《陔馀丛考·甲榜乙榜》:“今世谓进士为甲榜,以其曾经殿试,列名于一二三甲也。举人谓之一榜,后以进士有甲榜之称,遂以一为乙,而以举人为乙榜。”

⑥尔尔:如此,这样。

【译文】

济南西部某县有个人杀了人,被杀者的妻子告到了官府。县令十分生气,立刻把凶犯抓了来,拍着桌子骂道:“人家好好的夫妻,你竟让人当了寡妇!那就把你配给她做丈夫,也让你的妻子守寡。”于是就这样判了。这种明了快速的判案,都是进士所为,其他出身的人办不到的。陈县令也是这样,什么途径没有有才能的呢!

折狱

【题解】

本篇由两个公案故事组成。主人公都是蒲松龄考中秀才时的淄川县令费祎祉。两则故事虽然属于公案的范畴，突出的却不是案件本身，而是主人公费祎祉的仁爱，随处留心，也就是勤政爱民的优秀品质。两则故事描写细腻平稳，从容端凝，都有较长的“异史氏曰”，字里行间既有费祎祉的人格精神在，也有着作者深长的追思情感在。

费祎祉对于蒲松龄有知遇之恩，卷一的《叶生》中丁乘鹤就有费祎祉的影子。冯镇峦评论此篇说：“聊斋不如人，只甲乙两科耳。为问当时两科中人至今有一存者否？而聊斋名在千古。费公知人之名，转借聊斋以传，呜呼幸哉！”

邑之西崖庄，有贾某被人杀于途。隔夜，其妻亦自经死[①]。贾弟鸣于官。时浙江费公祎祉令淄[②]，亲诣验之，见布袱裹银五钱馀，尚在腰中，知非为财也者。拘两村邻保审质一过[③]，殊少端绪[④]，并未搒掠[⑤]，释散归农，但命地约细察[⑥]，十日一关白而已。逾半年，事渐懈。贾弟怨公仁柔，上堂屡聒[⑦]。公怒曰：“汝既不能指名，欲我以桎梏加良民耶[⑧]！”呵逐而出。贾弟无所伸诉，愤葬兄嫂。一日，以逋赋故[⑨]，逮数人至。内一人周成，惧责，上言钱粮措办已足，即于腰中出银袱[⑩]，禀公验视。公验已，便问：“汝家何里？”答云：“某村。”又问：“去西崖几里？”答：“五六里。”“去年被杀贾某，系汝何人？”答云：“不识其人。”公勃然曰：“汝杀之，尚云不识耶！”周力辨，不听，严梏之，果伏其罪。

【注释】

①自经:自缢,上吊。

②费公祎祉:费祎祉,字支峤,又字锡兹,浙江鄞县(今宁波)人,顺治六年(1649)进士,十五年(1658)为淄川县令,十七年(1660)以诖误离职。

③邻保:邻居,近邻。《周礼·地官·遂人》:"五家为邻,五邻为里。"又《周礼·地官·大司徒》:"令五家为比:使之相保。"

④端绪:线索。

⑤搒掠:用刑,刑讯。

⑥地约:指乡约、地保之类的乡中小吏。

⑦聒:聒噪,吵闹。

⑧桎梏:是中国古代的一种刑具,在手上戴的为梏,在脚上戴的为桎。类似于近世的手铐脚镣。

⑨逋赋:拖欠赋税。

⑩银袱:包裹银钱的包袱,钱包。

【译文】

县城西崖庄,有个商人在路上被人杀死了。过了一夜,他妻子也上吊死了。商人的弟弟告到官里。当时,浙江人费祎祉在淄川做县令,亲自去验尸,发现包袱里裹着五钱多银子还在死者腰中,断定不是谋财害命。费公传来两村邻居,审问一番,也没有什么头绪,并没用刑,就都放了回去,只是让地保们仔细侦察,每十天报告一次。过了半年,事情渐渐松懈下来。商人的弟弟抱怨费公心慈手软,多次上公堂来吵闹。费公大怒,说:"你既然不能指出凶手的姓名,难道想让我用枷锁伤害好人吗!"把他轰出了衙门。商人的弟弟无处申诉,只好气愤地安葬了兄嫂。一天,衙门因为拖欠赋税的事,抓来了几个人。其中有个叫周成的,害怕受到刑罚,上前说钱粮已经筹备够了,便从腰中拿出一个钱袋,呈上去请费公验看。费公验完,便问:"你家在哪?"答道:"某村。"又问:"离西崖几里?”答道:“五六里。”“去年被杀的那个商人,是你的什么人?”答道:“不认识。”费公勃然大怒,说:“你杀了他,还说不认识!”周成极力辩解,费公不听,对他进行严刑拷打,他果然招认了。

先是,贾妻王氏,将诣姻家①,惭无钗饰②,聒夫使假于邻。夫不肯,妻自假之,颇甚珍重。归途,卸而裹诸袱,纳袖中,既至家,探之已亡。不敢告夫,又无力偿邻,懊恼欲死。是日,周适拾之,知为贾妻所遗,窥贾他出,半夜逾墙,将执以求合。时溽暑③,王氏卧庭中,周潜就淫之。王氏觉,大号。周急止之,留袱纳钗④。事已,妇嘱曰:“后勿来,吾家男子恶,犯恐俱死!”周怒曰:“我挟勾栏数宿之赀,宁一度可偿耶!”妇慰之曰:“我非不愿相交,渠常善病,不如从容以待其死。”周乃去,于是杀贾,夜诣妇曰:“今某已被人杀,请如所约。”妇闻大哭,周惧而逃,天明则妇死矣。公廉得情⑤,以周抵罪。共服其神,而不知所以能察之故。公曰:“事无难办,要在随处留心耳。初验尸时,见银袱刺万字文⑥,周袱亦然,是出一手也。及诘之,又云无旧⑦,词貌诡变⑧,是以确知其真凶也。”

【注释】

①诣:前往,去。姻家:亲戚家。

②钗饰:妇女的首饰。钗,两股笄。

③溽暑:暑湿之气,指盛夏。《素问·六元正纪大论》:“四之气,溽暑至,大雨时行,寒热互至。”

④留袱纳钗:留下包袱,把钗饰给了王氏。袱,包袱。纳,支付。

⑤廉：考察。情：案情。

⑥万字文：万字的图案。文，纹饰。

⑦无旧：无旧交。旧，故旧，交情。

⑧词貌诡变：言词和神态异常。

【译文】

原来，商人的妻子王氏准备去亲戚家，因为没有首饰，觉得没面子，就唠唠叨叨让丈夫去邻居家借。丈夫不肯去，妻子就自己去借了来，并且很珍惜它。回家路上，她把首饰摘下来包在钱袋里，放在袖子中，到了家，发现首饰丢了。她不敢告诉丈夫，自己又赔偿不起，后悔得要死。那天，周成恰好在路上捡了这个钱袋，知道是商人妻子丢的，就暗中趁商人外出，半夜跳墙到商人家，准备拿首饰逼商人妻子与他通奸。当时天很热，王氏睡在庭院里，周成悄悄过去奸污了她。王氏醒过来大喊。周成急忙制止她，把钱袋留下，还了她首饰。事完后，王氏叮嘱他说："以后不要来了，我家男人很厉害，被他发现，恐怕我们都活不成！"周成生气地说："我拿着够在妓院玩几宿的钱，怎么能玩一次就行了呢！"王氏安慰他说："我不是不愿意和你相好，我丈夫常患病，不如慢慢等他死后再说。"周成一听便走了，于是杀了商人，当夜又来到王氏那里，说："现在你丈夫已经被人杀了，请你履行你的话。"王氏听了大哭，周成害怕地跑了，天亮后，王氏也死了。费公查清了此案的前后经过，判周成抵罪。大家都很佩服费公的神明，却不知道他是怎么查清的。费公说："这不难办，只要时时处处留心就行。当时验尸时，我看见钱袋上绣着万字纹，周成的钱袋也一样，是出于同一人之手。等我审问周成时，他又说不认识死者，他言语支吾，神情多变，因此判定他就是真正的凶手。"

异史氏曰：世之折狱者，非悠悠置之[①]，则缧系数十人而狼籍之耳[②]。堂上肉鼓吹[③]，喧阗旁午[④]，遂嚬蹙曰[⑤]："我劳心民事也。"云板三敲[⑥],则声色并进,难决之词[⑦],不复置念,耑待升堂时[⑧],祸桑树以烹老龟耳[⑨]。呜呼!民情何由得哉!余每曰:"智者不必仁,而仁者则必智,盖用心苦则机关出也[⑩]。""随在留心"之言,可以教天下之宰民社者矣[⑪]。

【注释】

①悠悠置之:指长期搁置,不加处理。悠悠,安闲自在,漫不经心。

②缧(léi)系:囚禁。狼籍之:折磨他们。狼籍,折磨,作践。

③肉鼓吹:喻拷打犯人的声响。鼓吹,击鼓奏乐。宋曾慥《类说》引《外史梼杌》载,后蜀酷吏李匡远,性苛急,一日不用刑,则惨然不乐。闻捶楚之声,就说:"此吾一部肉鼓吹。"

④喧阗(tián)旁午:哄闹嘈杂。喧阗,哄闹声。旁午,交错,纷繁。《汉书·霍光传》:"受玺以来二十七日,使者旁午。"颜师古注:"一纵一横为旁午,犹言交横也。"

⑤噘蹙:皱眉蹙容,忧心的样子。

⑥云板三敲:指打点退堂。云板,一种两端作云头形的铁质或木质响器。也称"钟板"、"响板"、"铁板"、"云版"。俗称"点"。旧时官署或权贵之家皆击云板作为报事的信号。

⑦难决之词:难以判断的官司。词,词讼,诉讼。

⑧耑:同"专"。

⑨祸桑树以烹老龟:比喻胡乱判案,使众多无辜者牵累受害。宋《太平广记·永康人》载,三国时,吴国永康有人入山捉到一只大龟,用船载归,要献给吴王孙权,夜间系舟于大桑树。舟人听见大龟说:我既被捉,将被烹煮,但是烧尽南山之柴,也煮我不烂。桑树说:诸葛恪见识广博,假使用我们桑树去烧你,你怎么办呢?孙权得龟,焚柴百车,龟依然如故。诸葛恪献策,砍桑树烧煮,果

然把龟煮烂。此处以桑树与老龟比喻诉讼的双方。

⑩机关:智谋或计策。此指弄清案情的线索和办法。

⑪宰民社者:地方官。宰,主宰,管理。民社,人民与社稷。

【译文】

异史氏说:世上断案的人,对待案件,不是漠然不顾,就是一下子抓来数十个人用刑折磨。公堂上拷打声不断,喧闹纷杂,断案人于是皱着眉说:"我是尽心办事啊。"等到退堂下班,就花天酒地,沉湎于声色,哪里还会把难办的案子放在心上,专等升堂时,胡乱判案,使众多无辜的人牵累受害。唉!这么办案,怎么可能真正了解民情呢!我常说:"有智慧的人不一定仁爱,而仁爱的人则一定会有智慧,这是因为尽心竭力就一定能找到解决的办法。""处处留心"这句话,可以教导天下所有治理百姓的官员。

邑人胡成,与冯安同里,世有隙①。胡父子强,冯屈意交欢,胡终猜之②。一日,共饮薄醉,颇倾肝胆③。胡大言:"勿忧贫,百金之产不难致也。"冯以其家不丰,故嗤之④。胡正色曰:"实相告:昨途遇大商,载厚装来⑤,我颠越于南山智井中矣⑥。"冯又笑之。时胡有妹夫郑伦,托为说合田产,寄数百金于胡家,遂尽出以炫冯。冯信之。既散,阴以状报邑。公拘胡对勘⑦,胡言其实,问郑及产主皆不讹。乃共验诸智井。一役缒下⑧,则果有无首之尸在焉。胡大骇,莫可置辨,但称冤苦。公怒,击喙数十⑨,曰:"确有证据,尚叫屈耶!"以死囚具禁制之⑩。尸戒勿出,惟晓示诸村,使尸主投状。

【注释】

①世有隙:世代不和睦。隙,嫌隙。

②猜：猜疑，不信任。

③倾肝胆：敞开心扉，倾肝沥胆。

④嗤：讥笑。

⑤厚装：丰厚的行装，很多东西。

⑥颠越：陨坠，死亡。眢(yuān)井：无水的井，枯井。

⑦对勘：查对核实。

⑧缒(zhuì)：用绳索拴住人或物从上往下放。

⑨喙(huì)：嘴。

⑩死囚具：为死刑囚犯所用的刑具。禁制：拘禁。

【译文】

县里有一个叫胡成的，和冯安是同乡，两家世代不和。胡成父子强硬，冯安曲意与他们交好，但胡成始终不信任他。一天，两个人在一起喝了酒，微有醉意时，互相说了些心里话。胡成吹牛说："不用怕穷，百两银子的钱财不难弄到。"冯安知道胡家并不富裕，因此嘲笑他。胡成一本正经地说："实话告诉你：昨天路上遇见了一个大商人，带了很多行李，我把他推到南山的枯井里了。"冯安又嘲笑他。当时，胡成有个妹夫郑伦，托他说合购买田产，寄存了几百两银子在胡家，胡成于是拿出来向冯安炫耀。冯安就相信了。酒席一散，冯安便暗中写了状子告到官府。县令费公把胡成抓去对证，胡成说了实情，问郑伦和卖田产的人，都这样说。于是，一块儿去枯井那里检查。放一名差役下去看，果然有一具无头尸体在里面。胡成惊骇极了，没有话辩解，只说冤枉。费公大怒，打了胡成几十个嘴巴，说："证据确凿，还叫冤枉！"命令用死囚刑具拘禁他。又吩咐不要把尸体弄出来，只发告示到各村，让死者家属来认领。

逾日，有妇人抱状[①]，自言为亡者妻，言："夫何甲，揭数百金出作贸易，被胡杀死。"公曰："井有死人，恐未必即是汝夫。”妇执言甚坚。公乃命出尸于井，视之，果不妄。妇不敢近，却立而号②。公曰：“真犯已得，但骸躯未全。汝暂归，待得死者首，即招报令其抵偿。”遂自狱中唤胡出，呵曰：“明日不将头至，当械折股③！”押去终日而返，诘之，但有号泣。乃以梏具置前作刑势④，却又不刑，曰：“想汝当夜扛尸忙迫，不知坠落何处，奈何不细寻之？”胡哀祈容急觅。公乃问妇：“子女几何？”答曰：“无。”问：“甲有何戚属？”“但有堂叔一人。”慨然曰：“少年丧夫，伶仃如此，其何以为生矣！”妇乃哭，叩求怜悯。公曰：“杀人之罪已定，但得全尸，此案即结，结案后，速醮可也。汝少妇，勿复出入公门。”妇感泣，叩头而下。

【注释】

①抱状：抱持状纸，亲诣公堂。

②却立：后退站立。号：大声哭，干号。

③械折(shé)股：夹断你的腿。械，指夹棍之类的刑械。

④梏具：刑具。刑势：行刑的样子。

【译文】

过了一天，有一个妇人递上状子，自称是死者的妻子，说：“丈夫何甲，带了几百两银子出去做买卖，被胡成杀死了。”费公说：“井中是有死人，恐怕未必就是你丈夫。”妇人坚持说是。费公才命人将尸体弄出井，一看，果然是。妇人不敢走近，只站在那里号哭。费公说：“凶犯已经抓住了，但尸体不全。你暂时先回去，等找到了死者的头，就立刻告诉你，要他抵命。”于是从狱中把胡成传唤出来，向他呵道：“明天不拿头来，一定打断你的腿！”派人押着胡成去找，转了一天回来，问他，只是号哭。于是费公把刑具摆在前面，作出要动刑的样子，却又不动，说：“想你当天夜里扛着尸体很匆忙，不知头掉到哪里了，怎的不仔细找找？”胡成哀求宽限些时候好好找。费公于是问妇人：“你有几个子女？”答：“没有。”问：“何甲有什么亲戚？”“只有一个堂叔。”费公感叹道：“你年轻丧夫，孤苦伶仃地怎么生活啊！”妇人于是哭起来，叩头请求怜悯。费公说：“杀人之罪已经定下来了，只等得到全尸，这个案子就结了，结案后，你可以马上再嫁。你一个年轻妇人，以后不要再抛头露面出入公门了。”妇人感动得哭了起来，叩了头便走下堂去。

公即票示里人[①]，代觅其首。经宿，即有同村王五，报称已获。问验既明，赏以千钱。唤甲叔至，曰：“大案已成，然人命重大，非积岁不能成结。侄既无出，少妇亦难存活，早令适人。此后亦无他务，但有上台检驳[②]，止须汝应身耳。”甲叔不肯，飞两签下[③]，再辩，又一签下。甲叔惧，应之而出。妇闻，诣谢公恩。公极意慰谕之，又谕：“有买妇者，当堂关白。”既下，即有投婚状者，盖即报人头之王五也。公唤妇上，曰：“杀人之真犯，汝知之乎？”答曰：“胡成。”公曰：“非也。汝与王五乃真犯耳。”二人大骇，力辨冤枉。公曰：“我久知其情，所以迟迟而发者，恐有万一之屈耳。尸未出井，何以确信为汝夫？盖先知其死矣。且甲死犹衣败絮，数百金何所自来？”又谓王五曰：“头之所在，汝何知之熟也！所以如此其急者，意在速合耳。”两人惊颜如土，不能强置一词。并械之，果吐其实。盖王五与妇私已久，谋杀其夫，而适值胡成之戏也。乃释胡。冯以诬告，重笞，徒三年。事结，并未妄刑一人。

【注释】

①票示：公示，公告。票，印的或写的凭证。

②上台：上司。检驳：查察辨正。

③签：旧时官府交给差役拘捕犯人或用刑的片状凭证，多用竹、木做成。

【译文】

费公马上签发文书，让乡里人代为寻找尸体的头。过了一天，就有同村王五，报告说已经找到了。费公讯问，验看清楚后，赏了他千吊钱。又传唤何甲的堂叔到公堂，说："这个大案已经查清了，然而人命重大，不经过一些年月是不能结案的。你侄子既然没有儿子，你侄媳妇年轻，也难以生活，早点儿让她嫁人吧。此后也没有其他事，如果有上级长官来复查，只须你来应付就行了。"何甲的叔叔不肯答应，费公立即发下两支动刑的竹签，何甲的叔叔还是不答应，费公又发下一签。何甲的叔叔害怕了，答应了就出来了。妇人听说了，便来向费公谢恩。费公极力安慰她，又宣布："有要娶这个妇人的，可以当堂说明。"这话传下去后，马上有要求婚娶的，就是那个报告找到人头的王五。费公传妇人上堂，说："杀人的真凶，你知道是谁吗？"妇人回答说："胡成。"费公说："不对。你和王五才是真凶。"两人大惊，极力说冤枉。费公说："我早就知道案子的真相，之所以迟迟不揭发出来，是恐怕万一冤枉了好人。尸体还未出井，你凭什么确信是你的丈夫？一定是事先知道他死了。而且何甲死的时候还穿得破破烂烂，哪里来的几百两银子？"又对王五说："头在什么地方，你是多么熟悉啊！之所以这么着急地找出了，就是为了你俩快些结合。"俩人吓得面如土色，不能狡辩一句。对他俩一块儿用刑，果然都说了实话。原来王五与妇人私通很久了，俩人谋杀了她的丈夫，恰好胡成开了这样的玩笑。于是放了胡成。冯安以诬告罪被重重打了一顿，判刑三年。案子了结，没有对一个人乱用刑罚。

异史氏曰：我夫子有仁爱名[①]，即此一事，亦以见仁人之用心苦矣。方宰淄时，松裁弱冠[②]，过蒙器许[③]，而驽钝不才[④]，竟以不舞之鹤为羊公辱[⑤]。是我夫子生平有不哲之一事[⑥]，则松实贻之也[⑦]。悲夫！

【注释】

①我夫子：指费祎祉。夫子，旧时对老师的专称。

②松：蒲松龄自称。弱冠：古时男子20岁成人，初加冠，因体弱未壮，故称弱冠。按，费祎祉"方宰淄时"为顺治十五年至十七年，即1658至1660年。正是蒲松龄18至20岁期间。

③器许：器重和赞许。

④驽钝：愚笨。

⑤竟以不舞之鹤为羊公辱：意谓自己驽钝不才，辜负了赏识者的厚望。南朝宋刘义庆《世说新语·排调》："昔羊叔子有鹤善舞，尝向客称之。客试使驱来，氃氋而不肯舞。"

⑥不哲：不明智。

⑦贻：留赠，给予。

【译文】

异史氏说：我的先生一向有仁爱的名声，只此一件事，就可以看出仁人的用心良苦。我的先生担任淄川县令时，我刚刚成人，受到先生过分的夸奖和期许，但是愚笨缺乏才华的我，辜负了先生的厚望。假如我的先生生平有一件事情不明智的话，那就是我造成的。悲哀啊！

义犬

【题解】

《聊斋志异》写动物报恩分为两大类型。一类主要是狐狸，幻化为人，主要是女性，以人的行为方式或帮助恩人躲过灾难，或与恩人组建家庭延续子嗣。一类以狗、狼、虎习见的动物为主，仍以它们自身的行为方式报答人类的恩德。本篇中的义犬被贾某所救之后，在贾某遇难时以犬的特长——凫水相救，靠嗅觉寻找仇敌，完成了对于贾某的报恩。

周村有贾某①，贸易芜湖②，获重赀。赁舟将归，见堤上有屠人缚犬，倍价赎之③，养豢舟上。舟人固积寇也④，窥客装，荡舟入莽⑤，操刀欲杀。贾哀赐以全尸，盗乃以毡裹置江中。犬见之，哀嗥投水，口衔裹具，与共浮沉。流荡不知几里，达浅搁乃止⑥。

【注释】

①周村：集镇名。位于山东的中部，明清属山东长山管辖，今属淄博。贾（gǔ）：商人。

②芜湖：县名。明清属太平府。今为安徽芜湖。

③倍价：价格的一倍。

④积寇：积年盗匪，惯匪。

⑤莽：草莽。指蒹葭、芦苇丛生的地方。

⑥浅搁：搁浅。船或他物阻滞于浅滩，不能进退。

【译文】

周村商人某，到芜湖做买卖，赚了一大笔钱。他租了船准备回家，看到江堤上有个屠夫正在绑一只狗，他便出了一倍多的价钱把狗买下来，养在船上。这船家本来是个惯匪，暗地里看见商人的行李很重，就把船划到芦苇丛里，举刀要杀商人。商人哀求他给自己留下全尸，强盗就用毡子裹起他扔到了江里。那条狗见了，哀号着跳进水里，用嘴叼着毛毡，与商人一起在江中漂流。漂了不知几里，直到搁浅了才停住。

犬泅出[①]，至有人处，狺狺哀吠[②]。或以为异，从之而往，见毡束水中，引出断其绳。客固未死，始言其情。复哀舟人，载还芜湖，将以伺盗船之归。登舟失犬，心甚悼焉。抵关三四日，估楫如林[③]，而盗船不见。

【注释】

①泅（qiú）：游泳，泅水。

②狺狺（yín）：犬吠声。

③估楫：商船。估，商。楫，船桨。

【译文】

这只狗浮出水面后，跑到有人的地方，汪汪地哀号着。有人觉得奇怪，就跟着它过来，看见有个毡子卷搁在江里，就拉出来割断上面绑的绳子。商人还没有死，就把自己遭抢劫的遭遇告诉了大家。又哀求一位船家，把他载回芜湖，以便守在那里等着强盗船回来。商人上了船，却不见了狗的踪影，心中十分痛惜。商人到了芜湖，找了三四天，商船如林，却不见那条强盗船。

适有同乡估客将携俱归，忽犬自来，望客大嗥，唤之却走[①]。客下舟趁之[②]。犬奔上一舟，啮人胫股[③]，挞之不解。客近呵之，则所啮即前盗也。衣服与舟皆易，故不得而认之矣。缚而搜之，则裹金犹在。

【注释】

①却走：倒着跑，掉头跑。

②趁：追逐，赶。

③胫股：腿。胫，小腿。股，大腿。

【译文】

恰好有个同乡做买卖的，准备带商人一同回家，那条狗忽然自己回来了，看见商人就大声号叫，商人一叫它，它就跑开。商人下了船跟着它。只见那条狗蹿上一条船，一口咬住一个人的小腿，打也不松口。商人走上前去吆喝它，一看，狗咬住的就是那个强盗。这个强盗把原来穿的衣服和船都换了，所以不容易认出来。商人把他绑起来搜查，发现那天被抢去的银子还在。

呜呼！一犬也，而报恩如是。世无心肝者[1]，其亦愧此犬也夫！

【注释】

①无心肝：即俗言没良心。心肝，中国古代认为，人的思想品质是由心肝等器官决定的。

【译文】

唉！一只狗，尚且能够这样报答恩人。世上忘恩负义没有心肝的人，看到这条狗的行为大概也会感到惭愧吧！

杨大洪

【题解】

本篇可以与《王子安》篇连在一起阅读。是“秀才入闱,有七似焉”中“迨望报也,草木皆惊,梦想亦幻。时作一得志想,则顷刻而楼阁俱成;作一失志想,则瞬息而骸骨已朽。此际行坐难安,则似被絷之猱。忽然而飞骑传人,报条无我,此时神色猝变,嗒然若死,则似饵毒之蝇,弄之亦不觉也”的具体样板。杨大洪是明末东林党人,是与魏忠贤斗争的忠义之士,连这样的圣贤人物对于科场上的得失都不能免俗,可见科举考试的成败对于知识分子心理冲击之大。

“异史氏曰”中的话反映了蒲松龄强烈的入世观念,即“天上多一仙人,不如世上多一圣贤”。这一入世观念的表达,对于我们了解蒲松龄的思想,了解《聊斋志异》的创作非常有益。尽管蒲松龄受有佛道思想的影响,人生也多有坎坷,但儒家以人为本的思想始终是他的主流——与仙、鬼相比,人是最可宝贵的;与仙境、幽冥相比,人世是最欢乐的。这是我们阅读《聊斋志异》的一把钥匙。

大洪杨先生涟[①],微时为楚名儒[②],自命不凡。科试后[③],闻报优等者,时方食,含哺出问[④]:“有杨某否?”答云:“无。”不觉嗒然自丧[⑤],咽食入鬲[⑥],遂成病块[⑦],噎阻甚苦。众劝令录遗才[⑧],公患无赀,众醵十金送之行[⑨],乃强就道。夜梦人告之云:“前途有人能愈君疾,宜苦求之。”临去,赠以诗,有“江边柳下三弄笛[⑩],抛向江心莫叹息”之句。明日途次,果见道士坐柳下,因便叩请。道士笑曰:“子误矣,我何能疗病?请为三弄可也。”因出笛吹之。公触所梦,拜求益切,且倾囊献之。道士接金,掷诸江流。公以所来不易,哑然惊惜[11]。道士曰:“君未能恝然耶?金在江边,请自取之。”公诣视果然。又益奇之,呼为仙。道士漫指曰:“我非仙,彼处仙人来矣。”赚公回顾,力拍其项曰:“俗哉!”公受拍,张吻作声,喉中呕出一物,堕地堛然[12],俯而破之,赤丝中裹饭犹存,病若失。回视道士已杳。

【注释】

①大洪杨先生涟:杨涟,字文孺,号大洪,湖北应山(今属湖北广水)人。明万历三十五年(1607)进士,擢兵科给事中。万历四十八年(1620),杨涟与御史左光斗等协心建议,扶幼主熹宗正位,于时并称“杨左”。天启间,拜左副都御史,激扬讽议,尝劾魏忠贤二十四大罪,魏党恨之入骨。天启五年(1625),被魏党诬陷下狱,死狱中。有《杨大洪集》。本传见《明史》。

②微时:地位卑微的时候。楚:指中国湖北和湖南。这里特指湖北。

③科试:明清时各省学政周历各地府州巡回考试欲应乡试的生员,称科试。

④含哺(bǔ):口中含饭。哺,口中所含食物。

⑤嗒然自丧:自感灰心沮丧。

⑥鬲:通“膈”。胸腹间的隔膜。

⑦病块:中医学说认为因积食不化所致胸腹闷满结块之症,即痞症。

⑧录遗才:指参加录遗考试以取得参加乡试资格。明清时,秀才在乡试前需先参加科试,考在一、二等及三等前十名者,得录名参加乡试。其在三等十名以下,及因故未试之秀才与在籍之贡、监生等,可以再次参加录科考试,取中者亦得参加乡试。以上规定随朝代更迭略有不同。

⑨醵(jù):凑钱。

⑩三弄笛：三度吹笛或吹奏三阕。弄，奏乐或乐曲的一段、一章。

⑪哑（yā）然：叹词。表示惊讶，惋惜。

⑫堛（bì）然：象声词，犹言“噼”地一声。堛，本义为土块。

【译文】

杨涟先生，号大洪，他还没有发达的时候，已经是楚地很有名的读书人，因此，自以为很了不起。参加科试后，听到有人传报考取者名单，当时他正在吃饭，口中含着饭出去问：“有我杨某人吗？”答：“没有。”他非常沮丧，咽下口中饭时，便噎了一下，于是成了病，噎得他很是痛苦。朋友们劝他去参加录遗考试，杨大洪担心没钱去考，大家就凑了十两银子送给他，他才勉强启程了。一天夜里，他梦见有人告诉他说：“前面路上有人能治好你的病，你最好苦苦求他。”临别，那人又赠他一首诗，诗中有“江边柳下三弄笛，抛向江心莫叹息”一句。第二天，在路上，果然看见一位道士坐在柳树下，杨大洪便上前拜见，请求他给治病。道士笑着说：“先生误会了，我哪里能治病呢？请我吹几首曲子倒可以。”于是拿出笛子吹起来。杨大洪想起梦中的情景，更加恳切地求道士为他治病，且把身上的钱都拿出来给了道士。道士接过银子，便扔到江里面去了。杨大洪因为这些银子来之不易，叹惜一声，觉得很可惜。道士说：“你对此不能释怀吗？银子在江边，请你自己去拿吧。”杨大洪到江边一看，银子果然在那里。越发觉得神奇，便称呼道士为神仙。道士随便一指，说：“我不是神仙，那边神仙来了。”骗得杨大洪回头去看时，道士用力一拍杨大洪的脖子说：“真俗！”杨大洪被这么一拍，张口出声，喉咙里吐出一个东西，“噼”地一声落在地上，俯下身子把它弄破，见红血丝里包着的饭还没消化，病好像消失了。回头一看，道士已经无影无踪了。

异史氏曰：公生为河岳，没有日星[①]，何必长生乃为不死哉！或以未能免俗，不作天仙，因而为公悼惜。余谓天上多一仙人，不如世上多一圣贤，解者必不议予说之傎也[②]。

【注释】

①生为河岳，没有日星：指杨涟生前死后，其浩然正气经天纬地，受人景仰。宋文天祥《正气歌》："天地有正气，杂然赋流形；下则为河岳，上则为日星。"

②傎：同"颠"。谓颠倒事理。

【译文】

异史氏说：杨公生为河岳，没有日星，何必要长生不死呢！有的人因为他未能免俗，没能做天上的神仙，而感到惋惜。我说，天上多一个仙人，不如世上多一个贤人，理解我的人一定不会认为我的说法是偏狂的。

查牙山洞

【题解】

本篇与其说是一篇游记，不如说是一篇探险类的散文。

探险散文的亮点是险，本篇正是在这点上做足了文章。探险之前，人是"数辈"，"三人受灯"。下到洞口，"两人馁而却退"。探险结尾，一人洞中遇险，先后四人参加救援，也只有一个勇者"始健进"。探险人在查牙山洞中可谓前后左右，怪怪奇奇，处处险境，步步惊心。作者边写景致，边写心理，奇与景物的壮美同现，险与探险人的恐惧共存。高潮则是探险人发现女尸，由"旁瞩"而"渐审"，由"骇极"而"存想"，终于在"以火近脑"后，"似有口气嘘灯，灯摇摇无定，焰缥黄，衣动掀掀。复大惧，手摇颤，灯顿灭。忆路急奔"，结束了探险。探险以失败告终，留下遗憾，却正因为"所恨未穷其底"，给读者留下无穷遐思。

章丘查牙山[①]，有石窟如井，深数尺许。北壁有洞门，伏而引领望见之[②]。会近村数辈九日登临[③]，饮其处，共谋入探之。三人受灯，缒而下。

【注释】

①章丘：县名。明清时代属济南府，即今山东章丘。查牙山：乾隆《章丘县志》作“杈枒山”，在县东界。

②引领：伸颈远望。

③九日登临：重九登高。

【译文】

章丘的查牙山中，有一个石洞像一口井一样，有几尺深。山洞北壁上有个洞门，人趴在地上伸着脖子就能看见。恰好附近村子里有几个人，九月九日登高那天，坐在洞边喝酒，一块儿商量着要进洞去看看。于是，三个人带着灯火，顺着放下来的绳子到了洞里。

洞高敞与夏屋等[①]，入数武，稍狭，即忽见底。底际一窦[②]，蛇行可入[③]。烛之，漆漆然暗深不测。两人馁而却退[④]，一人夺火而嗤之，锐身塞而进[⑤]。幸隘处仅厚于堵[⑥]，即又顿高顿阔，乃立，乃行。顶上石参差危耸，将坠不坠。两壁嶙嶙峋峋然[⑦]，类寺庙中塑，都成鸟兽人鬼形，鸟若飞，兽若走，人若坐若立，鬼罔两示现忿怒[⑧]，奇奇怪怪，类多丑少妍。心凛然作怖畏，喜径夷[⑨]，无少陂[⑩]。逡巡几百步，西壁开石室，门左一怪石鬼，面人而立，目努[⑪]，口箕张[⑫]，齿舌狞恶，左手作拳，触腰际，右手叉五指，欲扑人。心大恐，毛森森以立。遥望门中有爇灰[⑬]，知有人曾至者，胆乃稍壮，强入之。见地上列碗盏，泥垢其中，然皆近今物，非古窑也[⑭]。旁置锡壶四，心利之，解带缚项系腰间[⑮]。即又旁瞩，一尸卧西隅，两肱及股四布以横[16]。骇极。渐审之，足蹑锐履[17]，梅花刻底犹存[18]，知是少妇。人不知何里，毙不知何年。衣色黯败，莫辨青红，发蓬蓬，似筐许乱丝，黏着髑髅上[19]，目、鼻孔各二，瓠犀两行，白巉巉[20]，意是口也。存想首颠当有金珠饰[21]，以火近脑，似有口气嘘灯，灯摇摇无定，焰纁黄[22]，衣动掀掀。复大惧，手摇颤，灯顿灭。忆路急奔，不敢手索壁，恐触鬼者物也。头触石，仆，即复起，冷湿浸颔颊[23]，知是血，不觉痛，抑不敢呻。坌息奔至窦[24]，方将伏，似有人捉发住，晕然遂绝。

【注释】

①夏屋：大屋。

②窦：洞。

③蛇行：匍匐爬行。

④馁：气馁，失去勇气。

⑤锐身：挺身。喻勇于承担。

⑥堵：墙。

⑦嶙嶙峋峋：怪石重叠高耸的样子。

⑧鬼罔两：鬼怪。罔两，即魍魉，古代传说中的一种精怪。示现：显现。

⑨径夷：道路平坦。

⑩无少陂(pō)：没一点斜坡。陂，斜坡。

⑪努：突起，突出。

⑫箕：用竹篾、柳条或铁皮等制成的扬去糠麸或清除垃圾的器具。

⑬爇(ruò)灰：烧的灰。

⑭古窑：指古代陶瓷器皿。

⑮项：此指锡壶颈部。

⑯肱：手臂。

⑰锐履：尖足女鞋。

⑱梅花刻底：指纳有梅花的鞋底。粗线刺纳使其图案鲜明，叫做刻。

⑲髑髅(dú lóu)：死人的头骨。

⑳巉巉(chán)：瘦削峭拔的样子。

㉑首颠：头顶。

㉒焰缥黄：灯光暗淡。缥黄，黄中透红之色。

㉓颔颊：脸和下巴。颔，下巴。颊，面颊。

㉔坌(bèn)息：喘着粗气。

【译文】

洞的高低大小如同一座大房子，走进去几步后，稍窄一些，忽然发现到了洞底。洞底还有一个洞，爬着可以进去。用灯烛照着，漆黑一片，深浅难测。其中两个人胆怯了便退了回去，另一个人夺过灯火嘲笑他们，大着胆子把身子塞着挤了进去。幸亏狭窄处只有一堵墙厚，挤过后马上又高又宽起来，于是这个人站起来往前走。石洞顶部岩石参差耸立，摇摇欲坠。两壁岩石重叠高耸，很像寺庙中的雕塑，都是些鸟兽人鬼的形象，鸟好像在飞，兽好像在跑，人似坐似立，鬼怪则显示出愤怒的样子，奇奇怪怪的，其中丑陋的多，美丽的少。这人心中冷嗖嗖的，感到害怕，可喜的是路很平，很少有坡。慢慢地走了几百步后，西边洞壁上有一个敞开的石室，门左边有一个怪石鬼，面对着人站在那里，瞪着眼，张着簸箕般的嘴，牙齿和舌头狰狞可怕，左手握成拳，放在腰间，右手叉开五指，好像要抓人。这人心里非常害怕，寒毛都竖了起来。远远地望见石门里面有些烧过的灰，知道有人曾到过这里，胆子才稍壮了些，勉强走进去。只见地上放着一些碗和杯子，里面积满了尘垢，但是能看出来这些东西都是现代的，而非古代的。旁边放着四个锡酒壶，这人想要拿走，便解开带子系在壶颈上，挂在腰间。随后又向旁边看，有一具尸体躺在西边墙角处，四肢叉开横放着。这人惊骇极了。慢慢细看，只见尸体脚穿尖鞋，鞋底梅花还在，知道是个年轻妇女。不知道她是哪里人，也不知道什么时候死的。衣服的颜色都褪掉了，分不清青红，头发乱蓬蓬的，像筐里装的乱丝，粘在头骨上，眼睛和鼻子各有两个孔，牙齿两排，白森森的，想是嘴了。这人心想，尸体头顶上应该有金银珠宝首饰，便把灯火靠近头部，却好像有从口里吐出来的气吹灯，灯火摇摆不定，火焰昏黄，尸衣也掀动起来。这人又十分害怕，手便颤抖起来，灯一下子就灭了。他回想着来路，急忙往回跑，不敢用手扶石壁，唯恐摸到石头鬼怪。头碰到了石头，跌倒了，马上又爬起来，冷冷的湿乎乎的东西流了满脸，知道是血，却不觉得疼，也不敢呻吟。他喘着粗气跑到洞口，刚要趴下，似乎有人抓着他的头发把他拉住了，便一下子昏死了过去。

众坐井上俟久，疑之，又缒二人下。探身入窦，见发罥石上[①]，血淫淫已僵。二人失色，不敢入，坐愁叹。俄井上又使二人下，中有勇者，始健进，曳之以出。置山上，半日方醒，言之缕缕[②]。所恨未穷其底，极穷之，必更有佳境。后章令闻之[③]，以丸泥封窦[④]，不可复入矣。

【注释】

①罥(juàn)：缠绕。

②言之缕缕：叙述详尽。

③章令：章丘知县。

④丸泥：泥团。

【译文】

其他的人坐在洞口等了很久，怀疑洞里出事了，又用绳子放了两个人下来。二人探身进洞，发现那人的头发缠绕在石头间，头上血流不止，已经昏死过去。二人大惊失色，不敢进去，坐在那里发愁。不久，上面又放下两个人，其中有一个勇敢的，才大胆地进去，把那人拉了出来。把他放在山上，半天后才醒过来，把他的遭遇详详细细地说了出来。遗憾的是没有探到洞底，探到底一定会有更好的地方。后来章丘县令听说了这件事，下令用泥团封住了洞口，再不能进去了。

康熙二十六、七年间，养母峪之南石崖崩，现洞口，望之，钟乳林林如密笋。然深险，无人敢入。忽有道士至，自称锺离弟子[①]，言："师遣先至，粪除洞府[②]。"居人供以膏火，道士携之而下，坠石笋上，贯腹而死。报令，令封其洞。其中必有奇境，惜道士尸解[③]，无回音耳。

【注释】

①锺离：锺离权。道教主流全真道祖师，名权，字云房，一字寂道，号正阳子，又号和谷子，汉咸阳人。后列为全真北宗第二祖。亦为道教传说中的八仙之一。

②粪除：打扫卫生。《左传·昭公三年》："自子之归也，小人粪除先人之敝庐，曰：'子其将来。'"

③尸解：道教对于死的婉称或神化。《后汉书·王和平传》李贤等注云："尸解者，言将登仙，假托为尸以解化也。"

【译文】

康熙二十六七年间，养母峪南面的石崖崩毁了，露出一个洞口，向里面看，钟乳石密密麻麻地像竹笋一样。然而，洞口又深又险，没有人敢进去。忽然有个道士来了，自称是锺离的弟子，说："师傅派我先来清理洞府。"村民们给他提供了灯火，道士便拿着下去了，跌在石笋上，被石笋刺穿肚子死了。有人报告了县令，县令封了这个洞。这个洞里一定有奇异的景观，可惜道士死了，没有得到探洞的回音。

安期岛

【题解】

长山刘鸿训与淄川蒲松龄地域相近，年代衔接。刘鸿训出使朝鲜不仅圆满地完成了政治外交重任，还成功地扮演了文化使者的角色，加深了中朝之间的文化交流，在当日当地都是赫赫大事，一定存有许多有趣的传说，本篇大概就是依据相关传闻写成的。令人遗憾的是，虽然在文学描写上本篇不乏出色，如何垠所言："写岛中景致，飘飘欲仙"，但"世外人岁月不知，何解人事？"问以却老术，曰："此非富贵人所能为者"等描写，却依然停留在汉唐神仙之说上，即使朝鲜国王所赠镜子"蛟宫龙族，历历在目"，也仍然是古镜的传说。

长山刘中堂鸿训①，同武弁某使朝鲜②。闻安期岛神仙所居③，欲命舟往游。国中臣僚佥谓不可④，令待小张。盖安期不与世通，惟有弟子小张，岁辄一两至。欲至岛者，须先自白。如以为可，则一帆可至，否则飓风覆舟。逾一二日，国王召见。入朝，见一人，佩剑，冠棕笠，坐殿上，年三十许，仪容修洁。问之，即小张也。刘因自述向往之意，小张许之，但言："副使不可行。"又出，遍视从人，惟二人可以从游。遂命舟导刘俱往。

【注释】

①长山刘中堂鸿训：刘鸿训，字默承，号青岳，山东长山人。明万历四十年(1612)举人，四十一年(1613)进士，由庶吉士授编修。天启六年(1626)，以迕魏忠贤，斥为民。崇祯间，尝以礼部尚书兼东阁大学士，进文渊阁大学士参与机务。崇祯七年(1634)，卒于

代州戍所。《明史》有传。

②武弁:武官。弁,低级武官。据《明史》载,刘鸿训出使朝鲜是在泰昌元年(1620)的二月。"神、光二宗相继崩,颁诏朝鲜。甫入境,辽阳陷。朝鲜为造二洋舶,从海道还。沿途收难民,舶重而坏。跳浅沙,入小舟,飘泊三日夜,仅得达登州报命"。

③安期岛:传说仙人安期生所居的海岛。安期生,一名安期,人称"千岁翁"、"安丘先生"。琅琊人,师从河上公,是秦汉期间燕齐方士活动的代表人物。传说他得太丹之道、三元之法,羽化登仙,驾鹤仙游,或在玄洲三玄宫,被奉为上清八真之一,其仙位或与彭祖、四皓相等。

④佥(qiān):皆,都。

【译文】

长山人刘鸿训中堂,与武官某出使朝鲜。听说安期岛是神仙住的地方,便想坐船去游历一番。朝鲜国中的官员都说不可以去,让他等候小张。原来安期岛与世间没有来往,只有神仙的弟子小张,每年往返一两次。要去岛上的人,必须先向小张说明。如果小张认为可以,那么就会一帆风顺地到达,否则就会有飓风把船吹翻。过了一两天,国王召见刘中堂。入朝,看见一个人佩着剑,戴着棕笠,坐在殿堂上,年纪大约三十,容貌端正整洁。一问,这人就是小张。刘中堂于是向小张说明了想去安期岛的心愿,小张答应了,只是说:"你的副官不能去。"又出了大殿,挨个查看他的随从,只有两个人可以跟着去。于是命令船引导刘中堂等人和他一起去安期岛。

水程不知远近,但觉习习如驾云雾,移时已抵其境。时方严寒,既至,则气候温煦,山花遍岩谷。导入洞府,见三叟趺坐[①]。东西者见客入,漠若罔知[②],惟中坐者起迎客,相为礼。既坐,呼茶。有僮将盘去。洞外石壁上有铁锥,锐没石中[3]，僮拔锥，水即溢射，以盏承之，满，复塞之。既而托至，其色淡碧。试之，其凉震齿。刘畏寒不饮。叟顾僮颐示之[4]。僮取盏去，呷其残者[5]，仍于故处拔锥，溢取而返，则芳烈蒸腾，如初出于鼎。窃异之。问以休咎，笑曰："世外人岁月不知，何解人事？"问以却老术[6]，曰："此非富贵人所能为者。"刘兴辞[7]，小张仍送之归。既至朝鲜，备述其异。国王叹曰："惜未饮其冷者，是先天之玉液，一盏可延百龄。"

【注释】

①趺（fū）坐：盘腿打坐。

②罔知：不知。罔，不。

③锐没石中：锥尖插在石孔中。锐，尖。

④颐示：谓以下巴的动向示意而指挥人。

⑤呷（xiā）：吸饮。

⑥却老：不老，长生。

⑦兴辞：起身告辞。

【译文】

不知行了多少里水路，只觉风声习习，如腾云驾雾，不久就到了安期岛境内。当时正是寒冬，到了岛上，却气候温暖，山花开满山谷。小张引导他们进到洞中，见到三位老人盘腿而坐。东西两位见到客人来，好像不知道一样，只有坐在中间的起身迎客，与客人相互施礼。坐定后，叫人送茶。只见有个小僮拿着盘子走出去。洞外石壁上有个铁锥，刃尖没在石头中，小僮拔起铁锥，水马上射了出来，用杯子去接，接满后，又塞上。然后把水托着送进来，水色浅绿。试着喝了一小口，凉得冰牙。刘中堂怕冷没喝。老头回头示意了小僮一下。小僮把杯子拿去，喝了杯中剩下的水，仍然到原处拔下锥子，装满了回来，这杯则香气四溢，热气腾腾，好像刚出锅一样。刘中堂心中感到奇怪。他请教自己的富贵祸福，老人笑着说："世外人连何年何月都不知道，又怎么能知道人间的事呢？"问他长寿的办法，他说："这不是富贵的人所能办到的。"刘中堂起身告辞，小张仍然送他返回。回到了朝鲜后，刘中堂详细叙述了见到的奇人奇事。国王感叹说："可惜你没喝那杯冷茶，这水是先天的玉液，一杯便可延长百年的寿命。"

刘将归，王赠一物，纸帛重裹[①]，嘱近海勿开视。既离海，急取拆视，去尽数百重，始见一镜，审之，则蛟宫龙族，历历在目。方凝注间，忽见潮头高于楼阁，汹汹已近[②]。大骇，极驰，潮从之，疾若风雨。大惧，以镜投之，潮乃顿落。

【注释】

①重裹：多层包裹。

②汹汹：波涛汹涌的样子。

【译文】

刘中堂将要回国，国王赠他一件东西，用纸和帛一层一层地包着，嘱咐他离海近时不要打开看。刚离开海，他急忙拿出来拆开看，剥去几百层纸帛，才见到一面镜子，一看，镜中龙宫水族，历历在目。正注视着，忽然发现海潮的水头已经高过楼台殿阁，汹涌逼近。刘中堂惊骇极了，使劲跑，潮水也追过来，快得如刮风下雨。刘中堂更加害怕，把镜子投向海潮，潮水才一下子退掉了。

沅俗

【题解】

《沅俗》和同卷的《澂俗》一样，都是记载少数民族地区民俗的。由于当时资讯不发达，难免传闻失实，骇人听闻，但以蒲松龄的浪漫性格和好奇精神，对于“人非化外，事或奇于断发之乡；睫在眼前，怪有过于飞头之国”的传闻，他有闻必录，诉之笔端，往往混淆了小说素材和正式的民俗采风之间的区别。

李季霖摄篆沅江①，初莅任，见猫犬盈堂，讶之。僚属曰：“此乡中百姓瞻仰风采也②。”少间，人畜已半，移时，都复为人，纷纷并去。一日，出谒客，肩舆在途。忽一舆夫急呼曰：“小人吃害矣③！”即倩役代荷④，伏地乞假。怒诃之，役不听，疾奔而去。遣人尾之。役奔入市，觅得一叟，便求按视。叟相之曰⑤：“是汝吃害矣。”乃以手揣其肤肉⑥，自上而下力推之，推至少股，见皮内坟起⑦，以利刃破之，取出石子一枚，曰：“愈矣。”乃奔而返。后闻其俗有身卧室中，手即飞出，入人房闼⑧，窃取财物。设被主觉，縶不令去，则此人一臂不用矣⑨。

【注释】

①李季霖：李鸿霔(zhù)，字季霖，号厚馀。其先长山人，曾祖徙居新城。顺治十一年(1654)举人，康熙三年(1664)进士。历内阁中书舍人，刑部浙江司员外郎，以丁父忧去。康熙二十五年(1686)起复，旋任云南元江府知府，“劝农兴学，属邑称治”。传见康熙《新城县志》及民国《重修新城县志》、《元江府志》。摄篆：代理官职，掌其印信。因印信刻以篆文，故名。沅江：应为元江，指云南元江府。此处“摄篆沅江”，为蒲松龄误记。李季霖所任职非代理沅江县令，而是任云南元江府知府。

②瞻仰风采：见面、认识的敬辞。瞻仰，怀着崇高的敬意看。

③吃害：遭到伤害。

④倩(qìng):请。代荷:代替抬。

⑤相:观察,看视。

⑥揣:用手触摸、探测。

⑦坟(fèn)起:隆起,鼓起。

⑧房闼(tà):卧房,寝室。闼,房门。

⑨不用:不听使用,残废。

【译文】

李季霖代理沅江县令,刚上任,看见猫狗挤满了衙门,很吃惊。属官说:"这是本地的百姓,来瞻仰您的风采。"不多时,衙门里已经一半是人,一半是猫狗,再过一会儿,都变回人,纷纷离开了。一天,李季霖出去拜见客人,乘轿子走在路上。忽然一个轿夫着急地叫着:"我受伤害了!"立刻请别人帮他抬轿,跪在地上请假。李季霖生气地骂他,轿夫不听,急忙地跑了。李季霖派人跟着他。只见轿夫跑进市场,找到一个老头,便求他给看看。老头看着他说:"你是受伤害了。"于是用手摸着轿夫的皮肉,从上往下用力推,推到小腿,从皮里鼓起一个小包,用快刀割破它,取出一枚石子,说:"好了。"轿夫才又跑了回来。后来又听说沅江的风俗中,有身子躺在家中,手却能飞出去的,飞到别人家里,偷别人的财物。如果被主人发现,抓住这只手不让它回去,那么这个人的一只手臂就不再中用了。

云萝公主

【题解】

本篇由两个部分组成。如冯镇峦所言:"前半天仙化人,后半罗刹度世。亦雅亦俗,俗不伤雅。"

前半部分写安大业与云萝公主的婚姻,虽然包含许多情节,诸如云萝公主下棋,饮酒,治家,借腹生子,归宁返家,安大业与袁大用的交往,吃官司被诬,考中举人,云萝公主作为上层贵家少女的形象相当有特色，但集中表达的思想是“急之而反以得缓，天下事大抵然也”。“人生合离，皆有定数，撙节之则长，恣纵之则短也”。

后半部分写云萝公主的两个孩子的生活。大器及第孝友，可弃无赖赌博。由于云萝公主预先为可弃娶了泼辣能干的侯女加以制伏，可弃历经磨难，终于悔过，改行为善。侯女与可弃之间的家庭打斗写得有声有色，直到可弃“年七旬，子孙满前，妇犹时捋白须，使膝行焉”令人引俊不禁。附则中的两个故事也都是写妇女以泼辣之行相夫持家。蒲松龄在“异史氏曰”中赞叹说：“悍妻妒妇，遭之者如疽附于骨，死而后已，岂不毒哉！然砒、附，天下之至毒也，苟得其用，瞑眩大瘳，非参、苓所能及矣。”

用小说来表达哲学思想和世俗道理是本篇的突出特色，在这些方面可以看做是《聊斋志异》对于先秦诸子散文中的小说因素的继承和发展。

安大业，卢龙人①。生而能言，母饮以犬血，始止。既长，韶秀②，顾影无俦③，慧而能读，世家争婚之。母梦曰：“儿当尚主④。”信之。至十五六，迄无验，亦渐自悔。一日，安独坐，忽闻异香。俄一美婢奔入，曰：“公主至。”即以长毡贴地，自门外直至榻前。方骇疑问，一女郎扶婢肩入，服色容光，映照四堵。婢即以绣垫设榻上，扶女郎坐。安仓皇不知所为，鞠躬便问：“何处神仙，劳降玉趾⑤？”女郎微笑，以袍袖掩口。婢曰：“此圣后府中云萝公主也。圣后属意郎君，欲以公主下嫁，故使自来相宅。”

【注释】

①卢龙：县名。地处河北东北部，明清时属永平府，即今河北卢龙。

②韶秀：美好秀丽。

③无俦：无人能比。俦，比，相比。

④尚主：娶公主为妻。《史记·李斯列传》："诸男皆尚秦公主。"《集解》引韦昭曰："尚，奉也，不敢言娶。"

⑤玉趾：对人脚步的敬称。《左传·僖公二十六年》："寡君闻君亲举玉趾，将辱于敝邑。"

【译文】

安大业，卢龙县人。他生下就会说话，母亲给他喝狗血，才止住。长大后，风流俊秀，无人可以相比，聪明又爱读书，名门大家争着要和他结亲。他母亲做了个梦，梦中人告诉她："你儿子命该娶公主为妻。"母亲相信了。到了十五六岁，这个梦也没有应验，他母亲自己渐渐感到懊悔了。一天，安大业独自坐在房中，忽然闻到一股奇异的香气。不一会儿，一个美丽的丫环跑进来，说："公主到。"立刻把长长的毛毡铺在地上，自门外一直铺到床前。安大业正在惊疑之间，只见一个女郎扶着丫环的肩进来了，美丽的容貌和鲜亮的衣服，立即照亮了四壁。丫环把一个绣垫放在床上，扶着女郎坐下。安大业仓皇之间不知该做什么，鞠着躬便问："是哪里来的神仙，劳您降临此地？"女郎微笑着，用衣袖掩着嘴。丫环说："这是圣后府中的云萝公主。圣后看中了你，想把公主下嫁给你，因此让公主自己来看看住处。"

安惊喜，不知置词，女亦俯首，相对寂然。安故好棋，楸枰尝置坐侧①。一婢以红巾拂尘，移诸案上，曰："主日耽此，不知与粉侯孰胜②？"安移坐近案，主笑从之。甫三十馀着③，婢竟乱之，曰："驸马负矣！"敛子入盒，曰："驸马当是俗间高手，主仅能让六子。"乃以六黑子实局中④，主亦从之。主坐次，辄使婢伏坐下，以背受足，左足踏地，则更一婢右伏。又两小鬟夹侍之，每值安凝思时，辄曲一肘伏肩上。局阑未结⑤，小鬟笑云："驸马负一子。"进曰："主惰，宜且退。"女乃倾身与婢耳语。婢出，少顷而还，以千金置榻上，告生曰："适主言居宅湫隘[⑥]，烦以此少致修饰，落成相会也。"一婢曰："此月犯天刑[⑦]，不宜建造，月后吉。"女起，生遮止，闭门。婢出一物，状类皮排[⑧]，就地鼓之，云气突出，俄顷四合，冥不见物，索之已杳。母知之，疑以为妖。而生神驰梦想，不能复舍。急于落成，无暇禁忌，刻日敦迫[⑨]，廊舍一新。

【注释】

①楸枰：棋盘。因多用楸木制成，故名。

②粉侯：对帝王女婿的美称。三国时，魏国何晏面如傅粉，娶魏公主，得赐爵列侯。后世因称皇帝的女婿为粉侯。《续资治通鉴·宋哲宗绍圣四年》："俗谓驸马都尉为粉侯。"

③着（zhāo）：下围棋放棋子一枚叫一着。

④实：充实，放。局：棋盘。

⑤局阑未结：棋终未结算胜负。阑，终。结，结算。

⑥湫（jiǎo）隘：低湿狭小。

⑦犯天刑：星相家选择日子的术语。意谓触犯上天的禁忌，不吉利。

⑧皮排：鼓动吹气的皮囊，古称"橐籥"。

⑨刻日敦迫：规定日期，极力督促。敦，促。迫，逼。

【译文】

安大业又惊又喜，不知道说什么好，公主也低着头，两人都默默无语。安大业一向爱下围棋，棋盘常放在自己座位旁边。一个丫环用红手巾拭去灰尘，把棋盘挪到桌子上，说："公主平日很爱下棋，不知与驸马下起来谁能赢？"安大业挪到桌子旁边坐下，公主笑着跟过来。刚刚下了三十多子，丫环竟把棋子搅乱了，说："驸马输了！"便收起棋子放在盒中，说："驸马应当是人间下棋高手，公主只能让六个子。"于是把六颗黑子放在棋盘中,公主也就依从了她。公主坐着时,就让一个丫环趴在座位下,把脚踩在她背上,如果她左脚踩在地上,就换一个丫环趴在右边承受她的右脚。又有两个小丫环在左右服侍着,每当安大业凝神思考时,公主就曲着肘子放在小丫环肩上。棋下完还没有结算胜负,小丫环就笑着说:"驸马输了一子。"丫环上前说:"公主累了,该回去了。"公主侧身与丫环耳语了几句。丫环就出去了,不一会儿回来,把一千两银子放在床上,告诉安大业说:"刚才公主说,这宅院低湿狭窄,麻烦你用这些银子稍稍整修一番,等修完后再来相会。"另一个丫环说:"这个月犯天刑,不宜建造房屋,下个月才是黄道吉日。"公主站起来,安大业拦住她,关了门,不肯让她走。只见一个丫环拿出一件很像鼓风皮囊的东西,就地鼓起来,一会就云气腾腾,刹那间充满了四周,昏暗得不见人影,再看公主,已经不见了。母亲知道了这件事,怀疑是妖怪。但是安大业却日思夜想,不能舍弃。他急于把房子修起来,也不顾什么禁忌,规定日期日夜催促整修,终于把宅院修饰一新。

先是,有滦州生袁大用①,侨寓邻坊②,投刺于门。生素寡交,托他出,又窥其亡而报之③。后月馀,门外适相值,二十许少年也。宫绢单衣④,丝带乌履,意甚都雅。略与倾谈,颇甚温谨。悦之,揖而入。请与对弈,互有赢亏。已而设酒留连,谈笑大欢。明日,邀生至其寓所,珍肴杂进,相待殷渥。有小童十二三许,拍板清歌,又跳掷作剧⑤。生大醉,不能行,便令负之。生以其纤弱,恐不胜,袁强之。僮绰有馀力,荷送而归。生奇之。次日,犒以金,再辞乃受。由此交情款密,三数日辄一过从⑥。袁为人简默⑦,而慷慨好施。市有负债鬻女者,解囊代赎,无吝色。生以此益重之。过数日,诣生作别,赠象箸、楠珠等十馀事⑧,白金五百,用助兴作。生反金受物，报以束帛⑨。

【注释】

①滦州：州名。后视同县，清属永平府管辖，即今河北滦县。

②侨寓：外地暂住。邻坊：邻街。坊，城市街市里巷。

③又窥其亡而报之：又乘着他外出而去回访他。仍是有意不相会面。亡，出外，不在家。《论语·阳货》："孔子时其亡也，而往拜之。"

④宫绢：宫中所用之丝绢。

⑤跳掷作剧：奔腾跳跃表演节目。剧，指魔术杂技等类曲艺。

⑥过从：往来。

⑦简默：沉默寡言。

⑧象箸：象牙筷子。楠珠：伽南香木制作的成串念珠，为念佛记数用具。事：件，样。

⑨束帛：帛五匹为一束。

【译文】

先前，有位滦州的书生名叫袁大用，暂住在安大业家的邻街，曾多次送名帖来拜访安大业。安大业平时很少与人交往，推托不在家，没有接见，又乘袁大用不在家时去回访。后来又过了一个多月，俩人恰好在门外相遇，袁大用是一个二十岁左右的少年。他穿着一身宫绢做的衣服，头扎丝带，脚穿黑鞋，举止很是风雅。安大业和他谈了几句话，就感到他很有教养。安大业非常喜欢他，就请他进屋。俩人下了几盘棋，互有胜负。接着摆酒设宴招待他，两个人谈得十分欢洽。第二天，袁大用邀请安大业到他家去，拿出山珍海味来招待他，十分周到。袁家有个十二三岁的小童子，在席前击板清唱，又跳跃表演节目，以助酒兴。安大业喝得酩酊大醉，不能自己回家，袁大用便叫这小童背着安大业回去。安大业看小童单薄瘦弱，怕他背不动，但袁大用一定要他背。那小童背起他来，力气绰绰有馀，把他送回了家。安大业非常惊奇。第二天，安大业给他赏钱，小童推辞再三，才接过去。从此，安大业和袁大用的交往愈加密切起来，隔三两天，便要来往一次。袁大用为人沉静寡言，又大方好施舍。有一次见到市上有一个因欠债卖女儿的，他便毫不吝啬地拿出钱来代为还债。因此，安大业更加敬重他。过了几天后，袁大用到安大业家中来告别，赠送安大业象牙筷子、楠木珠等十几件贵重的礼物，又送了五百两银子帮助安大业修建宅院。安大业接受了礼物，送回了银子，同时回赠些绢帛作为谢礼。

后月馀，乐亭有仕宦而归者[①]，橐赀充牣[②]。盗夜入，执主人，烧铁钳灼，劫掠一空。家人识袁，行牒追捕[③]。邻院屠氏，与生家积不相能[④]，因其土木大兴，阴怀疑忌。适有小仆窃象箸，卖诸其家，知袁所赠，因报大尹[⑤]。尹以兵绕舍，值生主仆他出，执母而去。母衰迈受惊，仅存气息，二三日不复饮食。尹释之。生闻母耗，急奔而归，则母病已笃[⑥]，越宿遂卒。收殓甫毕，为捕役执去。尹见其年少温文，窃疑诬枉，故恐喝之。生实述其交往之由。尹问："何以暴富？"生曰："母有藏镪[⑦]，因欲亲迎，故治昏室耳。"尹信之，具牒解郡。邻人知其无事，以重金赂监者，使杀诸途。

【注释】

①乐亭：县名。清初为滦州属县，今河北乐亭。

②充牣（rèn）：丰满，充实。

③行牒：官府发出公文。

④积不相能：一向不和睦。积，久。

⑤大尹：对县令的敬称。古时县令也称县尹。

⑥笃：深，沉重。

⑦藏镪（qiǎng）：收藏的很多银子。镪，银子或银锭。

【译文】

过了一个多月，乐亭县有一个卸职回家的大官，带回大量搜刮来的金钱。有一天夜晚，强盗闯入他家中，抓住这个官员，用烧红的铁钳子烫他，把所有的钱财抢掠一空。这家的仆人认识袁大用，官府便下了通缉令，追捕袁大用。安家的邻居有个姓屠的，与安家素来不和，看到安家大兴土木，修造宅院，心里暗暗怀疑忌妒。恰好安家有一个小仆人偷出象牙筷子，卖给了屠家，姓屠的得知这双筷子是袁大用送的，便向官府告了安大业。县官派兵包围了安家，正赶上安大业带着仆人外出，官兵便把安大业的母亲抓了去。安母年老多病，受了这样一场惊吓，就病得只剩下一口气，两三天不吃不喝。县官看到这样，便把她放回家去。安大业在外面听到母亲被捕的凶信，急忙奔回家，但安母已经病重，隔了一宿就死了。他把母亲刚收殓完，官府捕役便把他抓了去。县官见安大业年轻，温文尔雅，怀疑他是被人陷害诬告，故意吓唬他，让他从实招来。安大业就如实说出他与袁大用交往的经过。县官又问："你家怎么突然富裕起来了？"安大业回答说："我母亲原有些积蓄，因为要娶亲了，所以她便拿出来给我修造婚房。"县官相信了他所说的话，把口供记录在案，要将他押送到府里去。姓屠的得知安大业没有事，便用了一大笔钱买通押送的差人，让他们在半路上杀害安大业。

路经深山，被曳近削壁，将推堕之。计逼情危[①]，时方急难，忽一虎自丛莽中出，啮二役皆死，衔生去。至一处，重楼叠阁，虎入，置之。见云萝扶婢出，凄然慰吊[②]："妾欲留君，但母丧未卜窀穸[③]。可怀牒去，到郡自投，保无恙也。"因取生胸前带，连结十馀扣，嘱云："见官时，拈此结而解之，可以弭祸[④]。"生如其教，诣郡自投。太守喜其诚信，又稽牒知其冤，销名令归。至中途，遇袁，下骑执手，备言情况。袁愤然作色，默不一语。生曰："以君风采，何自污也？"袁曰："某所杀皆不义之人，所取皆非义之财。不然，即遗于路者，不拾也。君教我固自佳，然如君家邻，岂可留在人间耶！"言已，超乘而去[⑤]。生归，殡母已，柴门谢客[⑥]。忽一夜，盗入邻家，父子十馀口，尽行杀戮，止留一婢。席卷赀物，与僮分携之。临去，执灯谓婢："汝认之：杀人者我也，与人无涉。"并不启关[⑦]，飞檐越壁而去。明日，告官。疑生知情，又捉生去。邑宰词色甚厉。生上堂握带，且辨且解，宰不能诘，又释之。

【注释】

①计逼情危：阴谋逼近，情势危急。

②慰吊：慰问。吊，慰问不幸者。

③未卜窀穸（zhūn xī）：没有安葬。窀穸，墓穴。

④弭祸：平息灾祸。

⑤超乘（chèng）：跳跃上车。此指飞身上马。

⑥柴（zhài）门谢客：关门不接待客人。柴，杜塞。《庄子·天地》："且夫趣舍声色以柴其内，皮弁鹬冠搢笏绅修以约其外。"

⑦启关：开门。关，门闩。

【译文】

他们经过一座大山，安大业被差人拉到陡峭的山崖旁，准备将他推下去。正在这万分危急的时候，忽然有一只老虎从草丛中奔出来，咬死了两个差人，叼着安大业离开了。到了一个地方，那里楼阁重重叠叠，老虎走进去，把安大业放在里面。只见云萝公主扶着丫环走出来，悲凄地慰藉他说："我想把你留下，但你母亲去世还未安葬。你可以拿着押解你的公文，到府里衙门自首，保你没事。”于是，取下安大业胸前的带子，连着结了十多个扣子，嘱咐他说：“见官时，拿起这些结把它们解开，就能消除灾祸。”安大业按着公主的嘱咐，到府衙自首。太守很满意他的诚实，又查看了他的公文，知道他是冤枉的，便撤销了他的罪名，放他回家。安大业在回家的路上，恰好遇到袁大用，就下马和袁大用握手相见，详细地叙说了自己的不幸遭遇。袁大用十分气愤，却默默不说一句话。安大业说：“以你的仪表才华，为什么要做这种事玷污自己呢？”袁大用说：“我所杀的都是不义之人，所取的都是不义之财。否则，即便是掉在路上的钱财，我也不会去捡。你对我的指教当然是好意，但是像你邻居姓屠的这种人，怎么能够让他留在人间！”说完，跳跃上马就走了。安大业回到家中，安葬了母亲之后，便闭门谢客。忽然有一夜，邻居家进了盗贼，父子十多口，全被杀光了，只留了一个丫环。盗贼席卷了屠家的财物，与小僮各拿一半。临走，强盗提着灯对丫环说：“你认清了：杀人的是我，与别人无干。”说完并不开门，飞檐走壁地离开了。第二天，丫环告到官府。县官怀疑安大业知道内情，又把他捉了去。县官十分严厉地审讯他。安大业到公堂上后，手里握着带子，一边辩解，一边解带子上的结，县官问不出什么，只好又把他放了。

既归，益自韬晦①，读书不出，一跛妪执炊而已。服既阕②，日扫阶庭，以待好音。一日，异香满院。登阁视之，内外陈设焕然矣③。悄揭画帘，则公主凝妆坐④，急拜之。女挽手曰：“君不信数，遂使土木为灾⑤，又以苫块之戚⑥，迟我三年琴瑟：是急之而反以得缓，天下事大抵然也。”生将出赀治具，女曰：“勿复须。”婢探椟⑦，肴羹热如新出于鼎⑧，酒亦芳洌⑨。酌移时，日已投暮，足下踏婢，渐都亡去。女四肢娇惰，足股屈伸，似无所着。生狎抱之。女曰：“君暂释手。今有两道，请君择之。”生揽项问故。曰：“若为棋酒之交，可得三十年聚首，若作床笫之欢，可六年谐合耳。君焉取?”生曰：“六年后再商之。”女乃默然，遂相燕好。女曰：“妾固知君不免俗道，此亦数也。”因使生蓄婢媪，别居南院，炊爨纺织，以作生计。北院中并无烟火，惟棋枰、酒具而已。户常阖，生推之则自开，他人不得入也。然南院人作事勤惰，女辄知之，每使生往谴责，无不具服。

【注释】

①韬晦：把锋芒收敛起来，深藏不露。韬，掩蔽。

②服既阕(què)：服丧期满以后。阕，尽。

③焕然：光彩照人的样子。

④凝妆：盛妆。

⑤土木：兴建宅舍。指上文“犯天刑”。

⑥苫(shān)块之戚：丧亲之悲。《仪礼·既夕礼》：“居倚庐，寝苫枕块。”苫，草荐。块，土块。古时居父母之丧，以草荐为席，以土块为枕。

⑦椟(dú)：木柜，木匣。

⑧鼎：古代炊器。

⑨芳冽：芳香而清醇。

【译文】

回到家里，安大业愈发规规矩矩，闭门勤奋读书，只留了一名跛脚的老太婆给他做饭。母亲的丧期满了之后，他就天天打扫庭院，以等待公主到来的好消息。一天，一股奇异的香气充满庭院。安大业登上阁楼一看，家中里里外外陈设已经焕然一新。他悄悄打开画帘，见公主盛装端坐在那里，急忙上前拜见。公主挽着他的手说：“你不相信天数，偏要兴土木,才招来了灾祸,又为了给母亲守丧,使我们的好事推迟了三年:这是求快反而慢了,世间的事情大多都是这样的。”安大业准备出钱去置办酒宴,公主说:“不用麻烦。”只见一个丫环把手伸到柜子里,端出菜和汤,都热气腾腾的像新出锅的一样,酒也十分芳香清澈。他们喝了一阵子,太阳落山了,公主脚下踏着的丫环也都渐渐离开了。公主四肢娇懒,两腿一会曲一会伸,好像没有地方放。安大业亲热地去抱她。公主说:“你先把手放开。现在有两条路,请你选择。”安大业搂着公主的脖子问是什么路。公主说:“我们如果做棋酒上的朋友,可以有三十年相聚的日子;如果做床笫之欢,就只有六年的欢聚。你选哪一种?”安大业说:“六年后再商量吧。”公主于是不说话,便与安大业做了夫妻。公主说:“我本来就知道你是难于免俗的,这也是天数。”公主让安大业蓄养了丫环仆妇,单独在南院居住,每天让她们做饭、纺织,来维持生活。公主住的北院不动烟火,只有棋盘、酒具一类的东西。北院门常关着,安大业来了,一推就自己开了,别人则进不去。然而,南院人做事是勤快还是懒惰,公主都能知道,每次叫安大业过去责备他们,他们没有不服气的。

女无繁言①,无响笑,与有所谈,但俯首微哂。每骈肩坐②,喜斜倚人。生举而加诸膝,轻如抱婴。生曰:“卿轻若此,可作掌上舞③。”曰:“此何难!但婢子之为,所不屑耳。飞燕原九姊侍儿,屡以轻佻获罪,怒谪尘间,又不守女子之贞④,今已幽之⑤。”阁上以锦?? 韈布满⑥,冬未尝寒,夏未尝热。女严冬皆着轻縠⑦,生为制鲜衣,强使着之,逾时解去,曰:“尘浊之物,几于压骨成劳!”

【注释】

①繁言:多话。

②骈肩：并肩。

③掌上舞：谓体态轻盈，能舞于掌上。汉伶玄《赵飞燕外传》称，汉成帝皇后赵飞燕"家有彭祖分脉之书，善行气术，而纤便轻细，舞之翩然，人谓之飞燕"。

④不守女子之贞：据《赵飞燕外传》载，赵飞燕在入宫之前和入宫之后都与别的男人私通。

⑤幽：幽闭，囚禁。

⑥襧：疑是"襜"字之讹。襜，帷幕。

⑦縠(hú)：丝织的绉纱。

【译文】

公主说话不多，也不大声嬉笑，安大业与她说些什么，她总是低着头微笑。每当肩并肩坐在一起时，喜欢斜倚在安大业身上。安大业把她抱起放在自己膝上，轻得像抱个婴儿。安大业说："你这么轻，可以跳掌上舞了。"公主说："这有什么难的！但这是丫环们做的事，我是不屑做的。飞燕原来是我九姐的侍女，多次以轻佻获罪，九姐生气，把她降罚到人间，她又不守女子的贞节，现在她已经被关起来了。"公主住的阁楼上放满了锦缎做的帷幕，冬天不冷，夏天不热。公主在寒冬里也只穿一件薄薄的纱衣，安大业给她做了件鲜艳华丽的衣服，强迫她穿上，过一会儿她就脱下来，说："这种尘世间的不干不净的东西，压在骨头上，几乎压出病来了。"

一日，抱诸膝上，忽觉沉倍曩昔，异之。笑指腹曰："此中有俗种矣。"过数日，颦黛不食，曰："近病恶阻[①]，颇思烟火之味[②]。"生乃为具甘旨，从此饮食遂不异于常人。一日曰："妾质单弱，不任生产。婢子樊英颇健，可使代之。"乃脱衷服衣英[③]，闭诸室。少顷，闻儿啼，启扉视之，男也。喜曰："此儿福相，大器也[④]！"因名大器。绷纳生怀，俾付乳媪，养诸南院。女自免身[⑤]，腰细如初，不食烟火矣。忽辞生，欲暂归宁。问返期，答以“三日”。鼓皮排如前状，遂不见。至期不来。积年馀，音信全渺，亦已绝望。生键户下帏[⑥]，遂领乡荐。终不肯娶，每独宿北院，沐其馀芳。一夜，辗转在榻，忽见灯火射窗，门亦自辟，群婢拥公主入。生喜，起问爽约之罪。女曰：“妾未愆期[⑦]，天上二日半耳。”生得意自诩，告以秋捷[⑧]，意主必喜。女愀然曰：“乌用是傥来者为[⑨]！无足荣辱，止折人寿数耳。三日不见，入俗幛又深一层矣[⑩]。”生由是不复进取。过数月，又欲归宁，生殊凄恋。女曰：“此去定早还，无烦穿望[⑪]。且人生合离，皆有定数，撙节之则长[⑫]，恣纵之则短也。”既去，月馀即返。

【注释】

①恶（è）阻：肠胃不佳，不思饮食。指怀孕厌食。

②烟火之味：人间饮食。道家以屏除谷食作为修养成仙之道，称人世间的饮食为烟火。

③衷服：贴身内衣。

④大器：有大前途，成大气候的人。

⑤免身：分娩。免，通“娩”。

⑥键户下帏：指闭门苦读。键户，闩门。下帏，放下室内悬挂的帷幕。

⑦愆（qiān）期：耽误，过期。

⑧秋捷：考中举人。乡试于秋季举行，所以称秋闱。

⑨傥（tǎng）来者：无意得来或非本分所得的东西。指功名富贵。《庄子・缮性》：“轩冕在身，非性命也，物之傥来，寄也。”

⑩俗幛：指妨碍修道的世俗贪欲。

⑪穿望：切盼，望穿眼睛的意思。

⑫撙(zǔn)节：节制，控制。《礼记·曲礼》："是以君子恭敬、撙节、退让以明礼。"孙希旦《集解》："有所抑而不敢肆谓之撙，有所制而不敢过谓之节。"

【译文】

一天，安大业把公主抱在膝上，忽然觉得比平时重了一倍，很吃惊。公主笑着指着自己的肚子说："这里面有个俗种了。"又过了几天，公主皱着眉头，不爱吃东西，说："我近来厌食，很想吃些人间的东西。"安大业于是为她做了精美的饭菜，从此公主便和普通人一样饮食。一天，公主说："我身体柔弱，负担不了分娩。丫环樊英很健壮，可以让她代替我。"于是脱了内衣给樊英穿上，把她关在屋里。不一会儿，就听见婴儿的哭声，开门一看，生了个男孩。公主高兴地说："这个孩子长得很有福相，将来一定能成大器！"因此给孩子起名叫大器。公主把孩子包裹好，放到安大业怀里，叫他交给奶妈，在南院抚养。公主自分娩以后，腰和以前一样细，又不再吃人间的食物了。一天，公主忽然向安大业告别，说想暂时回娘家去看看。问她什么时候回来，回答说"三天"。又像以前一样鼓起皮囊，腾起云雾不见了。到了归期也不见她回来。过了一年多，音信全无，安大业已经绝望了。他紧闭家门，认真读书，最终考中了举人。但他始终不肯再娶，每晚自己住在北院，以沐浴公主的馀芳。一天晚上，安大业正在床上翻来覆去睡不着，忽然看见灯火照射在窗户上，门也自动打开了，一群丫环拥着公主走了进来。安大业高兴地起来，埋怨她失约。公主说："我没有失约，天上才过了两天半呀。"安大业得意洋洋地向公主夸耀，说自己在秋天的乡试中考中了举人，心想公主肯定会高兴。可是，公主却伤心地说："你何必追求这种无足轻重的东西！这事谈不上什么荣耀和耻辱，只是减损人的寿命罢了。三天不见，你陷入世俗的泥潭又深了一层。"安大业从此就不再追求功名了。过了几个月，公主又要回娘家，安大业十分悲伤留恋。公主说："这次去一定早回来，不用你盼望很久。况且人生的离合，都是有定数的，节约用就长些，随意用就短。”公主离去，一个多月就回来了。

从此一年半岁辄一行，往往数月始还，生习为常，亦不之怪。又生一子，女举之曰：“豺狼也！”立命弃之。生不忍而止，名曰可弃。甫周岁，急为卜婚[①]。诸媒接踵[②]，问其甲子[③]，皆谓不合。曰：“吾欲为狼子治一深圈，竟不可得，当令倾败六七年，亦数也。”嘱生曰：“记取四年后，侯氏生女，左胁有小赘疣[④]，乃此儿妇。当婚之，勿较其门地也[⑤]。”即令书而志之。后又归宁，竟不复返。

【注释】

①卜婚：古代婚姻结合需要占卜吉凶。《仪礼·士昏礼》：“宾执雁，请问名；主人许，宾入授。”郑玄注：“问名者，将归卜其吉凶。”

②接踵：一个接着一个。踵，脚后跟。

③甲子：指生辰八字。星命术士以人出生的年、月、日、时为四柱，配合干支，合为八字，用以推算命运好坏。

④赘疣：皮肤上长的肉瘤。

⑤门地：即门第。

【译文】

从此，公主一年半载就回去一次，往往几个月才回来，安大业习以为常，也不觉得奇怪。又生了一个儿子，公主举着他说：“这是个豺狼！”马上叫人扔掉他。安大业不忍心，就留下来抚养，取名叫可弃。可弃刚满周岁，公主就急着给他定亲。陆续来了很多媒人，公主问了生辰八字，都说不合。公主说：“我想给这个小狼找一个深圈，竟然找不到，该当被他败家六七年，这也是天数啊。”公主嘱咐安大业说：“你要记住，四年后，有个姓侯的人家会生个女儿，左胁有个小赘疣，她就是可弃的媳妇。一定要把她娶过来，不要计较她家的门第高低。"说完，还让安大业把这件事写下来记住。后来，公主又回娘家，从此就没有再回来。

生每以所嘱告亲友。果有侯氏女，生有疣赘，侯贱而行恶，众咸不齿，生竟媒定焉。大器十七岁及第，娶云氏，夫妻皆孝友。父钟爱之。可弃渐长，不喜读，辄偷与无赖博赌，恒盗物偿戏债[①]。父怒，挞之，卒不改。相戒堤防，不使有所得。遂夜出，小为穿窬。为主所觉，缚送邑宰。宰审其姓氏，以名刺送之归。父兄共絷之，楚掠惨棘[②]，几于绝气。兄代哀免，始释之。父忿恚得疾，食锐减。乃为二子立析产书，楼阁沃田，悉归大器。可弃怨怒，夜持刀入室，将杀兄，误中嫂。先是，主有遗袴，绝轻耎[③]，云拾作寝衣。可弃斫之，火星四射，大惧，奔去。父知，病益剧，数月寻卒。可弃闻父死，始归。兄善视之，而可弃益肆。年馀，所分田产略尽，赴郡讼兄。官审知其人，斥逐之。兄弟之好遂绝。又逾年，可弃二十有三，侯女十五矣。兄忆母言，欲急为完婚。召至家，除佳宅与居[④]。迎妇入门，以父遗良田，悉登籍交之[⑤]，曰："数顷薄产，为若蒙死守之[⑥]，今悉相付。吾弟无行，寸草与之，皆弃也。此后成败，在于新妇。能令改行，无忧冻饿，不然，兄亦不能填无底壑也[⑦]。"

【注释】

①戏债：赌债。戏，博戏。指赌博。

②惨棘：严刻峻急。指鞭打严酷。棘，通"亟"。

③耎：同“软”。

④除：打扫。

⑤登籍：造册登记。

⑥若：你。蒙死：冒死。

⑦无底壑：无底洞。《列子·汤问》：“渤海之东，不知几亿万里，有大壑焉，实惟无底之谷，其下无底，名曰归墟。”

【译文】

安大业经常把公主的嘱咐告诉亲戚朋友。果然有家姓侯的，女儿生下来就有赘疣，姓侯的贫穷低贱，品行不好，大家都看不起他，安大业终于还是定了这门亲事。大器十七岁中了举人，娶了云家的女儿，夫妻都对父亲孝顺，对弟弟友爱。父亲非常喜欢他们。可弃渐渐长大，不爱读书，却偷偷与一些无赖闲人赌博，常常从家里偷出东西还赌债。父亲很生气，就打他，他也始终不改。家里人都互相告诫要提防他，不让他在家里偷到东西。于是，他便夜里跑出去，到别人家去偷盗。被主人发觉后，绑起来送到了官府。县官一审问他的姓名，便用自己的名帖把他送回家去。父亲和哥哥一起把他绑起来，大业把他痛打一顿，几乎快断气了。兄长代他向父亲求饶，父亲才放了他。父亲因为这件事气得得了病，饭量大减。于是便给两个儿子立下分家的文书，楼房、好田都分给了大器。可弃因此又怨又气，夜里拿着刀进哥哥的屋子，准备杀了哥哥，却误砍到嫂子身上。先前，公主留下一条裤子，十分轻软，云氏拿来做了睡衣。可弃一刀砍上去，火星四射，吓得他跑了出来。父亲知道了这件事，病更重了，过了几个月就死了。可弃听说父亲死了，才回到家。哥哥对他很好，而他却愈加放肆。一年多，他所分的田产就差不多花光了，他就到官府里去控告哥哥。县官很了解可弃的为人，就把他责备了一顿，赶出了衙门。兄弟之间从此断绝了往来。又过了一年，可弃已经二十三岁，侯家的女儿也十五岁了。哥哥记起母亲的话，准备赶紧给可弃完婚。他把可弃叫到家里来，打扫了一所好房子让他住。把新媳妇迎进门后，大器把父亲留下的好田，都登记在册交给她，说：“这几顷薄田，是我拼命留下来的，现在全都交给你。我兄弟品行不好，就是一寸草给了他，他也会丢光。此后家业的兴败，都在你身上了。你能让他改过自新，就不愁吃穿，不然，我这个做哥哥的也填不满这个无底洞。”

侯虽小家女，然固慧丽，可弃雅畏爱之，所言无敢违。每出，限以晷刻[①]，过期，则诟厉不与饮食，可弃以此少敛。年馀，生一子。妇曰：“我以后无求于人矣。膏腴数顷，母子何患不温饱，无夫焉，亦可也。”会可弃盗粟出赌，妇知之，弯弓于门以拒之。大惧，避去。窥妇入，逡巡亦入。妇操刀起，可弃返奔，妇逐斫之[②]，断幅伤臀，血沾袜履。忿极，往诉兄，兄不礼焉，冤惭而去。过宿复至，跪嫂哀泣，求先容于妇，妇决绝不纳。可弃怒，将往杀妇，兄不语。可弃忿起，操戈直出。嫂愕然，欲止之，兄目禁之。俟其去，乃曰：“彼固作此态，实不敢归也。”使人觇之，已入家门。兄始色动，将奔赴之，而可弃已坌息入。盖可弃入家，妇方弄儿，望见之，掷儿床上，觅得厨刀。可弃惧，曳戈反走[③]，妇逐出门外始返。兄已得其情，故诘之。可弃不言，惟向隅泣，目尽肿。兄怜之，亲率之去，妇乃纳之。俟兄出，罚使长跪，要以重誓[④]，而后以瓦盆赐之食。自此改行为善。妇持筹握算，日致丰盈，可弃仰成而已[⑤]。后年七旬，子孙满前，妇犹时捋白须，使膝行焉。

【注释】

①晷刻：日晷与刻漏。古代的计时仪器。这里指代时间。

②逐：追。斫(zhuó)：砍。

③曳戈反走：拖着兵器反身逃跑。走，跑。

④要（yāo）以重誓：逼着对方发重誓。要，要挟。

⑤仰成：仰首等待成功。比喻坐享其成。

【译文】

侯氏虽然是小户人家的女儿，却贤惠美丽，可弃对她又爱又怕，从不敢违背她的吩咐。每次可弃外出，都限定时间，不按时回来，就大骂一顿不给饭吃，可弃因此行为稍有收敛。婚后一年多，侯氏生了一个儿子。她说："我以后不用求人了。有几顷好地，我们母子不愁吃不饱穿不暖，没有丈夫也行。"有一次，可弃偷了粮食出去赌博，侯氏知道了，就拉着弓箭在门口等着不让他进门。可弃吓得急忙逃走。偷偷地看老婆进去了，才畏畏缩缩地进了家门。侯氏拿起一把刀，可弃转身就跑，侯氏追着砍他，一刀划破衣服，伤了臀部，血都流到了袜子和鞋里。可弃气得要命，到哥哥那里去告状，哥哥不理他，他只好满脸羞愧地走了。过了一天，他又来到哥哥家，跪在嫂子面前伤心哭泣，请求嫂子为他说合，先让他回家去，可是侯氏坚决不肯收留他。可弃大怒，要回去杀了侯氏，哥哥也不劝阻。可弃气得操起矛枪径直跑出去。嫂子吓坏了，要去阻拦，哥哥使了个眼色，让她别管。等他走了，哥哥才说："他这是故意做样子给我们看，其实他不敢回家。"嫂子不放心，派人偷偷去看，说他已经进了家门。哥哥才有些害怕，准备马上过去，这时，可弃却喘着粗气回来了。原来，可弃进了家门，侯氏正在逗儿子玩，一看见他，就把孩子扔到床上，找了把厨刀。可弃一看，吓得拖着矛枪转身就逃，侯氏一直把他赶出门外才回去。兄长已经知道了事情的经过，又故意问他。可弃不说话，只对着墙角哭，眼睛都哭肿了。哥哥可怜他，亲自领着他回家，侯氏才接纳了。等到哥哥一走，侯氏就罚他长跪，逼他发重誓，然后用瓦盆盛饭给他吃。自此以后，可弃改恶向善了。侯氏主持着家务，家业一天比一天兴旺，可弃只是坐享其成而已。后来，他活到七十多岁，都儿孙满堂了，侯氏还时常揪着他的白胡子，让他跪着走。

异史氏曰:悍妻妒妇,遭之者如疽附于骨[①],死而后已,岂不毒哉!然砒、附,天下之至毒也[②],苟得其用,瞑眩大瘳[③],非参、苓所能及矣[④]。而非仙人洞见脏腑[⑤],又乌敢以毒药贻子孙哉!

【注释】

①疽(jū):一种毒疮。

②砒:砒霜。毒药。附:附子,又名"乌头",别名"草乌"、"乌药"等。叶茎有毒,根尤剧。可入药。但因炮制或煎法不当,或用量过大,容易引起中毒。

③瞑(mián)眩:饮烈性药而引起的头晕目眩。大瘳(chōu):病愈。《书·说命》:"若药弗瞑眩,厥疾弗瘳。"意谓不用重药猛药,不可以彻底治愈疾病。

④参、苓:人参和茯苓。均为滋补温和之药。

⑤洞见脏腑:喻看透本质。

【译文】

异史氏说:悍妻妒妇,遇到她们就如同骨头上长了毒疮,只有死了才能摆脱,这不是太毒了吗!然而,砒霜、附子是天下最毒的东西,如果用得恰到好处,虽使人头晕目眩但能治好大病,这种效果是人参、伏苓所不能比的。如果不是仙人洞察明白,又怎么敢把毒药留给子孙呢!

章丘李孝廉善迁,少倜傥不泥[①],丝竹词曲之属皆精之。两兄皆登甲榜[②],而孝廉益佻脱。娶夫人谢,稍稍禁制之。遂亡去,三年不返,遍觅不得。后得之临清勾阑中[③],家人入,见其南向坐,少姬十数左右侍,盖皆学音艺而拜门墙者也[④]。临行,积衣累笥[⑤],悉诸妓所贻。既归,夫人闭置一室,投书满案。以长绳縶榻足，引其端自棂内出，贯以巨铃，系诸厨下。凡有所需，则蹑绳，绳动铃响，则应之。夫人躬设典肆[6]，垂帘纳物而估其直[7]，左持筹，右握管[8]，老仆供奔走而已。由此居积致富。每耻不及诸姒贵。锢闭三年，而孝廉捷。喜曰："三卵两成[9]，吾以汝为毈矣[10]，今亦尔耶？"

【注释】

①倜傥：洒脱，少拘束。不泥：不羁。泥，拘泥。

②登甲榜：指考中进士。科举时代，会试之榜称为甲榜。

③临清：州名。治所在今山东临清。勾阑：宋、元时期曲艺、杂剧、杂技等的演出场所。明清时也指妓院。

④拜门墙：拜师。《论语·子张》："夫子之墙数仞，不得其门而入，不见宗庙之美，百官之富。"

⑤笥（sì）：竹箱，竹制容器。

⑥躬设典肆：亲自开设当铺。

⑦纳物：指收受典当的物品。

⑧筹：筹码。代指算盘。管：毛笔。

⑨三卵两成：指李氏兄弟三人中有两人登甲榜成进士。

⑩毈（duàn）：生不出鸟的蛋。《淮南子·原道训》："鸟卵不毈。"高诱注："卵不成鸟曰毈。"借喻其科举无成。

【译文】

章丘李孝廉名善迁，年轻时风流倜傥不拘小节，吹拉弹唱词曲之类都很精通。他的两个兄弟都考中了进士，他却愈加放纵不拘。娶了一位姓谢的夫人，对他稍稍有些管制。他就从家里逃了出来，三年不回来，家人四处找也找不到。后来在临清的妓院中找到他，家人进去后，看见他面南而坐，十几个年轻女人在左右服侍他，都是向他学习说唱技艺的门徒。临回家时，他的衣服装满了好几箱子，都是这些妓女送给他的。回到家后，谢夫人把他关在一间屋子里，放了一桌子书。用一条长绳绑在床腿上，另一头从窗格子拉出去，拴上一个大铃铛，系在厨房里。他凡有需要，就踩绳子，绳动铃响，仆人便答应他。夫人亲自开设当铺，在帘子后面对典当的物品进行估价，左手拿着算盘，右手握着笔，老仆人在中间奔走。由此积蓄富有起来。但时常耻于不如妯娌们尊贵。把李善迁关了三年，终于也考上了进士。谢夫人高兴地说："三个蛋孵化出两个，我以为你是个孵不成鸟的蛋，今天却也成了。"

又耿进士崧生，亦章丘人。夫人每以绩火佐读[①]，绩者不辍，读者不敢息也。或朋旧相诣，辄窃听之，论文则瀹茗作黍[②]，若恣谐谑，则恶声逐客矣。每试得平等[③]，不敢入室门，超等，始笑逆之。设帐得金，悉内献，丝毫不敢隐匿。故东主馈遗，恒面较锱铢。人或非笑之，而不知其销算良难也。后为妇翁延教内弟，是年游泮，翁谢仪十金，耿受榼返金[④]。夫人知之曰："彼虽周亲[⑤]，然舌耕谓何也[⑥]？"追之返而受之。耿不敢争，而心终歉焉，思暗偿之。于是每岁馆金，皆短其数以报夫人。积二年馀，得如干数。忽梦一人告之曰："明日登高，金数即满。"次日，试一临眺，果拾遗金，恰符缺数，遂偿岳。后成进士，夫人犹诃谴之。耿曰："今一行作吏[⑦]，何得复尔？"夫人曰："谚云：'水长则船亦高[⑧]。'即为宰相，宁便大耶？"

【注释】

①绩火：纺织的灯火。

②瀹茗作黍：泡茶做饭。

③平等：明清时岁试或科试按成绩分为六等，给予赏罚。平等谓处于不赏不罚这一等级。

④榼（kē）：古代盛酒的器具。泛指盒一类的器物。

⑤周亲：最亲近的人。《书·泰誓》："虽有周亲，不如仁人。"孔传："周，至也。言纣至亲虽多，不如周家之少仁人。"

⑥舌耕：旧时指教书谋生。晋王嘉《拾遗记·后汉》称贾逵门徒众多，"赠献者积粟盈仓。或云：逵非力耕所得，诵经口倦，世所谓舌耕也"。

⑦一行作吏：一经为官，指身份变化。行，从事。三国魏嵇康《与山巨源绝交书》："游山泽，观鱼鸟，心甚乐之，一行作吏，此事便废。"

⑧水长则船亦高：意为水位升高，船身也随之浮起。比喻事物随着它所凭借的基础的提高而提高。宋释道原《景德传灯录》："水长船高，泥多佛大。"

【译文】

耿崧生进士也是章丘人。夫人常用纺线的灯给他照明读书，纺织的人不停，读书的人也不敢休息。有朋友到家里来，夫人就偷偷听着，若是谈论文章就上茶做饭，若是无事闲谈就恶声恶气赶人走。耿生每次考试得了不赏不罚这一等，就不敢进家门，超过等级之上，夫人才笑着迎他。耿生在外设馆教学生得到的钱，都交给夫人，丝毫不敢隐藏。因此东家付钱时，他总是当面计较清楚钱数。有人笑话他，却不知道他报账时的难处。后来，他被岳父请去教授妻弟功课，那一年，妻弟就被录取进了学宫，岳父酬谢他十两银子，耿生接受了钱匣子把钱还了回去。夫人知道后，说："虽然是至亲，但我们教书为的是什么呢？"赶他回去让他把钱拿回来。耿生不敢争辩，但心里始终感到歉意，便想暗中偿还岳父。于是每年教书的报酬，他都向夫人少报一点儿。积累了两年多，得了一些钱。忽然梦见一个人告诉他说："明天去登高，钱数就够了。"第二天，他试着去登高望远，果然拾到了一笔钱，恰好是他缺的钱数，于是就还给了岳父。后来，耿生成了进士，夫人还是呵斥他。耿生说："如今我已经做官了，你怎么还这样对我？"夫人说："俗话说：'水长则船亦高。'就是你做了宰相，难道就大过我不成？"

鸟语

【题解】

这是一篇用鸟语讽刺贪官的作品。用鸟语作素材编织小说，需要两个前提，其一是作者需要熟悉不同鸟类的叫声，有丰富的生活经历。其二是需要有超常的语言想象力，再把鸟语转译成近似的人语，加以组合，构成情节。本篇的鸟有黄鹂、皂花雀、鸭子、杜宇，而鸟语的转译几乎婉转乱真。

假如一开始就用鸟语讽刺贪官，本篇无非是短短的笑话而已。蒲松龄从黄鹂、皂花雀，层层写来，由远而近，最后写道人在邑令家做客，通过鸭子、杜宇的鸟语对于贪官的生活及其贪污、倒台的过程加以揶揄讽刺，就显出层次，有了曲折，具有了小说的意味。

中州境有道士[①]，募食乡村。食已，闻鹂鸣，因告主人使慎火。问故，答曰："鸟云：'大火难救，可怕！'"众笑之，竟不备。明日，果火，延烧数家，始惊其神。好事者追及之，称为仙。道士曰："我不过知鸟语耳，何仙也！"适有皂花雀鸣树上，众问何语，曰："雀言：'初六养之，初六养之，十四、十六殇之。'想此家双生矣[②]。今日为初十，不出五六日，当俱死也。"询之，果生二子，无何并死，其日悉符。

【注释】

①中州：河南的古称。河南古为豫州，处于九州中间，故相沿称为

中州。

②双生：孪生，双胞胎。

【译文】

河南境内有个道士，在村中化缘。吃完饭后，听到黄鹂叫，便告诉主人让他注意防火。问他为什么，他说："鸟儿说：'大火难救，可怕！'"众人都嘲笑他，竟然不防备。第二天，果然着了火，大火漫延，烧了好几家，众人才惊服道士的神明。爱凑热闹的人追上他，称他为神仙。道士说："我不过是懂得鸟语罢了，哪里是什么神仙！"正好有只皂花雀在树上叫，众人问它说什么，道士说："这鸟说：'初六生的，初六生的，十四十六就死。'推想这家生了双生子。今天是初十，不出五六日，应当都会死的。"众人一打听，果然有一家生了一对男孩，不久又都死了，生死的日子与道士说的一样。

邑令闻其奇，招之，延为客[①]。时群鸭过，因问之，对曰："明公内室[②]，必相争也。鸭云：'罢罢！偏向他！偏向他！'"令大服，盖妻妾反唇[③]，令适被喧聒而出也。因留居署中，优礼之。时辨鸟言，多奇中[④]。而道士朴野，肆言辄无所忌[⑤]。令最贪，一切供用诸物，皆折为钱以入之。一日方坐，群鸭复来，令又诘之，答曰："今日所言，不与前同，乃为明公会计耳[⑥]。"问："何计？"曰："彼云：'蜡烛一百八，银朱一千八[⑦]。'"令惭，疑其相讥。道士求去，令不许。逾数日，宴客，忽闻杜宇[⑧]。客问之，答曰："鸟云：'丢官而去。'"众愕然失色。令大怒，立逐而出。未几，令果以墨败[⑨]。呜呼！此仙人儆戒之，而惜乎危厉熏心者[⑩]，不之悟也。

【注释】

①延：请，引进。

②明公：对位尊者的敬称。明，贤明。内室：家庭内部。指妻妾。

③反唇：争吵。

④奇中(zhòng)：预言与实况贴合得神奇。

⑤肆言：任情直言。

⑥会计：计算，合计。

⑦银朱：银硃，矿物名。为正赤色粉末。可入药，亦可作颜料，供官府朱批用。

⑧杜宇：杜鹃鸟的别名。

⑨以墨败：因贪赃而丢官。墨，贪污受贿，不廉洁。《左传·昭公十四年》："贪以败官为墨。"注："墨，不洁之称。贪欲而败其官守，谓之污墨。"

⑩危厉熏心：谓履凶险之事，使人忧苦。指县令醉心于贪欲，遂蹈危履险。危、厉同义，谓凶险。熏心，谓忧苦如受熏灼。《易·艮》："艮其限，列其夤，厉熏心。……象曰：艮其限，危熏心也。"

【译文】

县令听说了道士的神奇，就把他招来，请他做客。这时有一群鸭子走过，县令就问他，鸭子在叫什么，道士回答："大人的屋里人，一定在争吵。鸭子说：'算了，算了！偏向她！偏向她！'"县令十分佩服，原来县令的妻子和妾在吵嘴，他被吵得不耐烦就出来了。于是，县令就把道士留在衙门中，十分恭敬地招待他。道士不时地辨别鸟语，多数都说中了。然而，道士质朴，说话随便无所顾忌。这个县令最贪财，一切地方上供给衙门的物品，他都折算成钱装入自己腰包。一天，县令和道士刚坐下，一群鸭子又走过来，县令又问它们说什么，道士回答说："今天说的，和以前不一样，它们是在替您算账。"问："算什么？"答："它们说：'蜡烛一百八，银硃一千八。'"县令一听很羞惭，疑心是道士故意讥笑他。道士就请求离开这里，县令不同意。过了几天，县令请客，忽然听见杜鹃鸟叫。客人问鸟叫什么，道士回答说："鸟说：'丢官而去。'"众人大惊失色。县令大怒，立刻把道士赶了出去。过了不多久，县令果然因为贪污被罢了官。唉！这些都是仙人的警告，可惜那些心中迷乱的人不肯醒悟啊。

齐俗呼蝉曰“稍迁[①]”，其绿色者曰“都了”。邑有父子，俱青、社生[②]，将赴岁试[③]，忽有蝉集襟上。父喜曰：“稍迁[④]，吉兆也。”一僮视之，曰：“何物稍迁，都了而已[⑤]。”父子不悦。已而果皆被黜。

【注释】

①齐：指今山东北部和河北东南部地域，原春秋战国齐地。

②青、社生：指被黜降为青衣的生员及被罚发社的生员，是对岁、科考试劣等者的处分。明清时代秀才的襴衫法定用玉色布帛即蓝衫，青衣指由蓝衫改着青衫。发社指由县学降入乡社学。岁、科两试（主要是岁试）行六等黜陟法，其考在五等者，附生降青衣，青衣发社；考在六等者，廪膳生十年以上及入学未及六年者，皆发社。

③岁试：学政到任的第一年为岁考，第二年为科考，凡府、州、县之附生、增生、廪生皆需应考。

④稍迁：意谓“稍见（或逐步）升迁”的谐音，故认为是吉兆。

⑤都了：意谓“全部了结，完了”。了，完了。因与绿色的蝉名谐音，故被认为是凶兆。

【译文】

齐地的人习惯把蝉叫做“稍迁”，其中有一种绿色的叫“都了”。县里有父子俩，都是读书人，两个人将要去参加岁考，忽然有蝉落在衣襟上。父亲高兴地说：“稍迁，是好兆头。”一个书僮看了看，说：“什么稍迁，是都了罢了。”父子俩很不高兴，后来，果然都没考中。

天宫

【题解】

本篇大概是根据《晋书》后妃传中惠贾皇后的故事衍化而来的。写一个仪容秀美的男子酒后莫名其妙失踪，竟然是被富豪之家的妇女假冒神仙劫掠去当性奴，遣返后不敢声张。从政治的意义上，故事是讽刺历代权贵之家的荒淫无耻。从生理学的意义上，则告诫了所有广泛霸占性资源的权贵，丑闻的出现是不可避免的——“伧楚之帷薄固不足羞，而广田自荒者，亦足戒已！”并不只是影射严世蕃一家而已。

郭生，京都人[①]，年二十馀，仪容修美。一日薄暮，有老妪贻尊酒，怪其无因，妪笑曰：“无须问，但饮之，自有佳境。”遂径去。揭尊微嗅，洌香四射[②]，遂饮之。忽大醉，冥然罔觉。及醒，则与一人并枕卧。抚之，肤腻如脂，麝兰喷溢，盖女子也。问之，不答，遂与交。交已，以手扪壁，壁皆石，阴阴有土气，酷类坟冢。大惊，疑为鬼迷，因问女子：“卿何神也？”女曰：“我非神，乃仙耳。此是洞府。与有夙缘，勿相讶，但耐居之。再入一重门，有漏光处，可以溲便。”既而女起，闭户而去。久之，腹馁，遂有女僮来，饷以面饼、鸭臛[③]，使扪啖之。黑漆不知昏晓。无何，女子来寝，始知夜矣。郭曰：“昼无天日，夜无灯火，食炙不知口处。常常如此，则姮娥何殊于罗刹[④]，天堂何别于地狱哉！”女笑曰：“为尔俗中人，多言喜泄，故不欲以形色相见。且暗摸索，妍媸亦当有别，何必灯烛！”

【注释】

①京都：指明朝京城顺天府(北京)。

②洌香：香气清醇。

③鸭臛：鸭汤。臛，肉羹。

④罗刹，恶魔名。指丑妇。

【译文】

郭生是京都人，二十多岁，容貌俊美，一表人才。一天刚近黄昏，有一个老婆婆送来一尊酒，郭生感到奇怪，不知为什么无缘无故送酒来，老婆婆笑着说："不用问，喝了它，自然会到好地方。"说完就走了。郭生揭开尊轻轻一闻，酒香四溢，于是就喝了。郭生喝完酒，忽然就醉了，什么都不知道了。等他醒来，正和一个人并排躺着。他用手一摸，那人皮肤如油脂一般光滑，一阵麝兰香气飘过来，原来是个女子。郭生问她是谁，她不回答，便和她交合。交合完毕，郭生用手摸摸墙壁，墙壁都是石头的，阴森森的有泥土味，很像坟墓。郭生大吃一惊，疑心自己被女鬼迷惑了，于是问女子："你是什么神呀?"女子说："我不是神，是仙。这是洞府。我与你前世有缘，你不要吃惊，只安心住下就行了。再过一道门，有一个漏光的地方，可以方便。"然后女子就起身，关了门离开了。过了很久，郭生肚子饿了，便有小女仆送来面饼、鸭汤，让他摸索着吃下去。洞里黑漆漆的，分不清昼夜。不久，女子来睡觉，才知道是晚上了。郭生说："白天不见天日，晚上没有灯火，吃东西不知道嘴在何处。常常这样，嫦娥和罗刹有什么区别，天堂和地狱有什么不同!"女子笑着说："因为你是尘世中的人，爱说话，喜欢泄露秘密，所以不想让你见到我的样子。而且暗中摸索，也能区分出美丑，何必一定要点灯!"

居数日，幽闷异常，屡请暂归。女曰："来夕与君一游天宫，便即为别。"次日，忽有小鬟笼灯入，曰："娘子伺郎久矣。"从之出。星斗光中,但见楼阁无数。经几曲画廊,始至一处,堂上垂珠帘,烧巨烛如昼。入,则美人华妆南向坐[①],年约二十许,锦袍眩目,头上明珠,翘颤四垂。地下皆设短烛,裙底皆照,诚天人也。郭迷乱失次[②],不觉屈膝,女令婢扶曳入坐。俄顷,八珍罗列[③],女行酒曰:"饮此以送君行。"郭鞠躬曰:"向觌面不识仙人,实所惶悔。如容自赎,愿收为没齿不二之臣[④]。"女顾婢微笑,便命移席卧室。室中流苏绣帐[⑤],衾褥香软。使郭就榻坐。饮次,女屡言:"君离家久,暂归亦无所妨。"更尽一筹[⑥],郭不言别。女唤婢笼烛送之,郭不言,伪醉眠榻上,抗之不动[⑦]。女使诸婢扶裸之。一婢排私处曰:"个男子容貌温雅,此物何不文也!"举置床上,大笑而去。女亦寝,郭乃转侧。女问:"醉乎?"曰:"小生何醉!甫见仙人,神志颠倒耳。"女曰:"此是天宫。未明,宜早去。如嫌洞中快闷,不如早别。"郭曰:"今有人夜得名花,闻香扪干,而苦无灯烛,此情何以能堪?"女笑,允给灯火。漏下四点,呼婢笼烛抱衣而送之。入洞,见丹垩精工[⑧],寝处褥革棕毡尺许厚[⑨]。

【注释】

①南向:面向南,尊者的位置。

②迷乱失次:神志迷乱,举止失措。失次,不知所措。

③八珍:泛指丰美的菜肴。

④没齿不二:终身不怀异心。没齿,老掉牙齿。

⑤流苏:用彩色丝线编织的穗子。此指绣帐垂饰。

⑥更尽一筹:一更已尽。一更,晚上7点至9点。筹,更筹,古代夜间报更的竹签。

⑦抁(yǎn):推搡。

⑧丹垩精工:装饰绘画非常精致。丹,红色染料。垩,白粉。

⑨褥革棕毡:毛皮褥子和棕榈垫子。

【译文】

住了几天,郭生觉得非常烦闷,几次请求让他暂时回去。女子说:"明天与你一起去游览天宫,然后就和你分别。"第二天,忽然有个小丫环打着灯笼进来,说:"夫人等先生很久了。"郭生随着她出来。夜空星光之下,只见楼阁无数。经过几道画廊,才到了一处地方,堂上垂着珠帘,点着巨大的蜡烛,照得如同白昼。进去之后,就见到一位美人,穿着华丽的衣服,面向南坐着,年纪约二十岁左右,锦缎袍子耀人眼目,头上的明珠翘着在头四周颤动。地面上都放着短蜡烛,连女人的裙底都照亮了,真是天上的仙女。郭生眼花缭乱,不知所措,不觉要跪下行礼,女子让丫环把他扶起来,拉着他坐下。不久,珍馐美味摆满了桌子,女子劝酒说:"喝了这杯酒来为你送行。"郭生鞠躬说:"以前相会不识仙人的真面目,实在惶恐不安。如果仙人容我以赎前罪,愿意终生做你的忠实臣子。"女子回头望着丫环微笑,便命人把酒席移到卧室去。卧室里挂着流苏绣花帐子,被褥又香又软。女子让郭生坐在床上。饮酒时,女子几次说:"你离开家很久了,暂时回去也没关系。"一更已尽,郭生也不说告别。女子叫丫环打着灯笼送他走,郭生不说话,假装酒醉睡倒在床上,摇他也不动。女子叫几个丫环扶着他,给他脱了衣服。一个丫环握着他私处说:"这个男子看起来温文尔雅,这个东西为什么不文明!"抱着他放到床上,大笑着离开了。女子也上了床,郭生才转过身来。女子问:"醉了?"郭生说:"小生如何能醉!刚见仙人,神魂颠倒罢了。"女子说:"这是天宫。天不亮的时候,你该早点儿离开。如果嫌洞中烦闷,不如早些回去。"郭生说:"如今有人夜里得到了名花,闻着它的香气,摸弄它的枝干,却苦于没有灯火看不着它,这种感情怎么能受得了呢?"女子笑了,答应给他灯火。到了四更,女子叫丫环点上灯笼,抱着衣服送郭生进去。进了洞中，看见四周装饰十分精巧，睡觉的地方铺的棕革毡垫有一尺多厚。

郭解屦拥衾，婢徘徊不去。郭凝视之，风致娟好，戏曰："谓我不文者，卿耶？"婢笑，以足蹴枕曰[1]："子宜僵矣[2]！勿复多言。"视履端嵌珠如巨菽[3]。捉而曳之，婢仆于怀，遂相狎，而呻楚不胜。郭问："年几何矣？"笑答云："十七。"问："处子亦知情乎？"曰："妾非处子，然荒疏已三年矣。"郭研诘仙人姓氏，及其清贯、尊行[4]。婢曰："勿问！即非天上，亦异人间。若必知其确耗，恐觅死无地矣。"郭遂不敢复问。次夕，女果以烛来，相就寝食，以此为常。

【注释】

①蹴：踢。

②僵：直。睡眠的谑称。

③巨菽：大颗豆粒。

④清贯、尊行：清、尊，敬词。贯，籍贯。行，排行。

【译文】

郭生脱了鞋进了被窝，丫环转来转去不肯离开。郭生仔细一看，这丫环风致美好，就开玩笑说："说我不文明的，是你吗？"丫环笑了，用脚踢踢枕头说："你该睡倒了！别再多说了。"郭生见她鞋端嵌着的珠子有如大豆粒。郭生抓住她一拉，丫环扑倒在他怀里，于是两人交合，而丫环呻吟着好像不胜痛楚。郭生问："你多大了？"答："十七。"问："处女也知道男女之情吗？"答道："我不是处女，只是有三年没做此事了。"郭生追问仙人的姓名及籍贯、排行。丫环说："不要问了！既不是天上，也与人间不同。如果一定要知道她的真实情况，恐怕你要死无葬身之地了。"郭生于是不敢再问。第二天晚上，女子果然带着灯烛来，和郭生一起吃住，以后常常如此。

一夜，女入曰："期以永好，不意人情乖沮[①]，今将粪除天宫，不能复相容矣。请以卮酒为别[②]。"郭泣下，请得脂泽为爱[③]。女不许，赠以黄金一斤、珠百颗。三盏既尽，忽已昏醉。既醒，觉四体如缚，纠缠甚密，股不得伸，首不得出。极力转侧，晕堕床下。出手摸之，则锦被囊裹，细绳束焉。起坐凝思，略见床棂[④]，始知为己斋中。时离家已三月，家人谓其已死。郭初不敢明言，惧被仙谴，然心疑怪之。窃间一告知交，莫有测其故者。被置床头，香盈一室，拆视，则湖绵杂香屑为之[⑤]，因珍藏焉。后某达官闻而诘之，笑曰："此贾后之故智也[⑥]。仙人乌得如此？虽然，此事亦宜慎秘[⑦]，泄之，族矣[⑧]！"有巫尝出入贵家，言其楼阁形状，绝似严东楼家[⑨]。郭闻之，大惧，携家亡去。未几，严伏诛，始归。

【注释】

①乖沮：背离，相违。沮，终止，阻止。

②卮：杯。

③脂泽：脂粉、香膏之类化妆品。爱，念想。

④略见床棂：隐约望见卧榻和窗棂。

⑤湖绵：湖州向产优质丝绵，称湖绵。明宋应星《天工开物》："湖绵独白净清化者，总缘手法之妙。"香屑：香料细末。

⑥贾后之故智：贾后的旧花招。据《晋书·后妃传》载，晋惠帝后贾南风性荒淫放恣，尝私洛南盗尉部某小吏，使人纳之簏箱中，车载入宫，诈云天上，供以好衣美食，与共寝处数夕，复赠以众物，

放出。后小吏被疑盗窃，拘审对簿，事始暴露。

⑦慎秘：小心保密。

⑧族：灭族。

⑨严东楼：严世蕃，别号东楼，江西分宜人。明嘉靖间权奸严嵩之子，官至工部左侍郎。凭借父势，招权纳贿，豪奢淫纵。后被御史邹应龙弹劾，谪戍雷州，未至而返。又被南京御史林润劾以大逆，于嘉靖四十四年（1565）被诛。参见《明史·奸臣传》附本传。

【译文】

一天晚上，女子进来说："本想与你长久相好，不料人情多变，今天要清扫天宫，不能再留你了。请以这杯酒作别。"郭生哭了，请求女子留件身上的东西作为纪念。女子不答应，送了他一斤黄金，一百颗珍珠。郭生喝了三杯酒后，突然醉倒了。再醒来，觉得四肢像被捆住了一样，缠得很紧，腿伸不了，头也伸不出来。郭生使劲儿转来转去，迷迷糊糊掉到了床下。伸手一摸，全身被锦被裹着，细绳捆绑。郭生坐起来后细回想，隐约望见床榻和窗户，才明白是在自己的书房里。这时，郭生离开家已经三个月了，家人以为他已经死了。郭生开始不敢说出自己的经历，害怕被仙人责罚，然而心中有很多怀疑。暗中告诉给他的好朋友，也没有人能猜出其中的奥妙。锦被放在他的床头，香气满屋，拆开一看，是湖棉掺杂香料做成的，于是珍藏了起来。后来，有一位大官听到这件事，就向郭生询问了经过，然后笑着说："这是晋朝贾皇后用过的办法。仙人怎么能这样做呢？虽然如此，这件事也应该严守秘密，泄露出去，会株连家族的！"有个巫婆常常进出显贵之家，说那楼阁的形状，非常像严嵩的儿子严东楼家。郭生一听非常恐慌，带着家属逃走了。不久，听说严氏被朝廷处决，郭生一家才回来。

异史氏曰：高阁迷离[①]，香盈绣帐，雏奴蹀躞[②]，履缀明珠，非权奸之淫纵，豪势之骄奢，乌有此哉！顾淫筹一掷[③]，金屋变而长门[④];唾壶未干[⑤],情田鞠为茂草[⑥]。空床伤意,暗烛销魂[⑦]。含颦玉台之前[⑧],凝眸宝幄之内[⑨]。遂使糟丘台上[⑩],路入天宫;温柔乡中,人疑仙子。伧楚之帷薄固不足羞[⑪],而广田自荒者[⑫],亦足戒已!

【注释】

①迷离:模糊,隐约。

②雏奴:小丫环,年幼奴婢。蹀躞(dié xiè):奔走给役的样子。

③淫筹:据明冯梦龙《情史》载,严世蕃以白绫汗巾为秽巾,每与妇人合,即弃其一,终岁计之,谓之淫筹。

④金屋变而长门:谓由受宠变为失宠。金屋,喻极华丽之屋。长门,汉宫名。据托名班固《汉武故事》载,汉武帝为太子时,长公主欲以其女阿娇配帝。帝曰:"若得阿娇作妇,当作金屋贮之。"是为陈皇后。后因陈皇后无子及为巫蛊咒诅,被贬居长门宫。

⑤唾壶:据《情史》载,严世蕃以美婢口承痰唾,谓之香唾壶。

⑥情田鞠为茂草:即前丫环所谓"荒疏"。《诗·小雅·小弁》:"踧踧周道,鞠为茂草。"

⑦空床伤意,暗烛销魂:谓空床独守,孤灯长夜,令人伤心欲绝。

⑧含颦玉台:对镜伤怀。含颦,皱眉。玉台,谓玉镜台,即玉饰妆台。

⑨凝眸:目不转睛地看。眸,眸子,泛指眼睛。宝幄:精美的床帐。

⑩糟丘:积酒糟成丘。极言酿酒之多,谓纵酒荒淫。

⑪伧楚:魏晋南北朝时吴人对楚人的鄙称,意谓楚人荒陋鄙贱。严世蕃籍贯为江西分宜,于古为楚地,故借以鄙称之。帷薄:帷薄不修之省。谓家庭生活淫乱。

⑫广田自荒:广置田亩,任其荒芜。比喻盛蓄姬妾,而让她们独守

空房。

【译文】

异史氏说：高高的楼阁朦朦胧胧，芬芳的气味充满绣花帐，年轻的奴仆小步徘徊，鞋子上缀着珍珠，不是权势显赫的奸臣淫逸放纵，豪家大族的骄奢，哪能有这样的排场！看淫筹一掷，金屋娇妻变为长门怨妇；唾壶还没有干，情感的田地已经长满了野草。独守空床，孤灯长夜，令人伤心欲绝。对镜伤怀，凝眸绣帐。于是使得凭借饮酒之台，路通天宫；温柔乡里，使人疑心是仙女。严氏的家丑不足为耻，而盛畜姬妾，却让她们独守空房的人，也足以以此为鉴戒！

乔女

【题解】

这是一篇颂扬丑女的小说。乔女虽然奇丑无比，"壑一鼻，跛一足"，但是封建社会所加给妇女的优秀品质她几乎占全了："不事二夫，节也；图报知己，义也；锐身诣官，勇也；哭诉缙绅，智也；食贫不染，廉也；幼而抚之，长而教之，仁也，礼也。迨身既死，而犹能止其棺，斥其子，卒以遂其归葬之志，得为完人于地下。"（但明伦）除去封建的贞节外，她为孟生家庭所做的一切令人钦敬，在当今社会也属于完人。

在中国古代小说中，写丑女有才、有德、建功立业的作品并非没有，本篇的特殊之处在于赋予了孟生和乔女的知己之感上。而"知己之感，许之以身"，正是蒲松龄长期科举坎懔中所渴望的一种情感。

平原乔生[①]，有女黑丑，壑一鼻[②]，跛一足，年二十五六，无问名者[③]。邑有穆生，年四十馀，妻死，贫不能续，因聘焉[④]。三年，生一子。未几，穆生卒，家益索[⑤]，大困，则乞怜其母。母颇不耐之，女亦愤不复返，惟以纺织自给。有孟生丧偶，遗一子乌头，裁周岁，以乳哺乏人，急于求配，然媒数言，辄不当意。忽见女，大悦之，阴使人风示女⑥。女辞焉，曰："饥冻若此，从官人得温饱，夫宁不愿？然残丑不如人，所可自信者，德耳，又事二夫，官人何取焉！"孟益贤之，向慕尤殷⑦，使媒者函金加币⑧，而说其母。母悦，自诣女所，固要之⑨，女志终不夺。母惭，愿以少女字孟。家人皆喜，而孟殊不愿。居无何，孟暴疾卒，女往临哭尽哀。

【注释】

①平原：县名。位于山东西北部，属济南府。今为德州管辖。

②壑一鼻：鼻翼的一侧塌陷。壑，深沟。

③问名：议婚，提亲。

④聘：娶为妻子。

⑤索：萧索，衰败。

⑥风示：暗示，用言语示意。

⑦尤殷：更加恳切。殷，殷切。

⑧函金加币：封送银两缯帛，作为采礼。函，谓用拜盒装盛。币，缯帛。纳采所用礼品。

⑨固要（yāo）之：一再迫使女儿改嫁。要，强迫。

【译文】

平原县姓乔的读书人，有个女儿又黑又丑，还豁着鼻子，瘸了一条腿，二十五六岁了也没人来聘娶。城里有个姓穆的书生，四十多岁，妻子死了，家里贫穷无力续娶，就娶了乔家女儿。乔女过门三年，生了一个儿子。不久，穆生便故去了，家里更加贫穷，生活十分困难，乔女向自己母亲求助。母亲很不耐烦，乔女也很生气，不再回娘家，就靠纺线、织布来维持生活。有个姓孟的书生，死了妻子，留下一个儿子叫乌头，才满周岁，因为孩子没有奶吃，急着要续娶，但媒人向他提了几个，他都不满意。忽然见到乔女，非常高兴，暗中让人向乔女示意。乔女拒绝了，说："我现在穷困到这个地步，嫁给官人可以得到温饱，哪能不愿意呢？然而我又残又丑，比不上别人，所能自信的只有品德了，但如果嫁了两个丈夫，连德也有亏了，那么，官人你看中我什么呢！"孟生愈发尊重她，思慕之情更深，便让媒人送上礼物和金钱去说服乔女的母亲。她母亲很高兴，亲自到女儿家，坚持让女儿答应下来，乔女坚决不嫁。母亲很羞愧，表示愿意把小女儿嫁给孟生。孟家人都很高兴，而孟生却不同意。过了不久，孟生突然得急病死了，乔女到孟家去吊丧，极尽哀思。

孟故无戚党[①]，死后，村中无赖，悉凭陵之，家具携取一空，方谋瓜分其田产。家人亦各草窃以去[②]，惟一妪抱儿哭帏中。女问得故，大不平。闻林生与孟善，乃踵门而告曰："夫妇、朋友，人之大伦也[③]。妾以奇丑，为世不齿，独孟生能知我，前虽固拒之，然固已心许之矣。今身死子幼，自当有以报知己。然存孤易[④]，御侮难[⑤]，若无兄弟父母，遂坐视其子死家灭而不一救[⑥]，则五伦中可以无朋友矣[⑦]。妾无所多须于君[⑧]，但以片纸告邑宰，抚孤，则妾不敢辞。"林曰："诺！"女别而归。林将如其所教，无赖辈怒，咸欲以白刃相仇。林大惧，闭户不敢复行。女听之数日寂无音，及问之，则孟氏田产已尽矣。女忿甚，锐身自诣官。官诘女属孟何人。女曰："公宰一邑，所凭者理耳。如其言妄，即至戚无所逃罪；如非妄，即道路之人可听也。"官怒其言戆[⑨]，诃逐而出。女冤愤无以自伸，哭诉于搢绅之门。某先生闻而义之，代剖于宰。宰按之，果真，穷治诸无赖，尽返所取。

【注释】

①戚党：亲族戚属。

②草窃：趁乱窃取，小偷。《书·微子》："殷罔不小大，好草窃奸宄。"

③大伦：伦常之大端，大的伦理。

④存孤：保全、抚育孤儿。

⑤御侮：抵御欺辱。

⑥坐视：坐着观看。指漠视不管。

⑦五伦：即古人所谓君臣、父子、兄弟、夫妇、朋友五种人伦关系。

⑧须：期待。

⑨戆（gàng）：刚直而愚。《史记·汲郑列传》："甚矣，汲黯之戆也。"

【译文】

孟生本来没有什么亲戚、族人，死后，村中无赖都乘机欺负孟家，把家具掠取一空，正商量着瓜分孟家的田产。家里的仆人也趁乱偷了东西跑了，只有一个老妈子抱着乌头在帐子里哭。乔女问明了原委，非常气不平。听说林生与孟生生前友好，就登门告诉林生说："夫妇、朋友，是伦常之大端。我因为很丑陋，被世人瞧不起，只有孟生能看重我，从前虽然坚决拒绝了他，然而心已经许给他了。如今，孟生死了，孩子年幼，我自己觉得应当做些事来报答孟生的知己之恩。可是，收养孤儿容易，防止外人欺负很难，如果没有兄弟父母，于是就等着看他子死家亡而不去救，那么五伦之中可以用不着朋友这一项了。我没有更多的事麻烦您，只是请您写一张状子告到县里，抚养孤儿的事，我则不敢推辞。"林生说："好！"乔女告别他回了家。林生准备按乔女所教的去办，村中的无赖们火了，都威胁他要白刀子进红刀子出。林生十分害怕，关了门不敢再出去。乔女等了几天，毫无音信，等到一打听，孟家的田产已经分光了。乔女非常气愤，挺身而出到官中去告状。县令问乔女是孟生的什么人。乔女说:“您管理一个县,所凭的只是公理罢了。如果说的话是假的,就是至亲也逃脱不了罪名;如果不假,就是路边人的话也该听。”县令不高兴她说话太直,把她赶了出去。乔女气愤得无处申辩,就到当地大户人家去哭诉。有一位先生听到这件事,为她的义气而感动,代她向县令说明原委。县令一查,乔女说的果然是真的,于是追究了那些无赖的罪行,把他们夺去的产业都追了回来。

或议留女居孟第,抚其孤,女不肯。扃其户,使妪抱乌头,从与俱归,另舍之。凡乌头日用所需,辄同妪启户出粟,为之营办。己锱铢无所沾染,抱子食贫①,一如曩日。积数年,乌头渐长,为延师教读,己子则使学操作。妪劝使并读,女曰:“乌头之费,其所自有,我耗人之财以教己子,此心何以自明?”又数年,为乌头积粟数百石,乃聘于名族,治其第宅,析令归②。乌头泣要同居③,女乃从之,然纺绩如故。乌头夫妇夺其具,女曰:“我母子坐食,心何安矣?”遂早暮为之纪理,使其子巡行阡陌④,若为佣然。乌头夫妻有小过,辄斥谴不少贷⑤,稍不悛⑥,则怫然欲去⑦。夫妻跪道悔词,始止。未几,乌头入泮⑧,又辞欲归。乌头不可,捐聘币⑨,为穆子完婚。女乃析子令归。乌头留之不得,阴使人于近村为市恒产百亩而后遣之。

【注释】

①食贫:居贫。贫穷自守。《诗·卫风·氓》:“自我徂尔,三岁食贫。”

②析:分开,分析。

③要:苦求。

④巡行阡陌:谓督理稼穑之事。阡陌,田地。

⑤斥谴：斥责。贷：宽容。

⑥不悛（quān）：不悔改，不停止。悛，停止。《左传·隐公六年》："长恶不悛，从自及也。"

⑦怫（fú）然：生气的样子。《庄子·天地》："谓己谀人，则怫然作色。"

⑧入泮：考中秀才，入县学。

⑨捐聘币：代为交纳聘礼。捐，捐助，出资助人。聘币，婚姻费用。

【译文】

有人提议让乔女留在孟家，抚养孤儿，乔女不肯。她锁了孟家的门，让老妈子抱着乌头和她一起回家，另找房子安排她们住下。凡是乌头日常需要的东西，就和老妈子打开门拿出粮食换钱，为他置办。自己则分文不取，带着孩子过穷日子，和从前一样。过了几年，乌头渐渐长大，便为他请老师，教他读书，自己的儿子则叫他学干农活。老妈子劝她让两个孩子一起读，乔女说："乌头的费用，是他自己的，我消耗别人的钱财来教育自己的儿子，我的心意怎么能表明呢？"又过了几年，乔女替乌头积累了几百石粮食，为他聘娶了名门的女儿，修葺了宅院，把产业给他，让他自己回去过。乌头哭着要和乔女一起住，乔女才答应了，但是，依然像往常一样纺线、织布。乌头夫妇夺走了她的工具，乔女说："我们母子坐着白吃，心里怎么能安稳呢？"于是整天替乌头经营家业，让她的儿子去田里监工，好像雇工一样。乌头夫妇有小过失，就责备他们，不肯放宽，稍不悔改，乔女就生气地要离开。直到夫妻俩跪着道歉才行。不久，乌头考上了秀才，乔女又要离开他们回家。乌头不同意，拿出钱，给穆生的儿子娶了亲。乔女便让儿子回家过活。乌头留不住，便暗中让人在附近村子为穆子买了百亩地，才让他回去。

后女疾求归，乌头不听。病益笃，嘱曰："必以我归葬[①]！"乌头诺。既卒，阴以金啖穆子，俾合葬于孟。及期，棺重，三十人不能举。穆子忽仆，七窍血出[②]，自言曰："不肖儿[3]，何得遂卖汝母！”乌头惧，拜祝之，始愈。乃复停数日，修治穆墓已，始合厝之[4]。

【注释】

①归葬：谓送还穆姓坟茔安葬。

②七窍：人体眼、耳、口、鼻共七处孔穴，称七窍。《庄子·应帝王》：“人皆有七窍，以视听食息。”

③不肖儿：不孝之子。不肖，谓不类其父。

④合厝(cuò)：合葬。夫妻同葬一个墓穴。

【译文】

后来乔女得了病要回家去，乌头不同意。病加重了，乔女嘱咐说：“一定要把我归葬穆家！”乌头同意了。乔女死后，乌头暗中送些钱给穆子，要将乔女与孟生合葬。到了出殡那天，棺材重得三十个人也抬不起来。穆子忽然倒在地上，七窍流血，自己说：“不肖儿子，怎么能卖你母亲呢！”乌头害怕了，连忙拜倒祝告，穆子才好了。于是，棺材又停了几天，把穆生的墓地修整妥当，才把他们合葬了。

异史氏曰：知己之感，许之以身，此烈男子之所为也[1]。彼女子何知，而奇伟如是？若遇九方皋，直牡视之矣[2]。

【注释】

①知己之感，许之以身：指甘愿为赏识自己、了解自己的人献身。《战国策·赵策》载，豫让是春秋时期晋国人，受知于智伯。智伯的仇人赵襄子杀死了智伯，豫让便想方设法为智伯报仇，最后以死与赵襄子相拼，说：“嗟乎！士为知己者死，女为悦己者容。吾其报知氏之雠矣。”

②九方皋：春秋时善相马的人，能识骏马于牝牡骊黄之外。《列子·说符》载，九方皋受伯乐推荐，为秦穆公相马三个月后，回报已得良马，而牝（母马）黄色。秦穆公使人往取，见是牡（公马）而骊（黑）色的，很不中意，但后经验视，果然是千里马。伯乐称赞九方皋说“所观天机也，得其精而忘其粗，在其内而忘其外”。后常以九方皋喻善识贤才之士。

【译文】

异史氏说：甘愿为赏识自己、了解自己的人献身，这是刚烈男子的作为。这个女人有什么智慧，却如此了不起？如果遇到善于辨别良马的九方皋，会把她看作男人。

蛤

【题解】

这大概是关于寄居蟹之类的传闻。小蟹与蛤确实处于共生的关系，但“潜断其线，两物皆死”，则大概为蒲松龄的想象。

东海有蛤[①]，饥时浮岸边，两壳开张，中有小蟹出，赤线系之，离壳数尺，猎食既饱[②]，乃归，壳始合。或潜断其线[③]，两物皆死。亦物理之奇也[④]。

【注释】

①蛤（gé）：蛤蜊。泛指具两片相等的壳的软体动物。

②猎食：捕捉食物。

③潜：暗暗地，偷偷地。

④物理之奇：超出常理的奇特现象。物理，事物的常理。

【译文】

东海有一种蛤，饥饿时便浮到岸边，两壳张开，从里面爬出小螃蟹，用红线系着它，小蟹离蛤壳几尺远，猎取食物，吃饱了才回到壳里，壳也开始合起来。有人偷偷扯断它们之间的红线，蛤和小蟹就都死了。真是事物中的奇观啊。

刘夫人

【题解】

中国人有强烈的历史使命感。朝代更替，有家国兴亡的感慨。家族的兴衰，也有黍离之叹。蒲松龄有浓厚的家族观念，并有着复兴家族的强烈愿望。他在《族谱序》中说："动水源木本之思，知兴衰绝续之故，其于人心风俗未必无小补焉。"《聊斋志异》中《王成》、《小梅》等篇借狐狸之口写祖辈对于子孙贫穷的焦虑，本篇则写女鬼刘夫人感慨于子孙不长进，家族陵替，于是请外姓廉生替自己经商赚钱，以贻子孙。为了能把钱给孙子，不惜被掘坟暴尸，把祖辈的良苦用心写得淋漓尽致，感人至深。

虽然小说借用女鬼为故事情节的线索，但不少细节是活生生的民俗史料。比如刘夫人请廉生经商，说："薄藏数金，欲倩公子持泛江湖，分其赢馀，亦胜案头萤枯死也。"反映了淄川一带的经商传统。"是时方讹传朝廷欲选良家女，犒边庭，民间骚动。"可以补充明末选女犒边庭史料之缺。刘夫人的孙子盗墓掘尸，入户抢劫，都是因为赌博的原因，可见明清时代农村赌博之风危害之大等等。

廉生者，彰德人[①]，少笃学[②]，然早孤，家綦贫。一日他出，暮归失途。入一村，有媪来谓曰："廉公子何之？夜得毋深乎？"生方皇惧，更不暇问其谁何，便求假榻[③]。媪引去，入一大第。有双鬟笼灯，导一妇人出，年四十馀，举止大家[4]。媪迎曰："廉公子至。"生趋拜。妇喜曰："公子秀发[5]，何但作富家翁乎！"即设筵，妇侧坐，劝釂甚殷[6]，而自己举杯未尝饮，举箸亦未尝食。生惶惑，屡审阀阅[7]，笑曰："再尽三爵告君知。"生如命已。妇曰："亡夫刘氏，客江右[8]，遭变遽殒。未亡人独居荒僻[9]，日就零落。虽有两孙，非鸱鸮，即驽骀耳[10]。公子虽异姓，亦三生骨肉也[11]，且至性纯笃，故遂觍然相见。无他烦，薄藏数金，欲倩公子持泛江湖[12]，分其赢馀[13]，亦胜案头萤枯死也[14]。"生辞以少年书痴，恐负重托。妇曰："读书之计，先于谋生[15]。公子聪明，何之不可？"遣婢运赀出，交兑八百馀两。生惶恐固辞，妇曰："妾亦知公子未惯懋迁[16]，但试为之，当无不利。"生虑重金非一人可任，谋合商侣[17]。妇云："勿须，但觅一朴悫谙练之仆[18]，为公子服役足矣。"遂轮纤指一卜之曰[19]："伍姓者吉。"命仆马囊金送生出，曰："腊尽涤盏[20]，候洗宝装矣[21]。"又顾仆曰："此马调良[22]，可以乘御，即赠公子，勿须将回。"

【注释】

①彰德：明清府名。治所在今河南安阳。

②笃学：专心好学。

③假榻：借宿。

④举止大家：风度很有教养。举止，一举一动，风度。大家，大户人家，世家望族。

⑤秀发：颖异。指人的才具器宇不凡。晋陆机《辨亡论》："长沙桓王逸才命世，弱冠秀发。"

⑥釂(jiào):饮酒干杯。

⑦阀阅:门第,家世。

⑧江右:长江下游西部地区。又称"江西"。

⑨未亡人:旧时寡妇自称。

⑩鸱鸮(chī xiāo):猫头鹰。古人视为恶禽,喻奸邪凶恶之人。驽骀:劣马。喻庸才。

⑪三生骨肉:隔代骨肉至亲。暗指廉生将成为刘夫人甥婿。

⑫泛江湖:在江湖上闯荡。指做买卖。

⑬分其赢馀:分红,分取利润。赢馀,利润。

⑭案头萤枯死:谓只知读书,清贫至死。唐杜甫《题郑十八著作丈(虔)故居》诗:"穷巷悄然车马绝,案头干死读书萤。"

⑮读书之计,先于谋生:有两解。其一,谋生是读书的基础。其二,读书人的聪明才智优于谋生的普通人。

⑯懋迁:贸易。《书·益稷》:"懋迁有无化居。"孔传:"勉劝天下,徙有之无,鱼盐徙山,林木徙川泽,交易其所居积。"

⑰谋合商侣:打算与其他商人合伙经营。

⑱朴悫(què)谙练:朴厚谨慎,熟悉商务。朴,朴实,厚道。悫,诚实,谨慎。谙练,熟悉。

⑲轮纤指一卜之:用手指掐算。卜,占卜。

⑳腊尽:年末。腊,阴历十二月。涤盏:洗杯。

㉑洗宝装:犹言洗尘。宝装,行装的敬辞。

㉒调(tiáo)良:驯顺易驭。

【译文】

有位姓廉的书生,是彰德人,从小好学,但很早就失去了父亲,家里非常贫困。有一天,廉生外出,傍晚回来时迷了路。进了一个村子,有个老太太过来说:"廉公子去哪里?天不是黑了吗?"廉生正在着急,也顾不上问老太太是谁,便求借宿。老太太带着他进了一个大宅。只见两个丫环提着灯笼，引导着一位夫人出来，夫人四十多岁，举止有大家风度。老太太迎上去说："廉公子到了。"廉生急忙上前拜见。夫人高兴地说："公子这么清秀俊雅，何止是做个富家翁啊！"随即摆上酒宴，夫人坐在一边，频频劝酒，而自己举杯却不曾喝，拿起筷子也没有吃。廉生很疑惑，再三打听她的家世，夫人笑着说："再喝三杯就告诉你。"廉生依命喝了三杯。夫人说："亡夫姓刘，客居江西时，突然遭到意外亡故了。我独自住在这荒丘野岭，家境日益败落。虽有两个孙子，不是败家子，就是无用之才。公子虽然不与我们同姓，却也是三生的亲骨肉，而且你秉性纯朴忠厚，所以我才来腆然相见。我没有别的事麻烦你，我藏了一点儿钱，想请公子拿到外面做个买卖，分点儿馀利，也胜过你案头苦读。"廉生推辞说自己年轻，又是书呆子，恐怕有负重托。夫人说："谋生是读书的基础。以公子的聪明，干什么不行？"于是派丫环拿出钱来，当面交付了八百多两银子。廉生诚惶诚恐地坚持推辞，夫人说："我也知道公子不习惯跑买卖，只是试着做，一定不会不顺的。"廉生考虑这么多银子，不是一个人承担得了的，商议找合伙人。夫人说："不用。只找一个诚实能干的仆人，给公子干活就够了。"于是她掰着纤细的手指算了一下，说："姓伍的吉利。"命家人备马、装银子送廉生出去，说："腊月底一定洗刷杯盘，恭候为公子洗尘。"又回头对家人说："这匹马已经驯服了，可以骑，就送给公子，不用牵回来了。"

生归，夜才四鼓[①]，仆系马自去。明日，多方觅役，果得伍姓，因厚价招之。伍老于行旅[②]，又为人戆拙不苟[③]，赀财悉倚付之。往涉荆襄[④]，岁杪始得归，计利三倍。生以得伍力多，于常格外，另有馈赏，谋同飞洒[⑤]，不令主知。甫抵家，妇已遣人将迎，遂与俱去。见堂上华筵已设，妇出，备极慰劳。生纳赀讫，即呈簿籍，妇置不顾。少顷即席，歌舞鞺鞳[⑥]，伍亦赐筵外舍，尽醉方归。因生无家室，留守新岁。次日，又求稽盘[⑦]。妇笑曰："后无须尔，妾会计久矣。"乃出册示生，登志甚悉，并给仆者，亦载其上。生愕然曰："夫人真神人也！"过数日，馆谷丰盛[⑧]，待若子侄。

【注释】

①四鼓：四更天。凌晨1点到3点。

②老于行旅：谓富于出门经商的经验。老，谓经时久，历事多。行旅，出门在外。此处指经商往来。

③戆拙不苟：耿直固执，凡事不苟且。

④荆襄：指湖广一带。

⑤飞洒：指将破格送给伍姓的钱杂摊于其他支出项下报账。

⑥歌舞鞺鞳(tāng tà)：歌舞齐作，鼓乐轰鸣。鞺鞳，钟鼓声。

⑦稽盘：查验账目。

⑧馆谷：食宿供给。《左传·僖公二十八年》："楚师败绩……晋师三日馆谷，及癸酉而还。"杜预注："馆，舍也，食楚军谷三日。"

【译文】

廉生回到家，才四更天，仆人拴了马自己回去了。第二天，廉生到处找仆人，果然找到一个姓伍的，就用大价钱把他雇来了。姓伍的熟悉贩运买卖的事，为人又憨厚耿直，廉生把钱财都交付给他。他们到湖北一带去做买卖，到了年底才回来，计算一下得了三倍的利钱。廉生因为姓伍的仆人很得力，在工钱之外，又给他些报酬，计划将额外给姓伍的钱记在别的项目中，不让夫人知道。刚到家，夫人已经派人来迎接了，于是一起去了。只见堂上已经摆好了丰盛的宴席，夫人出来，再三表示慰劳。廉生交纳了钱财，便把财簿送上，夫人接过放在一边。不一会儿，大家入席了，歌舞演奏，热闹非凡，姓伍的也在外间被赐了酒席，喝醉了才回家去。因为廉生没有家室，便留下来过年。第二天，廉生又求夫人查账。夫人笑着说："以后不用这样了，我早已算好了。"于是拿出账本给廉生看，上面记载得很详细，连给仆人的，也记在上面。廉生吃惊地说："夫人真是神人！"住了几天，夫人招待得十分周到，像对待自家的侄子一样。

一日，堂上设席，一东面，一南面，堂下一筵向西。谓生曰："明日财星临照①，宜可远行。今为主价粗设祖帐②，以壮行色。"少间，伍亦呼至，赐坐堂下。一时鼓钲鸣聒③。女优进呈曲目，生命唱《陶朱富》④。妇笑曰："此先兆也，当得西施作内助矣⑤。"宴罢，仍以全金付生⑥，曰："此行不可以岁月计，非获巨万勿归也。妾与公子，所凭者在福命，所信者在腹心，勿劳计算，远方之盈绌⑦，妾自知之。"生唯唯而退。往客淮上⑧，进身为鹾贾⑨，逾年，利又数倍。然生嗜读，操筹不忘书卷⑩，所与游，皆文士，所获既盈，隐思止足⑪，渐谢任于伍⑫。

【注释】

①财星：主财的星宿。民间传说认为此星照临，财运就兴旺。

②主价（jiè）：店主和伙计。指廉生和伍某。价，本指派遣传递东西或传达事情的人，此指联系内外的店伙。祖帐：为远行者设宴饯行所设的帐幕。祖，出行时祭路神。古代为远客饯行要祭祀路神，祈祐平安。

③钲：打击乐器，铜制，形似钟而狭长，有长柄可执，口向上，以物击之而鸣。鸣聒：喧闹震耳。

④《陶朱富》：指敷演陶朱公致富故事的戏文。陶朱公，即春秋时越国大夫范蠡。据《史记·货殖列传》，范蠡助勾践灭吴后，以为越

王不可共安乐，于是弃官而去。后至陶（地名，在今山东定陶），易名朱公，以经商致富。明传奇如梁辰鱼《浣纱记》、汪道昆《五湖游》等，皆敷演范蠡故事。

⑤西施：春秋时美女。据汉赵晔《吴越春秋》载，越灭吴后，西施复归范蠡，与之同泛五湖而去。内助：妻子。

⑥全金：全部资金。即上次经商带回的所有本金和利润。

⑦盈绌：盈利或亏本。绌，不足。

⑧淮上：淮河沿岸。指安徽蚌埠一带。当时淮河为盐运水道。

⑨鹾（cuó）贾：盐商。鹾，盐的别名。

⑩操筹：指经商。

⑪止足：谓知足而止。《老子》："知足不辱，知止不殆，可以长久。"

⑫谢任：卸任，把责任交付他人。

【译文】

一天，堂上摆了酒席，一桌朝东，一桌朝南，堂下有桌向西。夫人对廉生说："明天财星照临，适合出远门做生意。今天我为你们主仆二人设宴饯行，以壮行色。"不一会儿，把姓伍的也叫来了，请他坐在堂下。一时鼓乐齐鸣。女戏子送上剧目，廉生点唱一曲《陶朱富》。夫人笑着说："这是先兆，你一定会得到西施做内助的。"酒宴结束，夫人便把所有的钱都交给了廉生，说："这次出门不要限定日期，不获上万利钱不要回来。我和公子所靠的是福气和命运，所信托的是心腹之人，你们也不用费心计算，远方的盈亏，我自会知道。"廉生连连答应着退出来。他们到两淮一带去做买卖，当了盐商，过了一年，盈利数倍。然而廉生酷爱读书，做生意也不忘记书本，交往的都是文人，生意盈利之后，他暗想停下不干了，渐渐全部交给姓伍的去管理。

桃源薛生与最善①，适过访之，薛一门俱适别业，昏暮无所复之。阍人延生入②，扫榻作炊。细诘主人起居，盖是时方讹传朝廷欲选良家女，犒边庭[③]，民间骚动。闻有少年无妇者，不通媒妁，竟以女送诸其家，至有一夕而得两妇者。薛亦新婚于大姓，犹恐舆马喧动，为大令所闻[④]，故暂迁于乡。初更向尽，方将扫榻就寝，忽闻数人排闼入[⑤]。阍人不知何语，但闻一人云："官人既不在家，秉烛者何人？"阍人答："是廉公子，远客也。"俄而问者已入，袍帽光洁，略一举手[⑥]，即诘邦族。生告之。喜曰："吾同乡也。岳家谁氏？"答云："无之。"益喜，趋出，急招一少年同入，敬与为礼。卒然曰[⑦]："实告公子：某慕姓，今夕此来，将送舍妹于薛官人，至此方知无益。进退维谷之际[⑧]，适逢公子，宁非数乎！"生以未悉其人，故踌躇不敢应。慕竟不听其致词，急呼送女者。少间，二媪扶女郎入，坐生榻上。睨之，年十五六，佳妙无双。生喜，始整巾向慕展谢，又嘱阍人行沽，略尽款洽[⑨]。慕言："先世彰德人，母族亦世家，今陵夷矣。闻外祖遗有两孙，不知家况何似[⑩]。"生问："伊谁？"曰："外祖刘，字晖若，闻在郡北三十里。"生曰："仆郡城东南人，去北里颇远，年又最少，无多交知。郡中此姓最繁，止知郡北有刘荆卿[⑪]，亦文学士，未审是否，然贫矣。"慕曰："某祖墓尚在彰郡，每欲扶两榇归葬故里[⑫]，以资斧未办，姑犹迟迟[⑬]。今妹子从去，归计益决矣。"生闻之，锐然自任。二慕俱喜。酒数行，辞去。生却仆移灯，琴瑟之爱，不可胜言。次日，薛已知之，趋入城，除别院馆生。

【注释】

①桃源：县名。现隶属于湖南常德，以境内有桃花源，故称。

②阍人：看门人。

③犒：犒赏。边庭：边防。

④大令：对知县的敬称。

⑤排阖：推门。阖，门扇。《尔雅·释宫》："阖谓之扉。"

⑥举手：拱手致意。

⑦卒然：贸然，唐突。

⑧进退维谷：进退两难。《诗·大雅·桑柔》："人亦有言，进退维谷。"传："谷，穷也。"

⑨略尽款洽：略表殷勤相待之意。款洽，殷勤。

⑩何似：怎么样，如何。

⑪郡北：指彰德府城之北。

⑫两榇：指父母的灵柩。

⑬迟迟：迁延。

【译文】

桃源薛生与廉生最好，一次恰好经过薛家，便去拜访，不巧薛家全家去乡下别墅了，天已经黑了，廉生无处可去。门人请廉生进屋，扫床做饭招待他。廉生向他详细地打听薛生的情况，原来，此时正讹传朝廷要挑选良家妇女，送去慰劳边关军人，百姓慌乱。听说有年轻人没媳妇的，也不请媒人，就直接把姑娘送到那家，甚至有人家一晚上得到两个媳妇的。薛生也是刚刚和一户大家女儿结亲，恐怕车马喧闹惊动官府，因此暂时迁居到乡下去了。初更未尽，廉生刚要扫床就寝，忽然听到许多人推开大门进来。门人不知说着什么，只听见一人说："官人既然不在家，拿着蜡烛的是什么人？"门人答道："是廉公子，远方来的客人。"一会儿，问话的人已经进来了，衣帽整洁华丽，略一拱手施礼，便问廉生的籍贯姓氏。廉生告诉了他。他高兴地说："是我同乡。岳父是哪位？"答道："没有。"那人更高兴，急忙出去，招呼一个年轻人进来，恭恭敬敬地见礼。又突然说："实话告诉您，我姓慕，今夜到这儿来，是准备把妹妹嫁给薛官人，到这儿才知道办不成了。正进退两难时，遇到了公子，这不是天意吗！”廉生因为和这人素不相识，所以犹豫着不敢答应。姓慕的竟然不听廉生回答，急忙招呼送亲的人。一会儿，两个老太太扶着姑娘进来，坐在廉生的床上。廉生斜眼一看，姑娘十五六岁，美貌无比。廉生很高兴，才开始整衣正帽向姓慕的致谢，又让门人去买酒，款待他们。姓慕的说：“我先祖是彰德人，母族也是大家，如今败落了。听说外祖父留下两个孙子，不知家境怎么样。”廉生问：“您外祖父是谁？”答道：“外祖父姓刘，字晖若，听说在城北三十里。”廉生说：“我住在城东南，离北面很远，年纪又轻，交往很少。郡中刘姓最多，只知道郡北有个刘荆卿，也是文学之士，不知是不是，但是这家很贫穷。”姓慕的说：“我祖父的坟墓还在彰郡，常想把父母的棺梓归葬故乡，因为路费不足，一直没办成。如今妹妹跟你去了，我回去的打算更坚定了。”廉生一听，便爽快地表示愿意帮他移葬。慕家兄弟都很高兴。喝了一阵儿酒后，慕家人便告辞去了。廉生打发走仆人，移过灯烛，夫妻恩爱，无法描述。第二天，薛生知道了这件事，急忙进城，选了一所宅院安置廉生夫妇。

生诣淮，交盘已[①]，留伍居肆[②]，装赀返桃源，同二慕启岳父母骸骨，两家细小，载与俱归。入门安置已，囊金诣主。前仆已候于途，从去。妇逆见，色喜曰：“陶朱公载得西子来矣！前日为客，今日吾甥婿也[③]。”置酒迎尘[④]，倍益亲爱。生服其先知，因问：“夫人与岳母远近[⑤]？”妇云：“勿问，久自知之。”乃堆金案上，瓜分为五，自取其二曰：“吾无用处，聊贻长孙。”生以过多，辞不受。凄然曰：“吾家零落，宅中乔木，被人伐作薪。孙子去此颇远，门户萧条，烦公子一营办之。”生诺，而金止受其半。妇强纳之。送生出，挥涕而返。生疑怪间，回视第宅，则为墟墓。始悟妇即妻之外祖母也。既归，赎墓田一顷，封植伟丽[⑥]。

【注释】

①交盘：移交盘点。

②居肆：留守、主持店务。

③甥婿：外孙女婿。

④迎尘：迎接客人，为之洗尘。

⑤远近：谓族属亲疏。

⑥封植伟丽：培土植树，墓田壮观。古代士以上的葬礼，聚土为坟叫封，植树为记叫植。宋王观国《学林·封窆》："所谓壤植，乃封植也。封者，封土为坟也；植者，植木为饰也。"

【译文】

廉生回到淮上，处理了生意上的事务，留下姓伍的在那里，然后装上钱财返回桃源，同慕家兄弟一起启出岳父母的骸骨，带着两家老小，一起回到故乡。廉生回到家里安顿好了，就拿着钱去见夫人。先前送他的仆人已经等在路上，廉生随他前去。夫人迎出来，满脸喜色地说："陶朱公带西施回来了！先前是客人，今天是我外孙女婿了。"摆酒洗尘，更加亲热。廉生佩服夫人的先见之明，于是问道："夫人与岳母什么关系？"夫人说："不要问，时间一长你就知道了。"于是把银子堆在桌上，分成五份，自己取两份，说："我没用处，只是留给长孙。"廉生觉得分给他太多，推辞不肯接受。夫人悲伤地说："我家败落，院中的大树被人砍作烧柴。孙子离这里很远，门户萧条，麻烦公子给收拾收拾。"廉生答应了，而只拿一半银子。夫人强塞给他。送他出来，挥泪回去了。廉生正奇怪，回头看宅院，却是一片坟地。才明白夫人就是妻子的外祖母。他回到家，买了一顷坟地，封土植树，修建得非常壮观。

刘有二孙，长即荆卿，次玉卿，饮博无赖，皆贫。兄弟诣生申谢，生悉厚赠之。由此往来最稔①。生颇道其经商之由，玉卿窃意冢中多金，夜合博徒数辈，发墓搜之，剖棺露胔[2]，竟无少获，失望而散。生知墓被发，以告荆卿。荆卿诣生同验之，入圹，见案上累累，前所分金具在。荆卿欲与生共取之，生曰："夫人原留此以待兄也。"荆卿乃囊运而归，告诸邑宰，访缉甚严[3]。后一人卖坟中玉簪，获之，穷讯其党，始知玉卿为首。宰将治以极刑，荆卿代哀，仅得赊死[4]。墓内外两家并力营缮[5]，较前益坚美。由此廉、刘皆富，惟玉卿如故。生及荆卿常河润之[6]，而终不足供其博赌。

【注释】

①稔：熟惯。

②露胔(zì)：露出腐尸。胔，肉还没有烂尽的骨殖。《礼记·月令》："孟春之月……掩骼埋胔。"注："骨枯曰骼，肉腐曰胔。"

③访缉：访查捉拿。

④赊死：免死。

⑤营缮：营造修缮。

⑥河润：资助，帮助。《庄子·列御寇》："河润九里，泽及三族。"后因以"河润"比喻施惠于人。

【译文】

刘氏有两个孙子，大的就是刘荆卿，小的是刘玉卿，是个饮酒赌博的无赖，两人都很穷。兄弟俩到廉生那里感谢他修整了他们家的祖坟，廉生送给他们很多钱。从此两家来往密切。廉生对他们讲了夫人让自己经商的过程，玉卿暗以为墓里会有很多钱，晚上勾结了几个赌友，挖开祖坟找寻，打开棺材露出尸体，竟什么也没找到，只好失望地散了。廉生知道墓被盗了，告诉了荆卿。荆卿和廉生一块儿去查看，进了墓坑，见桌上堆着先前所分的两份银子。荆卿想与廉生一起分了，廉生说："夫人本来留在这儿就是等着给你的。"荆卿于是装起来运回家中，然后向官府报告祖坟被盗，官府追查很严。后来有一个人卖坟中的玉簪，被抓到了，追查他的同党，才知道以玉卿为首。县令将处玉卿极刑，荆卿代他求情，仅仅是免了死刑。两家合力修缮坟墓内外，比以前更加坚固壮美。从此廉、刘两家都富了起来，只有玉卿还和从前一样。廉生和荆卿常常资助他，但始终不够供他赌博的。

一夜，盗入生家，执索金赀。生所藏金，皆以千五百为个[①]，发示之。盗取其二，止有鬼马在厩[②]，用以运之而去。使生送诸野，乃释之。村众望盗火未远，噪逐之，贼惊遁。共至其处，则金委路侧，马已倒为灰烬。始知马亦鬼也。是夜止失金钏一枚而已。先是，盗执生妻，悦其美，将就淫之。一盗带面具，力呵止之，声似玉卿。盗释生妻，但脱腕钏而去。生以是疑玉卿，然心窃德之。后盗以钏质赌[③]，为捕役所获，诘其党，果有玉卿。宰怒，备极五毒[④]。兄与生谋，欲以重贿脱之，谋未成而玉卿已死。生犹时恤其妻子。生后登贤书[⑤]，数世皆素封焉。呜呼！"贪"字之点画形象，甚近乎"贫"。如玉卿者，可以鉴矣！

【注释】

①以千五百为个：以一千两或五百两白银铸为一锭。个，量词。此指一锭。

②鬼马：指刘夫人先前赠廉生之马。

③质赌：典押作为赌本。

④五毒：五种酷刑，指械、镣、棍、拶、夹棍之类五种刑罚。也有人认为是指四肢及身躯都受到刑讯。

⑤登贤书：科举时代指乡试中式，考中举人。贤书，举贤书。《周礼·地官·乡大夫》："乡老及乡大夫、群吏献贤能之书于王。"后因称乡试中式为登贤书。

【译文】

一天晚上，盗贼进了廉生家，抓住他索要钱财。廉生所藏的银子，都以一千五百两为一锭，拿出来给强盗看。强盗只拿了两锭，因只有鬼马拴在马厩里，强盗便用它运银子。强盗让廉生送到野外，才放了他。村民们看见强盗的火把没走远，喊叫着追上去，盗贼惊慌地逃跑了。村人一起到了那个地方，看见银子掉在路边上，马已经倒在地上变成灰了。才知道马也是鬼。这天晚上只丢了一枚金钏。最初，盗贼抓住廉生的妻子，见她漂亮，想要强奸她。另一个盗贼戴着面具，大声呵止了他，声音很像玉卿。盗贼放了廉生的妻子，只是把手腕上的金钏拿走了。廉生因此怀疑那个人是玉卿，然而心中暗暗感激他。后来强盗用金钏押赌，被捕役抓获，审问他的同党，果然有玉卿。县令大怒，抓来玉卿，用尽五种毒刑。荆卿与廉生商量，要用重金贿赂县令，使玉卿脱掉官司，还没等疏通，玉卿已经死了。廉生仍时常周济玉卿的妻儿。廉生后来考中了举人，几代都很阔气。唉！"贪"字的点画样子，和"贫"字很接近。像玉卿这样的人，是可以引为借鉴的！

陵县狐

【题解】

狐狸兴妖作怪，在《聊斋志异》中所在多有，耸异不同，各具特色。本篇狐狸出现时"光明满室"，"光自两眸出，晶莹四射"。抓住时"四足皆无骨，随手摇摇若带垂"。"覆以柳器。狐不能出，戴器而走"。如果比照《梦狼》、《捉鬼射狐》、《农人》等篇，你不能不感慨于蒲松龄想象力之无与伦比的丰富和描写之摇曳多姿。

陵县李太史家[①]，每见瓶鼎古玩之物，移列案边，势危将堕。疑厮仆所为，辄怒谴之。仆辈称冤，而亦不知其由，乃严扃斋扉[②]，天明复然。心知其异，暗觇之。一夜，光明满室，讶为盗。两仆近窥，则一狐卧椟上，光自两眸出，晶莹四射。恐其遁，急入捉之。狐啮腕肉欲脱，仆持益坚，因共缚之。举视，则四足皆无骨，随手摇摇若带垂焉。太史念其通灵[③]，不忍杀，覆以柳器[④]。狐不能出，戴器而走。乃数其罪而放之，怪遂绝。

【注释】

①陵县：位于山东西北部，德州中部。清代属济南府德州。

②严扃斋扉：牢牢地锁住书房门户。扉，门扇。

③通灵：智能通神，具有灵性。

④柳器：用杞柳枝条编制的容器。

【译文】

陵县李太史家，常常发现屋中的瓶、鼎、古玩之类的东西，被移放到桌边，样子很危险，好像马上就要掉下来了。开始时，太史怀疑是家中奴仆干的，就生气地责罚他们。奴仆们都喊冤，但也不知道原因，于是把书房的门窗锁紧，天亮后古玩等仍然这样放着。太史心中明白这件事不寻常，便在暗中观察。一天晚上，满室通亮，李太史大吃一惊，以为是盗贼。两个仆人靠近窗户偷看，只见一只狐狸卧在匣子上，光亮是从它的两只眼睛中射出的，晶莹四射。仆人怕它跑了，急忙跑进去抓。狐狸一口咬住仆人的手腕，肉都要咬掉了，仆人抓得更紧，其他仆人一起上前抓住这只狐狸绑了起来。举起这只狐狸一看，只见它的四条腿都没有骨头，随手摇摇晃晃的，像带子一样垂着。太史想到这只狐狸通了灵气，不忍心杀它，就用柳筐扣上它。狐狸跑不出来，便戴着柳筐到处跑。太史列数了它的罪过后就放了它，从此怪事才不再出现了。